T0274861

La señora Potter no es exactamente Santa Claus

LAURA FERNÁNDEZ

La señora Potter no es exactamente Santa Claus

RANDOM HOUSE

El papel utilizado para la impresión de este libro ha sido fabricado a partir de madera procedente de bosques y plantaciones gestionadas con los más altos estándares ambientales, garantizando una explotación de los recursos sostenible con el medio ambiente y beneficiosa para las personas.

La señora Potter no es exactamente Santa Claus

Primera edición en España: noviembre, 2021
Primera edición en México: septiembre, 2022

D. R. © 2021, Laura Fernández
SalmaiaLit, Agencia Literaria

D. R. © 2021, Penguin Random House Grupo Editorial, S. A. U.
Travessera de Gràcia, 47-49, 08021, Barcelona

La editorial desconoce el propietario de los derechos de la obra *Downhill skiing, American Ski Resort Poster Indiana* de W. Harold Hancock y no ha podido contactarle, pero reconoce su titularidad de los derechos de reproducción y su derecho a percibir los royalties que pudieran corresponderle.

D. R. © 2022, derechos de edición mundiales en lengua castellana:
Penguin Random House Grupo Editorial, S. A. de C. V.
Blvd. Miguel de Cervantes Saavedra núm. 301, 1er piso,
colonia Granada, alcaldía Miguel Hidalgo, C. P. 11520,
Ciudad de México

penguinlibros.com

ISBN: 978-607-381-932-9

Impreso en México – *Printed in Mexico*

Para Arturo y Sofía,
que van conmigo a todas partes.

Y para Claudio,
que fue exactamente Santa Claus.

Cuando era niña, un día marcó el teléfono de su casa y descubrió que las letras de las teclas deletreaban la palabra SIEMPRE. Deseaba poder marcar SIEMPRE en el teléfono y oírlo sonar. Sonaría y sonaría. Probablemente colgaría al mismo tiempo en que alguien levantaba el auricular al otro lado.

El hijo cambiado,
JOY WILLIAMS

¿A eso se refiere Funch cuando dice que cada vez te pareces más a una sala llena de gente?

—Eso es lo que soy —dijo Mucho—. Es cierto. Todo el mundo lo es.

La subasta del lote 49,
THOMAS PYNCHON

Fíjate bien en todo. Ya has estado aquí antes, pero las cosas están a punto de cambiar.

La Tienda,
STEPHEN KING

1

En el que aparece por primera vez Stumpy MacPhail
y, también, una madre que cree que su hijo está
(TIRANDO SU VIDA POR LA BORDA) y, por supuesto,
la rara y sin embargo famosa Louise Cassidy Feldman,
autora de *La señora Potter no es exactamente Santa Claus*

Era una apacible mañana en la siempre desapacible Kimberly
Clark Weymouth. Stumpy MacPhail acababa de servirse un café
cargado, con doble de leche, doble de azúcar y una cucharadita
de mermelada de melocotón. Mientras lo degustaba, chasqueaba
los dedos, sus esqueléticos dedos de pianista torpe, y sonreía en
dirección a la puerta. Su pequeña oficina, situada en una de las
calles principales de la siempre desapacible y *fría* Kimberly Clark
Weymouth, consistía en apenas una silla, la silla que el, en cierto
sentido, un sentido casi infantil, *atractivo* agente inmobiliario
ocupaba, una mesa, la mesa en la que descansaban su libreta de
citas, su colección de facturas, una pequeña lámpara, un viejo
ordenador y aún no el suficiente polvo como para provocar
estornudos, y un puñado de estanterías, las suficientes como
para *forrar* la pared que quedaba a su espalda. Dichas estanterías
estaban repletas de anuarios de ventas de inmuebles del condado
y de revistas de modelismo. Oh, y una de ellas, la *afortunada*, al-
bergaba, un raído ejemplar de *La señora Potter no es exactamente
Santa Claus*, la novela que había llevado a aquel del todo iluso
tipo que maldecía en nombre de Neptuno, a aquel desapacible
rincón del mundo.
   Louise Cassidy Feldman, la excéntrica y sin embargo *famosa*
autora de *La señora Potter no es exactamente Santa Claus*, había am-
bientado aquella, su única novela para niños, en la siempre desapacible, fría y horrible Kimberly Clark Weymouth, porque había sido
allí donde había dado con la retorcida idea de la misma. Fue durante uno de sus viajes a ninguna parte, esos viajes en los que,

para escribir, se limitaba a extraer del maletero de su destartalado todoterreno una mesa de camping y colocarla en cualquier lugar, ponerle encima su máquina de escribir, o a menudo tan sólo una libreta, y sentarse, en una silla plegable, junto a ella, y (TEC) (TEC) teclear, o, simplemente (TAP) (TAP) (TAP), deslizar un lápiz sobre cualquiera página en blanco, que se había detenido en aquel desapacible, oh, todas aquellas ventiscas *heladas*, el cielo *perpetuamente* en blanco, *aburrido* de sí mismo, perlado, a ratos, de nubes en absoluto *amables*, lugar, y sin casi poder evitarlo, había dado con la mismísima señora Potter. Por supuesto, la señora Potter con la que había dado no era *su* señora Potter, sino una camarera, la camarera que había tomado nota de su café y su emparedado, y que en su imaginación, la imaginación de la inclasificable pero sin embargo *famosa* Louise Cassidy Feldman, se había convertido en una especie de *bruja*, una *bruja* aparentemente *buena*, dedicada a cumplir *sueños*, a hacer realidad todos tus deseos, con la inexplicable y *mágica* facilidad con la que hacían realidad todos tus deseos los genios de la lámpara en todos aquellos otros cuentos que nada tenían que ver con la única novela para niños que había escrito la *rara* y sin embargo *famosa* Louise Cassidy Feldman.

Stumpy Macphail, sus dedos de pianista hundiéndose, ligeramente, en aquel café cargado, una galleta de lo más común entre ellos, sumergiéndose en la taza, recordó la historia de cómo Louise Cassidy Feldman había dado con la cafetería (LOU'S CAFÉ) en la que había conocido a la protagonista de su, aún por entonces inexistente, única novela *infantil*. La escritora conducía despreocupadamente su viejo y destartalado todoterreno, un todoterreno al que llamaba (JAKE), y andaba pensando en cualquier cosa, y en este punto a Stumpy siempre le había gustado pensar que andaba pensando en la ciudad subacuática que estaba construyendo en el sótano de su casa, en un intento por crear un vínculo indestructible entre su escritora favorita y él mismo, puesto que era el propio Stumpy quien estaba construyendo una pequeña ciudad subacuática en el sótano de su casa, cuando la nieve, literalmente, la *rodeó*.

Porque así funcionaban las cosas en Kimberly Clark Weymouth. El cielo se aburría de su propia palidez y descargaba, sin avisar, una enorme cantidad de nieve, de forma un tanto aleatoria, aquí y allá, en todas partes, y en todas a la vez, y puede que los habitantes del lugar estuviesen preparados, pues siempre lo estaban, llevaban encima todo tipo de cosas, parecían, a menudo, *escaladores* listos para alcanzar la cima de una montaña *muy* nevada, pero era evidente que la siempre despreocupada y sin embargo *famosa* Louise Cassidy Feldman no lo estaba. Así que cuando toda aquella nieve apareció, de *ninguna* parte, y se estrelló contra el cristal delantero de su viejo todoterreno, su viejo todoterreno dijo (BASTA) y ella se dijo (OH, DE ACUERDO) y (NO ERES EL ÚNICO AL QUE ESTO NO LE GUSTA, JAKE), y se añadió, poniendo el intermitente, haciéndose a un lado, y exhalando una (FUUUUF) nube de humo, (YO TAMBIÉN NECESITO UNA TAZA DE CAFÉ). Café (UHM), pensó Stumpy, deteniendo un momento el recuerdo de aquella historia, la historia de cómo su escritora favorita había dado con aquel, su pequeño pueblo, para degustar su propia taza de café, su café con *melocotón*, aquella *cosa*.

Mientras lo hacía, el recuerdo siguió su curso, y Louise Cassidy Feldman vislumbró, entre todo ese (FUUUUF) humo, un sitio libre en el atestado aparcamiento de un lugar llamado LOU'S CAFÉ, algo que la escritora se tomó como una señal (OH, ¿HAS VISTO ESO, JAKE?), se dijo, y sin que Jake tuviera tiempo de contestarle, aunque, pensándolo bien, después de todo, tampoco iba a poder hacerlo puesto que no era más que un todoterreno *viejo*, se añadió (ALGUNA OTRA LOUISE SE ME HA ADELANTADO Y HA MONTADO UNA CAFETERÍA EN ESTE LUGAR), y, sin otro remedio, aparcó, bajó, cerró de un (BLAM) portazo la puerta de aquel *viejo* todoterreno, y se encaminó a la cafetería, exhalando (FUUUUF) nubes de humo, y disparando en todas direcciones sus *feas* botas de montaña que, oh, no, jamás habían visto *tanta* nieve, ni siquiera, de hecho, podían imaginarse que *tanta* nieve pudiera *existir*.

Stumpy MacPhail había reconstruido la cafetería de Lou en su ciudad sumergida, la ciudad sumergida que ocupaba el sótano de la pequeña casa que había alquilado en las afueras de Kimberly Clark Weymouth, y que era, claro, una ciudad sumergida *nevada*. Su madre solía preguntarle por ella cada vez que llamaba, y llamaba a menudo. Su madre, Milt Biskle MacPhail, reconocida articulista de la exclusiva, elitista y dolorosamente intelectual *Lady Metroland*, creía que su pequeño estaba (TIRANDO SU VIDA

POR LA BORDA), o eso decía, decía (STUMP), (ESTÁS TIRANDO TU VIDA POR LA BORDA), todo el tiempo. A lo que Stump, que jamás había sido tan feliz, que ni siquiera el día en que empezó a *mostrar* todas aquellas *casas* que había estado construyendo en su habitación, casas de *papel*, cuando no era más que un niño, a posibles *compradores*, posibles *inquilinos*, iniciando así su, en el futuro considerada *brillante*, carrera de agente *inmobiliario*, había sido tan feliz, siempre respondía:

—Oh, no, mamá.

Luego se ajustaba la pajarita, porque Stumpy MacPhail nunca salía de casa, de su pequeña y enmoquetada casa de las afueras de Kimberly Clark Weymouth, sin su pajarita, que era siempre una pajarita bicolor, y añadía:

—A mi vida le va estupendamente.

A lo que Milt Biskle MacPhail, la reconocida articulista de *Lady Metroland* respondía con un chasquido de su *viperina* lengua, la lengua de una madre *respetada* y acostumbrada a tener siempre la razón, una razón que en este caso no necesitaba de una corte de abogados para *defenderse*, pues era obvio que uno no podía simplemente *mudarse* a la pequeña y *desapacible* población en la que se desarrollaba la acción de su novela favorita, su novela *infantil* favorita, y ser *feliz*, porque la felicidad, en la mente de aquella *envidiada* articulista, no tenía nada que ver con seguir siendo un *niño*, sino más bien con crecer y hacer todas aquellas cosas que los niños hacían cuando crecían, es decir, tener coches, tener casas, tener *dinero*, y no preocuparse por lugares llamados Kimberly Clark Weymouth porque nadie había oído hablar de ellos y lo más probable es que, se hablase con quien se hablase de un lugar así, su mera mención provocaría un alzamiento de cejas y un ligero asentimiento, un asentimiento de incomprensión e incredulidad ante tan ridículo *exotismo*.

—¿Por qué no…? Uhm, ¿*mamá*? ¿Por qué no simplemente un día te dejas, eh —Stumpy solía hacer todo tipo de cosas mientras hablaba con su madre, tomaba notas de posibles nuevas secciones y *barrios* de su ciudad en construcción, consultaba su agenda, (CENA EN CASA DE HOWARD YAWKEY GRAHAM. 21.15), se cambiaba el teléfono de oreja, daba sorbos a su taza de café— *caer* por aquí? Apuesto a que cambiarías de opinión.

—Oh, no, apuesto a que *no*, Stump.

Stump sonrió. No había manera de que su madre entendiera lo que había sentido la primera vez que había puesto un pie en Kimberly Clark Weymouth. No había manera de que entendiera que, para él, había sido como poner un pie en *otro* planeta. Así que, ¿qué sentido tenía? Una y otra vez, Stump tiraba la toalla. Decía algo parecido a:

—¿Por qué no hablamos en otro momento, mamá? Tengo una cita en cinco minutos.

A lo que su madre respondía:

—No, no la tienes, sólo estás tratando de *escapar*, Stump.

Pero aquel día no hizo eso. Aquel día le habló de la cena en casa de Howard Yawkey Graham y de sus condenados *premios*. Porque, por una vez, estaba *nominado*. Y algo en el tono de voz de su madre cambió. Algo le dijo que, por primera vez, lo que estaba a punto de decirle, le interesaba.

—Un momento, ¿estás nominado, Stump? —ronroneó.

—Ajá —Stump volvió a cambiarse el auricular de oreja, y, mientras coloreaba un pequeño castillo habitado por un bebé de dragón, añadió, orgulloso—. A Agente Audaz.

—Oh, y, uh, ¿crees que tienes posibilidades, *hijo*?

Oh, *hijo*, pensó Stump, sonriendo de una forma decididamente *triste*, aliviado en cualquier caso porque no estaba *fallándole*, porque, por una vez, estaba *encajando* en su *mundo*, un mundo de fiestas y artículos, de premios y discursos. De *titulares*.

—Por supuesto, mamá, ¿acaso hay algo más audaz que mudarse al pueblo que Louise Cassidy Feldman eligió para ambientar *La señora Potter*? ¿Un pueblo en el que apenas hay *casas* que *vender*? —Stumpy colocó sobre el hocico de aquel pequeño dragón *coloreable* un par de gafas que no le sentaban nada bien—. ¿No me darías *tú* el *premio*?

Sin darse por aludida, sin caer en la cuenta de la manera en que todo aquello estaba *importunando* a su afortunadamente *feliz* hijo, Milty dejó escapar una pequeña carcajada, *satisfecha*, porque, por una vez, podría hablar de su hijo en un idioma que todos aquellos que la rodeaban entendían, y dijo:

—Oh, Stump.

—Déjame adivinar —dijo su hijo.

—¿Sí?

—¿Tienes que hacer unas llamadas?

—Oh, Stump, ¿cómo es posible que me conozcas? ¿Que me conozcas *tanto*?

Stump sonrió. Sonrió y se limitó a decir:

—Hasta luego, mamá.

Y antes de colgar oyó a su madre decir:

—Enhorabuena, *hijo*.

Luego regresó a su café con melocotón, consultó su reloj, y volvió, inevitablemente, a aquel desapacible día en el que Louise Cassidy Feldman había detenido su viejo todoterreno en el atestado aparcamiento del Lou's Café.

Louise había llevado sus botas cubiertas de nieve hasta uno de los reservados de aquella cafetería y se había tomado un café y un emparedado de chocolate y luego había comprado una postal navideña.

A Louise Cassidy Feldman le traía sin cuidado la Navidad.

Todo lo que recordaba de ella era una cabeza de ciervo *iluminada*, la cabeza de ciervo que *presidía* la sala de estar de sus padres, una cabeza de ciervo triste y *aburrida*, que *nunca* se prestaba a hablar con ella, porque estaba, decía, (MUY OCUPADA), y quizá por eso se había sentido atraída por aquella postal en concreto, una postal en la que no había árboles ni regalos ni niños sonrientes, sólo tres esquiadores.

Tres esquiadores diminutos.

La postal por la que la escritora se había sentido irremediablemente atraída *giraba* en la estantería *giratoria* que aquella tal (LOU) había colocado junto a la caja registradora, y mostraba, sí, a tres diminutos esquiadores, con sus diminutos gorros y sus diminutas bufandas, sus diminutos esquís y sus diminutos guantes, bajando por la blanquísima ladera de una montaña, una *pista*, rodeada de árboles. De fondo, se intuía una acogedora cabaña. En el tiempo que aquella tal (LOU) empleó en dirigirse a la caja registradora y pulsar lo que demonios tuviese que pulsar para cobrarle el emparedado y el café, la escritora viajó hasta aquella cabaña y recostó su tumultuosa cabeza en el sillón afelpado que alguien había colocado junto a la chimenea, en cuyo interior crepitaba un fuego. Y cuando abrió los ojos, vio aquella escena, la escena de los esquiadores, el *descenso*, desde el otro lado, desde el interior de aquella cabaña, y pudo oírles gritar (¡UUAAAAUUUU!) y (¡ESTO ES LA MOOOONDA, JAKE!), gritaban (¿NO VAMOS DEMASIADO RÁPIDO?) y (¿DÓNDE ESTÁ JANE?) (¡JAAAAAAANE!), y a Louise, al instante, la embargó una profunda sensación de paz, la clase de sensación de paz con la que sólo un viajero incansable puede llegar a toparse alguna vez, esto es, la de alguien que jamás se ha sentido en casa sintiéndose en casa por primera vez. En adelante, la escritora se *teletransportaría* en más de una ocasión a aquel sillón afelpado y volvería a contemplar la escena, y de allí, de aquella cabaña acogedora, saldrían al menos tres de sus novelas, pero sólo una de ellas, la primera, contendría una escena que sucedería en la cafetería de aquella (LOU), y que describiría, en un párrafo aparentemente sin importancia, cómo se había acercado, un cigarrillo apagado colgando del labio, la cartera, una cartera decididamente *masculina* en la mano, los ojos ligeramente pintados, el pelo, corto y revuelto, a la caja registradora para pagar su café y aquel emparedado de chocolate, un emparedado reseco y *aburrido*, y que, al hacerlo, había visto aquel puñado de postales navideñas amontonadas en aquella pequeña estantería *giratoria*, un puñado de postales que parecían llevar demasiado tiempo *esperando*, y cómo había estado ojeándolas, y se había finalmente *teletransportado* a una de ellas mientras la camarera, Alice, Alice Potter, parloteaba con un tipo en la barra, hablaban del tiempo, del tiempo *siempre* desapacible de Kimberly Clark Weymouth, y finalmente, después de todo aquel (OJEAR) había decidido llevarse una de aquellas postales, no una postal cualquiera sino la única que había logrado *teletransportarla* a algún lugar.

Lo que Louise no había contado en aquella escena, y sólo había contado en una ocasión, a su buen amigo Jeff Bocka, el escritor que había perdido la cabeza después de escribir un libro llamado *La pequeña Bess Hingdon*, es que, en el momento en que sus ojos y los ojos de la camarera, Alice, Alice Potter, se habían encontrado, algo en la mente de (LOUISE) había (BUM) estallado, y ese algo tenía que ver con la postal, Alice Potter, el tiempo *siempre* desapacible de Kimberly Clark Weymouth, y *Santa Claus*, porque en el momento en el que los ojos de Louise Cassidy

Feldman se habían *topado* con la mirada decididamente ilusa y ausente de Alice Potter, la escritora había irremediablemente pensado en la mañana de Navidad, en casa, bajo el árbol, y en ella, de niña, preguntándose, ante la atenta mirada de aquella cabeza de ciervo *iluminada*, qué demonios haría el resto del año Santa Claus, si aquel era verdaderamente su trabajo, su *único* trabajo, y si alguien podía *vivir* todo un año de trabajar un *único* día de ese mismo año.

Esa era la razón, le había contado a Jeff, de que hubiera tartamudeado cuando la camarera le había dicho (SEIS CON CINCUENTA). Louise había tartamudeado y había estado a punto de no (EH-UH-EH-¿SÍ?) *pagar*, había estado a punto de irse por donde había venido, instalarse en aquel aparcamiento, instalar, en realidad, su mesa y su silla plegable, y ponerse a escribir, porque había tenido una idea, y era una idea estupenda (ESTA CIUDAD VA A TENER UN SANTA CLAUS OFICIAL Y NO SERÁ EXACTAMENTE UN SANTA CLAUS), y aquella era la idea que había dado forma a la novela favorita de Stumpy MacPhail, aquella novela que llevaba por título *La señora Potter no es exactamente Santa Claus*, y que, en aquel momento, había dejado de *reposar* en una de aquellas estanterías repletas de anuarios de ventas y de revistas de modelismo, porque Stumpy había vuelto a ojearla, el sabor de aquel café *amelocotonado* en la boca, y se había detenido, precisamente, en la página en la que se reproducía aquella postal navideña. Se había fijado en los tres esquiadores diminutos que descendían aquella *colina* y se había dicho que, después de todo, él estaba en aquel momento dentro de aquella cabaña, la cabeza recostada en aquel sillón afelpado, contemplando la escena. Porque, por más que le pesara a su madre, Stumpy era *feliz*, como lo había sido el niño Rupert.

Oh, ¿había sido feliz el niño Rupert? Por supuesto, lo había sido. Pero sólo un tiempo. El niño Rupert era el protagonista de *La señora Potter no es exactamente Santa Claus*. En realidad, podría decirse que había sido el *antagonista* de tan estrambótico personaje. El niño Rupert había sido el primero en *toparse* con la señora *Alice* Potter, con su oronda figura, su pelo blanco y su *disfraz* de Santa Claus. La señora Potter era la nueva vecina de los siempre tímidos Brooke. El niño Rupert se la había encontrado un día en el jardín trasero, *olisqueando*, no como olisquearía una señora de pelo blanco, sino como lo haría un sabueso: a cuatro patas, aquel *disfraz* de Santa Claus cubriéndose de barro. ¿Acaso buscaba algo? Oh, no, *nada*, ella no buscaba *nada*, o eso le había dado a entender al niño Rupert cuando, sorprendida en tan poco decorosa situación, había sido interrumpida por el pequeño, que, aunque lo parecía, no era, en realidad, tan pequeño.

Tres días después de aquello, el pequeño Rupert había dado con un agujero del tamaño de una caja de zapatos en el jardín trasero, y les había dicho a sus padres que, fuese lo que fuese lo que buscaba aquella señora el otro día, lo había encontrado. Pero sus padres, siempre tan ocupados, con todos aquellos horribles trabajos de oficina que decían tener, porque siempre eran trabajos de oficina y eran trabajos horribles, no le habían prestado la más mínima atención, y el pequeño Rupert se había metido en su cuarto y había llamado a Chester, su mejor amigo, por teléfono. Le había llamado y le había dicho que aquella mujer, fuese quien fuese, había conseguido lo que quería, y Chester se había prestado a acompañarle, al día siguiente, después de clase, a casa de aquella mujer que parecía pero no podía ser Santa Claus porque, qué demonios, era una mujer. Pero ¿acaso tenía Santa Claus que ser forzosamente un hombre?, se había preguntado aquella mañana, en el colegio, Chester Vernon.

El par de amigos solían sentarse juntos en el comedor, y compartir sus almuerzos. El padre de Chester preparaba unos emparedados estupendos. Piénsalo, le había dicho su mejor amigo entonces, ¿quién sabe lo que verdaderamente esconde *Santa* bajo el disfraz? Rupert había sonreído y había sacudido la cabeza. No, tío, había dicho. Santa tiene barba. Una barba blanca y *enorme*. ¿Cómo demonios podría ser una *mujer*? Oh, había respondido, risueño, Chester, ¿acaso no has oído hablar de la mujer *barbuda*?

—No, tío, la mujer barbuda está en el circo, y es un invento.

—Piénsalo, Rupp. —Chester se toqueteó las gafas, aquellas gafas que no hacía más que quitarse y ponerse, como si en vez de un par de gafas fuesen una especie de botón de encendido y apagado de vete a saber qué, ¿el *mundo*?—. ¿No podría ser así como Santa Claus pasa desapercibido? Si fuese una mujer, una mujer *barbuda*, le bastaría con afeitarse para pasar *desapercibido*.

—¿Has perdido la cabeza, Chest? —Rupert se masajeaba compulsivamente el vello que cubría la zona en la que algún día no demasiado lejano le crecería un bigote rubio que los lectores de aquella novela jamás llegarían a *ver*—. ¿Por qué tendría Santa Claus que pasar desapercibido? ¡Santa Claus ni siquiera *existe*, Chester!

Chester miró entonces a uno y otro lado, como si en vez de un personaje de una novela infantil fuese un personaje de una novela de espías, y dijo:

—¿Cómo lo sabes? Quiero decir, ¿y si existiera? —El chaval se quitó las gafas, miró detenidamente a Rupert. Primero le miró un ojo y luego el otro—. Piénsalo. Esa mujer no tenía por qué llevar ese traje, y tampoco tenía por qué olisquear como un perro tu jardín. ¿Y si —Chester carraspeó, bajó aún más la voz, le miró detenidamente, primero un ojo, luego el otro— y si fuese una especie de *animal*, Rupp?

—¿Una especie de animal?

Chester asintió, volvió a ponerse las gafas, miró a uno y otro lado, dijo:

—¿Y si Santa es una especie de *bruja*, Rupp?

Definitivamente, pensó Stump, el ejemplar de aquella vieja edición de su novela favorita en la mano, abierto por la página en la que transcurría aquel delicioso diálogo entre Rupert y Chester, aquel chaval tenía madera de detective, como no tardaría en resultar más que evidente, cuando se descubriera que, efectivamente, la señora Potter no era exactamente Santa Claus pero, como él, podía cumplir deseos, tenía, en realidad, una pequeña caja que los cumplía por ella. Oh, no es que en el mundo del que provenía las cajas cumpliesen deseos, es que aquella caja en concreto lo hacía. Porque contenía una pequeña colección de postales *mágicas*. Postales, evidentemente, *navideñas*.

MacPhail sonrió y devolvió su viejo ejemplar a la estantería, no sin antes olisquearlo, a la manera en que, pensó, lo hubiese olisqueado la mismísima señora Potter, y se dijo que no le vendría nada mal tener una de aquellas postales a mano. Si hubiera tenido una de aquellas postales a mano habría escrito en el dorso algo parecido a (¡LOADO SEA NEPTUNO! ¿PODRÍA CONCEDERME LA FORTUNA UN CLIENTE? UN CLIENTE ES TODO LO

QUE NECESITO), y al hacerlo habría decepcionado una vez más a su madre, a quien le traían sin cuidado los clientes, porque, diría, los clientes le lloverían cuando ganase aquel condenado premio que no era más que un premio absurdo, un Howard Yawkey Graham a nada menos que Agente Audaz, pero ella, de todas formas, habría querido que escribiese aquello en la postal, que escribiese (QUERIDA SEÑORA POTTER) (DOS PUNTOS) (NADA ME HARÍA MÁS FELIZ QUE GANAR EL HOWARD YAWKEY GRAHAM A AGENTE AUDAZ, SEÑORA POTTER) (¿CREE QUE PODRÍA CONSEGUIRLO?) (SUYO ATENTAMENTE) (STUMPY MACPHAIL).

En cualquier caso, Stumpy no tenía una de aquellas postales a mano, por lo que no valía la pena pensar en lo que hubiese escrito en ella de haberla tenido. Más le valía seguir pensando en Louise Cassidy Feldman y en su novela favorita, la novela que le había llevado a mudarse a la aburrida y desapacible Kimberly Clark Weymouth, y en por qué no, aquel tipo que se había apostado ante su puerta, ¿acaso podía ser su primer cliente?

2

En el que el protagonista de esta historia, Billy Bane
Peltzer, maldice su suerte como propietario de una tienda
de *souvenirs*, y se habla de la maldición que persigue a la
fría y despiadada Kimberly Clark Weymouth y la obsesión
de sus habitantes por una serie llamada
Las hermanas Forest investigan

El tipo que iba a apostarse ante la puerta de (SOLUCIONES IN-
MOBILIARIAS MACPHAIL) era, a su pesar, una pequeña celebridad
en la siempre desapacible Kimberly Clark Weymouth. Su nombre era Billy. Y, aunque detestaba con todas sus fuerzas aquella
maldita y *fría* ciudad, la detestaba con la misma intensidad con la
que detestaba todos aquellos cuadros, los cuadros que no dejaban de llegarle de todas partes, los cuadros que pintaba su madre,
estuviese donde estuviese, no podía evitar ser una pequeña celebridad. Y todo porque su padre, el estúpidamente fallecido
Randal Peltzer, Randal *Zane* Peltzer, se había, como aquel ridículo agente inmobiliario que aún no era más que una presencia vaporosa en la mente siempre meditabunda de Billy, Billy
Bane Peltzer, obsesionado con la novela de aquella tal Louise
hasta el punto de abrir el único establecimiento dedicado por
entero a vender *merchandising* relacionado con aquella condenada señora Potter. De todas partes llegaban familias, familias al
completo, familias que se embutían en pequeños coches, en pequeñas caravanas, familias que no tenían un centavo pero sí tenían niños, niños que habían leído la maldita novela y se habían
obsesionado con ella a la manera en que lo había hecho su padre, que ni siquiera era un niño cuando la había leído, y habían
insistido en visitar la *casa* de aquella mujer que definitivamente
no era Santa Claus pero lo parecía, familias que compraban *auténticas* postales de la señora Potter, y todo tipo de cosas, aquellas
otras cosas que Billy Bane vendía y que estaban todas relaciona-

das con el mundo que se describía en *La señora Potter no es exactamente Santa Claus.*

Los niños, todos aquellos niños, y, aún, algún adulto, la clase de adulto que viaja solo, con un ejemplar de la novela en la mochila, la mirada perdida, el nudo siempre en la garganta, una tristeza, por momentos, *paralizante*, querían saber dónde *exactamente* había *veraneado* aquella mujer, y si era cierto que toda aquella *nieve* que jamás se iba a ninguna parte, que caía, de improviso y a diario, sobre aquella *fría* ciudad, era cosa suya. Si a su marcha, a su definitiva desaparición, aquella tal señora Potter, la mujer que vestía aquel horrible disfraz de Santa Claus abominablemente *sucio*, había lanzado sobre Kimberly Clark Weymouth una maldición, y aquella maldición consistía en algo parecido a (TIEMPO DESAPACIBLE) y (NIEVE) (PARA SIEMPRE). Y todas aquellas veces, las veces en que aquellos niños definitivamente ilusos, las veces en que aquellos adultos decididamente tristes, preguntaban, Billy sacudía la cabeza, y su abultada y enmarañada melena rizada se sacudía con él, y decía que (NI PENSARLO), que aquel tiempo desapacible había *nacido* con la ciudad, que lo único que había hecho la señora Potter era *soportarlo.*

—Entonces ¿por qué *veraneaba* aquí? Mamá siempre dice que se veranea en sitios en los que hace calor. ¿No se veranea en sitios en los que hace calor? —preguntaba, de vez en cuando, alguno de aquellos mocosos entrometidos, a lo que Billy, invariablemente, respondía que lo más probable era que su madre estuviese *harta* de la ciudad, y no pudiese darse nunca un baño en el mar, y que todo el mundo desea hacer en verano aquello que no puede hacer en invierno, pero ¿qué me dirías, pequeño mocoso del demonio, se aseguraba siempre de omitir Billy Bane, si te dijera que la señora Potter provenía de un lugar en el que no hacía otra cosa que *bañarse* en el *mar* y que, por lo tanto, para ella, lo *raro*, lo *excepcional*, lo *fascinante*, eran todas aquellas *heladas* ventiscas? ¿Qué me dirías si te dijera, tipo triste y solitario que en algún momento fuiste un niño triste y solitario, que la señora Potter *soñaba* con montar en *trineo* porque no había manera de que pudiese montar en trineo en el lugar del que procedía, porque en aquel lugar, al contrario que en la siempre desapacible Kimberly Clark Weymouth, jamás, nunca, nadie había visto nada parecido a aquellos copos helados que caían del cielo siempre encapotado de Kimberly Clark Weymouth y que, a base de no dejar de caer, acababan tiñendo de un blanco aborrecible hasta el último rincón de la para siempre navideña ciudad?–. Oh –musitaban entonces todos aquellos hombres, aquellos chicos, aquellas mujeres, aquellas chicas, que habían, por algún delirantemente absurdo motivo, *peregrinado* hasta aquella ciudad del demonio, con un ejemplar de la novela de Louise Cassidy Feldman en la mochila, la diminuta maleta, la guantera de su viejo utilitario. Algunos fruncían el ceño, le miraban de arriba abajo, decían (NO HABLA EN SERIO), y en ocasiones Billy Bane decía (POR SUPUESTO QUE NO), decía (¿AÚN NO SE HA ENTERADO?), y, con su mejor sonrisa, añadía (¡LA SEÑORA POTTER NO EXISTE!), y entonces todos aquellos tipos, y todas aquellas chicas, y los chicos, y las mujeres, sonreían, recogían sus cosas y se marchaban, pero los niños no lo hacían, los niños no se iban, los niños querían saber cuál era aquel lugar en el que no existían los trineos porque no existía el frío, cuál era aquel misterioso y cálido lugar del que procedía la señora Potter, y entonces Billy Bane bajaba la voz y decía:

–Sean Robin Pecknold.

Y todos aquellos niños lo repetían, en un susurro, se decían (SEAN ROBIN PECKNOLD), y les sonaba, a todos, a palabras *mágicas*, les sonaba a todo lo que ocurría con todas aquellas postales en las que podían garabatearse deseos, aquellas postales que luego empequeñecían y desaparecían en aquella caja, la caja de la señora Potter, que contenía una pequeña oficina de correos en la que se afanaban, aquí y allá, diminutos empleados, que eran diminutos empleados *mágicos* porque, una vez terminaba su jornada laboral, regresaban a sus casas, hacían la cena, se metían en la cama, leían algún diminuto libro *mágico*, y anotaban todo aquello que querían recordar en unas diminutas libretas que todos ellos guardaban en el primer cajón de su mesita de noche.

Y en el coche, de vuelta a casa, los padres y las madres de todos aquellos niños, se aferraban al volante, algunos (FUUUUF) fumaban, y decían, el volumen de la música ligeramente alto, que aquel lugar, aquel tal (SEAN ROBIN PECKNOLD) no existía. Que no había forma de que pudiesen *veranear* allí porque nadie veraneaba en lugares que no existían. Y entonces todos aquellos niños miraban la postal que, con toda seguridad, habían comprado en la única tienda dedicada por completo a vender *merchandising* de aquella condenada novela *infantil*, tienda que, por cierto, se llamaba (LA SEÑORA POTTER ESTUVO AQUÍ), y fantaseaban con la idea de que, por una vez, sus padres no tenían razón, y la señora Potter y aquel lugar, aquel (SEAN ROBIN PECKNOLD), existían.

Con las manos en los bolsillos y el pelo, aquella maraña bamboleante de rizos *esponjosos*, decididamente *atormentado*, Billy Bane Peltzer caminaba, dando enormes zancadas, sus viejas botas militares despellejadas aferrándose, cada vez, con seguridad, al asfalto, aquel asfalto congelado, el asfalto de la calle principal de la siempre desapacible Kimberly Clark Weymouth, en dirección a la oficina de aquel tal (MACPHAIL), el tipo del que nada sabía y que, esperaba, nada sabía de él. Bane, el flequillo golpeándole aquí y allá, aquella frente que era una frente decidida, si algo así era posible, una frente segura de sí misma, una frente que había heredado, decían, de su tía, la fabulosa Mary Margaret Mackenzie, la fabulosa Mack Mackenzie, ex trapecista y ex domadora de leones que había pasado sus últimos días haciendo todo tipo de trucos con un puñado de delfines, apresuró el paso, pensando en lo que le diría a aquel tipo que nada iba a saber de él porque no había tenido tiempo de saber nada de él, porque puede que Billy Bane Peltzer fuese una pequeña celebridad en Kimberly Clark Weymouth, pero aquel tipo no era más que un recién llegado, un forastero, y le constaba que aún no había pisado el Scottie Doom Doom, y que no lo hubiera hecho lo convertía, con toda probabilidad, en el único hombre que jamás había oído hablar de aquella condenada Louise Cassidy Feldman y su estúpida novela.

Si así era, Bane estaría de suerte.

—Escuche —le diría entonces—. No sé de dónde viene usted ni me interesa, pero aquí, en Kimberly Clark Weymouth, las paredes no sólo escuchan sino que anotan todo lo que se dice, y hay ciertas cosas que no pueden decirse, y una de ellas es la que estoy a punto de decirle, señor, eh, *MacPhail*.

En ocasiones, Bane lo imaginaba sorprendiéndose. Mesándose la barba y murmurando un descuidado (OH). Un (OH) que parecía a la vez interesado en lo que demonios tuviese que decir aquel chiflado y *alarmado* por que lo que demonios fuese le convirtiera en alguna especie de blanco para todo el mundo.

En otras, el tipo simplemente fruncía el ceño, aquel ceño que imaginaba altamente sofisticado, y decía algo parecido a:

—Su secreto estará a salvo conmigo, señor, eh, *Peltzer*.

Esas veces, lo que Bane imaginaba que ocurría a continuación empezaba con un:

—Eso es justo lo que esperaba oír.

Porque era cierto. Si Bane acudía a aquel tipo, el tipo que había abierto aquella oficina en la calle principal creyendo que podía (SOLUCIONAR) lo que hubiese que (SOLUCIONAR), inmobiliariamente hablando, a los habitantes de la siempre desapacible Kimberly Clark Weymouth, era porque no había nadie más a quien acudir en aquella asfixiante ciudad del demonio. Había otro agente inmobiliario, por supuesto, un tipo llamado Ray Ricardo. Ray Ricardo había sido el único agente inmobiliario de Kimberly Clark Weymouth hasta que a su sobrina Wayne, Wayne Ricardo, se le había ocurrido empezar a *competir* por los escasísimos clientes disponibles en un lugar al que jamás a nadie se le ocurriría *mudarse*.

Pero dejarse caer por el despacho de Ray Ricardo, o por el de Wayne Ricardo, habría significado para Bane el fin de su pequeña aventura. Porque ayudarle a vender su casa, la casa en la que había crecido, la casa en la que su madre había abandonado a su padre, la casa en la que su padre, el iluso Randal Zane había *muerto*, la casa a la que seguían llegando todos aquellos cuadros, los cuadros que su madre pintaba, aquellos cuadros que eran como postales, postales de otros mundos que sólo ella podía pisar, porque, sí, ella había escapado, y lo había hecho sola, sería lo último que aquel par harían. Porque Kimberly Clark Weymouth era tan desapacible como decididamente rencorosa. Y necesitaba atención. Era una tipa solitaria y triste, que a menudo se enfadaba, que se enfadaba en realidad todo el tiempo, que gritaba y rompía platos, que daba puñetazos en la mesa, la clase de mesa a la que podría sentarse una ciudad *entera*, y que lo único que quería era un poco de atención, y esa atención se la daba aquella horripilante tienda suya, (LA SEÑORA POTTER ESTUVO AQUÍ), y a nadie se le ocurriría quitársela.

—Oh, no, Bill, ¿*vender*? —Bane había imaginado cientos de miles de veces cómo habría acabado cualquier encuentro con Ray o Wayne Ricardo y ese encuentro siempre habría acabado con un–. Ni pensarlo.

Ajá, un (NI PENSARLO).

Todas aquellas veces, Bane había imaginado a Ray y a Wayne sacudiendo la cabeza, sonrientes, porque eso era todo lo que hacían, después de todo eran agentes inmobiliarios, diciéndole (OH, NO, BILL) (NI PENSARLO) y, a menudo les había oído añadir un (¿ACASO QUIERES QUE ME DESPELLEJEN?), porque eso imaginaba Bane que podía hacerle aquella ciudad. Porque aquella ciudad era como una amante abandonada y completamente trastornada. Jamás iba a atender a razones. Quería conservar lo único *bueno* que tenía. Aunque fuese una estúpida tienda de *souvenirs*.

Bane cruzó la calle. Saludó a Meriam Cold, que parecía dirigirse a la oficina postal, tironeando de su rebelde mastín. Apresuró el paso. Había colgado un diminuto cartel en la puerta asegurando que regresaba en (MENOS DE LO QUE TARDA LA SEÑORA POTTER EN CONCEDER UN DESEO) pero temía que el señor Howling, el propietario de Trineos y Raquetas Howling le hubiese visto salir y acabara preguntándose por qué demonios el chico de Randal tardaba tanto en regresar de donde demonios estuviera y que eso le llevase a preguntarse dónde demonios estaría. Alguien podría sugerirle entonces que lo más probable era que estuviese con la hija de Lacey Breevort, Sam, porque Sam, Samantha Jane, era su única amiga, pero aquello no evitaría que el señor Howling sospechara y pusiese en marcha una pequeña investigación.

De todos era sabido que los habitantes de Kimberly Clark Weymouth eran buenos investigadores. Se habían curtido viendo los episodios de *Las hermanas Forest investigan*, una serie de televisión protagonizada por dos hermanas detectives, las hermanas Forest, que, sin duda, vivían en el pueblo más peligroso del mundo puesto que no pasaba un sólo día sin que se descubriera un cadáver en una juguetería, en la sala de espera de la consulta del *único* dentista, o en la trastienda de una de las demasiadas armerías del lugar, puesto que, si por algo era conocido aquel pueblucho de montaña venido a *más*, era por sus *rifles*.

Ajajá, Little Bassett Falls, el pueblucho en el que vivían y trabajaban las *gemelas* Jodie y Connie Forest, era famoso por sus *rifles*. Y quizá aquello explicara por qué las hermanas tenían tanto *trabajo*. A menudo, quien demonios fuera que conducía hasta allí para comprar uno de sus *famosos* rifles, acababa utilizándolo antes incluso de que éste diera contra el mullido asiento trasero de la camioneta de su dueño. De ahí que, de haber existido, de no limitarse a ser lo que era, es decir, un pueblucho de cartón piedra *protagonista* de una serie de televisión, pudiese ser considerado el pueblo más peligroso del mundo, porque ¿acaso había otro lugar en el mundo que pudiese *igualar* el índice de criminalidad de Little Bassett Falls? Oh, no, por supuesto que no. Teniendo en cuenta que el pueblo no debía superar los 5.326 habitantes, tal y como recordaba a menudo Mildway Reading, la impertinente y poderosa bibliotecaria local, que se hubiesen emitido 1.489 capítulos de la serie en cuestión y sólo en tres ocasiones los asesinatos investigados por las hermanas Forest hubiesen sucedido más allá de los límites del municipio, lo convertía en la clase de lugar del que cualquiera en su sano juicio huiría. Y puede que esa fuese una de las razones por las que los habitantes de Kimberly Clark Weymouth amasen a las hermanas Forest. Ellas *también* vivían en un lugar horrible. Sólo que en ese lugar horrible nunca nevaba. Lo que pasaba en ese lugar horrible era que no dejaba de morir gente, algo que, por otro lado, teniendo en cuenta a lo que se dedicaban una y otra, era una buena noticia. De la misma manera que era una buena noticia que no dejase de nevar en Kimberly Clark Weymouth. Después de todo, si todos ellos tenían trabajo era gracias a la señora Potter y la señora Potter, por más que no fuese Santa Claus, lo parecía, ¿y acaso podía parecer alguien Santa Claus en una ciudad soleada? Oh, no, por supuesto que no.

En cualquier caso, de la misma manera que Little Bassett Falls podría dividirse entre futuras víctimas y futuros asesinos, Kimberly Clark Weymouth se dividía, sin poder remediarlo, entre aquellos que amaban a la perfecta Jodie Forest y aquellos que se atrevían a amar a la decididamente poco *amable* y aparentemente *imperfecta* Connie Forest. Sí, las hermanas representaban a dos tipos opuestos de investigadora y, por lo tanto, de persona, y, aunque buena parte de los habitantes de Kimberly Clark Weymouth, como buena parte de los habitantes del mundo, se sentían *cómodos* con la idea de adorar a Jodie, la aplicada, cavilosa, extremadamente ordenada, aburrida y sin duda falta de talento Jodie, los había, como Billy Bane y su amiga Sam, que adoraban el afilado instinto de la despreocupada y a menudo feroz Connie Forest. Porque no importaba la de veces que dejara tirado a aquel novio suyo, aquel tenista aburrido llamado James Silver James, hijo de trabajadores del rifle y oveja negra de la familia en tanto que tenista y no trabajador del rifle como todos los suyos, Connie tenía siempre una buena razón para hacerlo: estaba resolviendo un caso. Porque era ella quien resolvía todos aquellos casos. Sí, su hermana recababa y ordenaba, diligentemente, toda la información, pero era Connie quien resolvía el misterio. Aunque, puesto que, cada vez, le traía sin cuidado lo que demonios ocurriese *después*, el mérito era siempre de su hermana, porque era ella quien recogía las piezas una vez el rompecabezas se había *desarmado*, y era ella, claro, quien las exponía ante su *superiora*, la también pesarosamente cuidadosa Etta Marston, que había sido una vez exactamente el mismo tipo de investigadora que por entonces era Jodie y sabía perfectamente lo que ocurría entre ellas, pues se daba la extremadamente *rara* coincidencia de que la propia Etta tenía también una hermana gemela que, antes de volverse novelista, y no una novelista de éxito pero sí una novelista de *talento*, había sido *detective*, la clase de detective a la que le bastaba un vistazo a la escena del crimen y al listado de sospechosos, para señalar, sin equivocarse, al culpable. En secreto, Etta había odiado a su hermana, y lo seguía haciendo. En secreto también, un secreto que no pasaba por alto a los espectadores de *Las hermanas Forest investigan*, la aparentemente perfecta Jodie Forest también odiaba a su hermana.

A Connie, sin embargo, su hermana le traía sin cuidado.

Lo único en lo que Connie pensaba era en encajar piezas.

Bane y Sam hablaban a menudo de ella, siempre ante un par de espumosas jarras de cerveza. Hablaban de su más que enfermiza relación con el profesor Deveboise, un tipo que, en otra época, la época en que las gemelas Forest habían tenido catorce años, la época en la aún iban al instituto, les había dado clases, clases de química. Una y otra se habían enamorado entonces perdidamente de él, y aquello las había unido por un tiempo, pero luego las había, inevitablemente, separado, porque una y otra habían tratado de conquistarlo, a su manera. Y habían fracasado. Una y otra vez, habían fracasado. Porque al profesor Deveboise le traían sin cuidado las chicas. El profesor Deveboise no hacía otra cosa que contemplar la tabla periódica y anotar cosas en libretas. Aseguraban, quienes le conocían, que estaba tratando de descifrar algún tipo de misterio indescifrable, la clase de misterio que podría hacer rodar el mundo en otra dirección. Tanto a Bane como a Sam les fascinaba la figura del profesor que había enamorado a las hermanas Forest y discutían a menudo la posibilidad de que aquel amor, doblemente no correspondido, hubiera marcado su relación, como si, más que intentar ser la favorita de papá o mamá, intentasen serlo de aquel profesor de química al que cualquier habitante del planeta le traía sin cuidado.

Sea cual sea el caso, lo cierto era que los episodios de *Las hermanas Forest investigan* se emitían cada noche, invariablemente, alrededor de la medianoche, y que toda la ciudad, toda Kimberly Clark Weymouth, se mantenía despierta hasta entonces, porque no había nada que le gustara más que aquella serie de televisión. Entrenada como estaba, entrenados como estaban, en realidad, sus habitantes, en el arte de *detectar* cualquier tipo de anomalía, iban por ahí anotando todo tipo de cosas, como si fuesen, ellos también, *investigadores*, de quién sabía qué, y no pudiendo evitarlo, impedían que nada ocurriese de verdad, que nada *cambiase* porque ¿no era *atemorizante* la sola idea de convertirse en el desencadenante de cualquier tipo de pequeño *huracán*?

De ahí que Bill temiese lo que pudiese pensar el señor Howling si tardaba en regresar. Después de todo, el señor Howling debía saber que había recibido aquella carta, la carta de la oficina de (DEFUNCIONES) de la siempre soleada Sean Robin Pecknold, la carta en la que el Departamento de Bienes Inmuebles de la ciudad le comunicaba que, tras la muerte de la señora Mackenzie, su tía, Mary Margaret Mackenzie, él, Billy Bane Peltzer, era el único (DEPOSITARIO) de la que había sido su vivienda habitual, aquella vivienda en la que, además de una aborrecible colección de cuadros, cuadros en muchos sentidos idénticos a los que colgaban de las paredes de su propia casa, atesoraba una impresionante colección de útiles para amaestrar animales salvajes, pues, después de todo, a eso se había dedicado toda su vida, a amaestrar animales salvajes, y por eso era conocida en todo el mundo, oh, Mack Mackenzie, la legendaria domadora de casi cualquier cosa.

Billy Bane Peltzer, su a menudo apesadumbrado sobrino, sólo había estado en aquella casa en tres ocasiones. Y en todas ellas se había escondido en algún rincón –la casita de la enorme piscina en la que tía Mack amaestraba focas y delfines; la jaula en la que habían pasado la noche el puñado de bebés de tigre que había recibido por equivocación; el armario en el que guardaba los juguetes del pequeño Corvette, el elefante enano con el que vivía, y que, decía, la entendía mejor que ninguno de los hombres con los que había estado– con la esperanza de que su madre no diera con él y olvidara que, además de aquel montón de cuadros, había traído consigo a su pequeño.

Pero, evidentemente, eso nunca ocurría.

Y no porque su madre pensase en él más de la cuenta, sino porque era su tía quien lo hacía. Todas y cada una de las veces había sido su tía quien primero había advertido su ausencia y luego había dado con él.

—¿En qué demonios estabas pensando, pequeño Bill? –le había dicho, todas aquellas veces.

—En que quiero quedarme aquí contigo, tía Mack –le había contestado el entonces pequeño Bill–. Creo que no me gusta mamá.

—¿Por qué no iba a gustarte mamá, pequeño Bill?

—Porque no es como tú, tía Mack.

—Oh, pequeño Bill.

—Es verdad –solía decir el pequeño Bill y, siempre, todas y cada una de las veces, en aquel preciso instante, justo después de murmurar (ES VERDAD), enjugaba una lágrima y, a continuación se ponía muy serio, tremendamente serio y decía (TÍA MACK), decía–. ¿No podría quedarme aquí contigo?

–Oh, pequeño Bill –decía tía Mack, y a menudo eso era todo lo que decía, porque, cansada de esperar en el cobertizo, aquel cobertizo que su tía Mack había habilitado para recibir visitas, para, en concreto, recibir las visitas de su hermana Madeline, Madeline Frances Mackenzie, su madre, la mismísima Madeline Frances Mackenzie, gritaba (MACK) y (¿DÓNDE DEMONIOS TE HAS METIDO?) y hacía pedazos el sueño de su hijo, aquel sueño que consistía en no tener que regresar a casa *jamás*.

–¿Bill?

Bill volvió en sí. Seguía caminando por la calle, camino de aquel lugar, camino de (SOLUCIONES INMOBILIARIAS MACPHAIL), como alma que lleva el diablo, sus viejas botas aferrándose al asfalto congelado, haciendo frente a las ventiscas que salían a su encuentro al doblar cada esquina con su vieja bufanda de *esquiadores*, la bufanda que, con el tiempo, se había convertido en el producto estrella de aquella condenada tienda, oh, (LA SEÑORA POTTER ESTUVO AQUÍ), y aquel gorro, el gorro de *cazador* con orejeras que le había regalado Sam, pero acababa de toparse con Catherine Crocker, la agente Catherine Crocker, la pequeña Katie Crocks, y sus enormes ojos azules, y su escandalosamente *torpe* risa infantil, aquella risa inoportuna que, evidentemente, fue lo primero que escuchó de ella, aquella risa ridícula y luego aquel (¿BILL?).

–¿Cats? –Ése era Bill, saliendo de su inútil ensimismamiento.

–Un día estupendo, ¿no crees?

–Oh –Bill miró a uno y otro lado. Las ventiscas desordenaban su melena decididamente poco *ordenada*, y hacían lo mismo con la de Catherine, que, sin embargo, sonreía, con aquella sonrisa que parecía coleccionar dientes de leche, porque eso parecían los dientes de la pequeña Cats, dientes de leche–. Yo no diría eso.

–Es, bueno –Oh, (JIJU JI)–. ¿Vas a alguna parte?

–Eso creo, sí –Bill se metió las manos en los bolsillos y sonrió. Oh, Cats, la pequeña Cats, suspiró.

Suspiró y, sin poder evitarlo, (GLUM), dijo:

–¿Puedo acompañarte?

−¿*Acompañarme?*

−No, eh, yo, lo, lo siento, Bill, es, bueno, a veces me pregunto si, me preguntaba si, no sé, ¿te apetece un café? Yo podría tomarme un café, Bill, yo, eh, ya sabes, la jefe Cotton no me espera hasta dentro de un rato y he pensado que quizá, no sé.

Billy frunció el ceño.

El ceño de Billy había tenido una vida complicada.

Había tenido, en realidad, una adolescencia complicada.

−Me temo que no tengo tiempo para un café ahora mismo, Cats.

Bill volvió a sonreír. Bill tenía una sonrisa francamente bonita. Nadie se lo había dicho nunca. Ni siquiera Sam, su mejor amiga, le había dicho nunca que tenía una sonrisa bonita, la clase de sonrisa que podía volver loca a una agente de la ley en prácticas como Catherine Crocker, la pequeña Katie Crocks.

−Y, eh, ¿Bill? No sé, ¿te apetece que nos veamos luego? Hace tiempo que, no sé, ¿y si nos viéramos luego en el Scottie Doom Doom, Bill?

Billy volvió a fruncir el ceño.

Aquel ceño que jamás dejaría de ser un ceño adolescente porque eso es lo que ocurre con los ceños que tienen una adolescencia complicada.

−¿Va todo bien, Cats?

−Sisisí −Ella se rio (JIJU JI) y luego dijo−. Sólo es que −(SÉ VALIENTE, CATS), (SÉ VALIENTE)− me apetece −Oh, el corazón de Katie Crocks iba a estallar, iba a (BUM) (BUM) (BUM) *estallar*− invitarte a una −(CASI LO TIENES, CATS)− *copa*.

−Yo, eh −Bill acababa de caer en la cuenta de que ya había caminado lo suficiente, de que aquello que veía a lo lejos, al otro lado de la calle, era, por fin, sí, el *iluso* letrero de (SOLUCIONES INMOBILIARIAS MACPHAIL), así que dijo−. Cats. −Y la chica le miró, tan condenadamente *ilusionada* como parecía estarlo aquel ridículo *cartel*, si es que algo así era de alguna manera posible, como recordaba haber visto en al menos una ocasión *ilusionada* a su propia tía, la tía Mack, que había dicho aquello del pequeño Corvette, el pequeño Corvette, encerrado como debía estar en aquel momento en una jaula, la jaula de la que le había hablado Tracy, Tracy Seeger Mahoney, la *abogada* que firmaba la carta que le había sido remitida desde la Oficina de Últimas Voluntades de Sean Robin Pecknold hacía exactamente una semana, y añadió un (EJEM)–. Claro, ¿por qué no?

La pequeña Cats se ruborizó. Solía ruborizarse a menudo. Sobre todo, cuando tenía que interrogar a testigos. Llevaba poco tiempo en el cuerpo. Aún era una agente en prácticas y, aterrorizada ante, al parecer, cualquier tipo de *posibilidad*, es decir, convencida de que podía ocurrir cualquier cosa horrible en cualquier momento, desenfundaba sin reparo su minúscula Beatrice Johnson, desatando el pánico a su alrededor cada vez. Aquello sacaba de quicio a la jefe Cotton, que no podía evitar aborrecer ligeramente a la pequeña Cats. No le gustaba la forma en que el alcalde Jules había impuesto su, digamos, *candidatura*. Cuando John-John Cincinnati lo había *dejado*, oh, después de aquel asunto de la chica *muerta*, aquel asunto del montículo (CHALMERS) y el asesinato *irresuelto*, el padre de Cats, aquel escritor de *whodunnits*, el hasta cierto punto aborrecible Francis Violet McKisco, se había *personado* un día en comisaría y había *exigido* hablar con el alcalde Jules. No quería para su hija el puesto de John-John, por supuesto. Ni siquiera sabía que aquel puesto estaba libre. Lo único que quería era, oh, bueno, *un* puesto. A la jefe Cotton, su desconsiderada actitud le había resultado aborrecible, pero no había podido evitar sentir cierta fascinación por aquel inaudito descaro. Fascinación que se tradujo en curiosidad por su obra. Así que, en los días que siguieron a la definitiva *llegada* de la chica McKisco a aquel puesto de agente en prácticas, la jefe Cotton se había agenciado una pequeña colección de novelas de aquel absurdamente engreído escritor y, para su sorpresa, las había devorado con un placer, en cierto sentido, culpable. No, la pequeña Cats no sabía nada al respecto. Suficiente tenía con lidiar con Francis McKisco y su inusitado y obsesivo interés en, precisamente, la jefe Cotton. Al parecer, la fascinación había sido, en aquel momento, mutua. La suya, sin duda, acrecentada por la posibilidad de igualar, de alguna forma, a aquella otra escritora, Katie Simmons, la máxima autoridad en (WHODUNNITSLANDIA), que presumía de sus citas con todo tipo de detectives *reales*. ¿Y podría contarle aquello a Bill aquella noche? ¿De qué iba a poder hablar con él? ¿De aquella tienda de *souvenirs*?

—Nos vemos en el Scottie entonces –dijo Cats.

—Por supuesto –dijo Bill, y llevándose una mano al gorro de cazador con orejeras que le había regalado Sam, dijo (HASTA LUEGO, CATS).

Y Cats dijo (HASTA LUEGO, BILL).

Y dijo algo más, dijo algo relacionado con el (SCOTTIE DOOM DOOM), y Bill alzó la mano al otro lado de la calle, y se detuvo, esperó, esperó hasta que la vio marchar, hasta que la vio doblar la esquina y entonces, sólo entonces, mirando a uno y otro lado, apresuró el paso, bajó la cabeza, se aclaró la garganta, aunque (EJEM) no había a su alrededor nadie que pudiera (EJEM) oírle, y, al fin, alcanzó la puerta de (SOLUCIONES INMOBILIARIAS MACPHAIL), pero no la empujó. Lo primero que hizo fue darle la espalda y mirar a uno y otro lado, apostándose ante ella con el único fin de comprobar que nadie, absolutamente *nadie*, le veía entrar.

3

En el que, ¡OH! ¡Loado sea Neptuno! ¡Stumpy MacPhail tiene (UN CLIENTE)! Pero es un cliente (COMPLICADO) que prefiere que (NADIE) sepa que su casa está (EN VENTA), y, adivinen qué, ese cliente es (BILLY PELTZER)

El tintineo de la campanilla (DING DONG), la campanilla de la que pendían tres esquiadores diminutos que inevitablemente a Stumpy MacPhail le recordaban a los tres esquiadores que descendían aquella entrañable montaña, por supuesto, *nevada*, en la *famosa* postal que había inspirado su novela favorita, sacó al agente de la absurda ensoñación en la que le había sumido la lectura de un artículo firmado por una tal Ann Johnette Mac-Dale en el que se daban las pertinentes indicaciones para la construcción de un pequeño lago de cisnes junto a una (NEW ORLEANS). Aquel artículo en concreto había llamado la atención de Stumpy porque él mismo acababa de adquirir una de aquellas casas victorianas (NEW ORLEANS), y aún se estaba preguntando en qué *sección*, en qué, en realidad, *barrio* de su cada vez *mayor* (CIUDAD SUMERGIDA) podía instalarla, y había tenido la sensación de que aquella tal Ann Johnette había escrito aquel artículo (PON UN PUÑADO DE CISNES EN TU NEW ORLEANS) para él, única y exclusivamente para él, y esa era la razón de que anduviese en otro mundo, un otro mundo en el que invitaba a cenar a aquella tal Ann Johnette y luego la invitaba a tomar una copa en su casa, sin otra intención que la de mostrarle su (CIUDAD SUMERGIDA) y pedirle consejo, porque (¿CÓMO PODÍA INSTALARSE UN LAGO DE CISNES EN UNA CIUDAD *SUMERGIDA*?) (¿ACASO NO DEBERÍA TRANSFORMARSE ESE LAGO DE CISNES EN UNA PEQUEÑA *RESERVA* NATURAL PARA ANIMALES *NO* ACUÁTICOS?), y ella no hacía otra cosa que *elogiar* su (CIUDAD SUMERGIDA) y tomar notas, notas para artículos, artículos que, tarde o temprano, su madre leería, y tal vez sintiera algo parecido al orgullo, tal vez no pensase, por un momento, que su hijo estaba (TIRANDO SU VIDA POR LA BORDA) porque su vida, o parte de aquello que hacía con ella, era motivo, *tema*, de un artículo.

En cualquier caso, la campanilla (DING DONG) tintineó y Stump alzó la vista y lo primero que vio fue una bufanda, una bufanda de esquiadores, y, tras ella, la más torpe de las sonrisas a las que su modestamente abultada experiencia como agente inmobiliario había tenido acceso jamás.

—¿El señor Mac, eeeh, *Phail*? —dijo el dueño de la sonrisa.

Estaba apresurándose a quitarse los guantes. Se quitó un guante y luego el otro, y en el tiempo que empleó en hacerlo, Stumpy se puso en pie, se retocó su pajarita bicolor y carraspeó (JRUM) (JRUM), le tendió la mano, su delicada mano de pianista *torpe*, y sonrió. (EL MISMO), dijo, y (HACE FRÍO AHÍ FUERA, ¿VERDAD?).

—Oh, sí —dijo el desconocido—. Pero, eh, *je*, no más que de *costumbre*.

—JOU JOU —rio el agente—. Supongo que tendré que *acostumbrarme*.

Sus manos se estrecharon. La mano del desconocido era una mano fuerte, pero en cierto sentido era también una mano delicada. Una mano que sabía lo que era trabajar duro, pero que siempre se había sentido, de alguna manera, *protegida*.

—Sí, eso me temo —dijo el desconocido.

—Tome asiento, por favor, señor…

—Peltzer.

—Señor Peltzer —dijo, risueño, mientras Bill tomaba asiento en aquella, por otro lado, cómoda silla de felpa—. ¿Le apetece una taza de café?

—Oh. —Billy sonrió. Stump notó el ligero temblor de su labio superior cuando lo hizo—. Claro —dijo—. ¿Por qué no?

Stumpy le dio la espalda para preparar el café, pero no dejó de hablar. Habló de aquel tiempo desapacible, de lo, sin embargo, encantadora que le resultaba la ciudad, de que aún no había tenido tiempo de salir a cenar, de que quizá, él, el señor Peltzer, podía recomendarle algún buen restaurante, de que el lugar del que provenía jamás alcanzaría a tener el *carisma* que tenía aquel pequeño rincón del mundo. Antes de sentarse a la mesa y encarar a su puede que primer *cliente*, quiso saber dónde podría comprar un buen par de esquís y si había alguien en el *pueblo*, y dijo *pueblo* sin pensar, porque aquello era lo que Kimberly Clark Weymouth le parecía, un pueblo, que pudiera enseñarle a esquiar.

—Oh, el señor Howling. Tiene una tienda de esquís estupenda. —Billy Peltzer se quitó el gorro—. Todos sus hijos esquían. Deben ganar todo tipo de campeonatos porque ese sitio está repleto de trofeos. No tiene más que salir a la calle y preguntar por la tienda del señor Howling. Yo mismo puedo acompañarle, si quiere.

—Oh, es usted muy amable, señor Peltzer —dijo Stumpy, tomando asiento—. Pero imagino que no ha venido hasta aquí para dejarse preguntar por unas clases de esquí —Stumpy sonrió—, ¿me equivoco?

—Oh, no, claro. —Bill se arrellanó en aquella pequeña silla de despacho que, después de todo, era francamente *confortable*, y dijo—: Yo, es, bueno, verá. —Bill carraspeó. ¿Cómo demonios iba a decir *aquello*? ¿Y si había alguien allí? ¿Y si alguien estaba *escuchando*? ¿No escuchaban, *acaso*, las paredes, en Kimberly Clark Weymouth? ¿No *anotaban* todo lo que se decía? ¿No le prestaban especial atención a cosas como la que él, Billy Bane Peltzer, estaba a punto de decir?—. Necesito vender una *casa*.

—Oh —dijo Stumpy, y se le iluminó la mirada. Su pajarita bicolor pareció emitir un breve destello—. Supongo que ha meditado usted su decisión, señor Peltzer.

—Por su, eh, *puesto*.

Stumpy sonrió. Retiró el tapón de un bolígrafo, se hizo con un inmaculado folio en blanco y, alzando la vista en dirección a Billy, preguntó:

—¿Me permite?

—Sisí —titubeó Bill.

—Entiendo que esta es una decisión importante para usted, señor Peltzer.

—Sí.

—¿Es la casa en la que vive?

—Sí.

Stumpy anotó algo en aquel folio en blanco.

—Muy bien, señor Peltzer, ¿dónde se encuentra su, eeeh, casa?

—En el, en —Bill bajó la voz—. Mildred Bonk.

—¿Mildred Bonk? —Stump no podía dar crédito. ¿Qué era aquello, su día de suerte? ¿Acaso había, sin saberlo, enviado una de aquellas postales a la señora Potter y la señora Potter la había leído y había puesto en marcha a su pequeño ejército de *concede-deseos* y su deseo le había sido *ampliamente* concedido? Pues, aunque Stumpy aún no se había atrevido a *pisar* aquella calle, sabía que era la calle en la que vivían tanto los siempre tímidos Brooke como la misteriosamente *huraña* señora Potter, y aunque era una calle de las afueras, una calle de los *suburbios* de aquella abominable ciudad, era una calle *preciada*, una calle a la que cualquiera, un cualquiera que, como el propio Stumpy, hubiese leído el clásico de Louise Cassidy Feldman, querría *mudarse*.

—Sí, eh, *sí*.

—Ajá. —Stump trató de fingir el más absoluto desinterés—. Así que, eh, Mildred Bonk —anotó—. Estupendo. No conozco aún lo suficiente la ciudad pero sé que es un, eeeh, buen *lugar*. ¿Me equivoco?

—No, eh, es un buen lugar.

—¿Planta baja?

—Dos plantas.

—Oh.

—Jardín trasero.

—Estupendo.

Stump pensó en Ruppert Brooke y en lo que había visto hacer a la señora Potter en su jardín trasero y se dijo que *aquello* tenía un potencial *increíble*.

—Y cuándo, (UHM), ¿cuándo cree que podría verla, señor Peltzer?

—Cuando quiera.

—¿Es una casa vieja, señor Peltzer?

Billy se encogió de hombros.

—Supongo —dijo.

—¿Está, eh, *reformada*?

—No.

Las respuestas de Bill eran escuetas. No parecía tener demasiadas ganas de hablar. Aquel gorro de cazador con orejeras estaba sobre la mesa.

–Vaya.

–¿Algún problema?

–Ninguno, sólo que, depende del cliente, es algo importante.

–Nunca he tenido la sensación de que necesitara una reforma.

Stump asintió. Dijo:

–¿Creció usted en ella?

Billy frunció el ceño.

–Es, bueno, ¿tiene algo de malo?

–No, eh, por supuesto que *no*, sólo es que, a menudo, cuando crecemos en una casa no tenemos la sensación de que esa casa pueda necesitar una pequeña *reforma*.

–Bueno, tal vez la necesite –admitió Billy.

–Bien. No importa. –Stump seguía anotando cosas. Billy se preguntaba qué clase de cosas podía estar anotando–. ¿Cuándo ha dicho que podría ir a verla?

–No sé, eh. –Bill no podía dejar de pensar en el señor Howling, en Ray Ricardo, en Archie Krikor, en la señora MacDougal, en Rosey Gloschmann, en Don Gately, en, qué demonios, *todo el mundo*, en todo el mundo que (DE NINGUNA MANERA) podía enterarse de lo que pensaba hacer porque lo que pensaba hacer era (VENDER SU CASA) y (LARGARSE) y él no podía (LARGARSE) porque si lo hacía el motor de aquel desapacible *agujero*, aquella ridícula tienda de *ridículos* souvenirs, se apagaría, se apagaría para siempre, ¿y qué sería entonces de ellos? ¿Qué sería de todos ellos?–. ¿*Mañana*?

–Uhm, mañana, *sí*. Déjeme echar un vistazo a mi agenda pero supongo que no habrá ningún, eh, *problema*. –Stumpy abrió el primero de los cajones de su mesa, sacó su enorme agenda y echó un vistazo, sabiendo que, evidentemente, estaba, por completo, en blanco–. Ajá. Bien. Tengo un pequeño asunto pero puede esperar –mintió, y alzando la vista hacia su *primer* cliente, preguntó–. ¿A las diez le parece bien?

–Claro, lo que usted, ehm, *diga*.

–Estupendo, pues –dijo el agente inmobiliario–. Anotaré su dirección y le veré allí a las diez –dijo a continuación–. Apuesto a que no tardaremos en venderla. Es, disculpe si le parezco un poco entrometido, pero ¿ha intentado venderla *antes*?

Bill sacudió la cabeza.

–No –dijo.

–Entiendo.

–Y debo pedirle una cosa, señor MacPhail –dijo Bill.

Stump clavó sus diminutos ojos de roedor en los esquivos ojos de su primer cliente y dijo (DISPARE, SEÑOR PELTZER).

–No puede hablar de esto con nadie.

–¿*Disculpe*?

Stump frunció el ceño. El ceño de Stump era el ceño de un coleccionista de casas diminutas. También era el ceño de un coleccionista de cisnes aún más diminutos.

–Nadie en Kimberly Clark Weymouth puede enterarse de que mi casa está en venta, señor MacPhail. Ni siquiera mañana yo estaré allí. Le daré una copia de las llaves y usted le echará un vistazo. Entre por la puerta trasera y asegúrese de que nadie le ve hacerlo.

–¿No va a estar usted *allí*?

–No puedo estar allí, señor MacPhail. Acabo de decírselo. Nadie puede enterarse de que mi casa está en venta.

–Y cómo espera que, *je*, señor Peltzer, ¿cómo espera que la venda? Si no, eh, si no me deja usted *decírselo* a nadie, es, bueno, ¿no va a resultar *imposible*?

Stumpy sonrió.

Aquel primer cliente también era un espejismo.

Un espejismo con un gorro de cazador a cuadros.

Un gorro de cazador a cuadros con orejeras.

Su anterior primera clienta también lo había sido.

Sólo que ella no llevaba un gorro de cazador a cuadros con orejeras sino un librito titulado *Señorita, ¿por qué no se dedica usted también a esto? No es tan complicado*. Lo firmaba un tal Russ Kermack, un famosísimo *mago*.

–No lo sé, señor MacPhail. Lo único que sé es que si alguien descubre que esa casa está en venta, no va a conseguir usted venderla.

Desde que había recibido aquella carta, la carta de la oficina de (DEFUNCIONES) de la siempre soleada Sean Robin Pecknold, la carta en la que el Departamento de Bienes Inmuebles de la ciudad le comunicaba que, tras la muerte de la señora Mackenzie, él, Billy Bane Peltzer, era el único (DEPOSITARIO) de la que había sido su vivienda habitual, el hijo de Randal Zane Peltzer había dejado de pegar ojo. Lo hacía, de vez en cuando, y a menudo tenía pesadillas, pesadillas en las que no hacían más que llegar a su casa, y a la tienda, y también a la casa de su tía Mack, cuadros, cuadros como postales firmados por su madre, Madeline Frances Mackenzie, desde cientos, miles, de rincones del mundo, rincones que él jamás pisaría porque estaba *enterrado* en aquel agujero, aquel agujero horrendo y *helado*. Pero, también, algunas veces, pocas, soñaba con aquel gorro, su gorro de cazador, saliendo despedido por la ventanilla de un coche, un segundo antes de que el coche arrancara y se alejara (OH, SÍ) definitivamente de (ALLÍ). El coche era un todoterreno diminuto y polvoriento. En el asiento trasero había un perro, un bobtail *enorme*. Era el bobtail enorme de Sam, y parecía, por una vez, qué demonios, *feliz*.

—Está bien —dijo Stump—. Deje que lo piense —dijo. Seguía sonriendo. Sonreía *abiertamente*. Aquello no le gustaba. No le gustaba en absoluto. ¿Cómo demonios iba a vender una casa si no podía *enseñarla*? (PIENSA, STUMP), se dijo, (PIENSA), pero no tuvo que pensar demasiado, le bastó con echar un vistazo a aquel folio en el que había escrito lo que demonios fuese que hubiera escrito y en el que también había dibujado, junto al nombre de la calle, junto aquel (MILDRED BONK), una pequeña casa, la casita en la que vivían los Brooke, la familia protagonista de su novela favorita, para darse cuenta de que allí, ante su (¡LOADO SEA NEPTUNO!), primer cliente, tenía la solución a su problema, sólo le faltaba *escenificarla*, así que (OH), se dijo, y a continuación se dio un golpecito en la frente, como si acabara de caer en la cuenta de algo, (ALGO REALMENTE IMPORTANTE), se golpeó la frente y dijo (¡POR SUPUESTO!), dijo—. ¿Qué me dice de los lectores de Louise Cassidy Feldman? —Y como si al decirlo, aquel raído ejemplar de *La señora Potter no es exactamente Santa Claus* en el que no había reparado al entrar acabara de *chistarle* desde aquella estantería *afortunada*, Bill cayó en la cuenta de que tenía delante a uno de aquellos *ruperts*, es decir, uno de aquellos amantes de aquella novela del demonio, ¿acaso no lo había visto en la *tienda*? ¿No era aquello que se insinuaba en otra de aquellas atestadas estanterías una pequeña colección de duendes veraneantes? ¿No había tras ellos una de aquellas desagradablemente enormes señoras Potter?—. ¿Ha oído hablar de ella, *verdad*?

4

En el que Sam Breevort, la chica que es, como James
Silver James, una oveja negra, vende un rifle, y se habla
de lo complicado que es tener el cerebro de un buscador
de oro y cazar patos de goma como lo hace la mujer más
admirada de Kimberly Clark Weymouth, otra James,
Kirsten James

La única persona en Kimberly Clark Weymouth que sabía que
Billy Bane Peltzer se había dirigido aquella mañana a (SOLUCIO-
NES INMOBILIARIAS MACPHAIL) era su mejor amiga, Sam. Sam
era, como James Silver James, el aburrido novio tenista de la
brillante aunque descuidada Connie Forest, una oveja negra. Y no
lo era únicamente porque jamás se hubiese puesto un vestido, ni
hubiese calzado nada que no tuviese aspecto de bota militar, ni
siquiera lo era por no saber qué hacer con su pelo, ni por no
haber tenido una sola amiga, ni por beber más de la cuenta casi
cada noche. No. Lo era porque regentaba la única armería de
aquella pequeña, triste y fría ciudad. Al contrario que James
Silver James, Sam había seguido los pasos de su padre, que había
sido un buen cazador, y había abierto, a su retiro, una pequeña
boutique del rifle. Aunque también podría decirse que había seguido los pasos de su abuela, Beakie Breevort, que había sido la
primera mujer en empuñar una escopeta en su familia, y, qué
demonios, la primera mujer en hacerlo en todo el condado.
Beakie acostumbraba a ser nombrada Miss Rifle en toda feria
del condado en la que decidía, siempre acertadamente, partici-
par. Llegaba hasta ellas a caballo, con un sombrero calado, un
pañuelo al cuello, vaqueros, camperas, y la escopeta cruzada a la
espalda. Beakie Scott Breevort creía haber nacido en el tiempo
equivocado.

—Tengo el cerebro de un buscador de oro. No sé qué demonios hago en este mundo —solía decir. Aunque a veces no era un

4

buscador de oro. A veces era un sheriff, a veces un cazarrecompensas, y otras, un mero forastero a caballo.

Sam aún conservaba uno de sus pañuelos. Era rojo. A veces se lo metía en el bolsillo y lo tocaba para recordar que, en cierto sentido, no estaba sola.

—¿Y no tienes nada más pequeño, querida?

La señora Russell, Glenda Calloway Russell, había decidido salir a cazar patos aquel fin de semana y, para ello, necesitaba una escopeta. Sólo que la señora Russell no se veía a sí misma empuñando nada que no resultase mínimamente *coqueto*. Y ninguna de las escopetas que le había mostrado Sam le parecían en absoluto coquetas.

Y eso no era lo peor.

Lo peor era que ni siquiera podía sostenerlas.

—¿No pesan demasiado? —le había dicho.

—Oh, no, señora Russell, no son de plástico.

—¿Disculpa?

—La tienda de disfraces está al final de la calle. ¿Conoce a Bernie Meldman?

La señora Russell frunció el ceño. El ceño de la señora Russell era un ceño empolvado y aburrido. Un ceño que no acostumbraba a llevarse bien con nadie que tratase de bromear respecto a algo que su propietaria hubiese dicho.

—Por supuesto que conozco a Bernie Meldman, *querida*, ¿a qué ha venido eso?

Sam había sonreído. Sam no tenía una sonrisa bonita. Aunque a Billy Bane se lo parecía. Digamos que Sam no tenía sonrisa bonita para la clase de persona que era la señora Russell. ¿Y por qué? Pues porque uno de sus colmillos estaba ligeramente desplazado hacia delante, y no podía evitar sobresalir ligeramente cada vez que su boca se alargaba en una sonrisa. A la señora Russell aquello no le parecía en absoluto *coqueto*, pero tampoco se lo parecía aquel horrendo gorro de cazador que llevaba puesto, ni todas aquellas pecas. La señora Russell aborrecía las pecas, quién sabía por qué.

—Oh, a nada, señora Russell.

La señora Russell había seguido frunciendo el ceño mientras examinaba las tres escopetas que Sam había colocado sobre la mesa. Sam no tenía un mostrador en la tienda, tenía una mesa. Era una mesa vieja y enorme. Cuando no colocaba allí ninguna escopeta, se sentaba y tomaba café y leía, los pies cruzados sobre ella, un cigarrillo apagado en la boca. Cuando había tenido suficiente, sacaba su cuaderno y dibujaba. Dibujaba osos. En una ocasión, hacía mucho mucho tiempo, tanto tiempo que Sam a menudo se preguntaba si realmente aquella ocasión había existido, había perdido la cabeza por un oso. Oh, bueno, no era exactamente un oso. Era un tipo que vestía como un oso, que cargaba, en realidad, con una piel de oso. El único que sabía que había pasado semanas sin dormir pensando en él era su buen amigo Billy Peltzer.

—No sé, chica, ¿no es todo demasiado grande?

—Un poco, sí —había dicho Sam.

Era entonces cuando la señora Russell había dicho:

—¿Y no tienes nada más pequeño, querida?

Sam aborrecía a casi todos sus clientes porque casi todos sus clientes eran tan engreídos como la señora Russell. Casi todos sus clientes creían estar haciéndole un favor a Sam pasándose por allí. Y no podían entender por qué el mundo no se ajustaba exactamente a sus necesidades. Después de todo, le estaban haciendo un favor al, en muchos sentidos, maldito mundo del rifle, como para que éste se comportase como si le trajese sin cuidado que por fin alguien de su condición, una condición decididamente *superior*, se hubiese dignado a tomarlo en consideración y a incluirlo, quién sabe con qué fin, en su vida. Oh, todas aquellas señoras Russell eran decididamente aborrecibles. Sam cruzaba los dedos cada mañana para que en la pequeña expedición de seguidores de aquella escritora que le había hecho la vida imposible a su mejor amigo hubiese al menos un amante de los rifles, o si no un amante, sí un curioso de los rifles, y que se dejase caer por allí. Cuando eso ocurría, y no ocurría a menudo, Sam preparaba café para dos y se disponía a mostrarle hasta el último de sus ejemplares, y si el tipo, o la tipa, le caía bien, le invitaba, o la invitaba, a disparar con ella en el bosque.

Sí, Sam disparaba con sus clientes.

Y a veces incluso hacía otras cosas con sus clientes.

Pero antes de hacer esas otras cosas, cosas que Sam había hecho en tan sólo dos ocasiones aquel año, con dos tipos distintos, uno de los cuales aún le enviaba postales, que eran siempre la misma postal, y que llegaban desde un lugar llamado Knocka Maroon, disparaban. ¿Y a qué disparaban? Oh, a botellas, por supuesto.

Sam les prestaba a aquellos tipos, o a aquellas tipas, uno de sus gorros de cazador y salían, juntos, o juntas, en su vieja camioneta Portbane Lanoir, y en algún momento se detenían, en mitad del bosque, aquel bosque *poderosamente* nevado, y disparaban. Antes de disparar, Sam hacía salir de la camioneta a su viejo bobtail, y colocaba un puñado de botellas en el tronco de un árbol caído que era siempre el mismo árbol caído. Luego servía un par de tazas de café, oh, Sam jamás salía de la boutique del rifle sin su termo, un termo de latón rojo abollado, y empezaba a tirarle a Jack Lalanne, su viejo bobtail, un palo que era siempre el mismo palo, y Jack Lalanne iba y volvía con aquel viejo palo entre los dientes, mientras el quién sabe si futuro cliente probaba a derribar, a hacer (CHAS) estallar, alguna de aquellas botellas, disparando, mientras Samantha Jane se abstraía, anotaba cosas en su cuaderno, esperaba a Jack, y bebía aquel café recalentado. Había quien aseguraba, en la siempre desapacible Kimberly Clark Weymouth, que lo único que consumía la hija de Lacey Breevort eran filtros para el café, cigarrillos, café molido y, por supuesto, cerveza, la cerveza que tomaba cada noche en el Stower Grange con su amigo Bill. Para cuando Sam tomaba aquellas cervezas con Bill en el Grange, Jack Lalanne, que debía su nombre a un personaje de *Las hermanas Forest investigan*, uno con el que Sam se identificaba especialmente, un desnortado dependiente de una tienda de municiones y uniformes a la que las hermanas acudían a hacer sus compras, ya se había dormido. En secreto, aquel otro Jack Lalanne, estaba perdidamente enamorado de Connie, pero nadie más que él y Sam lo sabían, porque Jack no había tenido una sola línea de diálogo en la que no tratase de vender algo a alguien, pero a Sam le bastaban con sus miradas, las miradas que, por otro lado, no sabía si estaban en el guión o eran simples miradas de amor *real*, para saber que, cuando las luces se apagaban y Jack Lalanne le decía adiós a otro día, en lo único en lo que podía pensar era en Connie Forest.

—Señora Russell, no *existe* nada más pequeño —dijo entonces Sam.

El ceño de la señora Russell volvió a encogerse de aquella manera en que se encogían los ceños, empolvados y aburridos, de quienes no podían creerse que el mundo no fuese exactamente como ellos esperaban.

—¿Y cómo demonios caza la maldita Kirsten James todos esos *patos*?

Kirsten James era, con toda probabilidad, la mujer más admirada de Kimberly Clark Weymouth. Tenía una pequeña legión de seguidoras de las que, que Sam supiera, la señora Russell no había formado parte hasta entonces. Kirsten James había sido Miss Kimberly Clark Weymouth en hasta dieciséis ocasiones, nueve de las cuales se había clasificado para el campeonato nacional, ganándolo en tres ocasiones, lo que le había reportado, en primer lugar, un puesto en la cadena nacional como (CHICA DEL TIEMPO), en segundo, un buen puñado de papeles en todo tipo de películas, y un matrimonio con un famoso actor, un tal (DANSEY DOROTHY SMITH), y en tercero, una fugaz carrera política, a la que había dado pie su aventura con un senador, al que había cambiado por su secretaria en la tercera cita. En todo ese tiempo, además, Kirsten no había dejado de hacer nada que se le hubiera ocurrido, y se le habían ocurrido cosas como dar la vuelta al mundo en submarino.

En cualquier caso, desde que la aventura con la secretaria del senador, aquella tal (RENNIE MORGAN), había llegado a su fin, y lo había hecho a los pies del Misti, un aparentemente dormido volcán con vistas a la ciudad tristemente salvaje de Arequipa, Kirsten James había vuelto a Kimberly Clark Weymouth y se había instalado en una cabaña algo perdida en mitad del bosque en el que Sam solía disparar, con un poeta llamado Johnno, Johnno McDockey, y todo lo que había hecho desde entonces era salir a cazar *patos* que en realidad no eran patos corrientes sino patos de goma que expedía una máquina que en otro tiempo había expedido pelotas de tenis.

Porque sí, Kirsten James también había coqueteado con la posibilidad, del todo factible, de convertirse en jugadora profe-

sional de tenis y tratar de escalar puestos en la lista de (LAS ME-
JORES JUGADORAS DE TENIS DEL MUNDO), pero había acabado
desestimando la idea. Para entonces ya había empezado a verse
con aquel tal (JOHNNO) y su vida se había vuelto ligeramente
más intelectual que física puesto que, aunque Johnno había sido
nadador, en aquel momento se dedicaba por completo a la poesía. De hecho, todo lo que hacía el tal Johnno era sonreír, leer,
escribir, vestir enormes jerséis de lana y fumar en pipa. Oh, por
supuesto, también comía y dormía, y a veces incluso hacía otras
cosas con Kirsten James, la clase de cosas que Samantha Jane
había hecho con aquel par de tipos aquel año, pero eso se daba
por supuesto.

—Kirsten James es una profesional —fue todo lo que dijo Sam.

La señora Russell asintió, estaba de acuerdo, pero luego sacudió la cabeza y trató de coger uno de aquellos rifles, se dijo (SI
TODAS LAS DEMÁS PUEDEN HACERLO) (YO TAMBIÉN), lo agarró
con ambas manos, lo levantó y, oh, temiéndose lo peor, lo abrazó, lo abrazó para que no cayera al suelo, y dijo:

—Me lo llevo.

—Oh, no, señora Russell.

—Por supuesto que sí, *niña*.

¿Qué demonios creía aquella maldita *vieja* que iba a pasar si
se llevaba aquel rifle? ¿Acaso creía que iba a poder cambiar a su
aburrido marido por un poeta que fumaba en pipa y leía periódicos viejos y, a veces, se bañaba desnudo en el río, pese a todo
aquel frío de invierno que reinaba siempre, en todas partes, en
aquella desapacible ciudad? ¿Creía *acaso* que aquel poeta iba a
follársela cada noche (ENCANTADO) y que luego iba a escribir
un puñado de cientos de versos (¡CIENTOS DE VERSOS!) sobre
los patos que habían cazado juntos y sobre lo adorable que le
resultaba su destartalada (CONVIVENCIA)?

Era lo más probable.

Y si no creía algo así, creía algo parecido.

Tal vez, que su marido no iba a irse a ninguna parte, pero sí
que iba a empezar a interesarse por la poesía y el tabaco, que iba
a ponerse en forma, que iba a ponerse (MUY EN FORMA), y que
cada noche, (CADA NOCHE), la esperaría junto al fuego, junto a
la crepitante chimenea, completamente *desnudo*.

Sólo algo así podía explicar la del todo irracional necesidad que la señora Russell sentía en aquel momento.

Sam se encogió de hombros y esperó a que la señora Russell maniobrara con su bolso y le tendiera el dinero, aún abrazada a aquel Jacob Horner que, Sam sospechaba, jamás iba a ser disparado, aunque quizá tuviera una confortable existencia, puede que incluso una *popular* existencia, porque nunca podía descartarse que alguien como la señora Russell, decidida a *presumir* de haber seguido los pasos de Kirsten James, hiciese colgar el rifle de alguna de las paredes de su casa, con toda probabilidad, una de las paredes del salón de su casa, y lo mostrase, con orgullo, a todo aquel que osase pisarla.

—¿No quiere que le explique cómo se dispara?

—Oh, no, querida, le preguntaré a Mavis.

Mavis era Mavis Mottram, la líder de aquella pequeña congregación de seguidoras de la que la propia Kirsten James apenas tenía noticia.

—Está bien —dijo Sam, que a continuación informó a la señora Russell de lo que costaba aquel ejemplar de Jacob Horner, y la señora Russell seguía maniobrando con aquel (CONDENADO BOLSO) cuando el teléfono

(RIIIIIIING)

sonó.

—Oh, si es Donald dile que estoy de camino —dijo la señora Russell.

—¿*Donald*?

—El señor Russell.

Sam frunció el ceño. El ceño de Sam era un ceño al que a veces le gustaba que le llamasen Jane y otras veces prefería que le llamasen Sam, pero que casi siempre prefería estar en cualquier otro lugar a estar en el que estaba.

Descolgó.

—Rifles Breevort —dijo.

—Sam.

—Bill.

—Adivina qué.

—Qué.

—He ido a ver a ese tipo.

—¿Qué tipo?

—El tipo de la inmobiliaria.

Sam sonrió en dirección a la señora Russell, que por fin había accedido a devolver el Jacob Horner a la mesa y a maniobrar con aquel bolso como era debido, y dijo:

—¿Por qué no me lo cuentas esta noche en el Grange, Bill?

Se produjo un silencio al otro lado.

—¿Bill?

—Esta noche no puedo.

—¿Cómo que no puedes? Siempre puedes, Bill.

¿Cuándo había sido la última vez que Billy Bane Peltzer no había podido hacer algo? ¿*Nunca*? ¿Acaso podía, Billy Bane, tener algún tipo de planes? ¿Planes que no incluyeran a Samantha Jane, su *única* amiga?

—Ya, pero esta noche no.

Sam frunció el ceño, aquel ceño que a veces querría que le llamasen Jane, y dijo:

—¿Por qué no?

Otra vez aquel condenado silencio.

Sam se temió lo peor.

¿Le habría escrito ella? ¿Le habría escrito *tan* rápido? Sam había estado ensayando, Sam había ensayado delante de Jack Lalanne. Le había dicho a Jack Lalanne (BILL, TENGO QUE DECIRTE ALGO) y (ES ALGO IMPORTANTE). Y luego, una de aquellas noches, había estado a punto de hacerlo. Había estado a punto de decírselo. Tenía que decírselo. Pero ¿y si jamás volvía a dirigirle la palabra?

—¿Bill?

—He quedado con alguien, Sam.

De repente, fue como si una diminuta Sam se lanzara al vacío desde su hombro y lo que sintiese, todo aquel vértigo de una caída absurdamente ficticia, pues (JAMÁS) iba a existir una pequeña Sam que se dedicara a saltar al vacío desde el hombro de la auténtica Sam, lo sintiese su estómago, que, por un momento, pareció haber sido propulsado hacia arriba y abandonado a su suerte al momento siguiente.

—Claro —dijo Sam, y a continuación dijo algo parecido a (UN MOMENTO, BILL), o puede que fuese (UN SEGUNDO, BILL), porque la señora Russell estaba tendiéndole un cheque, y la miraba con ojos impacientes porque ya había tomado una decisión y no tenía por qué esperar, así que Sam dejó el auricular sobre la mesa, cogió el cheque, dijo algo parecido a (ESTUPENDO, SEÑORA RUSSELL) y (¿QUIERE QUE LE ECHE UNA MANO Y LA ACOMPAÑE HASTA EL COCHE?), algo a lo que la señora Russell accedió, puesto que no se veía capaz de llevar aquel condenado chisme hasta su pequeño Rob Jones. Así que Sam la ayudó a cargar el Jacob Horner hasta el coche y le aconsejó que se anduviese con cuidado con todos aquellos patos y que si tenía (ALGUNA DUDA) por (PEQUEÑA) que fuese, no dudase en volver a (PREGUNTAR), porque puede que Mavis Mottram supiese (DEMASIADO) sobre cómo debían funcionar las cosas, pero de ahí, dijo Sam, a que supiese cómo funcionaban en realidad esas mismas cosas, había un pequeño trecho que la señora Russell no podía correr el riesgo de (RECORRER) *desarmada*.

—Oh, querida, gracias, pero me temo que no será necesario —dijo la señora Russell, ya sentada en el asiento delantero de su Rob Jones, con las manos, aquellas manos enguantadas y decididamente *cursis*, sobre el volante.

—Estupendo —dijo Sam, y luego, cuando el pequeño Rob Jones arrancó, le dijo adiós, pero no se lo dijo en realidad a la señora Russell, sino a su Jacob Horner, que, Sam sospechaba, no iba a ser disparado en ninguna ocasión, sino que iba a colgar de alguna de las paredes de la casa de los Russell para que la señora Russell pudiera presumir ante sus visitas de su *otra* vida, una vida que jamás había tenido ni jamás tendría, pero de la que podría *presumir*, porque, en otro tiempo, diría la señora Russell, ella, (COMO KIRSTEN JAMES), había cazado *patos*, y, oh, había sido *peligroso* y estupendo, y puede que para corroborarlo se hiciese con una *cabeza* de pato, o con algo menos macabro, un título, un trofeo, y lo mostrase a continuación, pero, quién sabe, quizá le daría por ir a disparar un día, aunque si quería hacerlo iba a tener que regresar a Rifles Breevort, porque había olvidado comprar *munición*.

—¿Bill? ¿Sigues ahí?

Sam había pasado un rato en la puerta, había encendido un cigarrillo, le había dado tres caladas y había dejado que sus dedos se congelaran, preguntándose a qué había venido aquello, a qué había venido el *salto* de la diminuta Sam, si Bill no era más que Bill, y las únicas veces que había pensado en *besarle* eran las veces que había bebido más de la cuenta porque se había sentido más sola de la cuenta, y él, con todo aquel silencio, con toda aquella *tristeza*, su rabia contenida e infantil, le había parecido un lugar seguro, el único lugar seguro que quedaba en la desapacible y fría Kimberly Clark Weymouth.

—No —dijo él, y su voz le pareció distinta, tan distinta que, ¿qué demonios era aquello? ¿Un escalofrío? Oh, ¿de veras, Sam Breevort? ¿Billy Bane te provoca *escalofríos*? ¿Qué será lo siguiente? ¿Vas a tartamudear? ¿Va a ponerte *nerviosa*? ¿Por Billy *Bane*?

—Lo siento, Bill. Yo, eh, la señora Russell quería un rifle.

—¿La mujer de Donald Russell?

—Sí. Adivina qué, Bane —Sam llamaba a Bill por su segundo nombre a menudo. Bill en cambio no solía llamarla Jane nunca, aunque a Sam le hubiera encantado que lo hiciera—. Quiere sumarse al Club Kirsten.

—No.

—Sí.

—Pues adivina qué. El poeta de Kirsten quiere instalarse *aquí*.

—Nah, ¿el *gran* Johnno McDockey?

—Ajá. —Hubo una pequeña pausa. Sam imaginó a Bill cambiándose de mano el teléfono. Sonreía, ligeramente divertido—. El gran Lo Que Sea. Dice que quiere escribir sobre la señora Potter y que quiere hacerlo desde *aquí*.

—No puedo creérmelo.

—Es ridículo. Le he dicho que se instale en una mesa del Lou's, que es allí donde esa chiflada escribió su estúpida novela. Pero se queda ahí riéndose, mirando alrededor, como un estúpido, con las manos en los bolsillos de su chaquetón. ¿Has visto el chaquetón que lleva? ¿Qué demonios se ha creído que es esto? ¿Terrence Cattimore?

—Apuesto a que no es con él con quien has quedado esta noche.

—No. —¿No había sonado aquel *no* como si lo dijese desde quién sabe qué profundo lugar?—. Es con Katie Crocks.

¿Katie Crocks?

¿La pequeña McKisco?

—Nah, Bill, ¿en serio?

—Y aún no sabes lo peor.

—Oh, ¿hay algo peor que salir con la pequeña McKisco?

Fue entonces cuando Bill le contó que el tal MacPhail, el tipo de la inmobiliaria, era un auténtico chiflado. (QUIERE VEN-DERLE LA CASA A UN LECTOR DE LOUISE CASSIDY FELDMAN, SAM), le dijo. (ES UNO DE ESOS RUPERTS), le dijo también. Pero Sam estaba pensando en Jack Lalanne y en aquel (BILL, TENGO QUE DECIRTE ALGO) y (ES ALGO IMPORTANTE) porque había algo *mucho* peor que salir con la pequeña McKisco o que aquel condenado agente fuese un *rupert*, y ese algo era saber exacta-mente dónde estaba Madeline Frances, saber exactamente dón-de estaba la madre desaparecida de tu mejor amigo, y no abrir el pico. ¿Cuántos *miles* de *años* llevaba Bill sin saber *nada* de ella? ¿Por qué no abría Sam el pico de una maldita vez? Oh, pero ¿y si Bill no quería saber nada de ella? ¿No decía eso todo el tiem-po? ¿No decía que no quería saber nada de ella? ¿No decía que por él podía estar pintando desde el mismísimo (INFIERNO)? ¿Y no lo fastidiaría todo Sam si abría el maldito pico y le decía que no había podido evitar ella también *investigar*, como si no fuese otra cosa que una ridícula aspirante a hermana Forest, como el resto de habitantes de aquel estúpido lugar?

Oh, lo fastidiaría, sin duda.

Así que todo lo que dijo fue:

—Condenados *ruperts*.

5

En el que Francis Violet McKisco, el popular escritor de *whodunnits*, recibe un pérfido telegrama de su única admiradora en el que le compara con ese «abominable chicle teledramático», es decir, *Las hermanas Forest investigan*, lo que provoca que él pierda la cabeza y permite a su hija, la agente en prácticas Catherine Crocker, evitar contarle que esa noche tiene una cita

No había un sólo día, en aquella desapacible ciudad del demonio en la que había, lamentablemente, *nacido*, en el que a Francis Violet McKisco no le preguntasen por qué, si era escritor de novelas de *detectives*, no escribía una maldita historia para *Las hermanas Forest investigan*, y se hacía, de una condenada vez, *famoso*. Y a todo el mundo le traía sin cuidado que él sacudiera la cabeza, sin dejar de sonreír, todas y cada una de las veces en que aquella ridícula *cosa* ocurría, y dijera algo parecido a (OH, YO YA SOY FAMOSO, QUERIDA) o, cuando menos, (QUERIDO, TENGO TODA LA FAMA QUE NECESITO), porque lo que ocurría a continuación era que, quién quiera que le hubiese interpelado al respecto, sacudía a su vez la cabeza y se decía (NO TIENE REMEDIO) o, en el peor de los casos, susurraba un (DÉJEME DUDARLO, SEÑOR MCKISCO), y entonces, el escritor, que, ciertamente, era un buen escritor, se murmuraba un (ESAS CONDENADAS HERMANAS), y seguía su camino, preguntándose en qué momento su vida se había convertido en aquella cosa horrible. Oh, en otro tiempo, Francis McKisco había intentado mantenerse a flote en la exigente, bohemia y ciertamente *deseable* Terrence Cattimore y la cosa había funcionado hasta que había conocido a la también deseable Mina Kish Mastiansky, una dependienta de tabaquería, y la cosa se había torcido, se había torcido del todo, y Violet no había tenido otro remedio que regresar a casa, mientras la ex señora McKisco, que tras la ruptura había decidido convertir su vida en una obra de arte *en marcha*, amasaba su pequeña fortuna y dejaba que un encantador jovencito que pintaba unos ridículos cuadros en los que siempre aparecía un pájaro carpintero listo para *casarse*, ocupase la habitación que había dejado libre la pequeña Cats. Si la pequeña Cats había seguido a su padre hasta Kimberly Clark Weymouth era porque aborrecía todo aquel otro mundo. Y porque no resulta nada sencillo vivir en una ciudad en la que hay tipos cometiendo delitos con la esperanza de que una agente en prácticas les detenga y se *case* con ellos después de, evidentemente, perder la cabeza. Los tipos eran en realidad un solo tipo llamado Martin Wyse Cunningham.

—¿Catherine?

Francis Violet McKisco acababa de sobrevivir a otra de aquellas abominablemente *frondosas* visitas del alcalde Peterson, y estaba revisando el correo, estaba, de hecho, releyendo una inexplicable misiva de la encantadoramente enigmática Myrlene Beavers, una lectora exigente que, pese a su exigencia, seguía *disfrutando* de los casos de Stanley Rose y Lanier Thomas, su *pareja* de detectives, una pareja de detectives que vivía en una casa en las afueras y cada día, cada *maldito* día, tomaba el tren hacia la ciudad, la desapacible ciudad en la que habían decidido instalar su despacho, y discutían, discutían todo el tiempo, hasta que al llegar al despacho, cada uno se ocupaba de sus asuntos, cuando Cats pasó, como una exhalación, junto a la puerta abierta de su despacho, embutida en su uniforme de agente en prácticas.

—¿Ya es tan tarde? —preguntó, alzando la voz lo suficiente como para que su hija, ya en el piso de arriba, le oyera—. Jules ha estado aquí y he, ya sabes, perdido la noción del tiempo. Ese hombre, Cats, no puede dejar de *hablar*.

Jules, Abe Jules Peterson, el alcalde de Kimberly Clark Weymouth, visitaba al menos una vez al mes la pequeña mansión de los McKisco. Y lo hacía porque se creía una pieza fundamental del proceso creativo de Violet McKisco. Abe estaba convencido de que alguien como McKisco no podía, de ninguna manera, tener *tantas* ideas, y, aterrorizado ante la posibilidad de que dejase de escribir, se sentaba cada noche, con su bigote ligeramente *acaracolado* y un tazón de café con leche que era en realidad una pequeña *piscina* de café con leche, pues se servía aquel brebaje en un cuenco para sopa que había moldeado él mismo cuando era un niño, ante el televisor, las piernas encogidas bajo la mesita de sillón, un pijama que era, invariablemente, un pijama abotonado y perlado de diminutos animales, y, por supuesto, un cuaderno, su cuaderno McKisco, y anotaba todo lo que creyese que podía resultarle útil a aquel, su ciudadano más ilustre, con el único fin de que no dejase de producir. Jules leía libros, libros que tomaba prestados de la biblioteca, y anotaba nombres, descripciones, diálogos, anotaba tramas, subtramas, problemas familiares, romances inesperados, y, de vez en cuando, levantaba la vista, y allí estaban, Jodie y Connie Forest, resolviendo un misterio.

—¿Puedes creértelo, Abe? El asesino ha llamado a Jodie y la ha invitado a tomar una copa y ella ha *aceptado* sólo porque *por una vez* quiere llegar antes que su hermana, pero apuesto a que Connie ya se lo ha *follado*.

—Doris, ¿no ves que estoy *ocupado*?

—Seguro que se lo ha follado y ese James Silver James no se ha enterado de nada. Ese James Silver James nunca se entera de nada. ¿Qué clase de *alguien* se llama James Silver James, por todos los dioses galácticos, Abe?

Cuando no estaba conduciendo en dirección a remotas estaciones de servicio, Doris Peterson estaba viendo un capítulo de *Las hermanas Forest investigan*. Y aunque Abe Jules tendía a no prestarles atención, lo cierto era que en más de una ocasión había anotado episodios al completo. De manera que, aunque Violet no tenía forma de saberlo, pues se negaba a ver ni un sólo capítulo de *Las hermanas Forest investigan*, sus novelas, al menos las que había escrito desde que el alcalde Jules había empezado a visitarle, tenían, aquí y allá, ideas *basadas* en episodios de aquella serie que había hecho perder la cabeza a toda Kimberly Clark Weymouth. De ahí que no pudiese entender la última carta de la misteriosa Myrlene Beavers en la que, claramente, le acusaba de haber utilizado *piezas* de aquel, dijo, «abominable chicle teledramático», refiriéndose, claro, a *Las hermanas Forest investigan*, para construir su, decía, «sólo en apariencia, prometedora» última novela, *La dama del rifle*. De hecho, en el momento exacto en el que su hija entró por la puerta de aquella, su pequeña mansión de las afueras, el escritor estaba gritándole a la carta de Myrlene Beavers, (¿PIEZAS?) (¿QUÉ CLASE DE PIEZAS, MYRL?).

—¿Papá?

—No vas a creértelo, Cats.

Catherine había subido a su cuarto, se había quitado el uniforme y se había puesto un vestido. Luego se había puesto un jersey de lana porque el vestido era un vestido de la época en la que habían vivido en Terrence Cattimore y no había forma de salir con aquello a la calle sin congelarse. También se había puesto un par de botas que jamás podría haber llevado a comisaría porque eran unas botas de tacón. Se había pintado los labios y se había recogido el pelo. Lo primero que hizo Francis al verla fue fruncir el ceño, aquel ceño que era el ceño de un escritor que aún, de vez en cuando, hablaba con un pingüino de goma, el pingüino de goma que había sido su muñeco favorito y que había derrotado, *verbalmente*, al resto de sus muñecos. Para entonces ya había dicho (NO VAS A CREÉRTELO, CATS).

—¿Por qué te has, qué, uh, Cats? ¿Ha pasado *algo*?

—No, sólo he quedado con alguien.

—¿Con alguien, Cats? ¿Qué *alguien*, Cats?

Puesto que Billy Peltzer era, a su pesar, una pequeña celebridad, lo más probable es que Violet McKisco supiese quién era, por más que no hiciese otra cosa que dar vueltas por su despacho y ojear sus cientos, sus *miles*, de libros, y sentarse, de vez en cuando, a escribir, a ratos en una raída libreta, a ratos en su máquina de escribir, a ratos, también, en las últimas páginas de cada capítulo de los cientos, miles, de libros que tenía, páginas en las que invitaba a los protagonistas del capítulo en cuestión a tomar un desvío y, casi siempre, ser *asesinados* por un tipo llamado Charley Stoppler, y lo más probable también, teniendo en cuenta que Bill no era un reputado detective, y tampoco un aprendiz de detective, teniendo en cuenta que ni siquiera era un agente de la ley, que no era *nada* que *jamás* fuese a resolver un *asesinato*, no le pareciese una buena idea. Así que Cats decidió esquivar el golpe, Cats dijo:

—Danny, papá.

—¿*Danny*?

—La jefe Cotton, papá.

—Un momento, que has, *je*, disculpa, ¿*qué*, Cats?

—Oh, vamos, papá.

—Te dije, ¿qué te dije, Cats?

No era que Violet McKisco *impidiese* a su hija tener un *idilio* con la jefe Cotton, de hecho, en ningún momento se le pasó por la cabeza al célebre escritor de *whodunnits* que su hija pudiese aspirar a tamaña hazaña, sino más bien era que llevaba *meses* pidiéndole que intercediera por él en comisaría para conseguirle una *cita*. La sola idea de *anotarse* aquel *tanto* ante Katie Simmons, la máxima autoridad en (*WHODUNNITSLANDIA*), experta en *citas* con *auténticos* detectives, la volvía inexplicablemente atractiva a sus ojos. Si Catherine no había movido un dedo al respecto era porque daba por hecho que la jefe Cotton aborrecía a su padre. En comisaría no hacía otra cosa que *mofarse* de sus personajes, (OH, NO ME SEAS STAN ROSE), decía, cuando alguien estaba tratando de escurrir el bulto, o resultando incomprensiblemente *cobarde*, o (PODRÍA DARLE TU PUESTO A LANIER THOMAS PERO SI LO HICIERA ESTARÍAMOS PERDIDOS), y cosas por el estilo, lo que demostraba que, después de todo, *leía* sus novelas, aunque el hecho de que hubiera empezado a leerlas de forma compulsiva cuando el alcalde Jules la había *obligado* a admitir a Cats como agente en prácticas, por *orden* y deseo expreso de su *padre*, hacía sospechar a la aspirante a detective que si lo hacía era, en realidad, porque quería, de alguna forma, destruirle, localizar un punto débil para después, en cualquier momento (¡ZAS!) *tumbarle*. Pero ¿acaso no necesitaba una *cita* para poder *tumbarle*? ¿Y se atrevía Catherine a pedírsela? No, si no quería que le soltase algo parecido a (¿ME TOMAS EL PELO, *STAN*?) o (DÉJAME LLAMAR A LAN THOMAS PARA QUE TE INVESTIGUE, QUERIDA, Y ASÍ *DESAPARECERÁS*).

—Es, no puedo hablar con ella en comisaría, papá.

—¿*No*?

—No.

—¿Insinúas, *uhm*, insinúas entonces que has quedado esta noche para pedirle una cita? ¿Una cita *para mí*?

Catherine asintió, ¿qué otra cosa podía hacer? Su padre dio una ridícula palmada y dijo (ESTUPENDO), dijo (OH, QUERIDA), y (NO SABES LO QUE ESO SIGNIFICA PARA MÍ), y se puso a canturrear, canturreaba y daba vueltas por su despacho, aquel despacho atestado de libros que, sin embargo, estaban rigurosamente *bien* ordenados, columnas de libros que ascendían, como lo hacían las diminutas ventanas de los rascacielos, hasta perderse de vista. Daba vueltas, canturreaba, y se preguntaba qué debía ponerse y si debía llevar consigo su maletín, cargado de libretas y libros, y mostrarle, oh, todo lo que había hecho, todo lo que *hacía*, porque puede que él no hubiese metido a nadie entre rejas de verdad, como sin duda lo habría hecho ella, pero lo había hecho figuradamente, había metido a todo tipo de *asesinos* entre rejas.

Así que tendrían *mucho* de que hablar.

–Claro, papá –dijo Catherine.

–Apuesto a que es una mujer maravillosa –dijo su padre.

Danny Cotton era, ciertamente, una mujer maravillosa, aunque no era la clase de mujer maravillosa que Violet McKisco esperaba. Su atractivo era un atractivo descuidado, pues Danny Cotton no iba a molestarse en *cuidarse*, pero no importaba lo que *no* hiciese, seguía siendo la mujer más poderosamente atractiva de Kimberly Clark Weymouth. Y la única que se comportaba como un perfecto *caballero*.

–Lo es, papá.

–No como esa maldita Myrlene Beavers.

Aunque Catherine no tenía tiempo para escuchar a su padre *desmadejar* por completo la última carta de aquella chiflada que se dedicaba a leer, obsesivamente, sus libros, y a escribirle, después, inteligentes y *abundantes* misivas en las que analizaba el porqué de hasta la última discusión de sus protagonistas, supo que no tenía otro remedio que hacerlo si quería que no acabase frunciendo el ceño y preguntándose, por qué, después de todo, si sólo iba a tomar una copa con su *jefa*, se había puesto aquel *vestido*.

–¿Habéis discutido? –preguntó la joven agente en prácticas.

–Aún no –dijo su padre–. Pero estamos a punto de hacerlo. Estamos a punto de hacerlo, Cats. ¿Puedes creerte –Violet McKisco estaba *enfureciéndose*. Resopló (FUUF). Se tironeó de la barba, su tupida barba entrecana. Se desajustó la *bufanda*. Violet

McKisco escribía con *bufanda*–, puedes creerte que diga que *La dama del rifle* le parece una *abominación*? ¡Una *abominación*! ¿Cómo es *posible*, Cats? ¿Cómo es *posible*?

Violet McKisco estaba especialmente orgulloso de *La dama del rifle*. La crítica se había encogido unánimemente de hombros al respecto, pero hacía demasiado que la crítica se encogía de hombros respecto a cualquier cosa que Violet McKisco publicara. La crítica había asumido que Violet McKisco no iba a irse a ninguna parte, que iba a seguir escribiendo sobre detectives *discutidores* hasta que, quién sabe, el sol devorara la Tierra, o los dinosaurios regresasen de donde demonios hubiesen estado todo aquel tiempo, así que, ante cada nuevo lanzamiento, se decía a sí misma, y le decía a todo el mundo (OH, AHÍ TIENEN OTRA NOVELA DE ESE CHIFLADO), y, (LÉANLA SI LES APETECE) (SEGURO QUE NO ESTÁ NADA MAL), después de todo, (TODOS SOMOS STANLEY ROSE), (PERO SÓLO HAY UN LANIER THOMAS) (¿VERDAD?). De ahí que Violet no tuviera forma de saber si había metido la pata o no.

Y si Myrlene Beavers no se equivocaba, y nunca lo había hecho, al parecer, acababa de hacerlo. Había metido la pata. Porque, decía, había «abusado» de su «enfermiza afición» a aquel «abominable chicle teledramático», (LAS HERMANAS FOREST INVESTIGAN), y había convertido *La dama del rifle* en una «abominación» hecha de «pedazos» (¡PEDAZOS!), de «piezas» (¡PIEZAS!), extraídas, «sin demasiado sentido», de aquella cosa del demonio. ¿Y era cierto? ¡POR SUPUESTO! Pero ¿tenía Violet forma de saberlo? ¡POR SUPUESTO QUE NO! Porque Violet McKisco no había visto ni un solo capítulo de aquel (ABOMINABLE CHICLE TELEDRAMÁTICO), pero el alcalde Jules sí, el alcalde Jules los había visto todos, aunque había fingido no hacerlo, había fingido estar *anotando* cosas, y buena parte de las cosas que anotaba eran cosas que las hermanas Forest habían dicho.

—No puede ser cierto, papá –dijo Catherine, después de escucharle *bramar* todo aquello–. Escríbele y dile que ha debido ser un malentendido, que tú nunca has visto esa condenada serie.

A Catherine le encantaban las hermanas Forest, pero sabía que, en presencia de su padre, era (ESA *CONDENADA* SERIE), (ESA COSA DEL DEMONIO).

–Oh, es una buena idea, es una idea estupenda, cariño –Violet sonrió–. Le escribiré y le diré que ha debido haber un malentendido, que ella ha debido *malinterpretarme*. –La cara poderosamente *peluda* del escritor se relajó. Volvió a ajustarse la bufanda. Rodeó su escritorio. Se sentó. Puso papel en la máquina–. Por un momento he pensado que no iba a poder pegar ojo esta noche, Cats. ¡Oh, esa mujer, esa mujer maravillosa, creyendo que *La dama del rifle* está hecha de *pedazos* de esa *cosa*! Le enviaré un telegrama. Se lo enviaré *ahora mismo* –dijo, y empezó a *dictarse* a sí mismo el telegrama a medida que lo iba escribiendo en aquella máquina que (TAC TAC) hacía un ruido del demonio–. QUERIDA. STOP. MALENTENDIDO. STOP. MCKISCO. STOP. NO SOPORTA. STOP. HERMANAS. STOP. FOREST.

Catherine no tenía del todo claro que hiciesen falta tantos (STOP), pero no quería empezar a discutir. Lo único que quería era irse.

–Papá.

–STOP.

–Tengo que irme.

–Claro, eeeeh –(MCKISCO. STOP. PIDE DISCULPAS. STOP), prosiguió, y luego, alzando la vista, recordando *algo*, añadió un– ¿Cats?

–¿Sí, papá?

–Dile a la jefe Cotton que nada me gustaría más que invitarla a cenar mañana. Y, oh, ah. –Poniéndose en pie, sacando el telegrama recién mecanografiado y tendiéndoselo a su hija, añadió–: ¿Podrías pasarte por la oficina de Jingle, *querida*? –Jingle era Jingle Bates, la única empleada de la oficina postal de Kimberly Clark Weymouth–. Necesito que envíe esto *cuanto antes*.

6

En el que aparece la mejor *investigadora* de la ciudad y se relata cómo Kimberly Clark Weymouth trata de descubrir cosas sobre el *nuevo*, es decir, Stumpy MacPhail, para tranquilizar al señor Howling, un tipo que finge vender trineos cuando en realidad está (AL MANDO) de (TODO)

Cuando se acabara el tazón de leche, su tazón de leche con cereales, aquellos cereales que eran los cereales que habían *matado* a Randal Zane Peltzer, aquellos condenados Dixie Voom Flakes, Bertie Smile Smiling saldría de casa y caminaría, en mitad de una de aquellas ventiscas del demonio, hasta Frigoríficos Don Gately, su lugar de trabajo. Pasaría, Bertie Smile, con su abrigo azul, aquel abrigo azul de rayas amarillas y casi inexistentes que lo cruzaban, aquí y allá, fingiendo, todas ellas, que iban a alguna parte pero no yendo en realidad a ninguna, ante Trineos y Raquetas Howling y, cuando lo hiciera, apretaría el paso. Porque Bertie Smile sabía lo que hacía el señor Howling allí dentro. Como todas aquellas líneas prácticamente inexistentes que cruzaban su abrigo, el señor Howling *fingía*. No fingía, como todas ellas, ir a alguna parte, sino estar ocupándose de sus cosas, consultaba libros de cuentas y marcaba números de tipos que se dedicaban a *desastillar* trineos y afilar cuchillas, cuando en realidad estaba *espiando*.

El señor Howling era, con toda probabilidad, el mejor activo de que disponía la desarticulada *Intelligentsia* de Kimberly Clark Weymouth, aquella suerte de organización no organizada que mantenía a sus agentes alerta, libreta en mano, todo el tiempo. Vivían, buena parte de los habitantes de tan desapacible ciudad, dedicados al noble y del todo ridículo arte de la *guardia*, esto es, la vigilancia, en muchos casos, indiscriminada, en un lugar en el que ni siquiera se producían con demasiada frecuencia *aventuras*, es decir, en un lugar en el que ni siquiera se producía con demasiada frecuencia algún tipo de relación extramatrimonial, algo que no ocurría, en parte, por temor a protagonizar una pequeña investigación, con tantas *ramas* como familias. Y, sí, podría decirse que la *familia* que representaba el señor Howling era un buen *activo*, el *mejor* activo para todo aquel que no supiera lo que Bertie Smile Smiling escondía en el que había sido, en otra época, el oscuro *hogar* de sus muñecas, un viejo baúl de madera que seguía presidiendo su cuarto, aún de adolescente. ¿Y qué era lo que escondía aquel baúl? Oh, aquel baúl escondía a todos los habitantes de Kimberly Clark Weymouth.

Por supuesto, no los escondía a ellos. Ni siquiera escondía una versión diminuta de ellos mismos. Lo que escondía eran cuadernos que se llamaban como ellos. Es decir, se llamaban MERIAM COLD y HARRIETT GLICKMAN, SAMANTHA BREEVORT, HOWIE HOWLING. Todos tenían el mismo aspecto. Eran cuadernos negros y el nombre del *personaje* que contenían estaba *impreso* en el lomo, de manera que, cuando se abría aquel baúl, la sensación era la de contemplar un montón de vidas en marcha a la espera de que aquella *narradora* permitiese que *continuasen.* Pero ¿acaso no estaban *continuando*? Oh, por supuesto. A cada momento. Pero no allí dentro. Allí dentro esperaban. Y sólo Bertie sabía que lo hacían. De haber existido, como existía en el competitivo sector inmobiliario, una especie de Howard Yawkey Graham a Mejor Agente de la *Intelligentsia* Kimberly Clark Weymouthiana, o, simplemente, a Mejor Sabueso del Lugar, sin duda, el preciado galardón habría recaído, año tras año, en sus manos de niña que jamás crecería a menos que abandonase el pequeño infierno de comodidades en el que vivía.

La Mansión Smiling.

La Mansión Smiling no era en realidad una mansión. Era poco más que una vieja casa victoriana semiderruida, la vieja casa victoriana semiderruida en la que vivía con su madre, Bertie Madre. Bertie Madre una vez había sido Bertie Rickles Kellaway pero luego fue Bertie Rickles Smiling porque conoció a un tal Norris y perdió la cabeza. En realidad, la cabeza de Bertie Madre nunca había llegado a estar del todo en ninguna parte, pero Bertie Smile creía que el tiempo que había pasado con su padre, el tal Norris, había supuesto un pequeño descanso para aquel cerebro suyo, a la vez poderosamente destructivo y absurdo. Bertie Madre era el clásico monstruo de dos cabezas de los suburbios, esto es, podía emplear una tarde entera en preparar una deliciosa tarta para Mildway Reading, por más que Mildway Reading, la impertinente bibliotecaria, jamás hubiese intercambiado con ella más que *gruñidos* de desaprobación, y a la vez *atacar* ferozmente a su única hija diciéndole que jamás dejará de ser una *inútil* y desgarbada y *ridícula* adolescente, *fea* e insoportable, condenada a pasar sola el resto de su *triste* vida.

Bertie Madre, pensaba Bertie Smile, no tenía la culpa de todo aquel *odio*. Aquel odio venía de algún otro lugar. Tal vez, sólo tal vez, se gestó el día en que su padre decidió no volver a casa, aunque Bertie Smile sospechaba que era precisamente todo aquel odio lo que había hecho que su padre decidiera no volver a casa aquel día. Pero no tenía forma de saberlo. Porque su padre había muerto. O eso decía Bertie Madre. Bertie Madre insistía en que, en algún lugar, su padre había muerto, y por eso estaban condenadas a convivir con su fantasma. Bertie Madre hablaba con el fantasma de su padre aunque, en realidad, con quien hablaba era consigo misma porque Bertie Smile sabía que su padre no había muerto. En una ocasión le había enviado una postal.

Había sido él, en aquella postal, quien había llamado Mansión Smiling a la casa semiderruida en la que vivían. Su padre había escrito (ESPERO QUE SIGAS A SALVO EN LA MANSIÓN SMILING). A Bertie aquello le había gustado. Le gustaba pensar que vivía en una vieja mansión.

Que era, de alguna manera, un viejo personaje.

Que había existido siempre y que siempre existiría, como el niño Rupert.

—Jodd, ¿te ha contado ya mi pequeña lo que hizo anoche?

Bertie Madre revoloteaba a su alrededor en aquel momento, mientras ella intentaba acabar aquel tazón de Dixie Voom Flakes para poder dirigirse, apresuradamente, bajo una de aquellas ventiscas del demonio, a Frigoríficos Don Gately, apretando el paso cuando pasase ante Trineos y Raquetas Howling para intentar evitar que el señor Howling la interceptase y le preguntase por *el nuevo*, aquel tal Stumpy MacPhail.

—Mamá.

—¿Qué, pinchoncito? ¿No se lo has contado?

Bertie Smile sacudió la cabeza.

No era con su padre supuestamente *muerto* con el único con quien Bertie Madre hablaba. Bertie Madre también hablaba con Jodie Forest. Como cualquier vecino que se preciase de aquel maldito pueblo helado, Bertie Madre empleaba buena parte de su tiempo en ver capítulos de *Las hermanas Forest investigan*, y, evidentemente, detestaba a Connie Forest, porque lo suyo no era nada del otro mundo, porque el talento era (PUAJ), un asco, porque la verdaderamente incomprendida era la hermana en absoluto dotada para nada que no fuese elaborar listas de sospechosos.

—Bertie salió a investigar, Jodd —dijo Bertie Madre, divertida. Se había detenido junto a ella y había empezado a trenzarle el pelo—. Es una buena chica, mi Bertie, Jodd. Hacía un frío de mil demonios, pero ella salió de todas formas.

Aunque Bertie Madre había empezado a hablar con Jodie, *Jodd*, Forest mucho antes de que su padre se fuera, su *relación*, si es que lo que *tenían* podía considerarse una *relación*, había ido a más desde que se había ido. Si antes de su partida había una única fotografía de la actriz en la casa y Bertie Madre sólo la interpelaba durante la cena para recordarle que ella también había cenado lo que fuese que estuviesen cenando en uno de los capítulos de la serie, al poco de la partida, la casa había empezado a llenarse de absurdos retratos de la actriz, de aquella tal Vera Dorrie Wilson.

—¿Y a que no sabes con qué regresó mi *pichoncito*, Jodd?

A Bertie Smile le hubiera gustado decir, imitando la voz de Jodie Forest:

—No tengo ni la más remota idea, Bert.

Pero, de haberlo hecho, su madre habría perdido la cabeza y la habría abofeteado y la habría llamado *estúpidanorrisdeldemonio* y habría empezado a discutir con el supuesto fantasma de su padre. Bertie Madre no desaprovechaba una oportunidad de meterse con él. Siempre que podía le pedía que dejase de meterle cosas en la cabeza, porque eso hacía él, en opinión de su madre, meterle cosas en la cabeza. Bertie Smile estaba convencida de que su madre creía que su padre pasaba las noches en su cuarto, acostado en el suelo, junto a la cama, susurrándole todo tipo de cosas horribles sobre ella.

—Ese tipo, Jodd, el *nuevo*, juega con *muñecos* —le susurró Bertie Madre a la fotografía de Jodie Forest que le quedaba más cerca—. ¿Y no es extraño, Jodd, que juegue con muñecos? Oh, apuesto a que si pudieras dejarte caer por aquí, tú misma lo investigarías, ¿verdad? Porque ¿no hacen eso los asesinos en serie? ¿No juegan con muñecos cuando hace demasiado que deberían haber dejado de hacerlo?

No, mamá, pensó en decir Bertie Smile, pero sabía que lo que dijese le traería sin cuidado, y de todas formas, tenía prisa, y lo que importaba era que aquel cuaderno, el cuaderno del *nuevo*, el cuaderno FORASTERO STUMPY MACPHAIL, parecía, desde el descubrimiento de su (CIUDAD SUMERGIDA), algo más que un cuaderno de carácter relativamente *impersonal*. Porque, aunque Bertie Smile llevaba un tiempo observando al agente, no era mucho lo que había descubierto. Le había visto recorrer, las manos en los bolsillos de su peludo abrigo de quién sabía qué tipo de piel de animal sintético, la distancia que separaba su despacho de la esquina de Robin Chaphekar con Dibbick Brockton, y esperar allí, aterido de frío, a una esquina del lugar en el que se encontraban las oficinas de Ray Ricardo y su sobrina Wayne, las otras dos únicas oficinas inmobiliarias de Kimberly Clark Weymouth, la llegada de cualquier posible cliente. Su intención parecía ser la de interceptar a cualquiera que pudiese estar dirigiéndose a las oficinas de la *competencia*. Bertie, evidentemente, había anotado aquello en su cuaderno. Y había seguido observándole. Le había visto esperar. Esperar pacientemente. Un día, dos, tres. Dieciséis. Frotándose las manos, atusándose la pajarita bajo la bufanda, sonriendo, diciéndose (NO ESTÁS TIRANDO TU VIDA POR LA BORDA, STUMP) y (ES CUESTIÓN DE TIEMPO, STUMP), (SÓLO ES CUESTIÓN DE TIEMPO, STUMP), pidiendo café para llevar, bebiéndose el café para llevar en mitad de la calle, en aquella esquina del demonio.

Aquel tipo, el *nuevo*, había esperado hasta que la fortuna, oh, amante de los agentes audaces, quiso entregarle a su primera *clienta*, nada menos que la aspirante a *maga* Elizabeth Maynooth

Lee, una ex atareada ama de casa que había abandonado a su marido por la magia en el mismo momento en que él la había abandonado a ella por una paleontóloga. Camino de las oficinas de los Ricardo, la mujer, que había cerrado una increíble colección de actuaciones en pequeñas salas de *cientos* de sitios y debía salir cuanto antes de aquel desapacible lugar si quería llegar a tiempo a todas partes, había chocado con Stumpy en la esquina de Robin Chaphekar con Dibbick Brockton y, al disculparse, había dicho que no era cosa suya, que eran aquellos (MALDITOS NERVIOS) porque a lo mejor se estaba (PRECIPITANDO) pero que no creía que lo estuviese haciendo porque aquella gira *por todas partes* podía no acabar (NUNCA) ¿y no creía él que debía (ALQUILAR SU APARTAMENTO) si aquella gira *por todas partes* podía no acabar (NUNCA)?

Oh, así había sido como el *nuevo* había dado con su primer inmueble.

El tipo al que pensaba alquilárselo, según había podido saber Bertie Smile, era un tipo alto y desgarbado que trabajaba como contable para un puñado de pequeños comerciantes del lugar. Tres de ellos formaban parte de la pequeña red de comerciantes dedicados al negocio de los productos navideños que, en Kimberly Clark Weymouth, no eran la clase de productos estacionales que eran en el resto del mundo, pues se vendían a diario y, de hecho, eran el principal reclamo de la ciudad después de, evidentemente, todo lo relacionado con *La señora Potter no es exactamente Santa Claus*. Podría decirse que la novela de Louise Cassidy Feldman era el *cebo*, el reclamo, lo que llevaba a todos aquellos autobuses repletos de seguidores a dejarse caer por aquel helado agujero, y que, una vez allí, todos ellos, sin excepción, acababan comprando todo tipo de productos navideños supuestamente fabricados por aquellos duendes veraneantes que llevaban impreso el lema (YO TAMBIÉN SOBREVIVÍ A LA HELADA KIMBERLY CLARK WEYMOUTH).

Bertie Smile se preguntó si aquel tipo, el *nuevo*, estaría fabricando aquel tipo de objetos para incluirlos en su (CIUDAD SUMERGIDA). Bertie imaginó diminutos abetos a los que se les había grabado, de alguna diminuta forma, aquel lema (YO TAMBIÉN SOBREVIVÍ A LA HELADA KIMBERLY CLARK WEYMOUTH), y habían sido fingidamente puestos a la venta en alguna de las diminutas tiendas que *abarrotaban* el enorme tanque de agua que el agente tenía en el sótano de su casa. Tumbada en el suelo boca abajo aquella noche, su abrigo azul empapándose sobre la nieve, los prismáticos pegados al disimulado único ventanuco que había a los pies de aquella casa de las afueras, Bertie Smile había visto al *nuevo* trabajar en lo que le había parecido, precisamente, un pequeño apartamento aterciopelado. Un pequeño apartamento aterciopelado que colocaría en su lugar una vez terminado. Su lugar estaba en algún lugar de aquella inquietante (CIUDAD SUMERGIDA) que parecía una versión a escala y acuática de Kimberly Clark Weymouth. Una Kimberly Clark Weymouth aún en construcción. Lo más fascinante de todo era el efecto de los copos de nieve. Había una cúpula de quita y pon sobre el enorme tanque de agua y algún tipo de mecanismo interno hacía que cuando la cúpula se cerraba, un travieso ejército de lo que parecían copos de nieve recorriese las calles.

—¿*Bertie*? —había dicho alguien sobre su cabeza.

—Oh, eh, no es lo que, no —Bertie se había puesto en pie apresuradamente, se había guardado los prismáticos en el bolsillo—, no es lo que parece, ehm, ¿*Meriam*?

—¿Qué demonios hacías ahí?

—Nanada.

Georgie Mason, o Mason George, aquel engreído mastín, la había olisqueado, y como era tarde, y a lo mejor tenía frío, quién sabía qué clase de cosas *sentía* aquel mastín engreído, había ladrado, y Meriam Cold había susurrado (MALDITO CHUCHO DEL DEMONIO), y alguien, a sus espaldas, había colocado, sin demasiado cuidado, la tapa sobre el cubo de basura en el que había estado *hurgando*, y había provocado un pequeño estruendo, y la luz del sótano se había apagado de repente, y Meriam Cold había empezado a alejarse distraídamente tironeando de aquel perro *sabelotodo*, y Bertie Smile no había tenido otro remedio que echar a correr. Y no habría querido tener que hacerlo. Habría preferido quedarse a contemplar cómo lo hacía. Cómo colocaba aquel apartamento aterciopelado que sin duda debía ser el apartamento aterciopelado de Elizabeth Maynooth Lee en aquella *otra* Kimberly Clark Weymouth que, como cada uno de los personajes que habitaban sus cuadernos, escapaba al control del señor Howling. Y fuese cual fuese el caso, Bertie Smile trataría, como aquel tipo, el *nuevo*, de apagar la luz que podía, de alguna forma, iluminar, ante el señor Howling, la estancia en la que se encontraba el viejo baúl que contenía todos aquellos cuadernos, los cuadernos dedicados a cada uno de los habitantes de Kimberly Clark Weymouth, temerosa, como lo hacía siempre en su presencia, de que pudiese *verlo*. Porque sabía que podía *verlo*. Que si, cada vez que la veía pasar ante su tienda, no dudaba en fingir algún tipo de tarea que implicase salir fuera para tratar de sonsacarle lo que fuese que pudiese haber descubierto, era porque, sospechaba, la tenía por una especie de *milagrosa* Connie Forest, pues de ninguna otra manera, debía pensar, podía vivir al margen, como lo hacía, de la *maquinaria* de chismes de aquella, en muchos sentidos, horrenda ciudad en la que vivían, condenada a no ser nada más que lo que todos ellos querían que fuese.

Aquella mañana no sería una excepción. En parte, porque el señor Howling iba a tener un buen motivo para estar fuera de Trineos y Raquetas Howling.

Uno de aquellos autobuses de seguidores de la señora Potter acababa de detenerse ante la tienda de los Peltzer, como hacía siempre, y sus pasajeros, abundantes, se habían detenido primero a contemplar, pellizcándose ante la incredulidad del momento, el abarrotado escaparate de aquel pequeño santuario, y luego, cayendo en la cuenta de que todo aquello era real y podía ser *suyo*, y estaba *allí mismo*, se habían abalanzado, roto el espejismo, sobre la puerta, y una a una, distintas manos enguantadas, de tamaños muy diversos, habían probado fortuna (PLOC) (PLOC), habían hecho *girar* el picaporte y nada había (PLOC) (PLOC) (*¡PLOC!*) *ocurrido* porque, inadmisiblemente, la tienda estaba *cerrada*. ¿Y acaso sabía ella, Bertie Smile, algo que él no supiera? Debía llamar a la señora MacDougal, la llamaría y le diría que se apresurase, que dejase lo que estuviese haciendo y se acercase a *entretener* a toda aquella gente mientras daban con el (CHICO PELTZER) porque Kimberly Clark Weymouth no podía permitirse aquello, ¿acaso podía permitírselo? ¿Cuándo había sido la última vez que la tienda había *cerrado*? La tienda ni siquiera había cerrado cuando aquella chica había muerto, ¿*verdad*? Oh, maldita sea, rezongaría el señor Howling, y volvería dentro, y Bertie Smile contemplaría aquel montón de lectores *desesperados* recién llegados a un lugar que sólo habían concebido como escenario, para siempre *esclavo* de una despiadada mujer *barbuda*, y se preguntaría si no sería aquel tipo, el *nuevo*, el que, de alguna forma, estaba *redirigiéndolo* todo. ¿Habría cerrado él la tienda del (CHICO PELTZER) Allí Abajo y había acabado el (CHICO PELTZER) cerrándola Allí Arriba? Oh, querida Kimberly, pensaría entonces Bertie Smile, (A LO MEJOR LOGRAS SALIR DE AQUÍ), a lo mejor *todos ellos* tienen los días *contados*.

Y aquel *todos ellos* incluía, por supuesto, a Eileen McKenney, y aquel *contenedor* de chismes del demonio, el (SCOTTIE DOOM POST).

7

En el que aparece uno de los protagonistas principales de esta historia, que no es otro que un periódico llamado (SCOTTIE DOOM POST), tan en guerra consigo mismo como su redactora jefa, su redactora estrella, su única redactora en realidad, Eileen McKenney

El (SCOTTIE DOOM POST), también conocido simplemente como *Doom Post*, se llamaba así porque se producía, por entero, en el propio Scottie Doom Doom. El Scottie Doom Doom era el centro neurálgico de Kimberly Clark Weymouth, una suerte de *posada* en la que no existía la posibilidad de quedarse a dormir porque no era más que un montón de mesas y un montón de sillas y algún reservado, como el reservado en el que Eileen McKenney, la redactora *jefa*, la redactora *estrella*, la *única* redactora en realidad de aquel *papelucho, producía* aquella cosa del demonio, el propio *Doom Post*, una cosa que parecía una revista hecha de pedazos de otras revistas, un algo en cierto sentido *monstruoso*, que fotocopiaba en el almacén de la oficina postal de la ciudad, ante la atenta mirada de su responsable, la aparentemente inofensiva Jingle Bates.

Jingle Bates era, a la vez, la corresponsal principal del *Doom Post* y su única *columnista*. Y por supuesto, estaba al frente de la pequeña y acogedora oficina postal de Kimberly Clark Weymouth. La oficina era tan acogedora que incluso tenía chimenea, una chimenea en la que ardía la leña que, una vez por semana, entregaba en persona el silencioso y *feliz* Archie Krikor, el jefe de leñadores, buen amigo del alcalde Jules y proveedor del ilustre Francis Violet McKisco, y la no menos ilustre Kirsten James, quienes, sin saberlo, compartían una desmedida pasión por ver arder aquellos desdichados pedazos de madera que, también en persona, les entregaba, una vez por semana, el silencioso y *feliz* Archie Krikor. A Jingle Bates no le interesaba tanto ver arder como estar al tanto de todo lo que ocurría en aquella fría ciudad. Por ello se había suscrito a aquella en apariencia inofensiva gaceta que dirigía Eileen McKenney, gaceta que la concienzuda periodista, llegada, cómo no, de la bohemia y repelente Terrence Cattimore, había *heredado* de Natalie Edmund, la redactora jefa, y única redactora en realidad, del ilustre antepasado del *Doom Post*, otro panfleto de producción artesanal llamado *Weymouth Nickel*.

La historia del *Weymouth Nickel* había sido una historia tormentosa, y había acabado a pocas semanas del asesinato, aún por resolver, de Polly Chalmers. El asesinato de Polly Chalmers era el único asesinato que se había cometido en aquella ciudad repleta de detectives aficionados que, sin embargo, parecían haber rehuido la idea de investigar algo tan poderosamente turbio. La propia Natalie Edmund lo había hecho, convencida de que, en cierto sentido, sus artículos habían tenido la culpa de lo que fuese que hubiese pasado con la chica. En cualquier caso, a su partida, la poco ortodoxa periodista, que había tendido más a tratar de buscarle, astutamente, las cosquillas a la *Intelligentsia* de aquella gélida ciudad que a recopilar la clase de ridículos montones de chismes que parecía recopilar su predecesora, había *legado* a Eileen su fotocopiadora y una pequeña colección de cajas con toda la documentación que estimó necesaria para que continuase con tan ingrata tarea. Eileen, que por entonces vivía en una habitación repleta de humo en un apartamento compartido con un puñado de patinadores que trabajaban para Dan Lennard, el propietario del Lago Helado Dan Ice Lennard, había decidido instalar su *oficina*, la *redacción*, que de aquel, su entrometido *diario*, en el Scottie Doom Doom.

El Scottie Doom Doom era tan enorme que podía considerarse a sí mismo una ciudad dentro de la ciudad. Su único camarero, el misteriosamente voluble y omnipresente Nathanael West, se movía, grácilmente, entre sus mesas, sobre un par de patines que nunca se quitaba. En sus ratos libres, Nathanael, según había informado el propio *Doom Post*, redactaba interrogatorios y ratos en la morgue del forense ficticio Simon Raymonde. Como Nathanael, Raymonde iba a todas partes *patinando*. Y, como a Nathanael, nada le gustaba más que contar historias.

Sólo que él se las contaba a su vieja grabadora. Después de decirle lo que pesaba el corazón del difunto, lo que había cenado y si se mordía o no las uñas, inventaba una historia, convertía al difunto en personaje y le hacía pasar alguno de los malos tragos que sus a menudo infructuosas citas le provocaban. Sí, podría decirse que, al igual que Nathanael West, Simon Raymonde tendía a no distinguir la ficción de la realidad o, más bien, que hacía encajar esta última en un relato hecho a su medida tal y como había revelado el *Doom Post*.

El errante semanario nunca tenía la misma cantidad de páginas, pues éstas dependían por completo de los chismes que la periodista, cada vez más poderosamente *meditabunda*, oh, tan, siempre, rabiosamente *desesperada*, lograba *cazar*. Eileen pasaba las tardes acodada a una mesa del Scottie, respondiendo llamadas y hurgando en todo lo hurgable entre los lugareños, para redactar todo tipo de artículos en los que descubrir a sus cada vez más numerosos suscriptores algo que aún no supiesen de lo que fuese que estuviese ocurriendo en la ciudad. El asunto era que no había demasiado *ocurriendo* en la ciudad. O sí, pero nada de lo que ocurría estaba a su alcance, pues aquellos, sus lectores, eran también sus, en todos los casos, protagonistas, y celosos de una intimidad que sabían altamente *rentable*, tendían a no mover un dedo, es decir, a no tener ningún tipo de intimidad, temerosos de convertirse en un *bocado* degustable por sus inquisitivos vecinos. De ahí que, cada vez más frecuentemente, McKenney se viese obligada a *revisitar* ciertos artículos, ciertos, en realidad, momentos históricos de Kimbery Clark Weymouth, y asegurarse de que no se parecían en absoluto a los originales, pensando en aquellos de sus lectores que lo advertirían al instante, tratándose como se trataba, en todos los casos, de investigadores *en potencia*, investigadores que tenían en gran estima *sus archivos*, *vecinos* investigadores que etiquetaban y catalogaban cada artículo y que tendían a compararlos, como comparan los profesores los exámenes de los compañeros de pupitre en busca de las respuestas robadas, con el fin de encontrar las *vergonzantes* similitudes.

Al respecto, entre los suscriptores del *Doom Post* figuraban desde el señor Howling, aquella suerte de *director* en la sombra de aquel enjambre de detectives aficionados, hasta la señora Russell, la mujer que aquella tarde le había comprado a Sam un rifle Jacob Horner, pasando, por supuesto, por Archie Krikor, Rosey Gloschmann, Meriam Cold, la poderosa Mildway Reading, los Glickman, propietarios de la *mutante* Utensilios Glickman, y el señor Meldman. Randal, el padre de Bill, había estado, también, suscrito, hasta que Eileen le había dicho a todo el mundo, a través de aquella cosa del demonio, que su mujer no pensaba volver, que, en realidad, no había pensado hacerlo nunca, que el día en que cogió aquel autobús y se alejó (PARA SIEMPRE) de Kimberly Clark Weymouth, lo había hecho, sí, (PARA SIEMPRE). Aquel día, Randal Peltzer, golpeado, dolido, *desapareció*. Su relación, hasta entonces en exceso *cordial* con el resto de los habitantes de aquella ciudad, se enfrió hasta tal punto que se dio por *extinguida*.

Y a nadie pareció importarle.

No le importó a la ciudad, tan absorta como parecía estar siempre en tratar, por todos los medios, de huir de sí misma, ni tampoco a los vecinos, que pasaban más tiempo en la ciudad televisiva en la que las hermanas Forest resolvían misterios que en la propia Kimberly Clark Weymouth. Lo único que importaba más a unos que a la otra era que la tienda que Randal Zane Peltzer regentaba siguiese abriendo su encantadora puerta cada mañana, y recibiendo a aquellos lectores capaces de recorrer, en ocasiones, el mundo entero, para fingir poder enviarle una postal diminuta a la señora Potter. Eileen McKenney solía entrevistar al menos a uno de ellos cada semana.

De hecho, existía, en el *Doom Post*, una sección fija dedicada a *coleccionar* seguidores de aquella novela de Louise Cassidy Feldman. Puede que a sus suscriptores les trajese sin cuidado cuándo habían dado con aquel *clásico* y de qué forma les había cambiado la vida, pero sin duda tenían interés en saber qué les había parecido *el resto* de Kimberly Clark Weymouth, si hacían *bien* cubriéndola de aquel montón de engalanados *abetos*, y si habían echado de menos algo, es decir, si habían esperado encontrar algo que no habían encontrado, y también si habían considerado afortunada a la señora Potter por *veranear* en un lugar como aquel, que disponía de, pongamos, un lago helado.

Aquella obligada pregunta del cuestionario con el que Eileen McKenney elaboraba, cada vez, el perfil de un lector de Louise Cassidy Feldman, había puesto en marcha una *carrera* no oficial entre los comercios de la ciudad, y también, aunque en menor medida, entre los lugares de interés de la misma. Ni que decir tiene que el Lou's Café figuraba, siempre, invariablemente, en el primer puesto de la lista, y también que, invariablemente, nadie lo tenía en cuenta, tan relacionado como estaba con la novela de aquella escritora que no había consentido en volver a poner un pie en la ciudad. ¿Por qué no lo había hecho? Al parecer, porque ella era la primera que no soportaba lo que había pasado con aquella novela. Decía que aquella novela había acabado con el resto de sus novelas. Que nada de lo que había escrito a partir de entonces había parecido *existir*, ¿y no era aquello horrible? Eileen dormitaba en el sofá de aquel apartamento que compartía con un montón de patinadores cuando la había oído decir aquello. La radio estaba encendida. Era de noche, tal vez algún momento de la madrugada. Louise Cassidy Feldman hablaba con alguien dentro de aquel chisme. ¿Era *ella*? Era ella. El presentador la llamaba por su nombre. La llamaba Louise. Ella le llamaba Eugene. Era tarde. ¿De qué demonios hablaban? Eileen no lo entendía demasiado bien. Era como si hablasen de la vida en otro planeta. Un planeta en el que la señora Potter no existía y en el que sin embargo existían *otros* libros de Louise Cassidy Feldman. ¿Era aquello posible? Por supuesto que era posible. Aquella mujer escribía, ¿no? Los escritores no escribían un único libro. Pero tampoco escribían libros como aquel. Porque la sensación era, y el tal Eugene estaba de acuerdo, que aquel libro no parecía haber sido escrito por nadie sino haber estado *allí* siempre. Oh, aquello había *violentado* de tal manera a Louise Cassidy Feldman que su voz aterciopeladamente salvaje se había vuelto, en un instante, *fiera*. (¡OH, MALDITA SEA!), había bramado, y (¡OJALÁ NUNCA HUBIESE PUESTO UN PIE EN ESE CONDENADO SITIO, EUGENE!).

Ese condenado sitio era, por supuesto, Kimberly Clark Weymouth.

Aquella semana, Eileen había publicado un artículo al respecto. En él citaba a la escritora y se preguntaba qué habría sido de la ciudad sin ella. El artículo, titulado (*¿PODRÍA, KIMBERLY CLARK WEYMOUTH, NO HABER EXISTIDO?*) había, evidentemente, enfurecido a la *Intelligentsia* del lugar que, aún sabiendo que aquella cosa no era posible, que no podía viajarse al pasado para borrar *nada*, que Louise Cassidy Feldman no iba a desaparecer y tampoco lo haría la señora Potter y por lo tanto no tenían nada que temer, no sabía cómo encajar aquella impudorosa *afrenta*. Habían sospechado desconsiderada a la autora, a la que, en una ocasión, el alcalde Jules había llamado en nombre de la ciudad. La llamada había durado exactamente seis minutos, seis minutos en los que la escritora había dejado claro que le traía sin cuidado lo que hiciesen con (AQUELLA COSA), y cuando se refería a (AQUELLA COSA) se refería, evidentemente, a la señora Potter. Si no fuera porque la novela no había interesado verdaderamente jamás a casi ningún habitante de Kimberly Clark Weymouth, se diría que en aquel momento había nacido la animadversión, el, en realidad, impasible desprecio hacia ella. Pero aquel desprecio era *antiguo*. Era el mismo desprecio, en realidad, que sentían por Connie Forest, o por todo aquel capaz de ver algo distinto en aquello que ellos llevaban contemplando demasiado tiempo sin ser capaces de ver *nada* en absoluto.

Sin embargo, fingían no dejar de esperar su *regreso*. Incluso *mentían*, a menudo, sobre lo que había y no hecho a su paso por aquella ciudad, con el único fin de que aquellos turistas lectores se interesasen por todo lo que aquel helado y, en muchos sentidos, perdido lugar, podía ofrecerles. Había quien aseguraba que ella volvía cada cierto tiempo. Sólo que nunca se dejaba ver. Lo único que dejaba eran pistas, decían. Pistas que siempre tenían aspecto de diminutas postales de esquiadores. Así, un avispado *bartender* podía recomendar a una pareja de aquellos lectores foráneos una determinada mesa en su restaurante y susurrarles (¿QUÉ ME DIRÍAN SI LES DIJERA QUE EN ESA MESA SE SENTÓ HACE MENOS DE UNA SEMANA LA MISMÍSIMA CASSIDY FELDMAN?), oh, sí, les diría a continuación, (¿NO HAN OÍDO HABLAR DE ESA COSA QUE HACE?) (SE DEJA CAER POR AQUÍ CADA CIERTO TIEMPO) (NO DICE NADA A NADIE) (PERO LUEGO NOS DEJA UNA PEQUEÑA POSTAL) (UNA POSTAL DIMINUTA) (¿QUIEREN VERLA?). Aquellas postales diminutas habían sido distribuidas por el alcalde Jules, a petición de Howie Howling. Los mostradores de todos los establecimientos de Kimberly Clark Weymouth tenían al menos un cajón repleto de ellas.

A excepción del mostrador de la tienda de Randal Peltzer.

El mostrador de la tienda de Randal Peltzer no tenía ningún cajón repleto de ellas.

A Randal Peltzer no le gustaba mentir.

Cuando uno de aquellos clientes que abarrotaban a menudo el establecimiento le preguntaba por la posibilidad de que (LOUISE) hubiese estado allí hacía menos de una semana, como había oído decir al dueño de aquella tienda de raquetas en la que habían comprado un par de aquellas oportunas (RAQUETAS POTTER), Randal respondía que no era en absoluto probable, porque (LOUISE) aborrecía Kimberly Clark Weymouth.

Y aquello no gustaba *nada* al resto de las tiendas.

El *Doom Post* lo había dejado bien claro.

En determinado momento, la gaceta que dirigía Eileen McKenney había publicado un artículo firmado por la mismísima Kimberly Clark Weymouth que llevaba por título (*¿ACASO QUIERES VERME DESAPARECER?*). El artículo lo había escrito el señor Howling, oh, y lo había escrito torpe y horriblemente, porque así era, decía, como debían escribir las ciudades. La cosa en sí era una huracanada diatriba contra aquella (MANÍA) de, decía, (EL SEÑOR PELTZER), de (FASTIDIARLO TODO), ¿era sólo ella, o parecía que (EL SEÑOR PELTZER) no hacía otra cosa que contentar a la señora Potter fastidiándolo todo (TODO EL TIEMPO)? A lo mejor aquel era su único secreto. Porque ¿no era aquella mujer que no era exactamente Santa Claus una especie de *bruja* que concedía deseos a los niños, y no tan niños, que se portaban, de alguna forma, *mal*? ¿Y qué podía desear sino su éxito aquel hombre que, a todas luces, había incluso fastidiado su propio matrimonio en pos de no dejar nunca de ser quien era, aquel *atractor* de autobuses de lectores de una novela estúpida e *infantil*? Oh, el señor Howling había sido cruel, francamente cruel, y lo había sido aún más cuando había deslizado un ejemplar en el buzón de la tienda, doblado de tal manera que aquel artículo fuese lo primero que leyese.

Y lo fue.

Sólo que el que lo leyó no fue Randal, sino Bill.

Bill, que en aquel momento no era más que un adolescente triste y aburrido al que nada le gustaba más que leer biografías, biografías de ayudantes de todo tipo que jamás habían sido otra cosa que ayudantes de todo tipo, había leído aquel desconsiderado *ataque* y había cubierto con, sus entonces, aún infantiles raquetas, la distancia que separaba la tienda de su padre del Scottie Doom Doom y, sin pensar en nada más que en lo que haría uno de aquellos ayudantes sobre los que leía al toparse con semejante injuria, (DEJAR CLARO QUE NO LE GUSTABA) (QUE NO LE GUSTABA NADA), había entrado en el local con el ejemplar *ardiendo* en la mano, y mirando alternativamente a Eileen McKenney y al propio Scottie, lo había dejado caer, y lo había pisado, y había dicho:

—Ojalá desapareciereis. No ella. Todos vosotros. *Ahora.*

Y los teléfonos habían empezado a sonar en todas partes y se había dicho, aquí y allá, que el (CHICO PELTZER) acababa de lanzarles una (MALDICIÓN), que había maldecido al pueblo (ENTERO), que si era cierto aquello que decía el artículo, a lo mejor tenían los días contados, todos ellos, tenían los días contados.

Pero el único que había tenido, en realidad, los días contados había sido el propio Randal Peltzer. Una mañana ridícula y, del todo desapacible, como solían ser las mañanas en aquella ciudad agresivamente blanca, Randal Peltzer se había levantado, se había servido, como era habitual, un tazón con cereales, y al poco estaba muerto. Nada había cambiado y todo lo había hecho en realidad, porque una de aquellas cucharadas que daba a diario con la clase de descuido con la que se hacen las cosas que no pueden salir mal, lo había, simplemente, matado. Un momento antes (CRUNCH) había estado (CRANCH) *masticando* un montón de aquellos absurdos cereales azucarados de *colores* que eran sus favoritos, los Dixie Voom Flakes, y al momento (CRUNCH) siguiente, se había (PLAM) desplomado en la mesa de la cocina, *muerto.*

Eileen McKenney se había apresurado a publicar un número especial. Aquel número especial había enfurecido a Bill pero ¿qué otra cosa podía hacer? En tanto que pequeña celebridad, a su pesar, de la siempre desapacible Kimberly Clark Weymouth,

Randal Zane Peltzer era siempre *bienvenido* en las páginas del *Scottie Doom Post*. Después de todo, su obsesión por aquella escritora había hecho *célebre* el lugar, lo había hecho célebre hasta el punto de disponer de una guía local, la presuntuosa señora MacDougal, que, asesorada por la patológicamente tímida Rosey Gloschmann, la mayor experta (DEL MUNDO) en la obra de Louise Cassidy Feldman, había diseñado un sugerente tour por aquella tan poco sugerente ciudad. Aquella *celebridad* les había permitido a todos *quedarse*, les había permitido vivir de sus ridículos negocios, y hacerlo razonablemente *bien*, tratándose como se trataba de un infierno helado, ¿y qué sabían, todos ellos, de aquel hombre, más allá de que su obsesión por aquella novela le había llevado a orquestar el negocio perfecto, el negocio *ideal*, convencido de que otros, como él, iban a enamorarse de ella, y que jamás dejarían de hacerlo, por más tiempo que pasase, y que todos, por igual, sentirían la necesidad de viajar hasta allí para habitar la ficción, para perseguir el fantasma de aquella tal señora Potter que no era exactamente Santa Claus?

Nada, absolutamente nada.

Randal Zane Peltzer era un misterio.

¿Y qué adoraban los habitantes de Kimberly Clark Weymouth, tan amantes como eran de *Las hermanas Forest investigan*, sino el misterio?

Aquel número especial había sido un éxito.

Desbordada como había llegado a estar Eileen por el desmedido interés que su cada vez más *amarillista* publicación había despertado entre aquellos vecinos que parecían coleccionar detalles escabrosos, la única redactora de aquella *cosa* no había tenido otro remedio que ceder terreno a la aparentemente inofensiva responsable de la oficina postal, Jingle Bates, que primero se había propuesto como responsable de aquella *sección*, la sección dedicada a la correspondencia y llamada, simplemente, (CORRESPONDENCIA), y luego había empezado a *dirigir* desde aquel, su acogedor lugar de trabajo, lugar en el que había instalado un sillón orejero en el que invitaba a la propia Eileen a, decía, *descansar*, mientras ella tomaba (EL MANDO), y (*ji ju ji*) bromeaba al respecto, pero no era en realidad ninguna broma, porque con el paso del tiempo, era ella y no Eileen la que tenía el *control* de la publicación, era ella y no Eileen la que les había dicho a sus suscriptores, a través de aquella sección, la sección de (CORRESPONDENCIA), lo que contenían todos aquellos paquetes que no dejaban de llegarles a los Peltzer y que siempre eran paquetes remitidos por (MADELINE FRANCES MACKENZIE). ¿Y era aquella mujer, (MADELINE FRANCES MACKENZIE) en realidad (MADELINE PELTZER)? Oh, lo era, había dicho Jingle Bates, sólo que no le gustaba llamarse así, que fingía, como había fingido todo el tiempo que había vivido en aquella horrible ciudad, que la cosa Peltzer no iba con ella. Que aquel chiflado que le escribía, cada noche, una carta a Louise Cassidy Feldman, no era, en realidad, su marido, y que el chico Peltzer, Bill, sólo era un niño al que, de vez en cuando, llevaba al colegio, y al que sólo recogía cuando había tenido un buen día y había pintado quién sabía qué, y parecía feliz. ¿Y quería aquello decir que había perdido la cabeza? Oh, no, decía Jingle Bates, aquello quería decir que simplemente no estaba *lista*, que nunca lo había estado en realidad, ¿y quería ella, Eileen, que averiguara por qué no había estado nunca lista? Porque podía hacerlo, si ella quería, podía hacerlo, y aquello no era lo único que podía averiguar porque ¿acaso sabía cuánta información pasaba cada día por sus manos? Era por aquello que podía decirse que la sonriente y a menudo ridícula única empleada de la oficina postal, que se trenzaba el pelo cada mañana y se lo destrenzaba cada noche, y que una vez se lo había destrenzado, escribía en su diario, escribía cosas como (DÍA SIN SOBRESALTOS. NO LLEGÓ NADA PARA JOHNNO. ME PREGUNTO SI JOHNNO PODRÁ ESCRIBIR AHÍ ARRIBA CON KIRSTEN. A VECES ME SORPRENDO PENSANDO EN ELLOS DOS, EN LA CAMA. ¿POR QUÉ NO PUEDO DEJAR DE PENSAR EN ELLOS DOS, EN LA CAMA? OJALÁ YO PUDIERA ESTAR CON ALGUIEN EN LA CAMA ALGUNA VEZ, JACK. TODO ES DEMASIADO ABURRIDO POR AQUÍ, ¿POR QUÉ ES TODO TAN ABURRIDO POR AQUÍ, *JACK*?), era una de las más valiosas *corresponsales* del *Doom Post*.

Porque no era que únicamente se ocupase de los Peltzer, era que *filtraba* todo tipo de información. Así, por ejemplo, los suscriptores estaban al corriente de la relación que existía entre la tal Myrlene Beavers y Francis Violet McKisco, e incluso, habían *conjeturado* al respecto. Aquella tal Myrlene podía ser, se decían unos a otros en aquellas cartas que Bates consentía en recopilar, desde un viejo profesor de instituto cuya vida se limitaba a la lectura concienzuda de la obra de McKisco hasta una de las *verdaderas* hermanas Forest, en concreto, la verdadera *Jodie* Forest, que buscaba en sus novelas la respuesta a su irremediable y devastador fracaso. Oh, ¿de veras? ¿Acaso podía una hermana Forest *adorar* a McKisco? Ajá, se decía Jingle Bates, tan al corriente como estaba de todo lo que de verdad sucedía en las vidas de Vera Dorrie Wilson y Jams Collopy O'Donnell, las actrices que interpretaban a las hermanas Forest que no, no eran *gemelas* sino apenas un par de actrices que se parecían más de la cuenta. Al parecer, al menos en una ocasión, una de ellas había hablado, jocosamente, de Stanley Rose, uno de los detectives discutidores de Francis Violet McKisco. ¿O había escrito sobre ello? ¿Era cierto que al menos una carta procedente del (ESTUDIO) en el que se grababan los capítulos de *Las hermanas Forest investigan* había llegado, en una ocasión, a Kimberly Clark Weymouth, y que se dirigía a casa de los (MCKISCO) pero que esa carta había sido (SABIAMENTE) *desviada* por la autoridad *local*, quién sabía con qué intención?

Oh, Eileen estaba harta.

Estaba harta de *transcribir* lo que aquella chiflada le *contaba*.

La gota que había colmado el vaso había sido una llamada telefónica. Una de las cientos de miles que Jingle hacía a diario y que tenían, como única interlocutora, a la siempre *atareada*, y atareada precisamente por todas aquellas llamadas, Eileen McKenney. Eileen estaba, de hecho, en el Scottie Doom Doom, cuando el teléfono había sonado aquella tarde, la tarde de hacía un par de días, y era Jingle Bates, cómo no, y quería saber si ella, Eileen, estaba sentada, porque tenía algo (GORDO), algo (MUY GORDO), que contarle, y Eileen le había dicho que se dejase de (ESTUPIDECES), le había dicho (DÉJATE DE ESTUPIDECES, BATES), porque estaba harta, porque llevaba un tiempo desencantada con aquel, su *diario*, porque llevaba, en realidad, *demasiado* tiempo desencantada con él, porque a veces le costaba encontrarle sentido a todo aquello, a aquella suerte de ficción absurda en la que era (ALGUIEN), alguien que dependía, en realidad, de una empleada de oficina postal, una mujer solitaria y claramente *majara* que le hacía llegar, de vez en cuando, Eileen estaba convencida de que era ella, extractos de su diario personal fingiendo que eran intentos de relato, pedazos de vida, una vida *interesante* en la que nunca ocurría *nada*, y había colgado, no se lo había pensado dos veces, había colgado, y el teléfono había vuelto a sonar, pero Eileen le había hecho un gesto a Nathanael para que no descolgara y Nathanael no había descolgado.

—Esa chica, Nath —había dicho entonces Eileen, y había expelido una (FUUUF) bocanada de humo— ni siquiera está en este mundo. Creo que —(FUUUF)— no sé, ¿crees que es por su culpa que aborrezco lo que hago, Nath? ¿Por qué demonios *cree* que dependo de ella? —Se miró las uñas, el esmalte del índice de la mano izquierda era historia, casi todo era, en realidad, historia—. Ella ni siquiera existiría, si yo no descolgara ese teléfono. ¿Crees que tiene alguien más a quien llamar? —(FUUUF)— A veces tengo la sensación de que —(FUUUF)— ni siquiera sale de esa *oficina*. A veces —(JE)— la imagino levantándose cuando llega la hora de cerrar, la imagino apagando las, *uhm*, luces, y regresando a su puesto, sentándose allí, y esperando a que —(FUUUF)— vuelva a *amanecer*. Nath, a veces —(FUUUF)— creo que Jingle Bates es un *fantasma*.

McKenney había dicho aquello y luego había bajado la vista y había pensado otra cosa, quién sabía qué, y al cabo, había recogido sus cosas, había recogido su máquina de escribir, la maqueta del próximo número, sus lápices, todo lo que había en aquella diminuta y pegajosa mesa del reservado siete y tres cuartos, considerado así porque se cerraba sobre sí mismo confiriendo a su ocupante aspecto de secretaria, de cajera, de cualquier cosa decidida a *controlar* lo que fuese que pasase allí dentro, y se había ido. Había dicho (HASTA OTRA, NATH) y se había (FUUUF) ido.

Y esa era la única razón por la que los suscriptores del *Doom Post* no sabían nada aún de la carta de la Oficina de Últimas Voluntades que había recibido Bill aquella semana. Pero, de todas formas, era cuestión de tiempo que no sólo el señor Howling, y la discretamente astuta Bertie Smile, sospechasen que algo andaba *cocinándose* en Mildred Bonk, porque la señora Raddle, propietaria de la única casa de huéspedes de la ciudad, acababa de (TOC) (TOC) golpear la puerta tras la que Eileen McKenney escondía, desde que había dejado el Scottie, su máquina de escribir, su montón de cola para papel, y todo aquel papel recortado en columnas que debían llenarse con palabras que nunca importarían lo más mínimo pues no habían sido escritas por alguien que verdaderamente importase ni tampoco iban a cambiar, de ninguna manera, el mundo, y había dicho:

–Se ha liado una buena en esa tienda del demonio, Leen. He pensado que a lo mejor te gustaría ir a echarle un vistazo. Al parecer, ha llegado uno de esos autobuses de chiflados y la tienda estaba cerrada.

Eileen, que había estado observando cómo un enorme saltamontes se tostaba al sol en el moribundo geranio que alguien había colocado en el alféizar de la ventana, tardó en caer en la cuenta de que sólo podía referirse la tienda del (CHICO PELTZER) y que, por una vez, iba a volver a ser (ELLA), la mismísima Eileen McKenney, y no aquella condenada *telefonista*, quien contase a sus lectores lo que demonios fuese que hubiese pasado, y no debía tratarse de cualquier cosa porque ¿acaso había cerrado aquella tienda alguna vez antes? ¿O no era que ni siquiera tras la muerte de Polly Chalmers, su, durante un tiempo, *empleada*, había consentido en tomarse un respiro?

8

En el que Billy Bane burla al destino y a un puñado de manos enguantadas de diversos tamaños *quedando* con la agente en prácticas Cats McKisco, que a veces se pregunta qué hace, él, Bill, con todos esos cuadros, ¿y quién no?

Billy Bane nunca había creído en nada parecido al destino pero aquella noche, mientras se dirigía al Scottie Doom Doom, las manos embutidas en aquellos horrendos guantes verdes veteados por cientos de miles de copos de nieve, ojeando la biografía del eterno aprendiz de detective Collison Barrett Kynd y haciendo, a la vez, frente a todo tipo de abominables ventiscas, ventiscas como cuchillos que amenazaban, literalmente, con partirle en dos, se dijo que, después de todo, aquel encuentro con la pequeña Cats había sido, en cierto sentido, providencial. No sólo iba a darle algo de que hablar a aquella condenada Eileen, algo que alejase por un tiempo a todos aquellos cazadores de *chismes*, a todos aquellos *depredadores*, de aquel Stumpy MacPhail y sus (SOLUCIONES INMOBILIARAS MACPHAIL), sino también iba a permitirle *desactivar* aquel asunto del autobús. ¿Quién iba a pensar que en aquella ridícula *porción* de tiempo en la que nunca ocurría nada iba a aparecer uno de aquellos condenados autobuses repletos de lectores? Oh, Bill había sido todo lo precavido que podía ser, puesto que había esperado, pacientemente, el momento en el que era menos probable que *nadie* apareciese para salir a proponerle a aquel tipo, Stumpy MacPhail, que vendiese, sin que nadie se enterase, su casa. Pero la *mala* fortuna, aquella fortuna que debía llevarse demasiado bien con la señora Potter, había querido que primero una rueda, y luego otra, y luego otra más, se, simplemente, *desinflasen*, con el único fin de retrasar, se había dicho Bill, la llegada de aquel mastodonte repleto de, sobre todo, niños y profesoras, en el que también viajaba una extravagante pareja de taxidermistas de luna de miel, y una pequeña colección de ejecutivos que se habían conocido en un club de lectura por correspondencia para ejecutivos que, en realidad, era un club de lectura encubierto de *citas*, citas que iban a producirse aquella misma noche en el Dan Marshall, el motel en el que unos y otros no iban a tener otro remedio que pasar la noche porque el momento en el que distintas manos enguantadas, de tamaños muy diversos, habían probado fortuna (PLOC) (PLOC), habían hecho *girar* el picaporte y había (PLOC) (PLOC) (¡PLOC!) descubierto que (LA SEÑORA POTTER ESTUVO AQUÍ) estaba, inexplicablemente, cerrada, era ya un momento cercano al anochecer. ¿Cómo era posible que Bill hubiese pasado tanto tiempo (ALLÍ FUERA)? En realidad no había pasado tanto tiempo (ALLÍ FUERA) pero el tiempo a veces parece mucho tiempo cuando las cosas no ocurren como se espera. El señor Howling fue el primero en abordarle cuando regresó, le dijo (¿DÓNDE DEMONIOS TE HABÍAS METIDO, PELTZER?) y también (¿CÓMO SE TE OCURRE *CERRAR* EN MITAD DE LA TARDE?), y Bill no supo qué decir, Bill se quitó uno de aquellos guantes absurdamente veteados y se metió la mano en el bolsillo y sacó uno de aquellos avisos de la oficina postal que no dejaba de recibir, uno de aquellos avisos en los que se leía (PAQUETE) (REMITENTE: MADELINE FRANCES MACKENZIE). Lo hizo porque sabía que el señor Howling no iba a atreverse a decirle nada ante aquello, porque su madre, aquella enorme y extraña ausencia, era una especie de monstruo que hacía retroceder hasta al más vil de los villanos. Y efectivamente, así fue, Bill se limitó a murmurar algo sobre que tal vez (NO HABÍA SIDO UN BUEN MOMENTO) y que él mismo había sido consciente de que no lo era mientras caminaba en dirección a la oficina postal, y que por eso había vuelto, y que lo lamentaba, por supuesto, pero a veces ocurría, había dicho, a veces estaba allí dentro, en la tienda, solo, y miraba uno de aquellos avisos y se decía que a lo mejor, por una vez, el paquete no era únicamente un paquete, y contenía una (CARTA) y entonces, decía, no podía evitarlo, cerraba la tienda, colgaba aquel cartel que decía (ESTARÉ DE VUELTA EN MENOS DE LO QUE LA SEÑORA POTTER TARDA EN CONCEDER UN DESEO) y salía, y a veces, había dicho, no recorría más que un pequeño trecho, y volvía, porque sabía que aquel (PAQUETE) no contenía otra cosa que uno de aquellos cuadros, pero otras, como en aquella ocasión, recorría más trecho de la cuenta, y se apostaba ante la puerta de la oficina postal, y era allí donde se decía que (NO), que de (NINGÚN MODO), que aquello no era más que otro (PAQUETE), que ella no iba a escribirle (NINGUNA CARTA), y entonces regresaba. Si nadie lo había advertido hasta entonces era porque había tenido suerte y ningún autobús había decidido llegar a Kimberly Clark Weymouth en aquella minúscula *porción* de tiempo. Oh, Bill temblaba. Temblaba mientras decía todo aquello, porque el señor Howling fruncía el ceño, y sacudía la cabeza y decía (MUCHACHO), y colocaba una mano en su hombro, y lo apretaba con fuerza, y Bill pensaba que lo siguiente sería que diría que (LO SABÍA), que sabía que en realidad no había pensado que hubiese podido llegar ninguna carta de su madre porque la única carta que había llegado era la de la Oficina de Últimas Voluntades de Sean Robin Pecknold, ¿y tenía su visita a aquella oficina, (SOLUCIONES INMOBILIARIAS MAC-PHAIL), la oficina del *nuevo*, algo que ver con aquella *otra* carta? (¿NO ESTARÁS PENSANDO EN *DEJARNOS*, VERDAD, MUCHACHO?), diría a continuación. Oh, Bill estaba listo. Bill acababa de abrir la puerta de la tienda y aquel montón de propietarios de manos enguantadas estaba entrando en ella, y profiriendo los siempre absurdos gritos de júbilo que acostumbraban a proferir cuando cruzaban el umbral (¿HAS VISTO ESO, MARGE?) (¡NO!) (¿HAY UN MUÑECO DE CHESTER?) (¡EL NIÑO CHESTER ES MI FAVORITO!) (¿NO TE PARECE EL ÚNICO CUERDO, KURTIE?), y Bill seguía teniendo la mano del señor Howling en el hombro, y ¿a qué demonios esperaba? (SABES QUE PUEDES CONTAR CONMIGO, ¿VERDAD?), dijo la mano. Sorprendido, Bill alzó la vista, los ojos muy abiertos, y consiguió articular un (GRA-GRACIAS), y un (NO SE PREOCUPE), (ES, BUENO, YA SABE), a lo que él respondió (CLARO, HIJO), (LO SÉ), dijo, y palmeándole la espalda, añadió (TODOS ECHAMOS DE MENOS A RANDIE).

Por supuesto, no era cierto.

O lo era en la medida en la que, después de que aquella chica muriera, de que alguien la matara, había consentido incluso en fingir que Louise Cassidy Feldman hacía aquella cosa que decían que hacía. Dejarse caer de incógnito por la ciudad, cada cierto tiempo. Había empezado, Randal Peltzer, a hacer creer a sus clientes que había encontrado una de aquellas postales diminutas que eran supuestas pistas que la escritora dejaba a su paso en la mismísima tienda. Y eso quería decir que hacía no demasiado Louise Cassidy Feldman había estado allí, ¡y podía regresar en cualquier momento! ¿No iban a comprar una edición de *La señora Potter no es exactamente Santa Claus* por si se la encontraban? Debían estar atentos. Podían doblar una de aquellas esquinas nevadas y encontrárselas. Era así de sencillo. ¿Se lo dirían a sus amigos? Cuando volviesen a casa, ¿les dirían que era posible ver a Louise Cassidy Feldman si se dejaban, ellos también, caer por Kimberly Clark Weymouth? (OH, YO DE USTEDES LO HARÍA), les decía.

Bill había acabado con aquello.

Como había acabado con todo lo demás.

La única razón por la que abría cada mañana aquella ridícula tienda era porque no podía no hacerlo. ¿Puede un ayudante dejar de ser ayudante alguna vez? Su padre podía haber muerto, pero su trabajo no había muerto con él. Así que, a efectos prácticos, él seguía siendo el ayudante de su padre.

Su padre *fantasma*.

Hubiera sido más sencillo así.

Hubiera sido más sencillo si su padre hubiera sido un fantasma.

Podría haberle contado lo que estaba pensando. De camino a aquella cita que tenía con Cats McKisco, aquel providencial encuentro que, sabía, sería vigilado por *todos*, podría haberle dicho que creía que era cuestión de tiempo que todo el mundo supiera que su casa estaba en venta y que aquello sólo podía significar una cosa. Pero también le diría que si existía la más remota posibilidad de retrasar ese momento, iba a agarrarse a ella. Le diría (A LO MEJOR HA SIDO ELLA, PAPÁ), a lo mejor (HA SIDO LA SEÑORA POTTER), ella podía haberle enviado a Cats McKisco porque podía haber sabido que aquella cosa del autobús iba a ocurrir, ¿y quería eso decir que estaba echándole una mano?

Bill lo dudaba.

Pero iba a ceñirse al guión de todas formas.

Porque sabía que todo el mundo estaba al tanto de que aquella noche tenía una cita con Cats McKisco. Lo sabía incluso Eileen McKenney. Se lo había dicho ella misma. Aún cuando todo aquel contigente de niños y ejecutivos revoloteaban por el acogedor establecimiento, Eileen McKenney había abierto la puerta y había *entrado*. Se había, qué demonios, *atrevido* a *entrar*. ¿Se había atrevido antes? No. Era la primera vez que lo hacía. ¿Y por qué lo había hecho? Bill no daba crédito. (LARGO DE AQUÍ), había dicho Bill. Y ella había dicho que sólo quería *confirmar* que lo que los demás decían que había pasado era (CIERTO). (NO ERES BIENVENIDA AQUÍ, MCKENNEY), le había dicho Bill, sin responderle, mostrándole la puerta. Y entonces ella le había dicho que las cosas habían cambiado, le había dicho (HE DEJADO A JINGLE), y (VOY A DEJAR LOS CHISMES, BILL). Y Bill había sonreído. (CLARO), había dicho Bill, (POR ESO ESTÁS AQUÍ), había dicho, para (CONFIRMAR) que lo que dicen (AHÍ FUERA) es cierto, ¿y qué crees que es lo que dicen (AHÍ FUERA), McKenney? ¿No dirías que es un (CHISME)?

—No es exactamente un chisme, Bill —había dicho McKenney, y había sonreído.

McKenney no era especialmente bonita. Tenía los ojos pequeños, las mejillas ligeramente prominentes, y la clase de frente en la que podría instalarse un diminuto aeropuerto para diminutos aviones de mentira si fuese necesario. Pero cuando sonreía parecía capaz de cualquier cosa.

—No voy a escribir sobre ti, Bill —había dicho—. Voy a escribir sobre ellos. ¿Qué me dirías si te dijera que voy a empezar a escribir sobre *esto* que pasa?

—¿Esto que pasa?

—Su obsesión por *todo*.

—Oh, supongo que te diría que no vas a vender ni un solo ejemplar de esa cosa.

—No quiero estar en sus manos, Bill.

—Eres sus manos, McKenney.

—Ya no —McKenney se había sacado un cigarrillo de una pitillera. Se lo había llevado a los labios. Había repetido—: He dejado a Jingle. —Como si con dejar a Jingle pudiese *dejar* aquel condenado *sitio*, como si con dejar a Jingle pudiese borrar todo lo que había ocurrido hasta entonces, y luego había dicho aquello, luego había dicho (SÉ QUE ESTA NOCHE SALES CON CATS MCKISCO, BILL), y Bill había suspirado aliviado porque no había dicho nada de Stumpy, no había dicho (¿QUÉ HACÍAS EN LA OFICINA DEL *NUEVO* HACE UN RATO, BILL?), aunque no podía descartar que supiese que había estado allí, porque ¿no estaban aquellos malditos *telespectadores* de *Las hermanas Forest investigan* por todas partes, anotando *todo* lo que veían?

—Estoy harta de este sitio, Bill —había dicho McKenney, y había fingido expeler una (FUUUUF) calada, aunque el cigarrillo estaba, inevitablemente, apagado—. Creo que este sitio está harto de sí mismo, Bill. ¿No crees que todas esas ventiscas son cada vez *peores*?

—No lo sé, McKenney.

—A veces —(FUUUUF)— creo que este sitio está —(FUUUUF)— tratando de decirnos que nos vayamos todos al infierno.

—No me gustas, McKenney.

—Oh, lo sé. Pero no te preocupes. —McKenney agitó aquel cigarrillo apagado en el aire—. He acabado con esa chiflada. Y estoy pensando en, por qué no, dejarme de titulares absurdos como (¡EL CHICO PELTZER Y LA AGENTE MCKISCO *JUNTOS*!) y empezar a escribir sobre la razón por la que no pueden dejar en paz a *nadie* —(FUUUUF)—. ¿No te parece que podría ser *interesante*? Creo que podría ser interesante, Bill.

A Bill nada le parecía interesante.

Lo único que Bill quería era largarse de allí.

Y para poder largarse de allí tenía que fingir que todo marchaba indeciblemente bien hasta el momento en el que pudiese (PLOP) desaparecer.

Así que, ciñéndose al guión, Bill recorrió la distancia que separaba aquella ya dormitante tienda de *souvenirs* del aborrecible Scottie Doom Doom, dispuesto a dejarse observar. Cuando alcanzó el lugar, empujó la puerta, se metió la bufanda en el bolsillo, esquivó a aquel camarero *patinador*, y se instaló en la mesa más alejada del reservado que solía ocupar Eileen McKenney quien, para su sorpresa, no estaba allí.

Y se dispuso a esperar.

No esperó durante demasiado rato.

Aunque esperó más de lo que debía porque Jingle Bates estaba reteniendo a Cats McKisco en aquella oficina postal con aspecto de sala de estar.

De camino al Scottie Doom Doom, Cats había tenido que hacer una parada para entregar el telegrama de su padre. A su llegada, Jingle Bates lo había depositado en la saca de (URGENTES), a petición de la agente, que no iba, evidentemente, de uniforme. Se había puesto, Cats, sobre aquel vestido de punto, decididamente *ajustado*, un abrigo rojo, también, decididamente *ajustado*. Jingle Bates no pasó por alto el detalle, aunque poco podía hacer con él. Poco podía hacer también con lo que la chica, harto nerviosa por lo que Bates, y el resto de *llamantes* de aquella condenada ciudad, sabía, esto es, el asunto de su cita con el (CHICO PELTZER), acababa de contarle. Lo que le había contado era aquel asunto del (MALENTENDIDO) entre Myrlene y su padre. Por un momento, Jingle se visualizó escribiendo una de sus *exitosas* columnas en el *Doom Post*. La columna podía titularse (*FRANCIS MCKISCO ROMPE CON SU ADMIRADORA POSTAL*).

Luego recordó que aquello no iba a ocurrir. Y su cara se arrugó en un mohín de disgusto. McKenney seguía sin descolgar el teléfono en ninguna parte.

—McKenney no aparece —le dijo entonces a la pequeña Cats.

—¿Cómo? ¿Quieres decir que (GLUM) ha desaparecido? —La agente en prácticas se imaginó, como hacía siempre que alguien le señalaba la posibilidad de que hubiese ocurrido algo horrible en la ciudad, el cuerpo de Polly Chalmers en aquel montículo que, en adelante, sería conocido como el montículo Polly Chalmers—. ¿Crees que podría estar muerta? —Ninguna de aquellas veces el cuerpo tenía cabeza.

—¡Oh, no! ¿Muerta, McKenney? ¡JA! McKenney está por todas partes. Pero no sé qué mosca le ha picado. No contesta mis llamadas.

—Ah, (FUF), lo, eh, *siento*, tal vez ha sido también un, eh, *malentendido*.

—Claro —dijo Jingle, y luego clavó sus diminutos ojos como cuentas de algún tipo de mineral en los ojos de la resueltamente ingenua agente, y dijo—: Imagino que estás al tanto del asunto del autobús porque, de alguna forma, estás en *él*.

—¿*Yo*?

—Billy Peltzer ha cerrado la tienda esta tarde. Y sé que te cruzaste con él camino de donde fuese que fuese. Lo sabe todo el mundo. Hace un rato me llamó Mavis. Os vieron *charlar* delante de la tienda de disfraces de Bernie Meldman. ¿Te dijo a dónde iba? Porque dicen que venía hacia aquí pero no podía estar viniendo hacia aquí. ¿Billy Peltzer cerrando su tienda en mitad de la tarde para recoger uno de esos paquetes que ya casi nunca recoge?

—¿Casi nunca los recoge?

Catherine Crocker estaba, como cualquier habitante de la fría Kimberly Clark Weymouth, al corriente de todo aquel asunto de los cuadros. Madeline Frances Mackenzie había abandonado a su marido y a su hijo, y, poco después, habían empezado a llegar todos aquellos paquetes a la oficina de correos de la ciudad, paquetes que contenían cuadros, cuadros que parecían *postales*, enviadas desde todo tipo de sitios, sitios de todo el mundo, y nadie podía dejar de pensar en lo que sentía Randal Peltzer cuando los recibía, porque ella no sólo se había ido sino que parecía *encantada* de haberlo hecho, y cualquier atisbo de culpabilidad que el mundo creyese que podía sentir por haber dejado a su marido y a su hijo, se volvía descarado desdén al obligarles a contemplar de qué manera su vida no sólo no se había detenido, como lo había hecho la de Randal Peltzer y el pequeño Bill, sino que no dejaba de *moverse*, cada día, llegaba más lejos, *crecía*, se hacía cualquier otra cosa. La sensación, al final, era la de que su madre, la madre de Bill, había vivido, estaba *viviendo*, mil vidas, mientras él, su hijo, y, aquel, Randal, su marido, se quedaban, para siempre, *detenidos*, allí, en aquel *frío* y *despiadado* lugar, contemplando cómo la vida seguía y ellos no podían aspirar a otra cosa que a verla *pasar*, mientras se preguntaban por qué no los había, ella, llevado consigo, por qué los había abandonado, y si era esa la razón de que su vida no fuera como la de nadie más, si había que destruir para construir, si eran ellos el sacrificio que el mundo necesitaba para que ella cumpliera su sueño, si es que su sueño consistía en dar la vuelta al mundo o fingir estar haciéndolo para pintar todos aquellos cuadros con aspecto de *postales* que no parecían provenir de ninguna parte.

—Casi nunca los recoge –dijo–. Por lo que deduzco que estaba dirigiéndose a otro lugar. El otro día le llegó una carta *extraña. Opaca*. No pude, bueno, ya sabes. A lo mejor tú puedes preguntarle por ella. Tal vez esté tramando algo. Pensé que por una vez podía haberle escrito. Pero no creo. La carta procedía de Sean Robin Pecknold, ya sabes, ese sitio soleado. Y ninguno de esos cuadros procede de Sean Robin Pecknold. No proceden, en realidad, de ninguna parte. Alguien garabatea un lugar en el remite. Pero yo sé que ese lugar no es el lugar del que proceden. No hay matasellos.

—¿Pueden enviarse paquetes sin matasellos? Quiero decir, ¿no es obligatorio?

—No si proceden de un lugar en el que a sus habitantes se les permite *omitir* el lugar desde el que escriben. ¿Has oído hablar de Lurton Sands?

—¿Lurton Sands?

—Es la localidad en la que se encuentra ese sitio.

—¿Qué sitio?

—Willamantic.

—Oh, *ese* sitio.

—Sí. –Jingle Bates se relamió. Imaginar a Madeline Frances en un lugar que no fuese *todas partes* sino aquella única parte *limitante* parecía abrirle el apetito.

—No –dijo Cats–. La madre de Bill está viajando por todo el mundo. Esos cuadros llegan de todas partes. Todo el mundo lo sabe.

—Oh, aquí todo el mundo lo sabe todo *todo el tiempo*, y eso quiere decir que lo que sabe puede *cambiar*. ¿O no cambian las cosas *todo el tiempo*?

Cats dijo algo más, y luego salió. Corrió, sintiéndose observada por *cientos* de ojos que fingían no observar nada, como ocurría siempre en aquella maldita ciudad, en dirección al Scottie Doom Doom. Se decía mientras corría que no estaba, en realidad, nerviosa. Era algo que había aprendido en la Academia de Policía de Terrence Cattimore. Había aprendido a decirse que no estaba nerviosa. La manera en la que lo hacía era la siguiente. Imaginaba la palabra (NERVIOSA) y luego la tachaba.

No servía de mucho, pero le gustaba pensar que sí.

Cuando llegó al Scottie Doom Doom saludó, aquí y allá, a los *habitantes* del resto de las mesas, porque, claro, aquel sitio era como una ciudad dentro de una ciudad, y ella era la agente en prácticas McKisco. Todos, sin excepción, tenían sobre la mesa una libreta. ¿Qué anotarían? (LA PEQUEÑA MCKISCO ENTRA EN EL LOCAL) (SON LAS NUEVE DE LA NOCHE) (EL CHICO PELTZER LA ESPERA EN LA MESA TRESCIENTOS TRES) (SE SALUDAN). ¿Por qué no simplemente vivían su vida? Catherine Crocker se sentó. Bill le dio un trago a su cerveza. Dijo:

—Hola, agente McKisco.

Ella se sonrojó. Sonrió. Dijo:

—Hola, ciudadano Peltzer.

Él hizo un gesto a Nathanael, y Nathanael se aproximó a ellos.

—¿Una cerveza?

—Claro.

—Que sean *dos*.

Nathanael se fue por donde había venido.

—No nos quitan ojo de encima —dijo Bill.

Cats miró por encima del hombro, dijo:

—Ya veo.

Se restregó la nariz. Apenas podía oír lo que Bill decía. Todo lo que oía eran los latidos de su corazón. No parecían latidos. Parecían los pasos de un gigantesco animal (PUM) (PUM) (PUM) que hacía mucho que había dejado de acercarse, que estaba allí, y parecía estar yendo a algún lugar sin moverse del sitio (PUM) (PUM) (PUM).

—¿Sabes que este es el único lugar en el que *Las hermanas Forest investigan* se sigue viendo aún a todas horas? Se rumorea que la serie está a punto de cancelarse.

—¿Quién lo rumorea?

—Oh, bueno, Sam dice que lo ha leído en alguna parte. Sam lee cosas que llegan de otros sitios. Su padre estaba suscrito a un montón de revistas.

Cats cogió aire, suspiró, dijo:

—Claro. Sam.

Nathanael regresó. Dejó el par de cervezas sobre el pegajoso reservado. Bill apuró la anterior. Cats le dio un sorbo (PUAJ) a una de las recién llegadas.

—Odio este sitio —dijo Bill, cuando Nathanael se fue.

En realidad, a quien Bill odiaba era a Nathanael.

Odiaba la manera en que todo parecía traerle sin cuidado. Todo le traía sin cuidado porque era un personaje principal, la clase de personaje que no tiene que *cargar* con *nada* ni *nadie* más que consigo mismo, se decía Bill.

Pero no iba a decirle eso a Cats.

¿Qué podía decirle a Cats?

Por fortuna, fue ella quien habló. Acababa de caer en la cuenta de que no se había quitado el abrigo, así que se levantó, se lo quitó, y dijo:

—Hacía tanto que no salía que no sabía qué ponerme.

—Oh, en este sitio no importa lo que te pongas, acabarás en el papelucho de Eileen de todas formas.

—¿Por eso odias este sitio?

—No. Supongo que en realidad no estás a salvo en ninguna parte.

—No, supongo que no.

Se hizo el silencio.

Fue un silencio incómodo.

Lo rompió Bill.

Bill dijo:

—¿Sabes algo de lo que se dice? Yo nunca sé lo que se dice. ¿Qué se dice del *nuevo*, por ejemplo? Ese tipo. El de la inmobiliaria.

—Oh, ayer recibí una llamada.

—¿Te llamó?

—No, no me llamó él. Me llamó la señora MacDougal. Ya sabes. Me dijo que tiene la basura repleta de botes de cola.

—¿Botes de cola?

—Botes de cola.

—¿Y qué piensan hacer con eso?

Cats se encogió de hombros.

A Cats no se le daban bien las citas. A Bill tampoco se le daban bien las citas. En cierto sentido, uno y otro no eran más que un par de niños jugando a ser adultos *todo el tiempo*. ¿Y qué hacían los niños que jugaban a ser adultos *todo el tiempo*? No acertar nunca. Volver a casa y encerrarse en su habitación a, en el caso de Bill, leer una de aquellas biografías de ayudantes que nunca dejaban de ser ayudantes, y en el de Cats, ensayar un interrogatorio, la pistola sobre la mesa, el uniforme puesto, la lámpara apuntando en la dirección en la que se encontraba el sospechoso, que era cada vez alguien distinto, en realidad, la fotografía de alguien distinto, arrancada de la página de una revista de famosos cualquiera. Cats imaginaba el revuelo a las puertas de la comisaría, cada vez, las cámaras, los periodistas, esperando a que el interrogatorio terminara. Cats se imaginaba a sí misma siendo entrevistada por el atractivísimo presentador de algún tipo de programa de *máxima* audiencia, en un mundo en el que los detectives podían llegar a ser *famosos*, y lo eran, en un mundo en el que su trabajo *importaba*.

—No lo sé.

—¡JA! —Bill, la mirada perdida, bebía, un trago tras otro, y después de cada trago, sonreía, y a Cats le encantaba (PUM) (PUM) (PUM) aquella sonrisa, quién sabía por qué, y a ratos le fastidiaba que le encantara—. ¿Puedes *detenerle* por *coleccionar* botes de cola?

Se está comportando como si fuéramos amigos, se dijo Cats. Se está comportando como si yo fuera esa tal Sam. ¿Por qué? ¿No cree que esto sea, acaso, una cita?

—No, claro —dijo Cats.

—¿Tampoco podrías detenerme a mí, *verdad*? Quiero decir, imagina que hago algo que no gusta nada a *nadie* aquí. Como, no sé, cerrar la tienda.

Bill pidió otra cerveza. Bill estaba bebiendo más de la cuenta.

Pero iba a ceñirse al guión.

¿Y en qué consistía exactamente el guión?

¿Iba a tener que *besarla*?

Oh, no.

Aquello daría pie a quién sabía qué otra cosa y Bill no podía permitirse aquella otra cosa en aquel momento. Ni siquiera podía permitirse que aquel tipo, el agente inmobiliario, visitase su casa como era debido, así que ¿cómo iba a poder permitirse aquello? ¿No estaba a punto de *largarse*? Y, después de todo, ¿a quién intentaba engañar? Lo único que quería era llegar a casa y llamar a Sam. Quería llamarla para decirle que (LAS HERMANAS FOREST) habían descubierto que *su* agente inmobiliario *coleccionaba* botes de cola. Bill y Sam llamaban (LAS HERMANAS FOREST) al ejército de investigadores de Kimberly Clark Weymouth. Les parecía divertido.

—No —dijo Cats, y trató de (PUM) (PUM) (PUM) mirarle *invitándole* a algo. Bill siguió bebiendo y sonriendo. Ella también (PUAJ) bebía y (HIP) no le estaba sentando como era debido pero le estaba permitiendo *flotar* ligeramente. *Flotar* y decir cosas como—: Pero a lo mejor podría detenerte por no recoger tus paquetes.

—¿Por no recoger mis, eh, JE, *paquetes*?

Cats rodeó su pinta de cerveza con las dos manos, se la llevó a la boca y lamió el borde, en lo que consideró un ridículo gesto *lascivo*. Las cosas habían empezado a dejar de importar. Cats no acostumbraba a beber, Cats no bebía, en realidad, *nunca*, de ahí que se sintiese, habiendo apurado apenas una pinta de cerveza, lejos de sí misma, en alguna otra parte en la que todo parecía, y era, posible.

—Ajá —dijo.

—¿Te ha dicho Jingle que no recojo mis paquetes?

—Ajá —repitió Cats, devolviendo el vaso a la (PUM) (PUM) (PUM) mesa—. No sé —dijo. De repente no podía dejar de pensar en todo lo que deberían estar haciendo *ya* en cualquier parte, *sin parar*—. A lo mejor podría *hacerlo*. A lo mejor podría (HIP) *detenerte*. Imagina que dejas de recoger tus paquetes y tus paquetes inundan la oficina postal y no *cabe* nada más. ¿Te gustaría que te detuviera, Bill?

Bill sacudió la cabeza.

—A veces me pregunto qué haces con todos esos cuadros, Bill.

—No hago nada.

—¿Cómo no puedes hacer *nada*? ¿No crees que ella está intentando comunicarse contigo? Quiero decir, a lo mejor es, bueno, *complicado*.

—¿Sabes? Ni siquiera he hablado de esto con Sam, pero hay una, bueno, ¿cómo se llaman? ¿*Marchantes*? Hay una *marchante* que quiere montar una *exposición*, una, dijo, *retrospectiva*. La contrató Kirsten James, ¿puedes creértelo?

—¿Kirsten James?

—Sí. Dije que no porque no quiero oír hablar de nada que tenga que ver con esos malditos cuadros. A veces me digo que ojalá no existieran. Si no existieran todo sería más sencillo. No sé. Podrías quedártelos. ¿Los quieres, *Cats*?

Cats. Ha dicho *Cats*. ¿Es una señal? ¿Debería alargar el brazo y tocarle la mano, debería, como en todas esas películas de citas, *posar* mi pequeña mano sobre la suya? ¿Aunque ni siquiera se haya quitado sus *ridículos* guantes?

¿Por qué no se había quitado los malditos guantes?

—¿Por qué no te has quitado los guantes, Bill?

De repente, Cats parecía enfadada. Había alargado a mano, la había posado sobre una de aquellas manos enguantadas, y no podía creérselo.

—No lo entiendo, Bill. ¿Qué se supone que estamos haciendo? Yo me he puesto un maldito vestido y estoy, eh, imaginando todo tipo de *cosas*, Bill, oh, maldita sea, Bill ¿y tú ni siquiera te has quitado esos malditos *guantes*?

—¿Los guantes?

Bill se miró las manos. Efectivamente. Sus guantes seguían ahí.

—Oh, supongo que pensé que iba a ser, bueno, pensé que sería *rápido*.

—¿*Rápido*, Bill?

—Ya te he dicho que odio este sitio.

—Oh, no puedo creérmelo.

—¿Qué?

—Que estoy *borracha*, Bill. Y yo nunca me *emborracho*, Bill. Yo nunca hago nada *mal*, Bill. Esa señora Potter no tendría nada que hacer conmigo. Este sitio es horrible. ¿Y qué dirán de nosotros? Dirán que ni siquiera te quitaste los malditos guantes.

Cats se puso en pie. Se tambaleó ligeramente. Bill trató de sujetarla.

—No.

—Cats.

—Dirán (LA CHICA MCKISCO HACE EL RIDÍCULO). Puedo imaginármelos escribiendo en sus libretas. Deben estar haciéndolo ahora mismo. Oh, la muy estúpida, se dirán. ¿Sabes qué, Bill? Jingle quería que te *sonsacara* qué demonios has recibido en ese sobre *opaco*. Pensaba decirte que te anduvieses con cuidado. Creí que podíamos ser amigos. En realidad creí que podíamos ser otra cosa, Bill. Pero supongo que no ha sido una buena idea. No sé en qué estaba pensando, aunque en realidad sí lo sé, Bill.

—Un momento, Cats, ¿sabes si todo el mundo lo sabe *ya*?

—¿El qué, Bill? ¿Que esto no era una *cita*?

—Esa cosa del sobre opaco, Cats, ¿sabes si lo saben?

Cats parecía a punto de echarse a llorar.

—¿Por qué no se lo preguntas a toda esta (HIP) *gente*, Bill? —Señaló las mesas ocupadas de aquella *posada* interminable—. Todos saben más que yo, y no son tan estúpidos como para (HIP) creer que pueden *salir* contigo.

—¿Qué demonios está pasando, Cats?

—Me gustas, Bill —dijo la chica, y ella misma casi no pudo oírlo, de tanto como (PUM) (PUM) (PUM) su corazón insistía en llamar la maldita *atención*.

(OH, NO), se dijo Bill.

(ESTÚPIDO).

(ESTÚPIDO, ESTÚPIDO, ESTÚPIDO).

9

¿Quién quiere ganar un Howard Yawkey Graham? Oh, todos querríamos, ¿verdad? Pero puede que ni siquiera Stumpy MacPhail pueda ganarlo, ¿creen que va a poder ganarlo? Hagan sus apuestas, y de paso, denle la bienvenida al cerebro prodigioso de Myrna Pickett Burnside

Cualquiera podría pensar que un agente inmobiliario de la talla del ilustre Howard Yawkey Graham dispondría, cuando menos, de una mansión, una mansión con jardines, en plural, pues una mansión rodeada de un único jardín no sería suficiente, puesto que se trataba de un ilustre agente inmobiliario, lo suficientemente ilustre como para organizar una entrega de premios. Y cualquiera podría pensar que en esos jardines habría fuentes, aquí y allá, y todo tipo de flores y plantas de lo más exóticas, y que aquella noche, la noche de los premios, habría camareros y carritos con bebidas, y canapés, y que sonaría algún tipo de música tranquila y elegante, tal vez, incluso, podría llegar a pensarse que el ilustre Howard Yawkey Graham contrataría, aquella noche, a una banda de jazz para que hiciese de aquella fiesta algo especial y único. Podría pensarse entonces que, en ese caso, se habría instalado un pequeño escenario, o cuanto menos, un pequeño púlpito, en el punto más visible del jardín principal, y que sería allí donde tendrían lugar los discursos de los ganadores, porque, después de todo, los ganadores habrían *ganado* y merecerían cierto respeto, cierto respeto y un par de minutos de una siempre apetecible gloria pasajera.

La orgullosa madre del nominado a Agente Audaz del Año, la reconocida articulista de la repelente *Lady Metroland*, la *gran* Milty Biskle MacPhail, no podía evitar imaginar que algo así iba a encontrarse el engreído ejemplar de columnista que había conseguido enviar allí con la excusa de que tendría la *primicia* mundial de aquellos *prestigiosos* premios *inmobiliarios*. Sin embargo, el pretencioso *corresponsal*, un tipo llamado Charles, Charles Master Cylinder, no iba a tardar en descubrir que la realidad era muy distinta. Le iba a bastar con poner un pie en el enmoquetado apartamento del ilustre agente para caer en la cuenta de que aquello no era más que una ridícula encerrona.

–Maldita arpía del demonio –se diría entonces.

Rezongaría, se bebería de un solo trago la copa que alguien le había servido y, camino de la puerta, se desharía de su corbata, de su libreta y de su zapato izquierdo, y ya en la calle, echaría a correr, sus rizos rubios aleteando, el pie descalzo, camino de su pensión, decidido a escribir una *gran* escena, la *mejor* escena que jamás hubiese escrito, una escena que arrancaría en aquel nido de *perdedores*, en aquel apartamento atiborrado de agentes, porque él no era sólo el columnista que aquella (MALDITA ARPÍA DEL DEMONIO) enviaba a toda clase de sitios horribles, sino un escritor, un *gran* escritor, y sabía reconocer una gran idea cuando la tenía delante.

En su huida se cruzaría con el aún desorientado Stump, que, le ocurría siempre aquellas noches, tardaba un buen rato en acostumbrarse al humo que había por todas partes. Porque en los Howard Yawkey Graham se fumaba.

Se fumaba muchísimo.

¿Y qué ocurre cuando llenas no una mansión sino un apartamento de diminutas habitaciones con una ni siquiera generosa terraza de agentes inmobiliarios que fuman muchísimo? ¿No se vuelve todo, de alguna forma, *neblinoso*?

–¿Has visto eso, Stu?

Stump miró alrededor. Todo lo que vio fue una *montaña* de humo. Y en mitad de esa montaña apareció un *pijama*. Era el pijama de Strunkie Durkheim.

Alice Strunk, también conocida como Strunkie Durkheim, era lo más parecido a una amiga, la única, en realidad, que Stumpy tenía en aquel nido de cuervos venenosos.

Pero también era un auténtico desastre.

Alice ganaba todos los años, sistemáticamente, y sin proponérselo, el Howard Yawkey Graham a Peor Agente del Año. Era experta en hacer francamente mal todo lo que podía hacerse francamente mal en cualquier transacción inmobiliaria. También era experta en vestir con descuido, en cepillarse el pelo una única vez por semana, y en olvidar citas, extraviar contratos, hablar más de la cuenta, coleccionar objetos robados de los bolsos o maletines de sus clientes, objetos que amontonaba en un rincón del garaje en el que vivía desde hacía tanto tiempo que a menudo se sentía incapaz de recordar que una vez había sido una niña y que alguien había cuidado de ella.

—No. ¿El qué?

—Ese tipo.

—¿Qué tipo?

—Ha perdido un zapato. Míralo. Está ahí. ¿Crees que deberíamos recogerlo?

—¡No!

—¿Por qué no? Podría ser su *princesa*. Él podría ser mi *ceniciento*. Podría ir por ahí con el zapato. Les pediría a todos los hombres que se quitasen los zapatos para *probárselo*. Podría ser divertido. Aunque también sería de lo más humillante. ¡Dios mío, nunca había pensado en lo humillante que es! ¿Te das cuenta? Oh, no. Fíjate en lo que les estaba diciendo ese maldito cuento a todas esas niñas. Les decía que ella tenía que *encajar*. Porque el zapato era su mundo, el mundo del *príncipe*, ¡y ella tenía que *encajar*! ¿No te parece lo más humillante que has oído *jamás*?

—¿De qué demonios estás hablando, Al?

—De ese maldito cuento del zapato, Stu.

Stump suspiró. Se toqueteó la pajarita. Se restregó los ojos. Todo lo que alcanzaba a ver eran formas. Formas que se movían en aquel ectoplasma *humeante*.

—Estás nervioso.

—No estoy nervioso.

—Te restriegas los ojos.

—Me *pican* los ojos.

—Deberías empezar a fumar.

—No pienso empezar a fumar.

—¿Has visto a Maureen?

—No.

—Ahora se hace llamar señor Solomon.

—¿Señor Solomon?

—Lleva bigote.

—¿Maureen Campbell?

—Ahora es el señor Solomon.

—¿Por qué?

Alice se encogió de hombros.

—Voy a recoger el zapato.

—No, Al.

—Si no lo recojo, Renzi lo pisará. Míralo. Lo tiene justo detrás. Si da un paso hacia atrás, lo pisará y entonces todo el mundo descubrirá que alguien ha perdido un zapato y ya no podré quedármelo.

—Al. No tienes por qué quedártelo.

—¿Por qué no? Espérame aquí. Vuelvo enseguida.

Al se fue. Stump se acarició la pajarita. Miró alrededor. Le pareció ver a Brandon Jamie Pirbright charlar animadamente con una pareja. Brandon, el otro nominado en su categoría, también iba acompañado. Le acompañaba una chica menuda y rubia, parecida a una muñeca rusa: oronda, profunda. Brandon había abierto una oficina aquel mismo año, y era una oficina dedicada exclusivamente a la compra, venta y alquiler de un único tipo de casas, las casas desmontables que diseñaba Clovis Digby Fox. Conocidas popularmente como Digby Foxes, las casas que diseñaba Clovis Fox eran tan sencillas de *montar* que podían enviarse por *correo*. Todas ellas se parecían, eran, en realidad, idénticas, a la casa en la que Clovis había pasado su infancia, una casa victoriana de dos plantas y desván, con ventanas guillotina y número dorado en la puerta. Lo único que los propietarios podían elegir, en realidad, eran los colores en que querían cada uno de los acabados. Por supuesto, las casas eran de madera, y se enviaban en una colección de camiones, desmontadas, o, en los casos que así lo requerían, ya montadas, remolcadas, a la vista de todo el mundo. Aquellas casas que viajaban tenían aspecto de casas *caminantes*, de casas que habían salido de *casa* para ver *mundo*. Casas a las que no le iba nada mal, a juzgar por el mastodóntico reloj de *oro* que lucía el hasta entonces desconocido Brandon Pirbright.

Stump sacudió la cabeza.

No tenía nada que hacer.

Mamá, se dijo Stump, estoy tirando mi vida por la borda.

—Sé lo que estás pensando —dijo, en un susurro, Maureen.

—Oh, yo, eeeh, *vaya*, ¿Maureen?

—Ahora soy el señor Solomon.

—Oh, claro, *encantado*. —Stump le tendió la mano. Maureen se la estrechó. La mano de Maureen era una mano delicada, de uñas cortas y decididamente bien cuidadas—. Señor, eh, *Solomon*. Es un, uh, *placer*.

—Puedes llamarme Gregor.

—Oh, así que Gregor Solomon.

—Sí. Pensé en hacerme llamar Imogen pero habría sido demasiado, ¿no crees?

Maureen acababa de divorciarse. Su marido se llamaba Imogen. Imogen Hermes Gowar. A Imogen no le gustaba considerarse un mero agente inmobiliario, Imogen se consideraba una especie de Dios del Hogar. Tenía en sus manos cientos de miles de propiedades y, con ellas, cientos de miles de vidas, las de sus propietarios e inquilinos.

Era un tipo francamente aborrecible.

—Sí, habría sido demasiado —dijo.

—¿Qué te parece mi bigote?

—Es, uh, ¿*frondoso*?

(JA JA), rio Maureen.

—Siempre me has caído condenadamente bien, MacPhail —dijo Maureen—. Lástima que ese Pirbright vaya a quedarse con tu premio, querido. No es —Maureen le dio un sorbo a su copa. Tenía una copa en la mano. Stump se preguntó si se la acababa de sacar del bolsillo. No parecía haber estado allí un segundo antes— justo.

—¿Va a quedarse con *mi* premio? —titubeó el pequeño agente.

—No. Bueno, supongo que, *maldita sea*, he bebido más de la cuenta. —Maureen le alargó la copa a Stump—. Llévatela lejos. —Hizo ademán de sacar algo del bolso, y se dio cuenta de que no había ningún bolso de donde sacar *nada*—. Lo siento —dijo.

—Entonces no, eh, yo no voy a, *vaya*.

—Oh, *joder*. Lo siento. Supongo que el bigote no me sienta tan bien. He tenido que charlar con Howard antes. Y es tan *horrible*. La forma en que se pavonea cuando eres un tipo es casi *peor* de la forma en que lo hace cuando eres una *tía*, MacPhail. No sé, creí que, oh, sólo estaba intentando que todo fuera más *sencillo*, pero en realidad todo es igual de *complicado*, sólo que de una forma distinta.

–Lo sé.

–Ha estado pavoneándose todo el tiempo. ¿Cómo lo soportáis? Quiero decir, ¿ser un tipo es tener que soportar *también* todo *eso*?

Stump asintió. No sabía bien qué hacer con todo aquello. Iba a tener que irse a casa y esperar la llamada airada de su madre. Querría saber por qué no había ganado aquel *condenado* premio, y por qué seguía, en consecuencia (TIRANDO SU VIDA POR LA BORDA) en aquel ridículo lugar del *demonio*.

–Supongo que, eh, *sí*.

–Déjame decirte algo, MacPhail.

Maureen se acercó a él. Se acercó tanto que, cuando empezó a hablar, sus labios *rozaban* los labios de Stump. Quién sabía en qué estaba pensando.

–Nada de lo que sea que tienen esos tipos vale la pena –dijo.

–No, eh, *claro*.

El bigote de Maureen le hacía cosquillas en la nariz.

–Tú merecías ese maldito premio.

–No, eh, *Maureen*.

–Es *la* verdad, Stump. Aquí, MacPhail, se está confundiendo la audacia con el *éxito*. Y la audacia –Maureen le arrebató la copa. Le dio un trago. Se la devolvió– no tiene nada que ver con el éxito. Es, quiero decir, a veces, no tiene *nada* que ver con el *éxito*.

–¿*No*?

–No. Tú, Stump MacPhail, eres *audaz*. Te has ido a ese sitio y –(HIP)– no te ha importado lo más mínimo *el mundo*. Quiero decir, la forma en que el mundo funciona te dice que no deberías irte a un sitio así y tú, MacPhail, te has ido. He ahí –(HIP)– la audacia. Lo único que ha hecho ese tal *Brandon* ha sido subirse al *carro* de las Clovis Foxes.

–Digby Foxes –la corrigió MacPhail.

–Lo que sea. En cualquier caso, eso no es *audacia*, MacPhail, eso es *suerte*.

–No, eh, *je*, Maureen, supongo que él también hizo una, eh, apuesta.

–Oh, vamos. Bébete eso, MacPhail, y *lárgate* de aquí. Toda esta gente no te merece. Ni siquiera me merece a *mí*. Pero antes de *irte*, acércate a –(HIP)– Howard, MacPhail, y dile que deje de comportarse como un *bebé*, dile que –(HIP)–, *por favor*, la próxima vez, no confunda tu *audacia* con la *suerte* de *nadie*.

–No, eh, Maureen, yo...

–*Díselo*, MacPhail.

MacPhail sonrió. Se miró las manos. Eran sus manos. Las había hecho su madre. No le soportaban. No soportaban que estuviera tirando su vida por la borda. Por eso querían irse. Querían irse de allí. No querían sostener ninguna copa. Querían *largarse*.

Maureen se mesó su frondoso bigote.

–Ya estoy aquí –informó Alice. La puntera del zapato de Charles Master Cylinder le sobresalía del bolso–. ¿Ha llegado ya todo el mundo?

–Me temo que sí –dijo Maureen, dirigiendo la mirada al único lugar en el que se servían bebidas–. Todo el mundo ha llegado hace exactamente tres minutos.

Con todo el mundo, evidentemente, no se referían exactamente a todo el mundo. Con (TODO EL MUNDO) se referían a Myrna Pickett Burnside, la puede que *mil* veces ganadora del Howard Yawkey Graham a Mejor Agente del Condado. De ella se decía que en su cerebro existía un futuro propietario para cualquier casa. Porque su cerebro era un cerebro decididamente dotado para el negocio inmobiliario. Actuaba, más que como un cerebro, como el asistente perfecto. Un asistente capaz de conceder deseos que siempre consistían en deshacerse de casas.

A Stump le hubiera gustado tener un cerebro así.

Si Stump tuviera un cerebro así no tendría que invertir en anuncios en revistas literarias a los que nadie nunca prestaría atención porque ¿acaso alguien que pretendiese mudarse compraba una revista literaria? No, por supuesto que no. ¿Y acaso la clase de gente que se compraba esa clase de revistas podía mudarse a menudo? ¿No era gente que acumulaba demasiadas cosas, acumulaba demasiados libros, los, en realidad, atesoraba, y no concebía la idea de hacerles perder la cabeza llevándolos, todo el tiempo, de un sitio a otro? ¿Acaso leía alguien una revista *lite-*

raria, una revista literaria *sobre* Louise Cassidy Feldman, para *comprarse* una casa? Nah, ¿en qué demonios estaba pensando?

Cuando Stump le había dicho a Al que tenía que vender una casa que ni siquiera podía poner en venta, Al le había dicho que la cosa, fuese lo que fuese, era pan comido.

—Habla con Myrna —le había dicho.

Pero ¿acaso podía hablar con Myrna?

¿Qué iba a decirle?

—Hola, Myrna. Soy una mota de polvo. Me llamo Stump. Aunque puedes llamarme MacPhail. Me he mudado a un lugar horrible y tengo que vender una casa que ni siquiera puedo poner en venta. Siempre me ha gustado tu peinado. Aunque en realidad lo que me gustaría es tener un cerebro como el tuyo, pero no puedo *robártelo*, porque para robártelo tendría que *matarte*, y, en realidad, no serviría de nada, porque nadie podría *transplantármelo*. En cualquier caso, me gustaría preguntarle, ahora que te tengo, por fin, delante, qué crees, qué cree *él*, en realidad, que puedo hacer con esa casa porque lo que se me ocurre es tan disparatado y tan absurdo que no tiene ningún sentido.

Oh, vamos, MacPhail.

No *te* tomes el *condenado* pelo.

—Piensa bien qué clase de carta quieres jugar, Stu.

—¿Qué clase de carta quiero jugar, Al?

Volvían a abrirse camino entre la gente. Stump sacó su pañuelo y se enjugó las lágrimas. Tosió (COF) (COF). Todo aquel humo del demonio lo estaba *matando*.

—No sé, ¿qué es lo que quieres exactamente? Myrna es como un, uh, no sé, *dios*, ya sabes, y no hay que acercarse a ella a menos que se tenga algo que ofrecer.

—¿Algo que ofrecer? Yo no tengo nada que ofrecer, Al. A menos que sea aficionada al *modelismo* y pueda ofrecerle una casa en mi ciudad de *juguete*.

—Oh, vamos, Stu. No seas *llorón*. Siempre puedes invitarla a salir. Creo que no ha salido con nadie desde, uh, déjame pensarlo —Alice hizo una pausa dramática—, *nunca*.

—¿Salir, Al? ¿Salir yo con Myrna Burnside? ¿Salir Míster Don Nadie con la Chica Más Popular de *Todas* las *Fiestas*? ¿Estás intentando tomarme el pelo?

–No estoy intentando tomarte nada, Stu. Todo el mundo sabe que Myrna no hace otra cosa que *trabajar*. Cualquiera que se tenga por un *triunfador* en esta fiesta, Stu, sólo es un niño en pañales al lado de Myrna. Así que dudo mucho que nadie la invite a salir –(¡UOP!) (¡MÍA!) Alice acababa de *cazar* una copa–. Sé que *Imogen* tuvo un pequeño *desliz* con ella poco después de, ya sabes, lo que pasó con Maureen, y la cosa acabó francamente *mal*. –Alice bajó la voz. Le dio un sorbo a aquella copa que parecía una copa de *champú*–. Parece ser que se *mordieron*.

–¿Se *mordieron*?

–Oh, supongo que no pudieron el uno con el otro. Debieron estar hablando de sí mismos hasta que se sacaron de quicio y entonces se lanzaron el uno contra el otro para intentar hacerse *callar*.

A Stump nunca le había gustado Myrna. No era sólo que hablase de sí misma más de la cuenta, y que hablase de sí misma como si no hubiera nadie más en el mundo, como si el mundo se hubiese creado únicamente para que ella hiciese lo que le gustaba, que era alquilar y vender casas, bloques de apartamentos, compañías, estadios, cualquier cosa que alguien hubiera construido, o estuviese aún construyendo, y que pudiese albergar a una sola o a cientos de miles de personas, es que Myrna, bajo su apariencia de mosquita *muerta* era un poderoso *halcón*. Vestía demasiado amplias camisas de hombre e inquietantes y también, demasiado *grandes*, chalecos, a menudo con decididamente poco apropiados flecos, y seguía llevando aquellas gafas, las gafas que había llevado de niña y, más tarde, había llevado de adolescente, y a las que no había querido renunciar porque, decía, le recordaban de dónde venía. ¿Y de dónde venía Myrna Pickett Burnside exactamente? Sin duda, de la mesa del rincón más apartado de la clase, del lugar en el que se podía ser cualquier cosa menos *popular*. Sí, Myrna Pickett Burnside tenía un cerebro privilegiado, era una veterana *nerd* orgullosa de serlo, una intelectual que había escapado a un destino cruel, alguien que, pudiendo haber elegido interpretar el papel de heroína, se había decantado, no le había quedado otro remedio, la vida había sido dura con ella, y sobre todo lo habían sido los demás, por el de una, a ratos, incomprensiblemente *tímida* villana. A Stumpy siempre le había parecido que Myrna Pickett Burnside era tan milagrosamente hermosa y *destructible* como una pompa de jabón.

—No voy a ganar el premio, Al.

—¿Qué? ¿Cómo lo sabes?

—Me lo ha dicho Maureen.

—Oh, ¡qué sabrá Maureen Campbell!

—Ahora es uno de esos tipos.

—¿Y qué tiene eso que ver?

—No voy a ganar el premio, Al.

—Oh, Stu.

—Mi madre va a enfadarse. Me dirá que estoy tirando mi vida por la borda y yo empezaré a pensar que tal vez tenga razón. Es algo que pienso todo el tiempo. ¿Estoy tirando mi vida por la borda, Al?

—No lo creo, Stu. ¡Estás siguiendo los pasos de Louise Cassidy Feldman!

—No es verdad. Louise Cassidy Feldman *nunca* se mudó a ese lugar.

—¡Pero tú lo has hecho! ¡Y lo has hecho por ella! ¿No crees que estaría orgullosa de ti? Yo creo que estaría orgullosa de ti, Stu.

—¿Quién quiere que una escritora que ni siquiera conoce esté orgullosa de él? Tal vez debería volver a casa. Debería empaquetar todas mis cosas y volver a casa.

—Oh, vamos, Stu, ¿todo esto por ese condenado *premio*?

—No voy a ganarlo, Al.

—Oh, no puedo creérmelo, ¿aún no sabes cómo funciona esto, Stu?

Stumpy sacudió la cabeza. Pensó en el hombro de su madre. Le habría gustado que el hombro de su madre le dijera (VEN AQUÍ, PEQUEÑO). Pero el hombro de su madre no iba a abrir el pico. Si pudiera abrirlo, le diría (¿QUIERES DEJAR DE PERDER COSAS?).

—Oh, ahí está Myrna.

—Oh, no, Al.

—¡MYRNA!

Myrna estaba mordisqueando algo con aspecto de haber tenido cabeza, ojos, y un cerebro en el que quién sabe si se podría haber compuesto un pequeño, diminuto, poema, de haber sido el primer ser diminuto inteligente de la historia.

—Oh, vaya, *Curkheim*, ¿qué *tal*?

—Es Durkheim, Myrna.

—Claro, *Curkheim*, ¿cómo marcha todo por ese *garaje*?

—Oh, eh, francamente *mal* pero ¿qué más da?

—Myrna Burnside. —Myrna le tendió la mano a Stumpy. Stumpy se la estrechó. Su mano, que era una mano que había *fabricado* la mismísima Milty Biskle MacPhail, notó una pequeña descarga *eléctrica* al hacerlo. Después de todo era la mano de alguien que podía dar pie a una infinidad de titulares.

—Stumpy MacPhail.

—Oh, el *nominado* —dijo Myrna.

—Ahórrate el *gesto*, Myrn. Sabemos que Stu no tiene *ninguna* opción —interrumpió Al—. Apuesto a que *nadie* votó por él.

—Oh, no tengo entendido eso, *Curk*.

—Es Durk, Myrn, Alice *Durkheim*.

—Oh, lo siento, *Alice*, lo cierto es que la candidatura de Brandon era un pequeño *bombón*, si sabes a lo que me refiero.

—Yo no sé nada, Myrn.

Stump estaba en un callejón sin salida. Podía simplemente echar a correr hacia la puerta y escapar. O podía quedarse allí y fingir que sabía lo que se traía entre manos por mucho que no lo supiera. Optó por lo segundo. Dijo:

—Siempre puedo *fingir* que lo he ganado.

—¿*Fingirlo*? —Myrna parecía interesada.

Lo que ocurrió a continuación fue lo que Maureen Campbell habría considerado un golpe de suerte. Un golpe de suerte al que, en realidad, había dado lugar la *audacia*, una francamente ingenua.

—Oh, Stu tiene una ciudad de mentira —informó Al.

La cara de Myrna Pickett Burnside se iluminó.

—¿*Modelas*? —preguntó.

Stump asintió. Logró balbucir algo relacionado con su (CIUDAD SUMERGIDA) y con la tienda de Charlie Luke Campion, llamada simplemente Modelismo Charlie Luke Campion. Era, decía, una tienda especializada en (OTROS MUNDOS).

—¡Oh, Charlie Luke! ¿Qué haríamos sin él, verdad? —dijo Myrna.

Resultó que Myrna Burnside tenía una pequeña ciudad similar a la pequeña ciudad de Stumpy, sólo que la pequeña ciudad de Myrna no era una pequeña ciudad *sumergida*.

Stump no daba crédito.

Al sacó aquel zapato de su bolso. Lo olió. Hizo una ridícula mueca. Miró hacia todas partes. Fingió que todo le traía sin cuidado. Jugueteó con el zapato durante un buen rato. Lo devolvió, finalmente, a su bolso. Y durante todo ese tiempo, Myrna estuvo hablando sin parar de su pequeña ciudad, comprobando que Stump recogía, como se recogen las pelotas de tenis una vez golpeadas, todos sus comentarios, y que lo hacía como debe hacerse, con el conocimiento que da disponer de uno de aquellos improbables y, sin duda, exóticos, otros mundos creados por agentes inmobiliarios que habían crecido pero no lo suficiente como para dejar de jugar con *muñecos*.

—Está bien. Creo que he tenido suficiente. Stu, ¿no vas a hablarle nunca de tu casa aburrida? Porque para eso estábamos aquí, ¿no? Stu tiene una casa aburrida, Myrn.

En el idioma de todo agente inmobiliario que alguna vez hubiera pisado el sin duda decepcionante apartamento del ilustre Howard Yawkey Graham, una casa aburrida era una casa con la que se estaban teniendo serios problemas.

—Vender una casa aburrida es complicado y aburrido —dijo Myrna.

—Y yo diría más en este caso, Myrn, también es *imposible* —dijo Al.

—Oh, nada es imposible, *Alice*.

—¿Quieres oír algo divertido? Ni siquiera puede plantar un cartel en el jardín.

Myrna frunció el ceño. El ceño de Myrna era, sin duda, un ceño *superior*. Después de todo, era el ceño que obedecía a un cerebro capaz de encontrar a cualquier futuro inquilino de cualquier hogar sin inquilinos.

—No, eh, mi cliente no, eh, *quiere*. Tiene un problema con, *uh*, los *vecinos*.

—Querido *Dan*. —La mano de Myrna se posó en su hombro.
—Stump.

—Querido *Dan*. —La mano de Myrna seguía en su hombro—.

Vas a plantar ese cartel y vas a vender esa casa porque eres un *agente* y eso es lo que hacen los *agentes*. Tu cliente, sea quien sea, debe tener un buen trabajo, y ¿estás tú *opinando* sobre lo que debería o no debería estar *haciendo* en *su* trabajo? No, ¿verdad?

Stump sacudió la cabeza.

—Por supuesto que no. Así que ¿quién es él para opinar sobre *cómo* debes hacer el *tuyo*? Repite conmigo, *Dan: nadie*. Ese tipo no es *nadie*.

—Cla*claro*.

—Repítelo.

—Oh, es, *je*, ese tipo no es, uh, *nadie*.

—Eso es.

—Ya, eso está muy bien, Myrn, pero Stu no tiene tu cerebro. Háblale a tu cerebro de sitios horribles relacionados con libros a ver qué se le ocurre.

—¿Es un sitio horrible?

—Yo no lo llamaría así —dijo Stump.

—Oh, a él le encanta, pero nosotros no contamos, ¿verdad, Myrn?

—¿Qué tiene de horrible? —inquirió Myrn, ignorando el comentario de Al.

—Hace frío —dijo Stump.

—Nieva todo el rato, Stu.

—Esquiadores —dijo Myrna.

Estaba comunicándose con aquel cerebro suyo.

Miraba hacia ninguna parte.

Parecía ida.

—No, demasiado horrible para esquiar. Hay tiendas de esquís, ¿verdad, Stu? Pero no hay ninguna estación lo suficientemente cerca. Hay un lago, eso sí.

—¡Patinadores!

—Nah. No sé si el lago es lo suficientemente *imponente* como para mudarte. Aunque quién sabe. ¿Patinadores, Stu?

—Libros. Has dicho libros. Hace sólo un segundo. ¿Has dicho libros, Alice?

—Sí, Myrn. Stu, cuéntale todo ese asunto de la escritora.

—Oh, es, bueno, el lugar es algo así como un lugar *mítico* —dijo Stu.

—¿Mítico para *quién*? —quiso saber Myrn. Acababa de salir de aquella especie de trance. Era claramente ella quien hacía la pregunta. Su cerebro parecía a la espera.

—Para los, eh, lectores de Louise Cassidy Feldman.

—¿La autora de *La señora Potter no es exactamente Santa Claus*?

—¿La conoces? —espetó, ilusionado, Stumpy.

—¡Por supuesto! ¡Tengo hasta una pequeña miniatura suya en una de mis ciudades! Le vendí una casa en una ocasión. Una mujer difícil, *Dan*. ¿Sabías que escribe siempre al aire libre? No puede hacerlo, dice, *encerrada*. Habla con su coche. Le llama *Wayne*.

—Jake —la corrigió Stump.

—Eso he dicho, Wayne.

—Myrn, nos trae sin cuidado esa mujer, lo que Stu quiere es vender esa casa. ¿Por qué no le pides a tu cerebro una pista? Sólo necesitamos una pista.

Por un momento, Stumpy se vio propulsado en el tiempo. Se visualizó en un futuro muy lejano. Fumaba. Estaba en aquel mismo apartamento y fumaba. Tenía el pelo blanco. Llevaba una pajarita negra. Ni siquiera se había puesto chaqueta. Llevaba la pajarita, pero su camisa estaba cubierta de manchas. Quién sabía de qué eran las manchas. Parecían de sangre. Stump fumaba y tosía. Se había dejado crecer la barba, descuidadamente. Era, la suya, también, una barba blanca. Estaba solo en mitad de una de aquellas habitaciones del ridículo apartamento de Howard Yawkey Graham. A su alrededor, otros agentes charlaban. Stump no parecía Stump. Parecía alguien que hubiera ido al infierno y hubiera vuelto y al que jamás se le pasaría por la cabeza contar lo que allí había visto. Stump era su padre. Tenía incluso su enorme lunar junto al ojo derecho. Se lo rascó. El Stump del futuro se rascó aquel lunar, y el Stump que había perdido el contacto con el mundo que le rodeaba hacía tan sólo un segundo, el segundo en que había sido propulsado en el tiempo hasta quién sabía qué momento futuro, volvió a recuperarlo, y lo hizo llevándose también la mano al costado derecho de la cara y rascándose el punto exacto en el que se encontraba el lunar de su padre en aquella otra cara que no era la suya, que era la cara de su padre.

—Los Benson —oyó que decía Myrna.

—Oh, no, ¿esa pareja de chiflados aún busca casa? —oyó que decía Al.

—Querida, esa pareja de chiflados *siempre* está buscando casa —oyó que decía Myrn.

—¿Y crees que podría interesarles? —oyó que decía Al.

Stump estaba presente, pero no podía *tocar* aquella escena. No podía *intervenir* en ella. Era un mero espectador. Quién sabía lo que le estaba pasando. La vivía desde dentro de su propio mundo, desde dentro de, quién sabe, su propia ciudad sumergida. Parecía que una pared de cristal le separaba del mundo que en aquel momento constituían Alice Strunk y Myrna Burnside. No dijo nada, sólo escuchó. Myrna dijo:

—Lo único que necesitas, *Dan*, es un fantasma.

10

En el que se presenta a los Benson, la famosísima pareja
de escritores de terror absurdo que escribe en casas
encantadas, a su par de agentes, el literario y
la inmobiliaria, y a su corte de sirvientes, que les tratan
como a un par de quisquillosos bebés que no hacen otra
cosa que discutir

La pareja de escritores de portentosas y escalofriantes novelas de
terror formada por la caprichosamente impertinente Becky
Ann y el ridículamente engreído Frankie Scott Benson era, en
realidad, una pareja de lustrosos, en exceso mimados, acomple-
jados y quisquillosos bebés. Una pareja de bebés que habitaba
una mansión a las afueras de una ciudad en la que el tiempo era
siempre apacible, en la que brillaba el sol cuando lo que les apetecía era pasear acompañados de sus siempre estupendas ideas,
aquellas ideas que eran como metales *preciosos* extraídos de una
mina igualmente *preciosa*: el cerebro de un Benson, marido o
mujer, lustroso y repelente *bebé*, y en la que aparecían nubes y se
desataban tormentas cuando esos mismos cerebros Benson necesitaban no tener más distracción que la de una aburrida cortina de agua al otro lado de la ventana, interrumpida por el a
menudo excitante relámpago que podía desencadenar una escena *terrorífica* en lo que fuese que estuviesen escribiendo, uno y
otro, encerrados en sus despachos, despachos que se encontraban en alas opuestas de la mansión que habitaban, que era, cómo
no, una mansión victoriana, una mansión castillo, que atemori-
zaba a los niños y aún más a los adultos, pues todos, sin excepción, estaban al corriente de lo quisquillosos que podían llegar
a ser sus dos únicos habitantes. Se decía, y había quien lo había
comprobado, que si se tenía la mala fortuna de pasar ante aquella mansión del demonio en el peor de los momentos, es decir,
en el momento en que a uno de los dos acababa de *escapársele*

una idea terroríficamente *alucinante*, porque a veces ocurría, que la idea aparecía en sus privilegiados y bien acostumbrados cerebros y, al instante siguiente, desaparecía, a causa de la más absurda de las distracciones, y entonces, uno de ellos, el que fuese que hubiese perdido, de aquella forma tan estúpida, la inspiración, se asomaba a la ventana de su estudio y echaba, literalmente, la culpa de haber perdido aquella *genial* idea, a quien fuese que pasase por delante, si lo hacía alguien, en aquel instante. Lo que seguía era un pleito, y uno que casi nunca acababa nada bien para el incauto *adulto* que había osado acercarse a aquella casa que era lo más parecido a una casa *encantada* que la ciudad había tenido nunca. La ciudad, por cierto, era un lugar inofensivo llamado Darmouth Stones. En parte, la sensación es que el lugar en cuestión era inofensivo precisamente porque no se atrevía a *no* serlo, tratándose como se trataba, del lugar de residencia habitual de los Benson.

Sea cual sea el caso, aquella noche, el matrimonio había invitado a cenar a su agente, el distinguido Ronald Gallantier Hauskbee y, puesto que no había manera que uno existiera sin el otro, tal era la dependencia de los Benson del lugar en el que escribían todo aquello que escribían, a su agente *inmobiliaria*, la no menos distinguida, Dobson Lee Wishart. El ejército de mayordomos y amas de llaves que pululaban por aquella, su enorme y *fea* mansión, la mansión cuyo exterior había sido *ennegrecido* para dar la impresión que los Benson consideraban *adecuada* a su *horrorizante* narrativa, corría de un lado a otro, dando los últimos retoques a la que, se esperaba, fuese una *excelente* velada sin *incidentes*. Aunque el asunto de los incidentes era algo que, podía decirse, estaba *asegurado* cuando se trataba de los Benson, puesto que lo único que los Benson hacían era discutir.

—Oh, no no no —estaba diciendo Frankie Scott en aquel preciso instante.

—¿Cómo que *no*? —le contestó Becky Ann.

Uno y otro tenían aspecto de escritores de otra época. De tez insoportablemente blanca, vestían, uno y otra, nudosas americanas con coderas y pantalones de franela, hiciera frío o calor, fumaban en pipa, llevaban gafas del tamaño de, por qué no, rinocerontes, tratándose como se trataba de modelos que estaban en un peligro de extinción similar al de tan mastodónticamente preciadas bestias, y se rodeaban de pedazos de papel en los que, constantemente, anotaban cosas, cosas que a veces perdían de vista y lamentaban haberlo hecho. Pataleaban, entonces, como el par de quisquillosos bebés que eran, y danzaban, pasillo arriba y abajo, tratando de *cazar* otra idea, como si las ideas fuesen mariposas que recorriesen pasillos y que jamás, nunca, viesen la luz del sol, que prefiriesen, en cambio, como hacían ellos, acodarse en cualquier mesa e imaginar que existía esa misma luz del sol, en algún lugar, ahí fuera.

–*No*.

–Oh, ¿quieres que llame a Gallantier?

–Llama a ese chiflado.

Becky Ann hizo una señal a uno de sus incontables mayordomos y el mayordomo acudió raudo a su lado con un teléfono. La escritora levantó el auricular. Frank sacudió la cabeza. Dijo (NI SE TE OCURRA).

–Acabas de decirme que le llame.

–No hablaba en serio.

–Eh, ¿señores *Benson*? Me temo que estoy *aquí*.

–Oh, *vaya* –dijo Frank.

–No quiere ni oír hablar de estaciones de esquí, Ron –dijo Becky Ann.

–¿Necesitan una estación de esquí? –intervino Dobson Lee.

–No necesitamos *nada* –dijo Frank.

–Oh, vamos, Scottie, ¿cómo que no la necesitamos? ¿Cuánto tiempo va a hacernos perder tu dura *cabezota*? Acabo de decirte que oí decir el otro día a Duncan Walter que no hay suficientes novelas de terror ambientadas en lugares *nevados*. ¿Y qué demonios crees que es una estación de esquí, maldito *estúpido*?

–Oh, jo jo, Becks.

–¿Qué?

–Walter Duncan sólo te estaba tomando *el pelo*, Becks.

–Si me permite, señor Benson, lo cierto es que a James Innes no le va nada mal.

–Oh, no menciones a James Innes en mi presencia, Ron.

–Becky Ann, Frank, ¿no creen que deberíamos empezar por el principio? –Dobson se masajeó la sien izquierda–. Es decir, ¿tienen ya una idea? Cuando sepan lo que quieren contar, Ron y yo nos pondremos en marcha.

—Eso es —dijo Ron.

—Oh, *nunca* sabemos lo que queremos contar, *querida* —dijo Becky Ann.

—Habla por ti, Becks —dijo el señor Benson.

—¡OH! ¡NO PUEDO CREÉRMELO! ¿Pretendes hacerme creer que tienes una idea y que no has dicho ni *pío*? ¿Quién demonios te crees que eres Frankie Benson?

—No pienso comprar una estación de esquí —dijo el señor Benson.

—Oh, Frankie Benson, ¿quién quiere una maldita estación de esquí?

—¡TÚ! —bramó el señor Benson.

—¡YO NO QUIERO NADA, MALDITO CHIFLADO!

—¡OH! ¡NO ME LLAMES MALDITO *NADA*, BECKY!

La señora Benson sacudió la cabeza. Dio un trago a su copa. La apuró. Se sirvió otra. No había probado bocado. Uno de los *cientos* de mayordomos que rodeaban la mesa se inclinó junto a ella y pinchó con su tenedor un pedazo de aquel suculento cordero rebozado y se lo llevó a la boca. La señora Benson no protestó. Lo masticó y lo tragó. Luego dijo:

—Creí que estábamos de acuerdo en que lo siguiente que escribiríamos sería algo divertido y desde que Walter me dijo aquello de la *maldita* estación de esquí he estado pensando en que ese algo podría ser un algo *nevado*. Eso es todo, Frankie Benson. Si no te parece bien, no te parece bien, pero no tienes por qué decirme que yo necesito una estación de esquí para *nada*, porque *no la necesito*.

—Creo que voy a usar el cuarto de baño del primer piso, Becks —dijo Dobbs.

—Yo, eh, *también* —dijo Ron.

Sí, durante el diminuto, casi ridículo, monólogo de la señora Benson, Dobbs había lanzado a Ron Gallantier una de aquellas miradas que decía algo relacionado con (TÚ Y YO) (ARRIBA) (AHORA) y la cosa había funcionado.

—Claro —dijo Becky Ann.

Frankie Benson no dijo nada.

Los agentes *partieron*. Los mayordomos siguieron *alimentando* a la señora Benson y también *alimentaron* al señor Benson aprovechando que no había nadie más en la mesa, puesto que al señor Benson no le gustaba ser alimentado en público.

—Así que, eh, ¿*nieve*?

Era curioso, a menudo, en lo que respectaba a los Benson, después de una tormenta, llegaba la calma, y era una calma decididamente *civilizada*. Pero era una calma que sólo se producía en *privado*. Cualquiera de los mayordomos allí presentes podía apostar cualquier cosa con cualquiera de las amas de llaves allí presentes a que si uno sólo de aquellos dos agentes estuviera delante, la tormenta seguiría siendo *tormenta*.

—No es mala idea —dijo Becky Ann—. Piénsalo. Podríamos escribir sobre fantasmas esquiadores. ¿Alguien ha escrito alguna vez un libro con fantasmas *esquiadores*?

—No sé, Becks, ¿no queríamos *reírnos*?

—Sí, pero ¿acaso no podemos reírnos en la nieve, Frankie Benson?

—No sé, Becks.

—¿No te parecen divertidos los fantasmas esquiadores? Podrían creer que van a romperse la crisma si se caen en uno de sus descensos, y temerle a la muerte sin darse cuenta de que ya están muertos. ¡Vaya! ¿No te parece una idea estupenda? ¿Por qué no la anotamos, Frank?

—No sé, Becks.

—¡BILL! —bramó la señora Benson—. ¡MI CUADERNO! —bramó a continuación. Y uno de aquellos mayordomos desapareció, y cuando reapareció llevaba un cuaderno en la mano. Evidentemente, el nombre de aquel mayordomo no era Bill. Bill era sólo la manera en que la señora Benson les llamaba a *todos*—. Estupendo —dijo, cuando tuvo el cuaderno ante ella—. Fantasmas de esquiadores que creen que pueden romperse la crisma —dijo en voz alta, mientras escribía—. Ahora sólo tenemos que averiguar de quién son fantasmas.

El señor Benson rechazó un pedazo de carne con un ademán. Prefirió llevarse a la boca su copa de vino. La apuró, pensativo.

—Hermanas —dijo—. *Siamesas*.

–¡Oh, Frankie Benson! –rio la señora Benson, y su risa era la risa de alguien que creía que otro alguien acababa de pulsar el botón adecuado–. ¡Me encanta! ¡Oh, querido, es *terrorífico*! –(TE-RRORÍFICO) era la palabra mágica, la palabra que abría todas las puertas, porque si a algo equivalía la palabra (TERRORÍFICO) en el idioma de los Benson, era, sin duda, a (MARAVILLOSO). De ahí que la señora Benson pudiera haberse ahorrado lo que vino a continuación. Pero si lo hubiera hecho, lo más probable es que aquella noche al señor Benson le hubiese dolido la cabeza, y no hubiesen hecho aquello que tan a menudo hacían *juntos* en la *cama* en otra época, una época francamente *lejana*–. ¡Eres un genio!

Frankie Benson sonrió.

Su sonrisa decía (POR SUPUESTO), decía (¿QUÉ OTRA COSA IBA A SER SI NO?). La sonrisa de Frankie Benson era una sonrisa engreída. Se tomaba tan en serio a sí misma que resultaba abochornablemente repelente.

–¡Siamesas *fantasma*! –se entusiasmó Becky Ann.

–Uhm, sí. –Frankie se llevó a la boca un pedazo de carne–. Estaba incluso pensando en, *uhm*, fantasmas de, eh, *dos* cabezas.

–¿Dos cabezas?

–Las siamesas podrían, uhm, ser, en realidad, una *misma* persona.

–Oh, querido, ¡las siamesas son siempre una misma persona!

–Sí, eh, pero en su, uhm, caso, serían una misma persona con dos *cabezas*.

–¡Claro!

–Las llamaremos Jonnie y Codie.

–Jonnie y Codie –anotó la señora Benson. Luego se subió las gafas. Las gafas de la señora Benson tendían a resbalarle nariz abajo. Eran unas gafas viejas, estaban cansadas. Las gafas del señor Benson también. O, quién sabe, quizá no estuviesen cansadas, quizá lo que pasase fuese que no les soportaban y trataban de escapar y por eso no hacían otra cosa que deslizarse nariz abajo, una y otra vez–. ¿Y sabemos lo que hacen allí?

–¿Dónde?

–En ese sitio *nevado*.

–Son detectives.

—Oh, no.

—¿Por qué no?

La señora Benson demandó la atención de uno de aquellos mayordomos. El hombre, que era un hombre menudo, se inclinó junto a ella, cortó cuidadosamente un trozo de la carne que tenía en el plato y se lo metió en la boca. La señora Benson lo masticó y, antes de tragar, dijo:

—Pensémoslo.

Sólo que sonó así:

—*Mensémoslo.*

—No hay nada que pensar —dijo el señor Benson—. Esquiadoras fantasma siamesas —dijo el señor Benson—. Las hermanas Forest de la *nieve*.

La señora Benson bebió un poco de agua, dijo:

—Las hermanas Forest no tienen dos cabezas.

—No —dijo el señor Benson.

—Pero las nuestras sí las tendrán.

—Exacto.

—No sé si me gusta, Frank.

—Es perfecto, Becks.

—¿Una o dos?

—¿Disculpa?

—¿*Dos* hermanas con *dos* cabezas o *una* hermana con *dos* cabezas?

—Oh, vaya.

—¿Qué?

—No lo sé.

—¿No lo sabes?

—¿Dos no serían demasiadas?

—No sé, Frank, tal vez deberíamos preguntarle a ese tipo.

—¿Qué tipo?

—El del nombre estúpido: *Ga-llan-tier.*

Frankie Benson miró alrededor, sobresaltado, de repente.

—¿No está aquí? —preguntó.

—No. Está en el cuarto de baño de la primera planta. Adivina haciendo qué con esa mujer de nombre estúpido.

—No tiene un nombre estúpido.

—Oh, no, se llama *Dob-son.*

—Becks.

—¿Qué clase de nombre es *Dobson*?

La propia Dobbs se había preguntado a menudo qué clase de nombre era Dobson, sin que hacerlo le hubiera servido para nada. Así que un buen día había dejado de hacerlo. Y había empezado a preguntarse otro tipo de cosas. Como, por ejemplo, si aquel maldito y bronceado y en exceso musculado agente *literario* iba a acabar de *follársela* antes de que los Benson advirtieran su ya considerablemente dilatada ausencia en la mesa.

—OooOh, Ron, ¿piensas (UF) acabar (AaAH) en algún (FUF) *momento*? ¿O vamos a (AaaH) estar (FUF) *follando* (AaAH-SÍ) para *siempre*?

—OoooH-oh-oh-OoooH…

—¿*Ron*?

—OoooH-FUF-FUF-FUF…

—¡RON!

Estaban *haciéndolo* contra una de las paredes del cuarto de baño. Hacía demasiado que Dobbs había *terminado*, pero aquel tipo, oh, no había manera de que *terminara*.

—SSSHHH —(FUF) (FUF) (FUF).

—Quiero bajar, Ron. Esa *gente* va a darse cuenta de que no estamos y cuando se den cuenta de que no estamos quizá suban y nos despidan *a los dos*.

—SSSHHH —(FUF) (FUF) (FUF).

—Están chiflados. Cada vez tengo más problemas para encontrarles *casa*. No entiendo por qué no pueden escribir aquí. ¿Por qué no pueden escribir aquí? —(FUF) (FUF) (FUF)—. Aunque lo peor es el asunto de los fantasmas. ¿Te he contado lo de ese tipo? Se hace llamar William Butler James pero no se llama así. Tiene un nombre aburrido. Eddie Algo. Es nuestro *nuevo* fantasma *profesional*.

—SSSHHH —(FUF) (FUF) (FUF).

La cosa continuó durante un buen rato. Dobson llegó a creer que les despedirían. Pero en algún momento, Ron (¡OOOOOOO-HHH SÍ OOOOOOOHHH SÍ OOOOOOOHHH SÍ! ¡SÍ SÍ SÍ! AAaaaHH) terminó y regresaron al piso de abajo.

Los Benson seguían discutiendo.

Los agentes tomaron asiento, ligeramente azorados. Dobbs

se retiró un mechón de pelo de la cara. Ron sopló y su decididamente cuidado flequillo se alzó y (FLOP) golpeó delicadamente su bronceada frente. Frankie hizo bailar el vino en su copa. Becky Ann hizo un gesto a uno de aquellos (BILL) y el ejército se puso en marcha. Se retiraron platos, se sirvieron otros platos. Estos otros platos contenían un cruce entre la deliciosa tarta de manzana que solía preparar la madre de Becky Ann cuando el curso llegaba a su fin, todos los veranos, y el helado de frambuesa que el tío Baumie le compraba al señor Benson cuando el señor Benson no era más que un crío llamado Frankie Scott.

—No sé, Frank, tal vez tengas razón, aunque me resulta inquietante la idea de que haya una única esquiadora *fantasma* —dijo la señora Benson—. Piénsalo, por más que pueda hablar con su otra cabeza. ¿Y los *chicos*?

—Oh, eso no es problema, querida. Podemos crear una pequeña colección de fantasmas. Pensemos en todos los esquiadores que alguna vez murieron en esa estación de esquí y hagamos que sigan allí.

—Serían demasiados. Aunque, por otro lado, ¿quién se muere en una estación de esquí? ¿Dobson Lee? ¿Conoces a alguien que haya muerto en una estación de esquí?

—Oh, no conozco a nadie, Becks, pero apuesto a que cada año mueren *cientos* de personas en estaciones de esquí. Y no necesariamente esquiando. La gente se muere todo el tiempo, en todas partes.

—Ya, pero ¿*otro* mundo, Frankie? ¿Otro mundo al completo?

—¿Por qué no? —Frankie se encogió de hombros. Uno de aquellos mayordomos intentó llevarle un pedazo de tarta a la boca, Frankie le quitó la cuchara y le hizo un ademán para que se apartara—. Pensemos en un asesinato horrible y en nuestras detectives investigando desde el Más Allá y teniendo que, a la vez, soportar cada día una ridícula jornada en una ridícula estación de esquí en la que quizá haga demasiado que no muere nadie y en la que todo es bochornosamente aburrido.

—No está mal —dijo la señora Benson—. El asesino podría, de hecho, estar tan aburrido que no le quedaría otro remedio que matar. ¿Quién sería el asesino, Frank? ¿Uno de los muertos? Por supuesto, tiene que ser uno de los muertos. Que sea un vivo no tendría ningún sentido. El muerto está aburrido de todo el mundo en la estación de esquí. Necesita a alguien con quien poder charlar. Es un tipo al que nadie entiende.

—Se llama Violet —dijo Frank.

—¿Violet? ¿Un tipo?

—Francis Violet —dijo Frank.

—Oh, no, ¡no vamos a meter a ese tipo en nuestro libro!

—¡No le meteríamos en ninguna parte!

—¿Por qué no le llamamos Margery?

—¿Margery?

—Margery Stuart. Margery Stuart Lawrence.

—Lo que está claro es que debo encontrarles una cabaña en un lugar nevado, ¿no es así? —les interrumpió Dobbs—. ¿Algún lugar en especial?

—Oh, sí. Estaba pensando en, bueno, ese sitio, ya sabe, ese lugar en el que siempre *nieva*. Creo que hay una estación de esquí cerca. O la había. No sé. Es un lugar abominable. ¿No ha oído hablar de él? Se llama Kimberly Clark. Kimberly Clark Weymouth.

—Oh, Frankie Benson, tú y tu maldito, tu *estúpido, affaire* —dijo la señora Benson.

Dobbs enarcó en exceso las cejas, hasta el punto de que, si en vez de cejas hubieran sido cualquier otra cosa con *piernas* y un puñado considerable de *años*, al día siguiente no hubieran podido moverse. ¿Había dicho (AFFAIRE)?

—¿Quieren que les busque una cabaña encantada *ahí*?

—¡Oh, no! ¡NI SE TE OCURRA, LEE! —bramó Becky Ann.

—¿Por qué no, Becks? No hay sitio mejor que Kimberly Clark Weymouth para escribir nuestra próxima novela. Todo lo que hay allí es *nieve*.

—¡Oh, Frankie Benson! —graznó Becky Ann—. ¿Olvidas que lo que necesitamos es un *muerto*? ¿Olvidas que necesitamos un *fantasma*? ¿Qué clase de fantasma puede haber en Kimberly Clark Weymouth? ¿Uno tan *estúpido* como ese otro *tipo*?

¿Un *tipo*?

¿Era con un tipo con quien el señor Benson tenía un *affaire* en ese lugar?

¿Y cómo demonios llegaba hasta allí?

¿Lo llevaba alguno de sus *infinitos* mayordomos?

¿Esperaba en la puerta a que él, esto, eh, (GLUM), *terminara*?

Estas y otras muchas eran las preguntas que se hacía Dobson Lee mientras se ponía en pie y decidía que ya había tenido suficiente, decidía irse, largarse, y decía (VOY A IRME, ¿DE ACUERDO?) y (TENDRÁN NOTICIAS MÍAS *MUY PRONTO*) y también (NO SE PREOCUPEN, TAL VEZ ENCUENTRE OTROS SITIOS PERO SIN DUDA LE ECHARÉ UN VISTAZO A ESE LUGAR), y Gallantier sonreía, se ponía en pie y decía (NOS VEMOS), y (UN PLACER, COMO SIEMPRE, SEÑORES BENSON), estrechaba una mano y luego otra, y salía después de Dobbs, y se fijaba, sin poder evitarlo, en la carta que había en la mesita alta que había junto a la puerta, que no era en realidad una carta sino un telegrama.

(MYRLENE BEAVERS), decía.

(URGENTE).

11

En el que Stumpy MacPhail teme descolgar el teléfono porque teme toparse con su enfurecida madre que está siendo (ENDIABLADAMENTE) ninguneada por *Lady Metroland* al completo, ¿y a quién le importa que Charles Master Cylinder esté escribiendo una ridícula novela?

No era tan sencillo, se dijo Stump, al tiempo que sobre su cabeza tintineaba la casa de *metal* que Charlie Luke había instalado en la puerta de Modelismo Charlie Luke Campion. No era tan sencillo *desobedecer* las órdenes de un cliente cuando ese cliente era tu *único* cliente, se dijo el pequeño agente. Puede que pudieras hacerlo si eras Myrna Pickett Burnside y tenías un cerebro privilegiado, pero no si eras Stumpy MacPhail y lo único que recibías de tu cerebro eran dolores de cabeza provocados por el incesante repiqueteo del timbre del teléfono. Porque eso era todo lo que llevaba recibiendo desde que aquella cosa horrible había pasado. Desde que Stump *no* había ganado el Howard Yawkey Graham, su madre no había hecho otra cosa que llamarle, día y noche, le había llamado y le había dicho, le había *ordenado*, que hiciese las maletas, le había dicho (SAL DE AHÍ DE UNA MALDITA VEZ) y también (NO PUEDO SOPORTARLO MÁS). Por supuesto, no se estaba refiriendo a nada que tuviese que ver con Stump, sino más bien a algo que tenía que ver con ella, puesto que, aquella noche, la noche de los Howard Yawkey Graham, ella había reservado una página al completo, ¡una página al completo!, en aquella revista suya, *Lady Metroland*, en la que jamás, de ninguna manera, se hablaba de nada que tuviese que ver con nada *inmobiliario*, y lo había hecho, decía, asumiendo *todos los riesgos*, convencida, como estaba, de que, por fin, su hijo iba a hablar su mismo idioma, y podría, de una vez, presumir, como hacía aquella minúscula Penny Perrick, del trabajo *bien hecho*, pues, después de todo, el éxito de un hijo era consecuencia *directa* del trabajo bien hecho de su *madre*, y Milty Biskle había fingido durante demasiado tiempo que su hijo no existía, que, en realidad, no sabía nada de él, pero, a buen seguro, le había dicho a todo el mundo, estaba preparando algo y era un algo *grande*, un algo *enorme*.

Milty había arriesgado, lo había arriesgado *todo*, y había perdido. No sólo había tenido que improvisar un ridículo artículo sobre la perfectamente obviable poesía de *nadadoras*, sino que había tenido que soportar los gritos de aquella *salvaje* de Penélope Postel Perrick, su condenada *jefa*, que había estado a punto de perder la cabeza al enterarse no sólo de que Milty había cometido *un crimen* sino y, sobre todo, de que su querido Charles Master Cylinder, el engreído tipo que había perdido un zapato en aquella ridícula *fiesta*, no pensaba volver *por el momento*, pues por fin, decía, había encontrado la puerta (HE ENCONTRADO LA PUERTA, PENN) y había *entrado* y estaba escribiendo (ESTOY ESCRIBIENDO, PENN) su primera novela. Charles llevaba lo que le parecían *cientos* de años tratando de escribir una novela. Y habían sido *cientos* de años horribles. Charles había oído hablar de la inspiración, pero jamás se había topado con ella. Por lo que a Charles concernía, la inspiración bien podía ser un animal mitológico del que se hablaba como se hablaba de un obediente border collie. ¿Y quién iba a pensar que había estado, todo aquel tiempo, esperándole en aquel mal ventilado apartamento?

El protagonista de aquella cosa, por el momento llamada (WALSER), era un agente inmobiliario que organizaba, cada año, una nauseabunda gala de entrega de premios en su pequeño y mal ventilado apartamento. Su vida era un tormento. Iba de un lado a otro, tenía un perro, coleccionaba *clientes*, les pedía, en algún momento, que posaran para él, les fotografiaba, y a todos les parecía algo ridículo, o bien algo divertido, pero todos accedían, y luego él guardaba esas fotografías y *jugaba* con ellas, inventaba familias, las destruía con infidelidades y aburrimiento, las reconstruía más tarde, cuando uno de ellos tenía un golpe de suerte y podía, por fin, comprar aquella casa en las afueras, y era una casa con piscina, y entonces aparecían los niños y el perro, porque el agente inmobiliario que organizaba una gala de entrega de premios una vez al año en su mal ventilado apartamento también coleccionaba fotografías de perros. Las fotografías de los niños eran siempre fotografías de niños actores porque nadie en su sano juicio dejaría que un desconocido que sonreía más de la cuenta le hiciese una foto a su hijo, bajo ninguna circunstancia. Todo iba a cambiar, se había dicho un enfebrecido Charles, sujetando el teléfono con el hombro, mientras tecleaba, cuando conociera a Dally Randolph Hunter, la siempre aspirante a futura inquilina que hacía lo propio con agentes inmobiliarios de todo el condado.

(OH, PENN, ES MEJOR DE LO QUE SIEMPRE IMAGINÉ).

(LO DUDO, CHARLES).

(DEBERÍAS PROBARLO ALGUNA VEZ).

(NO VOY A TENER TIEMPO EN LOS PRÓXIMOS DOS SIGLOS).

(¿PENN?)

(¿SÍ?)

(TENGO QUE COLGAR. UN CLIENTE SOSPECHA DE WALSER).

Walser era aquel agente del demonio.

Howard Walser Graham.

(OH, VETE AL INFIERNO, CHARLES).

(VOLVERÉ, PENN).

(NO, NO VOLVERÁS, CHARLES. NADIE LO HACE NUNCA. OH, DIOS, TE TENÍA, CHARLES. TE TENÍA. ¿NI SIQUIERA TIENES TIEMPO PARA UNA COPA? ¿UNA COPA ESTA MISMA NOCHE? UNA VEZ NOS TOMAMOS UNA COPA, ¿RECUERDAS?).

(PENN).

(¿SÍ?), esperanzada.

(TENGO QUE COLGAR), tajante.

(NO, CHARLES), abatida.

(*Clic*).

Después de aquella, a todas luces, *flirteante* conversación, Penny la tomó con Milty. Primero gritó y gritó hasta que rompió en llanto. Golpeó cientos de cosas. Tiró algunas por los aires. Milty logró esquivarlas. Luego se fue. Al cabo, volvió. Había descubierto la razón por la que Milty había enviado *sin su permiso* a Charles a aquel nido de *fracasados*.

Y entonces se había desatado el infierno.

Milty Biskle MacPhail llevaba exactamente tres días en el infierno.

El infierno consistía en todo el mundo preguntándole todo el tiempo por Stumpy. Preguntándole si seguía perdiendo cosas. Le preguntaban:

—¿Sigue perdiendo *cosas*, Milt?

Y luego se reían (JO JO JO).

Era por eso que Milt no podía soportarlo más y era por eso que no dejaba de llamar a su hijo para que se alejara de cualquier cosa que tuviera que ver con aquellos (PREMIOS) y con cualquier cosa que pudiera acabar (PERDIENDO). Stump sacudía invariablemente la cabeza y decía:

—¿Por qué no hablamos en otro momento? Tengo una cita en cinco minutos.

—OH, NO, STUMP. NO TIENES NINGUNA CITA EN CINCO MI-NUTOS.

—Lo siento, mamá, pero tengo que *dejarte*.

Y colgaba. Pero el teléfono volvía a sonar.

El teléfono no dejaba de (RING) (RING) (RIIIIIIING) sonar.

Stump estaba perdiendo la cabeza.

¿Era tan sencillo?

No, no era tan sencillo.

No era en absoluto sencillo intentar *clavar* un cartel de (CASA EN VENTA) en la propiedad de tu único cliente cuando tu único cliente no quería que clavases ningún cartel de (FORMIDABLE CASA EN VENTA) en su propiedad. El cerebro de Stumpy no era el cerebro de Myrna Pickett Burnside, así que no podía, simplemente, *desobedecer*, y clavar el maldito cartel, el cerebro de Stumpy era un cerebro corriente que lo único que podía hacer era escapar.

Porque eso hacían los cerebros corrientes.

Escapar.

Los cerebros corrientes escapaban a lugares como la tienda de modelismo de Charlie Luke Campion porque se convencían a sí mismos de que necesitaban una diminuta cafetería en la que instalar a una aún más diminuta Ann Johnette MacDale.

—¿Charles? —inquirió MacPhail, con el tintineo de aquella casa de metal que era, en realidad, una cabaña, una diminuta cabaña de metal, aún de fondo.

—Vaya, señor MacPhail, ha vuelto.

–¿Ha llegado ya mi Harbor Motella?

El Harbor Motella era un tipo de edificio. Un edificio que simulaba ser una cafetería. Ann Johnette había hablado de él en un artículo que había escrito hacía un tiempo. Stump pensaba instalarlo en su (CIUDAD SUMERGIDA) e instalar en él a una versión diminuta de la propia Ann Johnette. Algún día, cuando lograse reunir el valor suficiente, llamaría a la redacción de aquella revista para la que trabajaba, *Mundo Modelo*, y le diría que había algo que quería enseñarle y entonces, oh, entonces, ella perdería la cabeza, la perdería todo el mundo, porque ¿acaso había visto, en todo aquel tiempo, en aquella revista, en el mundo entero, algo parecido a lo que él estaba construyendo Allí Abajo?

–Me temo que no, señor MacPhail.

–¿No?

–Estuvo usted aquí ayer mismo.

–¿Ayer mismo?

El cerebro de Stumpy era un pequeño vertedero desde que aquel tal Brandon Jamie Pirbright había subido a recoger su premio. De aquello hacía exactamente tres días. Tres abominablemente interminables días en las que el cerebro de Stumpy no había hecho otra cosa que *huir*. El cerebro de Stumpy llevaba a Stumpy cada día a su oficina, y luego decidía que no iba a hacerle prepararse un café, y mucho menos descolgar el teléfono, sino que lo iba a devolver a las frías calles de Kimberly Clark Weymouth, lo iba a meter en el coche e iba a hacer que condujera hasta Jeremy Green, el pequeño municipio en el que Charlie Luke había instalado su también pequeño santuario modelístico.

No era tan sencillo, se decía, toqueteando aquellas cajas que contenían todo tipo de casitas, edificios de apartamentos, gasolineras, moteles con piscina, piscinas cubiertas con diminutas lonas, piscinas de agua estancada, piscinas con trampolín. Aquella condenada noche del demonio, Stump había visto a Brandon Jamie recoger su *maldito* premio y luego había salido sin despedirse, había vuelto a casa, se había servido un par de copas y se había puesto a trabajar en su (CIUDAD SUMERGIDA). Había ojeado un par de catálogos en busca de una cafetería y se había de-

cidido, recordando aquel artículo, por el Harbor Motella, que
había encargado al día siguiente, por teléfono, con tal mala fortuna que había olvidado indicar que se trataba de un pedido
urgente, y había convertido la espera en una pequeña tortura.
Creyendo, inútilmente, que desplazarse hasta allí aceleraría el
proceso, Stumpy había empezado a evitar acudir a la oficina con
la excusa de que debía conducir hasta Jeremy Green para acu-
ciar a Campion.

¿Había publicado algún anuncio en alguna revista literaria
para intentar vender la casa de aquel tal William Bane Peltzer?

No, lo único que había hecho era ir a verla.

—¿Y todos esos cuadros? —había preguntado, en un momento
dado, al comprobar que las paredes de la casa estaban repletas de
cuadros, pero también, que había cuadros en el suelo, cuadros en
la cocina, cuadros encima de los armarios, en cajas, junto a la
puerta—. ¿Es usted pintor? —Stump había llegado milagrosamente a tiempo a la cita, y había respetado las indicaciones de su
cliente, a saber, que debía mirar por encima del hombro y asegurarse de que nadie le veía *entrar* por la puerta de *atrás*, que debía
entrar tan *descuidadamente* como le fuera posible—. Déjeme decirle que es una profesión con futuro.

—¿Qué clase de futuro?

—Oh, piénselo. Hay edificios por todas partes. Hay paredes
por todas partes. Las casas son algo que no se acabará nunca.
Siempre tendremos que vivir en alguna parte y siempre querre-
mos que haya algo en sus paredes.

La casa era una casa aburrida. Una vieja casa familiar de dos
plantas, con jardín trasero. Los muebles parecían sacados de un
catálogo de saldos de otra época. Lo poco que podía verse de las
paredes parecía viejo y descascarillado, por todas partes impera-
ba un desorden que a Stump le ponía frenético, y todo olía a
una mezcla de humedad, calcetines sucios y patatas fritas. Había
dos cuartos de baño. Eran viejos. Uno de ellos parecía no haber
sido usado en cientos de años. En el otro había lo que parecía
una colección de botes de champú vacíos. Una de las tres habitaciones era una habitación de matrimonio en una de cuyas
mesitas de noche se encontraba la única foto enmarcada de la
casa. En la foto aparecían, aventuró el agente, el padre y la madre

del tal Bill y el propio Bill, de niño, ante la puerta del único atractivo turístico de aquella ciudad: la tienda de recuerdos de *La señora Potter no es exactamente Santa Claus*.

—Supongo que tiene razón, aunque dudo mucho que a mi madre le importen las paredes de los demás —había dicho aquel tipo, aquel tal Bill.

—¿Los cuadros los ha pintado su madre?

—Sí.

—Oh. —Stump había mirado alrededor, convencido de haber obviado algo fundamental. No parecía haber ninguna madre por allí—. ¿No vive con *usted*?

—No —había dicho.

—¿Está muerta? —inquirió Stump, ligeramente esperanzado.

Por entonces aún tenía fresca en la memoria su conversación con Myrna Pickett Burnside y la mención de aquel asunto del fantasma. Tres días después, iba a olvidarlo. Tres días después, iba a poner rumbo por primera vez a Jeremy Green con la intención de comprobar qué estaba pasando con su Harbor Motella.

—Oh, no, no lo está. Aunque a lo mejor que lo estuviera lo haría todo más sencillo.

—Oh, entiendo —había dicho Stumpy.

Su propia relación con su madre era un auténtico desastre, ¿acaso podía juzgar la relación que tenían sus clientes con sus propias madres? El Dios de Santa Claus le librase de semejante infierno.

—¿Y bien? ¿Cree que puede venderla?

—Oh, vaya, eh, *je*, señor Peltzer, la verdad es que su única condición complica un poco las cosas. Pero creo que podré arreglármelas. Después de todo, esta es la calle de la señora Potter. Entiendo que está usted al tanto de lo que eso significa.

—Créame, estoy *demasiado* al tanto de lo que eso significa. De hecho, esa es la razón por la que nadie debe enterarse de que la casa está en venta —había dicho Bill.

—¿Disculpe?

—Soy el propietario de (LA SEÑORA POTTER ESTUVO AQUÍ).

—¿*Usted*?

MacPhail arqueó las cejas. Sus cejas no podían creérselo. ¿Acaso habían estado todo aquel tiempo *representando* a alguien que amaba tanto como él aquella novela de Louise Cassidy Feldman sin saberlo? ¿Pero cómo iba a haberse dado cuenta? No era habitual que alguien te estrechara la mano y, después de decirte su nombre, añadiera:

—Me encanta Louise Cassidy Feldman, ¿y a ti?

Así que no podía culparse por ello.

—Imagino que la conoce.

¿Qué podía decirle? ¿Me he mudado a esta ciudad sólo para estar cerca del Lou's Café? ¿Me he mudado a esta ciudad sólo para estar cerca, en realidad, de gente como usted? ¿De gente que querría vivir *dentro* de *La señora Potter no es exactamente Santa Claus* pero no puede porque no es un personaje de la novela y no habrá nunca forma de que lo sea? Oh, señor Peltzer, ¿por qué no puede ser todo tan sencillo como lo es en la Kimberly Clark Weymouth de Louise Cassidy Feldman? ¿Por qué no puede uno escribir lo que desea en una de esas postales *navideñas* y dejar que los diminutos empleados de correos de la señora Potter hagan con ella lo que sea que deban hacer para que su deseo se haga *realidad*? ¿Por qué tiene que seguir pasando frío y lamentando su suerte en un lugar al que, a todas luces, nadie en su sano juicio, nadie que no pretenda (TIRAR SU VIDA POR LA BORDA), pensaba *mudarse*?

—Si me permite la indiscreción, señor Peltzer, ¿no va bien el negocio? Es, tenía entendido que, bueno, su tienda, oh —¿Qué debía hacer? ¿Confesar que él también *amaba* aquella novela? ¿Que la amaba por encima de todas las cosas? ¿Que había hecho que aquel lugar le pareciese otro planeta?—, es el principal atractivo *turístico* de este sitio.

—No puedo quejarme, aunque, entre usted y yo, ya he tenido suficiente.

—¿Ya ha tenido suficiente?

—El negocio fue idea de mi padre.

—Oh. —Aquel (OH) era un (OH) sorprendido.

—Yo no consigo entender qué ve toda esa gente en esa estúpida novela.

—Oh. —Aquel (OH), en cambio, era un (OH) doloroso, el (OH) que alguien soltaría tras recibir un inesperado puntapié en la espinilla.

—¿Y bien? –había dicho el chico.

Stump había empezado entonces a ir de un lado a otro y a decir (TIENE USTED AQUÍ UN BUEN ACTIVO, SEÑOR PELTZER) y (TAL VEZ NECESITE UNAS REFORMAS) (PERO NO SE PREOCUPE) (PODEMOS VENDERLA DE TODAS FORMAS).

—¿Usted cree? –había dicho el tal Bill.

—Sin duda –había certificado MacPhail, y luego había vuelto a su oficina, había vuelto a (SOLUCIONES INMOBILIARIAS MACPHAIL), asegurándose de que nadie le seguía, con una copia de las llaves de aquella vieja casa que parecía *quejarse* de cada maldito paso que se daba en ella, y el cartel de (FABULOSA CASA EN VENTA) en el maletero. Ni siquiera se había atrevido a esperar a que aquel tal Bill se fuera para clavarlo junto a la puerta, porque sabía que volvería por la noche y lo vería y lo más probable era que lo despidiera, lo despediría y entonces ya no tendría ningún cliente y nada tendría sentido. No, no era tan sencillo. Puede que para Myrna Burnside lo fuese, pero no para él. Cuando te llamabas Stumpy MacPhail y te habías instalado en un pequeño pueblo tan desapacible que sus habitantes preferían *mudarse* a diario al pequeño pueblo de las hermanas Forest a tener que vivir en él, nada era tan sencillo.

—Ayer mismo, señor MacPhail.

—Oh, vaya, disculpa, Charles, me temo que el tiempo pasa demasiado *despacio* en Kimberly Clark Weymouth.

Charlie Luke sonrió. Siguió etiquetando cajas. Pequeñas, diminutas cajas, con pequeñas, diminutas tostadas, tostadoras, sombrillas, toallas, cubiertos, mesas plegables, manteles a cuadros, *cuadros*. ¿Por qué no había elegido él eso? ¿Por qué no había elegido él también etiquetar adorables y nada ostentosas *cositas*, tan inofensivas como cualquier ridículo y encantador pingüino de peluche? ¿Por *qué*? Oh, no, él tenía que vender casas, casas enormes que nadie quería porque nadie sabía que existían.

Aquello le hizo recordar que tenía una cita aquella misma tarde con Wilberfloss Windsor, el siempre atareado único responsable de (*PERFECTAS HISTORIAS INMOBILIARIAS*), un panfleto para agentes inmobiliarios repleto de (¡NO SE LO PIERDA!) y (¿A QUÉ ESPERA? ¡SIGA LEYENDO!), de (¡ESPERE A VER CÓMO ACABÓ LA COSA!) y (¡ENTÉRESE ANTES QUE NADIE!) e incluso

(¡PREPÁRESE A LLAMAR A TODOS SUS CONOCIDOS DESPUÉS DE LEER ESTA PÁGINA!), que solía llegarle religiosamente una vez al mes a su antigua oficina.

Stump no había comunicado el cambio, y sólo tras su desastroso paso por el apartamento de Howard Yawkey la noche en la que *no* había conseguido el premio, había caído Wilberfloss en la cuenta de que la dirección que constaba en sus archivos no era una dirección de Kimberly Clark Weymouth, ¿y no había optado aquel tipo al premio sólo porque había tenido el *valor* de intentar abrirse camino allí, en un sitio en el que nadie hasta entonces había podido abrirse camino? Aquello había interesado sobremanera al periodista que, sin dudarlo, a la mañana siguiente, cuando aún MacPhail mantenía ligeramente intacta su cordura, había llamado a (SOLUCIONES INMOBILIARIAS MACHAIL), se había disculpado por las molestias que aquel *descuido* postal podía haberle ocasionado, y se había prestado a dedicarle una página (¡UNA PÁGINA!) en el próximo número de la revista.

—¿Sabe? Hoy tengo un día complicado —dijo Stump, y sintió un escalofrío al imaginar lo que venía a continuación: subirse al coche, alejarse del único lugar en el que quería estar, preguntarse por qué el cerebro privilegiado a Myrna Burnside le había tirado un hueso *fantasma*, sacudir la cabeza, pasar ante su oficina, imaginar el teléfono *atronando* dentro, sacudir la cabeza otra vez, decirse que lo único que Wilberfloss quería era *reírse* de él, llegar a casa, prepararse un emparedado, llamar a una de aquellas revistas literarias y ¿qué? Publicar un anuncio por palabras que iba a provocar el desconcierto de su editor jefe que iba a estallar en carcajadas y a decir (¿QUIERE USTED VENDER UNA CASA? ¡JA, JA JA! ¿UNA *CASA*? ¿EN SERIO? ¿HA PERDIDO LA CABEZA? ¿CREE QUE EL LECTOR DE UNA REVISTA *LITERARIA* ESTÁ BUSCANDO *CASAS* CUANDO LEE ANUNCIOS POR PALABRAS EN ESA MISMA REVISTA LITERARIA? ¿EN QUÉ CLASE DE MUNDO VIVE?) y a continuación iba a escucharse un (CLIC) precedido de un (¡CHIFLADO DEL DEMONIO!). ¿Y qué podía hacer? ¿Llamar a Myrna? Claro, podía llamar a Myrna y preguntarle por aquel hueso fantasma, pero para hacerlo tendría que descolgar el teléfono y quién sabía con quién podía encontrarse cuando lo hiciera—. Los días son siempre complicados, ¿no es verdad, Charles?

Charlie Luke levantó la vista un segundo, asintió y sonrió. Stumpy se dio media vuelta, dispuesto a salir del local y emprender el camino de vuelta, cabizbajo, *hundido*, incapaz de pensar en otra cosa que no fuese escribir una de aquellas *deliciosas* postales *cazadeseos* a los duendes veraneantes de la señora Potter y pedir una tienda como aquella, pedir un mundo en el que no iba a tener que conceder ninguna entrevista a aquel condenado chismoso de Wilberfloss Windsor, cuando Charlie Luke dijo:

—Oh, casi lo olvido, señor MacPhail.

—¿Sí? —Stump se volvió, esperanzado.

—La señorita MacLausan dejó esto para usted.

—¿La señorita MacLausan? ¿*Qué* señorita MacLausan?

Sobre el mostrador había un pedazo de papel. No parecía gran cosa. Un pedazo de papel doblado por la mitad. Una especie de *carta*. ¿Quién podía haberle escrito una carta?

—La señorita *Myrna* MacLausan —atajó Charlie Luke.

Stump sonrió. Su sonrisa fue una especie de acto reflejo. Estaba asustado. ¿Había dicho Charlie Luke lo que creía que había dicho? ¿Había dicho *Myrna*? Está claro que ha dicho Myrna, estúpido, pero no ha dicho Pickett Burnside sino MacLausan. *MacLausan*.

—Es una de mis mejores clientas, señor MacPhail. No sabía que se conocían. Siento el descuido, señor MacPhail.

—Oh, no pasa nada, Charles, quién sabe dónde tiene uno la cabeza estos días.

—Sí.

Stump cogió con cuidado la nota, la desdobló sin dejar de sonreír y sin dejar de mirar a Charlie Luke, y leyó:

DAN,

DIME QUE NO ESTÁS MUERTO. DIME QUE SÓLO ERES UN TIPO ATAREADO. MI SECRETARIO ES INCAPAZ DE DAR CONTIGO. ¿DÓNDE TE METES? DESCUELGA EL MALDITO TELÉFONO. TENGO ALGO PARA TI.

MYRNA

12

En el que se descubre que, uhm, (PUEDE QUE BILL ESTÉ
PLANTEÁNDOSE ADOPTAR UN ELEFANTE), ¿y quién lo
descubre? Oh, ¿recuerdan a Bertie Smile? Sigue a salvo en
esa mansión suya, en la que su madre sigue hablando con
Jodie Forest, ¿y es cierto que la serie podría *cancelarse*?

Aquel asunto, el asunto de los botes de cola que Stumpy Mac-
Phail parecía *coleccionar*, tenía en el cuaderno FORASTERO STUMPY
MACPHAIL, el cuaderno que Bertie Smile Smiling había dedicado al *nuevo*, una explicación de lo más común. Evidentemente,
en tanto que modelista, el agente inmobiliario necesitaba de
aquellos botes de cola para hacer su trabajo. Pero ¿era aquel su
trabajo? Oh, a Bertie Smile Smiling le gustaba pensar que todo
lo que ocurría en aquella (CIUDAD SUMERGIDA) ocurría o podía
hacerlo en la propia Kimberly Clark Weymouth. De ahí que le
gustase considerar aquel el verdadero trabajo del *nuevo*. La cosa
de la agencia, se decía Bertie, bien podía ser una *tapadera*. Pero
¿quién lo había enviado? ¿Y por qué iba alguien con el poder
suficiente como para que *todo* cambiase por el hecho de limitarse a *replicar* ciudades en miniatura a querer cambiar precisamente aquel frío y *rabiosamente* desapacible rincón del mundo?
    —Oh, Jodd, no me gusta lo que dices de *ti*.
    Bertie Smile Smiling estaba, como aquella otra mañana, aca-
bándose su tazón de leche con cereales en la mesa de la cocina.
Su madre estaba blandiendo una de aquellas revistas sobre televisión a las que, como el padre de Sam Breevort, estaba suscri-
ta. Era de allí de donde sacaba todas aquellas fotografías de Vera
Dorrie Wilson, la actriz que interpretaba a Jodie Forest, que estaban por toda la casa. Y hacía semanas, puede que meses, que
desoía cualquier tipo de rumor que tuviese que ver con aquello
que, a todas luces parecía inevitable: la cancelación de *Las hermanas Forest investigan*. Decía que no era posible, que ella sabía de

lo que hablaba, que tal vez lo que ocurría era que a la redactora de aquella *cosa* no le gustaban *en absoluto* las hermanas Forest, y que lo que quería era que desaparecieran. (CRÉEME), decía, (CUANDO TIENES UNA DE ESAS PÁGINAS MAQUETADAS EN BLANCO, CUALQUIER COSA ES POSIBLE), decía, y lo decía recordando la revista de su instituto, que había acabado con la reputación de cualquiera que no gustase al consejo de redacción. Pero el problema ahora no era aquella redactora sino la propia Vera Dorrie Wilson. Alguien la había entrevistado en una de aquellas revistas y ella había dicho que estaba (CANSADA) de (JODIE FOREST) y que nada le apetecía (MÁS) en aquel momento que (MOVER FICHA) y (SALIR DE ALLÍ). Bertie Madre iba a apresurarse a escribir, había dicho, una de aquellas *piezas* para Eileen McKenney que desmintiese todo aquello, porque sabía también que podías cambiar las cosas cuando las cosas no te gustaban si tenías uno de aquellos *redirectores* del mundo en tus manos, ¿y no era el *Doom Post* uno de aquellos *redirectores* del mundo?

—¿Puedes creerte, Bertie, *pichoncito*, que diga que lo que quiere es interpretar a Dorothea Atcheson? ¿Quién demonios es Dorothea Atcheson? ¿Y acaso cree que puede *dejarte*, Jodd, y largarse *con otra* como si tal cosa? —Bertie Madre había empezado a revolotear a su alrededor como aquella otra mañana, y de repente, pareció caer en la cuenta de que había olvidado algo, posó una de sus enormes manos en el hombro de Bertie y, alarmada, dijo—: ¡Oh, lo siento, *pichoncito*! ¡Estás a punto de marcharte y aún no le has dicho a Jodd lo que descubriste anoche! ¡Maldita Dorothea Lo Que Sea! ¡Cuéntaselo!

—No es gran cosa esta vez, Jodd.

Pero sí que lo era. Si no fuera gran cosa, Bertie Smile se habría limitado a rellenar una página del cuaderno *WILLIAM BANE PELTZER* de su colección y otra del dedicado a la hija de Lacey Breevort, Samantha Jane, y listo. En realidad, no era tanto lo que había descubierto, sino lo que había ocurrido cuando lo había descubierto. Porque lo que había ocurrido la estaba obligando a hacer algo que no había hecho nunca: ponerse en contacto con uno de sus *personajes* para advertirle de la ofensiva que, con toda seguridad, aquel pueblo helado del demonio, había empezado a urdir en su contra. Porque, como una especie de Violet McKisco no dedicado al misterio sino a la *comedia* costumbrista, o a la *tragedia* nevada, un Violet McKisco decidido a *nunca* imaginar, a limitarse a *anotar* y dar sentido, un sentido *narrativo*, a lo anotado, por más que lo anotado no fuesen más que escenas inconexas, pedazos de *vida* capaces de construir, juntos, *otra* vida, una que jamás iba a salir de aquellos cuadernos, Bertie Smile se había erigido en una suerte de *custodia* de las historias que generaba aquel desapacible lugar, como si aquel desapacible lugar fuese su propio cerebro, y sus habitantes, sus propias creaciones, tan absortas en su aparentemente compleja existencia que jamás caerían en la cuenta que podían no ser más que personajes de algo que alguien estaba imaginando, y anotando, en cuadernos idénticos, cuadernos que después, ese alguien, guardaba en un viejo baúl que en otro tiempo no había contenido más que muñecas.

Precisamente, había sido con el vestido de lana de una de sus muñecas, de las muñecas que había guardado en aquel baúl, que Bertie Smile había elaborado su primer *calentador* de bolígrafos. No había forma de salir a investigar en aquella maldita ciudad sin un bolígrafo *lanudo*. Salir a investigar con un bolígrafo que no estuviese, como ella y cualquiera, bien abrigado, en una de aquellas noches de ventisca, era el equivalente a no hacerlo, puesto que no habría forma de anotar nada de lo que se descubriese porque la tinta se habría negado a colaborar, y no porque estuviese en contra del investigador en cuestión, sino porque se habría congelado. A menudo Bertie se imaginaba a su bolígrafo lanudo regresando a casa, un estuche de dos plantas con chimenea y cuarto de invitados, y diciéndole a su propia fotografía de un famoso bolígrafo escritor:

—Amigo, ahí fuera siempre hace un frío de mil demonios.

Todas aquellas veces, Bertie Smile sonreía. Bertie era menuda, tenía el pelo corto y oscuro, los ojos pequeños, y una nariz con forma de velero. Y en aquel momento, Bertie Smile también tenía prisa. Aunque tenía que esperar a que fuese lo suficientemente tarde como para justificar no llegar a tiempo a Frigoríficos Gately. Para pasarse por la tienda de Billy Peltzer sin levantar sospechas tenía que buscarse una coartada y bien podía ser aquella ridícula charla entre Jodd y su madre. Bertie se sirvió más cereales. Bertie Madre le había dicho algo más a Jodd. Algo relacionado con *matar* a aquella tal Dorothea. ¿Si mataba, ella, a aquella tal Dorothea, no se quedaría *Wilson* con ella?

La noche anterior había hecho un frío de mil demonios, pero Bertie Smile había salido de todas formas. ¿Y a dónde se había dirigido? Al montículo Polly Chalmers. En realidad nada emocionante había pasado desde aquel asunto del autobús y la cita *frustrada* de Bill y Cats, y el *nuevo* no parecía estar, desgraciadamente, *cambiando* nada Allí Abajo, en su (CIUDAD SUMERGIDA), así que Bertie Smile se había dirigido al montículo Polly Chalmers porque el montículo Polly Chalmers garantizaba una buena vista, la *mejor* vista, sobre el Stower Grange, el viejo y nada recomendable *pub* en el que Sam y Bill solían *quedar*. Bertie Smile estaba al corriente de aquel asunto de la carta que Bill había recibido, aquella carta de la que aún nada se sabía porque venía dentro de un sobre *opaco*, y se había dicho que era cuestión de tiempo que Bill le hablase de ella a Sam. Aunque Sam no parecía hablar demasiado últimamente. La actitud de la *venderrifles* le parecía, desde hacía un tiempo, francamente sospechosa. Se decía que había empezado a verse más de la cuenta con Archie Krikor, el jefe de leñadores. ¿Y quería eso decir que iba a dejar a Bill? Oh, no es que estuviesen *juntos* pero todo el mundo en Kimberly Clark Weymouth daba por hecho que lo estarían algún día, y ¿acaso temía Sam decirle *algo* a Bill? Bertie Smile creía que aquella noche podía ser un buen momento para hacerlo, o, cuando menos, para que Bill revelara el contenido de aquel sobre *opaco* a su mejor amiga, así que ahí estaba ella, congelándose junto al viejo abeto repleto de bolas navideñas, en mitad de una de aquellas endemoniadas ventiscas, con sus prismáticos, su bolígrafo lanudo y su libreta, las hojas mojándose por culpa de toda aquella nieve y era tarde y Bertie no podía evitar imaginar alguien acercándose a ella cautelosamente por la espalda y acuchillándola como debían haber acuchillado a Polly Chalmers y (OH, MALDITA SEA, BERT, DEJA DE PENSAR EN COSAS HORRIBLES, ¿QUIERES?).

Bertie tenía una buena vista sobre el reservado que ocupaban Billy y Sam, y había perfeccionado aquella cosa que hacía, su lectura de labios, y estaba anotando todo lo que se decían. El silencio a su alrededor era ensordecedor, lo que permitía a Bertie oír las voces de uno y otro en su cabeza. Sam y Bill ocupaban exactamente el adusto y poco aconsejable rincón del sucio Stower Grange que Bertie había ocupado en una ocasión con Richard Fogg Nackers, el vendedor puerta a puerta de piensos para pájaros que solía pasarse por Frigoríficos Gately cuando Frigoríficos Gately era aún una pajarería, lo que la hizo pensar en él y en lo que habían hecho, primero bajo la mesa, y luego en el cuarto de baño.

Richard la había invitado a cenar y luego habían ido a tomar una copa al Stower Grange, y se habían masturbado el uno al otro bajo la mesa, aquella pegajosa mesa de madera repleta de inscripciones (CÁSATE CONMIGO, MARTY), (NI DE COÑA, PHIL), a la que Bertie había añadido un desvaído y poco trabajado (SMILE CASI FOLLA CON NACKERS) cuando él, Nackers, había ido al baño a lavarse las manos, y se había puesto tan indeciblemente cachonda mientras lo hacía que no había podido evitar seguirle, le había seguido al cuarto de baño y había dejado que aquel tipo se lo hiciera, de pie, las manos apoyadas en el retrete, las piernas ligeramente flexionadas, por detrás, y, por supuesto, Bertie había imaginado que el que se lo hacía no era aquel vendedor puerta a puerta con el que había quedado en al menos otra ocasión, una ocasión para la que Bertie había tenido que coger un autobús y alejarse de la ciudad pero en la que había ocurrido lo mismo, pues igualmente habían cenado antes de ir a tomar una copa y, de la misma forma, se habían, primero, masturbado bajo la mesa, y luego, consumado en los lavabos, era aquel tal Matson McKissick, su escritor favorito, un desnortado escritor de novelas de terror que sólo había pasado una noche en Kimberly Clark Weymouth y que, con toda probabilidad, no recordaba haber estado nunca en un motel llamado Dan Marshall, pero había dejado su foto autografiada allí de todas formas. Bertie Smile solía *cenar* con ella. Se apostaba al otro lado de la calle, extraía sus prismáticos, una lata de alubias, guisantes, maíz dulce, cualquier cosa, se sentaba en el suelo y fingía que *cenaban* juntos.

La razón de que Bertie Smile hubiera pensado en aquella otra noche, no cualquiera de las noches en las que fingía *cenar* con aquella fotografía autografiada sino en la noche en la que había salido con aquel vendedor puerta a puerta tenía que ver con lo que estaba ocurriendo en el Stower Grange. Bill y Sam se estaban, por fin, de alguna forma, *tocando*. No, no lo hacían como lo habían hecho aquel tal Nackers y la propia Bertie. Lo suyo parecía algo decididamente *casto* y absurdo. Primero habían estado hablando de un (ELEFANTE), Bertie lo había anotado en su libreta, Bertie había anotado (PUEDE QUE BILL ESTÉ PLAN-TEÁNDOSE ADOPTAR UN ELEFANTE), y luego habían estado ha-blando de una (CASA), que Bertie había creído entender que podía tratarse de la del propio Bill, es decir, la casa de los Peltzer, porque Sam había dicho algo relacionado con que iba a (ECHAR DE MENOS) algo y Bertie sabía que no había nadie en Kimberly Clark Weymouth a quien Sam Breevort pudiese echar de menos que no fuese el propio Peltzer. De hecho, lo más probable, se decía Bertie, era que aquella confesión o lo que demonios fuese, hubiese desencadenado lo que vino a continuación, algo que había empezado siendo un abrazo, y uno extrañamente *infantil*, para convertirse en un ir y venir de manos apartando mechones de pelo y descendiendo luego, cuando el primer y ridículamen-te *inofensivo* beso dejó paso al resto, ligeramente *invasivos* pero del todo aún respetuosos, hacia *todas* partes.

—¿*Bertie*?

Bertie había estado tan condenadamente abstraída que ni siquiera había advertido los pasos en la nieve. Levantó la vista de sus prismáticos. Pensó, Cualquiera podría haberte acuchillado, *estúpidanorrisdeldemonio*.

—Oh, eh, ¿señora Cold?

Nadie sabía exactamente hasta qué punto era *buena* Meriam Cold, es decir, nadie sabía hasta qué punto podía estar detrás de lo que fuese que acabase publicando Eileen McKenney en el (SCOTTIE DOOM POST), pero todo el mundo sospechaba que po-día ser, sin duda, una de sus *fuentes* más preciadas, puesto que no hacía otra cosa que merodear por la ciudad, tironeando de aquel engreído y estúpido mastín que parecía haber heredado sus ojos, su nariz y hasta su *pelo*. Podía decirse que Georgie Mason o Mason George era un elegante ex intelectual al que sólo le fal-taba su americana de paño con coderas, pues no importaba el *mucho* frío que siempre hacía, su dueña, la ex profesora de algún tipo de historia antigua en la bohemia y repelente Terrence Cattimore, siempre llevaba una.

—¿Qué haces aquí?

—*Na-nada*, señora Cold. —Bertie se había apresurado a intentar esconder la libreta en un bolsillo, pero el apresuramiento había impedido que lo hiciera como era debido—. Sólo yo, es, eh, a veces, no sé, ya sabe, me gusta hacer, eh, *guardia*.

La señora Cold había tironeado de su mastín, que parecía no encontrar en absoluto interesante a Bertie, que tenía prisa, quién sabe, por volver a casa y *sentarse* en su butaca a pasar páginas de un tratado de historia *medieval*, había escupido (¡GEORGIE MASON! ¿QUIERES *PARAR* DE UNA MALDITA *VEZ*, BICHO DEL DEMONIO?), había toqueteado los prismáticos verdes que aún colgaban del cuello de Bertie, había mirado al otro lado de la calle y había dicho:

—¿El chico Peltzer? —(UHM)—. Déjame ver.

—Señora Cold, son los prismáticos de mamá.

—¿Y acaso voy a rompérselos, *Bertie*? —La señora Cold había vuelto a tironear de Mason George, había dicho (¡QUIETO! ¡SIT, SIT, *SIT*! ¡CONDENADO PERRO!), había cogido los prismáticos y se había inclinado junto a Bertie para mirar—. ¿Qué tenemos aquí? ¡OH-JO-JO! ¡EL CHICO PELTZER Y LA CHICA BREEVORT! ¡MATERIAL DE PRIMERA! —La señora Cold se había relamido—. Deberíamos seguirles —la señora Cold había mirado a Bertie por encima del par de prismáticos verdes— y ver cómo se lo hacen.

—¡Señora Cold!

—¿Qué?

—Que Sam y Billy no se lo hacen.

—Oh, *querida*, por supuesto que sí, ¿qué iban a hacer si no?

La señora Cold había vuelto a echar un vistazo. Había sacudido la cabeza. Había dicho:

—Oh, chica, no quiero ser grosera, pero déjame decirte que daría cualquier cosa por ser el chico Peltzer ahora mismo.

—¡Señora Cold!

—El muy estúpido.

—Devuélvame los prismáticos, señora Cold.

—Ya, sí, un momento.

—¡DEVUÉLVAMELOS!

Meriam Cold había dicho algo parecido a (MENUDO GENIO) y había dejado caer los prismáticos sobre el pecho de la chica. Bertie Smile había caído entonces en la cuenta de que no notaba la ligera presión de la libreta en el bolsillo trasero de sus pantalones y, casi al instante, de que aquel perro del demonio parecía *no estar* en ninguna parte.

−¿Qué tienes ahí, George?

Oh, no, *diosmío*, no.

−¿Qué…? Oh. −La vieja profesora de hocico *perruno* y sedoso pelo de *mastín* se había agachado junto a su perro que parecía estar *pasando* delicadamente las páginas de su libreta y, aunque Bertie se había apresurado a poner de por medio su *cuerpo* para que aquello que pudiese llegar a vislumbrar Meriam fuese apenas aquel (SIGO A SALVO EN LA MANSIÓN SMILING) con el que encabezaba todo lo que escribía por fingir que todo lo que escribía era, en realidad, una carta a su padre *no* muerto, no lo había hecho a tiempo, y Meriam Cold había recogido la libreta−. Estúpido perro del demonio −había dicho entonces. Georgie le había mostrado (GRRRR) los dientes, y la señora Cold se había retirado la bufanda para mostrarle los (¡GUAU!) (¡GUAU!) suyos. Luego, ceremoniosamente, había abierto la libreta por la última página escrita y había articulado un−: ¿Qué tenemos aquí?

−Na-nada, señora Cold.

Meriam Cold no se había fijado en el encabezado de aquella entrada de libreta que ni siquiera era una libreta recopilatoria, que no era más que una libreta de *investigación*, una libreta de *calle*, la clase de libreta en la que nada tenía sentido para cualquiera que no fuese Bertie Smile pues todo eran ideas, pedazos de arcilla a los que luego debía dar forma, Meriam Cold había obviado aquel ridículo (SIGO A SALVO EN LA MANSIÓN SMILING), en parte porque la baba de aquel maldito perro *intelectual* prácticamente lo había deshecho, y se había centrado en todo lo demás. Meriam Cold había leído (CASA EN VENTA), había leído (ELEFANTE), había leído (AL INFIERNO CON LA SEÑORA POTTER), había leído (*RUSTY MACNAIL*).

−¿*Rusty MacNail*?

−Sí, yo, eh, tengo que irme, señora Cold.

Bertie Smile había empezado a recoger sus cosas.

La señora Cold le había puesto entonces una mano encima.

—Oh, no, chica, tú no vas a ir a ninguna parte hasta que no me digas qué demonios está pasando aquí. ¿Acaso ha puesto ese maldito imbécil su casa en venta?

Bertie Smile se había zafado de la mano enguantada, con uno de aquellos guantes de dedos rotos, de la señora Cold, había murmurado un (LO SIENTO) (TENGO QUE IRME) y había empezado a alejarse, dando por perdida su libreta.

—Oh, no, ¿Bertie? ¿Eso es un sí? —Bertie Smile había apresurado el paso, la señora Cold no se había movido—. ¿ES UN SÍ, BERTIE? —Había gritado—. ¿BERTIE?

Bertie Smile había oído entonces ladrar a Georgie Mason, o Mason George, aquel perro intelectual del demonio, y temiendo que aquella chiflada lo soltara, o, quién sabe, echase a correr tras ella con la libreta en la mano, gritando (¡BERTIIIE!), temiendo también, repentinamente, que apareciese el asesino de Polly Chalmers y la acuchillase, porque un momento antes el mundo había sido un lugar seguro y ella lo había tenido todo bajo control, y al momento siguiente, aquella guardia rutinaria se había convertido en una pequeña pesadilla, había echado a correr, los prismáticos golpeándole el pecho, la ventisca rodeándola y la voz de la señora Cold y los ladridos de aquel estúpido perro alejándose, volviéndose, en la distancia, cada vez más vaporosamente irreales.

—Oh, Jodd, no le hagas ni *remoto* caso a Bertie *Smile* —continuó Bertie Madre—. Lo que consiguió es, oh, ¡voy a contártelo! —Bertie Smile se metió en la boca la última cucharada de cereales y sacudió la cabeza. No podía evitar pensar en lo que ocurriría el día en que su madre descubriera sus cuadernos. Explotaría ante tanto secreto *guardado*. La oyó decir—. ¡Hay un bebé en camino!

Bertie Smile se puso entonces en pie, dejó el tazón en el fregadero y se preguntó a qué clase de bebé podía estar refiriéndose. Si Bertie Madre había considerado al elefante, aquel tal Corvette, el elefante enano de Mack Mackenzie, cuyo nombre no había llegado a anotar pero sin duda recordaba, o a la posibilidad de que *dormir* con alguien pusiese automáticamente en camino a un bebé.

Porque, en el mejor de los casos, Bill y Sam no habrían hecho otra cosa que dormir juntos. Bertie Smile no tenía forma de saberlo pero lo sabía de todas formas.

Después de todo, eran sus personajes.

—Llego tarde, mamá.

—¡Oh, *claro,* pichoncito! ¿Te he entretenido? Oh, lo siento mucho, cariño, estúpida de mí, ¿quieres que llame a Don? ¿Quieres que llame y le diga que vas a llegar tarde?

Bertie se guardó una manzana en la cartera, aquella cartera que era una vieja cartera de cuero con la que iba a todas partes, quién sabe si para seguir fingiendo que iba al instituto y no a aquella horrible tienda de frigoríficos, y dijo:

—Claro —dijo—. Eso estaría bien, mamá.

Se puso el abrigo, la bufanda, los guantes, y salió.

Dijo:

—Hasta luego, Jodd.

Y salió.

13

En el que Bill, oh, Bill Bill Bill, cree haberlo fastidiado todo porque, (OH), ha besado a Sam, (¡A SAM!), ¿y qué hace una pareja de taxidermistas de luna de miel en aquel lugar? (SAL DE AQUÍ, BILL)

El tipo, un taxidermista de algún lugar llamado Haywards Bonnie Heights, trataba de convencer a su mujer, también taxidermista, de que aquella ridícula señora Potter de porcelana, la señora Potter que acarreaba un saco de postales y que no parecía estar dirigiéndose a ninguna parte, pues miraba distraídamente hacia atrás, en un gesto que a Bill siempre le había resultado del todo *malévolo*, era mejor que la bola de nieve en la que alguien, el diseñador de aquellas cosas del demonio, había metido a la mismísima Louise Cassidy Feldman. Uno y otro estaban, evidentemente, en la tienda de Billy Peltzer. Era otro de aquellos horrendamente fríos días por la mañana. La pareja era la pareja de luna de miel que había llegado en aquel autobús que había encontrado, aquel otro día, la tienda cerrada. Al parecer, no habían hecho otra cosa que *montarse* el uno al otro en el Dan Marshall y pasear por la que consideraban su novela favorita. Porque la ciudad al completo para ellos era su novela favorita. No había donde mirasen, le habían dicho a Bill, y no se topasen con algún detalle que Louise Cassidy Feldman había mencionado en aquel libro. ¿Y era eso posible? ¿No había la ciudad cambiado *nada* en todo aquel tiempo? Bill había dicho que no. La pareja de taxidermistas no entendía por qué entonces no había ninguna foto autografiada de la escritora en el Dan Marshall y sí había, en cambio, una foto de aquel otro escritor, Matson McKissick, que *nada* tenía que ver con aquel sitio. ¿Acaso no había vuelto? ¿Era cierto lo que decían? ¿Cómo podía ser cierto?

Oh, sí, lo era, había dicho Bill.

Ella no había vuelto. Y Bill recordaba haberla odiado por ello. Recordaba a su padre, acodado en la mesa de la cocina, escribiéndole. Randal Peltzer había escrito a la editorial y les había hablado de la tienda, aquel pequeño santuario erigido en su honor, y alguien se debía haber apiadado de él y le había dado su dirección. Al principio se había limitado a invitarla a dejarse caer por allí, luego se había comprometido a organizar una pequeña convención en la que ella sería la única invitada y que, prometía, estaría *repleta* de lectores, que no sólo la habrían leído sino que adorarían lo que había escrito, en especial, *La señora Potter no es exactamente Santa Claus*, y, con el tiempo, asumiendo que ella nunca iba a contestarle, había empezado a hablarle de lo horrible que era estar solo, de lo difícil que resultaba criar a un niño que no entendía por qué su madre se había ido y por qué les enviaba todos aquellos cuadros que parecían estar diciendo (LA VIDA ES MARAVILLOSA) pero (ESTÁ LEJOS), muy lejos (DE AQUÍ).

Ella no había contestado jamás ni una sola de aquellas cartas.

—¿Ves? Deberíamos *dejar* la bola de nieve —había argumentado el hombre.

—Oh, no, la bola de nieve se viene con *nosotros* —había resuelto la mujer.

En aquella bola de nieve, Louise parecía estar vistiendo un mono de trabajo negro y una camiseta marrón, y estaba sentada en una silla plegable, ante su mesa de camping, escribiendo en su vieja máquina de escribir. Bill se preguntaba a menudo por qué la versión de aquella misma figura en la que la máquina había sido sustituida por una menos aparatosa libreta no había acabado de *cuajar*: tenía una caja en el almacén con, aún, tres ejemplares del primer pedido que había hecho su padre. Podían considerarse auténtico material de coleccionista. ¿Por qué nadie parecía *quererlas*? Ni siquiera aquella pareja parecía haberse fijado en ella. Debían creer, como todos los demás, que cuando un escritor escribía, lo hacía, invariablemente, en su máquina de escribir. Cuando Bill imaginaba a toda aquella gente, la gente que se llevaba a casa la bola de nieve, la imaginaba diciéndole a sus visitas: (OH, ES ESA ESCRITORA), (¿NO TE HE HABLADO DE ELLA?), (BOB SIEMPRE HA ESTADO LOCO POR ESE MALDITO

LIBRO), (SÍ, EL DE LA MUJER QUE RESULTA SER SANTA CLAUS), así que (FUIMOS A ESE LUGAR HORRIBLE), oh, (SÍ, HACÍA UN FRÍO INFERNAL), pero (A BOB LE TRAÍA SIN CUIDADO), (BOB SÓLO QUERÍA ENTRAR EN LA MALDITA TIENDA), y al final (LO HICIMOS), (AL FINAL, ENTRAMOS) y (ESO FUE LO QUE COMPRAMOS), (SÍ, ESA BOLA DE NIEVE). Les decían, (SÍ), (ÉSA DE AHÍ ES LA ESCRITORA), (¿QUE CÓMO LO SÉ?) (¿ACASO NO VES LA MÁQUINA DE ESCRIBIR?) (ESTÁ ESCRIBIENDO BAJO LA NIEVE), oh, sí, (ESO FUE LO QUE HIZO), Bob me lo ha contado, Bob me lo ha contado (TODO), (ESCRIBIÓ ESA MALDITA NOVELA BAJO LA NIEVE) y lo hizo (EN ESE CONDENADO LUGAR INFERNAL). Toda aquella gente no podía permitirse el lujo de ponerse a discutir sobre lo absurdo que podía resultar tratar de escribir una novela en una libreta. Lo más probable, se decía Bill, es que ni siquiera quisiesen arriesgarse a tener que explicarles a sus visitas que aquello que había sobre la diminuta mesa plegable era una libreta.

A veces las cosas simplemente no funcionaban.

Como no había funcionado *nada* de lo que Bill había hecho la noche anterior.

La noche anterior, Bill lo había fastidiado todo.

—Sigo sin entenderlo —había dicho Sam, la noche anterior, en el Stower Grange.

—No hay nada que entender, Sam —había dicho Bill.

—No me refiero a lo tuyo con Katie Crocks. —Sam le había guiñado un ojo. Bill le había propinado un empujón. La vendedora de rifles había estallado en carcajadas.

—No te rías.

—Le has roto el corazón, Bill.

—No hagas eso, Sam.

—La he visto esta mañana. Ha pasado por delante de la tienda como un fantasma. Arrastraba las botas, Bill. Esa chica sonreía, Bill. Probablemente era la chica más feliz de la maldita Kimberly Clark Weymouth. Y ahora está triste, Bill. En realidad está, eh —Sam le había dado un trago a su cerveza—, *enfadada*, Bill. Ha *pateado* una montaña de nieve al otro lado de la calle. Hasta llevaba las manos en los bolsillos. Y había olvidado su sombrero. Ese ridículo sombrero de *poli* que se quita cada vez que entra en algún sitio.

—Sam.

—¿Qué? ¿Estoy siendo cruel, Don Rompo Corazones Y Luego Intento Fingir Que No Los He Roto? Cuando te preguntes por qué nunca he perdido la cabeza por ti, espero que pienses en la pequeña Katie Crocker, Don Todo El Mundo Me Trae Sin Cuidado y Quiero Estar Solo Para Siempre.

Puede que hubiese sido en aquel momento, se dijo Bill a la mañana siguiente, acodándose en el mostrador y contemplando a la pareja de taxidermistas ir de acá para allá en la tienda, buscando quién sabía qué, tal vez uno de aquellos minúsculos duendes veraneantes, pero no uno cualquiera, uno *real*, uno al que poder cuidar y dejar *corretear* sobre la mesa, uno al que observar leer alguno de sus diminutos libros *mágicos*, que la había mirado por primera vez de una manera en que sólo había mirado en una ocasión a otra chica, una chica llamada Jessie Larson.

¿Y por qué lo había hecho?

Eh, tú, Bill, dime, ¿por qué lo hiciste?

Lo había fastidiado todo.

Lo has fastidiado todo, tío, ¿lo sabes, no?

—No he fastidiado nada —se dijo entonces, atusándose el pelo, dándose media vuelta, volviéndose y dando un paso aquí y luego otro allá, detrás del mostrador, como un inofensivo león enjaulado, mientras aquella pareja seguía buscando empleados de la señora Potter que llevarse a casa—. No he fastidiado nada —se repitió.

Pero lo había hecho.

Lo había hecho.

La había mirado de aquella manera en que sólo había mirado a Jessie Larson y había dicho algo parecido a:

—Sam, eh, *vale*.

Y ella le había mirado a él como solía mirar a Archie Krikor, el jefe de leñadores, y había contestado:

—Vale.

Bill se había aclarado entonces la garganta, y le había dado un trago a su cerveza, o primero le había dado un trago a su cerveza y luego se había aclarado la garganta, y se había dispuesto a leer aquella otra carta que había recibido aquella misma mañana y que también firmaba Tracy Mahoney, la abogada de la Oficina de Últimas Voluntades de Sean Robin Pecknold pero Sam le había interrumpido.

—Lo que no éntiendo, Bill, es lo de ese tipo —había dicho.

—¿Qué tipo?

—El tipo de la inmobiliaria.

—¿Qué pasa *ahora* con el tipo de la inmobiliaria?

—No sé, Bill, ¿cómo esperas que venda la casa?

—Sam, acabo de decirte que hay una mujer en la carretera con el pequeño Corvette en el maletero ¿y a ti te preocupa el tipo de la inmobiliaria?

El pequeño Corvette era el elefante enano de su tía.

Bill lo había heredado, de la misma manera que había heredado su casa.

Y si no aparecía, amenazaba la tal Tracy, iba a meterlo, iba a meter, decía, aquel (MONTÓN DE GRASA) en un (MALETERO), e iba a llevárselo ella misma.

—No sé, Bill, si lo que quieres es irte, deja que ese tipo haga su trabajo. Deja que ponga sus carteles y venda esa maldita casa, y entonces dejarás de preocuparte por las estúpidas cartas de esa chiflada.

—No son estúpidas.

—¿No? ¿Qué demonios vas a hacer con un elefante aquí, Bill?

—No lo sé.

—Yo te diré lo que harás con él, Bill, ¡enterrarlo! ¡Se morirá de frío! ¡Esto no es Mack Mackenzie Land, Bill! ¡Aquí no luce el *sol*! ¡Aquí hace *frío*! ¡Un frío del demonio!

Bill había bebido más de la cuenta. La cabeza le daba vueltas. Bill imaginaba al pequeño Corvette en el salón de casa. Recordaba a su tía Mack en el sofá, rodeada de su pequeña corte de animales salvajes, viendo la televisión. ¿Por qué no podía tener él algo así? ¿Tan difícil era? ¿Tan difícil era no estar *solo*?

—No sé, Sam, le prestaré mi cuarto.

—No, Bill, no le prestarás tu cuarto.

—¿Por qué no?

—Deja que ese tipo venda tu casa, Bill —había dicho Sam.

Sam había querido poder decirle algo más y, de hecho, había empezado a hacerlo, Sam le había dicho, (¿Y NO TE HA HABLADO ESA MUJER DE TU MADRE?), y Bill había querido saber por qué aquella mujer tendría que haberle hablado de su madre, (¿POR QUÉ IBA A HABERME HABLADO DE MI MADRE, SAM?), y Sam había dicho que no lo sabía, pero que aquella mujer debía saberlo todo, ¿y no quería él saberlo *todo*? ¿No quería saber *dónde* estaba su madre? Pero no se había atrevido a decirle que ella no sólo podía saber dónde estaba sino que sabía exactamente dónde estaba porque él había dicho que le traía sin cuidado, había dicho (MI MADRE SE FUE, SAM) y ella había estado a punto de decirle que no importaba porque podía volver, pero entonces habían vuelto a mirarse como sólo miraban a Archie Krikor y a Jessie Larson, y Bill había, oh, bueno, había alargado la mano y había tocado (POR FIN) la pequeña mano de *venderrifles* de Sam. Y había estado a punto de disculparse, pero no lo había hecho, y ella desprendía aquella cosa tan encantadoramente *animal*, tan poderosamente *infantil*, que hacía que le costara respirar, y Bill no había querido *disculparse*, había seguido mirándola de aquella manera en que sólo había mirado a una chica en una ocasión, y Sam había sonreído y Bill había contemplado por primera vez *maravillado* aquel colmillo que para siempre sería un colmillo fuera de lugar, Sam había sonreído y Bill, oh, Bill lo había fastidiado todo, pero ¿no era, en cualquier caso, cuestión de tiempo? Era cuestión de tiempo, solía decirle Johnno Mc-Dockey, que aquello que lo unía a la chica Jane, así la llamaba él, la chica de los rifles *Jane*, acabase *ardiendo* hasta los cimientos, *lo vuestro*, solía decir McDockey, es cuestión de *tiempo*, y Bill sacudía la cabeza, Bill decía, Sam no es esa clase de chica, y McDockey decía, Por supuesto que lo es, y, Toda chica es esa clase de chica, Bill, de la misma manera que tú eres esa clase de chico, ¿por qué ibas a condenar a amistad algo que podía convertirse en un pequeño, y propio, otro mundo?, un otro mundo que, quién sabía, estaba a punto de *formarse*, porque él estaba retirándole aquel mechón de pelo, y era cuestión de tiempo, decía Johnno, que aquel mundo se formara, porque se gustaban, todo el mundo lo sabía, así que Bill le había retirado aquel mechón de pelo y la había *besado*, y lo había fastidiado todo, aunque al principio no lo había parecido porque ella había hecho ademán de resistirse pero no se había resistido, ella se había dejado *besar* y lo había *besado*, y él, ella, habían empezado a tocarse, y cada parte que Bill *tocaba*, se volvía, de repente, *real*, y, aunque Bill no tenía forma de saberlo, cada parte que Sam tocaba se volvía también, para ella, *real*, porque uno para el otro eran como esos planetas a los que podías viajar pero que nunca ibas a pisar porque no tenían superficie, eran, Bill y Sam, Júpiter y Saturno, planetas inmateriales, espejismos. O lo habían sido hasta que, con los ojos cerrados, en aquel reservado del Stower Grange, se estrecharon, de aquella incómoda y ridícula manera, aún sentados, como si temieran que lo que ocurría pudiese dejar de ocurrir en cualquier momento, y siguieron con aquella cosa, los besos, los *castos*, delicados, infantiles toqueteos que eran, en realidad, pequeñas y en absoluto ambiciosas conquistas, intentos de no despertar. Durante lo que pareció una pequeña eternidad, tres minutos, seis, siete, se formó un nuevo planeta capaz de contener para siempre aquel momento, un planeta llamado Jane y Bane, el planeta que habían contemplado Bertie Smile y la señora Cold desde el montículo Polly Chalmers, que no iba a dejar de existir, pero sí iba a apartarse, iba a no dejarse ver cuando Bill y Sam despertaran y se dijeran que aquello no podía estar ocurriendo, que aquello no había, en realidad, ocurrido, porque él iba a marcharse y ella iba a quedarse, y nadie iba a fastidiar nada, porque nadie quería hacerlo, Ahora nos tenemos el uno al otro, se debían estar diciendo, Quién sabe lo que puede ocurrir si esto, lo que sea que esté pasando, sigue *pasando*, algo que no podía, de ningún modo, seguir *pasando*, porque era cuestión de tiempo que despertaran. Cuando lo hicieron, Bill pensó que había sido cosa del mordisco que le había devuelto a Sam, un mordisco en el labio, aquel labio que era un pedazo mullido y prieto, mojado, *acogedor*, de carne, y en parte lo fue, porque hasta entonces todo había ido bien, y parecía que podía seguir yendo *bien*, que no iba a dejar de ir *bien* en ningún momento, pero tenía que hacerlo, porque estaban lejos de casa, lejos de cualquier casa, y para que aquello siguiera yendo *bien* debían estar en un lugar en el que poder continuar haciendo lo que estaban haciendo e incluso llegar hasta el final sin necesidad de admitir que lo estaban haciendo, pero Bill le había devuelto el mordisco y Sam había, de alguna manera, *despertado*, y primero se había apartado, sacudiendo la cabeza, y había dicho (NO),

(BILL), pero luego había hecho ademán de volver a sumergirse en aquella cosa, y olvidar que él estaba a punto de vender su casa y *largarse*, y que ella no se iría nunca porque no tenía a dónde ir, porque tampoco quería ir a ninguna otra parte, porque vivir allí era lo más parecido a no hacerlo sola que había experimentado nunca, no ya por Bill, por la propia Kimberly Clark Weymouth, porque era aquella ciudad, aquel pueblucho helado del demonio, el que se había convertido, de alguna manera, en su familia, porque estaba tan solo, creía Sam, como ella, porque como a ella, todo el mundo, de alguna manera, lo odiaba, o, simplemente, lo aborrecía, no era capaz de entenderlo, ¿a qué venía todo aquel frío? A menudo Sam sonreía pensando en todo aquel frío, y lo entendía, lo entendía perfectamente, de hecho, se decía, si ella fuera la propia Kimberly Clark Weymouth, se comportaría exactamente de la misma manera en que, creía, se comportaba Kimberly Clark Weymouth, como si en vez de una ciudad condenadamente *fría*, Kimberly Clark Weymouth fuese una persona, alguien que había sido extenuantemente repudiado por todo aquel con el que se había cruzado, *siempre*. Así que, aunque había hecho ademán de volver a sumergirse en lo que demonios fuese que estuviese pasando, no lo había hecho porque Sam era Kimberly Clark Weymouth y Bill, Bill estaba a punto de *abandonarla*.

—No —había dicho, y se había llevado las manos a la cara, las mejillas le ardían, la maldita barba de Bill, aquella barba que no era en realidad una barba, que no era más que un intento de algo parecido a una barba, un mero descuido adolescente, había dicho—. Te vas —y también—: Lo siento —y—: No sé, Bill —y se había puesto en pie, había recogido sus cosas, y sus cosas no eran demasiadas cosas, su viejo abrigo rojo, blanco y negro, la bufanda, el gorro de lana que le había tejido su madre antes de irse, un gorro de lana negro con una pequeña S roja y una pequeña J blanca, su madre, que había acabado aburrida de todo aquel asunto de los rifles, harta de acostarse con un tipo que olía a pólvora y que hacía tiempo que había olvidado que había cosas más importantes en el mundo que aquella pólvora—. Da igual —había dicho Sam, y—: Nos vemos —había dicho y—: ¿Bill? —Él apenas había levantado la cabeza, la estaba sacudiendo, de un lado a otro, diciéndose que lo había fastidiado todo, se decía, Lo he fastidiado todo, lo he fastidiado todo, ¿verdad?–. Llama a ese tipo. –¿*Sam? Lo siento*–. No te preocupes. –*No sé lo que, ¿Sam?*–. No te preocupes. –*Te quiero*–. No, no me quieres, Bill. –*Te quiero, Sam*–. Vete a casa, Bill. –*No te vayas*–. Buenas noches, Bill. –¿*Sam?*– ... –¿*SAM?*– ... –¿*SAM*?

Sam había abierto la puerta y se había ido, pero lo que había pasado no iba a irse a ninguna parte. Bill lo había fastidiado todo y por eso no dejaba de dar vueltas, como un león enjaulado, detrás del mostrador, preguntándose si debía alzar la voz y advertir a la pareja sobre la existencia de aquella otra bola de nieve, la bola de nieve que contenía a la *verdadera* Louise Cassidy Feldman, o, cuando menos, a una Louise Cassidy Feldman que podía considerarse una pieza de coleccionista, porque de repente le había parecido que aquella cosa merecía una oportunidad, porque puede que aquel diseñador hubiese cometido un error, puede que lo hubiese fastidiado todo, pero aquella cosa no tenía la culpa. Bill pensó en garabatear en un pedazo de papel una cifra ridícula y dejar que aquella pareja de taxidermistas se fuera a casa con una bola de nieve que jamás habría encontrado su lugar en el mundo de otra manera, porque era dolorosamente horrible que hubiera cosas que no encontrasen nunca su lugar en el mundo. Bill pensó en todo aquello y luego pensó en hacer las maletas y largarse. Llamar al tal MacPhail y largarse.

–Lo he pensado mejor –le diría–. Coloque usted su cartel en el jardín. He pensado que nadie tratará de detenerle si yo desaparezco. Eso es, para que nadie intente detenerle, antes tengo que desaparecer.

Eso es, se dijo Bill.

Tengo que desaparecer, se dijo.

Y a continuación, (¡CLAP! ¡CLAP! ¡CLAP!), oyó un pequeño, un diminuto aplauso, proveniente de uno de los cajones que había bajo el mostrador.

–¿Qué demonios ha sido eso? –preguntó.

–¿Disculpe, *caballero*?

Era aquel maldito taxidermista. Le estaba mirando. Tenía algo en la mano. No era la bola de nieve, era el ridículo autobús escolar del niño Rupert.

—Creí que iban a llevarse la bola de nieve —dijo Bill—. Déjeme decirle algo: esa de ahí es infinitamente más valiosa y está a mitad de precio. ¿*Señora*?

—Ya, pero, eh, *no* —dijo el tipo.

—¿Va todo bien, cariño? —dijo ella.

—¿*No*? —dijo Bill.

—Sí, todo bien, cariño —dijo el tipo, y—: No.

—Oh, es, bueno, la verdad es que —empezó a decir Bill, y entonces la puerta de la tienda se abrió, y aquella taxidermista dijo (¿CARIÑO?) y (¿PUEDES VENIR UN MOMENTO?), y el tipo suspiró y dijo (DISCÚLPEME) y (ENSEGUIDA VUELVO), dejó allí el autobús escolar y se fue, y Bill abrió el cajón y encontró un montón de todo tipo de cosas, y también uno, dos, tres, de aquellos duendes veraneantes, y estaba preguntándose si no habrían sido ellos los que habían aplaudido, cuando alguien dijo:

—¿Bill?

—Oh, vaya, qué tal, Bertie.

No era habitual que Bertie Smile Smiling se dejara caer por la tienda como no lo era que lo hiciera ninguno de los habitantes de Kimberly Clark Weymouth.

—Lo siento, Bill —dijo Bertie Smile.

Bill sonrió y frunció el ceño a la vez y dijo (¿POR QUÉ?) y entonces ella sacó algo de aquella especie de zurrón que llevaba a todas partes. Era una carta, un pedazo de papel en un sobre. Lo puso sobre el mostrador y repitió (LO SIENTO), e hizo ademán de irse, hizo ademán de dar media vuelta y salir, pero Bill la detuvo.

—¿Qué demonios pasa, Bert?

Y Bertie, sus ojos pequeños, aquella nariz con forma de velero, dijo:

—Lo saben —¿*Qué*?—. Date prisa.

14

En el que da comienzo el (EMBROLLO) de la venta de la casa a (LOS BENSON), porque, déjenme decirles, todo, con ese par de escritores es siempre (COMPLICADO), todo es un auténtico, sí, (EMBROLLO)

Apresuradamente, tan apresuradamente como se lo permitió su diminuto Baby Bobbs, Stumpy MacPhail regresó a la siempre fría y poco habitable Kimberly Clark Weymouth. Por el camino estuvo pensando en lo que Myrna Burnside, y su decididamente *superdotado* cerebro, podían tener para él y, sobre todo, en qué iba a convertirle lo que fuese que tuviesen. MacPhail y su encantadora pajarita, aquella pajarita que aquel día era gris y *calabaza*, y que hubiera preferido que su dueño la llevase al parque de atracciones que tener que limitarse a contemplar el ir y venir de los parabrisas, se imaginaron a Myrna arrastrando, nariz arriba, aquellas enormes gafas de montura de concha negra que conservaba desde que era una niña que no gustaba a ninguna otra niña ni a ningún otro niño, y sonriendo. MacPhail y su pajarita, aquella pajarita triste que, en aquel preciso instante, podría haber escrito un ridículo poema sobre norias fantasma y parabrisas aburridos, sobre el deseo y su poderoso brillo, y la desesperante y para nada brillante realidad, observaron aquella sonrisa, que era una sonrisa, claro, imaginaria, y se dijeron que si algo trataba de decirles era, sin duda, (AHORA ERES MÍO, DAN MACPHAIL). Oh, no, se dijeron el uno a la otra. ¿Acaso podía alguien convertirse en propiedad de otro alguien por el mero hecho de que ese otro alguien le hubiese hecho un favor? Podía, claro, si ese favor tenía el tamaño y el aspecto de una casa en Mildred Bonk. Pero ¿en qué consistía exactamente ser propiedad de otro alguien?

El pequeño agente inmobiliario se había desajustado la pajarita y había aprovechado un cruce poco concurrido para quitarse el abrigo, aquel peludo y del todo inconveniente abrigo, y la americana, aquella americana de tallaje infantil. Sudaba profusamente. Tenía que llamar a Al. ¿Iba a tener que invitar a salir a Myrna Pickett Burnside? La sola idea le aterraba. Stump había recordado entonces, su peludo abrigo adoptando el aspecto de un manso, puede que muerto, osezno, en el minúsculo asiento de copiloto de su Baby Bobbs, que debía darse prisa si quería solucionar aquel asunto antes de que el maldito Wilberfloss Windsor, el único redactor de (PERFECTAS HISTORIAS INMOBILIARIAS) llegase. Había consultado su reloj, se había restregado la muñeca en la frente, aquella, su pequeña frente sudorosa, y a continuación, había abierto la puerta, y tan apresuradamente como había conducido hasta allí, había salido del coche, y, resbalando, aquí y allá, sin poder remediarlo, sobre el asfalto helado, se había dirigido a (SOLUCIONES INMOBILIARIAS MACPHAIL), esquivando miradas de reprobación y gestos de desdén, esquivando también ceños fruncidos y manos que, a buen seguro, no perdían tiempo en anotar lo que fuese que estuviesen pensando en sus libretas, cosas como (SALIÓ TEMPRANO), (REGRESÓ ANTES DE COMER), o (APARCÓ A MEDIA MANZANA DE LA OFICINA), o (CASI SE ROMPIÓ LA CRISMA CAMINO DE LA MISMA), o bien (¿QUÉ ESTARÁ TRAMANDO?), (¿QUÉ PUEDE TRAMAR UN AGENTE INMOBILIARIO?), y, en el peor de los casos, (¿DEBERÍA ALGUIEN ADVERTIRLE DE QUE LO MÁS PROBABLE ES QUE ESTÉ TIRANDO SU VIDA POR LA BORDA?), y, una vez había estado ante ella, había abierto la puerta y había entrado.

Como había temido, el teléfono estaba sonando cuando lo hizo. Pero eso no era una novedad. El teléfono llevaba (RING) (RING) (RIIIIIIIING) sonando desde la noche en que no había ganado el Howard Yawkey Graham. Stumpy lo miró como si en vez de un teléfono fuese un animal salvaje. Sabía que bien podía descolgar y tener que vérselas, otra vez, con su airada y terriblemente *deprimida* madre. Correría el riesgo. Después de todo, podía descolgar, y si al otro lado no encontraba a aquel secretario que era (INCAPAZ) de dar con él, sino a su *desesperada* madre, podía simplemente volver a *colgar*. No tenía por qué abrir el pico. Sí, se dijo MacPhail. Eso es lo que haré, se dijo. Colgaré. Stumpy cogió aire. La mano se le perló de sudor al contacto con el aparato. Si hubiera intentado hablar al descolgar, lo único que habría emitido habría sido un estúpido gorjeo.

—Oh, vaya, ¿he tenido suerte? —dijo una voz que no era la voz de su madre porque era una voz profunda y masculina—. No puedo creérmelo —dijo la voz—. ¿Hay alguien ahí? —Parecía verdaderamente *feliz* de haber dado con él, de haber dado, en realidad, suponía, con *alguien*—. ¿Sabe? —cotorreó la voz—. Casi pierdo la cabeza. ¿Es usted la secretaria del señor MacPhail? ¿*Dan* MacPhail? La señora Burnside desea hablar con el señor *Dan* MacPhail, es, bueno, ¿ha estado de vacaciones? Llevo intentando dar con él desde, UAU, ¿cuándo? Ni siquiera soy capaz de recordarlo, ¿*señorita*?

Stump no supo qué decir. ¿Qué podía decir? Podía aclararse la garganta y podía decir (UN MOMENTO), podía fingir que era su secretaria, *aflautar* la voz, decir (UN MOMENTO), y sin más fingir *pasarse* el teléfono a sí mismo, o podía simplemente decir que su secretaria había salido, que, efectivamente, estaba de vacaciones, que, oh, lamentaba todo aquel (ABSURDO) malentendido, pero que sólo había sido cosa de (JEI JEI), unas *absurdas* vacaciones, pero al final aquel tipo, que no dejaba de cotorrear, con aquella voz masculina y profunda, dijo:

—¿*Señorita*? Dígame que estoy hablando con *alguien*, por favor. Dígame que no estoy soñando. ¿Estoy *soñando*? ¿*Nadie* ha descolgado? ¿*Señorita*?

—Sí, eh, *sí*.

La boca de Stumpy MacPhail era un pequeño aserradero.

—Oh, *por fin*. —El tipo aplaudió. Sus palmadas sonaron del todo masculinas y del todo ridículas—. ¿Es usted la *secretaria* del señor MacPhail?

MacPhail titubeó.

—Sí, eh, *no* —dijo.

—¿*Cómo*? Disculpe, señorita, creo que no la he entendido bien.

—No, eh, *je* —¿Qué, MacPhail? Deja de toquetearte la *pajarita*. Di algo. Di algo de una *maldita* vez—, señor, uh, ella está —¿*Muerta*? ¿Qué te parece, MacPhail? ¿Está *muerta*? Sí, ¿por qué no? Señor Quién Sea, mire, mi secretaria *falleció* ayer tarde y, oh, aún no he tenido tiempo de reemplazarla, así que si es usted tan *amable* de *comunicarme* lo que sea que tenga que *comunicarme*, yo mismo me ocuparé del asunto que sea, por ridículo que le parezca, *ji ju ji*, verá, estas cosas pasan, ya sabe, qué voy a contarle, es usted *secretario*–, no, ella no, uuuh, ella, eeeh, no *está*.

–¿Se ha tomado el día libre? Oh, no me diga que está de vacaciones, ¿está de vacaciones? ¡Maldita sea! ¡*Claro*! Oh, está usted muy atareado, ¿verdad? Y esa maldita secretaria suya se ha tomado unos días libres, ¿a dónde ha ido? Oh, no me lo diga, ¿sabe cuándo fue la última vez que me fui de vacaciones? –El secretario, aquel tipo, se calló. Dominaba a la perfección la pausa dramática–. Tenía siete años, señor MacPhail.

–Oh, eh, *vaya*, lo siento, señor…

–Cranston, Jeanie Jack Cranston.

–Cranston.

–Puede llamarme Jeanie Jack. ¿Sabe? Myrna nunca me llama Jeanie Jack. Myrna no deja de llamarme *Cranston*. Los niños me llamaban Cranston en el colegio, señor MacPhail. Y no me gustaba que me llamaran Cranston. ¿Cómo le llamaban a usted?

–Supongo que, bueno, me temo que preferiría no recordarlo, señor Cranston.

–Jeanie Jack.

–Jeanie Jack.

–Oh, así que preferiría no recordarlo. Yo tampoco. Yo tampoco, señor MacPhail. ¿O prefiere que le llame, uh, veamos, *Dan*?

–No, eh, MacPhail está bien, Jeanie Jack.

–Estupendo. Estupendo, señor MacPhail. Bien. Veamos. Supongo que se dirá usted ¿qué trae por aquí a Jeanie Jack? ¿Eh? ¡JU JU! ¡Algo *importante*! ¡*Seguro*!

Un tipo pasó caminando lentamente junto a la oficina. Parecía estar encajando los pies en alguna especie de rompecabezas. Stump imaginó zapatos en aquel asfalto nevado, sobresaliendo aquí y allá, zapatos que no eran en realidad más que suelas de zapatos, y luego imaginó que caminar consistía en ir de la suela de un zapato a otro. Sacudió la cabeza y se dijo que debía ser cosa de un par de raquetas. Ajajá. Él aún no las había probado, pero había comprado un pequeño par. Estaban en su apartamento, junto a la puerta. Nadie las había visto aún, porque nadie había entrado aún en el apartamento de Stump, así que, en cierto sentido, era como si no existieran. Existían, pero no existían. Stump pensó que podía hablar de aquel par de raquetas con Wilberfloss Windsor. Si hablase con Wilberfoss Windsor de aquel par de raquetas, aquel par de raquetas existirían. Los lectores, quienes fuesen, de (PERFECTAS HISTORIAS INMOBILIARIAS) harían que existiesen.

Pensó en anotarlo en su agenda.

Se sentó.

La silla crujió cuando lo hizo.

—¿Señor MacPhail? —dijo aquel tipo.

—Oh, eh, sí, por supuesto. Antes de nada, *Jeanie*, déjeme decirle que, eh —Stump anotó (RAQUETAS)—, lamento el asunto de mi, bueno, mi secretaria, Jack. Como usted bien ha dicho, se ha tomado unos días, y yo, eh, simplemente no doy *abasto*, señor, eh, *Jeanie*. Jeanie *Jack*.

—Ujujú, señor MacPhail. Le entiendo perfectamente. ¿Sabe que yo también tuve una secretaria una temporada? ¿Puede creérselo? ¡Un secretario con *secretaria*! La cantidad de trabajo que genera Myrna es *extraorbitante*.

—No lo dudo.

—Apuesto a que usted también genera una enorme cantidad de trabajo.

Oh, sí, pensó MacPhail, ¡una cantidad *extraorbitante*!

—Déjeme decirle, señor MacPhail, que me temo que esa secretaria suya no ha hecho bien tomándose unos días. Dígame, ¿qué hubiera pasado si yo no llego a dar con usted? Si yo no llego a dar con usted, señor MacPhail, esa casa suya *seguiría* en venta.

Un momento.

(¿QUÉ?)

Stumpy MacPhail no estaba sujetando nada. Si hubiera estado sujetando una taza de café, la taza de café habría caído irremediablemente al suelo, se habría (CLINC) (CLANC) (CHAS), hecho pedazos.

—¿Cómo ha dicho?

—Oh, he dicho que llevo *días*, señor MacPhail, tratando de dar con usted para decirle que la señora Burnside ha encontrado a alguien que está *muy* interesada en su casa.

Stump imaginó su cara reflejada en el cristal que le separaba de la calle y no tenía buen aspecto. Era la cara de alguien que hubiese visto un fantasma, en concreto, era la cara de alguien que hubiese visto el fantasma de una ardilla en traje de baño que tratara de abrirse camino por entre la nieve que se acumulaba junto al arcén al otro lado de la calle.

—¿Me está diciendo, Jeanie Jack, que Myrna Pickett Burnside ha vendido mi casa sin ni siquiera verla? ¿Que ha encontrado una *compradora* sin tener ni la más remota idea de qué clase de casa es? —Oh, aquel portentoso cerebro suyo era un verdadero *portento*, se dijo MacPhail. ¿Cómo se convivía con un cerebro así? ¿Te pedía, ese cerebro, que compraras el periódico cada día? ¿Te obligaba a leerlo? ¿De qué demonios se alimentaba?—. ¿Me está diciendo eso, Jeanie Jack?

—Eso es exactamente lo que le he dicho, señor MacPhail.

MacPhail dejó el auricular sobre la mesa. Se restregó la cara con ambas manos. ¿Qué podían hacer aquel par de manos? Sólo eran un par de manos. Las había fabricado Milty Biskle Mac-Phail pero, afortunadamente, ellas no lo sabían. Stump se decía a menudo que habría partes de su cuerpo murmurándole cosas horribles (EH, TÚ, DINOS, ¿QUÉ DEMONIOS HACEMOS AQUÍ?), y, (¿ACASO NO SABES QUE ESTÁS TIRANDO TU VIDA POR LA BORDA?), si tomasen conciencia y supiesen de dónde venían.

—¿Señor MacPhail?

El teléfono estaba *hablando*.

Seguía sobre la mesa.

—*¿Señor MacPhail?*

Stump carraspeó (JRUM) (JRUM) y se llevó el auricular a la oreja.

—Disculpe, Jeanie Jack, he sufrido un pequeño, eeeeh, contratiempo —se excusó MacPhail—. Estaba diciéndome que Myrna ya ha vendido mi casa.

—Oh, bueno, *técnicamente* la casa aún está en venta, señor, lo que ha hecho Myrna es encontrarle un más que probable *comprador*.

Stump consultó su reloj, súbitamente preocupado. Aquel tipo, Wilberfloss, el *único* redactor de (*PERFECTAS HISTORIAS INMOBILIARIAS*), debía estar al caer. Stump se lo imaginaba conduciendo un viejo coche alargado de techo descubierto. Llevaba un sombrero hongo. *Cientos* de diminutas libretas le atestaban el coche. También había un gato. Stump había oído decir que iba a todas partes con un gato. El gato era a veces un gato blanco y a veces un gato *naranja*. Siempre tenía mucho pelo. Más que un gato parecía un peluche que hubiese aprendido a *moverse*.

—Claro, eso es, pero en cualquier caso, *Jack*, me temo que no tengo mucho tiempo. Así que, ¿puede pasarme con la señora Burnside?

—Por supuesto. Le paso *enseguida* con la señora *Wishart*.

—¿Con la señora *qué*?

—Wishart, señor MacPhail. No cuelgue. Ha sido un placer *conocerle*.

—No, eh, un momento, ¿la señora Wishart es la señora *Burnside*?

—No, la señora Wishart es *su* clienta.

—Había entendido que era usted el secretario de Myrna Burnside.

—Oh, y lo soy. Pero, ya sabe, la señora es una especie de *centro de operaciones*. En estos momentos está cerrando siete ventas. Y moviendo exactamente, veamos, diez *más*. No, espere —pausa dramática—, *once*.

—No es posible, ¿aumentan mientras hablamos?

—¡Aumentan *todo el rato*!

Stumpy MacPhail echó un vistazo a su agenda vacía.

Lo único que había escrito era (RAQUETAS).

Abatido, dijo:

—Encomiable.

—Oh, señor MacPhail, es usted verdaderamente *en-can-ta-dor*. No cuelgue. Le paso con la señora Wishart.

—Claro —dijo MacPhail. La señora Wishart, pensó. ¿Quién demonios sería la señora Wishart? ¿Una acaudalada solterona coleccionista de abrigos a la que, por lo tanto, nada le parecía más *oportuno* que mudarse al más desapacible de los lugares sobre la faz de la Tierra, aquella desalmada Kimberly Clark Weymouth para, una vez instalada en él, usar a discreción su colección? ¿Una admiradora de Louise Cassidy Feldman que hubiese decidido desempolvar su vieja máquina de escribir y escribir la esperada secuela de *La señora Potter no es exactamente Santa Claus*, dejándose inspirar por aquello, lo que fuese, todo aquel frío, la maldita *postal*, el condenado (LOU'S CAFÉ), que había inspirado a su querida Louise Cassidy Feldman? ¿La aburrida actriz que había interpretado en su momento a la mismísima señora Potter, en aquella fatídicamente olvidable adaptación televisiva, que, aburrida de no ser nadie más que ella misma, había considerado la posibilidad de *fingir* que era nada menos que aquella especie de Santa Claus que no era exactamente Santa Claus? Oh, era un misterio. Y a Stumpy no le gustaban los misterios–. Pásemela –dijo, de todas formas, y, decidido a servirse una taza de café de la que disfrutar mientras charlaba, puso en marcha su encantadora cafetera eléctrica y esperó.

No tuvo que esperar demasiado.

–¿MacPhail? ¿Es usted? ¿*Dan* MacPhail? –La voz de aquella mujer era interesante. No parecía la voz de una coleccionista de abrigos y sin duda no era la voz de aquella actriz, cómo se llamase, que había interpretado a la señora Potter. Era una voz ronca, *salvaje*, era una voz acostumbrada a *no consentir*. Si era la voz de una escritora no lo era de una mera aspirante a escritora sino de una que tenía una pequeña colección de quién sabe si merecidos premios. También tenía una chimenea en la que alinearlos, y quizá un perro enorme. El perro debía tumbarse a sus pies mientras escribía. Tal vez fumase sin parar.

–¿Señora Wishart? –Dígame, ¿fuma usted más de la cuenta? Salude a su perro de mi parte. Dígale que no se preocupe, la casa dispone de jardín trasero.

–Llámeme Dobbs –dijo la voz.

–Dobbs. –Dobbs Wishart, *escritora*. Oh, eh, ¿Al? No vas a creértelo. A Louise Cassidy Feldman le ha salido una *competidora*. Masca tabaco, Al. Tiene un perro enorme al que ha llamado, veamos, Michelle Parkhurst. Piensa mudarse a mi casa aburrida para escribir la secuela de *La señora Potter no es exactamente Santa Claus*.

–Ajá. Dobbs.

–Sí, eh, verá, señorita, eh, *señora*, eh, *Dobbs*.

–No veré *nada*, señor MacPhail. ¿Puedo llamarle *Dan*?

Claro, ¿por qué no, *Dobbs*? Eres una escritora *famosa*. Apuesto a que jamás has coloreado un libro de colorear, ¿verdad?

Para Stumpy MacPhail existían dos tipos de personas en el mundo: las que, como él, adoraban los libros de colorear, y las que, como su madre, los aborrecían soberanamente por considerarlos ridículas pérdidas de tiempo. En cierto sentido, todo, toda aquella cosa con su madre, aquel terror indescriptible, había empezado con aquellos libros de colorear.

Al MacPhail niño le había gustado colorear. El MacPhail niño era, en realidad, un profesional de los libros de colorear. El maltratado dibujante que había ideado aquellos libros no tenía forma de saberlo pero no sólo le había dado al niño MacPhail algo que hacer, sino que le había indicado cómo hacerlo para hacerlo *bien*. De manera que, cada nuevo dibujo coloreado, había sido, para el niño MacPhail, un pequeño triunfo. Para su madre, sin embargo, había sido el primer indicio de una incomprensible e insoportable sumisión que *nada*, decía, tenía que ver con *los* MacPhail.

Tal era su descontento y su exasperación que Stumpy juraría haberla oído decirle a su padre, en más de una ocasión, cuando aún era un niño, algo parecido a:

—Ese niño, Castairs Pope MacPhail, va a tirar su vida por la borda.

Su madre siempre había llamado a su padre Castairs Pope MacPhail.

Stumpy jamás había oído a su madre llamar a su padre de ninguna otra manera.

Él podía llamarla a ella *pimpollito*, *bizcochito*, o *reportera del momento, ¡qué digo del momento! ¡De todos los momentos!*, que para ella, su padre había sido y sería siempre, invariablemente, Castairs Pope MacPhail.

Pásame la sal, Castairs Pope MacPhail.

Yo también te quiero, Castairs Pope MacPhail.

(¡OH, *SÍ*! ¡SIGUE SIGUE *SIIIGUE*! ¡CASTAIRS POPE MAC-*AH-AH-AH-PHAIL*!)

—¿*Dan*?

Oh, esa escritora, MacPhail.

Contesta.

—Sí, eh, *claro* —dijo.

—No tema. Soy uno de los suyos.

Oh, no no no *no*, es usted escritora, se dijo MacPhail.

¿*Verdad*?

—Represento a Becky Ann Benson y su marido.

Oh, así que no es usted escritora, y *nadie* va a intentar arrebatarle *nada* a Louise Cassidy Feldman, *nadie* va pretender escribir una secuela de *La señora Potter no es exactamente Santa Claus*. ¿Masca, al menos, *tabaco*?

—¿*Dan*?

—Oh, eh, sí, Becky Ann Benson y, sí, claro.

—Los Benson.

—Los, eh, Benson, sí.

—Dígame que los conoce.

—Por supuesto que los, eh, conozco.

—Son *algo* famosos. Es decir, todo lo famosos que pueden llegar a ser teniendo en cuenta que no son más que un par de escritores de novelas de terror, si entiende a lo que me refiero. ¿Entiende a lo que me refiero?

—Sí, eh, sí, claro.

—¿Se encuentra usted bien?

Oh, estupendamente, se dijo Stump, estupendamente.

El cerebro de alguien que ni siquiera ha visto mi única casa en venta la ha vendido por mí y nada menos que a una pareja de escritores, sin saber que el único plan de venta que yo mismo tenía consistía en poner anuncios en revistas literarias porque si la casa en cuestión tenía algún tipo de atractivo, era un atractivo literario, así que si me encuentro de alguna manera es estupendamente.

—Estupendamente.

—Bien. Me alegro. El caso es que tengo entendido que dispone usted de una casa en un lugar llamado Kimberly Clark Weymouth, ¿es así?

—Sí, dispongo de ella. Es una bonita casa. Dos plantas. Jardín trasero.

—Bien. Y dígame, ¿es cierto que en ese lugar no deja de *nevar*?

—Oh, eh, *sí*.

—Bien. Estupendo —dijo aquella mujer, y sonó a alguien que cumplimentaba un cuestionario—. Y ahora dígame, ¿es *vieja*? Es decir, ¿diría que los suelos podrían llegar a *crujir*? ¿Que las ventanas podrían llegar a *silbar* en una horrible noche de tormenta? Es importante, Dan. Necesito que los suelos crujan y que las ventanas *silben*.

—Oh, eh, (JU JU) —rio MacPhail—. Diría que podrían llegar a hacerlo pero que espero que no lo hagan, señora Wishart.

—Señorita. Dobbs.

—Disculpe. Señorita. Dobbs.

—Bien. Diría que los suelos podrían llegar a crujir y que las ventanas podrían llegar a silbar, ¿y diría algo más? Es decir, ¿diría que podría llegar a *dar miedo*?

—¿Dar *miedo*? ¡(JU JU JU), señorita Dobbs! ¡Es una casa, no un asesino en serie!

—¿Podría haber sido la casa de un asesino en serie?

—Oh, no, sólo ha sido la casa de un pobre tipo al que su hijo aborrece.

—Y dígame, ¿está ese pobre tipo muerto?

—Eso creo.

—Estupendo.

Stumpy MacPhail frunció el ceño. Dijo:

—¿Tiene algo que ver con ese asunto del fantasma?

—Vaya, veo que no ha perdido usted el tiempo.

—Me temo que no la sigo, señorita Dobbs.

—Oh, no se preocupe, no tiene por qué seguirme. Lo único que necesito es que le pregunte a su cliente cómo de complicado sería fingir que su padre murió allí dentro.

—No puedo hacer eso.

—Por supuesto que puede. Quiere vender la casa, ¿no?

—Sí, eh, *claro*.

—Estupendo. Le veré mañana.

—¿Me verá (GLUM) *mañana*? ¿Dónde?

—Oh, ahí mismo, y Dan, antes de que lo olvide. ¿Podría averiguarme a cuánto queda la estación de esquí más cercana? Voy a tener que ingeniármelas para hacer llegar a ese par de chiflados a una estación de esquí *a diario* durante una buena *temporada*.

—Pero, eh, je, señorita Wishart, me temo que no hemos hablado aún de la cantidad que mi cliente ha pensado para la casa…

—Oh, créame, eso no será inconveniente. Le veré mañana, Dan.

—Sí, eh. Claro.

Al otro lado se escuchó un considerable y decididamente extraño (CLIC).

Sonriente y satisfecho, Stump consultó su reloj y se sentó a la mesa, decidido a no perder de vista la puerta, por la que, en breve, entraría aquel condenado Wilberfloss Windsor. Stump tenía buenas, buenísimas noticias, para él.

15

En el que conocemos al impetuoso aprendiz de Wilberfloss Windsor, y a Josephine, su pelota de tenis, y a un par
de niños gramatólogos, y a una mesita de noche que no
sabe que está a punto de ser (ABANDONADA)

Un segundo antes de estrellarse contra la puerta de (SOLUCIO-
NES INMOBILIARIAS MACPHAIL), aquel tipo que definitivamente
no era Wilberfloss Windsor porque era demasiado joven para ser
Wilberfloss Windsor, demasiado joven y demasiado *rubio*, y en
cierto sentido, demasiado alegre, si es que alguien podía mostrarse *alegre* mientras tendía la mano desde el suelo helado al
desconocido al que se disponía a entrevistar, Urk Elfine Starkadder, pues ése era su nombre, se dirigía, desacomplejadamente
presuroso a (SOLUCIONES INMOBILIARIAS MACPHAIL). Llevaba
una pelota de tenis en el bolsillo de su vieja y sucia americana,
la americana de su único traje, un traje al menos dos tallas por
encima de la que necesitaba. La razón por la que Urk Elfine no
tenía un traje como era debido tenía que ver con su numerosa
y poco cuidadosa familia. Pues, pese a su aspecto de jovencito,
de melena corta y encantadoramente revuelta, Urk era padre de
cinco endiablados pequeños *demonios* a los que no echaba en absoluto de menos cuando salía de casa. Salir de casa era, en cierto sentido, siempre, para Urk Elfine, un pequeño y lujurioso
placer. Cerrar la puerta tras él escuchando los gritos del señor
Sneller, su criado, aquella especie de mayordomo que era, en
realidad, una *niñera*, sabiendo que a la vuelta, con suerte, no haría otra cosa que meterse en la cama y esperar a que llegase
Lizzner, su mujer, para hablarle de su día, que siempre era un día
mucho más interesante que el suyo, pues aquello, aquella cosa, el
ser aprendiz de Wilberfloss Windsor, era tan reciente, que no
había habido manera aún de que ninguno de sus días fuese más
interesante que cualquiera de los días de su mujer. Porque ¿qué

hacía Urk durante todo el día, además de tratar de escribir? Suplicarle al señor Sneller que estuviese en todas partes y en todas a la vez, y tratar de lidiar con la pasión gramatológica de al menos, por el momento, dos de los ya no tan pequeños Starkadders: Cussick y Rafferty. ¿Qué hacía, en cambio, Lizzner Starkadder? Lizzner Starkadder era capitana de barco, pero una capitana de barco que no solía pasar demasiado tiempo en ningún barco concreto porque lo que Lizzner comandaba era una pequeña familia de *cruceros*, es decir, de barcos que recorrían el río de aquel otro lugar, Betty Hadler Winton, un río llamado Keith, un río que Billy Peltzer habría sido capaz de reconocer puesto que había sido objeto de uno de los primeros cuadros que su madre les había hecho llegar. El cuadro, apenas un río helado y una solitaria y *triste* ardilla deteniéndose al cruzarlo, se titulaba *Keith*, y, él no, pues él era aún demasiado pequeño, pero su padre había creído que había sido aquel *Keith* el que les había arrebatado a la impulsiva y encantadora Madeline Frances Mackenzie.

Pero no había forma de que el inofensivo e iluso Urk Elfine supiera que el río que la flota de cruceros que su mujer capitaneaba, era el mismo río que había pintado Madeline Frances Mackenzie, ni que el hombre al que había abandonado creía que aquel río no era un río en realidad sino el tipo por el que le había abandonado. Lo único que Urk Elfine sabía era que tenía un encargo (¡un encargo!), su primer encargo en meses (¡SU PRIMER ENCARGO EN MESES!), del fundador y único redactor de (PERFECTAS HISTORIAS INMOBILIARIAS), aquel tal Wilberfloss Windsor, y que ese encargo consistía en entrevistar a aquel tipo que casi había ganado un Howard Yawkey Graham. Acababa de caer en la cuenta, después de haber conducido durante el suficiente tiempo como para escuchar tres veces su disco favorito de Leon Turpin, un disco de canciones tristes que a Urk le resultaba tremendamente *reconfortante*, oh, todas aquellas canciones le decían que todo podía ir mal y que, de hecho, iba francamente mal, pero al menos iba de alguna manera, ¿y no era eso maravilloso?, de que no había traído consigo ningún abrigo. Había salido tan resueltamente feliz de casa que había olvidado que el tiempo en Kimberly Clark Weymouth no era el tiempo en Betty Hadler Winton. Así que, había concluido antes de salir del coche, iba a constiparse. Se constiparía y podría pasar una semana en cama, dejando que el señor Sneller perdiera la cabeza con aquel puñado de chiquillos, sabiendo que no importaba lo horriblemente mal que se encontrase, ni lo que Sneller fingiese tratar de quitárselos de encima, los tendría a todos, permanentemente, en la cama, con él, rodeándolo, pidiéndole vasos de agua, todo tipo de animalitos de peluche que sólo él podía encontrar, diccionarios de gramática, una historia divertida, oh, (¡PAPI! ¡PAPI! ¡PAPI! ¿NO VAS A CONTARNOS UNA HISTORIA DIVERTIDA ESTA NOCHE?), gritaría alguno de ellos, y (¡CHICOS! ¡POR TODOS LOS DEMONIOS STARKADDER! ¡PAPÁ ESTÁ ENFERMO! ¿QUERÉIS DEJARLE EN PAZ? ¡FUERA! ¡VAMOS! ¡FUERA DE AQUÍ!), oiría Urk bramar a Sneller mientras, con los ojos cerrados, se dejaba pisotear por su colección de diminutos pies, y tironear, de aquí y allá, por aquella *nube* de manitas aterciopeladas, en una suerte de nada agradable duermevela. Por todos los demonios Starkadder, se había dicho, sin poder reprimir una sonrisa, al salir del coche, en realidad, una pequeña camioneta repleta de asientos, y aquel olor a mezcla de papilla de pollo con arroz y colonia de bebé. Después de todo, Urk adoraba a sus hijos, y hacía tiempo que no se constipaba, y en aquel instante estaba solo, caminaba solo por la calle, y era una calle nevada, el enjambre de críos no le rodeaba, todo era sencillo y agradable, pese al frío, aquel frío abominable que, para cuando llegase a (SOLUCIONES INMOBILIARIAS MACPHAIL), le habría escarchado la barbilla. No contaba Urk Elfine con lo que las suelas de sus zapatos no esperaban encontrarse: una capa de hielo que iba a invitarlas a *patinar*, una vez hubiese cruzado la calle y se dispusiese a tirar de la puerta de la oficina de aquel agente inmobiliario. Había sido entonces cuando, a resultas del catastrófico e inevitable desliz, el rubio y jovencísimo aspirante a periodista, se había estrellado contra la puerta de (SOLUCIONES INMOBILIARIAS MACPHAIL).

—¡Oh, por Neptuno, señor! ¿Se encuentra usted bien? —había dicho MacPhail abriendo presurosamente la puerta y topándose con lo que parecía un *niño* con traje, un traje que para entonces ya estaba *mojado* y que parecía, sin duda, demasiado *grande*—. ¿Está, eh, está usted *bien*? —había repetido tendiéndole la mano a aquel tipo que, pese al golpe que acababa de *propinarse*, no hacía más que sonreír, que sonreía y decía (SÍ), y (OH, NO SE PREOCU-PE), decía (HE DEBIDO RESBALAR) y (ESTOS ZAPATOS, CONDE-NADOS ZAPATOS), se reía (JEI JEI JEI), y hacía fuerza, propulsán-dose hacia arriba, a partir de la mano del pequeño agente, que no podía dar crédito a lo que veía, aquel traje con manchas, y al pañuelo visiblemente sucio que colgaba del bolsillo de la solapa, y (GRA) (GRACIAS), decía el chaval, que había caído junto a un desastrado maletín, mientras se ponía en pie, sonriendo aún, de-jándose *rescatar* por la mano de Stumpy MacPhail, aquella mano de pianista torpe y desdichado.

—No ha sido nada —dijo el chico, haciendo girar la muñeca derecha, y luego, la izquierda, palpándose el trasero mojado, re-colocándose la americana, y fingiendo que aquel (TAC) *(tac)* (TAC) no eran sus dientes castañeteando de frío—. Es sólo que —(TAC) *(tac)* (TAC)—. ¡Vaya! ¡No tienen aquí un pueblo, tienen una pista de hielo! ¡Dígame que va bien para el negocio! Estu-penda casa construida sobre insuperable pista de hielo *natural*, vistas a la montaña y a las otras casas que han decidido *construir-se* sobre la pista de hielo en cuestión. Coqueta. Todo tipo de *buenas* referencias. Tres chimeneas por planta. —Stumpy se rio (JOU JOU JOU), y dijo, (¿TIENE USTED TRABAJO?) (JOU JOU JOU). El chaval se encogió de hombros, divertido. Le tendió la mano. Stumpy se la estrechó. Estaba helada—. Starkadder, señor —dijo el chaval—. Urk Elfine Starkadder.

—MacPhail, Stumpy MacPhail —dijo el agente—. Encantado.

—El placer es mío, señor (TAC) *(tac)* (TAC) MacPhail. —Oh, aquel castañeteo del demonio. Iba a tener que dejarle entrar—. Me envía el señor Windsor.

—¿El señor Windsor?

—Soy, eeeh, reportero de *Perfectas Historias Inmobiliarias*.

MacPhail miró al chaval. No era más que un chaval. Ni si-quiera tenía bigote. Se le insinuaba una especie de pelusilla ru-bia bajo la nariz pero eso era todo.

—Tenía entendido que Wilberfloss trabajaba solo.

—Y lo hace, señor. Pero, eeeh —(TAC) *(tacatac)* (TAC)—, a veces tiene otros asuntos entre manos, señor, y entonces, bueno —*(ta-catac)* (TAC)—, me llama, señor.

–Uhm –rezongó MacPhail.

Se fijó en la barbilla del chico.

Estaba cubierta de nieve.

De haber podido ascender a un lugar como aquel, los duendes veraneantes de la señora Potter podrían haber instalado una deslizante pista de hielo.

–(FUF) Señor. –El chaval se frotó las manos–. ¿Eso de ahí es *café*?

–Oh, sí, claro, *lo siento*, caballero, pase –consintió al fin Mac-Phail–. Prepararé un par de tazas. –El chico cerró la puerta a sus espaldas. Aquella ventisca horrible se quedó silbando fuera–. ¿Le gusta la mermelada, jovencito?

–¡Mermelada! ¡Por supuesto, señor MacPhail! –El chico seguía en pie, se frotaba las manos, se las llevaba a la boca, se las (FUUUUF) (FUUUUF) soplaba, luego se las metía en los bolsillos, volvía a sacarlas, se restregaba la barbilla–. ¡Vaya! ¡Qué bonito lugar! ¿Es aquí donde trabaja? –El chico empezó a curiosear–. ¡Anuarios! –Urk echó mano de aquel maletín desastrado y extrajo de él una libreta y un lápiz. La libreta parecía haber ardido parcialmente en al menos tres ocasiones, convino MacPhail, atusándose la pajarita, olvidando por un momento que el teléfono seguía en la horquilla, y por lo tanto, podía sonar en cualquier momento–. ¿Desde cuándo colecciona anuarios, señor MacPhail? –El chico se había sentado en la afelpada silla de los potenciales clientes de (SOLUCIONES INMOBILIARIAS MACPHAIL) y estaba ojeando uno de sus anuarios y anotando quién sabía qué en aquella libreta suya, con un pie apoyado en la papelera–. ¿Señor?

–Oh, eh, sí. No, no los colecciono –Oh, por supuesto que los coleccionas MacPhail–. Sólo es una manera de mantenerme *informado*, Urk.

–¡Vaya! Pues tiene aquí uno francamente antiguo. –El chico se puso en pie de un salto y extrajo un anuario francamente antiguo de una de aquellas estanterías con las que Stump había forrado su oficina–. ¿Puedo anotar que tiene anuarios francamente antiguos, señor? –Tiene anuarios francamente antiguos, susurró, mientras anotaba–. La verdad es que es incluso más interesante el hecho de que no los coleccione, ¿no cree?

—Claro —dijo MacPhail, sirviendo al fin las tazas de café, y añadiéndoles una cucharadita de mermelada de melocotón a cada una de ellas–. Así que —dijo, sentándose en su sillón– le envía Wilberfloss.

—Sí, señor.

—¿Y qué quiere exactamente Wilberfloss de mí?

—Oh, me ha pedido que le entreviste para el próximo número. Tengo entendido que casi ganó usted el Howard Yawkey Graham. Enhorabuena.

—¿Enhorabuena? No gané nada, chico.

—A mi entender, es usted un agente audaz, no el mejor, según esos premios, pero lo es de todas formas, ¿no?

—Supongo que sí.

—Estupendo. Y ahora dígame, ¿por qué cree que lo es?

El chico había apoyado la libreta en el zapato de su pierna cruzada. Estaba usando su zapato como mesa. Era un zapato viejo. Stump creyó ver un agujero en la suela.

—¿Señor MacPhail?

—Oh, sí. Bueno. Supongo que haberme mudado a este pueblo horrible es algo que Howard Yawkey Graham podría considerar *audaz*.

—¿Es Kimberly Clark Weymouth un pueblo *horrible*, señor MacPhail?

El chico estaba frunciendo el ceño. El ceño de aquel chico no era un ceño corriente. Era un ceño acostumbrado a fruncirse, a fruncirse, en realidad, todo el tiempo. Lo raro en aquel ceño, podría decirse, era que no estuviese *fruncido*. Stump no tenía forma de saberlo, pero era el entrenado ceño de un padre de cinco hijos, dos de los cuáles discutían, a una sin duda demasiado tierna edad, sobre gramática, eran, decían, *ebuditos* en *bramatología*.

—¿Está tomando nota?

—¿Me lo permite?

—Por supuesto.

El chico anotó (PUEBLO HORRIBLE). Luego levantó la vista. Parecía un cachorro a la espera de algún tipo de galletita. Stumpy iba a tendérsela. Le contaría su historia con *La señora Potter no es exactamente Santa Claus*.

—¿Ha oído hablar de Louise Cassidy Feldman?

–Oh, sí, ¡*claro*! ¡Por supuesto! –El chaval se golpeó la frente, como si acabara de caer en la cuenta de algo francamente (IM-PORTANTE)–. ¡Es *ese* lugar!

–¿Ese lugar?

–¡El único lugar en el que siguen viendo *Las hermanas Forest investigan*!

Stumpy MacPhail no acostumbraba a ver la televisión. Prefería jugar con muñecos, en aquella (CIUDAD SUMERGIDA) suya. Llevaba al señor Peterson al supermercado y le veía toparse con Nikki Cohn, la encantadora madre soltera de un encantador bebé sospechosamente silencioso que vivía en su misma calle, en el pasillo de las conservas enlatadas. Así que dijo:

–Eso creo.

Pero no creía nada.

Nada en absoluto.

–¿Y es cierto lo que dicen?

–¿Qué dicen?

Urk Elfine bajó la voz, dijo:

–Que *espían*.

–¿*Espían*?

–Una vez leí un artículo, ¿sabe? Era un artículo de Bryan Tuppy Stepwise. –Oh, Urk Elfine no leía artículos de nadie más. Adoraba a aquel misterioso hombre que parecía estar en todas partes y en todas a la vez–. Decía que esta era una ciudad *peligrosa*.

–¿Por todo ese *frío*?

–No, por sus *vecinos*. Decía que se había sentido (UHM) *observado* en todas partes. Que no había lugar al que mirase donde no encontrase un par de ojos *mirándole*.

–Oh, tal vez sean un poco cotillas.

Stump había recordado cómo, por las noches, parecían rodear la casa bandadas de, quién sabía, *zorros*, que *hurgaban* en su cubo de basura que, por las mañanas, aparecía de algún modo *revuelto*. Y, por supuesto, estaba el asunto de su *cliente*. ¿No le había pedido, explícitamente, que no se dejase *seguir*? Pero ¿de qué forma podía un *pueblo* al completo ser peligroso? ¿Acaso podía, un pueblo al completo, *matarte*?

–Yo de usted evitaría probar ningún tipo de tarta *casera*. –El chaval le guiñó un ojo–. Creo recordar que Tupps bromeaba al respecto. ¿De veras no ha notado *nada*?

–Oh, es, *ahora* que lo menciona puede que, bueno, mi cliente...

–¿Tiene *un* cliente?

–Oh, sí, y es, bueno, uno *importante*.

–Vaya. –El muchacho anotó algo en aquella libreta que parecía un soldado ametrallado–. Así que tiene usted un cliente importante en este sitio –dijo.

MacPhail había pensado hablar de aquella otra época, la época en la que aún no había empezado a (TIRAR SU VIDA POR LA BORDA) yéndose a aquel aborrecible y frío lugar, la época en la que aún era agente inmobiliario en Tessie Lawson Whimple, una atractiva ciudad *bendecida* con *tres* volcanes, dos periódicos, una impresionante colección de *buenos* restaurantes, estupendas escuelas, monumentos, artistas, galerías de arte, un pequeño y envidiable comercio local, ¡universidades!, es decir, la clase de sitio al que *cualquiera* podría *desear* mudarse, la clase de sitio en el que la siempre exigente y exclusiva y, por supuesto, terroríficamente *snob*, *Lady Metroland*, tenía su sede. MacPhail pensaba hablar de sus manos, de cómo, en aquella época, las había extendido para mostrar la amplitud de un salón, (Y AQUÍ, ¡*VOILÀ*!), había dicho, (¡EL SALÓN!), y parecía que le estaba dando paso, que lo estaba *creando*, cuando, en realidad, como todas aquellas montañas y aquellos volcanes, que parecían *aparecer* cuando él decía, (OH, MIREN) (¡MONTAÑAS!) (¡VOLCANES!), había estado allí desde el principio.

–¿Por qué nunca se interesaron por mí *antes*? Quiero decir, señor Starkadder, ¿de veras *nunca* pensaron en mí *antes*? Estoy suscrito a esa *cosa* desde el principio y he visto cómo se han repetido *cientos* de artículos, ¿y de veras no habían pensado en mí *antes*?

–Oh, puede que, bueno, el señor Windsor, ya sabe.

–¿Qué? ¿Necesitase un *naufragio*?

–Oh, no, me refiero a que, ya sabe, está siempre *muy* atareado, señor.

–¿Dan mucho trabajo todos esos artículos?

–¡Oh, sí! –dijo el chico, y parecía divertido cuando lo hizo, pero al momento siguiente su semblante se turbó–. Aunque yo no tengo forma de saberlo con exactitud, señor. Casi siempre estoy en casa con los niños.

—¿Niños? ¿*Qué* niños?

—Mis hijos, señor MacPhail.

—¿*Hijos*? —¿Hijos? ¿Aquel *chaval* tenía *hijos*? ¿Cuándo los había tenido, mientras aún se chupaba el dedo?—. ¿Tiene usted *hijos*?

El chico se arrellanó en la afelpada silla, con cierto disgusto y, a la vez, cierto orgullo. Su voz se convirtió en la única cosa *palpable* que quedó en la pequeña oficina de Stumpy MacPhail, la única cosa merecedora de un *titular*, cuando dijo:

—Cinco, señor.

—¿*Cinco* HIJOS?

Stumpy MacPhail imaginó una pequeña casa, una *nueva* pequeña casa, en aquella, su (CIUDAD SUMERGIDA), en la que vivía un chaval y sus cinco hijos. Era una casa vieja. Las escaleras eran de madera y parecían a punto de desmoronarse, de tan *acribilladas* como estaban por las termitas, fantaseó. Los cinco hijos del chaval eran idénticos al chaval. No parecían en realidad cinco hijos sino cinco copias de sí mismo. No había una madre, pero Stump trató de imaginar a algún tipo de atormentada mascota que les confundiese cada vez, y creyese estar perdiendo la cabeza. No en vano, la vida, para ella, había sido siempre un toparse todo el tiempo con la misma persona, en una vieja habitación tras otra. Convivir, diríamos, con ridículos seres humanos extrañamente *repetidos*.

—Sí, señor, *cinco*. Son buenos chicos, pero le complican un poco la vida a uno, ya me entiende. Suerte del señor Sneller. Sin el señor Sneller no podría estar aquí. ¿Sabe qué es lo peor del señor Sneller? Oh, (JO JO) —rio el chaval, ante lo que parecía una confidencia que no tenía por costumbre compartir con nadie, porque ¿qué clase de vida podía tener alguien que debía ocuparse de *cinco* hijos?— no lo soporto. Arrastra los pies, señor Mac-Phail. Es como una especie de *fantasma*. Los chicos y yo siempre sabemos dónde está aunque no podamos verlo. Nuestra casa parece uno de esos castillos *encantados*.

MacPhail, que por un momento había creído que aquel tal señor Sneller era el perro de la familia, o, mejor, el *erizo* de la familia, reconfiguró el diseño de la casa en la que instalaría al periodista y a su *numerosa* familia, e incluyó a un *amo* de llaves cadavérico, y a continuación dijo:

—¿No es usted demasiado joven para tener cinco hijos, señor Starkadder?

—Oh, bueno, no lo sé, ¿soy demasiado joven? A Lizzner le pareció que debíamos darnos *prisa*, señor, su carrera era *importante*.

—¿Lizzner es *su* mujer?

—Sí, señor. Es capitana de barco.

—¡Vaya! —De repente, el interior de aquella vieja casa que ya no era una casa sino un castillo, algo decididamente *gótico*, se llenó de reproducciones de pequeños barcos y de sus pequeños capitanes—. Es usted una caja de sorpresas, Starkadder.

—¿Lo soy? —El chaval parecía divertido. Hasta aquel viejo traje que llevaba consigo parecía sonreír cuando dijo—: Pues espere a oír esto, señor. Dos de los pequeños, cómo lo diría, me han salido *gramatólogos*.

—¿Gramatólogos?

Oh, aquella casa que ya no era una casa sino un castillo gótico repleto de barcos y capitanes se llenó también de libros, viejos manuales de gramatología que Stump debía aprender a *fabricar* y, ¿era la gramatología una ciencia? Stumpy no lo sabía, pero estaba convencido de que Charlie Luke podría echarle una mano.

—Ajajá, gramatólogos, señor. No hacen más que preguntar todo tipo de cosas. Leen libros enormes y discuten todo el tiempo.

—¿Qué edad tienen, si me permite la indiscreción, señor Starkadder?

—Oh, doce y siete años, señor.

Stumpy MacPhail seguía sin poder dar crédito, pero de todas formas, decidió, como se decide en un sueño que va a tener que *atravesarse* por más que carezca de sentido, continuar como si tal cosa, dejar atrás a aquellos chiquillos, dejar atrás el castillo repleto de manuales o tratados de gramatología, y empezar a hablar de sí mismo, dejar que el chico que no era en realidad un chico, tomase notas, notas sobre las posibilidades que el pueblo de Louise Cassidy Feldman, la excéntrica y sin embargo famosa autora de *La señora Potter no es exactamente Santa Claus*, ofrecía a alguien como él, que conocía a la perfección a la clase de clientes que podían sentirse atraídos por el lugar que, tal vez, a la muerte de la escritora se convirtiese en una especie de Tessie Lawson Whimple, y hasta llegase a tener *universidad*, una universidad que llevaría el nombre de Louise Cassidy Feldman, y cuyo archivo atesoraría hasta el último ejemplar de sus diarios. Se refirió, obviamente, MacPhail, a aquella maniobra que le había permitido vender su única casa en venta, la casa de aquel cliente *importante*, una casa que no había puesto, en realidad, en venta, y que sin embargo, se había vendido. Habló, entonces, de *milagro*, y se refirió a él como aquello que los *jueces*, que, en realidad, el *jurado*, del Howard Yawkey Graham a Agente Audaz podía haber estado esperando, aquello que, de haber ocurrido antes de que el premio se hubiese *fallado*, podría haber *decantado* la balanza en su dirección, por más que supiese que no había forma de que la venta de una sola casa pudiese competir con el imperio que Brandon Pirbright había erigido gracias a aquellas nostálgicas casas por correo.

—Y dígame, señor MacPhail —el chaval parecía *dibujar* en vez de tomar notas, sus trazos eran largos y no parecían seguir ningún tipo de orden—, ¿se puede saber quién ha comprado esa casa *milagro*?

—Oh, sí —dijo MacPhail, y le hubiese gustado mesarse la barba mientras lo hacía, como hacía a menudo la señora Potter, pero no había barba que mesarse, así que dijo—: Una pareja de escritores que *únicamente* vive en casas *encantadas*.

—¡Por todos los dioses *tecleantes*, señor! —El chico tomaba notas y daba pequeños saltitos en aquella silla afelpada—. ¿Es esa pareja de escritores que se dedica a comprar casas *encantadas*? Oh, recuerdo un artículo del señor Windsor sobre ellos. ¡Era una entrevista con su agente! Se llamaba, oh, déjeme intentar recordarlo, Bobby Bee, Bobson Bee, Todson Dee, no, ¡Dobson! ¡Eso es! ¡Dobson Lee! Y ellos son los, eh…

—Benson.

—¡EXACTO! —bramó el chaval.

Fue entonces cuando el teléfono *(RIIIIIIING)* empezó a sonar y el tintineo de la campanilla *(DING DONG)*, la campanilla de la que pendían aquellos tres esquiadores diminutos, les alertó de que

su ridículo jueguecito, aquel pequeño simulacro de algo francamente *importante*, había llegado a su fin.

Los guantes en los que se embutían las manos que habían empujado la puerta eran horrendos. Horrendos y verdes. Y estaban
veteados de cientos de miles de copos de nieve.

Sí, eran los guantes de Billy Peltzer.

El inminentemente *fugitivo* Billy Peltzer.

16

En el que el teléfono no deja de sonar en (SOLUCIONES
INMOBILIARIAS MACPHAIL) y nadie piensa descolgarlo,
y oh, puede que usted, lector, quisiese hacerlo, y a Bill
le traería sin cuidado que lo hiciese porque lo único en
lo que Bill piensa es en escapar antes de que (ELLOS)
le (ATRAPEN)

Después de que Bertie Smile, y aquel zurrón suyo, la carta aún
metida en el sobre ante él en el mostrador, abandonaran la tienda, y, Bill no tenía forma de saberlo pero, camino de Frigoríficos
Gately, hiciera un alto en el (LOU'S CAFÉ) para añadir a su cuaderno *WILLIAM BANE PELTZER* lo que acababa de hacer, entregarle aquella confesión, aquel (*Querido Bill*), (*Anoche hice algo
estúpido y no espero que lo entiendas, porque no creo que los personajes
deban entender nunca a sus autores, por más que ni siquiera sepan que
son personajes ni que existe algo parecido a un autor en alguna parte.
El caso es que hice algo estúpido, en realidad, estaba haciendo algo
estúpido, cuando Meriam Cold y ese engreído mastín suyo me sorpren-
dieron. Estaba en el montículo Polly Chalmers. Supongo que nunca
hemos hablado lo suficiente de Polly Chalmers ni de lo que hicieron
con tu padre cuando ocurrió. Oh, supongo que éste no es el momento.
Tal vez podríamos hablar algún día. No tiendo a hablar con demasiada gente. ¿Has oído hablar de Matson McKissick? Una vez estuvo en
el Dan Marshall. A veces hablo con él. Por las noches. Hago cosas
estúpidas como fingir que ceno con él. ¿No te parece ridículo? Oh, qué
más da. El caso es que estaba haciendo algo estúpido, te estaba* espiando, *Bill, y entonces la señora Cold me sorprendió y, demonios, es tan
engreídamente violenta, Bill, que no pude evitar que me arrebatara la
libreta, y había anotado cosas, Bill, y empezó a gritar, la oí gritar,
¿Acaso ha puesto ese maldito imbécil su casa en venta?, y eché a correr,
Bill, no* luché *por mi libreta, me fui y luego ella llamó a todo el mundo, aunque no tenía derecho a hacerlo. Lo siento, Bill. Espero que*

puedas perdonarme y espero que puedas salir de aquí. Nadie tiene ni la más remota idea de lo complicado que es vivir en un lugar que no soportas. Suerte, Bill), Bill, visiblemente *alterado*, definitivamente *nervioso*, miró a través del cristal, miró al otro lado de la calle, esperando toparse con el señor Howling, la mirada *sentencia* del señor Howling, y algún tipo de gesto, un gesto que le indicase que (LO SABÍA), y que no sólo (LO SABÍA) sino que ya había puesto en marcha algún tipo de acción para acabar con toda posibilidad de que Bill se fuese de allí.

Pero no lo encontró tras el mostrador.

Está al teléfono, se dijo, ¡al *teléfono*! Está llamando a todo el mundo, ¡está llamando a todo el mundo! Sal de aquí, Bill, se dijo, SAL.

–Disculpen. –Bill alzó ligeramente la voz, dirigiéndose a aquella pareja de taxidermistas de luna de miel que no acababan de decidirse entre añadir al autobús escolar que, apresuradamente, Bill estaba envolviendo en aquel papel de regalo *punteado* de ridículos duendes veraneantes, la bola de nieve en la que Louise Cassidy Feldman escribía a máquina o la señora Potter de porcelana que acarreaba un saco de postales y mirando distraídamente hacia atrás–. Lo siento pero tengo que irme.

–Oh, ¿es tan *tarde*? –La mujer echó un vistazo a su reloj de pulsera. Bill negó con la cabeza, dijo, (NO) y (ES) (VERÁN), (LO SIENTO), me ha surgido un, ¿un *qué* Bill? ¿Un *fin* del *mundo*? (UN IMPREVISTO), dijo al fin.

–Claro –dijo el taxidermista–. ¿Cariño? *Vamos.*

–Oh, vaya, Howard, es que no sé.

–No te preocupes, nos llevaremos las dos.

–Oh, no no no.

–Claro que sí, *cariño*, este señor tiene que irse.

–No podemos llevarnos las *dos*.

Aquella cosa, aquella conversación *ridícula* siguió durante un buen rato, en realidad, siguió durante un rato *minúsculo*, pero a Bill le pareció *eterno*, a Bill le pareció que civilizaciones *enteras* se crearon y destruyeron en algún lugar, ahí fuera, mientras la pareja *decidía* qué se llevaba, y Bill sólo *envolvía* una cosa y luego *otra*, mientras pensaba en Eileen McKeeney frotándose las manos, sus manos *nunca* enguantadas y *nunca* frías, mientras pensaba en *autobuses*, en *coches* que no fuesen el *coche* de Sam porque no podían ser el coche de Sam, porque Bill lo había fastidiado todo aquella noche, y no había tiempo, no, él no podía, *simplemente*, dejarse caer por Rifles Breevort y actuar como si nada de aquello hubiera ocurrido, no podía actuar como si tal cosa y pedirle a Sam las llaves de su camioneta, no podía decirle (EH), la otra noche (TUVE UN SUEÑO), la otra noche soñé que ese perro tuyo y yo salíamos de aquí, que él (ME ACOMPAÑABA) a ese otro lugar, Sean Robin Pecknold, y quizá debería llevármelo, podría llevármelo, pasaríamos unos días fuera, sólo serían unos días, tengo que solucionar esa cosa del pequeño Corvette, no puedo creerme que esté en camino, en algún lugar ahí fuera, en la carretera, a la tía Mack le hubiese horrorizado, intento imaginármelo, le diría, sentado en el asiento del copiloto, mirando por la ventanilla, echando de menos a tía Mack, echándolo de menos *todo*, pero sé que no es ahí donde está, sé que está en algún tipo de *remolque*, y está solo, y el pequeño Corvette nunca ha estado solo, y no debe entender nada, no debe entender dónde está su mejor amiga, su *madre*, no debe entender qué ha sido de tía Mack, imagínate no saber lo que ha pasado, despertar un día y que tu *madre* no esté por ninguna parte, que no vuelva a casa, que no sepas si va a volver algún día, le diría, y entonces Sam gritaría (¡JACK!), y el enorme bobtail daría un salto en la alfombra, aquella alfombra que mordisqueaba todo el tiempo, y correría a su lado, y Sam le tendería las llaves de su camioneta y no le diría nada, sería Bill quien le daría las gracias y diría (NO TARDARÉ), pero aquello no iba a ocurrir porque Bill lo había fastidiado todo, así que mientras envolvía primero el autobús escolar del niño Rupert, y luego la figura de porcelana de la señora Potter, y aquella bola de nieve que no era la bola de nieve en la que Louise Cassidy Feldman tomaba notas en su libreta, sino la bola de nieve en la que *tecleaba*, se despidió de todo aquello, se dijo, (ESTO ES LO ÚLTIMO QUE HARÁS AQUÍ DENTRO), cuando acabes, apagarás las luces y saldrás, cerrarás con llave, y todas estas cosas se quedarán, y esperarán, quién sabe, a que alguien regrese, encienda la luz, y las permita tener otra vida, esperarán, como había esperado su padre, en vano, porque nadie iba a regresar, porque aquello se habría acabado.

En un acto reflejo, cuando aquella pareja salió de la tienda, Bill se guardó en el bolsillo de la chaqueta la bola de nieve en la que la fatalmente incomprendida Louise Cassidy Feldman escribía en una libreta, porque, de entre todos los objetos que iba a abandonar cuando, al fin, la puerta de (LA SEÑORA POTTER ESTUVO AQUÍ) se cerrase a sus espaldas, era el único que no había encontrado su lugar, el único que no había sido comprendido por *nadie*, y que, tal vez, nunca lo haría. A continuación, apagó las luces, salió, y recorrió, su maraña de esponjosos rizos a buen recaudo bajo aquel gorro de cazador que le había regalado Sam, las manos embutidas en aquel par de horrendos guantes *perlados* de copos de *nieve*, la calle principal, apresuradamente, enorme zancada tras enorme zancada, la vista clavada en el asfalto congelado, la vista clavada en sus viejas botas, la sensación de que todo el mundo le observaba, de que todo el mundo sabía exactamente a dónde se dirigía, la sensación de que *todo* Kimberly Cark Weymouth iba dejando, a su paso, lo que estuviese haciendo, y se unía a un pequeño e improvisado ejército, el pequeño e improvisado ejército que iba a impedirle hacer lo que estaba a punto de hacer porque no podía no hacerlo, porque no hacerlo significaría el fin de todo lo que *ella*, Kimberly Clark Weymouth, era, y por eso, hasta el último momento, hasta que sus manos empujaron la puerta de (SOLUCIONES INMOBILIARIAS MACPHAIL), Bill pensó que no lo conseguiría, que alguien le detendría, que alguien posaría una mano en su hombro y le susurraría (NI SE TE OCURRA, CHICO PELTZER), pero no ocurrió.

—¡Señor William! —espetó MacPhail, al verle entrar, alzando los brazos y fingiendo que nada más estaba ocurriendo en la pequeña oficina, que no había un teléfono sonando, y que era un teléfono que podía tener buenas o malas noticias para el tipo de los horrendos guantes que acababa de entrar, y había dejado entrar consigo un pedazo *ventolado* de aquella insaciable ventisca—. ¿Qué *horrible* día, *verdad*?

Bill se quitó el gorro, porque estaba empapado y porque allí dentro hacía calor, y se fijó en Urk, aquel tipo, un tipo con traje, un traje sucio. Ni siquiera parecía un tipo, parecía un niño con traje. Tenía una libreta en el zapato. Había estado escribiendo.

¿También él lo sabía? ¿De dónde había salido? ¿Lo habían enviado *ellos*? ¿Era *detective*? Tenía aspecto de detective. De repente, se sacó una pelota de tenis del bolsillo y empezó a lanzarla al aire. ¿Qué demonios estaba haciendo, *intimidarlo*?

—Sí —dijo Bill, y fue como si estuviera respondiéndose aquella pregunta.

—¿Han considerado ustedes la posibilidad de usar *raquetas*?

El teléfono seguía, (*¡RING!*) (*¡RING!*) (*¡RIIIIIIING!*), sonando pero MacPhail iba a fingir que no lo estaba haciendo.

—¿*Raquetas*? —preguntó el chico, devolviendo aquella pelota de tenis al bolsillo, e inclinándose sobre la libreta para anotar lo que fuese a responder MacPhail—. ¿Usa usted *raquetas*, señor MacPhail?

—¿No está sonando un teléfono? —¿Qué demonios estaba pasando allí dentro? Bill se atrevió a mirar a la calle. Esperaba toparse con *todo* Kimberly Clark Weymouth allí fuera. ¿Y estaba todo Kimberly Clark Weymouth allí fuera? No. La calle permanecía vacía. Los copos de nieve volaban de un lado a otro. Algunos se estrellaban contra el cristal, el resto seguían su camino, quién sabía pensando en qué, no eran más que copos de nieve. Pero, oh, Bill, ¿qué demonios haces pensando en copos de nieve *ahora*? Ahora tienes que darte *prisa*. ¡Ya has leído la *carta* de Bertie Smile! ¡*Todos lo saben*! Tenía que largarse. Porque era cuestión de tiempo que se presentasen en la tienda. Su tienda *cerrada*. Era cuestión de tiempo que fuesen a su casa, era cuestión de tiempo que ¿qué? ¿Qué podían hacerle? No podían *matarle*. No podían *amenazarle*. ¿Con qué iban a amenazarle?

Sam, pensó.

Podían hacerle algo a Sam.

Pero ¿qué iban a hacerle a Sam?

Oh, recuerda lo que le hicieron a Polly Chalmers.

Pero ¿acaso habían matado *ellos* a Polly Chalmers?

No, no podían haberlo hecho, y en cualquier caso, Sam no era Polly Chalmers.

Sam *regentaba* una *boutique* de *rifles*, por todos los dioses veraneantes. ¿Qué iban a hacerle a alguien que regentaba una *boutique* de rifles?

Estaba perdiendo la cabeza.

Como aquel par de tipos.

Parecían haber perdido por completo la cabeza.

¿Acaso no oían el teléfono? ¡Había un maldito teléfono sonando! ¿Por qué nadie lo estaba *descolgando*? ¿Por qué hablaban de *raquetas*? ¿Y por qué tomaba aquel otro tipo *notas*? ¿Por qué lanzaba al aire una pelota de tenis? ¿Y por qué le había mirado de aquella manera cuando había entrado, una manera, francamente, pensó Bill, *desafiante*? ¿Quién demonios era aquel tipo que parecía un chaval pero que bien podía ser un detective *privado*? Si era un detective privado era un detective privado contratado por el mismísimo señor Howling, o por la mismísima Meriam Cold, contratado apresuradamente aquella misma noche después de que ocurriera lo que había ocurrido en el montículo Polly Chalmers, con el único fin de descubrir en qué punto *exacto* se encontraba la venta de aquella casa que no podía de ningún modo venderse porque, que la casa se vendiera podía significar que el mundo tal y como lo habían conocido hasta entonces, aquel mundo repleto de turistas encantadoramente despistados, se acabara.

–Oh, no se preocupe, señor William, no es *nadie*. Quiero decir, *nada*, es decir, nada *urgente*. –MacPhail se puso ceremoniosamente en pie–. Permítame presentarle al señor Starkadder. –MacPhail rodeó la mesa, extendió un brazo y señaló con la palma de la mano al chaval–. El señor Starkadder trabaja para el señor Wilberfloss Windsor –dijo–. Puede que usted no conozca al señor Windsor, pero es una pequeña celebridad en este mundo nuestro. Me refiero, por supuesto, al mundo *inmobiliario*.

El chico dejó de lanzar la pelota al aire y le tendió una mano. Se puso torpemente en pie. Tiró la libreta al suelo cuando lo hizo. La recogió. Bill aprovechó para quitarse uno de aquellos horrendos guantes, lo que le llevó, inevitablemente, a pensar en Cats McKisco. En Cats diciendo (¿POR QUÉ NO TE HAS QUITADO LOS GUANTES, BILL?).

–Encantado –dijo Bill, estrechándole la mano a Urk–, Billy Peltzer.

–¡Billy Peltzer, encantado, señor Peltzer!

El teléfono seguía sonando.

–¿Está seguro de que no es *nada* importante? –insistió Bill.

–Oh, no no, no lo es –dijo MacPhail.

–Estoy escribiendo un artículo –dijo el chico, sentándose con cuidado en aquella silla afelpada–. Para el señor Windsor.

–El señor Windsor es el director de *Perfectas Historias Inmobiliarias*, la revista más importante del *sector* –informó MacPhail.

Por eso tomaba notas, Bill. Maldito estúpido. ¿Qué demonios te pasa? ¿Por qué no sales de aquí de una vez? Pueden llegar en cualquier momento.

Sal de aquí.

Lárgate de una vez.

Ve a casa, recoge tus cosas.

Lárgate.

Pero ¿cómo?

En el coche de ese tipo.

El tal MacPhail.

Todo el mundo daría por hecho que era *él* si salía de la ciudad en aquel otro coche. Es decir, todo el mundo daría por hecho que era el tal MacPhail. A nadie se le ocurriría pensar que era (EL CHICO PELTZER) tomando prestado un coche cualquiera.

Por eso dijo:

–¿Puede prestarme el coche?

Y a continuación miró por encima del hombro en dirección a la calle, esperando encontrar, esta vez sí, a Meriam Cold y a su malhumorado mastín al otro lado del cristal de la oficina, esperando encontrar al señor Howling, a Ray y Wayne Ricardo, blandiendo sus maletines de *únicos* agentes *inmobiliarios* de aquella, su gélida ciudad, esperando encontrar a la impertinente Mildway Reading, a Archie Krikor, a la desnortada Harriett Glickman, a la señora MacDougal, a Bernie Meldman, a Mavis Mottram y el resto de chifladas que querían ser Kirsten James, a, por supuesto, Eileen McKenney, a Jingle Bates cargando un puñado de cartas y un paquete con aspecto de *cuadro*, a Doris Peterson y al mismísimo Abe Jules, el alcalde, perpetuamente colgado del brazo de su mujer y tomando notas, todas aquellas notas que luego hacía llegar a Francis Violet McKisco, el único, quizá, a excepción de Sam, que no formaría parte de aquella multitud que, creía Bill, no tardaría en formarse al otro lado del cristal si no salía de allí cuanto antes.

—¿Disculpe, señor *William*?

—Necesito salir de aquí, señor MacPhail.

—¿Salir de aquí? ¿Aquí es Kimberly *Clark*? ¿Por qué, *muchacho*?

Aquel otro tipo, su único cliente, parecía francamente a punto de *despegar*, caminaba de un lado a otro con aquel gorro de cazador en la mano, y uno de aquellos horrendos guantes aún *puesto*, se mesaba el pelo, todos aquellos esponjosos rizos, murmuraba cosas, cosas sobre aquel pueblo que, decía, era un pequeño nido de *víboras*, víboras que iban a todas partes, decía, con *libretas*, que anotaban, como *usted*, decía, dirigiéndose al chico, *cosas*, y luego llamaban a aquella arpía, Eileen McKenney y le contaban todo lo que fuese que hubiesen *anotado*, y entonces la *cosa* se ponía en marcha, porque siempre lo hacía, aquel pueblo, dijo, era una impertinente fuerza de la naturaleza, era una hermana detective, pero era la hermana detective *sin talento*, era, dijo, Jodie Forest, alguien que pensaba en *destruir* porque no había nada que pudiese *construir*, así que *arrasaba* con todo, y todo era, en aquel momento, *su vida*.

—¡Vaya! ¡Así que era cierto, señor MacPhail! ¡Tupps tenía razón! ¡Ahora recuerdo el título de aquella columna! ¡*Un pueblo detective*!

El chico estaba frotándose las manos. No lo hacía literalmente, porque aún sujetaba la taza de café que Stumpy le había servido, pero lo hacía, sin duda, mentalmente. ¡Estaba viendo un reportaje *relato*! Lo titularía (EL INCREÍBLE CASO DE LA CASA ENCANTADA Y EL PUEBLO DETECTIVE FANTASMA). ¡Aquel Howard Yawkey no tendría más remedio que nominarle a articulista del año! ¡Obligaría a Wilberfloss a ampliar la exigua plantilla de (*PERFECTAS HISTORIAS INMOBILIARIAS*)! ¡Podría *salir* de casa! ¡Saldría *cada día*! ¡Se acabarían todos aquellos niños chiflados!

Oh, Urk Elfine era feliz.

Por primera vez en mucho tiempo era feliz.

Se veía a sí mismo llamando a su mujer desde la *redacción*, porque existiría una *redacción*, un lugar, por todos los dioses tecleantes, en el que poder *teclear*, y quedando con ella para *almorzar*, la llamaría y le diría:

—¿Cariño? ¿Estarás en tierra en un rato? —A ese Urk del futuro le gustaba bromear con la condición *cambiante* del trabajo de su mujer–. He pensado que podríamos *almorzar* juntos –le diría, y a ella le parecería estupendo, porque no estaría almorzando con la clase de tipo que solía presentarse en las entrevistas vestido con su único traje sucio y arrugado, sino con un delicadamente perfecto atuendo de *ganador* del Howard Yawkey Graham a Articulista del Año, y entonces él añadiría un–: Te quiero, cariño, oh, cuánto te he echado de menos –y lo haría antes de colgar, y sería como si acabara de abandonar la mesita de noche en la que se había instalado desde que los niños habían llegado.

Stumpy MacPhail parecía preocupado.

El teléfono había dejado de sonar.

Dijo:

–¿Quiere eso decir que van a fastidiarme la visita de *mañana*?

–Un momento, ¿tiene una *visita*? –Bill parecía sorprendido.

–Sí, pero dijo usted que, dijo que si alguien se enteraba de que su casa estaba en, oh, no, dijo que si se enteraban no iba a conseguir *venderla*, y ¿a qué se refería?

–No puede tener una visita, no puso usted ningún cartel.

–Oh, no ha sido necesario –presumió Stumpy MacPhail–. Como le contaba hacía un momento a nuestro amigo *Urk*, tuve la fortuna de cruzarme con la famosísima Myrna Burnside –¿Ha anotado el nombre, *Urk*? Myrna PICKETT Burnside. Puedo deletreárselo, si quiere. Es importante, es *muy* importante, mi querido muchacho– y ese cerebro suyo, un cerebro realmente *prodigioso*, le ha encontrado *dos* posibles *propietarios*. Una pareja de escritores, ¿verdad, *Urk*?

–Oh, sí, una pareja de escritores.

–¿*Escritores*?

Stumpy MacPhail sonrió. El teléfono volvió a sonar. Lamentablemente, puesto que se había propulsado en el tiempo y estaba recogiendo su *futuro* Howard Yawkey Graham a Agente No Sólo Audaz Sino También Capaz de Vender Casas Encantadas del Año, Stump, imprudentemente, descolgó. Dijo:

–Soluciones Inmobiliarias MacPhail, dígame.

–Oh, eh, ¿señor *MacPhail*? Me temo que la señora Wishart ha olvidado decirle algo. –La voz era una voz masculina. Profundamente atildada–. Respecto al, bueno, *fantasma*.

—¿Jeanie Jack?

—Ella misma se lo proporcionará.

—Oh, ¿*ella* misma?

—Querido *Dan*, Dobbs lleva *años* al servicio de ese par de chiflados. Si a estas alturas no conociera a una *buena* compañía de *fantasmas*, estaría perdida.

—¿Una compañía de *fantasmas*?

Mientras aquel inusitadamente locuaz Jeanie Jack le pormenorizaba todo aquel asunto de la compañía de fantasmas, pues, efectivamente, existía algún tipo de empresa que se dedicaba a suministrar *fantasmas*, significase aquello lo que significase, la pareja formada por el aparentemente demasiado joven periodista que no hacía otra cosa que lanzar una pelota de tenis al aire y recogerla, la lanzaba (ALEHOP) y la recogía, y su único cliente, aquel tipo que se había quitado un solo guante y caminaba en círculos, se dirigían incómodas miradas que, en realidad, no tenían otro objetivo que el de *unirles*, pues se sabían condenados a fingir interés el uno en el otro. Más que eso. Podría decirse que se necesitaban, y que sólo lo descubrieron cuando Urk alzó ligeramente la voz para decir:

—Podría acostumbrarme a esto.

Bill pensó que se refería a aquel despacho. Pero en realidad a lo que Urk se refería era a aquel dejar de ser una miniatura de sí mismo instalada en la mesita de noche, entre todos aquellos libros que *nunca* iba a poder *acabarse*.

—¿Tiene usted coche?

—No exactamente —dijo el chico—. Tengo una pequeña camioneta.

—¿Podría prestármela?

—¿*Prestársela*?

Urk Elfine evaluó las consecuencias de aquel préstamo. Urk Elfine jamás le había prestado nada a nadie. Pero tampoco había habido *nadie* a quien prestarle *nada* antes. Urk Elfine se sentía francamente bien lejos de casa. Prestarle la camioneta a aquel tipo le garantizaría una excusa para no tener que volver *presto* a aquel pequeño infierno, pensó.

—Tengo que hacer un pequeño *viaje*. Pero si la visita de mañana resulta ser un éxito, volveré *cuanto antes*, se lo prometo.

Por supuesto, Bill no sabía que la casa estaba ya, de alguna manera, *vendida*. Lo único que Bill sabía era que tenía que abandonar Kimberly Clark Weymouth cuanto antes si quería *venderla*. Bill no sabía exactamente lo que temía, pero estaba convencido de que todo aquel maldito *pueblo* era capaz de *cualquier* cosa con tal de que él no se fuese a ninguna parte. Así que tenía que *irse* antes de que pudiesen evitarlo. Tenía que hacerles creer que no había vuelta atrás. Que la casa sólo era una casa y que a quien había contenido, en realidad, lo que les interesaba, estaba ya lejos, muy lejos.

—¿Y si no resulta ser un *éxito*? —Urk Elfine le dirigió una expresión entre divertida e inquietantemente engreída, y le apuntó con la pelota de tenis.

¿Acaso iba a resultar? ¿Acaso creía Bill que el hecho de que se fuera, el hecho de que se hubiera propuesto *interceptar* a aquella abogada, y *recuperar* al pequeño Corvette, iba a garantizar el *éxito* de la visita del día siguiente? ¿Acaso creía que su mera e inútil desaparición iba a *decidir* a aquella pareja de escritores a comprar la casa?

—Bromeaba —dijo el chico.

Había bajado la voz. Se había *incorporado* en aquella silla de felpa que parecía, por la extrema *comodidad* con la que el chico se dejaba caer en ella, una *hamaca*.

—¿Disculpe?

—Me refiero a que me trae sin cuidado.

Bill frunció el ceño.

—Si no resulta, volverá de todas formas, ¿no?

Había un plan formándose en la mente del desgarbado y rubio Urk Elfine, y ese plan tenía que ver con dejar de disponer de lo único que podía sacarle de allí: aquella horrenda camioneta repleta de asientos.

—Sí, *claro*.

—Entonces tómese todo el tiempo del mundo —dijo Urk, recostándose en aquella silla de felpa como si en vez de una silla de felpa fuese una cómoda, sí, *hamaca*.

17

En el que Meriam Cold hace unas llamadas y se anota un
buen puñado de (TANTOS) ante la atenta mirada de Georgie
Mason o Mason George, su engreídamente intelectual
mastín, que cree que van a (ARRUINARLE) el día, el año,
(LA VIDA, MER), al inefable señor Howling

El destinatario de la primera llamada de Meriam Cold no había
sido el señor Howling, pese a que se considerase, con mucho, el
mejor activo de la nada coordinada *Intelligentsia* de Kimberly
Clark Weymouth. O precisamente por eso. Meriam había pasado un buen rato junto al teléfono, acariciando distraídamente la
cabeza de Georgie Mason, y preguntándose a quién debía llamar primero. ¿A quién debía llamar primero? Podría, se dijo,
llamar a Kirsten James. ¿Qué te parece, Georges? ¿Crees que si llamara a Kirsten James, Kirsten James dejaría lo que sea que esté
haciendo y vendría? ¿Crees que vendría, Georgie? Podría pre-
pararle un té. Le prepararía un té y llamaría a Mavis Mottram y
le diría (ADIVINA CON QUIÉN ESTOY TOMANDO UN TÉ, MAVIS), y
Mavis Mottram se moriría, Georges. Sí, se dijo, en un primer
momento Meriam Cold, alzando el auricular del teléfono, dispuesta a marcar, sin importarle lo inoportuno de la hora, el número de la mujer más admirada de Kimberly Clark Weymouth,
la mujer que había sido (CHICA DEL TIEMPO) y luego se había
casado con (DANSEY DOROTHY SMITH), la mujer que ahora cazaba *patos* y vivía en una cabaña con un poeta *nadador*, pero al
momento siguiente aquel maldito chucho, Georges, había sacudido la cabeza y la había mirado con desdén, y ella se había dicho (TIENES RAZÓN), (NI SIQUIERA SE MOLESTARÁ EN DESCOL-
GAR), (LE TRAE SIN CUIDADO KIMBERLY CLARK), lo cual era
indiscutiblemente cierto, pero también era cierto que, por más
que Meriam Cold fingiese que aquel distinguido club que dirigía la abominable Mavis Mottram, no le importaba lo más

mínimo, lo cierto era que lo hacía, si no, no perdería el tiempo criticándolo tan *despiadadamente*. Aquel odio, nacido de la imposibilidad de aceptar que nada le gustaría más que formar parte de aquel puñado de mujeres que no hacían otra cosa que competir por el *amor* de alguien que ni siquiera sabía que existían, era lo que, curiosamente, la había unido a Mildway Reading, la desconsiderada y feroz bibliotecaria local.

Oh, Georges, ¿y si llamara a Mildway?

Mildway está siempre aburrida.

Me lo agradecería, ¿no crees?

(AJAJÁ), le había parecido a Meriam que le respondía aquel chucho enorme, (TE SERÍA FRANCAMENTE ÚTIL LLAMAR A MILDWAY). (PARA EMPEZAR), había imaginado que le decía aquel maldito perro, (PODRÍA CONTÁRSELO A TODOS ESOS LIBROS) (SUS *QUERIDOS* Y *ÚNICOS* AMIGOS) (Y LUEGO PODRÍA LLAMAR AL TIPO DE LAS RAQUETAS Y LOS TRINEOS, ESE TIPO QUE ARRASTRA LOS PIES, ESOS PIES COMO *RAQUETAS*, Y ME MIRA COMO SI FUERA DE OTRO PLANETA O HUBIESE ASESINADO A ALGUIEN, COSA QUE, SINCERAMENTE, QUERIDA, ME APETECE MUCHO HACER CADA VEZ QUE LE VEO, Y ADJUDICARSE EL TANTO).

—Mildway no sabe cómo adjudicarse un tanto —había dicho Meriam en voz alta.

(POR SUPUESTO QUE SABE), había oído que decía Georgie Mason, (SÓLO ES QUE NUNCA HA TENIDO LA OPORTUNIDAD DE HACERLO).

Y había pensado que tenía razón.

Y también, que no quería que Mildway Reading la odiase. Y Mildway iba a odiarla. En realidad, Mildway no sabía *no* odiar. Si querías existir para Midlway Reading, Mildway Reading tenía que odiarte. A menos que pudiese compartir contigo su odio, como ocurría, casi de forma exclusiva, con Meriam. O como ocurriría, si decidía alzar el auricular y llamarla. Porque no era que Meriam Cold se supiese en posesión de algo valioso y no quisiese dejarlo en manos de alguien que, no es que odiase a las Chicas Kirsten, es que odiaba a todo el mundo. Era que no quería formar parte de aquel *todo el mundo*. Y sabía que lo haría. Sabía que Mildway no podría soportar que hubiese sido Meriam y no *ella* quien se hubiese topado con Bertie Smile aquella noche y le hubiese *robado* su exclusiva sobre el chico Peltzer, pese a que no había forma de que pudiese haberlo sido porque todo lo que hacía Mildway era ir de su pequeña y ligeramente abandonada casita de las afueras a la biblioteca y volver cuando caía la noche.

(DEBERÍAS LLAMAR A ARCHIE), había dicho entonces Georgie.

En realidad, por supuesto, Georgie no había dicho nada.

Puede que fuese un perro listo, puede que incluso fuese un perro engreído, pero no dejaba de ser un perro y todo el mundo sabe que los perros no hablan.

Al menos, no de la manera en que lo hacen sus dueños.

Aunque eso no impedía a Meriam *charlar* con él.

—A Krikor le trae sin cuidado todo el mundo, Georges —le había respondido ella.

(TODO EL MUNDO MENOS MCKENNEY, MER), había dicho Georges.

(PIÉNSALO), había dicho a continuación.

(LE DAS UNA RAZÓN PARA LLAMAR A MCKENNEY, Y ÉL TE DEVUELVE EL FAVOR CONVIRTIÉNDOTE EN LA *FUENTE* DE LA NOTICIA). (PORQUE MCKENNEY QUERRÁ SABER DE DÓNDE HA SACADO LO DE LA CASA PELTZER EN VENTA Y ÉL NO PODRÁ MENTIR) (ARCHIE KRIKOR NO SABE MENTIR) (ES UN TIPO RARO) (¿NO LE GUSTABA TAMBIÉN LA CHICA DE LOS RIFLES?), había perorado Georges.

—Oh, no sé si sigue gustándole. Tuvieron una pequeña *historia*.

(LLÁMALE, MER. SIN DARSE CUENTA, VA A CONVERTIRTE EN LA ESTRELLA DE TODA ESTA COSA POR UNA VEZ). (PIÉNSALO). (PIENSA EN EL MALDITO HOWIE HOWLING). (VAS A ARRUINARLE EL DÍA, MER). (EL AÑO). (¡LA *VIDA*, MER!).

—¡PERRO DEL DEMONIO! ¿Cómo es posible que seas tan *listo*?

(JOJUJÚ JOJUJÚ JOJUJÚ), había oído reír Meriam a Georgie.

Y a continuación, evidentemente, había llamado a Archie Krikor.

Era tarde. Era *muy* tarde. Pero eso no impidió que Archie Krikor descolgara. Meriam lo imaginó, como hacía siempre, rodeado de *troncos*.

—Deja lo que estés haciendo, Arch —había dicho Meriam Cold cuando Arch había descolgado—. Y escucha. Escucha atentamente, Arch. Tengo una *bomba*. Puedes llamar a Eileen en cuanto cuelgue.

Básicamente, lo que Arch había estado haciendo era aburrirse. Se aburría y pensaba en Sam. A veces también pensaba en Eileen. Pero casi siempre pensaba en Sam. Sam era complicada, y Arch estaba convencido de que no le gustaba. A Sam el único que le gustaba era el chico Peltzer, aunque puede que ni siquiera ella lo supiese. En cualquier caso, Arch se aburría, y leía uno de aquellos libros que cogía prestados de la biblioteca y que siempre eran libros tristes que tenían que ver con su profesión. El que en aquel momento acababa de abandonar, abierto, bocabajo, sobre la mesita del teléfono, se titulaba (*NO ASESINO ÁRBOLES: MEMORIAS DE UN TALADOR SIN AMIGOS*).

Era deprimente.

De ahí que su respuesta hubiese sido:

—Soy todo oídos, Mer.

Porque, ciertamente, aquella historia iba a darle una excusa para llamar a Eileen. Y eso fue lo que hizo. En cuanto la historia estuvo en su poder, se había apresurado a llamar a Eileen, que, a su vez, se había apresurado a encender un cigarrillo y llamar a Meriam para confirmar la información que, sin duda, iba a acabar en un número especial y *apresurado* del *Scottie Doom Post*.

A partir de entonces, la pista se perdía.

El tejido telefónico de Kimberly Clark Weymouth funcionaba como una suerte de tejido sináptico cuando una de aquellas *carreras* rumorístico informativas estaba en marcha. Meriam había hecho hasta tres llamadas después de colgarle el teléfono a McKenney, es decir, una vez se había asegurado de estar a la cabeza, de ser la *fuente* oficial de aquel rumor que iba a convertir Kimberly Clark Weymouth en un polvorín. La primera, a Rosey Gloschmann, la tímida estudiosa de la obra de Louise Cassidy Feldman. Meriam había pensado que a Rosey le gustaría saberlo, y a su vez, que era del todo inofensiva. Charlarían un rato, como lo hicieron, sobre la posibilidad de que eso repercutiese, de alguna manera, en la *obra* de Feldman, o, cuando menos, en aquellos que se acercaban a ella apasionadamente, puesto que ya no dispondrían de un lugar en el mundo al que *peregrinar*, y luego se despedirían, como había ocurrido, sin más. La segunda tenía como objetivo hacer enloquecer a la presuntuosa guía local, la señora MacDougal, sugiriéndole que sus días, y los del *tour* que había ideado para aquel infierno helado en el que vivían, podían estar contados. Lo había conseguido, y mientras MacDougal despotricaba contra todo el mundo, en especial, contra el alcalde Jules, mientras gritaba (¡OH, ESE CONDENADO VIEJO, MER! ¿CREES QUE HA MOVIDO UN DEDO PARA *IMPULSAR* MI *TOUR*? ¡NI SE LE HA PASADO POR LA CABEZA! ¡EN LO ÚNICO EN LO QUE PIENSA ES EN DAR IDEAS A ESE RIDÍCULO *JUNTALETRAS*!), Meriam le había guiñado un ojo a Georges. La última, había sido una manera de cerrar el círculo que aquel fortuito y del todo provechoso encuentro nocturno con Bertie Smile había abierto. ¿Había llamado Meriam a Bertie Madre? Nah. Había llamado a Don Gately, de Frigoríficos Gately. Es decir, el *jefe* de Bertie Smile. Meriam y él habían tenido algo parecido a una aventura en otro tiempo. Se habían citado en la entonces pajarería de Don. Alguien les había visto entrar y había empezado a hacer circular el rumor de que La Tipa Rara del Perro hacía cosas con el Tipo Raro de los Pájaros y que las hacían allí dentro. También, que probablemente las hacían en una jaula *tamaño natural*, tal vez, *disfrazados*, y, en cualquier caso, fingiendo que eran algún tipo de pájaro. Nadie más que ellos sabía lo que verdaderamente había pasado allí dentro durante la pequeña colección de semanas en que se habían estado viendo. Fuese lo que fuese, seguía siendo algo de lo que se negaban a hablar incluso entre ellos.

—¡Meriam!

—¿Estás borracho, Don?

—He estado bebiendo *un poco* con la pequeña *Emil*, Mer.

La pequeña Emil era un pájaro. Algún tipo de diminuto loro *azul*.

—Estupendo, Don.

—¿Y tú, Mer, estás *borracha*?

—No, Don.

—¿Y ese perro tuyo?

—Tampoco.

—Estupendo.

Meriam se había arrepentido de haber hecho aquella llamada en cuanto Don había descolgado el teléfono. Pero no había podido evitarlo. Tenía que cerrar el círculo. Así que Don Gately se había enterado, por la mismísima fuente oficial de la noticia, de algo que, para cuando, a la mañana siguiente, Bertie Smile se había presentado, inusitadamente, en la tienda de Bill, ya sabía prácticamente *todo* Kimberly Clark Weymouth.

Aquellas primeras tres llamadas, en especial, la primera de todas ellas, la que había permitido a Eileen McKenney ponerse en marcha, habían activado el tejido sináptico de la ciudad, y había hecho que los teléfonos sonaran en todas partes.

Así pues, no era un misterio la manera en que los habitantes de Kimberly Clark Weymouth se habían enterado de que Billy Peltzer pensaba abandonarles, aunque sí lo era a través de quien lo habían hecho, puesto que buena parte de las llamadas que habían *incendiado* el tejido telefónico de la ciudad eran anónimas. Los teléfonos simplemente sonaban y, cuando alguien los descolgaba, quien fuese que estuviese al otro lado, simplemente decía (BILLY PELTZER HA PUESTO SU CASA EN VENTA), y, sólo a veces, añadía (Y ESTÁ PENSANDO EN ADOPTAR UN ELEFANTE).

El mismísimo Francis Violet McKisco había recibido una de aquellas llamadas a primera hora de la mañana. A la hora exacta en que Bertie Smile llegaba al trabajo en Frigoríficos Don Gately, el teléfono había sonado en casa del famoso escritor de *whodunnits*. McKisco estaba en su despacho, escribiendo. Stanley y Lanier tenían un nuevo caso al que, provisionalmente, McKisco había llamado *El caso del detective incomprendido*. Lanier acababa de recibir una carta. Era la carta de una admiradora. La admiradora también era detective, o eso le gustaba pensar a Lanier. El caso era que la admiradora había dejado de admirar a Lanier y Lanier no podía entenderlo. Lanier estaba triste. Stanley no estaba triste y no entendía por qué Lanier estaba triste. Stanley no tenía ningún tipo de admiradora en ninguna parte y no entendía por qué Lanier debía tenerla. ¿Acaso no era suficiente con toda aquella vida en los suburbios? ¿Su mujer, los niños, el condenado *perro*? ¿Para qué necesitaba una admiradora? Stanley sacudía la cabeza, no entendía nada. Discutían. Stanley le decía que era *ridículo* estar triste por una *ridícula* carta. Lanier trataba de hacerle entender que aquella carta no era ridícula. (¡ES LO ÚNICO QUE TENGO, STAN!), gritaba, exageradamente *hundido*, Lanier. A Stanley aquello no le gustaba nada. McKisco, un cigarrillo entre los dedos, una taza de café enfriándose junto a la pequeña lámpara infantil en cuya tulipa la pequeña Cats había dibujado, en otro tiempo, una naranja con sombrero y maletín, una naranja sonriente camino de la oficina, tres de sus raídas libretas abiertas sobre el escritorio, la máquina de escribir a la espera de que el tecleo continuase, se había detenido a preguntarse cómo era posible, después de todo aquel tiempo, el tiempo que hacía que la ex señora McKisco, Catherine, *su* Catherine, Catherine Winter McKisco, se había esfumado, que cada discusión que imaginaba era como una mano reabriendo una herida, los dedos separando el corte y devolviéndole al momento exacto en que la sangre había empezado a manar, ¿y no era eso, después de todo, la literatura? Reabrir una herida, fingir que era cualquier otra cosa, incluso, en su caso, una cosa *divertida*, para no tener que aceptar lo que no tenía otro remedio que aceptar, que nada *cicatriza*, que toda herida sigue latiendo, a la espera de volver a ser *abierta*, y que el oficio del escritor consiste básicamente en eso, en impedir que algo se cierre.

Tormentoso, McKisco había abandonado aquel segundo cigarrillo en el cenicero, junto al primero, y había escrito, en nombre de Stanley Rose: (¡VAYA! ¡ASÍ QUE *AHORA* TE IMPORTO MENOS QUE UNA RIDÍCULA *CARTA*!), y entonces había sonado (¡RIIIIIIIIING!) el teléfono.

Y, pese a que no había prestado a (LA NOTICIA) la atención que merecía, tratándose como se trataba de un más que posible fin de la vida en Kimberly Clark Weymouth tal y como se conocía, había archivado la información de tal manera que, cuando algo más tarde, aquella misma mañana, se dirigiera, sus maneras de pequeño bulldog intactas pese a caminar sobre un par de raquetas y tener que vérselas con su *ondulante* bufanda *aterciopelada* en mitad de una de aquellas *horrendas* ventiscas, a la oficina postal, convencido de que la respuesta de Myrlene Beavers debía haberse extraviado y por eso no había llegado a primera hora a su mesa, no podría evitar fijarse en lo que más tarde definiría como el Incidente de la Camioneta y el Tipo del Traje Sucio. De haber sabido McKisco que el protagonista del Incidente, Billy Peltzer, además de ser el protagonista de (LA NOTICIA), era el culpable de la apatía y los ojos enrojecidos de su hija, de su falta de apetito y de todo aquel (CLARO, PAPÁ) y (LO QUE QUIERAS, PAPÁ), de aquella inaudita sumisión, aquella rendición, aquella falta de esperanza, aquella especie de fin del mundo, habría cruzado la calle, tan rápido como aquel par de raquetas se lo hubiesen permitido, y habría zarandeado a Billy Peltzer, le habría dicho (¡TÚ!), y (¡CONDENADO ESTÚPIDO!), le habría dicho (¿ACASO CREES QUE MERECES ALGO MEJOR?), y, a buen seguro también algo parecido a (NO TIENES CORAZÓN, HIJO DE RANDAL PELTZER). Pero, puesto que no tenía forma de saberlo, no lo había hecho. En el momento no había hecho más que mirar hacia otro lado y seguir su camino, tan apresuradamente como aquel condenado tiempo se lo permitía, en dirección a la oficina postal, en la que, para su desgracia, no iba a encontrar ningún telegrama de Myrlene Beavers pero sí a una exaltada Jingle Bates que se quejaba de que alguien comunicaba, comunicaba todo el tiempo, (¿Y CÓMO VOY A CONTARLE LO QUE TENGO QUE CONTARLE SI COMUNICA TODO EL TIEMPO?), se decía. McKisco había vuelto, triste, sobre sus pasos, y había dejado a Jingle seguir haciendo lo que estaba haciendo.

Marcar el mismo número de teléfono.

Jingle había estado tratando de dar con Eileen, que seguía refugiada en la casa de huéspedes de la señora Raddle, razón por la cual Jingle no era capaz de dar con ella. Eileen tecleaba sin descanso para dar forma a aquel número apresurado del *Doom Post*. Sólo se detenía para encender cigarrillos y llamar por teléfono. Había conseguido a Ray Ricardo, el alcalde Jules estaba redactando una de aquellas escenas de descarte de *Las hermanas Forest investigan* que tendría, como siempre, vagamente algo que ver con el tema en cuestión, y una negativa del señor Howling, en tanto que mejor activo de la *Intelligentsia* de Kimberly Clark Weymouth, a escribir sobre el inesperado hallazgo de Meriam Cold. A Rosey Gloschmann le pediría que reflexionara sobre lo que podía significar para el lector de Louise Cassidy Feldman la desaparición de aquella aberración ideada por Randal Zane Peltzer y, de paso, una pequeña historia de la tienda.

También había llamado a comisaría.

Sólo quería saber si estaban al tanto, y si esperaban algún tipo de disturbio. No había encontrado a la jefe Cotton. Había salido, le habían dicho. ¿Estaba al tanto, en cualquier caso, del asunto Peltzer? Por supuesto, le había dicho la voz. Al parecer, alguien había llamado a comisaría y había dicho que William Peltzer había puesto su casa en venta. También que *en breve* habría un número *especial* del *Doom Post* circulando que daría lugar a todo tipo de especulaciones. Eileen no había podido dar crédito. ¿Había un diminuto alguien encerrado en su teléfono, transmitiendo información *a todas partes*?

Oh, lo había.

Sólo que no era un alguien diminuto.

Era la señora Raddle.

No tenía más que descolgar su propio teléfono cada vez que oía a Eileen descolgar el suyo para enterarse de todo. Las paredes de la casa de huéspedes de la señora Raddle eran cualquier cosa menos paredes.

En comisaría ni siquiera había paredes que pudiesen ser cualquier cosa menos paredes. De ahí que ocurriera lo que ocurrió con la siguiente conversación. Oh, la jefe Cotton podía aborrecer a la pequeña McKisco por ser una *blandengue* y haber llegado a aquella comisaría de la forma en que lo había hecho, pero no podía soportar la tristeza.

Y la pequeña McKisco estaba triste.

Muy triste.

—Si es un chico, Cats, olvídalo, no te merece —había sido todo lo que le había dicho al principio, al comprobar que fuese lo que fuese lo que estaba pasando, no iba a irse a ninguna parte—. Y si es una chica, *tampoco*.

Cats, recordaba Cotton, había sonreído y, por un momento, algo de aquella extraña luz que desprendía, había vuelto, y la jefe Cotton había deseado abrazarla.

La jefe Cotton no recordaba la última vez que había abrazado a alguien. A menudo, cuando por las noches se repasaba aquel horrible corte de pelo a cepillo, se preguntaba cómo lo hacía todo el mundo. Parecía sencillo. La gente simplemente se *abrazaba*. Pero ella ni siquiera se abrazaba con los tipos con los que se acostaba. ¿Qué demonios le pasaba? ¿Acaso era tan difícil? ¿Por qué era tan difícil?

Era, ciertamente, muy difícil.

Una no podía, simplemente, lanzarse en brazos de alguien cuando era la *jefe* Cotton. Por eso había dicho:

—Dile a tu padre que esta noche *cenaré* en el Dan Lennard.

—¿El lago helado?

—Sí.

—¿Quiere eso decir que puede *salir* con *usted*?

—Quiere decir que puede acompañarme, si le apetece.

—¡Oh, *Dan*! ¿De veras?

La chica había sonreído. Un segundo antes había sido una orquídea moribunda, un puñado de tierra, un juguete olvidado, y al segundo siguiente había vuelto a *brillar*.

—No puede ser tan horrible —había pensado Danny, en voz alta.

—Oh, no lo será —había dicho la pequeña Cats, y se había dispuesto, *feliz*, a marcar el número de casa, sin caer en la cuenta de que, algo más allá, el diligente agente Binfield, Wicksey Spott Binfield, levantaba a su vez el auricular del teléfono y marcaba el número del señor Howling y, al hacerlo, ponía en marcha otra de aquellas carreras rumorístico informativas, una que tenía a la (JEFE COTTON) y a (FRANCIS MCKISCO) como protagonistas y que devolvía al señor Howling *a la cabeza*, algo que tanto Meriam Cold como el furibundo Georges, aquel mastín engreído que había creído, ingenuamente, poder arruinarle *la vida* a Howie Howling, lamentarían en secreto.

18

En el que Francis McKisco consigue cenar con la jefe
Cotton, aunque no deja de pensar (NI UN SEGUNDO)
en Myrlene Beavers y aquel ridículo (MALENTENDIDO)
¿y por qué no habrá contestado aún su telegrama?
¿Acaso, Cats, puede estar *muerta*?

Francis Violet McKisco estaba trabajando, furibundamente, lo
que parecían *cientos* de cigarrillos humeando a su alrededor, en
aquel quién sabe si embrión de novela o mero relato, en aquella
cosa protagonizada por su pareja de detectives y aquella admiradora *desaparecida*, cuando el teléfono (¡*RIIIIIIIIING!*) había vuelto
a sonar. Visiblemente molesto por la interrupción, el escritor,
había descolgado y, antes siquiera de escuchar quién había al otro
lado, y suponiendo que debía tratarse de alguna otra voz insul-
tantemente absurda, anónimamente ridícula, decidida a lanzarle
el *titular* de un nuevo descubrimiento, o puede que del mismo
descubrimiento, pues era habitual que toda aquella *gente*, aquella
gente que se dedicaba a *llamar*, no se coordinase de ninguna manera, todos ellos, en realidad, se dedicaban, simplemente, a llamar,
llamaban a todo el mundo durante horas, a veces, durante *días*,
hasta que todo el mundo no sólo estaba al corriente de lo que
había ocurrido sino que estaba harto de lo que había ocurrido,
el escritor había, nada amablemente, espetado (¿PUEDE DEJARME
EN PAZ?) (¡ESTOY TRABAJANDO!) (¿ACASO CREEN QUE LOS ES-
CRITORES NO TRABAJAMOS?) (¿DE DÓNDE CREEN QUE SALEN
TODOS NUESTROS LIBROS, EH?) (¿DE UNA PEQUEÑA FÁBRICA DE
LIBROS?) (¿CREEN QUE NUESTROS LIBROS LOS FABRICAN *DUEN-
DES*?) (OOOH, ESO CREE, ¿VERDAD?) (¡MALDITO SEA!) (¿SABE
QUÉ?) (¡VÁYASE AL INFIERNO!), y a continuación, había colgado.
Rezongando, súbitamente alicaído, *descentrado*, el escritor había
intentado volver a la página, todos aquellos cigarrillos humean-
do a su alrededor, la bufanda firmemente ceñida a su cuello,

había intentado *reconectar* con lo que fuese que había estado pasando *allí dentro*, pero entonces, (OH, ¡MALDITA SEA!), el teléfono había vuelto a (¡RIIIIIIIING!) sonar.

—¿QUIERE DEJARME EN PAZ?

—¿*Papá*?

—¿*Cats*?

—¿Estás bien?

—Oh, Cats, *no*.

—¿No?

—No. No sé qué hacer, ¿debería volver a escribir a Myrlene? Acabo de pasarme por ese sitio, la oficina postal, y esa chica, oh, esa chica del demonio, ¡no era capaz de *colgar* el maldito teléfono! ¿Es que han perdido todos la cabeza en este sitio? Me ha dicho que no había llegado *nada*, que no había *nada* a mi nombre, ¿puedes creértelo? —McKisco cogió uno de aquellos cigarrillos humeantes, se lo llevó a los labios, aspiró (FUUUF), y, como si hubiera hecho su trabajo, lo devolvió al cenicero—. ¿Y si no le ha llegado? ¿Y si *ha muerto* antes de que le llegara?

—Papá.

—Oh, Cats, ¿y si está *muerta*?

—No lo está.

—¿No?

—No.

—¿Entonces?

—Papá, la jefe Cotton dice que puedes acompañarla al Dan Lennard.

Silencio al otro lado.

—¿*Papá*?

—No sé si es un buen momento, Cats.

—¡*Papá*! ¿Por qué no iba a ser un buen momento?

—Cariño —dijo, aquella nube negra, oh, Myrlene Beavers, suspendida sobre su cabeza— ¿y si salgo y *me pierdo* el telegrama?

—¿Qué telegrama?

—¡*Myrlene*!

—Papá, nadie reparte telegramas por las noches.

—¡Podría llegar en cualquier momento!

—No, no podría llegar en cualquier momento. Pero, si te quedas más tranquilo, yo pasaré la noche en tu despacho si es necesario.

—Oh, cariño, ¿harías eso por mí?

—Claro, papá.

—Estupendo. Debo dejarte entonces. Tengo que reservar mesa, y luego tengo que vestirme, y luego tengo que decidir qué valioso ejemplar de mi colección voy a regalarle, ¡una primera edición *por supuesto*!

—¿Papá? No tienes que reservar *nada*.

—Oh, por supuesto que sí, Cats, y también tengo que decidir qué voy a ponerme. Me pondré el nuevo chaquetón. El chaquetón de pelo de *león*.

—No es pelo de león, papá.

—Lo sé, pero lo parece, ¿no? Uhm, Cats, *veamos*. Estoy pensando que podría llevarla al Ellesmere, ¿qué me dices? ¿Un poco demasiado pretencioso, quizá?

—Papá, la jefe Cotton me ha dicho que te espera en el Dan Lennard.

—¿El Dan Lennard? ¿Qué es *eso*?

—El lago helado, papá.

Silencio al otro lado.

—¿Un lago *helado*?

—Sí, papá.

—Oh, no, Cats, ¿quiere que *patinemos*? Yo no sé patinar, Cats, ¡podría *matarme*! No tiene por qué haber leído mis novelas, pero si lo ha hecho debería saber que *me aterran* las pistas de *hielo*. ¿Cuántos *muertos* de mis novelas *han muerto* en pistas de hielo? ¿Y sabes quién es el culpable? ¿El verdadero culpable? ¡*Este lugar*!

—Papá.

—¿Acaso *nadie* tiene ni la más remota idea de lo que ha sido crecer aquí? ¿Sabes cuántas excursiones a pistas de hielo hicimos? No recuerdo ir a ningún lugar donde no pudiera *resbalar*, y donde no hiciera un frío del demonio. Pero el frío no era el problema, ¡el problema era que siempre había que practicar algún tipo de *deporte*!

—Papá.

—¡Oh, esas estúpidas maestras! ¡Creen que *todos* amamos el *deporte*! ¿Por qué no creen que *todos* amamos *la escritura*? ¿Qué clase de mundo injusto es éste? Yo sólo quería que me dejaran en paz, Cats, en esos sitios horribles, para poder sentarme a es-

cribir. No quería subirme a un trineo, no quería *escalar* montañas *nevadas*, no quería *patinar*, sólo quería *sentarme a escribir*. Pero
no era posible. Nunca era posible. ¿Es que nadie va a entender
nunca que existen los niños escritores? ¿*Nadie*?

—Papá, no quiere patinar, sólo quiere *cenar*.

McKisco, contemplando aquella página a medio escribir,
contemplando en realidad a Stanley en el vagón de tren, diciéndose que Stanley no había sido un niño escritor pero sí un niño
cobarde, y que por lo tanto, debía entenderle perfectamente,
suspiró aliviado.

—Entonces ¿ha leído mis novelas? —dijo, se apartó un mechón
de pelo de la frente, se cambió el teléfono de mano—. ¿Sabe que
muchos de *mis* muertos han *muerto* en pistas de hielo? ¿Es por
eso que ha elegido ese sitio? Oh, apuesto a que la jefe Cotton
aborrece a las hermanas Forest y no piensa que *La dama del rifle*
sea un *pastiche*.

—No lo sé, papá, tengo que colgar.

—¡OH, NO! Espera un minuto, ¿quieres, Cats? —El escritor
tomó otro de aquellos cigarrillos humeantes. Le dio una calada.
Lo apagó, aburrido. Dejó escapar el aire (FU–FUF–FU) haciéndose el resueltamente interesante. Añadió—. ¿Quién crees que debería ser para ella, Cats? ¿El apuesto Lanier, el tímido Stan Rose,
o el *caballeroso* jefe Maitland?

Francis Violet McKisco tenía un pequeño problema de per-
sonalidad. En realidad, no era un problema en absoluto. No era
que Francis Violet se considerase *poco apto*, en tanto que personaje, para el mundo *real*, era simplemente que no quería dejar de
crear. Francis habitaba sus personajes incluso cuando no estaba
escribiendo. De hecho, podría decirse que Francis Violet Mc-
Kisco sólo era Francis Violet McKisco cuando escribía, o cuando escribía sobre lo que escribía, como le ocurría con Myrlene
Beavers. El resto del tiempo, era cualquier otro alguien que él
hubiese creado.

—No creo que sea una buena idea, papá. Recuerda lo que
pasó la última vez. Con la jefe Carrabino. ¿Cheryl, la recuerdas?
No quiso volver a *verte*.

—Oh, esa mujer del demonio no entendía *nada*.

—Papá.

–Me pondré mi ridícula americana de jefe Maitland y la camisa mal planchada de Lanier Thomas y quizá me espolvoree sobre la barba esa loción especial para bigotes de nombre terrorífico que utiliza Stanley. Esa cosa llamada Schnurrbart Mann. ¿Sabes que uno de mis personajes se llama como ese tipo, el tipo que la inventó? ¿Crees que será rico, ese tipo, Cats? ¿Crees que me leerá algún día? ¿Crees que ya lo ha hecho? ¿Crees que está escribiéndome una carta en este mismo momento? Uhm, ¡oh, esa maldita Myrlene! ¿Por qué no me contesta? ¿Acaso no me cree?

–Para la jefe Cotton, tal vez deberías ser Manx Dumming –consintió Cats–. Ahora tengo que volver al trabajo, papá.

–¡Claro, cariño! ¡Oh, chúpate esa Katie Simmons! ¡Esta noche voy a volver a salir con una *auténtica* detective! –Katie Simmons era la máxima autoridad en el mundo de los escritores de *whodunnits*, y Francis creía que lo era sólo porque estaba casada con una detective–. ¿Crees que debería llamar a la *prensa*, Cats?

–Adiós, papá.

–Oh, adiós, Cats.

Lo que había seguido a aquella extrañamente rimbombante conversación era lo que parecían *cientos* de horas ante el espejo, o entre el espejo y el armario, o entre el espejo, el armario y su aún humeante despacho, lugar en el que el escritor había abierto y vuelto a cerrar cajones, había subido y bajado escaleras, buscando el ejemplar *perfecto* que regalar, una primera edición *dedicada* (A MI QUERIDA JEFE COTTON, LA DETECTIVE A LA QUE STAN Y LANIER SOÑARÍAN CON PARECERSE; SIEMPRE SUYO, *FRANCIS*), y luego, un *caminar* con raquetas, el chaquetón de falso *pelo* de león cubriéndose de diminutos copos de nieve, hasta el lago helado, la oscuridad cerniéndose sobre aquella ciudad de teléfonos *sonantes*, y la espera, la espera interminable en un rincón, porque él era el escritor, y en ningún caso no debía parecer alguien que esperaba sino alguien que se hacía esperar. Pasó frío, un frío indescriptible, tratando de leer bajo la mortecina luz de una farola, en lo que parecía el patio trasero de aquel lugar mientras dentro, la jefe Cotton hacía de jefe Cotton. Escudriñaba la carta y engullía cerveza. De vez en cuando, se miraba los guantes. Aquellos guantes de cuero negro que tendía a no quitarse. Alzaba la cabeza, miraba alrededor, se toqueteaba su pelo rubio cortado al cepillo.

La jefe Cotton parecía siempre recién salida de la academia militar. Su atractivo era exuberantemente *marcial*, y para buena parte de la población de Kimberly Clark Weymouth, del todo irresistible. ¿Era buena en su trabajo? Lo sería si hubiera un trabajo, pues nunca había ocurrido nada que pudiera realmente investigarse en Kimberly Clark Weymouth, a excepción del asesinato de aquella chica, Polly Chalmers. Pero cuando aquello había ocurrido, la jefe Cotton aún no era la jefe Cotton y estaba sirviendo cafés a tipos que no hacían otra cosa que ojear carpetas y tomar cafés. Así que no había tenido forma de ser buena de ninguna manera. Luego, se había limitado a disfrutar de las condiciones adversas del tiempo en aquel lugar, y a fantasear con estar sobreviviendo a alguna especie de fin del mundo *helado*. Por las noches, le contaba a su tortuga de tierra, Betsy Kiffer Manney, la silenciosa señora Kiff, lo que había ocurrido durante el día, y se tumbaba en el sofá a hojear viejas revistas relacionadas con el mundo de la aviación. Sus padres habían sido un par de famosos aviadores. Leer aquellas revistas era como viajar a un pasado en el que nada de aquello había pasado aún, en el que ella ni siquiera existía.

—¿Jefe Cotton?

—¿*Uh*?

La jefe Cotton alzó la vista. El camarero, un chico con gafas y una nueva aunque nada disimulada dentadura postiza, le sonreía. Miraba alternativamente a su libreta de pedidos y al diminuto mechón de pelo rubio que la jefe Cotton se había dejado crecer en el costado izquierdo de la frente, con el único fin de tener una excusa para (FUF) resoplar sin parecer ridículamente engreída, o terriblemente *aburrida*.

—¿Lo tiene ya?

—No, estoy esperando a alguien —dijo la jefe Cotton—. En realidad, estoy esperando a Francis McKisco. ¿Sabe quién es Francis McKisco?

El chico sacudió la cabeza.

—Es el único escritor de esta ciudad.

—¿Es el escritor de *La señora Potter*?

—No —dijo la jefe Cotton.

—Ya, eh, *bueno.*

El chico y su dentadura se fueron por donde habían venido.

Y entonces, *al fin*, Francis Violet McKisco, una versión decididamente *helada* del mismo, entró por la puerta. Y lo primero
que llamó la atención de la jefe Cotton fue el cinturón con la
hebilla en forma de caballo. Luego, los inesperados vaqueros, el
chaquetón de *pelo* marrón y las absurdas y delicadas botas con
aspecto de *mocasines*. ¿No iba vestido con un traje de raya diplo-
mática y llevaba un ridículo pañuelo *violeta* en la solapa la última
vez que lo había visto? Ajeno a su desconcierto, el escritor miró
alrededor, aparentemente encantado, y detectando su presencia
en uno de los reservados del fondo, se dirigió, presuroso, hacia
ella, tratando de esbozar una incómoda sonrisa.

—¡Oh, siento llegar tarde! —fue lo primero que dijo. Luego le
tendió el diminuto ramo de flores. Se quitó el chaquetón, lo
puso a un lado y sonrió—. ¿Ha cenado *ya*? —El escritor tomó
asiento, dejó las raquetas en el suelo, se apartó el par de tirabu-
zones de la frente, clavó la vista en algún lugar de la carta sin
atreverse a mirarla—. Lo lamento, he tenido un pequeño *imprevisto*. Es, verá, tengo una admiradora, ¿sabe? Myrlene Beavers. Es
mi mejor, ehm, *lectora*. —Tomaré *pescado*, ¿usted?—. Está disgusta-
da. Y yo también, si he de serle franco. —Al fin alzó la vista—.
Cree que *veo* esa condenada *serie*.

La jefe Cotton, que no había podido dar crédito a aquel pequeño espectáculo, que, ciertamente, parecía sacado de una de
sus novelas, estalló en carcajadas (JAU JAU JAU). El escritor frunció el ceño, esbozó lo que volvió a parecer una incómoda sonrisa, y dijo:

—Supongo que le parece divertido.

—OH, SÍ —dijo la jefe Cotton—. Muy divertido. ¿Se refiere a
Las hermanas Forest?

—Esa condenada serie, sí.

—No puedo creérmelo.

—Pues créaselo —¿Camarero?—. Por cierto, ¿le han gustado las
flores?

La jefe Cotton miró las flores.

Dijo:

—No lo sé.

—Debí imaginármelo.

—¡Vaya! ¿Por qué?

—Porque la primera intención es siempre una idea horrible. Al menos, en mi caso. —¿Camarero? Sí, traiga algo de vino, y un plato de pescado para mí, sí, *cualquier* pescado, y para la señorita, *Lo de siempre*, dijo la jefe Cotton, Lo de *siempre*, sí, eso es, estupendo—. ¿Por dónde íbamos?

—Ideas horribles.

—Ideas horribles.

—¿Le parece bien el sitio?

—Si he de serle franco, *no*.

La jefe Cotton se rio.

—¿Cómo lo hace?

—¿El qué?

—Es usted *divertido*.

—Oh, no, no lo soy. Ni siquiera soy *feliz*, señorita Cotton.

—¿Sabe qué? Creo que yo tampoco.

—Oh, no, ¡no *mienta*! ¡Es usted detective! ¡Los detectives son *felices*!

—¡JA! Bueno, puede que tenga usted razón, siempre que no estemos hablando de detectives que viven en pueblos *repletos* de detectives *aficionados*.

—Oh, esa condenada serie.

—Exacto.

El camarero sirvió el vino.

Un teléfono sonaba en algún lugar.

—Abominable chicle teledramático, así lo llama Myrlene.

La jefe Cotton se retiró el mechón de la frente y bebió un sorbo de vino.

—¿Esa tal Myrlene es su novia?

—No, ella sólo me, ella me escribe.

—¿*Cartas*?

—Sí —dijo el escritor, y sonó a (sí) interior, a palabra que se mostraba pero que no se *daba*, a espejismo auditivo—. Eh, sí —repitió.

—Prefiere no hablar de ello.

—Prefiero no, sí.

—Hábleme de por qué estoy aquí, entonces.

Oh, no.

–No.

–¿No?

–Es usted *detective*.

–Detective, sí –La jefe Cotton le miró extrañada y a la vez divertida–. ¿Quiere eso decir que tengo que adivinarlo? Uhm, ¿le gusto, *Francis*?

El escritor apuró su copa de un solo trago, se sirvió más vino, bebió, precipitadamente, incapaz de contener aquella suerte de nerviosismo, el nerviosismo del que se ha dejado llevar por quién sabe qué, y se encuentra, de repente, en algún lugar, totalmente *fuera de lugar*, y se atragantó (JUH-JOF) (COF) (COF) (COF), y prácticamente acaba *muerto*, como acaban muertos los protagonistas, en su mayoría, detectives que investigan las muertes de otros detectives, detectives, unos y otros, encantadoramente torpes, de las ridículas novelas de Sandy McGill.

Danny se puso en pie. Trató de ayudarle. Francis se zafó. Dijo (NO SE PREOCUPE) (COF) (COF) (COF) (ESTOY) (COF) (COF) (B-BI) (COF) (BIEN).

–Lo siento –dijo ella.

–No se preocupe.

El escritor se limpió la boca con la servilleta.

–Me temo que no he empezado con buen pie, señorita Cotton –dijo.

Y de repente, oh, ahí estaba, ¡el tipo remilgado!

Estiró el brazo, cogió la mano de la jefe Cotton y se la llevó a los labios.

–No puede imaginar lo *mucho* que he esperado este *momento*.

–Oh, no, no haga eso.

–¿Disculpe?

–He leído sus novelas.

–¿Sí? –Francis la miró. Había brillo en sus ojos grises. Era un brillo *escandaloso*.

–Está fingiendo ser el jefe Maitland.

–¿*Cómo lo sabe*?

–Acabo de decírselo. He leído sus novelas.

–Me halaga usted, señorita Cotton. Pero eso no me hace menos afortunado sino todo lo contrario. ¿Puedo preguntarle algo?

−No veo por qué no habría de poder hacerlo, jefe Maitland−. ¿Cómo es *de verdad* su trabajo? ¿De veras le disgusta?

−Oh, no, no me disgusta, *jefe*. Pero puedo asegurarle que no es tan divertido como lo es para los suyos. Stan y Lanier se lo pasan francamente bien, ¿no cree?

−Oh, yo no diría *tanto*, señorita Cotton. Discuten *demasiado*.

La jefe Cotton acercó su cara a la del escritor, los brazos apoyados en la mesa, entre divertida y *escrutadora*. Le miraba a los ojos como si pudiera *ver* a través de ellos.

−¿Quién hay ahí *ahora*, jefe Maitland?

−¿A qué se refiere?

Cotton se sirvió algo más de vino, dijo:

−Me gusta Lanier Thomas, si he de serle *franca*.

−¿Di-dis-culpe?

−Cuando ha entrado usted aquí, lo parecía.

−Me temo que no la entiendo, señorita.

−Aunque, por cómo va vestido, se diría que es Manx Dumming, el poli *escritor*. Le sobra la barba, ¿fuma usted, señor Mc-Kisco?

−Oh, puede llamarme Francis.

−O Terry Maitland.

−No, preferiría que me llamase Francis.

−Si he de serle *franco*.

−¿Cómo dice?

−¿Es todos ellos a la vez?

−¿Quién?

−¡*Usted*! Ha entrado aquí *pareciendo* Manx Dumming, y luego ha empezado a hablar como Lanier Thomas, ¡y ahora es usted el *remilgado* jefe Maitland!

El escritor se rio.

−No lo hago a propósito −dijo, y luego pareció arrepentirse−. En realidad, si he de serle *franco*, supongo que sí lo hago a propósito. Debería afeitarme, ¿no cree?

−Sin duda.

−Soy un hombre aburrido.

−Ahora mismo no lo parece.

¿Podía aquello funcionar? ¿Podía funcionar *realmente*? Oh, no existía, lejos de todas aquellas cartas, *nadie* ni remotamente parecida a Myrlene Beavers, es decir, no existía *nadie* que no quisiese hacer otra cosa que hablar de lo que *él* había escrito, pero ¿y si aquella mujer era aquel *alguien*? ¿Y si aquello *funcionaba*?

—¿Ha leído *La dama del rifle*? —preguntó.

—Sí —respondió la jefe Cotton.

—¿Le pareció un *pastiche*? A Myrlene le pareció un pastiche, y no un pastiche cualquiera, *no*, ¡un pastiche de esas malditas hermanas Forest! —McKisco sacudió la cabeza—. ¿Quiere que le diga la verdad, señorita Cotton? *Nadie* en este condenado pueblo tiene la más remota idea de lo famoso que soy en realidad. Todos creen que me iría mucho mejor si me dedicara a escribir *capítulos* de esa *ridícula* serie, pero no tienen ni idea. Y el caso es, *jefe* Cotton, ¿por qué no se limitan a meterse en sus propios asuntos?

—Esa tal Myrlene, ¿vive aquí?

—No, en Darmouth Stones.

—¿Dónde demonios está eso?

—No lo sé, lejos.

—¿Y cómo dio con usted?

—No lo sé. El caso es, *jefe* Cotton, que me leía, y era una buena lectora, y yo sentía que estaba ahí, ¿entiende? Uno puede llegar a sentirse muy solo en este lugar. —George Bowling, el camarero, y su flamante nueva dentadura postiza, una dentadura, por otro lado, horriblemente deprimida, sirvieron la cena: *Oh, el pescado para mí, y eso, esa otra cosa, para la, uh, señorita*—. No sé si me entiende. Es complicado.

—Oh, no, no lo es en absoluto. —La jefe Cotton se ciñó la servilleta al cuello y se dispuso a dar cuenta de lo que parecían *miles* de cangrejos bañados en algún tipo de oscura salsa—. Supongo que cualquiera puede llegar a sentirse muy solo en este lugar —añadió y durante una minúscula fracción de segundo se miraron a los ojos. Fue McKisco, aterrado, quien apartó la mirada. Ella continuó, como si no hubiera pasado nada, nada en absoluto—. Aunque, si he de serle *franca*, querido Manx Dumming —*¿De dónde demonios sacó ese nombre? ¿Manx Dumming? ¿Me toma el pelo?*—, jamás pensé que un escritor pudiera llegar a sentirse solo alguna vez. Mírese, ¡está repleto de *gente*, querido Manx!

—¡Oh, JO JO JO, *jefe* Cotton!

—¿No es cierto?

El escritor sacudió la cabeza, visiblemente *encantado* de haberse convertido en tema de conversación. Dijo:

—No, créame, el de escritor es el oficio más solitario del mundo. Puede que esté repleto de gente, como usted dice, pero esa gente no deja de ser *yo*. Esa gente soy yo tomando decisiones *solo*.

—¿Y qué tiene eso de malo? ¡Al menos las decisiones las toma usted! ¿Cree que yo tomo alguna decisión? Yo me limito a intentar no volverme loca con las decisiones que el resto del mundo toma *por mí*. —Engulló uno de aquellos cangrejos, lo masticó (CRUNCH) (CRANCH) (*CRANCH*), y prosiguió—. Créame usted cuando le digo que para mí sería estupendo poder *controlar* el mundo como usted lo controla.

—¿Cree que lo controlo?

—¿No es lo que acaba de decirme?

—Oh, sólo controlo lo que pasa *dentro* de mis novelas, ¿cree que me gusta que nadie sepa *quién soy*? ¡Ahí fuera soy *tremendamente* famoso! ¡Oh, nacer en este maldito lugar! ¿De qué demonios me ha servido? ¡Lo único que he pasado en este sitio es *miedo*! ¡Por qué cree que mis novelas están repletas de *muertos* que han *resbalado*?

La jefe Cotton se rio (JOU JOU JOU).

—No es divertido, jefe Cotton, es *aterrador*.

—Oh, vamos, no debe haber sido para tanto, *Manx*.

El escritor asintió enérgicamente. Luego se metió un pedazo de pescado en la boca. El escritor se metía pequeños pedazos de pescado en la boca y los masticaba durante tanto tiempo que, cuando los tragaba, apenas quedaba nada de ellos. Su boca era una pequeña y tímida trituradora a la que rodeaba una barba sin un solo seguidor.

—Oh, dirá, ¡tiene usted al alcalde de su parte! ¡Claro! ¡Tengo al maldito alcalde Jules *de mi parte*! Pero ¿de qué me sirve? ¡Ha perdido la cabeza! ¡Ni siquiera sé en realidad si ha tenido alguna vez algo parecido a una cabeza! ¿Sabe qué hace? ¡*Me escribe historias*!

—¿Le escribe historias? ¿El alcalde *Jules*?

La opinión de la jefe Cotton del alcalde Jules no era gran cosa. Para la jefe Cotton el alcalde Jules sólo era un niño sin amigos que había crecido más de la cuenta.

—¡Llega a mi casa con *cientos* de libretas! ¡Libretas con *ideas*! ¿Por qué no escribe usted algo, alcalde Jules?, le pregunto, y ¿sabe qué me responde? Oh, no, no sabría cómo hacerlo, yo lo que quiero es *ayudarle*, McKisco. ¿*Ayudarme*? ¡Cree que necesito ayuda! ¡Todo el mundo cree que necesito ayuda! ¿Sabe qué me preguntan *todo el tiempo*? ¡Me preguntan por qué, si soy escritor de novelas de *detectives*, no escribo una historia para *Las hermanas Forest investigan* y me hago, de una vez, *famoso*? ¡Famoso! Los muy estúpidos no saben que yo ya soy *famoso*, los muy estúpidos sólo quieren poder presumir de algo que *conocen*, ¡como esa maldita Louise Cassidy Feldman! Oh, a esa mujer se le ocurrió *parar* aquí y comprar una ridícula *postal* y cuando regresó al lugar del que sea que provenga, que a buen seguro es un lugar en el que ningún niño tiene miedo de resbalar y *matarse* porque no hay hielo por todas partes, pensó: UHM, voy a escribir una ridícula historia sobre una ridícula Santa Claus que en realidad no es exactamente Santa Claus ¡y voy a *reírme* de ese *jodido* pueblo y de su *único* escritor!

—Oh, no sea tan dramático, Manx. Por lo que tengo entendido, esa mujer ni siquiera sabía que Kimberly Clark Weymouth era un lugar *real*. Oí en una ocasión a la señora MacDougal contárselo a uno de esos pequeños grupos de turistas a los que toma el pelo. No estaba intentando fastidiar a nadie. Sólo pensó que no tenía por qué inventar algo que ya existía pero parecía sacado de la imaginación de alguien que hubiese llegado antes que ella. Al parecer, ni siquiera ella misma creía poder volver a dar con este sitio. Durante mucho tiempo vivió pensando que no había sido más que un *espejismo*.

—¡JA! ¿A quién intenta engañar, jefe Cotton? ¡Se estaba *riendo* de *mí*! Estaba diciéndome, Escribe todo lo que quieras, McKisco, yo seré *la escritora* de este pueblo.

—Ni siquiera ha vuelto a poner un pie en este sitio, *Francis*.

—¿Por qué iba a hacerlo? ¿Acaso las *leyendas* vuelven? Las leyendas son leyendas porque *desaparecen*. Tal vez yo debería desaparecer. Decirle a todo el mundo que el sitio en el que transcurren *todas* mis novelas, Beverly Stark Meckmouth, es este *maldito* pueblo, y luego *desaparecer*. Tal vez entonces todo el mundo *me leería*. Tal vez entonces el alcalde Jules *encargase* una estatua de Lanier Thomas y Stanley Rose discutiendo en un vagón de tren, o una mía en mi despacho, y la señora MacDougal organizase pequeños *tours* basados en sus *casos*, y algún chiflado como Randal Peltzer montase un negocio de *souvenirs* inspirados por *todo* lo que he escrito, ¡tal vez entonces se darían cuenta de lo que habían tenido y habían perdido! ¡Tal vez entonces lamentarían haberme preguntado *cientos* de *veces* por qué no escribía historias para *Las hermanas Forest*! ¡Oh, los muy estúpidos! ¿Sabe lo estúpidos que se sentirían entonces?

—Pare el carro, jefe Maitland.

Consciente de haber hablado más de la cuenta, y de haberlo hecho en lo que parecía una *primera* cita, el escritor dijo (LO SIENTO), (NO SÉ EN QUÉ ESTABA PENSANDO), y (LO ÚLTIMO QUE QUERRÍA SERÍA ABURRIRLA CON TODO ESTE ASUNTO).

—No me aburre usted, Manx, al contrario. Jamás pensé que ser escritor pudiese ser, de alguna manera, *tan apasionante*. ¡Vive usted *contra el mundo*!

—Oh, no no no, vivo contra *esa mujer*.

—¿Cree que si ella desapareciera el pueblo le querría?

—No tendría otro remedio.

La jefe Cotton se apartó el mechón de la frente, alzó su copa y dijo:

—Entonces deberíamos celebrarlo.

—¿Celebrar el qué?

—¿No ha recibido usted *la llamada*?

—¿*Qué* llamada?

—Billy Peltzer ha puesto su casa en venta. Eso sólo puede querer decir que está pensando en largarse de aquí. Supongo que si se va, la señora Potter se irá con él. ¿Y no acabaría eso con *todos* sus *problemas*? —Fue decirlo y atar (OH, NO) aquel cabo suelto, el cabo suelto de la tristeza de aquella *blandengue* agente en prácticas, ¿o no estaba allí por aquella condenada *tristeza*?—. ¿Es por eso que Cats está triste?

—¿Cats? Es, quiere decir, ¿mi *hija*? Oh, no, Cats *nunca* está triste, Cats es, bueno, Cats. No sé qué haría sin ella. A veces yo, eh, bueno, supongo que, ¿está *triste*?

—Sí —dijo la jefe Cotton, a la que, de repente, nada le parecía tan divertido en aquel tipo–. ¿Sabe? Solía preguntarme por qué esa chica tenía aspecto de *alfombrilla* y creo que ya sé por qué.

–Oh, JOU JOU, bromea, ¿verdad? Quiero decir, ¿quién es usted ahora? ¿Dorothea Atcheson? Dorothea Atcheson es francamente impertinente. Pero debe serlo. ¿O no tiene que tratar con infinidad de ridículos fantasmas? –atajó McKisco, tratando de *redirigir* la conversación a aquello de lo que hablaría si Myrlene Beavers estuviera allí, es decir, *él* mismo. ¿Y por qué no podía estar ella allí? ¿Qué demonios les pasaba a todas aquellas *jefes* con Cats? ¿No tenían suficiente con *él*? A aquella tal Carrabino también le había parecido que Cats era una buena chica que no merecía, había dicho, (TODO AQUELLO), ¿y qué era exactamente (TODO AQUELLO?) Oh, no, aquello no iba a funcionar. No funcionaría de ninguna de las maneras–. ¿Recuerda a Dorothea Atcheson, la *médium*? –insistió y ella dijo (POR SUPUESTO) y él, momentáneamente complacido, añadió–: ¿Cree que debería *recuperarla*?

19

En el que Eileen McKenney improvisa un (EXITOSO) número del (DOOM POST), y se relata en qué consistió el asesinato de Polly Chalmers y por qué, (AJÁ), huele a pestilente gato encerrado

Un estruendoso (*Ah-ah-Ah*) (¡CHÚS!) sacó a Eileen McKenney, la directora y única redactora de Aquel Panfleto del Demonio, el *Doom Post*, de su productivo ensimismamiento. Sobre la mesa de aquel, su cuartucho de emergencia en la casa de huéspedes de la señora Raddle, McKenney escribía a la par que componía, de una forma francamente artesanal, el número que el entrometimiento de Meriam Cold y su engreído mastín, Georgie Mason, o Mason George, la había obligado a improvisar. Rodeaban a la siempre en ebullición Eileen pegamento, tijeras, y pedazos de papel que eran, en realidad, pedazos de artículos que no había escrito ella, sino las firmas invitadas. En aquel número improvisado, por ejemplo, la señora Russell había escrito sobre lo que había supuesto la adquisición de aquel Jacob Horner que iba a permitirle cazar patos de goma como los que cazaba Kirsten James. El artículo se titulaba *Cazar a Kirsten*. Era, claramente, una carta de amor. En aquel número también, los Ricardo, aquel par de agentes inmobiliarios que habían sido los únicos agentes inmobiliarios de la ciudad hasta que Stumpy MacPhail había puesto un pie en ella, habían escrito una *lloriqueante* diatriba titulada *Lo único que queríamos era vender casas y ya no vamos a poder hacerlo*. Se quejaban de que, por culpa de aquel «despiadado» MacPhail, *jamás* iban a poder tener un montón de absurdas cosas, cosas como bastones con mangos nacarados diseñados por una tal Viola Wither, porque *jamás* iban a ganar lo suficiente. McKenney sabía que no era cierto. McKenney sabía que Wayne Ricardo tenía el armario lleno de aquellas *cosas*. Pero no iba a detenerse a llamarla para hacérselo saber porque no tenía tiempo. Tenía que encolar el artículo del alcalde Jules y luego tenía que seguir (TEC) (TEC) *tecleando.*

Como era habitual, el artículo del alcalde Jules parecía más un capítulo delirante de *Las hermanas Forest investigan* que un artículo. En aquella ocasión, las hermanas Forest investigaban la venta de una casa *asesina.* La casa era una casa cualquiera que un día se ponía en venta y al siguiente se *comía* a todo aquel que *entrase.* A la casa, al parecer, no le gustaba estar en venta, y eso era lo que Connie Forest descubría nada más verla, como si en vez de una detective de pueblo infestado de asesinos fuese una psicóloga de casas con una complicada y errabunda vida. McKenney había encargado una ilustración para el artículo relato del alcalde Jules y lo estaba colocando en la segunda página, seguido del lamento de la señora MacDougal, y del tímido análisis que Rosey Gloschmann, la experta en la autora de *La señora Potter no es exactamente Santa Claus,* hacía de la endiabladamente corta relación que Louise Cassidy Feldman había tenido con la ciudad. La entrevista a Alice Potter, la camarera del (LOU'S CAFÉ) que había inspirado el nombre de tan famosísimo personaje era un pequeño apunte en una de las páginas centrales. Alice siempre había sido de pocas palabras. Lo único que le había dicho a Eileen, al teléfono, era que, en los últimos tiempos, había empezado a *vender* aquellas servilletas que *autografiaba* también por correo. La idea se la había dado uno de aquellos (RUPERTS). Así solían llamar en Kimberly Clark Weymouth a los amantes de aquella novela. Al parecer, el tipo había llamado lamentando haber olvidado pasarse por el local. Había obligado al conductor del autobús a detenerse y había llamado desde una cabina que había encontrado en mitad de la carretera. Le había pedido (POR FAVOR) que firmara (PARA SU MUJER) una servilleta y se la enviara a la dirección que iba a darle a continuación (SI ERA TAN AMABLE) porque, había añadido, no podía volver a casa sin un autógrafo de (LA *VERDADERA* SEÑORA POTTER). Al día siguiente, diciéndose que no tenía nada de malo ganar un puñado de centavos, había metido una servilleta firmada en un sobre, había acudido a la oficina de Jingle Bates y se la había enviado a aquel tipo con el que había mantenido una picante correspondencia durante el resto del verano. A su vuelta, había decidido colocar un cartel tras el mostrador de la cafetería en el que podía leerse (CONSIGA AQUÍ SU SERVILLETA FIRMADA POR LA *VERDADERA* SEÑORA POTTER) (TAMBIÉN SE ENVÍAN POR CORREO) (¡HAGA QUE SUS AMIGOS LA RECIBAN EN CASA!). No podía decirse que fuera un gran negocio, pero a veces daba pie a una de aquellas *tórridas* aventuras por correspondencia que *animaban* la libreta con su nombre que Bertie Smile guardaba en aquel baúl que había sido el baúl de sus muñecas.

McKenney había querido saber en qué manera la desaparición de la tienda de los Peltzer podía afectar a aquel pequeño negocio. (DE NINGUNA, SUPONGO), había sido la respuesta de la camarera, que jamás, pese a que sabía que había una figurita en la que aparecía una versión de porcelana de ella misma junto a la escritora en el mostrador del (LOU'S CAFÉ), había puesto un pie en aquella tienda, y que no creía, ciertamente, que su desaparición fuese a impedir que aquellos tipos le siguiesen escribiendo. (¿NO CREES QUE SI DESAPARECE LA TIENDA, DESAPARECERÁN TODOS ESOS *RUPERTS*?), había querido saber McKenney. (OH, NO, QUERIDA), había contestado Alice, (ESOS RUPERTS NO DESAPARECERÁN *NUNCA*). La teoría de la camarera era que, con tienda o sin ella, aquellos chiflados seguirían llegando a Kimberly Clark Weymouth porque no iban a dejar de estar chiflados.

La tienda era lo de menos, había dicho la camarera.

McKenney pensó que, después de todo, quizá la *verdadera* señora Potter tenía razón. Quizá no tenía ningún sentido estar *apresurando* aquel número, quizá nada iba a pasarle al chico Peltzer por decidir marcharse, y nada iba a pasarles a ellos por quedarse sin su tienda. Pero existía la posibilidad de que sí lo hiciera, existía la posibilidad de que todo cambiase, y esa posibilidad debía explorarse. A veces, se dijo McKenney, recordando una lección aprendida de su predecesora, la intrépida Natalie Fawcuss Edmund, los artículos eran intentos de trazar el mapa de un territorio que podía no llegar a existir jamás pero que iba a necesitar de su existencia en el caso de *aparecer*. Así que, recordándose mencionar la posibilidad de que *nada*, como decía la verdadera señora Potter, ocurriese, continuó haciendo lo que había estado haciendo aquella noche, cortar, pegar y teclear, porque así trabajaba McKenney, cortando, pegando y tecleando. Lo único que hacía distinta aquella noche era que todo aquello debía hacerlo al compás de un puñado de impertinentes (¡*AaAaH-CHÚS!*) cuya procedencia McKenney se proponía *investigar* en cuanto diese por terminados sus tres artículos.

McKenney tenía en marcha, sí, tres artículos. El primero era el tema de portada, la información propiamente dicha, todo aquello que había dado pie a la pequeña locura del número improvisado, y que partía de la charla con Meriam Cold. En él, McKenney andaba reconstruyendo los hechos, pues aún no lo había terminado. De tan enfermiza manera trabajaba, no dando nunca nada por cerrado. Así, había descrito la secuencia de guardia de Bertie Smile como si de un sórdido relato de motel se tratara, después de todo, Eileen estaba al tanto de lo que ocurría entre la chica Smiling y la fotografía de aquel atractivo escritor de novelas de terror que, de alguna manera, *regentaba* el único motel de la ciudad, aquel polvoriento Dan Marshall al que McKenney sólo había acudido en una ocasión, y no estaba especialmente orgullosa de ello, con Johnno McDockey.

(¡*AaAaH-CHÚS!*)

¡Oh, aquel maldito *estornudador* del demonio!

McKenney dejó lo que estaba haciendo, *encolar* el artículo del alcalde Jules para teclear una frase del segundo de sus artículos, el artículo que tenía que ver con la familia Peltzer, que era, en realidad, la pequeña historia de la familia, ligeramente reescrita. Al término de aquello, había tecleado la conclusión del tercero, y más importante, de sus artículos, el que, creía, iba a convertirse en el dedo en la llaga de la publicación, algo tan fuera de lugar que haría fruncir ceños y *desequilibraría* por completo la aparentemente *blanca* intención de aquel número improvisado, rescatando la leyenda negra de la ciudad, una leyenda sospechosamente vinculada a Randal Peltzer y a la única ocasión en que el devoto amante de Louise Cassidy Feldman había amenazado con irse de Kimberly Clark Weymouth: el asesinato de Polly Chalmers.

Polly Chalmers había llegado misteriosamente a Kimberly Clark Weymouth y había, durante un tiempo, vivido también misteriosamente en aquella ciudad hasta que alguien había acabado con ella en un montículo que, desde entonces, llevaba su nombre. Polly, una aspirante a actriz que jamás había llegado a actuar, a menos que, como decían aquellos que nunca se habían tragado su aparentemente *fogoso* interés en la autora de *La señora Potter no es exactamente Santa Claus*, lo hubiese estado haciendo todo el tiempo, había llegado a la ciudad un día especialmente desapacible. Formaba parte de una pequeña expedición de seguidores de Louise Cassidy Feldman procedentes de Dirk Krukow Spivey. Lo que hacían ese tipo de pequeñas expediciones era pasar un día, dos o tres en la ciudad, alojándose en el Dan Marshall, o en la casa de huéspedes de la señora Raddle, y después, cargados con puede que *cientos* de souvenirs de la tienda que regentaba Randal Peltzer, marcharse. Y eso había sido lo que habían hecho sus compañeros de expedición. ¿Pero era lo que había hecho Polly Chalmers? No. Polly Chalmers había decidido quedarse. Mientras sus compañeros se habían limitado a contratar uno de los *tours* que ofrecía la señora MacDougal y que incluía una visita al estudio de Rosey Gloschmann, la tímida estudiosa de su obra, poseedora de una envidiable biblioteca en la que no sólo podían encontrarse *cientos* de ediciones de *La Señora Potter no es exactamente Santa Claus* sino también del resto de sus libros, y de todos los libros que amaba y odiaba, Polly había decidido quedarse. Su motivo no había quedado claro, pues sus excusas eran siempre distintas.

En su intento por descubrir si su asesinato había tenido que ver con alguna de ellas, McKenney las había recopilado todas.

Algunas eran francamente absurdas.

(ESTOY HARTA DE CEPILLAR DIENTES DE ANIMALES), le había dicho en una ocasión a Austin Dickinson, el propietario del bar de copas que durante el día funcionaba como tienda de animales, y en el que sólo se reunían, a menudo con sus mascotas, aquellos que acudían de vez en cuando a comprar piensos y todo tipo de ridículos juguetes. (¿QUÉ CLASE DE ANIMALES?), había querido saber Austin, porque él no tenía mascotas cuyos dientes pudieran cepillarse, y jamás había pensado que pudiese existir un trabajo semejante, un trabajo de *cepillador* de *dientes*, y entonces ella, a tenor de McKenney, improvisadamente, había respondido (DELFINES).

Aunque la versión más extendida era la de que trabajaba en un lavandería y que no podía soportar el olor a detergente barato, una cosa horrible llamada Lovely Gambon Shenkman, y, tampoco, a su jefe, un indio sioux con el que había tenido una pequeña y violenta aventura, que transcurrió íntegramente en el ridículo lavabo de plástico de su incómoda caravana, y no podía soportar seguir viéndolo, le dijo a Florence Kastriner, la propietaria de la funeraria local, y *cazadora* de lo que ella creía que eran, o debían ser, huesos de dinosaurio. Kastriner, que jamás había escuchado enteramente a nadie, no le había prestado ningún tipo de atención a la chica y, cuando había recibido su cadáver, en realidad, el ataúd sellado que supuestamente lo contenía, lo único que había sido capaz de recordar era el nombre de aquel detergente barato.

Entre todas las excusas absurdas que Polly Chalmers había dado para no coger el autobús de vuelta a aquel sitio del que decía venir, Dirk Krukow Spivey, estaba la de asegurar que era la mayor fan (DEL PLANETA) de Louise Cassidy Feldman. La cosa era que, una vez instalada en la ciudad, había empezado a pasar más tiempo de la cuenta en la tienda de Randal Peltzer, acodada en el mostrador, fingiendo interés no sólo en Louise Cassidy Feldman sino, sobre todo, en el propio Randal Peltzer, y aquí era donde, en especial, Florence Kastriner, entregada como estaba a la detección de patrones *telenovelescos*, en tanto seguidora de *Frustradas esposas y aún más frustrados esposos*, la serie que, de lejos, Kastriner prefería a *Las hermanas Forest investigan*, había empezado a dudar de sus intenciones. ¿Qué quería, en realidad, aquella chica? ¿Por qué había coincidido su llegada con el momento en que se decía que Randal podía estar planteándose partir en busca de Madeline Frances? ¿Por qué se decía eso? Oh, porque el propio Randal lo había hablado en más de una ocasión con Don Gately, lo más parecido a un amigo que Randal tenía en la ciudad, y puesto que a Gately no se le daba nada bien mantener el pico cerrado, la historia no había tardado en llegar a oídos de Natalie Edmund, la entonces redactora jefa, y única redactora en realidad, del ilustre antepasado del *Doom Post*, el *Weymouth Nickel*. Natalie no había cargado las tintas, pero le había preguntado al lector, de aquella manera tan decididamente poco ortodoxa que tenía de hacerlo, qué sería de Kimberly Clark si el negocio de Randal Peltzer desaparecía. (¿QUÉ HAREMOS, EH, QUÉ HAREMOS, QUERIDOS Y DESPREOCUPADOS CONCIUDADANOS?), se preguntaba, en el mismo arranque del artículo, que llevaba por subtítulo (NUESTRA INÚTIL Y RIDÍCULA CIUDAD SE PREPARA PARA EL FIN DE UNA ERA), y cuyo titular rezaba, simplemente, (PERDEMOS A PELTZER).

Eileen había dudado siempre de lo oportuno de la llegada de Polly Chalmers, y su extraña e intensa relación con Randal Peltzer, con quien había pasado, según el señor Howling, al menos dos noches en el Dan Marshall, de las que Natalie se había negado a escribir, pues sospechaba que eran un invento. Randal Peltzer no parecía la clase de tipo que pasaba noches en el Dan Marshall y no había ninguna otra prueba, a menos que el balbuceo, al otro lado del teléfono, del propio Dan Marshall contara. Consintió, sin embargo, Natalie en escribir una pequeña columna al respecto cuando Chalmers se mudó a la casa de Mildred Bonk, y la ciudad dio por hecho que el Padre Peltzer había encontrado, otra vez, a su media naranja. Lo que había resultado francamente sospechoso desde el principio era el hecho de que, tres noches antes de que alguien la acuchillara en el montículo que después llevaría su nombre, Polly Chalmers se dejase caer por el Scottie Doom Doom e hiciese correr el rumor de que iba a (LARGARSE) porque aquel (VIEJO DEL DEMONIO) la tenía (HARTA), estaba, decía, (CHIFLADO), y la hacía interpretar (CADA NOCHE) un papel, la hacía ser (LA SEÑORA BROOKE) y, luego, la propia (LOUISE CASSIDY FELDMAN), y hasta, aseguraba, le había comprado (UNA BARBA BLANCA) para que pudiese *interpretar* a la mismísima (SEÑORA POTTER). Randal la ponía a cuatro patas, decía, y la (OBLIGABA) a escribir *cientos* de aquellas ridículas postales que luego le hacía meter en la caja de zapatos que hacía las veces de oficina de correos en la que, decía, trabajaban sin descanso aquellos duendes veraneantes, mientras le hacía (TODO TIPO DE COSAS) *por detrás*. Lo que escribía en aquellas postales tenía que ver con (ESA MUJER DEL DEMONIO) (¡SU MUJER!) (¡LA MUJER DE LOS CUADROS!), con su *regreso*, pero también, con su (MUERTE), porque aquel tipo, decía, estaba (CHIFLADO) y era (PELIGROSO), y en este punto era cuando los *estudiosos* del tema, aquellos que jamás se habían tragado una palabra de las que había dicho aquella aspirante a actriz que quizá, después de todo, estaba interpretando el papel de su vida, asentían con la cabeza y se decían (AHÍ LO TIENES), porque lo que había dicho a continuación aquella noche Polly Chalmers, asegurándose de que todo el mundo la escuchaba, era que (TEMÍA POR SU VIDA) porque aquel tipo, el inofensivo Randal Peltzer, había amenazado con (MATARLA) si abría el pico de la forma en que lo estaba haciendo. Tres días después, alguien la acuchillaba en el montículo que llevaría su nombre, y todas las sospechas recaían sobre el incapaz de articular palabra Randal Peltzer que aquella noche se encontraba, al parecer, solo en su tienda, haciendo inventario. De no ser el propio Randal Peltzer, quien quiera que hubiese *matado* a aquella chica, sabía que Randal Peltzer iba a estar aquella noche solo en su tienda y que, por lo tanto, no iba a tener coartada para el asesinato.

Sea cual sea el caso, según un entonces empleado en prácticas de la comisaría que aún no dirigía la jefe Cotton sino su antecesor, un tipo llamado John-John Cincinnati, las pruebas habían sido destruidas tras una reunión en la sala de interrogatorios entre el principal sospechoso, Randal Peltzer, el alcalde Jules, John-John Spencer, y Phyllis Claude Sherman, abogado y buen amigo del señor Howling. En dicha reunión, le había dicho el empleado en prácticas a Natalie Edmund, podría haberse forzado a un moqueante e inconsolable Peltzer a renunciar a toda idea de abandonar la ciudad a cambio de una no acusación. Era, por supuesto, una teoría de la conspiración, pero una que apoyaba el hecho de que los padres de Polly Chalmers fuesen una pareja de viejos actores secundarios que habían pasado más tiempo hablando de sus respectivas y en muchos sentidos vergonzosas carreras que llorando la supuesta muerte de su hija, a la que habían consentido en enterrar en aquella ciudad que ninguno de los dos iba a volver a pisar jamás. Ver a Phyllis Claude, aquel *enviado* del señor Howling, discutir abiertamente con ellos tampoco había ayudado. Para Stacey Breis-Cumwitt, el *cronista* de sucesos de Terrence Cattimore, el único periodista del condado que se había interesado por el crimen, algo olía a «pestilente gato encerrado» en todo aquel asunto. El hecho mismo de que Florence Kastriner hubiera recibido el cadáver de la chica en un ataúd *sellado* al parecer procedente de *otra* funeraria, cuando no existía ninguna otra funeraria en Kimberly Clark Weymouth, ya resultaba lo suficientemente sospechoso como para oler a «pestilente gato encerrado». ¿Y si aquel asesinato no había sido un verdadero asesinato? ¿Y si no había sido más que una torpe y ridícula, una *dramática* y morbosa manera de impedir la marcha de los Peltzer?

McKenney tecleaba sobre aquella sísmica cuestión cuando otro de aquellos estornudos, el estornudo puede que *un millón*, interrumpió su apremiante y nada reconocida tarea y, decidida a acabar de una vez por todas con ellos, decidida a *exigirle* a su propietario que desapareciese, se levantó de la silla, y, huracanadamente, abrió la puerta y esperó, los sentidos disparados, a que llegase el siguiente, como si en vez de un estornudo fuese un tren al que pudiese subirse *en marcha*. Cuando (¡*AaAaH-CHÚS!*) lo hizo, corrió a la puerta que había *trastabillado*, y la abrió sin más.

¿Que qué encontró al otro lado?

A un tipo (TEC) (TEC) *tecleando.*

Llevaba lo que parecía un traje sucio y *moqueaba*. No hacía más que (SLURP) (SLURP) *sorber* y (TEC) (TEC) teclear. Tan enfrascado estaba en su tarea que ni siquiera advirtió su presencia. Siguió, como lo habría hecho ella misma, (TEC) (TEC) *tecleando.*

—¿Quién *demonios* es usted?

El tipo dio un salto en su silla, una de aquellas sillas crujientes y viejas y horribles que la señora Raddle había traído del *infierno*, y el tecleo se detuvo.

—¿Yo? Eh, *je.* —El tipo se dio media vuelta de forma cuidadosa pero, también, un tanto divertida, como si temiera haber despertado a una *bestia*, pero supiese que era una bestia con sentido del humor que iba, después de todo, a alegrarse de verle—. Urk, eeeeh, *vaya*, Elfine, *señorita.* Urk Elfine, *ehm*, Starkadder —añadió—. Se puso en pie, hizo una ridícula reverencia. Le tendió la mano. Eileen la estrechó—. ¿Y *usted*?

—McKenney.

Las manos se sacudieron con cierta desconfianza. Como si una y otra supieran que no podían fiarse de ellas mismas. Parecían un par de manos corrientes pero no lo eran. Las dos escribían más de la cuenta, y las dos sabían, porque las manos saben esa clase de cosas, que *la otra* era exactamente de su misma poco fiable condición.

—Estupendo. Señorita, eeeh, McKenney. Uhm —McKenney advirtió la libreta sobre la mesa, el puñado de garabatos que parecían *respuestas* a algún tipo de preguntas, y oh, ¿qué era aquello? ¿Un envidiable ejemplar, un ejemplar en perfecto estado y de un rojo, *además*, brillante, de *Riven Rock 42*? ¿Quién demonios era aquel tipo y de dónde había salido? ¿Por qué parecía vestir un traje *enorme* y viejo y *sucio*? ¿Era aquello que había, también, sobre la mesa, una pelota de tenis? ¿Y aquello otro, una fotografía? ¿Una fotografía de *niños*? ¿*Niños*? ¿Acaso no era aquel tipo también *un niño*? En un primer momento, Eileen había creído que tenía trece años, luego pensó que no podría alquilar una habitación con trece años así que se dijo que tal vez tuviera quince y fingiese tener diecisiete–. ¿Es *vecina* de esta *comunidad*?

—No —dijo McKenney—. La señora Raddle sólo me está haciendo un favor —Eileen señaló la fotografía. Ni siquiera estaba enmarcada. Sólo era una vieja fotografía en blanco y negro repleta de *niños*. Aquel tipo había encendido una vela junto a ella, ¡una vela! ¿Qué clase de manera de escribir era aquella?–. ¿Qué es eso?

—Oh, *mi* vela. ¿Le gusta? Es así como escribo. Me he acostumbrado a hacerlo. En casa somos demasiados y no podemos *malgastar* la luz, si no, el señor Sneller no tendrá con qué comprar comida para nuestra pequeña colección de *gramatólogos*.

—¿Grama*qué*?

—Oh —dijo el tipo que, en un arranque de algo parecido a la *emoción*, cogió aquella fotografía en blanco y negro, y señaló a los críos, dijo–: Señorita McKenney, le presento a Cussick Lund, Rafferty Dee, Mildred-Rose, Brucie Joe y Miranda Herb. —Sonrió, orgulloso—. Los pequeños Starkadder.

—¿Disculpe?

—¿Por qué habría de disculparla? —El ceño de aquel desgarbado y rubio *muchacho* que ni siquiera tenía *bigote*, aquel *jovencito* de melena corta y *desordenada*, se frunció, y lo habría hecho de una forma divertida, después de todo era un ceño, al fin, *feliz*, un ceño que había abandonado *una mesita de noche*, si no fuera porque había uno de aquellos (AH) (ah) estruendosos (AaaAh) estornudos en *ca* (¡*CHÚS!*) *mino*–. Discúlpeme –dijo, limpiándose con el dorso de la mano–. Lo sé, debí haber consultado el tiempo que hacía en este sitio. Pero ¿qué puedo decirle? No tengo demasiado tiempo para consultar *nada*, ¿sabe? –Volvió a golpear la fotografía en blanco y negro con aquella mano repleta de dedos de *adolescente*–. Los niños son el demonio, señorita.

–¿Los niños? ¿*Qué* niños?

–Oh, bueno, no *todos* los niños, por supuesto, ¡los *míos*! Los míos lo son, señorita McKenney. En especial, Cussick y Rafferty. Van a todas partes con libros enormes con los que a menudo no pueden ni cargar, ¡y adivine quién los carga por ellos! Pero eso no es lo peor, ¡no! Lo peor es que discuten todo el tiempo, ¡y que *nadie* les *entiende*! Hasta el señor Sneller está perdiendo la cabeza, oh, pero ¡siéntese! ¿Cómo no le he ofrecido *asiento* aún? Bienvenida a la pequeña *redacción* satélite de *Perfectas Historias Inmobiliarias*. –Urk Elfine era un niño con un juguete nuevo y ese juguete nuevo era él mismo. En lo que pareció una extralarga fracción de segundo, rodeó la mesa, le acercó su silla a Eileen y se apresuró a situar otra, coja, al otro lado. Estuvo a punto de caerse cuando se sentó. Recuperó el equilibrio poniendo una mano sobre la mesa–. ¡*Voilà*! –Sonrió–. ¿Por qué no se sienta, mi querida no vecina a la que la señora Raddle sólo le está haciendo un favor?

McKenney se sentó. Pensó: Tal vez sea un sueño. Pensó: Lo más probable es que esté dormida en mi mesa. Pensó: Debería empezar a fotocopiar el número improvisado. Pensó: Despierta, estúpida. Pero se sentó. ¿Qué otra cosa podía hacer? Aquello era francamente extraño. Jamás había visto a un periodista en Kimberly Clark Weymouth. ¿Era posible que la señora Potter le hubiese concedido al fin su deseo? McKenney recordaba haber escrito algo en una de aquellas postales una vez. Había escrito (QUIERO UNA PEQUEÑA REDACCIÓN). Como si aquella cosa, (LA PEQUEÑA REDACCIÓN), no fuese en realidad un grupo de personas, sillas, máquinas de escribir, fotocopiadoras, algún despacho, teléfonos, un puñado de plantas de interior, sino una única persona a la que ya entonces había imaginado con el iluso engreimiento de aquel tal Starkadder.

Fue por eso que dijo:

—No va creérselo.

—¿Por qué no iba a creérmelo? ¿El qué, exactamente? Oh, señorita McKenney, verá. Acabo de entrevistar a un hombre que tiene el despacho repleto de *viejos* anuarios y *no* los colecciona. ¿Puede usted creérselo? Pero eso no es lo mejor. Lo mejor es que va a contratar a un *fantasma* para *encantar* una casa. ¡Un *fantasma*! ¿Puede creerse que si no encanta la casa no va a conseguir venderla?

Algo, una bombilla con aspecto, por supuesto, de casa, la casa de Billy Peltzer, se encendió en la mente de la no por mucho tiempo única redactora del *Doom Post*.

—¿Se refiere a la casa de Billy Peltzer?

Urk abrió mucho los ojos, y luego los entrecerró, se echó hacia adelante, tratando de mantener el equilibrio, y miró fijamente a Eileen.

—¿Qué sabe usted del señor William?

Divertida y a la vez convencida de que aquella (PEQUEÑA REDACCIÓN) que había querido, hacía tanto tiempo, (A SU LADO), acababa de llegar, como llegaban los paquetes, Eileen McKenney, inclinándose también hacia delante, quedando, cara a cara con aquel, su *avispado*, colega, dijo:

—¿La escribiría para mí?

—¿Disculpe?

—Esa entrevista, ¿la escribiría para mí?

—¿Para *usted*? —El chico se sorbió los mocos, sacudió la cabeza, estuvo a punto de volver a estornudar. Por fortuna, no lo hizo—. Discúlpeme, ¡oh, condenado constipado! —Contempló su titular (*EL INCREÍBLE CASO DE LA CASA ENCANTADA Y EL PUEBLO DETECTIVE FANTASMA*). Le gustaba. Pero ¿le gustaría al señor Windsor? Oh, no, claro que no. El señor Windsor querría algo aburrido. El señor Windsor querría algo aburrido que lo incluyera a él. Cada vez que el señor Windsor hacía una entrevista, hablaba de sí mismo en el titular. Y cuando esa entrevista la hacía Urk Elfine, también. Así que el titular acabaría siendo algo parecido a (WILBERFLOSS WINDSOR ENTREVISTA A UN AGENTE NO DEL TODO AUDAZ) o, aún peor, (EL PORTENTOSO WILBERFLOSS WINDSOR ENTREVISTA AL AGENTE QUE CERRÓ LA ÚLTIMA

TRANSACCIÓN DE LOS BENSON). Oh, no, se dijo Urk Elfine, y temiendo haber empleado demasiado tiempo en formular aquellos horrendos titulares, añadió–: Lo siento, creo que no la he entendido bien, ¿ha dicho usted que quiere mi entrevista?

–Ajá, eso es lo que he dicho, *caballero* –respondió, resueltamente, McKenney, arrellanándose en aquella incómoda silla como si en vez de la hasta el momento única aspirante periodista de la ciudad, fuese un ridículo pez gordo.

–¡Vaya! ¿De veras me ha llamado *caballero*? Espere a que se lo cuente a mi mujer. *–¿También tiene usted mujer? ¡Claro! ¿De dónde sino iban a haber salido todos esos críos?–*. Apuesto a que está a punto de llamar. Va a llevarse una gran sorpresa. ¡He abandonado la mesita de noche! *–¿Qué mesita de noche? Oh, es sólo una forma de hablar, ya me entiende, he sufrido la soledad del redactor de fondo–*. Pero, dígame, señorita McKenney, ¿para qué querría usted mi entrevista? ¿Acaso *tiene* un *periódico*?

McKenney asintió.

–¿Tiene un periódico?

McKenney volvió a asentir.

–Es el periódico *más importante* de la ciudad. *–El único*, en realidad, obvió añadir.

–¡Vaya! ¡Que me aspen si no es mi día de suerte! ¿Has oído eso, Josephine? –Urk Elfine se había puesto en pie, se había metido las manos en los bolsillos de aquellos pantalones viejos y enormes, y parecía estar dirigiéndose a alguien diminuto que hubiera sobre la mesa–. ¡Un *verdadero* periódico!

–¿Josephine?

–Oh, es, *mi compañera de redacción*, señorita McKenney –divertido, Urk Elfine cogió la pelota de tenis y se la mostró–: Josephine Elfine Matthews.

¡Qué idea *tan* brillante! ¿Quién demonios era aquel tipo? ¿Por qué no había pensado ella en algo así? ¿No eran, después de todo, náufragos, los redactores solitarios? ¿Y no merecían *cierta* compañía?

–Encantada –dijo la periodista, plegándose a tan absurda genialidad.

Urk Elfine frunció el ceño, estornudó, se restregó un sucio pañuelo por la nariz, y se puso a hablar sobre lo afortunado que se sentía de haberla conocido, pero también de no tener que volver a casa aquella noche, y luego dijo que tenía que llamar a su mujer, sí, tenía que llamarla, la llamaría *cuanto antes*, le diría que había encontrado un empleo, ¡en un periódico *de verdad*!, porque el suyo era un periódico de verdad, ¿no?

Ahora sí, pensó McKenney, pero lo que dijo fue:

—¿La escribirá para mí entonces?

¡Por supuesto que la escribiría para ella! Él y Josephine se trasladarían *ipso facto* a aquel lugar, la redacción de su periódico, y escribirían la entrevista con el tipo que había estado a punto de ganar un Howard Yawkey Graham a Agente Audaz del Año y tal vez lo hiciese *después de todo*, porque venderle la casa a los Benson no era *moco de pavo*, y era algo que, si aquel maldito pueblo detective no le impedía, conseguiría. Mañana era el (GRAN DÍA). Mañana, aquella *agente*, la agente *inmobiliaria* de los Benson, iba a dejarse caer por la ciudad para echar un vistazo a la casa que aún no debía estar encantada pero lo estaría *muy pronto*, lo estaría en cuanto ella diese el visto bueno, pero cabía la posibilidad de que ella no pudiese darle el visto bueno, porque aquella gente podía tratar de impedírselo. ¿Sabía ella si era posible que aquella gente, la gente del pueblo, *les hiciese algo*? Quería decir, a Dobson Lee y al señor McPhail, porque, *antes de marcharse*, el señor William le había dicho que aquella gente iba a fastidiarlo *todo*.

—Un momento —dijo McKenney, el cuerpo inclinado sobre la mesa una vez más, mirando exigentemente a su *único* empleado—. ¿Billy se ha ido?

—¿El señor William? —McKenney asintió—. Eso me temo. Le presté mi camioneta.

—¿Le prestó su camioneta?

—Dijo que no tardaría en volver.

La pelota, aquella tal Josephine Matthews, iba y venía de una mano a la otra.

—Hágame un favor —dijo McKenney, poniéndose en pie—. Recoja sus cosas.

—¿Disculpe?

—Reúnase conmigo al final del pasillo. Habitación trescientos tres.

–Oh, señorita, esto –(UH) (AH) (AaaH) (CHÚS), Urk Elfine estornudó, luego empezó a deambular por aquel cuartucho que olía, misteriosamente, a colonia de bebé y pastillas de *regaliz*, y peroró–, dis, disculpe, ¡condenado catarro!, no sé si sabe que estoy, eh, uh, *casado*, ¿lo sabe, verdad? ¡Oh, ya lo creo! Apuesto a que Josephine –la pelota estaba ahora en su mano derecha, Urk Elfine la miró de soslayo, entre divertido y preocupado, como miraría un sospechoso a alguien que pudiera corroborar su coartada en mitad de un interrogatorio–, sí, verá, Josephine podría hablarle de Lizzner, *mi mujer*, si fuera algo más que una pelota de tenis, pero me temo que no va a poder hacerlo, pero yo puedo hablarle de ella, y creo que ya lo he hecho, ¿no es así? Le he dicho que debe estar a punto de, eeeeh, *llamar*, porque el señor Sneller debe haberle dicho ya que esta noche no voy a volver a casa, que, de hecho, no *puedo* volver hasta que ese tipo, el señor William, regrese de donde sea que haya ido y me devuelva la camioneta. Un pequeño inconveniente, ya ve, pero uno que en ningún caso quiere decir que vaya a hacer *nada* con usted en esa habitación. –Urk Elfine detuvo su deambular–. ¿La trescientos tres, ha dicho?

McKenney estalló en carcajadas.

–¿Le parece divertido? No es divertido.

–Oh, ya lo creo que sí.

–No, no lo es, señorita McKenney.

–Querido señor Starkadder, *caballero* Starkadder, lo que usted prefiera –empezó a decir McKenney–, lo que hay al final del pasillo no es *mi* habitación sino la redacción del *Doom Doom Post –¿Su periódico? Ajá*, mi *periódico*– para el que no sólo quiero que escriba esa entrevista sino también una pequeña crónica en primera persona de su encuentro con el propio Billy Peltzer, es decir, con *el señor William*, que podría, quién sabe, convertirse en una *serie* si es usted tan avispado como parece –concluyó.

–¿*Mi propia serie*?

McKenney asintió.

–¿Has oído eso, Josephine? ¡*Mi propia serie*! ¡Oh, por Bryan Tupps! ¿Cómo vamos a llamarla, Jo? ¿*Urk Elfine Investiga*? *¿Josephine Matthews No Es Sólo Una Pelota De Tenis*? ¿*Casi Todos Mis Hijos Son Gramatólogos*?

Janice, pensó McKenney.

Así llamaría ella a su propia pelota de tenis.

Janice Terry McKenney.

Pero ¿acaso tenía ella una pelota de tenis?

No.

Oh, querida, no tiene por qué ser una pelota de tenis, dijo una voz dentro de su cabeza que bien podía ser la voz de Josephine Matthews, la pelota de tenis.

¿No?, inquirió McKenney.

No, dijo la voz.

—Puede, perfectamente, ser una *bola* de golf —añadió.

¿Y no llevaba ella, Eileen McKenney, una bola de golf siempre encima?

La llevaba, *por supuesto*, ¿quién sabía cuándo iba a necesitar escapar a aquel otro tiempo en el que no era más que una niña que jugaba al minigolf con sus muñecos?

McKenney sonrió.

Por fin tenía una pequeña banda.

20

En el que los Benson hacen las maletas, y se descubre qué
demonios es un Señorito Verde, y cómo Frankie Scott
pensaba (DEJAR) de estar a la sombra de Becky Ann, la
Reina del Terror Absurdo de Darmouth Stones

Encerrado en su despacho, uno de aquellos *infinitos* sirvientes de
pie en un extremo de la habitación, a la espera de lo que fuese
que pudiese necesitar en cualquier momento, Frankie Scott Benson leía en voz alta. Y no lo hacía para compartir con Charles
Brownie Buchan, el ignorado sirviente, el contenido de la carta
que acababa de escribirle a Francis McKisco en nombre de aquella engreídamente exigente (MYRLENE BEAVERS), pues para Frankie Scott Benson, Charles Brownie no se diferenciaba en nada
del empapelado de la pared, las llamativas cortinas, o la mullida
alfombra sobre la que descansaban sus viejos pies descalzos. Frankie estaba compartiendo aquella carta con su buen amigo Henry
Ford Crimp. El escritor se había hecho instalar un enorme y ridículo busto del poco conocido inventor en uno de los extremos
de su gigantesco, totémico, casi *planetario* escritorio. Hablaba con
él a diario. Hablaba con él todo el tiempo. Sobre todo, hablaba de
lo *chiflada* que estaba Becky Ann, pero también, evidentemente,
de cada paso narrativo que se disponía a dar. Aquella misma mañana había pasado largo rato perorando sobre aquella nueva historia, la historia de las hermanas siamesas. Le había dicho (¿QUÉ
ME DICES DE LAS DOS CABEZAS, HEN?), (¿NO CREES QUE ES UN
POCO DEMASIADO?), y (¿UNA DE ELLAS DEBERÍA AMAR EL CAFÉ
Y LA OTRA ABORRECERLO? ¿QUÉ ME DICES DE IR AL CINE?
¿DEBERÍAN IR AL CINE?), le había dicho (NO SE PONEN DE
ACUERDO. NO SE PONEN DE ACUERDO *EN NADA*. SE ODIAN,
¿VERDAD?), y (TODO LO QUE A UNA LE GUSTA, LA OTRA LO ABO-
RRECE). Es decir que, sin darse cuenta, había estado hablando de
su propia vida. A veces ocurría. Los escritores no hacían otra cosa

que hablar de lo que, en cada preciso instante, aborrecían. En el caso de los Benson era algo que aborrecían *en todos los instantes*. Así que si aquel par de gemelas iba a ser realmente un par de gemelas *siamesas*, es decir, si iba a haber *dos* esquiadoras con *dos* cabezas, una de ellas iba a llevarse francamente bien consigo misma, es decir, con su otra cabeza, como lo hacían, en opinión de Frankie, el resto de los matrimonios, y la otra iba a aborrecerse, como lo hacían ellos. Oh, era una idea estupenda. ¿No era una idea estupenda? (¿QUÉ ME DICES, HEN? ¿NO ES UNA IDEA ESTUPENDA?), le había espetado a aquella cabeza de piedra, y, puesto que aquella cabeza de piedra no iba a responderle, Frankie Benson se había respondido a sí mismo imitando la ridícula voz de aquel inventor chiflado. Se había dicho, (¡OH, POR SUPUESTO, FRANCIS!), y, aún de forma más estúpida, había añadido (¡APUESTO MI QUERIDO SEÑORITO VERDE A QUE LO ES!).

El Señorito Verde había sido el osito de peluche de Henry Ford Crimp.

El Henry Ford Crimp de carne y hueso, no aquel busto del demonio.

El bueno de Hen no había conseguido lo único que se había propuesto en la vida, hacer crecer a aquel maldito oso de peluche, por más injertos mecánicos y textiles que hubiese empleado, y el Mundo, aquel Mundo que no había hecho otra cosa que ignorarle como se ignora al chico brillante y tímido que se sienta al fondo de la clase, había acabado haciendo cola ante la puerta de su casa para *reírse* de él. Porque uno no puede pretender convivir con un enorme oso de peluche encorvado y maltrecho, un oso de peluche con aspecto de, como había dicho en una ocasión Becky Ann, *desempleado deprimido*, y no acabar convirtiéndose en una penosa atracción de feria.

(ASÍ QUE APUESTAS A TU SEÑORITO VERDE, ¿EH?), había inquirido Frankie, diciéndose que no importaba lo que él pensara, y mucho menos lo que pensara aquella cabeza de mármol, porque Becky Ann iba a aborrecer aquella idea.

A Becky Ann nada de lo que a él le parecía estupendo, le parecía estupendo.

Becky Ann diría que le recordaba *demasiado* a su propia vida. Luego se encerraría en su propio despacho y le pondría verde con aquella escritora del demonio, Susan Laird Jonathan Reynolds que, por fortuna, llevaba *siglos* bajo *tierra*. Como él, Becky Ann se había hecho fabricar un busto, un busto de aquella escritora, que, a menudo, sacaba de paseo. Lo metía en una jaula para lechuzas, lo instalaba en un carrito de bebé, y lo sacaba a pasear. Se habían escrito *cientos* de artículos sobre aquella ridícula costumbre. En una ocasión, una periodista incluso las había acompañado a tomar el té. Y el tono del artículo que había escrito había resultado tan siniestro que, a partir de entonces, nadie se había atrevido a reírse de la pareja. En un intento por imitar su propio estilo, el estilo del matrimonio, la periodista, una tal Celeste Philip Coombs, había construido un relato de terror en el que la escritora se limpiaba «restos de niño *humano* de la comisura de los labios» y hablaba «como si existiera desde que el mundo era mundo, o desde mucho antes», y lo hacía, por supuesto, haciéndose acompañar de aquella *cabeza* que bien podía ser una cabeza *real*, porque «todo en ella estaba tan cuidado al detalle que parecía haber existido en otro tiempo, ¿y si era una cabeza disecada? Se lo pregunté, ella se limitó a reírse como lo haría una comadreja, agudos hipidos aquí y allá, y a encogerse de hombros, figurando comportarse encantadoramente». El artículo había encantado a Becky Ann, que había vuelto a verse con la periodista en al menos tres ocasiones, antes de que ella muriera en extrañas, extrañísimas, circunstancias, lo que no había hecho sino aumentar su *leyenda*. Evidentemente, Becky Ann no había tenido *nada* que ver con su muerte, pero las circunstancias de la misma parecían sacadas de un viejo relato que la lectora de Susan Laird Jonathan Reynolds había publicado hacía mucho, mucho tiempo.

En el relato, una oronda pastelera se detiene, de camino a casa, en una pastelería que nunca había visto antes. Se instala en una de sus mesas, pide la carta a la camarera, y se decide por un pedazo de pastel del que no ha oído hablar jamás: un extra cremoso Cynthia Jalter. Mientras lo degusta en la pastelería vacía, la camarera desaparece y alguien, desde algún lugar, dispara un proyectil que le atraviesa la garganta. Al día siguiente, una vecina del lugar encuentra el cadáver en mitad de la calle, frente a un local deshabitado que ni siquiera era, aunque había tratado de llegar a serlo, una pastelería. Bien. Hasta aquí el relato. Lo que le ocurrió a Celeste Coombs fue algo ligeramente más simple. Como la protagonista de la historia, se detuvo en una pastelería porque de repente le apeteció un pedazo de tarta y, poco después de que se la sirvieran, estaba muerta. Se atragantó con un proyectil similar al que había hecho pedazos la garganta de la protagonista del relato de Becky Ann Benson. No se vio a nadie con una pistola por los alrededores. Ninguno de los cocineros pudo haber deslizado el proyectil en la tarta. En parte, no pudo haberlo hecho porque había quien decía que la tarta no había existido en realidad. Por supuesto, era una leyenda, pero a veces las leyendas tienen algo de cierto. Cuando menos, se basan en algo que extraña a quien las elabora, que era el hecho, en este caso, de que la pastelería hubiese servido un pedazo de algo llamado Cynthia Jalter a la desafortunada periodista. Cynthia Jalter era el nombre del fantasma que encantaba la pastelería que pudo haber existido en el relato de Becky Ann Benson. Antes de eso, había sido el nombre de la mujer a la que habían llamado antes que a ella en la consulta del dentista la tarde en la que había empezado a escribir aquel relato que, gracias a la triste historia de Celeste Philip Coombs, había vuelto a editarse y había generado un pequeño terremoto en el encantado hogar de los Benson.

Frankie Scott había pasado a ser entonces, si no lo había sido ya antes, un actor secundario en lo que a la imparable carrera de los Benson se refería. Ya no importaba que él revelara que *también* charlaba con el busto de alguien, ni que se dejase fotografiar con restos de tarta de frambuesa «en las comisuras de los labios», porque sólo estaría entonando una vieja canción cuando lo que el *público* quería, según su musculado agente, era algo *nuevo*. Pero él no iba a darle nada nuevo a ningún público porque no era una «condenada atracción de feria», como se había repetido en más de una ocasión. (¡NO SOY UNA CONDENADA ATRACCIÓN DE FERIA, HEN!), le había dicho a la cabeza del inventor, que le había respondido que por supuesto que no lo era, (¿CÓMO DEMONIOS VAS A SER UNA CONDENADA ATRACCIÓN DE FERIA SI ERES EL GRAN FRANKIE BENSON?), le había dicho, se había dicho, en realidad, a sí mismo, con aquella voz que parecía una ridícula *bocina*, y (OH, HEN), había implorado el escritor, (¿NO SON MEJORES TODOS *MIS* CAPÍTULOS?), y la cabeza había dudado, en realidad, el que había dudado, por supuesto, había sido el propio Frankie Benson, porque, evidentemente, no podía estar seguro, ¿eran sus capítulos *mejores*? Oh, *necesitaba un lector*, y uno que supiera *exactamente* cuáles eran sus capítulos, uno que, en adelante, los distinguiera de los capítulos de Becky Ann, siempre decididamente poco *amables*, violentos, *atacados*, ¿y qué podía hacer para encontrarlo? Podía escribir una carta. Elegiría una dirección postal al azar y escribiría una carta. Se presentaría como un admirador de los Benson que había detectado *una diferencia* en *ciertos capítulos*, dejando claro lo *superiores* que eran del resto. Le pediría a su interlocutor que, por favor, se lo confirmase. ¿Podría usted, si es tan amable, confirmármelo? Le adjuntaría una de las novelas, debidamente *segmentariada*. Y luego se sentaría en su despacho a esperar la respuesta.

Frankie Scott no tenía ni la más remota idea de con qué clase de chiflado podía toparse. Cierto era que había escrito un par de docenas de cartas y las había enviado, aleatoriamente, a todo tipo de lugares, y no había obtenido una sola respuesta, pese a haber argumentado que, a su parecer y según había podido saber, en dichos lugares se tenía un interés «especial» por los Benson, y que esa era la razón de que hubiese decidido «arriesgarse» a escribirles. Tal vez esa era la razón por la que no había sospechado de Gussie, el *señor* Fink-Nottle, hasta que había sido demasiado tarde. Puesto que había sido el único que había contestado, le había traído sin cuidado que sus escuetas misivas fuesen confusas, rimbombantes y estúpidas, porque eran lo único que tenía. Aquel tipo, fuese quien fuese, y fuese lo ridículamente engreído que fuese —a menudo Scott había hecho el ejercicio de imaginarlo y lo que veía era a un joven profesor universitario enamorado de sí mismo hasta el punto de pasar largo rato cada noche observándose en el espejo del baño, observando su diminuto bigote y sus ligeramente abultados bíceps, observando también su pecoso y lechoso pecho y su larga y brillante cabellera pelirroja, y diciéndose que jamás encontraría a nadie como él—, no sólo era el único que había respondido a su primera carta, y había seguido respondiendo al resto, sino que estaba *por completo* de acuerdo en todo lo que decía, *jamás* le llevaba la contraria.

Oh, ¿y no era maravilloso?

Lo había sido hasta que a su progenitora, a la progenitora de aquel tal Fink-Nottle, una atareada ama de casa de los suburbios, le había dado por fisgonear en su correo, y le había hecho llegar a Frankie Scott una explosiva y concisa carta en la que le calificaba de (¡PERVERTIDO!) por haber estado carteándose con su (PEQUEÑO).

Pero ¿acaso era aquel cultivado ejemplar universitario *pequeño*?

Oh, sí, aquel cultivado ejemplar universitario era en realidad un mocoso de diez años. Un ingenioso alumno de la engreída Crichton House llamado Jobbie que había cumplido formidablemente con su cometido, asegurándole, pomposamente, a Frankie Scott, que sus capítulos eran, sin duda, «de lo más *sublime*», y que el resto eran, también sin duda, «*pura* bazofia», y añadiendo un buen puñado de frases que eran únicamente rimbombantes frases que el chaval había *copiado*, diligentemente, de sesudos ensayos literarios de poco o ningún interés. Pese a lo críptico, en todos los casos, de su mensaje, Frankie Scott solía conciliar el sueño *antes* las noches de los días en que recibía alguna de aquellas misivas, y sacaba de quicio a Becky Ann silbando todo tipo de absurdas melodías por los pasillos de la mansión que habitasen en cada momento, que tendía a ser la mansión que poseían en aquel inofensivo lugar llamado Darmouth Stones. Aquellos días, Frankie Scott era, o parecía, *feliz*, y se sentía capaz de cualquier cosa, es decir, podía pasar las páginas de los libros que leía *él mismo*, e incluso, ordenaba al pequeño séquito encargado de *alimentarle*, que se marchase, pues aquel día no necesitaba de sus servicios, lo que, evidentemente, enfurecía a Becky Ann. Becky Ann creía que el hecho de que su cerebro tuviese que ordenar a su mano sujetar una cuchara podía *distraerla* y evitar que *cazase* una idea. De ahí que se enfureciese los días en que Frankie Scott decidía hacer todo tipo de cosas por su cuenta, puesto que, mientras las hacía, cientos, puede que *miles*, de ideas, se le escapaban, ¿y acaso tenía ella que hacer todo el trabajo?, rezongaba Becky Ann. A Frankie Scott le traía sin cuidado. Frankie Scott canturreaba e iba a todas partes con aquel pedazo de papel, la *carta*, que decía que, en aquella casa, el genio era él.

En una ocasión incluso se había atrevido a telefonear a Flattery Barkey, su editor, y a concertar una cita.

Ante un par de suculentas raciones de cordero, regadas con un excelente *cabernet sauvignon*, el escritor le había tendido una de aquellas misivas. En ella, el pequeño alumno de Crichton House que, para entonces, era aún un misterio de aparente formación universitaria para Frankie Scott, elogiaba ostensiblemente aunque de forma un tanto confusa la aportación que Scott había hecho a *Creo haberles hablado de Tuppy Glossop*, novela en la que un fantasma aburrido se pasaba los días acudiendo a la Oficina del Distribuidor de Fantasmas esperando *acabar* en algún otro lugar, pues aborrecía el apartado castillo al que había sido enviado por la Administración de los No Vivos. Odiaba las goteras, y odiaba a los críos, y el castillo estaba repleto de críos y de goteras. Y por si fuera poco, la familia a la que debía asustar, no sólo no le tenía miedo sino que había convertido su sola presencia en una especie de negocio. Organizaban visitas guiadas al, decían, castillo encantado, y le obligaban a mover cuadros y sillas, abrir y cerrar cajones, apagar y encender luces, y hasta *disparar* flechas. La *muerte* del atormentado Tuppy Glossop era un pequeño infierno hasta que conocía a Maybeline Harrison, una empleada de la Oficina del Distribuidor de Fantasmas dispuesta a ayudarle.

—No entiendo bien a qué se refiere cuando dice —el editor había aplicado la lupa que le colgaba del cuello a la misiva del chico, pues la letra era, había dicho, *demasiado pequeña*, aunque, había añadido, *siempre lo es*—, oh, aquí. Dice: *Podría encontrar en la fuga la única salvación, mi señor, pero no puede, porque, imagino, querrá permanecer cerca de la señora Travers pese a todos los capítulos tremebundamente tercos, pero es una magnífica idea si la cosa cambia de aspecto.* —Flattery había levantado entonces la vista y había dicho—: ¿Tiene usted una amante, Benson?

—¿Una *amante*?

—¿Qué es eso de la señora *Travers*?

—Oh, no, eso es, *jeje*, eso es un error, señor Barkey.

—Pero ¿qué ha querido decir?

—A veces es un poco confuso.

—¿Quién es la señora Travers, Scott?

—¡Nadie!

—Aquí hay una señora Travers, Scott.

—¡Barkey, *querido*! Lo único que quería que *supieras* es que hay alguien *ahí fuera* que considera que lo que escribo es *bueno*, quiero decir, que lo que yo hago es *mejor*, aunque sea, (UJUM), Becky la que, ya sabes, se lleva toda la *fama*, ¿por qué se lleva ella siempre toda la fama, Flatt?

—¿Se lleva ella toda la fama?

—Oh, ¿*no*? —Frankie Scott se había reído. Lo había hecho *nerviosa* y *repetidamente* (*jeje*) (*jeje*) como hacía siempre que algo le parecía francamente (OBVIO)—. Flatt, ¿no se lleva ella toda la fama? ¿Hablamos, siquiera, de la misma *Becky Ann*? ¿La *reina* del terror absurdo de Darmouth Stones?

Becky Ann ya era moderadamente famosa cuando se habían conocido. Becky Ann había dado por hecho que Francis sabía que estaba saliendo con la, según el *Darmouth Daily*, Reina del Terror Absurdo de Darmouth Stones, pero Francis no solía leer el *Darmouth Daily*, así que no tenía ni la más remota idea. Y tampoco había manera de que Becky Ann supiera que tenía ante sí al mismísimo Rey del Terror Absurdo de Darmouth Stones porque ningún periodista del *Daily Darmouth* había estado *jamás* ni remotamente *cerca* de una de sus novelas por lo que no había podido escribir ningún artículo que sacase a Frankie Scott del asfixiante pozo del anonimato en el que se encontraba.

—¿Qué quieres, Scott?

—No sé, Flatt.

—¿Una carrera en solitario?

—¿Por qué no?

—¿Qué harías con una carrera en solitario, Scott?

—No sé, Flatt, ¿*triunfar*?

El editor se había reído. Pero su risa se asemejó a una tos impertinente. Se había llevado la mano a la boca, como si tratara de contener un bostezo, o aquella tos ridícula e impertinente, cuando lo que intentaba contener era una colección de carcajadas. Y el resultado fue un estrambótico (*JUP*), y un extraño y fuera de lugar *(JEJUP)*.

—Disculpa, Scott, pero (*UJUM*), no creo que sea una buena idea.

—Oh, vamos, Flatt, ¿por qué no iba a serlo? ¿Acaso no has leído la carta de Sir Fink-Nottle? ¡Mis capítulos son *inopinadamente exterlativos*!

—¿Qué demonios es *exterlativos*, Scott?

—¿Qué demonios quieres que sea, Flatt? ¡*Superlativos*!

—Aquí no pone superlativos, Scott. Pone *exterlativos*. ¿Qué demonios es eso?

—¿Qué más da lo que sea, Flatt?

—¿Y quién es este tal, uhm, *Jobbie*?

—*¿Jobbie? ¿Qué* Jobbie, Flatt?

—Tu Sir No Sé Cuántos.

Airado, Francis le había arrebatado al editor la carta de las manos, presto a corregirle, presto a decirle que el nombre de Sir Fink-Nottle no podía ser de ninguna manera Jobbie, pues era *Gussie*, pero cuando la tuvo ante sí cayó en la cuenta de que, efectivamente, iba firmada por un tal Jobbie. ¿Quién demonios era aquel tal *Jobbie*? Hablaba en los mismos términos que *Gussie*, y el sobre había sido sellado en la misma oficina postal en la que habían sido sellados el resto de los sobres que habían contenido el resto de las cartas de Sir Fink-Nottle, así que ¿cómo no iba a ser Gussie?

Aquello debería haberle hecho sospechar.

En realidad, lo hizo.

Pero ¿sospechar hasta el punto de *asumir* que el remitente de la carta podía llegar a ser un niño de diez años, un pícaro y sin duda solitario, un, gramaticalmente torpe, alumno de Crichton House? Oh, no, por supuesto que no.

Pero eso había resultado ser.

La mañana en la que llegó un nuevo sobre de aquel lejano lugar, aquel también enrevesado Waverley Grosse Edward, una vez aclarado el *malentendido*, un ridículo malentendido del que Frankie no sabía qué pensar —Sir Fink-Nottle había escrito (DISCULPE, ERRÉ MI *SUSTANCIOSO* SUSTANTIVO *INOPINADAMENTE*), y a Frankie le había parecido, por primera vez, que no sabía de qué estaba hablando, en fin, ¿qué era aquello de *sustancioso*? ¿Acaso era tan pomposo que no podía decir *nombre*? ¿Y por qué *todo* lo hacía *inopinadamente*? Si le hubiesen dicho en aquel momento que su Sir Fink-Nottle era una tacita de té a la que habían enseñado a leer y teclear, se lo habría creído sin dudarlo, porque ¿quién sino podía haber escrito *aquello*?–, Scott no se molestó en llevar a cabo el ritual que solía llevar a cabo cada vez que recibía una de aquellas cartas, y que consistía en fingir que el teléfono de su despacho había sonado, descolgarlo y *hablar* con el mismísimo Sir Fink-Nottle.

–He recibido su carta, sir –le decía.

–Oh, lo celebro inopinadamente, Frankie –fingía oír que le decía Gussie.

–No dudo en que habrá coincidido conmigo en todo, sir.

–Oh, por supuesto, Frank, por supuesto.

No, aquel día Frankie Benson se *hundió*. Flattery Bakery tenía razón. ¿Qué iba a hacer él con una carrera en solitario? Puede que sus capítulos no fuesen, como había dicho aquel crío, *exterlativos*. Y, en cualquier caso, ¿quién demonios sabía lo que era *exterlativo*? Lo más probable era que no fuese *nada* en absoluto. Frankie Benson se había ovillado en su butaca, y se había dicho que, en cierto sentido, aquel tal *Jobbie* Fink-Nottle se había convertido, sin saberlo, en su propio Señorito Verde.

¿Su propio Señorito Verde?

Frankie Scott Benson tenía una pequeña *afición*. Escribía cartas a tipos solitarios a los que el mundo trataba, como a él, injustamente. Había empezado a hacerlo a los diez años. A los diez años le había escrito una carta a su inventor favorito. Su inventor favorito era, claro, Henry Ford Crimp. El pequeño Frankie quería que Henry supiese que no estaba solo. Que, aunque él no había tenido jamás un osito de peluche, de tenerlo, también habría querido que creciese con él. Henry, por supuesto, no había dado respuesta a ninguna de ellas. Hasta que Frankie había caído en la cuenta de que no eran sus cartas las que Crimp esperaba sino las del Señorito Verde, su osito de peluche, que no es que fuese verde sino que había tenido, en algún momento, un par de gafas de bucear de color verde. Así que se había puesto a escribirle cartas mínimas, de una, dos, tres líneas, que firmaba como El Señorito Verde. Puesto que había leído todo lo que se había escrito sobre él, daba detalles que, si bien en un primer momento extrañaron a Crimp, acabaron por divertirle tanto que entró en el juego, y ambos, Frankie y su estimado amigo, mantuvieron durante años una curiosa correspondencia que acabó, fortuitamente, con la muerte del inventor.

Con la muerte del inventor había dado comienzo una intermitente y *cuantiosa* correspondencia con malogrados y solitarios desconocidos con los que se topaba en los periódicos, a quienes no compadecía como había compadecido a Henry Ford Crimp a los que utilizaba como ciertos niños utilizan a los niños sin amigos, convirtiéndose en aquello que daba sentido a todo lo que eran. No sólo se daba importancia, impidiendo que cayesen en la cuenta de que él también era uno de esos niños sin amigos, sino que, de alguna manera, *dirigía*, malévolamente, sus a menudo ridículas vidas, a la manera en que Becky Ann y toda aquella fama que él jamás tendría dirigían la suya. ¿Que cómo lo hacía? Inventando, claro, un Señorito Verde *cada vez*.

—¿Hen? Escucha esto, escucha con atención —dijo, un en aquel momento *entusiasmado* Frankie Scott. Estaba, aún, *compartiendo* con el busto de Henry Crimp la carta que acababa de escribir, una carta que iba dirigida a aquel otro escritor que vivía obsesionado con su falta de reconocimiento, su por entonces único *amigo*, aunque también podría considerase *víctima*, o, por qué no, mero *entretenimiento*, por correspondencia—. *Celebro que haya sido un malentendido, aunque dudo mucho que en realidad lo sea. En cualquier caso, sepa que pienso vigilarle muy de cerca en breve. Un inesperado giro del destino va a llevarme a su ciudad. Quién sabe. Tal vez nos crucemos en la oficina postal la próxima vez* —(JE JE) (JE JE), rio aquel pletórico Frankie Scott, extasiado, desde que Becky Ann había interrumpido su rutina matinal para hacerle saber que (POR FIN) había llamado aquella (CONDENADA) (*DOB-SON*) para comunicarles que había dado con la casa (PERFECTA), y que por supuesto, la casa estaba debidamente *encantada*. Así las cosas y mientras su aborrecible esposa dirigía el empaquetado de prácticamente la entera *mansión*, Frankie Scott Benson firmaba, *feliz*, ante la mirada de aquel ignorado sirviente que para Frankie Scott no se diferenciaba en nada del empapelado de la pared, su carta, imaginando la espera en su despacho de aquel otro escritor encantadoramente iluso, aquel otro Francis, Francis Violet McKisco, que creía haber encontrado, quién sabía, puede que al *amor* de *su vida*, la única *mujer* que le había leído como *nadie le leería jamás*. Y, cuando lo hubo hecho, admiró, dichoso, su *obra*, aquella obra que no había firmado él, sino aquel otro Señorito Verde, la misteriosa lectora que, pese a su diligente exigencia, disfrutaba de los casos de Stanley Rose y Lanier Thomas, la encantadoramente *cruel* Myrlene Beavers.

21

¿Mascan los muertos *cereales*? ¡Oh, contraten a un fantasma de (UN FANTASMA PARA CADA OCASIÓN) y lo descubrirán! ¿Que por qué parecen de carne y hueso, y luego dejan de parecerlo? ¡Sigan leyendo!

El fantasma no tenía aspecto de fantasma. Ni siquiera era *transparente*. Sólo era un tipo con los ojos permanentemente entrecerrados, ojos que en vez de ojos parecían un par de ranuras para monedas, un bigote exageradamente *rubio*, y un corbata en la que diminutos submarinistas parecían discutir con cientos de aún más diminutas burbujas. Los submarinistas se miraban unos a otros y se decían que nada de aquello tenía sentido, pensó MacPhail. Habían muerto, se dijo, para acabar convertidos en un ridículo elemento decorativo de una ridícula corbata de un ridículo *muerto*. Un muerto que mascaba *cereales* todo el tiempo, cereales que extraía de una caja de Dixie Voom Flakes. Un muerto que, a ratos, fingía atragantarse, y tosía, y ponía los ojos en blanco, y, oh, Stumpy apartaba la vista cada vez, dejaba que algo, algo blancuzco y horrible, le borboteara de entre los labios, aquellos labios que parecían *acolchados*, que eran los labios de un tipo al que las cosas podrían haberle ido francamente bien si no le hubiera dado por querer estar *muerto*.

—¿Por qué hace *eso*? —quiso saber MacPhail.

—Creo que está metiéndose en el papel —le susurró aquella mujer que no había hecho otra cosa que *fumar*, y mirar alrededor, y decir que sus clientes iban a *aborrecer* aquello, que tendría que empezar, *ya*, a *forrarlo* de *madera*, porque ellos necesitaban un refugio, había dicho, *una cabaña*, y aquello no era una cabaña, ¿y cómo podía no ser una cabaña? ¿No estaba en aquel lugar helado? ¿Qué clase de estúpidos no construían cabañas en lugares desapaciblemente horribles como aquel?—. ¿El muerto se atragantó?

–¿Qué *muerto*?

–¿No le llamó Alvorson?

–¿*Alvorson*?

–Sigsby Fritz.

–Oh, eh, *sí* –consintió MacPhail.

El señor Alvorson, el propietario de la compañía que pensaba suministrarle el fantasma en nombre de aquella tal Dobbs, le había llamado poco después de que las llaves de aquella camioneta repleta de asientos cambiaran de manos.

–Señor Alvorson al habla, señor, ehm, Mac*Nail*, ¿es usted, *usted*?

–¿Que si yo soy *yo*? ¿Quién demonios es *usted*?

–Verá, señor Mc*Nail*, presumo que es usted, *usted*. –La voz era la voz de un vendedor telefónico, la voz de alguien que podía ser sólo una voz, un alguien que no necesitaba cuerpo en parte porque su existencia consistía en ser alguien para el mundo a través del teléfono, ¿y si no era más que un teléfono?–. Al habla el señor Alvorson –había repetido– Sigsby Fritz –había dicho–. Le llamo de parte de la señorita Whishart Dobbs. Ella ya nos ha dicho lo que necesita pero no se preocupe. –Había hecho una pequeña pausa, se había aclarado (UJUM) algo parecido a una garganta, si es que un teléfono podía tener algo parecido a una garganta, y había proseguido, con aquel tono que parecía el tono de un astuto vendedor de coches usados–. Los fantasmas de *Un Fantasma Para Cada Ocasión* están *entrenados* para hacer frente a todo tipo de situaciones.

–Entonces ¿es cierto? ¿Tienen, ustedes, *fantasmas*? –había titubeado Stump. De repente, el espacio a su alrededor se había *ensanchado*. Su oficina había dejado de ser su oficina y se había convertido en su espaciosa habitación de niño. Había edificios de cartón por todas partes y, en un rincón, parcialmente iluminada, podía ver, perfectamente, la vieja casa abandonada que *nadie*, ninguno de sus, por entonces, *agentes*, sus pequeños muñecos de goma, gatos, elefantes, tortugas, todos ellos debidamente *trajeados*, conseguía vender porque, decían, estaba *encantada*–. Es, quiero decir, ¿auténticos *fantasmas*? ¿Gente *muerta*, *espíritus*? ¿Cómo lo hacen? ¿Dónde, *uh*, dónde los *encuentran*? –había borboteado el aterrorizado agente que, por un momento, olvidó que existía un mundo de adultos en el que cualquier cosa era posible, incluido que una empresa como aquella, una empresa dedicada a suministrar fantasmas a todo aquel que planease encantar una casa, una oficina, un castillo, la habitación del bebé, un sótano, un cobertizo, el desván, la biblioteca, un instituto, la clase de matemáticas, un barco, en definitiva, cualquier lugar. Por supuesto, al fantasma le acompañaban todo tipo de *extras* relacionados con el *posible* encantamiento, que permitían que las puertas y ventanas se abriesen y cerrasen sin que pareciera que nadie las tocara, que se encendiesen y apagasen las luces, que soplase una horrible y chirriante corriente de aire y que se oyesen todo tipo de ruidos no necesariamente de este planeta. Ni que decir tiene que había dispositivos haciendo ese trabajo por el fantasma, que suficiente tenía con *aterrar* a la presumible víctima elegida por el cliente, o con simplemente *charlar* con ella, o él, en los casos en que era la casa del cliente la que debía encantarse, puesto que existían solitarios inquilinos que deseaban poder convivir con alguien y que ese alguien fuese un supuesto fantasma. Pero Stumpy MacPhail no podía pensar en eso en aquel momento. En lo único en lo que Stumpy MacPhail podía pensar era en aquella casa abandonada y diminuta y en los carteles de (¡CASA PELIGROSA!) (¡NO SE DETENGAN!) (¡EL FANTASMA PODRÍA VERLES!) (¡Y ENTONCES ESTARÍAN PERDIDOS!)–. ¿Alguno de ustedes puede, eh, *verlos*?

Se hizo el silencio. Aquel tipo con voz de teléfono dedicado a la venta de coches usados que nunca regresaba a casa porque no tenía una casa a la que regresar, que no era, en realidad, más que un teléfono por completo *entregado* a la *venta por teléfono* de, en su caso, *fantasmas*, guardó silencio. Al cabo, dijo:

–¿Bromea, verdad? –Y Stump podría haber dicho (NO), podría haber dicho (UNA VEZ CONOCÍ A UN ESPIRITISTA), en realidad, debería haber dicho (UNA VEZ *CREÉ* A UN ESPIRITISTA) y (ÉL VIO POR MÍ A AQUEL *HORRIBLE* FANTASMA) y (DESDE ENTONCES ME ATERRAN LOS FANTASMAS), en especial, (LOS FANTASMAS QUE EXISTEN) y (SUPONGO QUE ESO CUENTA PARA LOS QUE PUEDEN CONTRATARSE) pero lo que había dicho había sido (CLARO) y (POR SUPUESTO), lo que había hecho había sido reírse (JOU JOU JOU), y tratar de fingir que podía apartar la vista de aquella casa abandonada y encantada de su habitación de niño que acababa de *revisitarle*–. ¿Cómo no íbamos a poder verlos, señor MacNail? ¡Trabajan *para nosotros*!

–Claro, disculpe, eh, sólo es que, uh, es la primera vez que, bueno, ya me entiende.

–Oh, ¿es su primera vez? ¡*Vaya*! ¿De veras no ha necesitado antes un fantasma? ¡Es usted un tipo con suerte! ¿Cuánto tiempo lleva en esto, señor *MacNail*?

Stump no entendía qué clase de problema tenía toda aquella gente con su nombre. ¿Tan difícil era recordarlo?

–No es MacNail.

–Oh, eh, ¿no?

–No, es MacPhail. Stump MacPhail.

–¡Oh, disculpe, señor! –Aquella espumosa voz telefónica *sonrió*–. Debí anotarlo *no correctamente*. Para mí, quiero decir, para *nosotros*, también es nuestra *primera vez*.

–¿Cómo? ¿No se dedican ustedes a esto? –¿No acababa de decirle que cómo no iban a poder *verlos* si trabajaban *para ellos*? ¿No incluía aquel *trabajar para ellos* el que ya lo hubiesen hecho anteriormente?–. ¿Me toma el pelo?

–Oh, no no, señor MacPhail, no le tomo a usted *ningún pelo*. Lo que ocurre es que *nunca antes* habíamos trabajado para *sus* clientes. Y déjeme decirle que nos *moríamos* por hacerlo. Ya sabe, en este negocio nuestro, son algo así como lo *máximo* a lo que puede *aspirarse*. Pero si es su primera vez con un fantasma deduzco que es también su primera vez con *los Benson*, ¿me equivoco?

–No, no se equivoca.

–¿Me permite contarle un secreto, señor MacPhail? *Un Fantasma Para Cada Ocasión* nació para *servir* a los Benson. ¡De niño, soñaba con ser *su fantasma*! ¿Puede creérselo? –(JO JEI JEI), rio aquella voz espumosa–. Lamentablemente, sigue sin dárseme lo suficientemente bien ser un fantasma como para poder *enviarme* yo mismo a Mildred Bonk, pero asesoraré *diariamente* a mi compañero, el señor O'Kane, oh, el señor James. –¿*Sabe? Su verdadero nombre es Eddie O'Kane pero él prefiere que le llamemos William Butler James, es toda una estrella (JO JEI JEI)*–. La señorita Whishart está de acuerdo en que así sea, así que, señor MacPhail, procedamos. ¿Podría decirme de qué murió el fantasma al que nuestro compañero tendrá que *interpretar*?

Stumpy había querido saber entonces a qué clase de interpretación se refería y el tal Sigsby Fritz Alvorson le había especificado que, en todos los casos, el fantasma en cuestión era un aspirante a actor, o a actriz, obligado a meterse en el papel del muerto que el cliente solicitase. En ocasiones, le había dicho, ese muerto era un muerto *libre*, es decir, la casa simplemente debía *encantarse*, y no importaba el papel que el fantasma interpretase. Este tipo de *papeles* eran a menudo interceptados por las *estrellas* de *Un Fantasma Para Cada Ocasión*. William Butler James era una de ellas, un alma *libre* convencida, como el otro par de fantasmas *excepcionales* de la compañía, un perro con aspecto de oveja que parecía saber exactamente en qué consistía ser un perro fantasma porque tenía un don especial para la actuación y una abogada sin trabajo que decía estar verdaderamente *muerta* y que sólo podía interpretarse a sí misma, porque aquello no era para ella un trabajo sino su propia *no* vida, de que su nombre figuraría algún día en un lugar privilegiado de la Historia, con mayúsculas, de los Intérpretes Fantasma. Pese a todo, ninguno de ellos era aún un fantasma *famoso*, puesto que, en aquel submundo de las compañías de fantasmas, *Un Fantasma Para Cada Ocasión* era, podría decirse, un minúsculo grano de arena en el enorme desierto constituido por aquella clase de compañías. Un desierto en el que la *Weirdly Royal Ghost Company*, empresa a la que, hasta la fecha, Dobson Lee había encargado el *encantamiento* de todas las casas *Benson*, lucía no como una enorme duna repleta de granos de arena sino como una mayestática pirámide esculpida a conciencia con el fin de convertirse en lo único admirable de aquel tan poco conocido paisaje. El tal Sisgby Fritz Alvorson había sido el primer sorprendido, le había dicho a Stump, cuando la señorita Whishart, la *legendaria* Whishart Lee Dobson, había entrado en las oficinas de *Un Fantasma Para Cada Ocasión* asegurando que *necesitaba* un fantasma.

—¡Habíamos llegado a pensar que ni siquiera existía! ¡Y, de repente, ahí estaba! ¡Tan despreocupadamente imponente, tan condenadamente exigente, pidiendo un fantasma al que no le asustase el frío y que pudiese *lidiar* con la pareja de escritores de terror absurdo más famosa de todos los tiempos! ¡Pidiéndonos-lo a *nosotros*!

—Entiendo —había dicho MacPhail.

—Y ahora, si es usted tan amable, señor MacPhail, dígame, ¿necesitan un fantasma *concreto* o puede, William Butler James, *crear* su propio *fantasma* a partir de ese asunto de los cereales que acaba de *comentarme*?

Stump le había dicho que necesitaban un fantasma concreto, y, pese a todo, allí estaba aquel *regurgitante* tipo de *carne y hueso*, aquel otro día, preguntando si podía improvisar. ¡Oh, ni siquiera se *transparentaba*! ¿Acaso creía que podía pasar por un fantasma? ¿Qué clase de ridícula compañía era aquella? Stump acababa de quitarse las *raquetas*, aquellas *estúpidas* raquetas que parecían un par de perros *sarnosos*, y acababa de sentarse a la mesa en la que había improvisado una ridícula oficina en la casa de Mildred Bonk. Hacía tanto frío que, cuando hablaba, volutas de vaho lo rodeaban, a él, al fantasma y a aquella tal Dobbs, que no hacía más que merodear y murmurar para sí todo lo que (SU EQUIPO) tenía por delante; para empezar, una remodelación (ABSOLUTA) del lugar, una (TRANSFORMACIÓN) de aquel sitio en algo (INFI-NITAMENTE) menos (VULGAR), porque (OH) (¿HA VISTO USTED *ESTO*?) (¡BECKY ANN PODRÍA PERDER LA CABEZA AQUÍ *DEN-TRO*!), había dicho la agente, y Stumpy había querido saber por qué, y entonces ella había dicho que porque en lo que ellos es-taban pensando era (EN UNA CABAÑA DE ESTACIÓN DE ESQUÍ CON *TELESILLA*), y Stump no había entendido para qué iban a necesitar aquel par de escritores un telesilla, ¿acaso creían que iba a poder esquiarse en aquel ridículo *montículo*? ¿Y no acaba-ba de decirle él que debían tener (CUIDADO)? ¿No había visto de qué forma les había, aquella gente, (INCREPADO)? ¿Acaso creía que iban a poder construir (NADA) sin que ellos tratasen de (DESTRUIRLO)? Su cliente le había dejado (MUY CLARO) que aquella gente podía ser (PELIGROSA), ¿y acaso no lo parecían? Oh, parecían desesperados. Y, en realidad, lo estaban. ¿Por qué? Porque (EL CHICO PELTZER), su *señor* William, había *desaparecido*, y se había llevado consigo las llaves de aquella tienda, ¿y sabía él cuántos autobuses había en la puerta (CERRADA) de aquella tienda en aquel momento? (¡CIENTOS!) Pero ¿era algo así acaso posible? Oh, a aquella mujer, a aquella tal Dobbs, le traía sin cuidado. Lo único que no le traía sin cuidado a aquella tal Dobbs era el fantasma.

No se fiaba de él.

No se fiaba en absoluto.

Decía que podía fastidiarlo todo en cualquier momento.

—Ni se le ocurra —dijo, en respuesta a aquel asunto de la improvisación.

—Oh, señorita Wishart, *verá* —dijo el fantasma.

—No, no veré *nada* —dijo ella.

—¡Pero soy uno de los mejores fantasmas del señor Alvorson!

—¿Y sabe qué? Me trae sin cuidado, señor LO QUE SEA, porque, cuando se trata de los Benson, *nada* puede *improvisarse* —atajó la agente.

Así fue cómo Stumpy MacPhail y aquel fantasma descubrieron de qué forma funcionaba aquel asunto de los Benson. Porque la cosa no era que únicamente la casa tuviera que encantarse. Era que, al parecer, todo lo que rodeaba la casa, que, evidentemente, debía tener el aspecto que aquella pareja esperaba que tuviera, debía estar, también, de alguna forma, *encantado*. Los vecinos más cercanos eran *adiestrados*. Recibían *clases*. Y un manual. El (MANUAL DE BUEN VECINO BENSON). El (MANUAL DEL BUEN VECINO BENSON) les indicaba, en todo caso, cómo debían comportarse. Se les animaba, pero no se les obligaba, a convertirse en los señores Barbie-Kingsolver y, o, los señores Mandy-Brittain, un sucedáneo de los vecinos que uno y otro habían tenido siendo niños. No, por supuesto, no debían adoptar aquellos estúpidos nombres, pero sí, si lo creían conveniente y querían *destacar*, sus *costumbres*, pues no había nada que los Benson *valorasen* más de aquellas casas *suyas* que el hecho de que les transportasen, sin que ellos siquiera lo supiesen, a su infancia, al momento exacto en el que, quién sabía por qué, habían empezado a vivir *dentro* de sus cabezas.

Por supuesto, habría una *recompensa*.

La habría en todo caso, pero sería superior si alguno de ellos conseguía imitar, por ejemplo, el manejo de la cortadora de césped de los Mandy-Brittain. Los Mandy-Brittain habían sido auténticos *artistas* del manejo de la cortadora de césped. Parecían *silbar* melodías *con ella*, lo que en parte se debía a que el señor Mandy-Brittain tenía un don especial para la música, y no podía evitar *interpretar* con lo que fuese que tuviese entre manos, la melodía que tenía en la cabeza. Se decía que la formación marcial de los Barbie-Kingsolver y su gusto por los diminutivos habían sido *claves*, según cierto biógrafo, en la manera *ordenada*, por no decir, *imperial* y despectivamente evasiva, en que Becky Ann Benson veía el mundo, mientras que la inadecuación, y la soledad, sólo interrumpida por los *cientos* de *muñecos* de los Mandy-Brittain, fabricantes de marionetas y apasionados de las mismas hasta el punto de tener su propio espectáculo, un espectáculo llamado simplemente *Los Mandy-Brittain* e inspirado en su propia vida, una vida que, si era sometida a inesperadas turbulencias, era porque el *espectáculo* lo necesitaba, lo habían sido para Frank Scott. El (MANUAL DEL BUEN VECINO BENSON) incluía una sección al respecto al final, en la que se especificaba de qué forma podía aumentar la *cuantía* de la recompensa cada uno de esos *logros*. Por supuesto, habría alguien tomando buena nota de todo lo que aquellos vecinos *adiestrados* hacían o no. Y, en cualquier caso, de no cumplir con las expectativas, podían ser, incluso, momentáneamente, *desahuciados*.

Mientras aquella tal Dobbs decía todo aquello, el fantasma sonreía, abría mucho los ojos, se encogía de hombros y jugueteaba con un pequeño barco, un barco con aspecto de *crucero*, que se había sacado del bolsillo. Parecía un Leither Storm, y tal vez lo fuese, y en cualquier caso, Stump, tan acostumbrado como estaba a *imaginar* que aquellas *cosas* estaban *habitadas*, no podía dejar de pensar en los *aterrados* pasajeros de aquel desafortunado crucero, en parte porque no quería pensar que aquel tipo, por más que no fuese *transparente*, podía estar muerto, ¿estaba aquel tipo muerto?

—Entiendo, señorita, eh, *Dobbs*, pero ¿sabe a qué clase de pueblo se enfrenta? ¿Ha leído esa *cosa*? Imagino que, habitualmente, los lugares que reciben a los Benson lo hacen *encantados*, pero este sitio no es, bueno, *exactamente* como el resto.

—Esa cosa no es más que un estúpido panfleto —dijo ella.

Por supuesto, uno y otro se referían al improvisado número del *Doom Post*.

Había *cientos*, puede que *miles* de personas a las puertas de aquella casa, la casa de Mildred Bonk, lanzándoles (¡*PLONC!*) ejemplares (¡*PLONC!*). Todos ellos, incluido el tal James, aquel fantasma de carne y hueso, habían recibido el impacto de al menos uno de ellos mientras trataban de *entrar*. Así que había tres ejemplares allí dentro. Dobson Lee había leído el suyo por encima. Stumpy apenas había ojeado la primera página. (EL CHICO PELTZER NOS ABANDONA), y también (¡SU CASA, EN VENTA!), y (¡LOS RICARDO, INDIGNADOS!), y (¡LA FABULOSA MACK MACKENZIE, CULPABLE!), había leído. Se había preguntado si hablarían de él allí dentro. Si lo hacían, podía llamar a su madre y decirle que, después de todo, se había convertido en un (TITULAR).

–Ya, pero, eh, ¿qué me dice de *James*? Quiero decir, claramente *no está* muerto, ¿o pueden los muertos ser como usted y como yo, de carne y hueso? Oh, tal vez *adiestre* a los propios Benson al respecto, ¿están *adiestrados* al respecto? Porque, déjeme decirle, señor James, que lo que no entiendo es por qué no es usted transparente si está muerto. Es decir, ¿no se supone que puede usted *atravesar* paredes?

–¡Oh, JOU JOU, señor MacPhail! –rio el fantasma–. ¿Me toma el pelo, verdad?

Stump sacudió la cabeza.

–No, en absoluto –dijo, colocando sus manos de pianista torpe una sobre otra, en mitad de su estómago, decidido a escuchar una buena y a ser posible *larga* historia.

–¿Cómo? –El fantasma se dirigió, divertido, a aquella tal Dobbs–. ¿Habla en serio? –Aquella tal Dobbs no contestó, se limitó a intentar *fulminarle* con la mirada. La mirada de aquella tal Dobbs decía (TENGO QUE INSTALAR UN TELESILLA EN ESTE SITIO, ASÍ QUE *TERMINA* DE UNA MALDITA VEZ, COSA RIDÍCULA). Y puede que aquel fantasma pudiese oír lo que ciertas miradas decían porque no tardó en devolver su atención a Stump, temeroso de acabar despedido–. Señor MacPhail, ¿es posible que no haya oído hablar de los fantasmas *profesionales*?

Era posible. Era muy posible. De hecho, así había sido. La vida de Stumpy MacPhail había transcurrido hasta entonces perfectamente sin necesidad de conocer la existencia de tipos que, como aquel tal Eddie O'Kane, se dedicaban a *fingir* que estaban *muertos* porque otros les pagaban para que lo hiciesen.

Pero aquello no tenía nada que ver con que el fantasma *profesional* no pareciese un fantasma, porque ¿no debía un tipo que pretendía ser un fantasma, por más que fuese un tipo de carne y hueso, parecer un fantasma?

MacPhail se dirigió a Dobbs. Dijo:

—Disculpe, señorita Whishart, pero no lo entiendo.

—No tiene nada que entender, *Ralph*.

—No es Ralph —intentó corregir MacPhail.

—Por supuesto que es Ralph —aseveró Dobson.

—¿Quién es Ralph? —preguntó el fantasma.

—Disculpe, pero sigo sin entenderlo.

(OH, ESTÁ BIEN), rezongó aquella tal Dobbs, tomando asiento, aburrida, harta, deseosa de que todo aquello acabara de una vez, (¿QUÉ ES LO QUE NO ENTIENDE?), bramó, tratando también de fulminarle a él con aquella mirada que decía (AÚN TENGO QUE INSTALAR UN TELESILLA EN ESTE SITIO), (¿SE ACUERDA?), a lo que MacPhail respondió que no entendía (CÓMO ERA POSIBLE) que aquella gente, (LOS BENSON), nada menos que (UNA PAREJA DE ESCRITORES), (¡ESCRITORES!), cayera en semejante (PATRAÑA), porque no había forma de que aquel (SUPUESTO FANTASMA) pudiese pasar por un (AUTÉNTICO FANTASMA) si aquel era su aspecto.

—¿Es que esa gente ha perdido la cabeza? —añadió.

—¿Qué gente? —preguntó el fantasma.

—Si se presentara usted en mi casa y fingiera ser un fantasma, ¿cree que yo me lo creería? ¿En qué clase de mundo viven? ¿Han perdido la cabeza?

—Oh, me temo que no está viendo usted aún a ningún fantasma, señor MacPhail —informó el tal Eddie—. Creí que sabía cómo funcionaba la cosa. La única razón por la que no dejo de atragantarme con ese montón de cereales es porque estoy intentando meterme en el papel. He tenido poco tiempo esta vez.

—¿Y qué tiene eso que ver con el hecho de que no sean ustedes menos de carne y hueso que esta *mujer*? —MacPhail alzó el *Doom Post* y le mostró al fantasma la fotografía de Meriam Cold y su presuntuoso perro–. ¿Esa gente de la Royal Weirdly Cómo Se Llame también son tan poco *transparentes*, señorita *Lee*?

–Ya he tenido suficiente –dijo Dobbs, que no quería oír hablar de lo que la Royal Weirdly Ghost Company podía o no hacer, porque nada de aquello estaría *eternizándose* si hubiesen hecho lo que debían haber hecho en aquella otra ocasión, y ni ella ni los Benson estarían en manos de ¿quién? ¿Un tipo que había creado aquella *ridícula* compañía para, algún día, poder *servir*, decía, a los Benson? ¿Y qué clase de manos eran aquellas?

Dobbs se puso en pie, recogió sus cosas.

–Oh, eh, *je*, ¿señor MacPhail? Me temo que no me ha entendido *bien*. Disponemos de, oh, verá, un pequeño botoncito aquí que, uhm, sí, está justo, justo a-*ah-aquí*. –El fantasma se toqueteó el pecho. Era algo obsceno. Parecía estar masajeándose un pezón–. Sí, eh, justo a-*jah*-quí. –Estaba repitiendo el masaje. ¿Qué demonios hacía? Aquella mujer, aquella tal Dobbs, se estaba yendo, se iba, y MacPhail no quería que se fuera, oh, no no no no, no podía irse, no había firmado ningún contrato, ¿querría eso decir que se había acabado? (¡ESPERE!), querría haber gritado MacPhail, pero no podía hacerlo, no, porque estaba viendo a aquel tipo masajearse un pezón y, (¡POR NEPTUNO!), ¿le engañaban sus ojos? ¿Qué estaba viendo? ¿Podía ser que aquel tipo estuviese, (OH, DIOSES SUBMARINOS), *desapareciendo*?–. Tarda un poco pero, ¡*voilà*!, ¿está haciendo efecto, *verdad*? ¿Puede verme con *menos* claridad?

–¿Cómo lo ha hecho? Cómo, es, quiero decir, ¡está usted *desapareciendo*!

–¡Oh, no, señor MacPhail! –El fantasma se rio. Se puso en pie. Dio una vuelta sobre sí mismo. Parecía divertido. Stumpy no daba crédito. Se restregó los ojos, sus pequeños ojos, oh, que no habían visto demasiado, que no habían visto, en realidad, *nada*, a menos que ver demasiado, o ver *algo*, en una ciudad sumergida y diminuta y hecha por él mismo contara. Pero ni siquiera allí había visto *desaparecer* a nadie, ¡y aquel tipo parecía estar *desapareciendo*! ¡Se había vuelto neblinosamente transparente! ¡De repente! ¿Cómo demonios lo había hecho?–. Es sólo un poco de niebla. La fabrican en ese sitio, ¿cómo se llama? Oh, sí, ¡Milsenbridge! ¡Milsenbridge Duckie Holmroyd! Menudo nombre, ¿verdad? ¿Ha oído hablar de él? Es la *cuna* de nuestra profesión. De allí provienen los *primeros* fantasmas *profesionales*. Durante años, sus habitantes se preguntaron unos a otros si existían de verdad, ¿puede creérselo? Está envuelto en la más horrible de las nieblas. La genera el río. Es un río enorme. Un río *mágico*.

—No existen los ríos mágicos —atajó Dobson Lee.

Seguía de pie en mitad de la habitación. No se había ido a ninguna parte. De hecho, había aprovechado la distracción de MacPhail para *robarle* el *Doom Post*.

—¡Alabado sea Neptuno, señorita Whishart! ¡No se ha ido a ninguna parte! —Stump se puso en pie y fue a su encuentro, decidido a impedir cualquier movimiento que implicase su huida—. Perdone por haber *dudado* de su *pericia* pero entiéndame, lo de ese necesario *encantamiento* es, bueno, *jei jei, demasiado* para mí. No tenía ni la más remota idea de que este tipo de *cosas* existían. —Y se estaba refiriendo, por supuesto, a aquel botoncito que había convertido a aquel tal William Butler James en una masa informe y, sin embargo, humana—. Pero entiendo que el señor James es *el mejor* fantasma *disponible* y que, oh, los Benson van a poder disfrutar de una casa *estupendamente* encantada. —Stump miró al fantasma. Le sonrió. El fantasma también le sonrió. Parecía un *auténtico* fantasma. Parecía *atravesable*. Stump pensó que si alargaba el brazo, podía, sin más, *atravesarlo*. ¿Y no era eso maravilloso? ¿No era maravilloso que los fantasmas pudiesen llegar a existir?—. Así que, ¿cerramos el *trato*?

—El trato está *cerrado, Ralph* —dijo aquella tal Dobbs antes de salir, entregándole una nota, una escueta nota que decía (LOS BENSON ESTARÁN AQUÍ MAÑANA A PRIMERA HORA), (PREPARE EL CONTRATO), (LA CASA ESTARÁ ENCANTADA PARA ENTONCES), (EN CUANTO LO COMPRUEBEN, FIRMARÁN TODO LO QUE LES PONGA POR DELANTE) (DESAPAREZCA ENTONCES) (YO ME ENCARGARÉ DEL RESTO) (NO SE PREOCUPE, VIGILAREMOS DE CERCA A ESE LAMENTABLE FANTASMA) (NO QUIERA SABER POR QUÉ DEJAMOS LA WEARDLY ROYAL GHOST COMPANY) (POR SU BIEN, LÍMITESE A EVITARLA SI VUELVE A NECESITAR UNO), y añadiendo, estrellándole el ejemplar del *Doom Post* contra el pecho—. Veo que no ha perdido el tiempo, (VENDEDOR DE CASAS *MILAGRO*).

—¿Que no he *qué*? —se alborotó MacPhail, demasiado tarde, tan tarde que no era que Dobbs se hubiese marchado, ni siquiera que el fantasma hubiese *desaparecido*, sino que lo que parecía un ejército de carpinteros se había apoderado del salón y estaba cubriendo las paredes con lo que parecían cientos de tablas de algún tipo de madera *cabañística* a una velocidad pasmosa, ¿qué era aquello, una carrera?, y estaba solo, completamente *solo*—. ¿A qué se refiere con lo de vendedor de casas *milagro*? —Mientras hablaba, Stump hojeaba el *Doom Post*, y no tuvo que hojear demasiado para dar con el retrato que le había hecho con una cámara tan vieja y sucia como aquel traje que vestía aquel tal Starkadder, acompañado del titular (¡ESTE HOMBRE HA VENDIDO LA CASA DEL CHICO PELTZER!)—. Cómo se le, oh, no puedo creérmelo. —La noticia, que *era* su entrevista, aquella entrevista que debía publicarse en *Perfectas Historias Inmobiliarias*, le describía como (UN ESTIRADO TIPO CON PAJARITA) que bebía un café (INSOPORTABLEMENTE DULCE) y había estado a punto de ganar un (PREMIO) pero no lo había hecho y sin embargo creía que lo merecía porque, después de todo, estaba en aquel lugar, (KIMBERLY CLARK WEYMOUTH), cuando era, claramente, un lugar en el que (NADIE) querría estar—. ¡Condenado crío del demonio! Tengo que llamar a Wilber —se dijo, y, con la idea de descolgar un teléfono en alguna parte, dejó de leer, se puso en pie, recogió sus cosas, y fue, caminando aún con aquellas raquetas del demonio (PLAP) (PLAP) (PLOP) hasta la puerta, el periódico, en realidad, aquella inmunda revista de *cotilleo* abierta, los ojos clavados en ella, *cazando* todo tipo de frases al azar, mientras era *acribillado* con (¡AY!) foribundas bolas de nieve, frases como aquella a la que había hecho referencia aquella tal Dobbs, aquella que le consideraba (EL VENDEDOR DE CASAS *MILAGRO*), pero también frases que había dicho, como (LO ÚNICO QUE SÉ ES QUE LES GUSTA QUE LOS SUELOS CRUJAN Y LAS PAREDES SILBEN), y también leyó la palabra (*ENCANTADA*) y la palabra (FANTASMA) y luego leyó que (SUS NUEVOS INQUILINOS) iban a ser (UNA FAMOSA PAREJA DE ESCRITORES), y no supo qué pensar, porque estaba claro que aquella cosa lo consideraba *culpable* de lo que fuese que pasase a partir de entonces, y que el pueblo, aquel pueblo del demonio, iba a querer, por alguna extraña razón, *lincharle*, pero también era la primera vez que su nombre aparecía en un titular y que su retrato aparecía en una publicación de la que se habían imprimido cientos, puede que miles, de ejemplares, que toda aquella vociferante gente blandía a su alrededor, y ¿quería eso decir que era él, también, *famoso*? Era lo más probable, sí, era lo más probable, y puesto que, después de todo, era hijo de la *gran* Milty Biskle Macphail, no podía decirse que la idea le desagradara lo más mínimo, oh, no, no le desagradaba (¡AY!) (¡MALDITAS BOLAS DE NIEVE DEL DEMONIO!) lo más mínimo.

22

En el que Bill recuerda que lo (ÚNICO) que le pidió a la
(SEÑORA POTTER) fue un ascensor como el diminuto
ascensor que había en su diminuta oficina postal, ¿y puede
aquella camioneta repleta de asientos ser (AQUEL)
ascensor? ¿No le está llevando (ACASO) al sitio al que
quería que le (LLEVARA)?

La camioneta de aquel tipo, el tipo del traje sucio, el tipo al que
Bill había visto *hablar* con una pelota de tenis, estaba repleta de
juguetes. Parecía, aquella camioneta, el pequeño *ascensor* de la
señora Potter. Ajá, la señora Potter había tenido un pequeño
ascensor en aquella casa de Mildred Bonk. En realidad, la casa en
sí no tenía ascensor, era la diminuta oficina postal la que tenía
ascensor. En la diminuta oficina postal trabajaban los duendes
veraneantes, aquel pequeño ejército de diminutos súbditos que
iban de un lado a otro con postales *mágicas* que empequeñecían
en cuanto la señora Potter las tocaba. Por supuesto, el ascensor
de la oficina postal diminuta no era un ascensor corriente. Además de ser aún más diminuto que la oficina, del casi exacto tamaño de uno de aquellos duendes veraneantes, y estar repleto de
juguetes, también, como los duendes, podía *viajar* en todas direcciones. De hecho, el ascensor era el principal medio de trans-
porte de la oficina postal. Es decir, los duendes veraneantes no
sólo lo utilizaban para ir de un lado a otro en aquel lugar que era
a la vez diminuto e interminable sino también para llegar hasta
las casas de los niños que les remitían aquellas postales *mágicas.*
De niño, a menudo, Bill soñaba que despertaba en aquella caja
de zapatos, es decir, que despertaba en la oficina postal de la señora Potter, y descubría que estaba *conectada* con todos los pequeños *hogares* de sus *trabajadores*, es decir, con los hogares de todos
aquellos duendes veraneantes. Su sueño era tan recurrente que

Bill incluso había hecho un amigo *allí abajo*, un chaval diminuto llamado Sally, Sally Phipps.

En aquel otro mundo, Bill también era diminuto. Y observaba, en el pequeño televisor que Sally tenía en su habitación, cómo era la vida *fuera*, es decir, cómo les iba a sus padres, y cómo le iba al resto del mundo, sin él. Se decía, el niño Bill, que le gustaría tener un pequeño televisor como el de su amigo Sally en su habitación y poder sintonizar con la vida *donde fuese*. Por supuesto, para entrar y salir de allí, utilizaba aquel ascensor repleto de juguetes. Durante una época de su vida, la época en la que su madre había dejado de hablar y no hacía otra cosa que pintar, la época en la que miraba a su padre esperando, desilusionadamente, algo, como si su padre, en vez de su padre, fuese una estropeada máquina *concedeseos*, Bill había fantaseado con la idea de hacerse diminuto *para siempre* y mudarse a aquel otro pequeño mundo en el que todo parecía ir siempre francamente *bien*. Sally era un buen chico, era el mejor chico con el que Bill se había topado nunca, y su casa le gustaba, y aquel televisor *mágico* iba a poder permitirle estar, de alguna forma, en contacto con su familia sin que su familia *doliese*. Bill había sido feliz, o creía haberlo sido, hasta el momento en que su madre había empezado a *ausentarse*.

No era que se marchara, era que, simplemente, no estaba allí.

Hasta entonces, Bill había lucido siempre una sonrisa, aquella sonrisa de dientes pequeñísimos que luego habían dado paso a dientes enormes, separados, de algún modo, *tristes*. Había creído que vivía en el mejor lugar del mundo, un lugar en el que siempre *podía* ser *Navidad*, pues, después de todo, la nieve estaba por todas partes. Así que, si quería, uno podía vivir fingiendo que cada día era el día en el que Santa Claus, o la señora Potter, dejaban sus regalos a los pies del árbol. Puesto que era habitual que el árbol de Navidad *nunca* se desmontase, hasta el punto de poder decirse que era un miembro más de la familia en todos los hogares de Kimberly Clark Weymouth, también era posible *desear* o esperar que, cada vez, se *poblase* de paquetitos primorosamente envueltos. Y lo hacía a menudo. Es decir, es probable que Kimberly Clark Weymouth fuese el único lugar del mundo por el que Santa Claus, o la señora Potter, pasaba *intermitentemente*, y eso era debido a que el espíritu navideño *nunca* abandonaba la ciudad.

Por supuesto, el hecho de que lo único por lo que fuese conocida la ciudad fuese una novela cuya protagonista *compitiese* con el mismísimo Santa Claus, impedía la retirada de la iluminación *festiva* de sus calles, o, cuando menos, aconsejaba evitar que se produjera, pues los *turistas*, aquellos lectores peregrinos, aquellos lectores valientes, aquellos lectores *infantiles*, que se subían a autobuses, se subían a coches, y soportaban *horas* de tortuosas carreteras despobladas para llegar a Kimberly Clark Weymouth, esperaban, a su llegada, encontrarse con todas aquellas luces navideñas, pues, presumían, siempre era *Navidad* en Kimberly Clark Weymouth. Hasta hubo una época en que la ciudad disponía no sólo de su propio Santa Claus *oficial*, es decir, un tipo contratado para *fingir* ser Santa Claus *todo el tiempo*, sino también de su propia señora Potter, que también fingía ser la señora Potter *todo el tiempo* e iba a todas partes con una caja de zapatos que, decía, era aquella oficina postal en cuyo ascensor había viajado, tantas veces, Bill.

—Papá, ¿tú crees que Sal está ahí dentro?

—¿Ahí dentro, Bill?

—En la oficina postal, papá.

Desorientado, aquel lejano día, Randal Peltzer miraba en todas direcciones. ¿A qué demonios se refería? Su mujer llevaba *semanas* sin hablarle. También llevaba semanas sin dejar de pintar. Y Randal no podía pensar en otra cosa. Así que Randal estaba allí en mitad de la calle con su hijo y no lo estaba a la vez.

—¿No es esa de ahí la señora Potter, papá?

La señora Potter, en realidad, Jester Pelling Edwards, una tímida aspirante a actriz alérgica al pelo sintético, estaba estornudando en un banco, al otro lado de la calle, con lo que parecía una caja de zapatos en el regazo. Estornudaba por culpa de la barba blanca de pelo sintético, claro, y si estaba sentada en el banco era porque le daba un apuro *extremo* entablar conversación con cualquiera vestida de aquella manera, por lo que intentaba evitar el contacto con conocidos. Y la caja de zapatos era, por supuesto, la oficina postal a la que se refería el niño Bill.

Su padre, aún desorientado pero consciente de que había cometido un error, un error gravísimo siendo él, como era, el culpable de que Jester Edwards estuviese estornudando en aquel momento, se golpeó exageradamente la frente (¡TAP!) y dijo (¡CLARO!), (¡VAYA!), (LO SIENTO, HIJO), (NO SÉ EN QUÉ ESTABA PENSANDO) y trató de recordar, oh, piensa, Rand, piensa, quién era aquel tal *Sal* que podía estar *allí dentro*, demonios, Rand, piensa, para poder responder adecuadamente, puesto que ser el responsable de que Jester Edwards estuviese estornudando en aquel momento por su maldita obsesión por aquella novela era, en cierto sentido, un trabajo *a tiempo completo*, pues él nunca podía defraudar, debía saberlo todo en todo momento, después de todo, era por él que aquel lugar se había convertido en lo que se había convertido. Nadie tenía ni la más remota idea de lo que era ser Randal Peltzer y cargar sobre sus hombros el peso de la fama no deseada de una ciudad que se tenía a sí misma, oh, todo aquel frío *interminable*, por su peor enemigo.

—Sal no está ahí dentro —se arriesgó Rand, tratando de sonreír, las manos en los bolsillos de su chaquetón de felpa, las cejas cubiertas de nieve—. A veces parece que las cosas son como son pero no lo son en absoluto, pequeño.

El niño frunció el ceño.

—Ya me entiendes —dijo Randal.

—No, papá, no te entiendo.

—Es, verás, pequeño —empezó Randal, y se rascó la barbilla, sonrió, tratando de ganar tiempo para que el par de diminutos tipos que solían discutir cada una de las decisiones que tomaba en su siempre, también, nevado, cerebro, llegasen a algún tipo de conclusión respecto a si era o no una buena idea dejarle claro al chico que *nadie nunca* había visto a la señora Potter, y que, por lo tanto, aquella *estornudadora* no podía ser, de ninguna manera, la *verdadera* señora Potter. No se tomaron demasiado tiempo, después de todo, no lo tenían, y la conclusión fue que Madeline había dejado de hablarle y no hacía otra cosa que pintar, así que todo le traía sin cuidado, nada importaba lo más mínimo—. Que esa señora *parezca* la señora Potter no significa que lo sea.

El ceño del niño se frunció aún más.

—¿Uno puede parecer algo que no es, papá?

—Ajá, exacto, pequeño.

—Pero ¿por qué iba querer alguien parecer algo que no es, papá?

—Uhm, no sé. A veces es complicado. Por ejemplo, piensa en esa señora. —Piensa en Jesper, oh, la pobre Jesper, ¿dónde va a encontrar un empleo como actriz en esta ciudad si esta ciudad ni siquiera tiene un teatro?—. Está ahí sola, ¿verdad? —El chico asintió—. Bien. A lo mejor sólo está fingiendo ser la señora Potter para no tener que estar sola.

—Está sola igualmente, papá.

—No lo creo, hijo.

—Está estornudando sola en el banco, papá.

—¡No puedes estar hablando en serio, Bill! ¿No acabas de preguntarme por *Sal*? ¿No querías saber si *Sal* podría estar ahí dentro?

—Sí.

—¿Y quién demonios es Sal, si puede saberse?

—Mi amigo, papá. El duende del ascensor.

¡Oh, el ascensor! ¡Por supuesto! Randal acababa de recordarlo. Bill le había hablado de sus sueños. A Randal le habían parecido maravillosos. Lo único que no le había gustado de ellos era cuándo habían aparecido. Justo cuando su madre había dejado de hablar.

¡Oh, Madeline! ¿Qué demonios te pasa?

¿Por qué no vuelves, Madeline?

Randal Peltzer estaba desesperado.

—¿Papá?

—Oh, sí, Bill. Sal, tu amigo, claro.

—Me gusta el ascensor de Sal. Está lleno de juguetes.

—Oh, eh, sí, lleno de juguetes, claro.

—¿Por qué está lleno de juguetes, papá?

—Oh, porque los duendes veraneantes son un poco *olvidadizos* y a veces se olvidan los juguetes de camino a alguna parte. ¿Qué hace Sal exactamente ahí *dentro*, Bill?

—Oh, Sal no es aún un duende veraneante. Es demasiado pequeño. Supongo que es un niño, como yo. Pero no sé si va al colegio. ¿Van al colegio los hijos de los duendes, papá? Yo creo que no. No he visto ninguna mochila en su habitación. Lo único que he visto es el televisor. Sal tiene un televisor en su habitación, papá.

—¿Un televisor? ¿Un televisor *diminuto*?

El niño se encogió de hombros.

—Supongo. Ahí abajo todo es pequeño, papá. Hasta yo soy pequeño.

—Claro, hijo, *claro*.

—Es divertido, papá.

—¿Ser diminuto, hijo?

—No, verte en televisión.

—¿Me ves en televisión?

El niño asintió, enérgicamente.

—¡Vaya! ¿Es que ahí abajo soy famoso, Bill?

—Uhm. —El niño se detuvo, detuvo el balanceo de la mano que sujetaba la mano de su padre. Estaba pensando—. No lo sé. ¿Si sales por la tele ahí abajo quiere decir que eres famoso? Mamá también sale.

—¡Vaya! —Randal Peltzer trató de parecer divertido pero algo, un algo enorme y pesado y en otro tiempo, valioso, acababa de hacerse añicos bajo su abultado abrigo de felpa—. ¡Así que somos famosos los *dos*! ¿Y qué hacemos? ¿Concedemos entrevistas?

—No. Mamá pinta. Tú estás en la tienda. A veces estáis en casa. Tú estás en el sillón. Mamá está pintando en la habitación. A veces estáis en otros sitios. A veces sólo están los sitios. Una vez vi a mamá patinar. No sabía que mamá supiera patinar.

—Claro, hijo, mamá patina estupendamente.

—Tú no. Tú no patinabas. Yo te entendía. Le dije a Sal, Entiendo a papá, Sal. Y Sal me dijo: ¿Ah, sí? ¿Por qué? Y yo le dije que porque a mí también me daba miedo patinar. Patinar es poner los pies sobre algo que no sabes cómo va a acabar.

Por entonces, Bill era ya, sin saberlo, un niño *triste*, que, pese a todo, sonreía todo el tiempo, con aquella sonrisa que era todo diminutos dientes de leche, porque aún podía sintonizar aquella cosa, el televisor de Sally Phipps, y ver a sus padres. Les veía no tanto como eran, es decir, no tanto como podría haberlos visto de estar realmente *viéndolos* desde algún otro lugar, sino como le gustaría estar viéndolos desde ese otro lugar. Lo que veía era, pues, pura fantasía. El deseo de ver a sus padres comportarse como imaginaba que se comportaban el resto de los padres. Padres que hablaban todo el tiempo y que sonreían, felices, porque hacían la clase de cosas que a cada uno le gustaba hacer sin que al otro le importara, sin que el otro se quejara, o le atacase porque nunca estaba donde debía estar, siempre estaba en alguna otra parte, con algún otro alguien. Oh, su padre aborrecía la pintura y, sobre todo, aborrecía a los profesores de pintura que había tenido, a lo largo del tiempo, su madre, y su madre aborrecía a Louise Cassidy Feldman y aborrecía aquella tienda de *souvenirs* con la que su padre se había, decía, *casado*. Pero nada de eso era así en el mundo que veía Bill a través del televisor de Sally Phipps. En el mundo que veía Bill a través del televisor de Sally Phipps su padre admiraba, con orgullo, los cuadros de su madre a su vuelta del trabajo, y ella se moría porque le contara *todo* lo que había pasado en la tienda, de manera que, a veces, divertido, Bill, ese Bill diminuto que balanceaba sus cortas piernas de niño diminuto subido a la litera de su amigo Sal, confundía a los personajes de los cuadros de su madre con los clientes a los que había atendido su padre, y sentía algo arder en el pecho, y no podía evitar sonreír, y miraba a su amigo y le escuchaba decir que debía sentirse afortunado, Debes sentirte muy afortunado, le decía Sal, y él pensaba que sí, que se lo sentía, que aquello que ardía en su pecho debía ser la *fortuna*, pero también que toda aquella fortuna encogía y desaparecía, o si no desaparecía, se convertía en algo que *quemaba*, que quemaba como quemaría una cerilla ardiendo cuando no estaba allí abajo. Por eso le gustaba estar allí abajo. Porque allí abajo su padre y su madre parecían felices y lo eran, por supuesto, pero sólo porque eran lo que su hijo habría deseado que fueran. Tanto su padre como su madre fumaban en pipa tan despreocupada como placenteramente, y lo hacían porque a Bill le parecía divertido. Llevaban sombrero. Iban a patinar. La razón por la que Bill era incapaz de verse a sí mismo en aquel televisor tenía que ver con su deseo de que fuese *real*, con su deseo de que aquello estuviese verdaderamente ocurriendo cuando él no estaba, de que lo que veía a su vuelta, todo aquella horrenda contienda silenciosa, fuese algo que ocurría sólo cuando él estaba allí.

—Así que algo que no sabes cómo va a acabar, ¿eh? —le dijo su padre aquel día. No dejaba de nevar. El suelo hacía (CRAP)

(CRAP) bajo sus pies–. Pues ¿sabes qué? Tienes razón, hijo, tienes toda la razón. Jamás me pondría una cosa de esas en los pies.

–Cuando estoy ahí abajo todo va bien aquí arriba, papá –le dijo él, pero su padre ya había dejado de prestarle atención, su padre había empezado a concentrarse en el (CRAP) (CRAP) de sus pies y en las luces, y, claro, en aquello en lo que no podía dejar de pensar, en que su mujer había dejado de hablarle quién sabía por qué, en que él preparaba la cena y ella simplemente seguía *pintando* cuando la llamaba para cenar, en que ella salía y tardaba en regresar y parecía dedicarse a no estar en ninguna parte y él no sabía por qué, ¿por qué no estás, Madeline? Oh, aquello era un quebradero de cabeza, Randal no podía pensar en nada más, y su hijo decía que cuando estaba allí abajo todo iba bien, pero ¿iba todo bien? Bill no había dicho eso, pero eso fue lo que Randal escuchó y pensó que su hijo estaba perdiendo la cabeza y que la culpa la tenía él y la tenía Madeline y todo aquel silencio absurdo y pensó que cuando regresara a casa entraría en su cuarto y le rogaría que hablase, le diría, Por favor, Madeline, dime qué demonios te pasa, y a lo mejor entonces todo se arreglaría, le diría, Nuestro hijo cree que existe un mundo ahí abajo, Madeline, cree que en ese mundo somos felices, cree que tú patinas y que a mí me da demasiado miedo patinar, Madeline, y lo hizo, de alguna forma, lo hizo, pero, oh, no debió hacerlo, porque al día siguiente, Madeline hizo las maletas y se fue, se fue y los dejó, y durante mucho tiempo Randal se vio a sí mismo sobre un par de patines, aquella noche, mientras decía todas aquellas cosas y ella seguía callada, mientras ella callaba y mojaba el pincel y, los ojos rojos, seguía pintando, y no hablaba, o cuando lo hacía, porque lo hizo, al final, decía, Lo siento, dijo, Lo siento, Rand, y empezó a recoger sus cosas, y él se fue, él acostó a su hijo y se fue, volvió a la tienda y escribió una carta, le escribió una carta a Louise Cassidy Feldman, le dijo que (EL MUNDO ERA COMPLICADO), que todo era, en realidad, (DEMASIADO COMPLICADO), pero que, por fortuna, ¡por fortuna!, tenía a la señora Potter, y ¿sabía ella, Louise Cassidy Feldman, que él, Randal Zane Peltzer, había abierto una tienda en su honor en la gélida Kimberly Clark Weymouth? La invitaba, había dicho, a visitarla, él correría con todos los gastos, lo único que necesitaba era verla, no sentir que estaba solo, no pensar que había convertido la vida de su mujer en un infierno por *nada*, que había sacrificado a su familia por un amor no correspondido, por una devoción innecesaria, por algo que nunca podría quererle como le había querido Madeline. Pero ¿le había querido Madeline? Madeline le había querido, pero luego había dejado de quererle, luego había empezado a aburrirse, nada tenía sentido, decía, nada de aquello tenía nada que ver con ella, su vida no era su vida ¿y dónde estaba su vida?

Su vida no estaba en ninguna parte.

Cuando su madre se fue, Bill dejó de verla en el televisor de Sal Phipps. Cuando su madre se fue, Bill dejó de soñar con Sal Phipps. Pero de todas formas se metía en la cama temprano pensando que, si no podía soñar que estaba ahí abajo, podía imaginar que lo hacía, y podía fingir seguir viendo a su madre, la veía, ya no estaba en casa, pero estaba en una habitación, en alguna parte, pintando, y le escribía cartas, le escribía largas cartas en las que quería saberlo todo, quería saber qué había hecho en el colegio y si todos sus dientecitos, aquel montón de diminutos dientes de leche, seguían en su sitio, si todos los que no se habían caído aún cuando ella se había ido, seguían en su sitio, y él hacía algo que nunca había hecho cuando aquellas visitas a la habitación de Sal eran visitas soñadas: se bajaba de la litera y se sentaba al escritorio y escribía. Le escribía una carta, le contestaba. Le decía que la echaba de menos y le contaba lo que fuese que le hubiese pasado en el colegio aquel día. Pero todo lo que veía a su alrededor no era lo que había visto siempre. La habitación de Sal no era exactamente la habitación de Sal. Era su habitación. Y el televisor no era exactamente un televisor. Era un cuadro. Uno de aquellos cuadros que su madre pintaba. Y era un cuadro en el que su madre a su vez pintaba y fingía sonreír y se decía a sí misma, Soy feliz, Bill, y, Todo va bien, Bill, pero Bill no estaba tan seguro, Bill no creía que nada pudiese estar yendo bien en ninguna parte porque su madre se había ido.

Dejó, él también, de hablar con su padre, que empezó a no hacer otra cosa que escribir. Le escribía cartas a Louise Cassidy Feldman y, durante un tiempo, Bill creyó que ella tenía la culpa, que había sido por ella, por lo que fuese que estuviese ocurriendo entre su padre y ella, que su madre se había ido. Y a la vez estuvo convencido de poder traerla de vuelta. Sonreía, el pequeño Bill, sonreía todo el tiempo, convencido de que, al verle sonreír, su madre volvería, de que, estuviese donde estuviese, podría verle, le vería, sintonizaría ella también aquella televisión o una televisión parecida, una televisión para madres que pintaban y se habían ido lejos, y lo vería, y entonces volvería, porque su madre no podía verle sonreír sin correr a abrazarle, correría, le abrazaría y le diría (MI PEQUEÑO DIENTECITOS) y (CUÁNTO TE HE ECHADO DE MENOS), y olería a aquella cosa a la que siempre olía, aquello que, cuando se fue, le había obligado a pegar la nariz a sus cuadros para poder cerrar los ojos y fingir, como había fingido aquella falsa señora Potter, que las cosas no eran como eran, que su madre no se había ido a ninguna parte, que seguía estando en casa, que cuando abriera los ojos estaría allí y ella, también, sonreiría.

Sonrió, el pequeño Bill, hasta que un día dejó de hacerlo porque se dio cuenta de que no existía ningún televisor como el de Sally Phipps para madres que pintaban y se habían ido lejos, cuando se dio cuenta de que ni siquiera existía el televisor de Sally Phipps, ni lo había hecho nunca. Y, pese a ello, ya no pudo meterse en la cama, en adelante, sin imaginar que habitaba algún tipo de otro mundo, que, con el tiempo, se convirtió en un mundo en el que ni su padre ni su madre, ni aquella maldita tienda, ni todos aquellos cuadros que, por otro lado, no dejaban de llegar, habían existido. Un mundo en el que sólo existían su tía Mack y aquellas tardes en las que se escondía en el armario en el que guardaba los juguetes del pequeño Corvette para no tener que volver a casa. Un mundo en el que, definitivamente, lograba quedarse en Sean Robin Pecknold y convertirse en el fabuloso ayudante de la legendaria Mary Margaret Mackenzie.

Fue por aquella época que cayó en sus manos la *Vida de Bill Bill, el conejo payaso que nunca llegó a ser payaso*, la falsa biografía de un conejo llamado Bill Bill, un conejo destinado a salir de la chistera de un mago llamado Jacob Pryse Fludd, que, sin embargo, y pese a todo lo que su trabajo le aportaba, intentó escapar a su destino para cumplir su sueño de ser payaso. El resto de conejos de la granja Bloom Bloom nunca lo entendieron. ¿Acaso había perdido la cabeza? Su amo era comprensivo y encantador. Se deshacía en elogios para con el pequeño Bill Bill después de cada espectáculo. ¡Y Bill Bill no tenía suficiente! No tenía suficiente con haber ascendido a ayudante de aquel mago, no, él quería ser payaso, ¡payaso! ¿Un conejo payaso? ¿Cómo iba a convertirse un conejo en payaso? Oh, muy sencillo. Bill Bill lo tenía todo planeado. Le bastaría con seguir los pasos del gran Vanini Von Hardini. Acudiría a todas sus actuaciones, leería su minúsculo librito de memorias, le visitaría en su caravana, se prestaría a ayudarle en todo lo que hiciera falta con tal de aprender. Y fue sencillo, ciertamente. Bill Bill hizo todo lo que se había propuesto hasta que, llegado el momento de echarle una mano al gran Vanini Von Hardini, descubrió que, en realidad, no había ninguna mano que echar. El gran Vanini parecía animado y feliz. Le gustaba que estuviera allí. ¡Por supuesto! Pero ¿qué podía hacer, el gran Bill Bill, para ayudarle? Oh, nada, decía una y otra vez el gran Vanini, nada en absoluto. ¿*Nada*? La vida del payaso es la vida del muñeco, le dijo el gran Vanini. ¿La del muñeco?, preguntó, contrariado, el pequeño Bill Bill. ¡Que hacemos, pequeño Bill Bill, sino entretener!, contestó el gran Vanini. Lo triste es lo que ocurre después, pequeño Bill Bill, continuó el gran Vanini. ¿Qué ocurre después, gran Vanini? Que nos quedamos solos, pequeño Bill Bill, dijo el gran Vanini. En cualquier caso, ¿necesita el muñeco de un ayudante? No, a menos que pueda ayudarle a dejar de estar solo, pequeño Bill Bill. Porque ¿qué hace, el muñeco, sino estar solo todo el tiempo que no está entreteniendo a alguien?, insistió el gran Vanini. No hay otra vida para el payaso que esa, pequeño Bill Bill, y pareció que lo decía algo alicaído, pero ¡no! Porque ¿no era esa una vida maravillosa? ¡Es una vida maravillosa!, bramó, esbozando una enorme sonrisa de labios mal pintados, el gran Vanini. ¿Qué puede haber más maravilloso que hacer feliz al mundo, pequeño Bill Bill? Hacer feliz a un payaso, pensó el pequeño Bill Bill, pero no lo dijo. Lo que hizo fue asentir repetidamente y pintarrajearse él también, fatalmente, la boca, dibujarse unos labios exageradamente sonrientes y desearle suerte, de una ridícula manera que hizo sonreír al gran Vanini y que lo convirtió, por un momento, en el muñeco de aquel muñeco. Lo que sería a partir de entonces y para siempre, convencido de que se podía ser payaso sin ser payaso para no tener que estar solo nunca. Recordó, con nostalgia, que en su vida como conejo de chistera siempre había podido, al volver a su pequeña caravana después del espectáculo, charlar hasta altas horas de la noche con el mago Jacob, que servía para él un vasito de aquel licor de heno tan *riquitiquísimo*, y se dijo que no había mayor espectáculo que la compañía. Los conejos de la granja Bloom Bloom siguieron sin entenderlo, pero él fue, a su manera, feliz, siendo el conejo payaso que nunca llegó a ser payaso.

La obsesión de Bill por todas aquellas biografías, las biografías de personajes secundarios que leía sin descanso, biografías como la biografía de Collison Barrett Kynd, el ayudante de detective que nunca había sido otra cosa que ayudante de detective, o la de Meredith Bone Stetson, la joven ayudante de mayordomo que nunca sería otra cosa que ayudante de mayordomo, provenía, sin duda, de la lectura de aquel clásico de la literatura infantil que nunca había llegado a ser un clásico. De alguna forma, a partir de entonces, la vida del pequeño Bill se acomodó, como se acomodaría un cachorro soñoliento a un mullido y apetitoso almohadón afelpado una fría noche de invierno, al limitado aunque poderoso dibujo del mundo que contenía la, para muchos, insustancial y prescindible *Vida de Bill Bill, el conejo payaso que nunca llegó a ser payaso*. Podría decirse que su padre, Randal Peltzer, se convirtió en el mago Jacob, y su tía, Mack Mackenzie, en el gran Vanini, y, puesto que limitarse a desear convertirse en ayudante de una trapecista y domadora de todo tipo de fieras no era suficiente, empezó a imaginar que lo hacía. Así fue cómo el televisor de su amigo Sally Phipps empezó a sintonizar los distintos lugares del mundo a los que viajaba su tía Mack. Bill tomaba entonces nota de todo lo que su tía Mack podía necesitar, preparándose, decía, para cuando estuviese Ahí Fuera, con ella. Un día, recordó aquella mañana en la camioneta, le había escrito una carta a la señora Potter pidiéndole un ascensor como el de su oficina postal. (*Querida señora Potter*), había escrito, (*Nada me gustaría más que poder disponer de un ascensor como el que usted tiene en su oficina postal. Me refiero a Aquí Arriba, en mi casa, pero también en todas partes. Sé cómo funciona. He estado Ahí Abajo muchas veces. No sé cómo consigo hacerme diminuto pero lo consigo. Puede preguntar a Sally Phipps por mí. Veo la televisión en su habitación. Sé que es una televisión mágica y a veces pienso que me gustaría tener una pero entonces pienso que si la tuviera no tendría por qué bajar Ahí Abajo y la verdad es que me gusta bajar Ahí Abajo. Estar Ahí Abajo es a veces como no estar en ninguna parte estando en alguna parte. Ahí Abajo puedo hacer cualquier cosa. Sé que podría pedirle quedarme Ahí Abajo para siempre, pero si me quedara Ahí Abajo para siempre echaría de menos a mi padre. En realidad no sé si echaría de menos a mi padre. A veces tengo miedo de pedirle quedarme Ahí Abajo con Sal y no echar de menos a mi padre. Pero echo de menos a mi madre así que supongo que también le echaría de menos a él. Señora Potter, echo mucho de menos a mi madre. He pensado en pedirle que la traiga de vuelta pero sé que sólo puedo pedirle cosas mágicas y mi madre no es una cosa mágica. Y de todas formas se fue y supongo que no sería justo obligarla a volver porque ella no querría volver. Es como si Datsy deseara que yo fuese a patinar con él y yo tuviese que ir a patinar con él aunque estuviese muerto de miedo. No sé. El caso es que yo tengo a mi tía Mack. Mi tía Mack es la legendaria Mack Mackenzie. Es una gran domadora. Antes de ser domadora, mi tía Mack era trapecista. Y yo quiero ser como mi tía Mack. Mi tía Mack es divertida. Nunca está preocupada. Siempre está contenta. En realidad yo no puedo ser como mi tía Mack porque no sé cómo estar siempre contento y no soy valiente. Pero he pensado que tal vez le pase como al gran Vanini. Que tal vez necesite un ayudante. He pensado que yo podría ser su conejo Bill Bill. ¿Ha oído hablar del conejo Bill Bill, señora Potter? El conejo Bill Bill quería ser payaso pero luego se dio cuenta que podía ser algo mejor que payaso. El caso es, señora Potter, que para poder ser el conejo Bill Bill de mi tía Mack tendría que poder llegar a ese sitio en el que vive. Mi tía Mack vive muy lejos de mi casa. Para llegar a casa de mi tía Mack hay que coger cientos de autobuses. Mi padre dice que podría hacerme mayor subiendo y bajando de todos esos autobuses y que cuando llegara a casa de mi tía Mack, mi tía Mack podría no reconocerme y entonces, ¿qué haría entonces? Le digo que no lo sé, pero también le digo que es imposible que la tía Mack no me reconozca porque soy su sobrino favorito. En realidad, soy su único sobrino, y ¿cómo no va a reconocer una tía a su único sobrino? El caso es que con un ascensor como el suyo podría estar allí en un minuto. Ahora mismo, si quisiera. También podría trasladarme al lugar del mundo en el que estuviese, porque mi tía a veces no está en su casa, a veces está en algún otro lugar del mundo. ¿Y sabe en qué me convertiría eso? En su famoso ayudante. ¡Sí, el gran Bill Bill! ¿Cree que podría conseguirme un ascensor como el suyo Aquí Arriba? Haré* LO QUE SEA). La carta concluía con un (*Gracias por anticipado, señora Potter*), e iba firmada por (*El Futuro Gran Bill Bill Peltzer*).

La forma en que Bill la había enviado también era curiosa.

Puesto que la señora Potter no aceptaba otra cosa que *postales*, postales *mágicas* que se hacían diminutas con el mero contacto con el fondo de *su* buzón, Bill había *fabricado* un pequeño *refugio* para su carta en el reverso de una de ellas. Por supuesto, las postales eran el producto estrella de (LA SEÑORA POTTER ESTUVO AQUÍ), así que disponía de ellas en abundancia. Una tarde en la que la tienda estaba especialmente vacía, la había deslizado en el buzón, aquel buzón de clara imitación que, sin embargo, Bill consideraba *auténtico*. Bill había deslizado su extraña, su abultada, su *monstruosa* postal en el buzón sin que su padre lo advirtiera. Bill ni siquiera se había molestado en preparar una pequeña historia que mantuviese a salvo su secreto. Después de todo, el ascensor podía *aparecer* en su habitación *aquella misma noche* y ¿acaso iba su padre a dejarle *subir* en *él*? No, su padre no podía estar al corriente. Pero no lo estaría de todas formas. Su padre estaría, como siempre, distraído. Distraído con lo que él llamaba *sus cosas*.

Durante aquella época, su padre no hacía otra cosa que escribirle aburridísimas cartas a Louise Cassidy Feldman, barbitúricas misivas en las que Rand le detallaba su día a día y en las que, también, le preguntaba todo tipo de cosas de aquella novela, y a veces, también, del resto de sus novelas y mientras lo hacía, mientras escribía todas aquellas absurdas cartas que, mentalmente, el propio Rand imaginaba amontonándose en algún viejo porche, junto a un viejo buzón, en un lugar soleado aunque relativamente ventoso, un lugar nunca del todo *estable*, vivía ajeno al hecho de que hacía mucho, hacía demasiado, Rosey Gloschmann había perdido por completo la cabeza por él; oh, todo el mundo podía verlo, ¡todo el mundo!, Rosey Gloschmann estaba perdidamente enamorada de Randal, ¡oh, Rand!, el único hombre, el único, en realidad, ser humano, con el que podía hablar de Louise Cassidy Feldman, su escritora favorita, la razón por la que, a veces, se decía, seguía existiendo, hasta caer rendida. Todo el mundo podía verlo menos Rand, pero ¿acaso importa aquello que uno no puede ver? ¿Qué puede importar? ¡*Nada*! ¡Ni lo más mínimo! Así que su padre siguió escribiendo sus cartas y Bill esperó, nervioso, cada noche, *cada día*, la boca secándosele al oír el tintineo de cualquier *cosa*, a que *apareciera* el ascensor. Bill esperó y esperó y lo que ocurrió fue que el ascensor *nunca* llegó. Al principio, Bill pensó que podía ser cosa de su padre. Que, puesto que la señora Potter debía ser su amiga, debía haberle llamado y haberle dicho (¡RAND!), en realidad, debía haberle dicho (¡JO JO JO, RAND!), porque la señora Potter no era exactamente Santa Claus pero, como Santa Claus, se mesaba su barba blanca y profería, de vez en cuando, aquella ridícula carcajada en tres partes, (¿ADIVINA QUÉ ACABA DE PEDIRME BILL BILL?), y puesto que su padre siempre tenía la cabeza en otra parte, primero habría querido saber quién demonios era Bill Bill, y luego le habría suplicado que no moviese un dedo. Y la señora Potter no habría movido un dedo. Bill había querido imaginarla resistiéndose. Diciéndole a su padre que ella era la señora Potter y que la señora Potter concedía deseos y que le traía sin cuidado si el deseo que iba a conceder podía *complicarle* la vida porque iba a tener que concederlo de todas formas. Pero lo cierto era que no podía evitar verla riéndose de aquella, su estúpida postal abultada. Se había *burlado* de él y su padre, tan atareado con todas aquellas cartas, ni siquiera se había dado cuenta.

Odió, el Bill niño, a su padre, y a aquella ridícula tienda durante un tiempo, y luego, cuando el maldito Datsy Towns, Datsy Jaimesy Towns, le llamó (BEBÉ DE BIBERÓN) por creer que la señora Potter existía cuando era evidente que *no*, oh, vamos, Bill, le había dicho, ¿una mujer con barba? ¿Duendes diminutos? ¿Una mujer con barba y duendes diminutos que concede deseos? ¡No seas bebé de biberón, Bill!, había odiado a la señora Potter por no existir, y a Louise Cassidy Feldman por inventarse cosas que nunca habían existido y nunca existirían, cosas como la oficina postal, su amigo Sal Phipps, y el ridículo ascensor con el que había creído poder viajar hasta Sean Robin Pecknold para convertirse en el famoso ayudante de su tía, en su gran Bill Bill. Todo lo que existía, se había dicho entonces Bill, después de enzarzarse en una pequeña pelea con el presuntuoso Datsy Towns, en un vano intento por defender al niño que había sido hasta aquel preciso instante, era aquel horrible pueblo, todas aquellas luces, los aborrecibles adornos navideños, todos aquellos abetos cansados de recibir *regalos*, ¿y es que nadie se daba cuenta de que celebrar algo todo el tiempo era dejar de poder celebrarlo alguna vez?

—Bill, ¿recuerdas todas aquellas veces en las que las puertas del ascensor se abrían y no estábamos en mi habitación y tampoco estábamos en ninguna parte a la que hubiésemos querido ir sino que estábamos en el taller de las pequeñas lechuzas o en el rincón del joven sabio Means?

—¿Sal?

—¿Lo recuerdas?

Después de su pequeña trifulca con Datsy, Bill había empezado a hablar con Sal. No hablaba, por supuesto, con el verdadero Sal, porque el verdadero Sal nunca había existido. Hablaba con un diminuto Sal que iba con él a todas partes. Bill solía imaginarlo, sus diminutas piernas colgando, sentado en uno de los botones de su camisa. O tumbado, ojeando algún libro, o aquel televisor suyo, en uno de sus hombros. En aquel momento, en aquella camioneta repleta de asientos y juguetes, lo imaginó en el asiento del copiloto, ordenando su pequeña colección de discos.

—Sí.

—A lo mejor deberías parar.

—¿Cómo?

—¿Aún no te has dado cuenta? Oh, Bill, ¡Bill! —Sal se rio. La risa de Sal era una risa divertida a la par que exasperante. Cuando Sal se reía parecía estar *tosiendo* (JOF) (JOF) (JOF). Hasta se golpeaba el pecho, su diminuto pecho de niño duende veraneante—. ¡Bill! ¿Es que no lo ves? ¿Cuántos juguetes *más* necesitas?

—¿Juguetes? ¿*Qué* juguetes?

—No es exactamente *el mismo* porque no tiene forma de serlo, ¿o acaso creías que podía ser *el mismo*? Uno no puede *trasla-*

dar un ascensor mágico al mundo real y que tenga el mismo aspecto, Bill.

—Oh, no, Sal. —Bill sonrió—. Esto no es un ascensor, es una camioneta.

—Oh, no, Bill, esto no es una camioneta, es *tu* ascensor. ¿O no te está llevando al sitio al que querías que te llevara? ¡La señora Potter siempre cumple su palabra!

—¡JA! ¡La señora Potter!

—¿Qué? ¿Acaso no ha cumplido su palabra?

—Sal, esto no es un ascensor, es una camioneta —repitió Bill.

—Bill, esto es *tu* ascensor.

—Así que *mi* ascensor, ¿eh? Pues llega tarde. *Muy* tarde. Y se le da demasiado bien fingir que es una camioneta. ¡Es la primera vez que me subo a un ascensor que tengo que conducir *yo*! ¿O es que no es un ascensor, Sal?

Sal se mantuvo un rato callado. No parecía preocupado. No parecía preocupado en absoluto. Parecía estar *esperando*.

—Crees que lo conduces pero en realidad no lo estás haciendo —dijo, al cabo.

—¡Vaya! ¿No lo estoy conduciendo?

—No.

—Entonces ¿qué demonios hago, Sal?

—Creer que lo conduces.

—Claro.

—Ahora verás.

—¿Qué veré, Sal? ¿Vamos a salir despedidos? ¿*Por los aires*?

—No. Mejor aún.

—¿*Mejor*?

—¿Recuerdas el rincón del joven sabio Means, Bill?

—No, Sal, no recuerdo *nada*.

—Bill, vas a tener que parar. *Ahora*.

—Ni pensarlo.

—Ahí.

A lo lejos apareció un viejo cartel. (HADLEY'S FUEL). Por un momento, pareció que el coche lo hubiera *visto*. Empezó a renquear y a *pitar*.

—¿Qué demonios es eso?

—El joven sabio Means, Bill.

Y, como si en vez de una camioneta, aquella cosa enorme repleta de asientos, fuese alguna especie de ascensor *rodante*, un ascensor que hubiese estado todo aquel tiempo fingiendo que podía ser *conducido*, que estaba yendo exactamente en la dirección y a la velocidad que Bill quería, se detuvo, toda aquella nieve aún por todas partes, junto a uno de los tres surtidores de gasolina de aquella pequeña estación de servicio regentada, al parecer, por un sonriente y poco abrigado joven despreocupadamente vestido de azul que se hacía bordar su nombre en todas sus camisas, camisetas y hasta en jerséis como el que llevaba puesto aquella mañana, y su nombre era, efectivamente, (MEANS).

23

En el que se presenta, como es debido, a Nicole Flattery
Barkey, y se habla, largo y tendido, de su (INCREÍBLE)
olfato, y también de la manera en que Louise Cassidy
Feldman (IRRUMPE) en su despacho para (EXIGIRLE),
oh, aquella (SABANDIJA), que saque a los Benson de
(SU CIUDAD)

Existía, en la, a ratos, despreocupadamente ingeniosa, a ratos,
despiadadamente engreída, pero siempre envidiablemente bohemia, Terrence Cattimore, un barrio en el que era imposible,
por más que se intentase, cruzarse con alguien que no se dedi-
case, de una forma u otra, al mundo del libro. Podía uno, un día
cualquiera, cruzarse con un altivo escritor durante el desayuno,
con su brillante editora durante la comida, con uno de los cientos de formales y descuidados correctores de pruebas de camino
al colegio a recoger a los niños, con al menos un par de ocu-
rrentes mensajeros cargados de, claro, libros, durante la tarde, y
con el despiadado agente que los había enviado, o acabaría reci-
biéndolos, durante la cena, o la copa que seguía o antecedía a la
misma. En ese barrio, de aceras estrechas, árboles debiluchos y
cafés repletos de humo, se había instalado, en la época en la que
aún era una mujer, Nicole Flattery Barkey.

Procedente de la ilusa y acogedora Hillside, una pequeña
localidad rodeada de verdes colinas, Nicole había llegado a Terrence Cattimore arrastrando una colección de maletas de un
poco llamativo marrón oscuro repletas de libros. Su ya entonces
algo frondoso bigote apenas había llamado la atención de los
atribulados profesionales de la lectura que correteaban, los ojos
fijos a menudo en las páginas de un libro, por las calles. Acostumbrada a esquivar comentarios de todo tipo, desaconsejables
consejos relacionados con su poco común tendencia a comportarse como aquello que el exagerado Keith Whitehead con-

sideraba *un editor*, es decir, con su tendencia a vestir como un orondo *caballero* con aspecto de muñeco de trapo de otra época, americana de pana, chaleco, enormes pantalones, aún más enormes zapatos, reloj de bolsillo, pipa, lupa y hasta sombrero a cuadros, Nicole se había sentido, desde el primer momento, como en casa. Había alquilado un apartamento, había comprado cientos de estanterías, había instalado en ellas sus libros, cuidándose de reservar un lugar especial y destacado para su colección de novelas de Keith Whitehead, entre cuyas favoritas se encontraba aquella en la que había leído la descripción de editor que la había llevado a distanciarse, a muy temprana edad, del resto de las niñas, y, por supuesto, también, del resto de los niños, pues, ¿acaso algún niño o niña sueña con ser un tipo enorme que viste como un muñeco de trapo? Oh, no, ¿acaso están chiflados? La novela en cuestión se titulaba *Gordo Smith en Planeta Flaco*, y era tan hilarantemente ridícula como lo había sido, hasta su llegada a Terrence Cattimore, la actitud de la propia Nicole para, únicamente, ella misma, puesto que sólo ella misma se tomaba la vida como lo que, creía, era: un juego en el que, si la fortuna te era favorable, podías elegir tu papel.

El papel que había elegido Nicole incluía, además de aquella curiosa indumentaria, una pequeña oficina y un excelente olfato para detectar escritores con talento. Tal era así que a Nicole Barkey le bastaba con salir a la calle, olfatear el aire, y seguir el rastro que, decía, había dejado el último escritor que había pasado por allí, que casi siempre era un escritor que ni siquiera sabía que lo era, para *dar* con él. Y cuando eso ocurría, le tendía una de sus tarjetas, aquellas tarjetas en las que podía leerse, (FLATTERY BARKEY, EDITOR), y le decía (SÉ QUE HAS ESTADO ESCRIBIENDO), o bien, (SÉ QUE HAS ESTADO PENSANDO EN ESCRIBIR), y, también, (SÉ QUE LO QUE HAS ESTADO ESCRIBIENDO ES BUENO), o, en el caso de que aún no hubiese golpeado una sola tecla, (SÉ QUE LO QUE ESTÁS PENSANDO EN ESCRIBIR ES BUENO), y, ante la siempre estupefacta mirada del aspirante a escritor, o del aún ni siquiera aspirante a escritor, añadía (NO IMPORTA CÓMO), (LO SÉ).

Con el tiempo, y los éxitos, con la fama, el olfato de Nicole Flattery Barkey se había convertido en un envidiado activo en la pequeña comunidad editorial de Terrence Cattimore, y no sólo en ella. Corrían, por todo el mundo, todo tipo de leyendas relacionadas con la manera en que había *captado* a cada uno de los *brillantes* nombres de su catálogo. Así, se decía, por ejemplo, que a los Benson los había *olido* en una estación de servicio próxima a Darmouth Stones. Ni Becky Ann ni Frankie Scott habían puesto un pie jamás en ella, pero el hecho de que quedase cerca de aquella, su pequeña localidad, había obligado a Nicole, convencida de que su olfato nunca se equivocaba y de que acababa de dar con algo *enorme*, a dejarse llevar hasta aquel pequeño pueblo. Se decía, también, que una vez allí, había notado aquel *olor* en todas partes y que, sorprendida, había querido saber si es que había dado con una especie de, había dicho, *manantial de escritores*, ante lo que la atareada dependienta a la que había asaltado en mitad de la calle, se había, indulgentemente, carcajeado.

—¡No! ¡Por fortuna! —había dicho.

—¿Por fortuna, dice? —Nicole había parpadeado exageradamente—. ¿Es que acaso le horrorizaría vivir en un lugar que *produjese* escritores?

—¡Exacto!

—¿Por qué?

—Asumo que no conoce usted a Becky Ann Benson.

—¿Escribe?

—Oh, eso me temo, señor, ¡y unas cosas horribles! Ya sabe, monstruos, fantasmas y ese tipo de cosas horribles, ¡cosas *aterrorizantes*!

—¿Cosas *aterrorizantes*?

—¿Sabe lo que creo?

—No.

—Que es como el conde Drácula.

—¿Esa mujer?

—Sí, Becky Ann.

—¿Por qué?

Llegada a este punto, la leyenda decía que la dependienta, que a veces era la dependienta de una juguetería y a veces la dependienta de un colmado, bajaba la voz y le contaba a Nicole Flattery Barkey que, en su opinión, Becky Ann Benson se *comía* a sus sirvientes, como el conde Drácula.

—¿No hacía eso el conde Drácula?

—¿Lo hacía?

—No lo sé, señor, lo único que puedo decirle es que, cada vez que baja al pueblo, *esa mujer horrible* va acompañada de un sirviente distinto, ¿puede creérselo? ¿Qué tiene ahí arriba? ¿Una *fábrica* de sirvientes?

—¿Ahí arriba?

—Vive en una mansión, en la colina más alta de este lugar. ¿No hacía eso también el conde Drácula? ¿Vivir en la colina más alta de ese sitio en el que vivía?

—No lo sé, pero, dígame, ¿es la única escritora de por aquí?

—Oh, dicen que su marido también escribe pero es a ella a la única que entrevistan en ese periódico del demonio.

—¿Qué periódico?

—Oh, el maldito *Darmouth Daily*.

—¿Maldito?

—Salí con ese tipo que lo escribe una vez.

—¿Lo escribe un solo tipo?

—¿Ha visto este sitio? Tiene siete calles.

A continuación, la leyenda decía que Nicole se había dirigido a la casa de la colina en cuestión y que, una vez allí, le había preguntado a uno de sus sirvientes si era cierto que los señores *escribían*. El sirviente le había dicho que no hacían otra cosa. Cuando había estado en presencia de Becky Ann y Frankie Scott había dicho lo acostumbrado, es decir:

—Señores, sé que lo que han estado escribiendo es bueno.

—Oh, ¿*bueno*, dice? Scottie, dile a este señor quién es la Reina del Terror Absurdo de Darmouth Stones. Y luego pregúntale qué demonios hace aquí.

—Ya lo ha oído, Becks.

—No sé si lo ha oído, Scottie.

—Becks.

—Lo he oído.

—Claro que lo ha oído.

—¿Y por qué no contesta?

—Porque pensé que iban a preguntarme cómo lo sé.

—No tiene forma de saberlo. Díselo, Scottie.

—Becks.

La leyenda decía que, en aquel momento, Nicole había sacado de su maletín, un viejo maletín *dorado* que formaba parte de la indumentaria del editor de aquella novela absurda de Keith Whitehead, el artículo que había publicado el *Bookly Terrence* sobre su curioso e infalible *olfato* para dar con diamantes *en bruto* en lo que a lo literario se refería, algo que había entusiasmado a Frankie Scott, y que había traído sin cuidado a Becky Ann. Se decía que la *captura* de los Benson había sido complicada. Que Becky Ann sólo había accedido a formar parte de aquel catálogo ya entonces envidiable cuando Nicole le había prometido su primera casa encantada. Se decía que Nicole le había dicho:

—¿Y si pudieras escribir en una casa encantada?

—¿Has oído eso, Scottie? Ese tipo cree que existen las casas encantadas.

—Becks.

—¡Por supuesto que existen!

—No existen, Scottie, díselo.

—Creo que ya lo ha oído, Becks.

—Si les consigo una, ¿firmarán?

—Dile que no va a conseguirla, Scottie.

—¿Puede conseguirla, *señora* Barkey?

—¿Has dicho *señora*, Scott? ¿Por qué has dicho *señora*, Scott?

—Por supuesto que puedo conseguirla. Firmen y tendrán las llaves en una semana. Y prepárense para ser El Matrimonio Más Famoso de la Historia del Terror Absurdo.

La leyenda a veces se detenía en este punto. Otras veces avanzaba hasta la noche de la llegada de su primera novela a librerías. Los programas de televisión, las multitudes por todas partes. La fascinación de los críticos. «Brillante, absurda, la primera obra maestra de una Nueva Era: la Era de los Benson.» «Inesperada, absurda, ridículamente maravillosa.» «Terrorífica, absurda, ¡una aparición magistral!» Oh, todo eran *elogios*. ¡Y qué decir de la casa! La casa en la que aquella novela «epatánticamente aterradora» había sido concebida, la primera casa encantada de los Benson, se vendió al día siguiente por una cifra aún no superada en la región. Su nuevo propietario era un multimillonario aficionado al terror absurdo que lo había dejado todo, a su mujer, a sus hijos, a sus caballos, para instalarse en ella y fingir ser Colton Adeline Jayce, entregado y fiel lector de los Tenson, el matrimonio de escritores *fantasma* que la protagonizaba.

Los Tenson estaban claramente inspirados en los Benson. Oh, aquel nombre no podía engañar a nadie. Lo que ocurría con aquellos condenados Tenson en la novela era que, aunque habían escrito *cientos* de novelas de terror estando vivos, nadie, a excepción de Colton Adeline, les había prestado nunca atención. Hasta que se murieron. Cuando se murieron, milagrosamente, no fueron a ninguna parte. Es decir, se quedaron en su pequeña casa de aspecto abandonado y siguieron, golpeando sus máquinas de escribir que, también milagrosamente, se habían vuelto *fantasmas*. Pero no porque hubiesen muerto con ellos sino porque, al día siguiente del deceso, un vendedor puerta a puerta *fantasma* había tocado a su puerta, ante la sorpresa del matrimonio, y les había ofrecido, por un *módico* precio, hacer de su par de máquinas un par de máquinas fantasmas.

—¿Y cómo piensa hacerlo? ¿*Asesinándolas*? —quería saber Decky Ann, es decir, aquel sucedáneo de Becky Ann, en una de las escenas más famosas de la novela—. No creo que pueda *asesinarse* a una máquina de escribir.

—Decks —le contestaba Frankie Scott, que allí dentro era Grankie Spodd.

—¿*Qué*?

—Déjale hablar.

—Spodds, ese tipo ha muerto y ha acabado *asesinando* cosas a domicilio. ¿Qué clase de tipo se muere y acaba asesinando cosas a domicilio?

—Discúlpela, señor, eh…

—Morton. Merry Morton.

—Discúlpela, señor Morton.

—No, tiene razón.

—¿Disculpe?

—La señora, tiene razón.

—¿No quería usted acabar *asesinando* cosas a domicilio?

—Por supuesto que no, ¿quién quiere acabar asesinando cosas a domicilio, señor?

—Oh, Spoddie.

—¿Qué?

—Cómprale lo que sea que venda.

—Gracias, señora.

El tipo se quitaba entonces el sombrero. Porque llevaba sombrero. Era un sombrero fantasma, claro. El tipo también tenía aquel color desvaído que tenían los Tenson. La primera vez que lo vieron, creyeron que estaban ante una aparición. ¡JA! ¡Ellos! ¡Los muertos, ante una aparición! Luego aquel lector, Colton Jayce, se dejaba caer por allí. Se había puesto muy elegante. Venía, decía, de muy lejos. Le habían gustado sus novelas. Todas sus novelas, decía. Iba a echarles de menos, decía también. Quién sabía cómo, lograba entrar en la casa. Declamaba en el salón. El salón estaba aparentemente vacío. Decky Ann y Grankie Spodd fumaban, a medias, uno de aquellos cigarrillos fantasma que les había vendido el vendedor puerta a puerta fantasma. Fumaban (FUUUF) y dejaban que sus ceños fruncidos discutieran por ellos lo que fuese que allí estaba pasando.

Los ceños se decían:

—Está chiflado.

—Pero podría servirnos.

—¿Para *qué*, Decks?

—Para seguir haciendo lo que hacen los escritores.

—¿Insinúas que necesitamos a ese tipo para *escribir*?

—No, estúpido, lo necesitamos para *publicar*.

—¿A ese tipo?

—¿Dónde metimos esa cosa que nos vendió Morton?

—¿El *aparecedor*?

—Ese estúpido espray.

—Oh, debe estar en esa cómoda.

—Ve a por él.

—¿Yo?

—No, tú no, tu estúpido dueño, ceño del demonio.

Así era como esperaba aquel multimillonario que lo había dejado todo, a su mujer, a sus caballos, y a sus hijos, para instalarse en aquella casa que no era más que una casa en la que se había escrito una novela, que se le aparecieran un día.

Y así había sido cómo lo habían hecho.

Los Tenson, aquel matrimonio de escritores fantasma que

protagonizaba la primera novela de los Benson, llamada precisamente *El Matrimonio Fantasma Más Famoso de la Historia*, en un descarado guiño a la promesa que les había hecho Nicole Flattery Barkey al reclutarlos, habían aparecido el día acordado y, tal y como estaba previsto, le habían preguntado a Oliphant, pues así se llamaba aquel multimillonario, Oliphant Sweetie Mallone, qué hacía allí, en su casa. Oliphant, incapaz de contener la risa, feliz, demasiado feliz para casi cualquiera cosa que no fuese dar saltos y gritar (¡LO SABÍA!), había respondido al par de fantasmas que les estaba esperando, que sabía que, en realidad, habían estado allí todo el tiempo, porque habían estado allí todo el tiempo, ¿verdad? El par de supuestos escritores, un par de los primeros fantasmas profesionales de la entonces apenas floreciente *Weirdly Royal Ghost Company*, compañía de escaso éxito dedicada a proporcionar fantasmas para cenas y noches temáticas, con la que, de casualidad, se había topado la jovencísima y ambiciosa agente inmobiliaria a cargo de la única casa que Flattery había podido permitirse en su pequeña y acogedora Hillside natal, le habían respondido que sí, que (POR SUPUESTO), que allí habían estado (TODO EL TIEMPO).

Dadivoso ante la suculenta e instantánea *reventa* de aquella casa *aburrida*, llevada a cabo casi de forma instantánea por aquella joven y ambiciosa agente, nada menos que la desde entonces *famosa* y envidiada Dobson Lee Whishart, Flattery Barkey había pagado, por adelantado, el *encantamiento* de la casa para su próximo inquilino, durante lo que le pareció un tiempo razonable, es decir, tres meses, a cuyo término debía comunicársele al inquilino en cuestión que podía *renovar* el *contrato* con aquel par de fantasmas que en realidad no eran más que un par de actores que podían apretar, como aquel tal Eddie O'Kane, ciertos botones, y producir aquella niebla procedente de Milsenbridge Duckie Holmroyd que atenuaba sus *colores* a la manera en que se atenuaban los colores del matrimonio Tenson en la novela después de muertos.

Después del éxito de la primera novela de los Benson, nada había sido igual en Flattery Barkey. La oficina que el editor de cada vez más frondoso bigote había empezado a crecer a la mañana siguiente y había acabado, con el tiempo, devorando, uno a uno, los apartamentos en los que se dividía la majestuosa casa victoriana en una de cuyas habitaciones había instalado, nada más llegar a Terrence Cattimore, su colección de libros. De tal manera que, en poco tiempo, la *oficina* se había transformado en *oficinas*, y la fama del orondo personaje que había abandonado su Hillside natal siendo aún una mujer –en realidad, como recordaba ella misma a menudo, nunca había dejado de serlo, sólo que una no podía ser lo que el exagerado Keith Whitehead consideraba un *editor* sin tener el aspecto de un muñeco de trapo *masculino* de otra época–, había crecido hasta el punto de que, cada mañana, a las puertas de la editorial, hacían cola *cientos* de aspirantes a escritores convencidos de que si Nicole pudiera olfatearles caería rendida a sus pies.

Por supuesto, en casi ningún caso era cierto.

Pese a ello, durante los primeros meses, el editor se había prestado a abrirles las puertas de su despacho para que, uno a uno, entrasen y se presentasen mientras él olfateaba el ambiente. Evidentemente, perdía el tiempo, pues no era así como funcionaban las cosas, uno no podía simplemente creer que era escritor y *serlo*, uno no podía creer que el visionario olfato de Nicole Flattery Barkey iba a *reconocerle* como imparable fenómeno decidido a cambiar la Historia del Mundo y *cambiar* la Historia del Mundo. Había cientos de cosas que hacer antes de eso. Y casi ninguno de ellos las había hecho. Para empezar, casi ninguno de ellos había escrito siquiera *de verdad*. Se habían limitado, en su mayoría, a rellenar cuartillas y a vestirse como creían que debía vestirse un escritor, y a comportarse como, engreídamente, creían, también, que debía comportarse un escritor. Aquello, y el olfato de Barkey, les convertiría, pensaban, en escritores. Pero ¿qué ocurría cuando eso *no* ocurría? ¿Qué ocurría cuando el editor pasaba junto a ellos, en uno de sus *olfateantes* paseos de selección, paseos para los que, con el tiempo, no bastó con hacer cola ante las puertas de aquel majestuoso edificio sino que hubo que inscribirse y anotar día y hora y dejarse *colocar* en una zona de aspirantes en el jardín trasero, y decía (LO SIENTO) y (NO ES USTED ESCRITOR)? Ocurría que los planetas que hasta entonces habían habitado todos aquellos aspirantes a escritores que nunca en realidad lo habían sido, estallaban, que, negándose a creer en su inexistencia como aquello que, creían, era lo único que podían llegar a ser, abandonaban el lugar, enfurecidos, después de que, en muchos casos, Nicole se hubiera limitado a pasar junto a ellos para, oh, ir descartándoles, tan, decían, *cruelmente*, que ni siquiera les dirigía la palabra, y creyendo aún firmemente en su talento, abominaban, entre sus conocidos, de aquel «desesperantemente injusto» sistema que consistía en un enorme tipo *olisqueando* a su alrededor como si en vez de un tipo ridículo fuese un ridículo *perro*, un sabueso de exorbitantes proporciones que, a veces, fumase en pipa y de cuyo cuello colgase siempre una lupa en vez de un collar.

También abominaban de la supuesta *calidad* de lo publicado por una editorial que elegía a sus autores *a nariz*, sin caer en la cuenta de que era la nariz de Nicole lo que el mundo de la edición envidiaba y lo que la crítica, rendida ante cada uno de sus nuevos y brillantes aciertos, no podía explicarse pero agradecía, puesto que su trabajo, a menudo ingrato, se había vuelto más interesante desde su aparición. A Nicole Barkey todo aquello le traía sin cuidado. Para Nicole Barkey todos los días eran el mismo día, a menos que, como aquel día, un par de feas botas de montaña, las feas botas de montaña de Louise Cassidy Feldman, irrumpiesen en su despacho, *enfadadas*, y detuviesen, violenta y súbitamente, el tren en marcha, oh, Nicole pudo escuchar perfectamente el tintineo *aterrado* de la vajilla del vagón comedor, que constituía, a menudo y en especial aquella soleada mañana de invierno en que las oficinas no parecían otra cosa que *felices*, la agradable e inalterable rutina del editor.

—¿EN QUÉ DEMONIOS ESTABAS PENSANDO, *NICK*?

La escritora, y aquellas botas horribles, habían *sorteado* la recepción, y las, aparentemente, *cientos* de oficinas *intermedias* que separaban el despacho del editor, y se habían *colado* en su despacho, seguidas de, al menos, tres empleados que se apresuraron a disculparse ante Nicole (LO SIENTO, SEÑOR, EH, ELLA, YA SABE, NOSOTROS, UH, YA SABE) pero que en ningún momento intentaron detenerla porque detenerla era imposible. De hecho, lo primero que hizo al llegar al despacho, antes incluso de gritar (¿EN QUÉ DEMONIOS ESTABAS PENSANDO, *NICK*?), fue *lanzar* sobre la mesa del editor la maleta de piel blanca francamente desgastada que cargaba. La lanzó como quien lanza una trinchera portátil. Al hacerlo, estaba a la vez ofreciéndose un lugar desde el que disparar, e invadiendo un territorio que, durase lo que durase aquella presumible batalla, iba a ser suyo de todas formas.

—Oh, eh, *buenos días*, Louise —dijo Nicole, ordenando con un gesto la retirada de su pequeño séquito, un gesto que fue un gesto de resignación, pues sabía que nada podía hacer para cambiar lo que fuese que estuviese a punto de pasar—. ¿Te *mudas*?

—¿EN QUÉ DEMONIOS ESTABAS PENSANDO, *NICK*?

—Es Nicole, querida.

—También es pequeña *sabandija*.

—Oh, eh, jou jou, *no*.

—¿*No*? ¿*NO*? —Louise movía los brazos como si en vez de brazos fuesen arpones. Llevaba algo parecido a un abrigo, un jersey de cuello alto con un reno y un oso polar compartiendo *mesa* en el centro, y no se había peinado. No solía hacerlo. El pelo le crecía y, cuando se aburría de verlo, ella misma se lo cortaba. En aquel momento lo llevaba ligeramente corto, pero no lo suficiente como para no poder despeinarse—. ¿Cómo llamarías tú a alguien que te quita lo único que tienes, *Nicole*?

—Lou, me mareo.

—¿*Qué*?

—Tus brazos.

—NO CAMBIES DE TEMA, FLATT.

—Oh, ahora soy *Flatt*.

Pensando que sólo había una manera de que aquello volviese a parecerse, siquiera remotamente, a un tren en marcha, un tren en el que la vajilla del comedor tintinease, de todas formas, aterrada, pero no tuviese por qué dejar de existir, el editor se puso en pie y sirvió café. Con Louise era importante no perder los nervios.

—¿VAS A ESCUCHARME, FLATT, O VAMOS A JUGAR A LAS *MAMÁS*?

—Voy a escucharte, Louise, pero he pensado que podría apetecerte un café.

—ESCÚCHAME, FLATT.

El editor se sentó. Colocó el par de tazas sobre aquella maleta horrible y maloliente. No había otro lugar en la mesa en la que colocarlas. Señaló la silla que había al otro lado a la escritora. La escritora pataleó y, rabiosa, quién sabía aún por qué, lanzó aquel par de brazos como arpones en todas direcciones antes de consentir en sentarse.

—¿Azúcar?

—NO, FLATT.

—Está bien. —Orgulloso de la forma en que estaba manejando la situación, oh, tú tendrás tu trinchera, pero yo tengo un tren de pasajeros, le dijo mentalmente a la siempre insatisfecha y litigante escritora—. Cuéntame.

—NO, FLATT, CUÉNTAME TÚ.

—¿*Yo*?

—DIME POR QUÉ ME HAS QUITADO LO ÚNICO QUE TENÍA.

—¿Qué es lo único que tenías, Louise? Mi sensación no es que tengas una única cosa sino que tienes *muchas*. Por cierto, ¿cómo está *Jake*?

—NO CAMBIES DE TEMA, FLATT.

—Oh, lo siento, dime, pues, ¿qué te he quitado?

—ESE PUEBLO DEL DEMONIO.

—¿Qué pueblo del demonio, Louise?

—ESE SITIO HELADO, FLATT, EL CONDENADO KIMBERLY WEYMOUTH, ¿POR QUÉ ME LO HAS QUITADO, FLATT? ¿ES QUE TODO TIENE QUE SER *SUYO*?

—Me temo que me he perdido, Louise. ¿Me he llevado ese pueblo a alguna parte? No recuerdo haberme llevado ningún pueblo a ninguna parte, Louise.

—NO TE HAGAS EL GRACIOSO CONMIGO, FLATT.

—Creo que prefiero que me llames Nick.

—OH, VAMOS, FLATT, ¿ES QUE NO VAS A DECIRME POR QUÉ?

—Oh, porque Flatt ni siquiera es un nombre, ¿qué demonios es Flatt?

—¡AAAAH, FLATT! ¡NO ME REFIERO A TU ESTÚPIDO NOMBRE, *ESTÚPIDO*! ¡ME REFIERO A LOS MALDITOS BENSON! ¿POR QUÉ, *FLATT*? ¿POR QUÉ ELLOS LO TIENEN TODO Y LOS DEMÁS, *NADA*?

—Louise, no se puede decir que tú no tengas nada, precisamente.

—CONTESTA LA PREGUNTA, FLATT.

—¿Qué pregunta, Louise? ¿Acaso puedo impedir que Becky Ann y Frank Scott se muden a donde les venga en gana? ¿Qué crees que soy, su *papá*?

—NO ES DIVERTIDO, FLATT.

—Por supuesto que no, ¿tú te estás divirtiendo? Yo no.

—COGE ESE TELÉFONO Y LLÁMALES AHORA MISMO. LLÁMALES Y DILES QUE ESTÁN COMETIENDO UN ERROR. QUE MUDARSE A ESE PUEBLO EN EL QUE HACE UN FRÍO DEL DEMONIO ES UNA IDEA HORRIBLE. QUE VAS A CONSEGUIRLES ALGO MEJOR, ALGO *MUCHO* MEJOR, PORQUE ESE PUEBLO YA ESTÁ *OCUPADO*. «OH, COMETÍ UN ERROR, *MUCHACHOS*», DILES, ¿NO ES ASÍ COMO HABLAS?, «ESE PUEBLO ES *YA* TERRITORIO FELDMAN».

La escritora se puso en pie, cogió el teléfono, se lo tendió.

—HAZLO, SABANDIJA.

—¡JA!

—¡FLATT!

Los ojos de la escritora hervían. Hervían de una rabia tal que podrían haber matado a alguien, incluso a alguien de las proporciones de Nicole Barkey, de no haber sido más que un par de ojos tras unas enormes y rotas gafas de concha.

—No puedo hacer eso, Louise.

—¿POR QUÉ NO?

—Porque no es así como funcionan las cosas.

—¿NO? ¡CLARO! LAS COSAS FUNCIONAN COMO *ELLOS* QUIEREN, ¿VERDAD?

—Odias ese sitio.

—¡ES UN LUGAR HORRIBLE!

—¿Qué más te da, entonces?

—¿CÓMO? ¡ES LO ÚNICO QUE TENGO, FLATT!

—No es verdad.

—AH, ¿NO?

—No.

—EN ESE SITIO, FLATT, HAY UN TIPO CHIFLADO QUE VENDE *COSAS* QUE NO EXISTIRÍAN SI NO HUBIERA EXISTIDO UNO DE MIS LIBROS, FLATT.

—¿Y acaso es más importante que un chiflado venda cosas que no existirían si no hubiera existido *tu* señora Potter que todo lo que has escrito, *Lou*?

—¡NO! PERO ¿ACASO IMPORTA TODO LO QUE HE ESCRITO? ¿*IMPORTA*? —Oh, no, pensó Nicole, va a derrumbarse, va a derrumbarse *ahora*–. NO IMPORTA LO MÁS MÍNIMO, FLATT. –Está haciéndolo, se dijo Nicole, está derrumbándose, oh, su postura en la silla, las manos, sus diminutas y *resecas* manos, oh, esas manos que escriben en *cualquier parte*, están empequeñeciendo, ¡no!, parece que lo hacen pero en realidad no, en realidad es que cada vez que se restriega los ojos con ellas parecen las manos de una niña, una niña soñolienta–. LO ÚNICO QUE IMPORTA ES ESA ESTÚPIDA NOVELA.

–Oh, vamos, Lou.

–¿POR QUÉ NO IMPORTA MI OBRA, FLATT?

Parecía a punto de echarse a llorar.

–¿Quién ha dicho que no importa?

–¿POR QUÉ NADIE TE AVISA, FLATT? ¿POR QUÉ NADIE TE DICE, «CUIDADO CON LO QUE PUBLICAS PORQUE A LO MEJOR NO IMPORTA QUE NO TE MUERAS *NUNCA* Y SIGAS ESCRIBIENDO *PARA SIEMPRE* QUE NADIE TE VA RECORDAR POR NADA MÁS QUE UNA ÚNICA *ESTÚPIDA* COSA», FLATT?

–*La señora Potter* no es estúpida, Lou.

Louise se puso en pie. Hizo aquella cosa que hacía con los brazos. Nicole cerró los ojos. Realmente le mareaba. Pensó en el oso polar y el reno de su jersey. Los imaginó charlando. Uno le decía al otro, *Está volviendo a hacerlo, Dust, ¿El qué, Ben?, Esa cosa que hace con los brazos, Oh, sí, Mi primo Ernie dice que está chiflada, Es probable, Escribiré a mamá y le diré, Mamá, Dustie y yo vivimos en el jersey de una escritora chiflada, Apuesto a que tu madre dirá que podría ser peor, Oh, por supuesto, Dust, siempre podría ser peor.*

–Avísame cuando dejes de hacer eso.

–¡SERÁS…, AAAAH! ¡MALDITA SEA!

El editor oyó un estruendo. Imaginó que había vuelto a sentarse. Abrió los ojos. Se acababa de beber el café de un trago.

–Estaba frío –dijo.

–Lo siento.

Se retrepó en la silla. Pareció recordar algo. Rebuscó en uno de los bolsillos de aquella cosa que parecía un abrigo. Encontró lo que buscaba. Era una pipa. La sacó. La llenó de tabaco. La encendió (POP) (POP).

–No lo entiendo, *Nicole.*

–Yo tampoco, Louise.

—Pareja de *metomentodos*.

—Ni siquiera te gusta ese sitio, Louise.

La escritora le miró. Era una mirada desafiante pero también era una mirada que sabía que estaba en lo cierto. Era una mirada que decía (LO SÉ, ESTÚPIDO, PERO NI SE TE OCURRA PONERTE DE SU PARTE).

—No te diré que no lo odie, pero es lo único que tengo, Nick —consintió.

—Nicole.

—*Nick*.

El editor sonrió.

Palmeó (TAP) (TAP) la maleta que seguía sobre la mesa.

—¿Y esto?

—Ese tipo (POP) me escribió.

—¿Qué tipo?

—El chiflado.

—¿Cuándo?

—No lo sé, me escribió (POP) (POP) *cientos* de cartas.

—¡Vaya!

—Nunca las contesté.

—Oh, Lou.

—Eran deprimentes, Nick. Y mi vida ya es lo suficientemente deprimente. Su mujer (POP) (POP) le dejó. Creo que por mi culpa. Perdió la cabeza por ese condenado libro.

—¿Y estás pensando en hacerle una visita?

—No, estoy pensando en llevarles todas esas (POP) cartas a *tus amigos*, Nick. Para que vean que ese sitio ya tiene *dueño*.

—Oh, no sé si es una buena idea, Lou.

—No lo es, por supuesto, a menos que tú vengas conmigo.

—¿Yo?

La vajilla del vagón comedor de aquel tren que había vuelto tímidamente a echar a andar hacia quién sabía qué destino, el destino de un aparente día *feliz* en unas *felices,* y a salvo de impertinentes *no* escritores, *oficinas,* se despidió de al menos un par de sus valiosas y aterradas piezas al oír aquello.

—Me debes una, *Nicole*.

24

En el que Cats McKisco podría haberle dicho a Bill que a
veces creía que sus abuelos eran un par de (BOTAS) pero
no lo hizo y, sin embargo, adivinen qué, va a contarlo de
todas formas, pero Bill no va a enterarse y ustedes (SÍ)

Bill había llamado a Catherine McKisco antes de partir hacia
Sean Robin Pecknold en aquella camioneta que, tal vez, sólo tal
vez, fuese un ascensor, el ascensor que la señora Potter debía
haberle *entregado* hacía mucho tiempo. Nervioso, y sintiendo
que estaba dando un paso en algún sentido, *injusto*, Bill había
marcado una y otra vez el número de la comisaría y había colgado antes de que ella descolgara, sintiéndose incapaz, siquiera,
de alzar la voz, porque ¿acaso podía pedirle *algo*? (¡AGENTE EN
PRÁCTICAS CROCKER!) se oía al otro lado del teléfono cuando
ella descolgaba, y en la voz *algo* parecía estar *sonriendo*, y era un
algo infantil, un alguien, en realidad, que había viajado *intacto*
desde que, por primera vez había soñado con lucir una placa
hasta aquel preciso instante, el instante en que descolgaba el
teléfono. A veces, como había ocurrido aquella tarde, no encontraba a nadie al otro lado y, pese a ello, bramaba, deseosa de
echar una mano, *feliz*, (¡AGENTE EN PRÁCTICAS CROCKER!) (¿EN
QUÉ PUEDO AYUDARLE?) y ¿era *justo* que Bill le pidiese *algo*?
¿Era justo, después de lo que le había hecho? Pero ¿qué le había
hecho, en realidad? Oh, aquellos guantes del demonio, se había dicho Bill, y luego se había dicho que no tenía tiempo, que
debía *marcharse*, así que, oh, bueno, (ALLÁ VAMOS):
　　—¡Agente en prácticas Crocker! ¿En qué puedo ayudarle?
　　—¿*Cats*?
　　—¿*Bill*?
　　Bill había dicho algo y Cats no había escuchado otra cosa
que *(PUM) (PUM) (PUM)(PUM)* los ridículos latidos de (OH) aquel
ridículo, aquel (MALDITA SEA) *(PUM) (PUM) estúpido* corazón suyo.

(¿ESTÁ HABLANDO?), se había dicho, (¿POR QUÉ NO LE ESCU-
CHO SI ESTÁ HABLANDO?), se había dicho también, sin poder
dejar de pensar en todo momento en que no se había quitado
los malditos guantes porque ella no le había importado nada, no
le importaba lo más mínimo. ¿Acaso importaba lo más mínimo
a alguien? ¿Por qué era tan condenadamente *boba*? ¿Por qué
nadie se la tomaba *nunca* en serio? (NO SE QUITÓ LOS MALDITOS
GUANTES), pensaba, y (CÓMO SE ATREVE), (CÓMO SE ATREVE A
LLAMARTE), (DEBERÍAS MANDARLE AL INFIERNO), (MÁNDALE AL
INFIERNO, CATS), pensaba.

–¿Bill? ¿Estás ahí?

Oh, por supuesto que estaba *ahí*.

(BILL), había dicho Cats, (SÉ QUE ESTÁS AHÍ).

Y Bill, al cabo, había dicho, (MI TÍA MACK HA MUERTO,
CATS).

–¿Tu tía Mack?

–Sí.

–Bill, no sé quién es tu tía Mack.

–¿*No*?

–No, Bill.

(¿SABES, BILL?), pensaba, (EL MUNDO NO GIRA A TU ALREDE-
DOR), pensaba. Pero no importaba lo que ella pensara, porque él
lo creía de todas formas. Llamaba, dijo, para pedirle que cuidara
de Sam Breevort cuando él *se fuera*.

–¿Sam *Breevort*? –había dicho Cats–. ¿Te estás *riendo* de *mí*,
Bill? Sam no necesita que la cuiden. Sam tiene *cientos* de rifles.
–Su tono de voz parecía, por una vez, *molesto*.

–Lo siento, Cats, siento lo de los guantes.

–Esto no tiene nada que ver con los guantes, Bill.

–¿*No*?

–No. ¿Qué crees que va a pasarle cuando te vayas, Bill? Es
decir, ¿en serio? ¿Crees que puede pasarle algo a Sam Breevort?
Ni siquiera me atrevo a dirigirle la palabra, Bill. Sam da miedo,
Bill. A Sam no puede pasarle *nada* porque tú no estés, Bill.

Entonces Bill se había puesto a hablar de Polly Chalmers.
Aquello había sido un golpe bajo. Porque Cats había dejado de
pensar en (MANDARLE AL INFIERNO) y había empezado a pensar
en aquel cuerpo sin cabeza que imaginaba cada vez que oía

hablar de Polly Chalmers o que alguien sugería la posibilidad de que algo horrible pudiera estar pasando en aquella *arisca* ciudad.

(PUM) (PUM).

(PUM) (PUM).

—¿Bill? ¿Qué se supone que estás intentando decirme *exactamente*? —Cats seguía molesta, pero a la vez estaba empezando a asustarse. ¿Alguien quería matar a Sam? ¿Por qué? ¿Cómo iba a hacerlo?—. Nadie va a matar a Sam, *¿verdad?*

—No lo sé, Cats, pero supongo que no. No tendría ningún sentido. Matar a Sam no me haría volver. Pero podrían hacerle algo que me obligase a volver.

—¿*Volver*? ¿Por qué iban a querer hacerte *volver*?

Por su condición de, prácticamente, recién llegada, y su francamente ilusa relación con aquel frío lugar que parecía, como su padre, no pensar en nadie más que en sí mismo, Cats McKisco no era consciente de hasta qué punto la ciudad había dependido siempre de los Peltzer. Bill trató de explicárselo. Bill le expuso sus dudas con respecto al asunto Polly Chalmers. Bill le dijo que, por entonces, por la época en la que apareció, como llegada de una *violenta* nada, Polly Chalmers, iban a irse. Mi padre llevaba semanas empaquetando nuestras cosas, le dijo Bill. Bill había llegado a pensar que había encontrado a su madre y que iban a reunirse con ella en alguna parte. Pero luego había aparecido el cadáver de aquella chica y su padre había acabado en comisaría. Cuando había vuelto a casa, había empezado a abrir cajas y a colocarlo todo en su sitio. No iban a irse a ninguna parte.

¿Por qué?

Oh, porque *La señora Potter* no podía *acabarse*.

(PUM) (PUM).

(PUM) (PUM).

—¿Insinúas que le tendieron una trampa? ¿Que mataron a esa chica para tenderle una trampa, Bill? ¿Quién, exactamente? *¿Todo este sitio?*

—Sí, este sitio, Cats. Pero no creo que mataran a nadie. Por eso nadie investigó su asesinato. Porque no hubo, en realidad, ningún asesinato.

(CLARO, BILL), pensó Cats, (EL MUNDO GIRA A TU ALREDEDOR Y FINGE QUE MATA A CHICAS PORQUE SÓLO IMPORTAS

TÚ, ESOS GUANTES DEL DEMONIO Y TU CONDENADA TIENDA, ¿VERDAD?), pensó Cats.

—Tal vez me pase a echar un vistazo, Bill. Pero no sé si a Sam va a gustarle que creas que no puede cuidarse *sola* —(PUM) (PUM) (PUM) (PUM)—. Va a parecerle una broma de mal gusto, Bill. ¿Quién demonios te has creído? Cuando te vayas de aquí, ¿vas a llevarte al menos los cuadros, Bill?

—¿Los cuadros, Cats?

—No pueden no importarte, Bill.

—¿A qué viene eso ahora?

—A lo que me dijiste la otra noche, Bill. Me dijiste si los quería. ¡*Yo*! ¡Un alguien que ni siquiera te importa! —(PUM) (PUM) (PUM) (PUM)—. Es *injusto*, Bill. ¿Y sabes por qué? Porque no sabes por qué se fue, pero está intentando *seguir ahí*, ¿crees que mi padre sigue *ahí*? ¿Crees que porque esté ahí, sigue *ahí*?

(PUM) (PUM).

(PUM) (PUM).

—Lo siento, Cats, supongo que no ha sido una buena idea.

—No, no ha sido una buena idea, Bill. Olvida lo que dije la otra noche. Supongo que no hablaba en serio. Y si lo hacía —(PUM) (PUM) (PUM) (PUM)— ya no importa.

(CATS), había dicho Bill, y ella había dicho (ADIÓS, BILL), y había (CLIC) colgado. Luego había recogido sus cosas y se había ido a casa, arrastrando las botas, restregándose los ojos, (¡OH, MALDITA SEA!), ¿acaso no le importaba a nadie? ¿No le importaba lo más mínimo a nadie? A lo mejor su madre tenía razón.

A lo mejor se parecía más de la cuenta a aquel otro McKisco.

Su abuelo, el también agente de policía, Francis Caroline McKisco.

Cats recordó la noche en la que sus padres la habían sorprendido vestida con su uniforme, aquel uniforme que, según su madre, era un uniforme *maldito*. Sus padres salían a menudo y, cuando lo hacían, la dejaban sola, y Cats se dedicaba a deambular por la casa fingiendo, alternativamente, ser una *gran* escritora y su sirviente, un tipo al que había dado en llamar Mijéich Katerina, Mijéich Katerina Chíchikov. Aquella noche, Mijéich Katerina había encontrado en el armario de los antepasados de su *señora* un uniforme. Parecía el uniforme de algún tipo de caballero. Mijéich no tenía forma de saberlo pero en realidad era el uniforme de un agente de policía, un *viejo* agente de policía de una pequeña localidad llamada Sullivan Lupine Wonse. El uniforme tenía una placa y lo que parecía un galón, y una estrella, y lucía, bordado, un pequeño canguro. Mijéich se había *enamorado* de aquel uniforme. Había desabotonado, con cuidado, la camisa, y con cuidado, se la había *probado*. Puesto que era la camisa de un adulto, sus manos de niña habían desaparecido bajo las mangas, su cuerpo había quedado al abrigo de aquella suerte de finísima coraza, perdido, de alguna manera, en ella. Por supuesto, Mijéich, la pequeña Cats, había tenido un aspecto horrible ante el espejo, pero, por una vez, su aspecto le había traído sin cuidado. Estaba a salvo allí dentro, se había dicho.

¿Por qué?

Quién sabía por qué.

El caso era aquella noche, Cats había jugado a que Mijéich se convertía en el detective (MCKISCO), e iba de un lado a otro por la casa deteniendo a criminales. Los criminales estaban por todas partes y tenían todo tipo de aspectos y eran culpables, o supuestos culpables, de todo tipo de fechorías. La cucharilla que había hecho caer, tan impetuosamente se había posado, a la taza de té, ¿no había querido *asesinarla*? ¿No era, después de todo, así cómo *ellas* asesinaban? El libro que había sustituido a otro libro en la estantería, ¿no había tenido que, antes, hacerlo desaparecer? El detective Mijéich McKisco era un buen detective y había logrado meter entre rejas a un buen puñado de objetos aquella noche. También, había cometido la imprudencia de quedarse dormido aún dentro de aquella, su nueva armadura, y cuando sus padres, oh, los padres de Cats, habían vuelto, se habían enfadado. Se habían enfadado muchísimo. No tanto con ella como entre ellos. Habían discutido larga y amargamente por lo que debía haber estado haciendo en su ausencia. Se habían culpado el uno al otro de aquellas ausencias que, de repente, les parecían del todo imprudentes. Cuando su madre le había preguntado qué había estado haciendo, ella no había sabido qué responder. ¿Qué podía haberle dicho? Mamá, a veces juego a ser una gran escritora y a veces a ser su sirviente y cuando soy su sirviente puedo disponer de la casa como dispongo, en realidad, cuando no estáis. Sí, eso habría estado bien. Pero lo que había dicho había sido (NO SÉ). Y su madre se había enfadado aún más. (¿CÓMO PUEDES NO SABERLO, CATHERINE?), (*VAMOS, LILIAN*), (¿QUÉ LE HAS METIDO EN LA CABEZA, VIOLET?), (¡NADA!), (TIENE PUESTO ESE UNIFORME, FRANCIS), (¿Y?), (QUE NO LO TENDRÍA PUESTO SI TE HUBIERAS DESECHO DE ÉL HACE TIEMPO), (*¿POR QUÉ IBA A DESHACERME DE ÉL?*) (*¿QUÉ TIENE DE MALO QUE LA NIÑA JUEGUE A LO QUE SEA QUE ESTÉ JUGANDO CON ÉL, LILIAN?*), (¡OH!) (¡YA SABES LO QUE TIENE DE MALO, VIOLET!), (*¡NO TIENE NADA DE MALO, LILS!*), (¡ESE HOMBRE SE QUEDÓ SOLO, FRANCIS!), (*¿Y ESO TUVO ALGO QUE VER CON SU MALDITO UNIFORME, LILS?*), (¿ACASO SE LO QUITABA?), (*¡LO QUE NO SE QUITABA ERAN LAS BOTAS, LILS!*), (¡OH!) (¡ESAS BOTAS HORRIBLES!) (¿NO ERAN BOTAS DE MUJER, FRANCIS?), (*SÍ, ERAN BOTAS DE MUJER, LILS*), (¡PERDIÓ LA CABEZA!), (*¿Y EL UNIFORME TUVO LA CULPA?*), (¡POR SUPUESTO, VIO!), (*¡NO ME LLAMES VIO!*), (¡EL UNIFORME TUVO LA CULPA, VIO!), (*¡MALDITA SEA, LILS!*) (*¿DE VERAS CREES QUE NUESTRA HIJA VA A QUEDARSE SOLA Y A PERDER LA CABEZA POR VESTIR UN MALDITO UNIFORME?*), (¡TÚ LO HAS DICHO, FRANCIS!) (¡ESE UNIFORME ESTÁ MALDITO), (*¡NO ESTÁ MALDITO, LILS!*) (*¡SÓLO ES UN MALDITO UNIFORME!*), (¡AAAH!), (*VAMOS, CATS*) (*PAPÁ TE ACOMPAÑARÁ A LA CAMA*).

Cats había querido saber por qué discutían y su padre se había limitado a decirle que por aquel maldito uniforme.

—¿Está maldito el uniforme, papá? —le había preguntado Cats.

—No, hija, sólo es un maldito uniforme —había repetido Francis McKisco.

—Pero alguien ha perdido la cabeza por su culpa, papá.

—Oh, no, pequeña, los uniformes no hacen daño a nadie. Es la gente que los viste la que se hace daño a sí misma. A veces, la gente que los viste sólo quiere ayudar a los demás y se olvidan de que, de vez en cuando, también tienen que ayudarse a sí mismos.

—¿Y por eso se quedan solos?

—A veces se quedan solos con sus botas.

—¿Con sus botas, papá?

—Con sus botas de pana, Cats.

—No sé lo que son unas botas de pana, papá.

–A veces son las botas de alguien que se ha ido y ha olvidado llevárselas.

–¿Quién se ha ido, papá?

El escritor había sacudido la cabeza. No era un buen momento, se debía haber dicho. Espero que hayas estado jugando a ser detective con ese uniforme, Cats, había dicho. La pequeña Cats había sonreído pensando en Mijéich Katerina creyéndose el detective McKisco y había asentido. Algo parecido al orgullo había iluminado la cara del escritor de *whodunnits*, que, siendo como era, una versión infinitamente más joven y, sobre todo, menos quisquillosa, que la que aquella noche había salido con la jefe Cotton, una versión que mantenía a buen recaudo aún su condición de *remilgada*, había cogido en brazos a la pequeña Cats, y la había (¡YUJUUUUUU!) llevado, como llevaría un tren de mercancías *volador*, un tren con brazos en vez de ruedas, hasta la cama.

–He detenido a una cucharilla *humedecida*, papá.

–¡Vaya! ¿Teníamos a una cucharilla *homicida* en casa? ¿Y a quién, si puede saberse, se había *cargado*, detective *McKisco*?

–Era una asesina de tazas de té.

–¡Una asesina *en serie*! ¡Es una idea estupenda, Cats! ¿No es una idea estupenda? –La niña se había reído (*ji ji*)–. Voy a anotarla en alguna parte –había dicho el escritor, y se había metido la mano en el bolsillo del pantalón, y luego en el bolsillo de la americana, y luego en algún otro bolsillo que Cats no había podido localizar y, por fin, había encontrado una de sus pequeñas libretas, (¡A-JÁ!), había dicho entonces–. ¿Quién quieres ser, Cats? ¿Stanley Rose o Lanier Thomas?

La pequeña Cats se había llevado el índice a los labios y había fingido pensar algo mejor, mirando exageradamente al techo, como miraba exageradamente al techo su padre siempre que fingía pensar en algo concienzudamente, y había dicho, sentada ya en la cama y con la espalda apoyada en el almohadón, la lámpara de la mesita de noche encendida y todo listo para leer hasta volver a quedarse dormida:

–¿Puedo ser Mijéich Chíchikov?

(¡CLARO!), había dicho el padre, (¡PUEDES SER QUIEN QUIERAS, PEQUEÑA!), y la pequeña Cats se había reído y él le había revuelto el pelo, que entonces llevaba corto, muy corto, y ¿cómo, se preguntó la otra Cats, la Cats que volvía a casa pateando montañas de nieve, se había convertido aquel hombre divertido, aquel hombre para el que todo, cualquier cosa, eran piezas de un rompecabezas que nunca iba a acabarse, aquel hombre que vivía como un niño que hubiera convertido su ridículamente absurdo día a día en un algo que podía montarse y desmontarse, en aquel afectado, temeroso, quejica, tipo cuya vida giraba alrededor de una quisquillosa seguidora que, con toda probabilidad, no existía?

Al llegar a casa, Catherine se quitó el sombrero, se sirvió un buen montón de copas y decidió que su padre no podía haberse deshecho de aquel uniforme, así, aprovechando que su padre había salido, se puso a buscarlo. A lo mejor no tardaba en llegar, pero ¿acaso le importaba? No le importaba lo más mínimo. Oh, de hecho, esperaba que la jefe Cotton estuviese riéndose de él, porque eso debía estar haciendo. Oh, aquella *estirada* del demonio. La aborrecía, ¿y acaso creía ella que no sabía que la aborrecía? ¿Tenía la culpa Cats de que su padre fuese un engreído montón de *niños*? Parloteaba, Cats, con la voz de Mijéich, decía (¿Y SI FUERA CIERTO?) (¿Y SI EL UNIFORME HUBIERA ESTADO MALDITO?) (¿QUERRÍA ESO DECIR QUE VOY A QUEDARME *SOLO*?) (¿DE VERAS VOY A QUEDARME SOLO POR HABERME *PROBADO* UN UNIFORME CUANDO NO ERA MÁS QUE UN *NIÑO*?), hablaba consigo misma la agente en prácticas como si fuera aquel otro, el sirviente de la *gran* dama que debía estar, a aquellas horas, en sus *aposentos*, y se tambaleaba en dirección a la habitación de su padre pensando en aquel hombre que había pensado demasiado en los demás y demasiado poco en sí mismo y que al final se había quedado solo con sus botas, aquellas botas de pana que ni siquiera eran sus botas, que eran las botas de su mujer, unas botas de mujer que el chiflado de su abuelo, Francis Caroline, nunca se quitaba porque poco le importaba lo que dijeran de él, aquellas botas eran sus mejores amigas, así que ¿por qué no iba a ir con ellas a todas partes? Revolvió, Cats, el armario de Francis Violet McKisco, y no encontró el uniforme, abrió los cajones, uno tras otro, y no encontró nada, miró bajo la cama, *nada*, ¿dónde demonios lo habría metido? Tratando de pensar como lo haría su padre, no el hombre que le había revuelto el pelo y había creado un detective *de juguete* que había dedicado su vida a tratar de dar con la famosa cucharilla asesina Claribel Clangston, sino aquel susceptible y vanidoso escritor de *whodunnits*, Cats se dijo que lo más probable era que estuviese bajo llave. Que, al final, hubiese consentido en creer que estaba *maldito*, y, aterrorizado, lo hubiese escondido. ¿Por qué no se había deshecho de él? Porque aquel otro McKisco, aquel McKisco que sólo se ayudaba a sí mismo, era supersticioso, y temía que, si se deshacía de él, el fantasma de su padre se le aparecería una noche y ya nunca se iría. Se instalaría en su casa, y querría echarle una mano todo el tiempo, con cualquier cosa. Vestiría versiones fantasma de aquel uniforme maldito y aquellas botas de mujer. Querría saber si aún seguía prefiriendo los detectives que no existían a los que existían. Y Francis Violet le diría que sí, que por supuesto, pero que, en cualquier caso, aquello no tenía nada que ver con él. ¿Y con qué tenía que ver?, habría querido saber Francis Caroline. (¿CON QUÉ TIENE QUE VER EXACTAMENTE, HIJO?) (¿Y SI HAY ALGUIEN AHÍ FUERA QUE TE NECESITA, FRANCIS VIOLET?), (*NO LO SÉ, PAPÁ, SUPONGO QUE SI HAY ALGUIEN AHÍ FUERA QUE ME NECESITA PUEDE LEERSE MI LIBRO*), (NO ES ASÍ COMO FUNCIONAN LAS COSAS, VIOLET), (*A LO MEJOR NO ES ASÍ COMO FUNCIONAN LAS COSAS PARA TI, PAPÁ*), oh, Catherine McKisco reelaboraba aquella conversación que jamás existiría, porque los muertos no volvían, y no había forma de decirles que las cosas no tenían una única manera de ser, mientras revolvía el armario de su padre y luego, hasta el último rincón de su despacho, y daba, al fin, con un pequeño baúl cerrado, y conseguía abrirlo, iba en busca de las tenazas, el sacacorchos, un imperdible, el martillo, agujas, y conseguía abrirlo, y no encontró dentro el uniforme sino aquellas botas, las botas de mujer que su abuelo había considerado sus mejores amigas. No parecían unas mejores amigas. Parecían un par de botas. Un extraño par de botas de pana de un marrón *sonrosado*. La agente en prácticas le dio un trago a aquel destilado a base de leche que había estado bebiendo mientras las contemplaba. Eran el par de botas más viejo y gastado que había visto nunca, pero a la vez, parecían haber sido cuidadas con esmero. Su par de tacones cortos estaban intactos. Las suelas, también. Supuso Cats que su abuelo las había ido cambiando con regularidad. También parecía haber *cepillado* la pana a menudo, si algo así era posible. Si aquellas botas eran lo único que tenía, no podía arriesgarse a perderlas.

–Póntelas, Mijéich –se dijo, fingiendo que era, evidentemente, Mijéich, pero un Mijéich que imitaba a su señora, a la gran dama de aquel castillo, que debía llevar *horas* durmiendo en, aquellos, sus *aposentos*–. Esas botas van a darte lo que aún no tienes, *querido.* –Cats siguió hablando, mientras, con cuidado, extraía el par de botas del baúl–. *Valor*, Mijéich. *Valor.* –Metió primero un pie y luego el otro–. Oh, ¿crees que tienes *valor*, Mijéich? –Apoyándose en un estante, Cats se puso en pie, las botas ya calzadas: eran cómodas, eran tremendamente cómodas–. Oh, no me refiero a la clase de valor que imaginas, Mijéich. –La agente en prácticas caminó por el despacho enmoquetado. Las botas le iban grandes, se le salían. La obligaban a caminar erguida, a extender el paso, a parecer resuelta–. Me refiero al valor que tiene algo *valioso.*

Siguió, de aquella manera, caminando y charlando durante un buen rato. Luego se quedó dormida. Soñó que volvía a tener diez años y era, pese a todo, *agente* en aquel otro sitio, aquel lugar llamado Sullivan Lupine Wonse, y tenía un despacho, y resolvía *cientos* de casos, y en el despacho, en una estantería, guardaba el par de botas de pana que no es que hubiesen pertenecido a su abuela sino que *eran* su abuela y su abuelo. Era del todo corriente, al parecer, en aquel sitio, Sullivan Lupine Wonse, que una agente de policía, que una *detective*, descendiese de un par de botas de pana. También lo era que charlase con ellas antes de salir en busca de culpables de todo tipo de fechorías. El par de botas siempre daban por hecho que la pequeña Cats iba a hacer un buen trabajo, le decían (VE Y ENCIERRA A ESA MALDITA CUCHARILLA), o (SEGURO QUE TIENES RAZÓN Y LA TAZA DE TÉ ES LA CULPABLE), le decían, (CARIÑO, AHÍ FUERA, NADIE ES MEJOR QUE TÚ), y a la pequeña Cats le traía sin cuidado que todos los demás no fuesen tan pequeños como ella, porque salía ahí fuera como si nada la separase de ellos, como si, pese a que su camisa era *cien* tallas más grande de lo que debería, después de todo era *aquella* camisa, la camisa del uniforme de aquel otro (AGENTE MCKISCO), el hombre que había pensado más de la cuenta en los demás y que por eso se había quedado solo y se había convertido en una bota *parlante*. Luego, durante mucho tiempo, en aquel sueño en el que el día a día era *correcto*, y sencillo, había intentado abrir los ojos, ante el par de botas que eran, en realidad, sus *abuelos*, y no había podido hacerlo. El par de botas le hablaban y ella decía (UN MINUTO), y, (SÍ, ENSEGUIDA), pero era incapaz de abrir los ojos, y ellos se daban cuenta, pero de todas formas le decían (NO TE PREOCUPES, PEQUEÑA), y (QUIZÁ NO ES UN BUEN MOMENTO), y de fondo se oía un ruido sordo, un arrastrar de sillas, pasos, un golpe, otro, un lacónico (*MAAAAAAATS*), algo semejante a un (*AUUUUUU*) aullido que parecía provenir de algún otro (*¿MATS?*) planeta, un planeta en el que los lobos, o lo que fuese que aullaba, no lo hacía convencionalmente, sino que parecía (*MIMA*) estar dirigiéndose a alguien (*¿MATS?*) a quien le pedía que *mirase*, pero Cats seguía sin poder abrir los ojos en aquel sueño en el que las botas insistían en que tal vez no fuese un buen momento, y entonces algo, aquello que aullaba, empezó a zarandearla, y dijo claramente (*ADIVINA QUÉ, CATS*), y, por fin, el par de ojos de la agente en prácticas se abrieron, y luego se cerraron, una, dos, tres, hasta cinco, y seis, siete veces. (OH, VAMOS, OJOS DEL DEMONIO, ¿ES QUE NO PODÉIS HACER VUESTRO TRABAJO?), les exigió Cats, malhumorada por el martilleante y absurdo dolor de cabeza que aquello que había estado bebiendo le había provocado. (ESTÁ BIEN, ALLÁ VAMOS), podrían haberle dicho el par de ojos, un segundo antes de acabar con el aleteo y dar la bienvenida a las cientos de agujas invisibles que les esperaban al otro lado.

—¿Cats? —le pareció que decían el par de zapatos de charol de su padre, lo único que podía ver, estando como estaba aún en el suelo, con la mejilla derecha pegada a la moqueta del despacho. ¿Había pasado allí la noche? ¿*Ya* había pasado la noche?

—¿*Papá*?

—Adivina qué, Cats.

Oh, no, se dijo Cats, incorporándose apresuradamente. Ella había pasado la noche en el suelo del despacho de su padre pero ¿dónde la había pasado él? ¿Era posible que su padre hubiese pasado la noche con la jefe Cotton? ¿Era posible que su insoportable padre hubiese *conquistado* a la jefe Cotton? ¿Acaso había perdido ella la cabeza?

—¿Acabas de llegar a casa, papá?

Resueltamente orgulloso, Francis Violet McKisco asintió.

—Pero eso no es lo más *importante* —dijo a continuación.

—¿*No*?

—No. Lo más importante, Cats, es que Myrlene me ha escrito. —Francis McKisco agitó ante la cara de su hija el telegrama de Myrlene Beavers que había escrito Frankie Scott Benson, evidentemente.

—¿Has pasado la noche en casa de la jefe Cotton, papá?

Francis McKisco sonrió, asintió remilgadamente, y dijo (AJAJÁ) y también:

—Resulta que la *jefe* Cotton es una *experta* en mi obra, Cats. Pero en realidad no quiere hablar de ella *todo el tiempo*. ¿Qué tiene de malo hablar de ella todo el tiempo? Myrlene no hace otra cosa que hablar de ella, Cats.

—¿Te has acostado con la jefe Cotton, papá?

—Cats, las cosas a veces no son lo que parecen.

—Ya no soy una niña, papá.

—Ah, Cats. Lo cierto es que me quedé dormido acariciando a la señora Kiff.

—¿La señora Kiff? ¿Quién demonios es la señora Kiff?

—Oh, la señora Kiff es la tortuga de la jefe Cotton. Es una tortuga encantadora. Su nombre completo es Betsy Kiffer Manney. Pero, he de decirte, Cats, que no me gusta la jefe Cotton. Me dijo algo horrible de una *alfombrilla*. La jefe Cotton es como la jefe Carrabino. No entiendo por qué quieren hablar de *ti* cuando se supone que el que les interesa soy yo. ¿Tú no estás triste, *verdad*, eeeeh, Cats?

—¿*Triste*?

Oh, no, (PAPÁ), no para ti, porque (¿SABES?), el mundo gira a tu alrededor, como gira el mundo alrededor de (BILL), y a lo mejor yo no soy tan distinta de esa mujer de los cuadros, (PAPÁ), y a lo mejor ella se fue porque estaba (HARTA) de no importar, ¿estaba harta de no importar, (PAPÁ)? Creo que Bill se ha ido sin sus cuadros, (PAPÁ), y ¿debería quedármelos, (PAPÁ)? El abuelo

McKisco se los quedaría. En realidad, el abuelo McKisco se preocuparía por ellos. Los llevaría a un lugar seguro. Un museo. Porque ¿no deberían estar los cuadros en *un* museo? ¿Y no había un museo en Kimberly Clark Weymouth? Lo había, sí, pero nadie sabía a ciencia cierta qué contenía, a excepción de algo relacionado con aquella célebre visita de Louise Cassidy Feldman, y decenas de ridículas colecciones, incluida una de esquís diminutos, y otra de bufandas, bufandas que habían sido, en algún momento, la bufanda favorita del alcalde de la ciudad en cada momento. ¿Y no podía ese museo organizar una retrospectiva que no sólo diese a conocer a la artista más prolífica de la ciudad, sino también tratar, de una vez, de entenderla? ¿No podía hacer que *importara*? Oh, (PAPÁ), (¿SABES?), creo que el abuelo McKisco no estuvo en realidad solo *nunca*, y yo tampoco lo estoy, ahora ya *no*, ¿y esa mujer? Esa mujer *tampoco*.

—Yo no creo que estés triste pero de todas formas eso no es lo que importa ahora. —Oh, no, claro que *no*, (PAPÁ)—. Lo que importa ahora es que Myrlene está en camino, ¡en camino! ¿Puedes creértelo? Dice que un (GIRO DEL DESTINO) va a traerla aquí, ¡aquí! ¡Y que celebra que todo ese asunto de las hermanas Forest haya sido un malentendido!

Cats se miró las botas.

(CARIÑO, ESTAMOS CONTIGO), imaginó que le decían.

—Nunca te deshiciste del uniforme del abuelo, ¿verdad?

Oh, todo tipo de cosas ocurrirían un tanto simultáneamente aquella mañana en la, por una vez, ilusionada y expectante Kimberly Clark Weymouth. Los primeros *adiestradores* de vecinos Benson llamarían a un número concreto de puertas. Un puñado de operarios considerable construiría un telesilla ante un grupo no menos considerable de niños que habrían llegado al lugar ilusionados creyendo que aquello que iba a construirse no era en realidad un telesilla sino la primera atracción de un pequeño parque de atracciones. La casa de Mildred Bonk se estaría, gustosamente, transformando en una *cabaña* y preparándose para presumir de haber sido sacada, nada menos, que de aquella postal de la que todo el mundo hablaba en aquel sitio del demonio. Stumpy MacPhail redactaría el contrato que haría que aquella casa aburrida cambiase de una vez de manos, y que lo hiciese por una cifra, sí, *exterlativa*. Y Cats McKisco se ocuparía ella misma, su pequeño coche patrulla repleto hasta el techo de cajas que ni siquiera habían sido abiertas, cajas que había encontrado, desamparadamente *mojadas*, a las puertas de aquella casa que iba a convertirse en la *encantada* nueva *mansión* de los Benson, de trasladarlas a un lugar seguro. Se toparía con ellas camino de la *boutique* del rifle, y oiría a aquel par de botas decir (UN MOMENTO) (¿QUÉ SON TODAS ESAS CAJAS?) (¿NO SERÁN ESA MUJER, CATS?) (¿LA MADRE DE TU AMIGO?) (¿POR QUÉ NO LE ECHAS UNA MANO, CATS?) (LUEGO IREMOS A VER A ESA SAM BREEVORT), y se diría que Bill podía irse (AL INFIERNO) y aquellos horrendos guantes (TAMBIÉN). Oh, y por supuesto, tú, (PAPÁ), también, porque (¿SABES?), estoy *triste*, sí, y a lo mejor esa cosa de la (ALFOMBRILLA) que te dijo la jefe Cotton tenía algo que ver conmigo, y a lo mejor también tenía algo que ver con la clase de cosas que hago cuando no estoy escuchándote, pero llevar a la madre de Bill a ese condenado y ridículo pero *seguro* museo no tiene nada que ver con esa clase de cosas, porque ella no es como tú, (PAPÁ), oh, aquella gigantesca madre desaparecida no era de carne y hueso, no. Estaba hecha de misteriosos reflejos encarnados en lienzo, trazo, color y madera. Estaba hecha, en realidad, de partículas de sí misma y volvía, una y otra vez, adoptando cada vez una forma distinta, una forma *no suficiente*, porque no era exactamente *ella*. Y a lo mejor, pensaría Cats, aquella *marchante* no daría con ella *nunca* pero no importaba, porque aquella mujer estaría en alguna parte, y sería un lugar, aquel condenado museo, en el que cualquiera podría contemplarla, contemplar aquella imperfecta composición, la madre ausente, la madre inevitablemente *intermitente*.

¿Iba a gustarle aquello a Bill?

No, no iba a gustarle, pero ¿acaso importaba?

Bill se había ido y ella seguía *ahí*.

De alguna misteriosa manera, seguía *ahí*.

25

En el que Bill, oh, aquel (ASCENSOR) del demonio, se detiene en el (RINCÓN) del joven sabio (MEANS), y 1) se toma un café 2) charla desde un teléfono árbol con una tal Marjorie y 3) piensa en dar (MEDIA VUELTA) y volver con, ¿quién dirían? Uhm, SÍ, la chica (BREEVORT), ajá, (SAM)

Bill no recordaba al joven sabio Means, y tampoco recordaba que hubiese existido ningún *rincón* del joven sabio Means, y mucho menos, que ese rincón hubiese tenido, Allí Abajo, el aspecto de una pequeña y desordenada estación de servicio. Pero ese era el aspecto que tenía Allí Arriba. (SAL DEL MALDITO ASCENSOR, BILL), le había susurrado el diminuto e inexistente Sally Phipps, aquel duende veraneante, antes de desaparecer. (SAL Y PREGÚNTALE HACIA DÓNDE DEBES DIRIGIRTE), (MENCIÓNALE AL PEQUEÑO CORVETTE), le había dicho, y luego había desaparecido. Bill había salido de la camioneta (NO ES UN MALDITO ASCENSOR, MALDITA SEA, SAL), francamente *enfadado*, ¿qué era aquello? ¿Cómo podía una camioneta detenerse *sin más*? ¿Acaso no había estado él, todo el tiempo, pisando el acelerador? ¿Cómo podía haberse detenido? Bill salió de aquel enorme chisme del demonio, y saludó al poco abrigado joven vestido de azul, que le devolvió el saludo, y se encaminó, presurosa aunque torpemente, hacia el tercer surtidor.

—¡SEÑOR! ¡BUENOS DÍAS, SEÑOR! —gritó el joven sabio Means. De cerca, el joven sabio Means parecía aún más joven.

Tenía un extraño bigote pelirrojo que aún no era un bigote en absoluto, apenas una delicada pelusa sobre un delgadísimo labio superior. Su desgarbado cuerpo era aún, pese a todo, un mullido y esponjoso cuerpo de niño.

—Oh, eh, buenos días, eeeeh —Bill miró descaradamente el nombre bordado en su jersey, e incluso lo señaló, antes de decir—. *Means*. —Luego ensayó un intento de sonrisa.

—Means, sí, señor.

El chico se le quedó mirando como si esperara algo. Como si esperara, en realidad, que Bill sacase algún tipo de conejo de algún tipo de chistera.

No parecía muy listo.

—Necesito un poco de gasolina, chico, y un café, ¿sirves cafés ahí dentro?

—Por supuesto, señor. Quiero decir, no normalmente, pero tengo una cafetera, así que puedo preparárselo, señor.

—Estupendo, *Means*.

El chico sonrió. Su labio superior desapareció bajo aquel montón de pelusa pelirroja cuando lo hizo. (¿LE PARECE BIEN QUE LE LLENE EL DEPÓSITO ANTES, SEÑOR?), preguntó, con la manguera en la mano. (USTED PUEDE ESPERARME AHÍ DENTRO, SI LE PARECE) (TAL VEZ PUEDA INCLUSO IR SIRVIÉNDOSE EL CAFÉ) (LA CAFETERA ESTÁ TRAS EL MOSTRADOR) (ES UNA CAFETERA ELÉCTRICA, SEÑOR).

—Estupendo, Means —dijo Bill, encaminándose a aquella pequeña *tienda* que podría haber pasado por un cobertizo. Estaba hecha de planchas de madera que ni siquiera habían sido tratadas—. ¡Serviré uno para ti también!

—¡GRACIAS, SEÑOR!

¿Existía aquel sitio? Bill miró alrededor antes de abrir la puerta de aquel pequeño cobertizo. ¿No era francamente fantasmagórico su aspecto? ¿Por qué, desde que había estacionado junto a uno de los tres surtidores de la gasolinera, no había pasado por aquella carretera ni un solo coche? ¿Recordaba Bill haberse cruzado con alguno desde que había tomado el último desvío? El desvío decía, simplemente, (HACIA LA ROCOSA JEAN LOUIS MAURICE), también conocida como (LA ROCOSA JACK JACK), por lo que, según el mapa, iba en la dirección correcta. Pero ¿por qué nadie más iba en la dirección *correcta*? ¿Acaso había otra dirección correcta de la que el autor de aquel mapa no había oído hablar? ¿Era posible que en aquella otra dirección correcta su camioneta se hubiese limitado a ser una camioneta? ¿Y si había tomado un desvío *mágico*? ¿Y si aquella cosa era verdaderamente el ascensor de la señora Potter?

(CLARO, BILL, ¡LA SEÑORA POTTER EXISTE!) (¡POR ESO TIE-

NES *TODO LO QUE DESEAS!*) (¡AH! ¿QUE NO TIENES TODO LO QUE DESEAS?) (¿ACASO NO TE HAS PORTADO *BIEN*?) (¿NO HAS *FASTIDIADO* A NADIE?), se dijo Bill, mientras empujaba la puerta. No, Bill no había fastidiado nunca a nadie. Bill odiaba que le fastidiasen, así que se negaba a fastidiar a los demás. Pero ¿no había fastidiado a la pequeña Cats? ¿No la había fastidiado con aquel asunto de los guantes? ¿No estaba francamente *molesta*? ¡JA! ¿Qué ha dicho Sal? ¡La señora Potter siempre cumple su palabra! ¡JA! (¡JA JA JA!) (¡CLARO, BILL! ¡LA SEÑORA POTTER EXISTE!)

Dentro de la diminuta tienda había un pequeño mostrador, algunos ambientadores, aceites, limpiasalpicaderos, bombillas, en general, una pequeña cantidad de útiles para el coche. También había algunas bebidas, cajas de cereales y revistas, montones de revistas, en su mayoría, dedicadas a lo que parecían descubrimientos científicos. Y lo más extraño. Un viejo teléfono de pared que no era extraño por ser un viejo teléfono de pared sino por ocupar el lugar que ocupaba. Estaba instalado en el centro mismo de la tienda. Sobresalía, de hecho, de lo que parecía el tronco de un árbol que creciese, frondoso, hacia alguna parte, atravesando el techo. Aquel teléfono parecía decir (ES A MÍ A QUIEN HAS VENIDO A VER) (OLVIDA AL JOVEN SABIO MEANS).

Pero, evidentemente, no decía nada.

No era más que un teléfono viejo.

—Creo que la cafetera está ahí detrás, Bill.

—¿Sal?

Sal había vuelto. El cerebro de Bill lo había *teletransportado* hasta allí. Sus piernas, aquellas piernas diminutas enfundadas en medias, colgaban de una de las ramas del árbol en el que habían instalado aquel viejo teléfono.

—No olvides preguntarle al joven sabio Means qué debes hacer a continuación.

—Claro, Sal.

Bill rodeó el árbol y localizó la cafetera. Estaba detrás del mostrador. Al lado un llamativo tablero de ajedrez.

—Así que al sabio joven Means le gusta el ajedrez.

—Es el joven sabio Means, Bill.

—Ya, pues ¿sabes? —Bill vio un par de tazas junto a la cafetera, extrañamente *listas* para ser usadas—. No parece tan *listo*.

—El joven sabio Means no es exactamente *listo*.

—Ya, nada es *exactamente* lo que parece, ¿verdad?

—*Exacto.*

—Sabes que aborrezco todo lo que huela a *no exactamentes*, Sal.

—Lo sé.

—Esa cosa de ahí fuera no es un ascensor, Sal.

—Estás sirviendo un café recién hecho, Bill.

Efectivamente, Bill estaba sirviendo un café recién hecho en aquel par de tazas a las que alguien parecía haber *ordenado* que ocuparan su lugar junto a la cafetera un momento antes de que él entrara por la puerta.

—El chico ha hecho el café, Sal.

—El chico está ahí fuera, Bill.

—Es una cafetera eléctrica, Sal. No necesita que el chico esté aquí para hacer el café. Puede hacerlo *sola*.

—Claro, Bill, lo que tú digas, pero no olvides preguntarle al joven sabio Means qué debes hacer a continuación —dijo Sal—. Ahí viene —dijo luego—. Hasta otra, Bill.

—Oh, vamos, ¿vas a dejarme *solo* con el joven sabio Means? Le pediré un autógrafo para ti. Le diré que *nadie* más cree en él como lo haces *tú*.

—Lo que tú digas, Bill.

Bill sonrió. Se sentía extrañamente *en casa* en aquel lugar. Encontró una vieja silla. Se sentó. La puerta no tardó en abrirse. El chico entró, sonriendo. Dijo:

—¡ARREGLADO, SEÑOR!

Bill se puso en pie. De repente le pareció que no debía haberse sentado. ¿Acaso se creía, verdaderamente, que estaba Allí Abajo? ¿Que había vuelto a la Oficina Postal de la señora Potter? Oh, lo que hubiera dado porque así fuera.

—No se levante, señor, es una buena silla, Margaret. ¿Le parece Margaret un buen nombre para una silla? Oh, sé que las sillas no deberían tener nombre pero hay días, señor, en que paso tanto tiempo solo que hasta una silla parece buena compañía —dijo el chico.

–Claro –dijo Bill, mirando, de soslayo, a la silla.

La silla no le estaba mirando.

Aunque imaginó que le miraba, sacudía la cabeza y decía:

–Mira a ese tipo. Fastidió a una chica y ahora está perdido.

La silla, evidentemente, no había sacudido la cabeza ni había dicho nada, pero ¿y si era una silla de Allí Abajo? ¿Y si imaginar que lo hacía bastaba para que lo hiciera?

–¿*Señor*?

–Oh, eh, sí –dijo Bill, y luego–. He preparado, uhm, *café*.

–Estupendo –dijo el chico–. Gracias –dijo, y, sin contradecirle, sin decirle, (OH, NO, SEÑOR) (NO ES USTED QUIEN HA PREPARADO NADA) (EL CAFÉ YA ESTABA PREPARADO CUANDO LLEGÓ) (JO JO JO), cogió su taza, le dio un (MMMM) gustoso sorbo y quiso saber quién era la chica a la que había fastidiado.

–¿Disculpa?

–Oh, lo siento, señor. Creí haberle oído decir que había fastidiado a una chica y pensé que querría hablar de ello. –El chico ya no parecía el despreocupado chico que había parecido junto al surtidor. Su mirada se había vuelto, o al menos, eso le pareció a Bill, *dura*. Hasta aquel ridículo *bigote* parecía haber *crecido*, haberse, en realidad, *endurecido*–. Pero a lo mejor estoy siendo un poco *entrometido*.

–Yo, eh, ¿he dicho *algo*?

–Sí, ha dicho usted que fastidió a una chica.

Bill sonrió, se llevó la taza a los labios, bebió.

–¿Y eso de ahí? –preguntó.

Se estaba refiriendo al teléfono en el árbol.

–Oh, es mi teléfono en el árbol –dijo el chico.

–¿*Tu* teléfono en el árbol?

–Me temo que alguien cometió la imprudencia de construir este sitio alrededor de un árbol. No debía parecer más que un inofensivo matojo cuando lo hizo. Pero resultó no ser un inofensivo matojo. A veces pasa. –El chico le miró–. ¿No quiere contarme lo de esa chica? Prometo guardarle el secreto.

–No hay ninguna chica.

–Ha dicho usted que fastidió a una chica, señor.

–No creo que haya dicho nada.

El chico se rascó la cabeza, entrecerró los ojos, dijo:

—Me temo que sí, señor.

Bill no dijo nada, sólo sonrió. Cogió una de aquellas revistas científicas. La hojeó. Le preguntó si le gustaba la ciencia. El chico dijo que sí.

—¿A usted no, señor?

—Creo que no —dijo Bill.

—¿Y a esa chica a la que fastidió? ¿Le gusta la ciencia, señor?

—Creo que no.

—¡Ajá! ¡Acaba usted de admitirlo!

El chico se rio. Reía como si tomara sorbos de un aire líquido y a la vez esponjoso, (JLOP) (JLOP), (JLOP) (JLOP), como si tomara *bocados* de lo que fuese que pasase ante aquel finísimo labio superior suyo (JLOP).

—Celebro resultarte divertido, *Means*.

—Oh, no, no me malentienda, señor, yo sólo quería que admitiera que a lo mejor necesita hablar de esa chica a la que fastidió. Me ha parecido que es lo que quería hacer.

—¿Así que esto es una especie de *consultorio*, Means?

—No exactamente, señor.

—¡Vaya! ¡Así que *no exactamente*! —Aquel sitio, pensó Bill, seguía resultándole a la vez tan fantasmagórico como *familiar*. Parecía, ciertamente, una alucinación o un sueño que ya hubiera tenido y estuviese *revisitando*, ¿y por qué *nadie más* se detenía ante los surtidores? ¿Existían, siquiera?—. ¿Sabes, Means? —Se animó Bill, pues *nada malo* tenía fingir que aquel tipo podía ser el joven sabio Means, fuese el joven sabio Means lo que fuese, si, después de todo, podía estar *únicamente* dentro de *su* cabeza—. Tengo un amigo que cree que eres una especie de *oráculo*. ¿Eres una especie de oráculo, Means?

—¿Los oráculos no son *sitios*, señor?

—No sé, Means, ¿los oráculos son sitios?

—¡Aaah! ¡Claro! ¿Quiere decir el teléfono en el árbol, señor?

—No creo que el teléfono en el árbol pueda decirme qué debo hacer a continuación, Means, y eso es justo lo que mi amigo cree que puedes decirme *tú*.

El joven sabio Means le miró, escrutándole, y frunció el ceño, su indómito y *suave* ceño, la clase de irreverente ceño que, de haber podido *charlar* con su dueño, habría dicho algo parecido a (OH, ¿DE VERAS?) (¿DE VERAS ES *ÉL?*) (¡PUES NO ES GRAN COSA!) (¿CÓMO PUEDE SER *ÉL?*) (¿NO DEBERÍA SER MÁS ALTO?) (¿Y ALGO MÁS LISTO?) (¿Y QUÉ ME DICES DE ESOS BRAZOS?) (¡MIRA ESOS BRAZOS!) (¿ACASO PUEDE *CARGAR* A UN ELEFANTE?) (OH) (NO SÉ, MEANS) (TAL VEZ SÓLO HAYA OÍDO HABLAR DE *ÉL* Y ESTÉ *FINGIENDO* QUE ES *ÉL*).

—¿Es usted, señor? Ya sabe, ese tipo.

—¿Qué tipo, Means?

—El tipo del elefante enano, señor —escupió el chico.

—¿*Cómo*? —Bill palideció.

—No tiene buen aspecto, señor.

—¿*Cómo* lo has *hecho*? —De repente a Bill le pareció que en vez de en mitad del bosque camino de (LA ROCOSA JACK JACK) estaba en un pequeño bote en alta mar.

Tuvo que agarrarse a uno de aquellos paquetes de cereales para no caer.

—¿El qué, señor?

—No eres el joven sabio Means.

—Disculpe si le he molestado, señor, sabía que no podía ser usted. Alguien que debe cargar con un elefante, debe, por fuerza, tener otro tipo de brazos.

—¡JA!

—¿*Señor*?

—Dime cómo lo has hecho.

Bill no era un tipo autoritario, Bill no sabía cómo comportarse ante *nadie* que le sacara de quicio, o tratase de tomarle el pelo, ¿y era aquello lo que hacía el joven sabio Means? ¡No podía existir ningún joven sabio Means!

—¿El qué, señor?

—Cómo has sabido lo del elefante.

¿Era posible que aquella mujer, Tracy, Tracy Seeger Mahoney, la abogada que firmaba la carta de la Oficina de Últimas Voluntades de Sean Robin Pecknold, hubiese llamado al chico, porque le *conociese*, y desesperada, justo antes de salir de la ciudad, con, tal vez, el pequeño Corvette en algún pequeño remolque, temiendo llegar a Kimberly Clark Weymouth y no encontrarle *allí*, temiendo que él hubiese, también desesperado, salido en su busca, le hubiese pedido que preguntase a todo desorientado cliente que se detuviese a repostar si era (ESE TIPO), (EL TIPO DEL ELEFANTE ENANO)?

—Oh, no lo he sabido.

—¿Ha sido Howling?

El chico sacudió la cabeza. Se había sentado en aquella silla, Margaret, y sujetaba la taza con ambas manos. Tenía una pierna sobre la otra, de esa manera en que es posible formar algo parecido a una *mesa* sobre la que colocar *tus* papeles.

Parecía francamente relajado.

Como si supiera *exactamente* todo lo que iba a pasar a continuación.

—No ha sido ningún Howling.

—¿Ha sido esa abogada?

Bill no hubiera sido un buen *interrogador*. Bill se había reído, *abundantemente*, de aquella *torpe* detective que todos, en Kimberly Clark Weymouth, *amaban*, la diligente pero nada *dotada* para la investigación, Jodie Forest. Y no sabía lo que estaba haciendo. Porque sí, Jodie Forest debía hacerse a un lado cuando su hermana Connie señalaba, sin miedo a equivocarse, al culpable, pero ¿qué ocurría cuando uno no podía hacerse a un lado? ¿Qué ocurría cuando tú, y tu ridícula falta de talento, erais lo único que *quedaba*?

—Creo que no, señor. Las abogadas no hablan como si mascasen tabaco. ¿O hablan como si mascasen tabaco, señor?

—¡Pero ha sido *alguien*!

—Oh, sí, señor. Una chica llamó. A lo mejor es la chica a la que usted fastidió.

¿Podía ser Cats? ¿Por qué iba a llamarle? ¿Y cómo iba a saber que iba a detenerse *justo* allí? ¿Habría pasado algo? ¿Le habría pasado algo a *Sam*?

—¿Qué le hizo, señor? —preguntó Means.

—Es una larga historia.

—Me gustan las historias, señor.

—¿Te dijo que alguien corría peligro?

—No, señor. Me dijo que le dijera que llame usted a ese sitio. Espere. Lo anoté por aquí. —El chico se sacó una pequeña libreta del bolsillo trasero. La colocó sobre aquella improvisada mesa que había formado con su pierna derecha—. Sean Robin *Tecknold*.

—*Pecknold*.

—Oh, lo siento. —El chico tachó aquel (TECKNOLD) y escribió (PECKNOLD)—. Dejó un teléfono. Me pidió que le dijera que pregunte por Marjorie Michigan Jennings.

—¿Marjorie *qué*?

—Michigan Jennings, señor.

¿Quién era aquella mujer? ¿Y por qué estaba en Sean Robin Pecknold? ¿Habría habido algún problema con el pequeño Corvette? (OH, NO) ¿Y si el pequeño Corvette estaba *muerto*? ¿Y si alguien lo había (OH, NO) *matado*? Después de todo, ¿no estaba aquel pueblo, aquel otro pueblo, al parecer, también, del demonio, (APRETÁNDOLE LAS TUERCAS), al alcalde por su culpa? ¿Y si el alcalde, desesperado, había *matado* al pequeño Corvette para ahorrarse toda aquella insoportable *cosa*? (OH, NO), ¿y si aquella mujer era la responsable del (CEMENTERIO DE ANIMALES) de aquel soleado y, pese a todo, cada vez más hostil, lugar? ¿Y si le llamaba para decirle que, de no presentarse en un plazo determinado y probablemente *imposible*, el pequeño Corvette acabaría en algún tipo de fosa común de mascotas olvidadas o no lo suficientemente *queridas*, algo llamado (EL RINCÓN DE LOS LAMENTABLEMENTE MAL QUERIDOS) o de los (INSOPORTABLEMENTE NO TAN QUERIDOS)? (OH, NO) (NO NO NO).

—Debería llamar entonces.

—Claro, señor.

El chico le tendió el pedazo de papel en el que había anotado el teléfono. Bill se dirigió al teléfono en el árbol. Marcó el número. No se preguntó cómo había llegado el teléfono de aquella tal Marjorie Jennings a aquel pedazo de papel. ¿Cómo había, el joven sabio Means, *sabido* que él se dirigía a Sean Robin Pecknold? En realidad, ¿cómo había, aquella chica, fuese quien fuese, *sabido* que la camioneta iba a *detenerse* en la pequeña *tienda* del joven sabio Means, *fingiendo* que no podía continuar, y que, de alguna forma, Bill haría algo más que, simplemente, repostar?

—¡Soleados días, *señoras y señores*! Marjorie al habla, ¿en qué puedo *ayudarles*?

—¿Marjorie —Bill carraspeó, (UJUM), bajó la voz—. *Jennings*?

–Oh, qué interesante, ¿es usted un *espía*, señor?

–¿Cómo?

–¿Por qué habla como si alguien le estuviera apuntando con una pistola?

–¿Disculpe?

–¿Hay alguien apuntándole con una pistola?

Bill miró al joven sabio Means. Parecía distraído. No lo estaba, en realidad. Sólo fingía estar distraído. Se ataba y desataba la bota que tenía al alcance. Aquella con la que formaba aquella improvisada mesa. Parecía divertido.

–No.

–Estupendo entonces. Aunque me hubiera gustado más que me dijera usted que sí. Dígame al menos que es un espía. Necesito que mi vida sea *emocionante*, señor. Y nada es *emocionante* aquí. Aquí todo es aburrido. ¿Sabe qué es lo *mejor* que ha pasado hoy? Que una de las chicas de la sección se ha encontrado un *marcapasos*.

–Vaya –dijo Bill, ¿qué podía decir? *¿Qué* era *aquello*? ¿Acaso estaba aquella mujer *también* Allí Abajo? ¿En alguna de las *secciones* de la oficina postal de la señora Potter?–. Yo no, eeeeh, verá. –¿*Qué*?–. Soy. –¿*Qué*? ¿El tipo del *elefante*?–. Billy Peltzer.

–¡El *famoso* Billy Peltzer!

–¿*Famoso*?

–Dígame que es usted famoso. Necesito que mi vida sea emocionante, señor Peltzer, y nada es emocionante aquí, ya se lo he dicho. A menos que el asunto de Tracy cuente.

–¿Tracy Mahoney?

–¿La conoce usted?

–Sí, ehm. Verá. –Oh, vamos, Bill, no puede ser tan difícil. Sólo tienes que decir (SOY EL TIPO DEL ELEFANTE)–. Soy el tipo del ele…

–Tiene una aventura –susurró aquella tal Marjorie, interrumpiéndole.

–Oh.

–Con una *presa*.

–*Vaya*.

–Por aquí creemos que por eso se ha ofrecido *voluntaria* para llevarle el elefante a ese tipo. Oh, eso es *algo* emocionante, señor

Peltzer. Teníamos un pequeño elefante aquí, en la oficina. Bueno, no *exactamente* en la oficina. Era un elefante enano.

—Sí, precisamente…

—Debió conocerla cuando iba a visitar a alguna de sus *clientas*. Por aquí dicen que no es probable que su *amante* sea una de sus clientas porque entonces estaría cometiendo algún tipo de *perjurio*. ¿Sabe usted lo que es el *perjurio*? Yo ni siquiera sé lo que es, pero suena a algo horrible que puede hacer que te metan en la cárcel. Pero a lo mejor eso es lo que quiere. ¿Se imagina? Acabar en un sitio del que no puedes salir con la única persona con la que quieres estar. No puede estar tan mal.

—Señora Jennings.

—Señorita, si no le importa. Una vez estuve a punto de ser la señora de alguien pero no me desperté a tiempo y perdí el vuelo y él se enfadó y dijo que nada tenía sentido y tiró todas mis cartas y me mandó al infierno, me dijo (¡VETE AL INFIERNO, MARJORIE!), y yo pensé que menos mal que no me había despertado a tiempo porque imagínese que lo hago y me caso con un tipo que es incapaz de entender que *puedes perder un avión* —dijo la mujer—. A veces la vida es francamente *estúpida*, ¿no cree?

Oh, se dijo Bill, (POR SUPUESTO QUE LO ES), se dijo, ¿o acaso iba a estar él, si no lo fuera, en mitad de aquella Ninguna Parte, hablando por un teléfono que parecía *salir* de un árbol que crecía *en el centro mismo* de una pequeña tienda regentada, nada menos, que por el *famoso* joven sabio Means?

Pero aquello no fue lo que dijo.

Lo que dijo fue:

—Soy el tipo del elefante.

Cogió aire, lo dijo de golpe.

Aquella tal Marjorie podía no hacer otra cosa que hablar *para siempre*.

—Oh, ¡*lo siento*! Oh, no puedo creérmelo, ¿qué habrá pensado usted? Oh, seguro que ha pensado «¡Menuda *mema*!». ¿Cómo se me ocurre no preguntarle?

¿Qué podía decir? ¿Si alguna vez dejara usted de hablar, *señorita*, se daría cuenta de que existe un mundo a su alrededor?

—No se preocupe.

—Así que usted es el famoso William Bane.

—Billy Bane, sí. Peltzer.

—Oh, ¿y está *aquí*?

—No.

La tal Marjorie suspiró. Lo hizo tan exageradamente que pareció estar *soplándole* al teléfono como si el teléfono fuese un pastel de cumpleaños en vez de un teléfono.

—Estoy en camino.

—No puede estar en camino, señor Bane. Acabo de decirle que Tracy ha salido ya con *su* elefante y si está usted en camino no va a encontrar a nadie cuando llegue.

—Creo que *Tracy* dejó instrucciones.

—¿Instrucciones? ¿Qué instrucciones? Lo único que Tracy me dijo es que haría una parada en Willamantic. Ya sabe, la cárcel. Y yo pensé que simplemente me estaba poniendo al corriente de lo que iba a hacer porque sabía que de todas formas iba a enterarme. ¿Me está diciendo ahora que eso eran *instrucciones*? —Bueno, puede que me dijera que si alguien llamaba preguntando por ella, prosiguió, y ese alguien era el señor William Bane, podía decirle que había reservado noche en el Tom Gullickson Inn. En realidad, lo que me dijo fue que iba a *esperarle* en ese sitio—. Ya sabe, ese sitio que queda a *este* lado de la Rocosa Jack Jack, ¿lo conoce? Lurton Sands.

—¿Dijo que iba a *esperarme*?

—Tracy dijo un montón de cosas antes de irse, señor Peltzer. Yo pensé que lo que pasaba era que estaba *nerviosa* porque iba a volver a ver a la *mujer* con la que tiene esa *aventura*, ya sabe, pero a lo mejor no estaba nerviosa, a lo mejor es que el alcalde Harrington y esa metomentodo del *acuario* la estaban volviendo loca. ¿Qué podía molestarle ese pequeñín a la maldita Rickie Pethel Jones? Las chicas de la sección dicen que lo que pasa es que le gustaría tener una *aventura* con el alcalde Harrington y que el alcalde Harrington lo sabe y se aprovecha de ella, y que ella está harta de que él se aproveche de ella, y que por eso le ha estado *apretando* las tuercas con el asunto del elefante. No sé, señor Peltzer, las chicas de la sección dicen que lo más probable es que *nunca* se hayan acostado, pero yo creo que sí lo han hecho y que por eso Rickie Jones está siempre tan triste, porque se imagina todas las cosas que podría estar haciendo con Ronnie

Harrington si Ronnie Harrington no estuviera casado y porque sabe que a lo mejor no estaría casado si no fuese el alcalde. A veces se la ve paseando una pecera por las calles de la ciudad y a nadie le extraña porque es la chica del acuario, pero es extraño, señor Peltzer, y si yo fuera el alcalde Harrington no se me ocurriría pedirle cosas si nunca voy a darle lo que quiere.

–Claro –dijo Billy y, a continuación, dijo (GRACIAS), y repitió, como si las anotara mentalmente, las *instrucciones*. Instrucciones que básicamente consistían en que aquella mujer, Tracy Mahoney, la abogada que había firmado la carta que le había remitido la Oficina de Últimas Voluntades de Sean Robin Pecknold, le esperaba al otro lado de la Rocosa Jack Jack para *entregarle* al pequeño Corvette, pero ¿cómo podía aquella mujer, aquella tal Tracy, saber que él no iba a estar en Kimberly Clark Weymouth? Porque si le había dado a aquella tal Marjorie aquellas *instrucciones* era porque alguien le había dicho que no iba a encontrarle allí cuando llegase, ¿y no hubiera sido más sencillo entonces no partir? ¿No hubiera sido más sencillo quedarse en Sean Robin Pecknold a esperarle? Se lo preguntó a Marjorie entonces, dijo–: Un momento –dijo–. ¿No hubiera sido más sencillo que me esperase *ahí*? ¿Por qué va a esperarme en ese otro sitio?

–No lo sé, señor Peltzer. Supongo que las cosas se estaban poniendo realmente feas. Fue el alcalde Harrington *en persona* quien trajo a su pequeño elefante hasta aquí. En una furgoneta con remolque. Le dio las llaves a Tracy delante de un montón de periodistas. El maldito Dorothy Lorrimer estaba allí. Decía cosas horribles sobre el *ridículo* que el alcalde Harrington estaba haciendo. Oh, ahora que lo pienso, señor Peltzer, eso *también* fue algo emocionante, aunque también fue algo triste, porque el pequeño elefante no hacía daño a nadie y ahí estaba el maldito Dorothy echándole la culpa de todo.

–Fue Sam –dijo Bill, diciéndose que nadie más sabía que él se dirigía a aquel sitio, y que nadie más hablaba, como había dicho aquel tipo, como si mascase tabaco.

El joven sabio Means asintió.

–No hubo ningún Sam, señor Peltzer.

–Sam llamó a Tracy –dijo Bill.

El joven sabio Means volvió a asentir.

Susurró:

—También me llamó a mí.

—No sé de qué me habla, señor Peltzer.

—Gracias, señorita Jennings —dijo Bill—. Ha sido usted muy amable.

—Oh, *de nada*, señor Peltzer. Supongo que ha sido divertido aunque no sea usted un espía. —La mujer calló un momento, y luego, antes de que Bill pudiera colgar, se apresuró a añadir—: ¿Podría hacerme un favor? —¿Podría llamarme y contarme lo que Tracy le cuente de su *amante*?—. ¿Podría hacer de espía *para mí*?

Y Bill tardó en responder, Bill tardó *tanto* en responder que aquella tal Marjorie temió que hubiese (DESAPARECIDO), temió que se hubiese *esfumado*, como a veces se esfumaban sus en absoluto pacientes interlocutores, aburridos de que nada emocionante les ocurriese mientras sujetaban el teléfono, pero Bill no se había ido a ninguna parte, Bill seguía allí pero no estaba allí *exactamente*, Bill estaba pensando en Sam. Bill pensaba en Sam en la boutique del rifle, pensaba en Sam afilando la punta de un lápiz, pensaba en Sam dibujando, luego, con ese mismo lápiz, un oso, los pies cruzados sobre la mesa, la taza de café a un lado, un cigarrillo humeando al otro, adorablemente concentrada, mientras Jack Lalanne dormitaba en un rincón, lejos de aquel teléfono en el árbol, lejos del joven sabio Means, lejos de aquel aparentemente soleado lugar al que Bill se dirigía, y que nada, aún, tenía que ver con él, a menos que aquellos días en casa de su tía Mack contaran, un lugar del que, en aquel momento, la pregunta de aquella tal Marjorie todavía en el aire, habría preferido no haber oído hablar nunca, meterse en aquella camioneta, y volver, no a la aborrecible Kimberly Clark Weymouth sino a la bola de nieve en la que imaginaba a Sam dentro de aquel horripilantemente frío lugar, aquella bola de nieve que era como la bola de nieve en la que Louise Cassidy Feldman escribía en aquella libreta, una bola de nieve que, como aquella en la que *vivía* Sam Breevort, parecía como el resto pero, por fortuna, no llegaba nunca a serlo, y (CLARO), sí, (POR QUÉ NO), respondió al fin Bill, y no estaba hablando consigo mismo pero le hubiera gustado estar haciéndolo, le hubiera gustado estar diciéndose, (CLARO), sí, (POR QUÉ NO), métete en esa camioneta, da media vuelta, olvida al pequeño Corvette, olvida ese otro sitio, vuelve, *vuelve*, después de todo, no puede estar tan mal, oh, no lo está, acabar en un sitio del que no puedes salir con la única persona con la que quieres estar, Bill.

26

En el que los Benson llegan, desastrosamente, a Kimberly
Clark Weymouth, se introduce a una *piloto* de diligencias,
se relata la cuidadosa forma en que los fantasmas
profesionales encantan casas, y se descubre que el miedo
de los hermanos Clem a la nieve (IBA EN SERIO)

Dirigía la diligencia una mujer llamada Mary Paul Fields, que
era conocida, en el pequeño universo de los aún conductores de
ridículos coches de caballos *firmemente* anacrónicos, por su diestro y galante porte de otra época, una época en la que las mujeres que *dirigían* diligencias no lo hacían *siempre* vestidas de hombre sino también, a veces, de rotundas *señoras* con cientos de
miles de monedas en el banco y un ejército de *criados*. Lo único
que las distinguía de aquellas que eran, en realidad, ellas mismas,
era el par de botines de piel de cocodrilo que calzaban. Durante
el tiempo que pasaban a las riendas de la pequeña colección de
caballos de la diligencia, aquel par de botines las alejaban de la
correspondencia pendiente y el resto de prescindibles tareas de
su acomodada y soporífera existencia. Por supuesto, Mary Paul
Fields no sólo había *heredado* de aquellas *otras* damas su diestro y
galante porte, también había heredado una sustanciosa cuenta en
el banco y su propia corte de criados, que dejaba en casa cuando
salía a lo que ella consideraba *trabajar*. Llevaba siempre en los labios entonces un cigarrillo *extensible* y su larga melena cuidadosamente recogida para que *nada* enturbiase la visión del camino.
Cada una de sus *salidas* era memorable. Especialmente cuando,
como ocurría en aquella ocasión, debía transportar al famoso
matrimonio Benson a su nueva casa encantada. Por supuesto, los
enseres de la quisquillosa pareja llegaban más tarde, en, también,
diligencias, de manera que la llegada del matrimonio a su nueva
residencia era siempre un pequeño acontecimiento. Se producía,
ésta, de forma paulatina. Es decir, primero llegaba el matrimonio,

en aquel *lujoso* carruaje, acompañado por un par de aquellos sirvientes, un par de aquellos *bills*, y luego, una vez habían, estos, instalado el par de bustos, sus máquinas de escribir, la pequeña cantidad de ropa que había cabido en las maletas que habían traído consigo, repletas también éstas de libros, los libros que creían iban a necesitar aquella primera noche en la que servirían una opípara cena al inquilino de su nueva morada, el fantasma, llegaba todo lo demás. Y todo lo demás se amontonaba, primero, junto a la casa, y, poco a poco, iba distribuyéndose por la casa. Y a menudo lo hacía ya al ritmo frenético del (TEC) (TEC) tecleo del absolutamente desesperado par de escritores, y de las siempre agudas observaciones del fantasma que, por encima de todo, debía tener dotes de *narrador*. Esta era una condición que no tanto la pareja, que la había dado por supuesta desde el principio, como su agente inmobiliaria, había exigido a la agencia dispensadora de fantasmas, la *Weirdly Royal Ghost Company*, desde que, de forma fortuita e inesperada, aquella primera vez, había enviado a lo que parecía un escritor en ciernes, un tipo llamado Godwin, Godwin Suzanne, que, en vez de tratar de *encantar* la casa, había tomado asiento en una cómoda butaca entre ambos, y, aquella neblina siempre rodeándole, se había dedicado a ofrecer fabulosas e impensables soluciones a sus aparentemente irresolubles problemas *narrativos*. Así, el fantasma de los Benson debía ser siempre un fantasma *ilustrado*, y no temer el *cuerpo a cuerpo*, pues toda novela de los Benson era siempre una despiadada y feroz batalla. Disparaban, uno y otro, ideas insoportablemente brillantes como quien dispara una peligrosamente incontrolable *metralla*, que no esperaba tanto ser *aceptada* como *horadar* y hacer *caer* al otro. En tan cruento escenario, el fantasma debía encargarse del recuento de bajas, del periódico alto al fuego, y del permanente *redibujo* del mapa que la conquista *alumbraba*.

En definitiva, debía encargarse de poner orden.

Aunque primero debía *fingir* que aquello no le gustaba.

Que no le gustaba *nada*.

Después de todo, una pareja de escritores se había mudado a su casa.

Hacía, el fantasma, pues, su trabajo, durante aquella primera cena. El equipo de la compañía dispensadora de fantasmas se encargaba de todo. Preparaba la casa para su *encantamiento*. Instalaban *ruedines* a ciertos muebles, y mecanismos de apertura y cierre a puertas y ventanas. Vertía *dilatadores* de madera en suelos y *disparadores* de objetos en cajones y armarios. Luego, proporcionaba a su *infiltrado*, el fantasma, una pequeña colección de diminutos mandos con los que era posible accionarlo *todo* en el momento en el que considerase oportuno. Había también, por supuesto, *activadores* de *sonido*, que *activaban* aullidos, gritos *desesperados*, ambientes de fiesta, llantos de bebé, chapoteos en la bañera, cristales rotos, demoníacas voces de ultratumba, ridículas *órdenes y risas*, provenientes de lo que parecía el *subsuelo* de cualquiera que fuese el sitio en el que se encontrasen, pues era habitual que los minúsculos altavoces se instalasen bajo el suelo, aunque en ocasiones también lo hacían en el techo y en las paredes. En el caso de la habitación principal, éstos solían colocarse tras el cabezal de la cama. Podría pensarse que era *sencillo* que la pareja diese con el origen de la *paranormalidad* de la casa, y tal vez lo fuese en el caso de cualquier otra pareja, parejas más *diestras* en lo que al hallazgo de *trampas* se refería, parejas *entrenadas* para no dejarse engañar con tanta facilidad, pero no lo era en caso de los Benson. A los Benson, el *encantamiento* de la casa les traía sin cuidado. Les resultaba, por momentos, del todo indiferente, cuando no irritantemente *absurdo*, aunque había ocasiones, y eran ocasiones en las que se permitían limitarse a ser un matrimonio *afortunado*, una pareja de indefiniblemente largo recorrido, y *charlar*, sin más, ante una copa de cualquier cosa, frente a la chimenea o la biblioteca de aquel, su nuevo y *pasajero*, hogar, en que fingían cierto tipo de incomodidad, un *ligero* miedo *ancestral* ante la posibilidad de que la *cosa* que *encantaba* aquel lugar pudiese no ser un *amable* fantasma *resuelvetramas* sino un maléfico siervo de Satán llegado directamente de un Más Allá en el que *nadie* hablaba de sus novelas y en el que, por lo tanto, no eran *sagrados*, un Más Allá *peligroso*, el Más Allá terrorífico en el que habían creído de niños, el Más Allá que les había hecho *escritores*, y entonces, por un momento, se miraban el uno al otro como si no se conocieran, como si acabaran de *encontrarse*, y volvían, de alguna retorcida manera, a enamorarse. Aquella era, en realidad, la razón nunca confesada de su imperiosa necesidad de escribir lejos de casa. Habitar una casa distinta, se decían, les volvía *distintos*. No en lo que se refería al hecho de escribir, por supuesto. El hecho de escribir era lo que nunca cambiaba, lo que llevaban de un lado a otro, a todas partes. Era como un bebé que nunca iba a crecer, como una maldición de la que nunca iban a librarse, por más que se alejasen de su enorme y fea mansión. Fuesen donde fuesen, su absurda narrativa iba con ellos, pero los *ellos* que les acompañaban, los *ellos* que se materializaban en cada una de aquellas casas encantadas eran aún, o parecían, *ellos* por hacer. Eran, los Benson, entonces, cada vez, una diletante versión de la primera versión de sí mismos, y podían, cada noche, cuando deponían las *armas*, dejarse seducir por la idea de haber llegado hasta allí para conocer *mejor* a aquello que a todas luces parecía un alma gemela, alguien que, como ellos, había crecido creyendo que los fantasmas existían, y hacían cosas horribles, pero sólo las hacían porque estaban solos y aburridos, *abandonados* en casas que no podían dejar de habitar por más que hubiesen *muerto*.

De todo aquello, Duane y Janiella Clem, el par de sirvientes que les acompañaban en aquella decididamente poco ortodoxa travesía, no tenían ni la más remota idea. De haberla tenido, tampoco les habría importado lo más mínimo en aquel momento, puesto que, en aquel momento, nada les importaba más que lo que ocurría al otro lado de los *acortinados* ventanucos del *trotante* carruaje de Mary Paul Fields. Y lo que ocurría al otro lado era que el mundo en el que habían creído estar viviendo, un mundo absolutamente corriente, de calles sucias pero pudorosamente *secas*, había sido sustituido por una aterradora versión nevada y *ventiscosa* del mismo. Y aquello había hecho que el par de hermanos Clem, en tanto que quionofóbicos y criofóbicos, en tanto que, también, algo anemofóbicos, perdiesen la cabeza. Tartamudeaban y se repetían (*nononono*), se decían (*nononono*) y (*ninininief*) (*ninininief*), y, el uno al otro, (¡*DUANE!*) y (¡*JANIE-LLE!*), como si quisieran despertarse, como si aquello no fuese más que una *pesadilla* de la que no podían *no* despertar. A uno y otro lado de los hermanos, los Benson leían distraídamente un par de libros, sus libretas *tomanotas* a mano en el par de pescantes de que disponía el interior del carruaje de Mary Paul

Fields, y de vez en cuando, levantaban la vista para verles cogerse de las manos y balbucearse todo tipo de cosas incomprensibles relacionadas con aquel terror suyo a la nieve, al frío y a las ventiscas. ¿Iban acaso a poder sospechar, el par de hermanos, que la cosa iba en serio aquella vez? Todas y cada una de las veces en que los hermanos se habían presentado *voluntarios* para acompañar a la pareja, alguien en aquella corte de *bills*, les había dicho que el lugar al que iban era un lugar nevado, porque sabía, ese alguien, lo mucho que a los Clem les aterraban los lugares nevados. En todos los casos, los Clem, que no podían sospechar que ese alguien estaba tomándoles el pelo, habían evitado ofrecerse voluntarios, temiéndose lo peor. Hartos, sin embargo, de que sus compañeros regresasen, cada vez, sin haber visto un solo copo de nieve, habían decidido que no volverían a hacer caso de lo que nadie les dijese, pues toda salida era siempre una buena oportunidad para *ascender* en aquel entramado de *bills* y a lo que los Clem aspiraban era a poder dedicarse a *tramitar* la correspondencia de la pareja, y abandonar para siempre el servicio *de mesa*, que tan abochornante les resultaba. Les había sorprendido que, aquella vez, nadie les hubiese insistido en lo contrario cuando se habían prestado a ir, pese a haberles alguien advertido de que el lugar al que iban era un lugar nevado, (CLARO, NEVADO), le habían dicho a aquel alguien, creyendo que, evidentemente, como todas aquellas otras veces, les estaba tomando el pelo.

Pero, por una vez, no les tomaba el pelo.

—¿Scottie? —susurró Becky Ann.

Frankie Benson consintió en levantar la vista, no sin cierto reparo y malestar, de *La dama del rifle*, novela que releía con fruición, en busca de *pruebas* de que las acusaciones de Myrlene Beavers eran *ciertas*, y dijo:

—¿Qué tripa se te ha roto ahora, Becks?

—No puedo concentrarme con tanto *ruido*, Scott.

—Oh, *vaya*, qué *sorpresa*.

—¿Cómo puedes concentrarte *tú* con *tanto* ruido, Scott?

—No sé, Becks.

En el par de asientos contiguos de aquel minúsculo carruaje, Duane y Janiella Clem cogían desesperadamente aire y luego lo expulsaban también desesperadamente. Parecían un par de aspiradoras viejas y rotas.

—¿Hacen *tanto* ruido *en casa*, Scott?

—No tengo ni la más remota idea, Becks.

—¿Eso que hacen es hablar?

—¡Claro! ¿Qué iba a ser si no?

—¿Y por qué no los entiendo, Scott?

—A lo mejor hablan algún tipo de idioma propio.

—¿Van a entenderme si les hablo?

—Oh, vamos, Becks, ¿cómo no iban a entenderte?

—No sé, Scott, ¿y si no son *nuestros*?

—¿Cómo no iban a ser *nuestros*?

—¿Tú los has visto antes?

Frankie Benson miró a los Clem.

Iban vestidos como el resto de sus sirvientes.

De blanco.

¿Los conocía?

No se jugaría ni aquella poco anotada y en absoluto valiosa edición de *La dama del rifle* a que sí, pero de todas formas, dijo:

—Claro, Becks.

—Diles algo entonces.

Frankie se volvió y trató de llamar la atención de la pareja.

—Disculpen —dijo, y sonrió—. Entiendo que están *emocionados*. ¿Habían viajado alguna vez en coche de caballos? Nosotros lo hacemos *todo el tiempo*, ¿verdad, Becks? —Janiella y Duane le miraban. Parecían aterrorizados, como si acabaran de caer en la cuenta, ambos, de que en ningún momento habían estado solos allí dentro—. ¿Les gustan los caballos? —Silencio—. Bueno, el caso es que —prosiguió Frankie— la *señora* necesita que dejen de hacer ese ruido que hacen, porque, francamente, no sé lo que hacen pero hacen *mucho* ruido. —La pareja no dijo nada. Duane miró por última vez al trotante exterior nevado antes de cerrar las cortinas y mantenerlas sujetas para que su hermana pudiera concentrarse en el estampado y *responder*. Mirar en dirección a los Benson era peligroso. Suponía exponerse a contemplar el *blanco* y atemorizante exterior que quedaba al otro lado de su ventanilla por culpa del aleteo de las cortinas—. ¿Podrían *hacerlo*?

−Verá (CRA-CRA). −No podía evitarlo, los dientes le castañe-teaban−. Mi hermano Duane y (CRA-CRA) *yo* tenemos (CRA-CRA) *frío.* −Fue todo lo que acertó a decir.

−¿*Frío?* −La sonrisa de Frankie Benson se ensanchó−. ¿Eso es todo? ¿Tienen frío? −Frankie miró a Becky Ann, que reprobaba por completo el comportamiento de aquel par de *bills* que, sospechaba, ni siquiera eran sus propios *bills*−. ¿No son esas de ahí arriba sus maletas? −*Sí, señor (CRA-CRA)*−. ¿Por qué no se ponen algo *encima?*

La sugerencia fue automáticamente puesta en práctica. Janiella se puso en pie y cogió su maleta. La abrió y empezó a ponerse ropa encima. Se estuvo poniendo ropa encima durante un buen rato. Mientras tanto, su hermano mantenía la vista fija en el estampado de las cortinas. Cuando Janiella terminó, intercambiaron papeles. Ella se dedicó a sujetar las cortinas, y él, a ponerse ropa encima. Satisfecho, Frankie Benson regresó a su lectura. Becky Ann le imitó, aunque inquieta. No había entendido aquel asunto de la ropa. ¿Cómo podían tener frío allí dentro? Mary Paul mantenía el interior del carruaje a una temperatura que les permitiría viajar en ropa interior si quisiesen.

−No pueden tener frío, Scott.

Frankie Benson alzó la vista, una vez más, ligeramente molesto.

¿Es que no iba a poder volver a terminar *La dama del rifle* antes de llegar?

Lo necesitaba si quería meterse en el papel de la auténtica Myrlene Beavers antes de poner un pie en aquel sitio. Su intención era *presentarse* ante McKisco cuanto antes.

−No hace frío aquí dentro, Scott.

−No hace frío aquí dentro, no.

−Entonces ¿por qué tienen frío?

−No lo sé, Becks.

−Se están poniendo *toda la ropa*, Scott.

−Ajá. −Frankie hojeó distraídamente su ejemplar de *La dama del rifle.* Había empezado a *cuartearse.* ¿En qué clase de papel horrible publicaban a aquel pobre diablo?−. Escucha, Becks −dijo, obviando aquel asunto del *frío* de la pareja de hermanos que, silenciosamente, parecía contemplar, *henchida* de ropa, el estampado de la cortina de su ventanuco–. He estado pensando en lo que voy a ponerme cuando quede con ese tipo, ya sabes, el *escritor*.

–Oh, no vas a quedar con *nadie*, Scott.

–Quise decir *Myrlene*, Becks.

–Esa mujer no existe, Scott.

Frankie sonrió. Contempló su ejemplar de *La dama del rifle*. Aquel ejemplar, se dijo, contenía el alma *cuarteada* y rota de Francis Violet McKisco. Pobre diablo, se dijo Frankie. ¿De veras iba a vestirse de mujer para *citarle*? ¿Por qué no? ¿Acaso no se vivía una única vez? ¿Y no estaba todo el mundo empeñado en hacer todo tipo de cosas de lo más ridículamente absurdas porque sólo se vivía una vez? ¿No podía él, Frankie Benson, vestirse de mujer *por una vez*?

–Yo soy Myrlene Beavers, Becks.

–No, Scott, tú eres Frankie Benson.

–*También*.

–Scott.

–Voy a necesitar uno de tus vestidos, Becks.

–No vas a *travestirte* por ese tipo, Scott.

–Sólo será una vez, Becks.

Sonó un timbre (¡DING ¡DONG!), los caballos relincharon (BRIIIIII-JAAAH) y la voz de Mary Paul Fields irrumpió en la pequeña y, en aquel momento, revuelta estancia: (SEÑORES), dijo, (BIENVENIDOS A KIMBERLY CLARK WEYMOUTH).

–¿Ya hemos llegado, Scott?

–Eso me temo, Becks.

Los Clem, que habían permanecido *tranquilos* y en silencio, relajadamente absortos en la contemplación del estampado de su cortina, empezaron, otra vez, a *hiperventilar*.

–¿Y ahora *qué*, Scott?

–Oh, Becks, ¿qué más da?

Frankie Benson descorrió la cortina. Lo que vio fue una calle nevada. Tiendas. Coches estacionados y cubiertos de nieve. Pasaron, a aquel trote *encantador*, los caballos de Mary Paul adaptándose grácilmente a las extremas circunstancias, entrenados, como estaban, para no *patinar* sobre hielo, junto a Rifles Breevort, y Frankie Benson exclamó (¡RIFLES, BECKS!), y Becks sacudió la cabeza y dijo (NI PENSARLO, SCOTTIE).

—Oh, vamos, Becks, ¿cuánto hace que no *disparamos*?

—No vamos a disparar *aquí*, Scott.

—¿Por qué no?

—Porque no, Scott.

Frankie Benson accionó el intercomunicador para pedirle a Mary Paul que detuviera la diligencia. Quería *bajar* a comprarse *un rifle*.

—¿Qué demonios crees que estás haciendo, Scott?

Becky Ann *abofeteó* la mano de su marido cuando la mano de su marido se dispuso a tocar el botón rojo por segunda vez. El botón rojo era el botón de llamada.

Mary Paul no había respondido a la primera.

—¡AUCH!

—Señores —les interrumpió Janiella.

Seguía mirando la cortina.

Era extraño, pensó Frankie Benson, nunca había hablado con alguien que no sólo no le miraba sino que parecía estar dirigiéndose a una *cortina*.

La cortina no iba a responderle, pero no podía evitar estar allí de todas formas.

Frankie Benson pensó en ello el tiempo suficiente como para que quedase anotado en su cerebro *cazaideas*, ¿y si una de las dos cabezas de la hermana detective *fantasma* y *esquiadora* fuese incapaz de hablar si no se dirigía a una *cortina*?, se dijo. Luego empezó a pensar en el rifle y en la posibilidad de que a Francis Violet le gustase tanto como a él *disparar*. Se imaginó disparando junto a él en alguna parte. Frankie iba aún ataviado como Myrlene Beavers. A Francis Violet no le disgustaba. Hablaban de hombre a hombre estando él, de todas formas, vestido de mujer. Frankie Benson nunca había hablado de hombre a hombre con nadie, a menos que su mujer contase. ¿Qué era, en cualquier caso, hablar de hombre a hombre?

—Hemos cometido un error —prosiguió Janiella.

—Está hablando, Scott —le informó Becky Ann.

Frankie siempre había sospechado que Becky Ann *temía* a todos aquellos sirvientes que tenía. Mientras no abrían el pico, eran montones de *cosas* que hacían otras *cosas*, pero cuando lo abrían, se convertían en aterradores misterios *parlantes*.

–La he oído, Becks –dijo Frankie–. Veamos, ¿qué clase de *error*?

–Mi hermano y yo no podemos *salir*.

Duane asintió.

También él miraba la cortina *fijamente*.

Frankie se rio:

(JOU JOU JOU).

Luego dejó de reírse.

Fue como si se hubiera apagado de repente.

–Bromeas, ¿verdad?

–No.

–No está bromeando, Scott.

–Lo he oído, Becks.

–Creímos que esta vez *tampoco* iba en serio.

Frankie Benson no quería estar hablando con aquella mujer. Frankie Benson quería estar deteniendo la diligencia y bajándose. Quería dejarse rodear por la modesta nube de fotógrafos que les seguía a todas partes, entrar con ellos en aquella tienda y comprarse un rifle para poder salir a disparar con su *amigo* Francis Violet.

Aproximó su mano al botón rojo.

Lo accionó. Becky Ann gritó:

–¡*SCOTTIE*!

Frankie disparó una pregunta para Janiella, tratando de ignorar a *Becks*.

–¿Qué clase de cosa no debía ir esta vez *tampoco* en serio? –dijo.

–¿Cómo se te ocurre *llamar* a *Paul*, Scott? –Ésa era Becky Ann.

Se oyó un (BRRRRR) y luego un único tono de llamada (PIIIIP). (¿ALGÚN *MUERTO* AHÍ DETRÁS?), dijo Mary Paul al descolgar. Mary Paul tenía lo que parecía un teléfono junto a ella, allí delante. Dejaba bien claro antes de hacer subir a sus *clientes* que no debían usarlo *en ningún caso*. Daba por hecho entonces que si lo usaban era porque alguien había muerto. O, en su defecto, había ocurrido algo irreparablemente horrible. A Mary Paul no le gustaba ser interrumpida mientras *conducía*. Tampoco ser tratada como una criada. Ella no estaba a disposición de nadie. Ella era la *gran* Mary Paul Fields.

—Disculpa, Paul, querida, Scott ha debido *golpear* sin querer el botón.

—Oh, no no, *Paul* —le interrumpió Scott—. Sólo quería saber cómo de lejos estamos. ¿Cómo de lejos estamos, Paul? He pensado que tal vez a los fotógrafos les gustaría *tomar* un par de instantáneas de nosotros *caminando*.

—ASUMO QUE NO ESTOY ENTENDIENDO LO QUE DICES, *SPOT*.

—Asumes *bien*, Paul. Scott no está diciendo *nada*. Los fotógrafos pueden tomar las fotografías *delante* de la *casa*, Scott, no necesitan tomarlas en ninguna otra parte.

—Pero ¿y si quiero comprarme un rifle, Becks?

—No quieres comprar *nin-gún* rifle, *Frankie Scott*.

Becky Ann hervía de indignación. Le hubiera gustado gritarle a Scott que se dejase de (SANDECES) y se concentrase en lo que demonios fuese que iban a empezar a escribir aquella misma (NOCHE) porque a aquello habían venido a aquel lugar horrible, a escribir, porque Duncan Walter había dicho que no había suficientes novelas de terror ambientadas en lugares nevados y porque a James Innes no le iba nada mal y porque a ellos tampoco les iba nada mal pero siempre podría irles mejor, aunque él no hiciese otra cosa que pensar en aquel maldito escritor al que escribía cartas porque nada le parecía nunca suficiente, ¿y qué era aquello del vestido? ¿Acaso pensaba que iba a ponerse uno de sus vestidos?

—La nieve —dijo entonces Janiella.

—SEÑORES, OFICINA *POSTAL* —informó Mary Paul, y detuvo el carruaje, gritó (SOOOOOOO) (CAMARADAS) (SOOOOOOO), y detuvo aquella, su elegante, diligencia.

—¿Qué demonios está pasando, Scott?

Frankie Benson le había pedido a Mary Paul que se detuviera ante la oficina postal. Lo había hecho antes de subir, a escondidas de Becky Ann. Sabía que, una vez llegasen a la casa, Becky Ann no iba a dejarle salir. Y quería enviarle un telegrama a Francis.

—Voy a enviar un telegrama, Becks.

—La nieve —repitió Janiella.

Las puertas de la diligencia se abrieron. Tenían un resorte automático. Los Clem dejaron de poder evitar ver *la nieve*, y empezaron a abrazarse y a llorar. Tomaban y expulsaban el aire de aquella manera en que parecían un par de aspiradoras viejas y rotas. Becky Ann golpeó el botón rojo. Dijo:

—*Paul*, cierra las compuertas *ahora mismo*.

—NO SON NINGUNAS COMPUERTAS, BECKY ANN —dijo *Paul*.

—¡LO QUE DEMONIOS SEA, PAUL! ¡CIÉRRALAS!

—NO SOY UNO DE TUS BILLS, BECKY ANN.

—¡OH, VAMOS, PAUL! ¿QUIERES CERRARLAS DE UNA VEZ?

Frankie Benson aprovechó la discusión para escabullirse. Becky Ann se abalanzó sobre él, pero el escritor se zafó con relativa facilidad. Un fotógrafo captó el momento al otro lado de su par de *compuertas*. Imaginó los titulares (EL MATRIMONIO DE LOS BENSON SE TAMBALEA) (DESLIZ EN LA NIEVE DEL MATRIMONIO DEL TERROR) (TERROR Y TRIFULCA EN KIMBERLY CLARK WEYMOUTH). Se felicitó por haber sido tan rápido. Miró agradecido al par de raquetas de las que se habían estado riendo el resto de fotógrafos durante todo el trayecto. Habían sido ellas las que le habían permitido llegar a tiempo. Luego miró a Frankie Benson. Corría desesperado hacia la oficina postal. No era fácil hacerlo sin un par de raquetas como las suyas.

—ME BASTA CON PULSAR UN BOTÓN PARA QUE VUESTRAS MALETAS Y ESE PAR DE CABEZAS HORRIBLES ACABEN EN EL SUELO, BECKY ANN, ¿QUIERES QUE ACABEN EN EL SUELO?

—NO, *PAUL*, LO QUE QUERÍA ERA QUE NO DEJASES A MI MARIDO SALIR DE AQUÍ, PERO YA ESTÁ AHÍ FUERA, ENVIANDO SU MALDITO TELEGRAMA, ASÍ QUE QUÉ MÁS DA, PAUL.

Frankie Benson maldijo su frac en cuanto puso un pie en el suelo. También maldijo sus zapatos, tan de ciudad *no nevada* que se empaparon al instante. Tiritó sin remedio de camino a la oficina, las manos en los bolsillos, en mitad de la ventisca. Sonrió ante un par de cámaras. Violentos copos de nieve se estrellaban contra sus enormes gafas. Oh, maldita sea, se dijo. ¿Qué demonios es este sitio, *Violet*?

Abrió una puerta con una mano helada.

Escuchó un último (FLASH).

Entró.

Por un momento pensó que se había equivocado de sitio. Estuvo a punto de salir a comprobar que el cartel de (OFICINA

POSTAL) seguía pendiendo de aquella puerta, porque lo que vio le pareció más el salón de una casa francamente acogedora, con sus cuadros, su papel pintado, su *chimenea* y su *alfombra*, que la única estancia de una curiosamente vacía oficina postal. ¿Era posible que, al entrar él, aquel lugar se hubiese *transformado*, como se transformaban los lugares en las novelas del chiflado de Klaff Stark-McGinnis? (VAYA), dijo, alertando a la menuda jovencita que había tras el mostrador. El mostrador era el único mobiliario, a excepción de lo que parecía una alacena en la que platos y vasos habían sido sustituidos por panfletos, sobres y formularios, que hacía pensar que podías encontrarte en una oficina postal.

—Buenas tardes, señor —dijo la chica.

Parecía enfadada, aunque no había nadie allí con quien pudiera estar enfadada. A menos que aquello que estaba leyendo contase. Scott Benson no tenía forma de saberlo, pero lo que Jingle Bates había estado leyendo era el primer número del *Doom Post* que había sido escrito sin su indispensable colaboración.

—¿No es este (UH-AH) un lugar (AH-UH) *maravilloso*? —Frankie se soplaba (UH-AH) las manos, se las restregaba y luego (AH-UH) volvía a soplárselas—. ¿No hace un frío del demonio ahí fuera? —Las tenía heladas.

—Oh, sí, señor, un frío del demonio —dijo, irreconociblemente distraída Jingle Bates. En otro tiempo, un tiempo en el que aún podía descolgar un teléfono y limitarse a esperar a que McKenney lo cogiera en alguna otra parte, ante la llegada de un *probable* nuevo *habitante*, habría sonreído solícitamente, *feliz* de poder *encargarse* de él antes que nadie. Su voz, amplificada hasta entonces por el *Doom Post*, tendía a *dirigir* al resto, de manera que lo que ella decía del a menudo mero forastero, era lo que todos pensaban de él. Pero, indignada y *triste* como estaba aquella tarde, se limitó a pasar otra página de aquel, su bebé perdido, y a decirse que todo le traía sin cuidado si no podía *contarlo*.

—(UH-AH) ¿Y usted es… (AH-UH)?

—Oh, Bates —dijo Jingle Bates.

—Estupendo, *Dates*. Bien —dijo Frankie Benson, acercándose al mostrador—. ¿Sabe qué? —Abrió los brazos, como si se dispusiera a darle un abrazo—. Me encanta este sitio. —Luego respiró hondo (UH-AHHH) y se abrazó a sí mismo–. ¿Eso de ahí atrás es un sillón? ¿Un sillón *orejero*?

Detrás de Jingle Bates había, efectivamente, un sillón orejero. Era de color marrón. Parecía viejo pero no lo era. Jingle lo había comprado para Eileen. Eileen solía sentarse a leer en él y quedarse dormida.

–Sí, señor, lo es.

–¡Vaya! ¿Se sienta usted ahí a leer?

–No.

–¿*No*?

–Es de mi mejor amiga.

–Oh, entiendo –dijo Frankie Benson, que no había entendido exactamente lo que Jingle había dicho sino (ES MI MEJOR AMIGA). La culpa la había tenido todo aquel frío. No sólo los pies se le habían congelado. Las orejas, también. Parecían haberse taponado. Frankie había estado toqueteándoselas con aquellas manos que no parecían sus manos porque estaban, también, heladas–. Así que, bueno, es este un sitio solitario, supongo.

–Lo es.

–Me temo que no tengo demasiado tiempo. –Frankie se quitó las gafas. Las tenía empapadas. Aún quedaba algo de escarcha en el puente. La limpió. Volvió a ponérselas–. Mi mujer está ahí fuera –dijo el escritor, señalando la puerta–. Podría entrar en cualquier momento. Tengo que darme prisa –dijo, extrayendo una pluma del bolsillo interior del frac y disponiéndose a escribir *algo*–. Si entra, me hará salir y me meterá a rastras en ese trasto del demonio, ¡JA! ¿Sabe qué? ¡Viajamos en *diligencia*!

–¿En diligencia? ¿Hay *caballos* ahí fuera?

Frankie Benson asintió, complacido. Le gustaba estar allí dentro. Miraba alrededor y pensaba en Francis Violet. Trató de imaginárselo junto al mostrador, adoptó la pose que pensó debía adoptar él para escribir aquellos *ilusos* telegramas, aquellas forzosamente escuetas y desesperadas misivas, y repitió (¿SABE?) (NO TENGO MUCHO TIEMPO), y luego dijo que quería *enviar* un telegrama. En realidad dijo que lo necesitaba. Dijo:

–Necesito enviar un telegrama.

–Claro –dijo Jingle Bates, que hizo a un lado su ejemplar del *Doom Post,* tomó su pequeña máquina de escribir, deslizó una pedazo de papel con el membrete (TELEGRAMA) dentro, y alzó la vista—. Usted dirá.

Frankie Benson la miró contrariado, pero sin dejar de sonreír.

—¿Quiere decir que va a, UHM, que va a escribirlo usted *por mí*?

Jingle Bates estaba ligeramente aturdida. Había un *no* lugareño en su oficina, y había llegado a ella en *coche de caballos*, y si bien lo primero no había *despertado* el aún no muerto espíritu *reportero* de Jingle Bates, el asunto de los (CABALLOS) sin duda lo había hecho, y se estaba librando, en el disgustado y triste cerebro de la responsable de la oficina postal de Kimbery Clark Weymouth, una batalla. De ahí que acertase apenas a pronunciar monosílabos.

—Sí.

—Vaya, ¿nada de secretos en este sitio, verdad?

Jingle Bates ensayó una sonrisa. Pensó: No, nada de secretos. Al menos, no para mí, pensó. Aunque ya no importaba. ¿Acaso importaba? Eileen había hecho aquel número con aquel otro tipo, porque no era en absoluto ella fingiendo ser otro tipo, era realmente otro tipo. No escribía como ella, y siempre mencionaba la mesita de noche de alguien, ¿por qué se preguntaba, en aquella entrevista con el agente que iba a *quitarles* a la señora Potter, qué debía tener en la mesita de noche? ¿Por qué decidía, a continuación, que debía tener una pajarita *sentada* a una pequeña *mesa* que, tal vez, había fabricado él mismo, una pajarita, decía, aburrida y triste, que soñaba con poder invitar a comer a su mujer? ¿Y por qué la pajarita mujer era *capitana* de barco?

—Usted dirá —repitió.

—Está bien —dijo Frankie Benson. Jamás hubiera dicho que Francis Violet *dictaba* sus telegramas, pero al parecer, así era, y después de todo, ¿qué más daba? Aquella mujer debía poder leerlo todo, ¿y qué podía interesarle cuando lo tenía todo a su alcance? Frankie se dijo que quizá habría sido buena idea ir *vestido* para la *ocasión*. Pero ¿por qué tenía *él* que ser *Myrlene Beavers*? ¿Y si Myrlene Beavers era una *amiga*? Claro, se dijo el escritor, Myrlene está ahí fuera, se dijo. Nos acompaña a mi mujer y a mí. Ha tenido un pequeño inconveniente, y ella, bueno, me ha pedido que, ¡exacto! Eso fue lo que dijo. Jingle Bates ni siquiera se inmutó. (ESTUPENDO), (TIENE UNA AMIGA), pensó, (YO TAMBIÉN TENÍA UNA). Frankie Benson pensó en bromear con respecto a aquel sillón al que la responsable de la oficina postal había considerado su mejor amiga. Por fortuna, no lo hizo–. Tome nota –dijo al fin–. UNA OFICINA POSTAL MUY ACOGEDORA. STOP.

–¿Disculpe?

–¿No lo ha oído?

–¿Quiere decirle a alguien que esta oficina es muy acogedora?

–Sí.

–¿No ha dicho que el telegrama era de su amiga?

–Oh, sí, lo es –dijo Frankie Benson.

–Su amiga no ha visto la oficina.

–Oh, no, no la ha visto, pero se fía de mí.

Jingle Bates entrecerró *mucho* los ojos. ¿Quién era aquel tipo? ¿Por qué tenía que presentársele *entonces*, cuando Eileen había dejado de cogerle el teléfono?

–¿Quién es usted?

–Oh, ¿yo?

–No le he visto antes por aquí.

Los ojos de Jingle Bates seguían entrecerrados.

–¿No me conoce?

–No.

–¿Con todo el tiempo que debe tener y lo acogedor que es este sitio, quiere decirme que no ha leído nunca uno de mis libros?

–¿Es usted escritor?

–Exacto, señorita. Aunque el famoso no soy yo. Tal vez conozca usted a mi mujer si, después de todo, utiliza ese sillón de ahí como es debido.

Una pequeña bombilla se iluminó en el cerebro aún abotargado por la rabia de la responsable de la oficina postal de Kimberly Clark Weymouth.

–¿Es usted, quiero decir, son, ustedes los, uh, son *ellos*?

Jingle Bates acababa de leer la entrevista que aquel tal Urk E. Starkadder le había hecho a Stumpy MacPhail, el hombre que había vendido la casa del chico Peltzer. En ella hablaba de (UNA FAMOSA PAREJA DE ESCRITORES DE TERROR) que compraba casas (ENCANTADAS) para escribir en ellas sus (NOVELAS), ¿era entonces la casa del chico Peltzer una casa *encantada*? ¿Y quién la *encantaba*? ¿Randal Peltzer?

—Oh, supongo que la *prensa* se nos ha adelantado —dijo Frankie—. Soy Frank Scott Benson. —Le tendió la mano, ella se puso en pie y se la estrechó—. Ahí fuera está mi mujer, Becky Ann Benson. Encantados —dijo.

—Claro, es, quiero decir, *bienvenidos*.

Frankie Benson le recordó, apostándose en el mostrador, que su mujer podía entrar en cualquier momento y sacarle a rastras de allí, así que ¿por qué no terminaba con eso?

—Claro, señor Benson, ¿por dónde íbamos?

—Una oficina postal muy acogedora.

—Eso es.

—Prosiga con un sencillo (LE VERÉ MAÑANA) (STOP), y (RIFLES BREEVORT) (STOP), y, veamos, ¿cuatro de la tarde? (CUATRO DE LA TARDE) (STOP). Y, oh, jo jo, añada (SERÉ LA DAMA DEL RIFLE) (STOP).

Frankie Benson sonrió.

—¿A quién lo dirijo, señor?

—El destinatario es el señor McKisco, señorita. Y la remitente es *mi amiga* Myrlene Beavers. —Frankie Benson bajó la vista. No se le daba bien mentir—. Pasará unos días con mi esposa y conmigo en la nueva casa. Pero ¡no le diga nada a nadie! —dijo, y, divertido, se apresuró a añadir—. Descuide, sé que no lo hará. Debe ser usted buena con los secretos. Si no, no tendría este trabajo. ¿Se imagina a alguien que no fuese bueno con los secretos con una máquina *redactatelegramas* como esa y todo ese papel *telegrama* a su alcance?

—Disculpen —dijo, de repente, una voz a sus espaldas.

—¿Hay alguien ahí detrás? —le preguntó Frankie Benson a Jingle Bates.

—Sí, señor.

—¿Tiene *piernas*, o ha llegado aquí *deslizándose*?

Frankie Benson creía en los fantasmas. Aunque nunca se había topado con uno *lejos* de sus *casas*, creía que podía hacerlo en cualquier momento.

—Tiene *piernas* —dijo Jingle Bates.

–Ajá, estupendo. –Frankie Benson estaba listo para darse media vuelta. Lo hizo. Se encontró con una de las criadas de Mary Paul. Parecía nerviosa. Intranquila–. Vaya, ¿son ustedes siempre *así* de *silenciosas*? Podría darle una tarjeta por si alguna vez considera la posibilidad de *abandonar* a la señorita *Paul*.

La chica no sonrió.

Se limitó a mirar hacia otra parte y decir:

–Ha habido un accidente, señor.

–Oh, no, ¿ha sido Becks? ¿Le ha hecho algo Becks a *Paul*?

–No, señor, son sus *señores*, señor.

–¿*Mis* señores?

–Los Clem.

–¿Los *qué*?

–Tiene que llamar a un médico. Están *impedidos* en el *suelo*, señor, y mi señora va a marcharse y su señora está golpeando esa cosa que llevan ustedes en jaulas, señor.

–¡Oh, NO! ¡NO! –Frankie Benson se sacó un puñado de billetes del bolsillo, los dejó sobre el mostrador y dijo–. Disculpe, es Henry Ford Crimp, tengo que irme. Ha sido un placer, señorita *Dates*. Hágale llegar ese telegrama al señor McKisco *cuanto antes*, por favor.

–Luego tomó a la chica del brazo, se despidió, y dijo (VAMOS).

Salieron juntos de aquel acogedor y *maravilloso* lugar, pero no permanecieron juntos mucho tiempo. En el tiempo que empleó Frankie Scott en tratar de *contener* la *ira* de Becky Ann, que, efectivamente, la había emprendido a golpes con el busto de Hen, al que llamaba (INÚTIL DEL DEMONIO), Mary Paul recogió a la chica y *partió*, dejándoles en mitad de aquella calle helada, sus criados en el suelo, abrazados, aullando de dolor, las piernas, con toda seguridad, *rotas*, y las maletas, sus enormes maletas repletas de los libros que pensaban leer aquella noche, después de su *primera cena* con el fantasma, cubriéndose poco a poco de nieve, ¿y acaso iban ellos, aquel par de bebés quisquillosos, a tener que arrastrarlas a alguna parte? ¿Y dónde estaba aquella *alguna parte*?

(FLASH) (FLASH) (FLASH).

27

En el que se relata, por un lado, de qué forma murió la
legendaria Mack Mackenzie, oh, cómo fue (DEVORADA
POR SU TRABAJO), y, por otro, de qué ingeniosa manera dio
la «venderrifles» Sam Breevort con la no menos legendaria
Madeline Frances Mackenzie, la madre de (BILL)

La legendaria Mary Margaret Mackenzie, la fabulosa e insusti-
tuible Mack Mackenzie, había muerto, según dictaminó el ridículo rotativo de aquel soleado Sean Robin Pecknold, el *Sean
Robin Pecknold Press*, (DEVORADA POR SU TRABAJO). No había
sido así, por supuesto. Mack Mackenzie se había *ahogado* dentro
de aquella ballena que la tenía por su mejor amiga. La ex domadora, retirada desde hacía tiempo en aquel modesto acuario que
había abierto ella misma en la localidad, en el que daba clases a
futuros domadores llegados de todo el mundo, había sufrido un
pequeño e inoportuno desmayo, provocado, con toda seguridad,
por un también pequeño e inoportuno corte de digestión, durante el espectáculo, que no habría tenido mayor importancia de
no haber sucedido cuando sucedió. Porque cuando sucedió, la
tía Mack estaba bajo el agua dejándose *llevar* a otro mundo por
una adorable orca llamada Charlie Seabert. Era habitual que,
pese a estar retirada del mundo del espectáculo, la tía Mack,
Charlie Seabert y el resto de los animales marinos de aquel Reino Animal Mack Mackenzie, aquel enorme acuario que había
visto *partir* a la ex trapecista, improvisasen viejos espectáculos
que acabaron siendo, en realidad, siempre el mismo espectáculo:
Algunas leguas de viaje submarino.

En *Algunas leguas de viaje submarino*, Mack Mackenzie decidía
mudarse a casa de su pariente lejano favorito: un delfín escritor
llamado David Topperfield. La época en la que Mack Mackenzie se mudaba era una época, también, lejana. De ahí que el
traje impermeable con el que se metía en el agua fuese un traje

de época. Además de aquel traje de época, llevaba una pequeña maleta, y un sombrero con plumas. Entraba, la tía Mack, en un aparente *vagón* de *tren* sumergible, en un carruaje *submarino*, que Charlie Seabert sumergía y arrastraba bajo el agua durante el tiempo que la tía Mack consideraba oportuno. Bajo el agua, la tía Mack se limitaba a aguantar la respiración, como había hecho siempre, y cada vez que volvía a la superficie, sonreía y fingía hacer todo tipo de cosas allí dentro: leer, dormitar, deshojar una flor impermeable, bostezar. Llevaba, por supuesto, también, gafas, para poder ver en todo momento lo que ocurría, dentro y fuera del agua. El viaje no era en exceso largo, pero duraba el tiempo suficiente como para que el público empezase a inquietarse por el estado de salud de la ex domadora. Aunque lo que ocurrió aquel día fue tan extraordinario que, en un primer momento, el público se negó a creer que podía estar ocurriendo. Como el mecanismo de *alerta* falló, puesto que, al poco de sumergirse, la tía Mack se desmayó y empezó a *respirar agua* con total normalidad, ahogándose poco a poco sin ser consciente de que lo estaba haciendo, alejándose, cada vez más, del mundo que aún la vitoreaba, y *esperaba* verla *emerger*, como siempre, con una sonrisa, de aquel simulacro de vagón de tren *submarino*, Charlie Seabert, desorientado por la falta de *orientación*, dio al menos dieciséis dudosas y desesperadas vueltas al tanque antes de subir a la superficie, y, cuando lo hizo, lo hizo *solo*, sin cargar con el vagón en el que *viajaba* la tía Mack, lo que extrañó sobremanera a los allí presentes. Se fruncieron los ceños, se desataron los murmullos. ¿Qué demonios estaba *pasando*? ¿Podía, aquella cosa, ser algún tipo de nuevo truco? El vagón de la tía Mack parecía *varado* en el fondo del tanque. La orca aulló. Se hizo el silencio. Los empleados que rodeaban el tanque, se lanzaron al agua. Charlie Seabert se sumergió, y golpeó el vagón de tren submarino. Alejó a los empleados de él. El público empezó a huir despavorido, como si la Muerte pudiese alcanzarles si se quedaban. Los que se quedaron, vieron a Charlie Seabert salir del agua con el cuerpo de la domadora en la boca. Uno de ellos habló aquella misma tarde con Rals Gregory Rick, el autor de aquel artículo que había publicado el *Sean Robin Pecknold Press*, y le dijo que (LA ORCA) había intentado (COMÉRSELA), pero, evidentemente, eso no fue lo que pasó. La orca había intentado salvarla, sólo que no había llegado a tiempo. Sus empleados tampoco. Cuando Mack Mackenzie *tocó* la superficie del deslizante único espacio no cubierto de agua de aquel tanque, sus pulmones eran un pequeño océano deshabitado, y ella era historia.

El sepelio fue multitudinario. Sam y Jack Lalanne acompañaron a Bill. Bill temía encontrarse a su madre allí. Aunque, ¿cómo podría haberse enterado su madre si estaba quién sabía dónde, *dentro*, tal vez, de uno de aquellos cuadros que no dejaba de enviarle, es decir, paseando por cualquier ciudad del planeta pero lejos, porque nada allí le había parecido nunca suficiente, ni siquiera el pequeño Bill, *nunca*? Instalados entre aquel montón de ilustres desconocidos, todos aquellos domadores llegados de todo el mundo, Bill se había preguntado, y le había preguntado a Sam, pese a todo, cómo podían ellos haberse enterado de la muerte de su tía antes que su madre, porque aunque temía encontrársela, lo deseaba, y lo deseaba con todas sus fuerzas, porque Bill no concebía, y a partir de entonces ya no tendría que hacerlo, la existencia de su tía sin su madre. Por eso, en todo aquel tiempo, no la había visitado, porque visitarla hubiera supuesto recordar que había existido un tiempo en el que todo era perfecto y no lo sabía. Visitarla hubiera sido también recordar que había odiado tener que volver a casa con ella, y que entonces, todo aquel tiempo después, hubiera dado cualquier cosa por poder hacerlo, pero ¿acaso sabía el pequeño Bill en aquella época en que se escondía en el armario en el que su tía guardaba los juguetes del pequeño Corvette que su madre existía pero podría no haberlo hecho? No, entonces lo único que el pequeño Bill sabía era que su madre estaba ahí todo el tiempo y que no era perfecta, y, también, que él hubiera preferido que su madre fuese su tía, porque su tía era perfecta. Luego su madre se había ido, y al hacerlo había dejado de no estar a la altura y había obligado a su hijo a atesorar cada uno de los momentos que habían pasado juntos, que habían sido muchos, *todos*, en realidad. Al desaparecer, su madre se había llevado consigo todas las órdenes y los ceños fruncidos, las decepciones, los enfados. Al desaparecer sólo habían quedado las risas en el coche camino de cualquier parte. Sus historias, siempre más o menos enrevesadas, a ratos, terroríficas, a ratos, divertidísimas. Las familias de diminutos muñecos de nieve, y las casas y las calles que les *construía* en el patio trasero. Sus pinceles, el olor a trementina, y sus manos, siempre ásperas. Su silencio concentrado ante el lienzo o ante la hoja en blanco, sus (ENSEGUIDA, CARIÑO), sus (DAME UN MINUTO), sus (MAMÁ CASI ESTÁ). Había quedado un (TE QUIERO) que era siempre el mismo (TE QUIERO), pues (TE QUIERO) era lo último que decía antes de apagar la luz, y luego, siempre, aquel (QUE TENGAS SUEÑOS DIVERTIDOS), que para el pequeño Bill era no tanto una promesa como algo que debía cumplirse, y cuando no lo hacía, y no lo hacía a menudo, porque ¿acaso eran los sueños, alguna vez, *divertidos*?, temía, el pequeño Bill, haberla decepcionado, y lo último que quería entonces el pequeño Bill era decepcionar a su madre, porque, quién sabe, quizá temía, ya entonces, que se fuera, que le dejara, no ser suficiente, porque ¿por qué pasaba tanto tiempo con aquellos pinceles? ¿Los quería más que a él? Aquellos pinceles nunca parecían hacerla enfadar, aquellos pinceles parecían hacerla *feliz*, ¿y la hacía él feliz? Su madre era, entonces, para Bill, un poderoso animal mitológico que *consentía* en fingir que no lo era para poder cuidarle, pero estaba cada día más cansada, estaba *harta*, decía, y Bill no sabía de qué, pero no le gustaba, y quizá por eso no quería volver de casa de su tía, quizá por eso no había querido volver ninguna de aquellas veces, porque tenía miedo de que sus sueños *no* divertidos se cumplieran y él acabase convertido en un pincel, porque eso soñaba Bill a menudo, que acababa convertido en un pincel y su madre le llevaba con ella a todas partes y nunca estaba triste, pero él estaba triste porque no había querido dejar de ser un niño y había tenido que dejar de serlo para que ella fuese feliz, ¿y había valido la pena? Bill nunca lo sabría, porque no había habido forma de que aquello ocurriese, aunque, de alguna manera, lo había hecho, porque ella había elegido marcharse con ellos, ella se había ido con sus pinceles, y enviaba todos aquellos cuadros desde todas aquellas partes del mundo, y Bill se decía que debía ser feliz, y que él había seguido siendo un niño, pero, a veces, también, se sentía como uno de aquellos pinceles, pero no uno de los que se había llevado, sino uno de los que se habían quedado, un pincel que, siendo como el resto, no lo era en realidad, porque ella había decidido *abandonarlo*. ¿Y por qué, en cualquier caso, no había estado allí, la mañana del entierro de la tía Mack? ¿Cómo era posible que todos aquellos *famosos* domadores *estuviesen* y ella *no*?

Oh, pero ella había estado. ¿Acaso iba a perderse el entierro de su hermana? ¿No había sido ella, Madeline Frances Mackenzie, la que lo había, de alguna forma, *organizado*? ¿No la habían llamado a ella la tarde del desastroso espectáculo para que reconociese el cadáver y había, ella, consentido después en que la ciudad montase aquel otro espectáculo? Pero ¿cómo había dado Sean Robin Pecknold con tan escurridiza *pariente*? ¿No se encontraba Frances, desde hacía demasiado tiempo, en paradero desconocido? ¿No pintaba cuadros de todo el mundo porque estaba en todas partes y en todas a la vez? No, Frances Mackenzie no había estado en todas partes y en todas a la vez, por más que hubiera tratado de aparentarlo, y siguiera haciéndolo, pues existía, en aquel lugar en el que vivía, como había sospechado Jingle Bates, un servicio, proporcionado por la oficina postal, que impedía al destinatario del paquete conocer su procedencia. Un tipo de sellado *anónimo* que el cliente podía *contratar*. Y esto era así porque el lugar del que procedían aquellos *paquetes*, aquellos *cuadros*, estaba próximo a un penal de máxima seguridad, y, oh, tenían derecho, los presos, a que no se supiera de dónde *llegaban* sus cartas cuando lo hacían. El caso era que aquel lugar quedaba lo suficientemente cerca de Sean Robin Pecknold como para que bastara con pasar algo de tiempo en la estación de autobuses y luego, algo más de tiempo en uno de los trotados asientos de uno de aquellos Glassnick Cotters, uno de aquellos monstruosos autobuses que parecían haber sobrevivido a una hecatombe nuclear, para llegar, en una sola mañana, al propio Sean Robin Pecknold. Y era habitual que la madre de Bill se subiera a uno de ellos de vez en cuando, un lienzo bajo el brazo, pinceles y algún emparedado en la ajada cartera de cuero a su espalda, y se plantara en el Reino Animal Mackenzie para asistir a uno de los espectáculos de su hermana.

El caso era que si el Departamento de Policía de Sean Robin Pecknold no había tardado en dar con ella aquella tarde era porque no había tenido que ir a buscarla a ninguna parte. Frances se encontraba entre el público. Había sido ella misma, de hecho, quien, discretamente, se había *personado* en comisaría. Si aquel desagradable *Sean Robin Pecknold Press* no se había hecho eco de su *aparición* era porque, sabiendo de dónde provenía, aquella pequeña localidad próxima a Willamantic, había respetado su anonimato, de la misma manera en que lo respetaba la oficina postal de aquel sitio, Lurton Sands Dixon. Así, había sido posible que Frances participase en todo lo relacionado con su multitudinario sepelio sin que su nombre apareciese por ninguna parte. Y así había justificado su no presencia en aquella primera fila en la que Bill, Sam y Jack Lalanne habían compartido protagonismo con todas aquellas celebridades de la doma *mundial*.

La cosa era que Frances, evidentemente, había asistido a aquella emotiva despedida, pero nadie, a excepción de Sam Breevort, lo había advertido. ¿Que cómo era posible que Sam lo hubiese advertido y Bill no? Porque la Frances que se dejó caer por el entierro de su hermana no era la Frances que Bill esperaba ver. La única razón por la que Sam había dado con ella era porque llevaba demasiado tiempo siguiéndola como para no haberlo hecho.

Sí, Sam había estado emulando a Connie Forest.

Sam había estado *investigando*.

Después de todo, ella era también una habitante de Kimberly Clark Weymouth, y como tal, no podía evitar estar, de alguna forma, obsesionada con resolver algún tipo de caso. Y el caso que tenía más cerca era el de Bill. Su madre se había ido de aquel sitio y *fingía* estar *viajando* por *todo el mundo*. Porque ¿acaso podía alguien que *sólo* vendía cuadros, estar subiendo a aviones, trenes, coches, *barcos* y *recolectando* escenas de aquí y de allá y enviándoselas luego a su hijo para que, oh, comprobara lo *bien* que le iba todo *ahí fuera*? Si era así, ¿por qué ninguno de los cuadros estaba sellado en la localidad de la que procedía? ¿Por qué no había en ninguno de los paquetes que le había enviado, primero a su marido y luego a su hijo, un solo matasellos? Porque, evidentemente, no había estado en ninguno de aquellos sitios.

Para demostrarlo, primero tenía que hacerse con uno de los paquetes. No le costó demasiado. Era habitual que Bill ignorase los avisos de la llegada de paquetes y los amontonase en el recibidor de casa. A Sam le bastó con fingir echarle un vistazo a uno de ellos una vez, y metérselo luego en el bolsillo para *extraviarlo*. Al día siguiente, pasó por la oficina postal y le dijo a Jingle Bates que Bill le había pedido que recogiera aquel montón de cosas de su parte. Jingle frunció el ceño, pero puesto que su ceño era un ceño que sólo pensaba en *noticias*, y aquello era, claramente, una noticia, (OH, EILEEN, ESCUCHA, ¿A QUÉ NO ADIVINAS QUIÉN HA VENIDO A RECOGERLE EL CORREO A QUIÉN ESTA MAÑANA?) (*NO, JINGLE*) (¡SAM BREEVORT!) (¿*SAM BREEVORT HA RECOGIDO SU PROPIO CORREO?*) (¡NO! ¡EL CORREO DE BILLY PELTZER!) (*OH, GRACIAS, BATES, TAL VEZ PUEDA DAR UNA PEQUEÑA COLUMNA EN LA SIETE*) (¡APUESTO A QUE SERÍA ESTUPENDO, EILEEN!) (*YA, CLARO, HASTA OTRA, BATES*), le entregó el paquete sin problemas. Pesaba. Sam acarreó con él hasta la tienda y una vez allí, lo abrió. Había en él tres cuadros. Parecían postales de lugares tan distintos y, a la vez, tan *irreales*, que Sam no pudo más que corroborar su teoría. Aquella mujer estaba en una única habitación, probablemente en un lugar no demasiado lejano, no haciendo otra cosa que pintar. Y si vivía en un único lugar, ¿no compraría los lienzos siempre también en el mismo lugar? Sam desmontó uno de los cuadros, buscando pistas. No encontró ninguna. Desmontó los otros dos. Nada. Otro día, extravió otro de aquellos avisos de llegada. Se hizo con nuevos cuadros. Bill le preguntó si había ido alguna vez en busca de cuadros de su madre a la oficina postal. Alguien le había dicho que lo había hecho. Al parecer, McKenney había publicado algo al respecto en Aquel Panfleto del Demonio, y aquel alguien lo había leído y quería saber si era cierto. Sam estuvo a punto de desistir. Se dijo que si en aquellos nuevos cuadros no encontraba nada, debía buscar otra manera de tratar de dar con ella.

No hizo falta, dio con lo que buscaba en uno de ellos. Hasta que no lo vio, no sabía exactamente qué buscaba. Lo que buscaba era una pegatina. Una en la que podía leerse (JACQUELINE CLEVELAND). Aunque también podría haber sido (JACQUES BELINE CLEVELAND). Algo estaba ligeramente emborronado en aquella pegatina a la que, además, le faltaba un trozo. Aquel lienzo había tenido un precio y el precio se lo había puesto alguien que trabajaba en un sitio llamado (JACQUELINE CLEVELAND) o (JACQUES BELINE CLEVELAND). Lo que seguía a (JACQUELINE CLEVELAND) era una (P), así que Sam supuso que, en el trozo de pegatina que faltaba, además del precio, debía poder leerse (PINTURAS). Es decir, que era muy probable que el lugar en el que Madeline Frances había comprado aquel lienzo fuese un lugar llamado (JACQUELINE CLEVELAND PINTURAS) o (JACQUES BELINE CLEVELAND PINTURAS).

(AJÁ) (LO TENGO), se había dicho Sam entonces, sintiéndose una hermana *no* reconocida de Connie Forest. Había dado con la pista definitiva, la pista que pondría en marcha su investigación. Oh, pero ¿acaso iba a tomarse aquello *tan* en serio? ¿Acaso iba ella, la imperturbable Samantha Jane, la Huraña Chica de los Rifles, a arriesgarse a que aquel pueblo helado del demonio descubriese que, después de todo, tenía más en común con *él* de lo que había creído? (LA CHICA BREEVORT TAMBIÉN INVESTIGA), imaginó que titularía aquella condenada McKenney el artículo en el que haría pedazos su hasta entonces, quién sabía si por todos aquellos rifles, intocable reputación. Un artículo que no gustaría *nada* a Bill, si McKenney conseguía sonsacarle a Jingle Bates, qué era lo que investigaba. Cuando Bill se enterase de aquel asunto de los cuadros, se acabaría para siempre lo que tenían, fuese lo que fuese. Querría saber qué demonios creía que estaba haciendo, ¿acaso era como todos los demás? ¿No podía meterse en sus propios asuntos? No, no podía meterse en sus propios asuntos. En parte, porque no tenía ningún asunto en el que meterse. Después de todo, por más que lo aborreciese, puesto que aquella ciudad era su *familia*, no podía evitar sentirse parte de su engranaje. Era, Sam, la pieza aislada del tablero, el misterio resuelto sólo a medias, la constante incontrolable. Como el *deslizantemente* incomprensible Nathanael West, Sam era, para la comunidad *activa* de Kimberly Clark Weymouth, para aquella *Intelligentsia* que mantenía en pie la ciudad, un mero decorado, algo que, simplemente, le traía sin cuidado. Y podía aprovechar esa condición de decorado inexplicable para investigar sin levantar sospechas. No tenía más que hacerse con un puñado de cajas con aspecto de cajas de rifles y descargarlas a su llegada para que el pueblo creyese que estaba teniendo algún tipo de problema con los proveedores. Se lo haría saber a Archie Krikor, el jefe de leñadores. Le invitaría a tomar una copa de aquel desagradablemente potente brebaje que reservaba para ocasiones especiales, aquella especie de *grog* que había bebido su abuela, una noche, tarde, tan tarde que quizá Arch no tuviese por qué volver a casa, y le diría que, oh, al día siguiente debía madrugar porque había tenido un problema con su proveedor y tendría que pasar un tiempo yendo y viniendo de todas partes. (ARCH), le diría, y a lo mejor, para entonces, se habían quitado algo de ropa, porque haría calor, el apartamento de Sam era pequeño, y Arch iba a todas partes con un buen montón de leña, leña que ponía a arder al momento allá donde fuese, (ARCH), diría Sam, y le estaría mirando intensamente, porque a lo mejor le apetecía hacer alguna de aquellas cosas que hacía de vez en cuando con los tipos con los que salía a disparar, y a veces también con las tipas con las que salía a disparar, (ARCH), diría Sam, (¿ME HARÍAS UN FAVOR, ARCH?), y Arch asentiría y diría (CLARO, SAM), y entonces Sam, oh, aquel *grog* del demonio, dejaría de poder pensar con claridad, y después de todo, no tendría por qué hacerlo, porque aquello que bien podía estar a punto de ocurrir ya había ocurrido en otras ocasiones, porque Sam encontraba decididamente apetecible al corpulento leñador, y no podía soportar el calor, así que se quitó las botas, y luego se quitó la camisa, y Arch se llevó la mano al cinturón, y oh, aquel *grog* del demonio estaba acelerando el *proceso*, aquel *grog*, obra de una mujer *salvaje* que había intentado *conquistar* a Miss Rifle fabricándole una bebida abominablemente *afrodisíaca*, una mujer salvaje llamada Cressida Tutton, estaba *desnudándoles*, mientras Sam trataba de articular su petición, porque Sam bien podía ser un decorado de aquella ciudad aborrecible, pero era un decorado que, para no llamar la atención, debía permanecer en su sitio, como hacían los decorados, ¿y acaso iba a poder permanecer en su sitio cuando empezase a *investigar*? ¿Acaso podía salir en busca de aquel lugar llamado (PINTURAS) (JACQUELINE CLEVELAND) o (JACQUES BELINE CLEVELAND) y que nadie advirtiese su ausencia? Podía, siempre que una fuente *fiable*, una fuente como Archie Krikor, que se pasaba el día de acá para allá, cargando aquellos montones de leña, entregándolos en lugares como la oficina postal, lugares en los que se iniciaban las *epidemias* rumorológicas de aquella ciudad, justificase su ausencia. Se superpondría, entonces, un decorado a otro. Sam Breevort no habría desaparecido. Sam Breevort no estaría tramando *nada*. Sam Breevort simplemente habría tenido un pequeño problema que iba a obligarla a salir más de la cuenta. La verían subirse a su camioneta y partir, y nadie fruncería el ceño porque (¿NO TE HAS ENTERADO?) (LA CHICA BREEVORT ESTÁ TENIENDO PROBLEMAS CON LOS SEÑORES DE LOS RIFLES) (¿*QUÉ SEÑORES DE LOS RIFLES?*) (LOS SEÑORES DE LOS RIFLES) (¿*Y POR ESO SALE TODO EL TIEMPO?*) (POR ESO SALE TODO EL TIEMPO) (*SUPONGO QUE NO DEBE SER FÁCIL TRATAR CON LOS SEÑORES DE LOS RIFLES*) (NO, NO DEBE SER FÁCIL), y no lo era, ciertamente, aunque lo sería durante el tiempo que durase su con toda probabilidad inútil investigación, pues Sam se prestaría a recoger, ella misma, el material.

Así había empezado todo.

Aunque, en realidad, no era exactamente así como había empezado todo.

Antes de que eso ocurriera, antes de que tuviese que utilizar a Archie Krikor para justificar sus *viajes* y que así su condición de decorado en movimiento no resultase sospechosa ni tan siquiera al siempre atento señor Howling, Sam se había apuntado a un curso de pintura por correspondencia. Visionando viejos capítulos de *Las hermanas Forest investigan* había llegado a la conclusión de que, si quería saber si existía el lugar que buscaba, tenía que buscarlo en el único lugar en el que podía encontrarlo. Y ese lugar, decidió, era un curso de pintura al óleo por correspondencia. ¿Había llamado aquello la atención de alguien? Tan sólo la de Jingle Bates, que tampoco le había prestado la atención que precisaba. Después de todo, era Sam Breevort. ¿Que recibía una carta semanal que no había recibido antes? Se lo comentaría a McKenney en su siguiente llamada, pero estaba segura de que McKenney le diría algo parecido a (¿Y QUÉ QUIERES QUE HAGA CON ESO, BATES?) (¿UNA COLUMNA?) (¿Y CÓMO LA TITULO?) (¿*SAM BREEVORT HA RECIBIDO UNA CARTA ESTA SEMANA OTRA VEZ?*). El caso era que, en una de sus primeras cartas, Sam le había preguntado al tutor, un tipo llamado Alonso Parkins Gillespie, si, por casualidad, conocía un establecimiento llamado (JACQUELINE CLEVELAND) o (JACQUES BELINE CLEVELAND) (PINTURAS). Había conocido a alguien, le había dicho, que solía comprar allí sus lienzos y se lo había recomendado. ¿Era un buen sitio? ¿Lo conocía él? No, no lo conocía, le había respondido el tal Alonso, pero preguntaría entre sus alumnos, pues los había de este y el otro lado de la Rocosa Jean Louis Maurice, es decir, de la Rocosa Jack Jack. *Por cierto, señorita, ¿cómo lleva ese oso que andaba pintando? Espero la fotografía del resultado. No se preocupe si no lo termina. Usted envíe lo que tenga, desde aquí le iremos indicando*, había añadido a su respuesta. Hablaba siempre en plural, como si su escuela no fuese el cuarto de atrás de alguna vieja casa sino un edificio poblado de pasillos y profesores. Al final, la respuesta no había llegado por carta sino por teléfono. Uno de aquellos alumnos, una ceceante y aguda voz de chiquillo, algo llamado Zacks, en realidad, Sacks, había descolgado el teléfono en alguna parte y había dicho:

—¿Zeñorita Zam?

—¿Quién anda ahí?

—Zacks, zeñorita Zam, del curzo de pintura del zeñor Gillezpiz.

—¿Dice que llama de parte del señor Gillespie?

—Zí, zeñorita.

—¿Y cuántos años tiene, si puede saberse?

—No.

—¿No, qué?

—No puede zaberze.

—¿Por qué no?

—Porque mi mamá dice que no puede zaberze o el zeñor Gillezpiz no me querrá en zu curzo y a mí me guzta pintar, zeñorita Zam.

—Ajá.

—No quiero moleztarla.

—Eres muy educado para ser tan pequeño, así que te guardaré el secreto.

—Graziaz, zeñorita Zam.

—¿Cómo has conseguido mi teléfono? No tenía ni idea de

que los teléfonos de los alumnos podían consultarse. ¿Pueden consultarse?

—No, zeñorita Zam, pero el zeñor Gillezpiz noz pidió ayuda de zu parte y noz dio zu teléfono para que pudiéramoz ayudarla. Mi mamá dice que el zeñor Gillezpiz ez un poco dezcuidado y a lo mejor ez verdad o a lo mejor tiene mucho trabajo. ¿Cuántoz alumnoz cree que tiene el zeñor Gillezpiz, zeñorita Zam? Yo creo que tiene millonez. También creo que hay maz de un zeñor Gillezpiz, ¿lo cree uzted también?

—No, yo no lo creo, Zacks.

—Zacks.

—Oh, ¿es Sacks?

—Zí.

—De acuerdo, Sacks, dime, ¿puedes ayudarme con ese sitio?

—Creo que zí. Mi madre tiene un anuario de pinturaz, zeñorita Zam. Y lo he buzcado ahí y creo que lo he encontrado.

—Estupendo, Sacks.

Se produjo un silencio en la línea.

—¿Sacks?

—¿Por qué lo buzca, zeñorita Zam?

Es un niño, Sam, *no mientas*, se dijo.

Y, por una vez, se hizo caso:

—Estoy buscando a la madre de un amigo, Sacks. También pinta, como nosotros, y creo que podría estar viviendo muy cerca de ese sitio porque compra ahí todas sus cosas.

—¿Ez peligroza la madre de zu amigo, zeñorita Zam?

¿Peligrosa?

¿Qué sabía aquel crío que ella no sabía?

—¿Por qué iba a ser peligrosa, Sacks?

—Porque en eze zitio, zeñorita Zam, hay una cárcel, y dize mi mamá que ez peligrozo. ¿Ez peligroza la madre de zu amigo?

—¿Una cárcel?

—Zí.

—¿Y cómo se llama esa cárcel, Sacks?

—Ezpere un momento. —El niño dejó el auricular sobre algún tipo de superficie. Sam pensó en Connie Forest. Si estuviese a su lado en aquel momento, le susurraría, como si tal cosa, el nombre de la cárcel. Lo haría antes de que el niño regresara. ¿Y no era eso un poco insoportable? ¿Quién demonios se habría creído? No era tan sencillo. ¿Por qué le había parecido siempre tan sencillo?–. Milamantiz –dijo el niño, al fin, y se apresuró a añadir–. Pero la primera letra no ez una *eme*, zeñorita Zam, ez lo contrario a una eme. Ez una eme puezta del revez. Lo ziento, ahora tengo que colgar. Mi mamá quiere que baje a cenar. Ez un poco tarde. Tenga cuidado con la madre de zu amigo zi ez peligroza.

—Gracias, Sacks, lo tendré, descuida –dijo Sam.

Así había sido como había empezado verdaderamente *todo*.

Y todo había incluido, en primer lugar, el hallazgo de la cárcel de Willamantic, y, en segundo lugar, de la pequeña ciudad más cercana a dicha cárcel, Lurton Sands Dixon en la que, efectivamente, había una tienda de pinturas llamada (JACQUELINE CLEVELAND). A Sam le había bastado con sentarse a leer un libro en una cafetería cercana durante lo que le parecieron interminables *días* para, uno de ellos, ver aparecer a la que sin duda debía ser la madre de Bill. Había utilizado la coartada de sus (HORRIBLES) problemas con los señores de los rifles para viajar en días alternos y volver, casi siempre, cargada con alguna caja de rifles. Sam reconoció a Frances en cuanto dobló la esquina. La reconoció incluso antes de alcanzar a divisar sus facciones. Su manera de caminar era muy parecida a la manera de caminar de Bill. Caminaban ambos de una forma un tanto tambaleante, con la cabeza adelantada, como si el cuerpo fuese poco más que un apéndice del que *tirase* su cerebro. La encontré, pensó Sam. Y por un momento la vio en el parque, ante el caballete, como acostumbraba a verla cuando era niña, en aquel lugar horrible del que no había podido evitar querer escapar. Apenas había cambiado. Tal vez tuviese alguna que otra arruga más, pero su porte seguía siendo el descuidado porte de una artista. Sus manos seguían manchadas de pintura, su pelo seguía extrañamente recogido, parecía cubierta de cientos de capas de abrigos, unos grandes, otros pequeños. Hasta tres de ellos podían entreverse en la fotografía que había en la oficina postal, en el tablón de (CELEBRIDADES) locales, en realidad, de (CELEBRIDADES) asiduas a aquella oficina postal. Oh, hacía años que Madeline Frances no pasaba por allí, pero sus cuadros sí lo hacían, ¿y no la convertía eso en una (CELEBRIDAD) de aquella (OFICINA)? Sam la vio entrar en la tienda, pagó su café, tiró de la correa de Jack Lalanne, y salió a la calle. Encendió un cigarrillo. Esperó. Se había puesto gafas de sol. También se había puesto su único vestido. Y un viejo abrigo de cuero de su madre, decididamente *nada* Sam Breevort. De hecho, nadie, ni en un millón de años, habría podido adivinar que la chica del perro enorme era la hija del bueno de Lacey Breevort. Cuando Frances salió de la tienda, Sam se puso en marcha. La siguió despreocupadamente, a una distancia tan prudencial que estuvo a punto de perderla en tres ocasiones. Si la hubiera perdido, se había dicho, habría vuelto sobre sus pasos y le habría preguntado al dependiente por ella. ¿Acaso no era su intención llamar un día a su puerta y preguntarle si le apetecía un café? Por supuesto, y eso era lo que acabaría haciendo, pero aquella mañana se limitó a seguirla hasta su estudio, o lo que fuese, y anotar la dirección.

Luego se metió en la camioneta y condujo hasta casa.

Pasó el tiempo.

Mack Mackenzie murió.

Una tarde, tres días después del sepelio, Sam condujo de vuelta a Lurton Sands, se apostó ante la puerta del estudio, o lo que fuese, de Frances Mackenzie, y esperó.

No se atrevía a llamar.

Se puso a llover.

Jack Lalanne empezó a ladrar.

Alguien, dentro, descorrió una cortina.

Al verla, se apresuró a abrir la puerta. (ESTÁIS EMPAPADOS), dijo, y (PASAD), y quién sabía quién creía que podía ser. La miraba como se miraría a alguien que pudiese desaparecer en cualquier momento. Acarició a Jack Lalanne, no supo qué hacer con Sam, la miró a los ojos, sonrió, Sam bajó la vista, ella le alcanzó una toalla, Sam se secó la cara, se quitó el abrigo, secó al perro, se sentó en un pequeño sofá. Frances dijo que iba a preparar algo. Sam miró alrededor. No era su estudio. Era su casa, y a la vez, su estudio. No parecía tener más que una habitación y otra pequeña estancia. Tenía un pequeño patio trasero. Había cuadros por todas partes.

—Café —le dijo, al regresar, tendiéndole una taza.

—Gracias.

—¿Puedo darle una galleta?

Sam sacudió la cabeza.

—No, un poco de agua bastará.

Jack Lalanne se había acomodado junto a la pequeña chimenea.

El pequeño fuego crepitaba y el ambiente era disfuncionalmente acogedor.

—No sé qué hago aquí —dijo Sam, cuando Frances tomó asiento.

—Yo tampoco —dijo Frances.

28

En el que el señor Howling lamenta no tener una (VARITA MÁGICA), se valora la posibilidad de (RESUCITAR) a Polly Chalmers, se descubre qué hacen con la (REALIDAD) los escritores (PECES GORDOS) y por qué, pase lo que pase, la señora Potter no va a irse nunca a ninguna parte

Exprimiéndose el cerebro, aquel cerebro repleto, como el almacén de su vetusta tienda, de esquís, raquetas y trineos, sólo que esquís, raquetas y trineos imaginarios, Howie Howling, el *jefe* de la *Intelligentsia* de Kimberly Clark Weymouth, observaba a su pequeña audiencia. Su pequeña audiencia estaba formada por el ex jefe de policía de aquella también pequeña y fría ciudad, un tipo llamado John-John Cincinatti, el alcalde Jules, su *horrible* mujer, y aquel ridículo abogado que habían contratado en aquella otra ocasión, es decir, cuando habían orquestado, todos ellos, el asesinato de Polly Chalmers. Mientras la observaba, Howie Howling se decía que no tenía ni la más remota idea. ¿Cómo iba a traer de vuelta a Billy Peltzer? No podía traer de vuelta a Billy Peltzer. Billy Peltzer se había ido. Había cerrado la tienda y se había ido. Y aquellos autobuses no dejaban de llegar. ¿Y cómo era posible, se preguntaban los conductores de aquellos autobuses, que la tienda de la señora Potter estuviese cerrada? ¿Podía estarlo? Oh, aquella gente, sus *viajeros*, se lamentaban. Miraban sus relojes, se decían que tal vez era demasiado pronto, (¿HEMOS LLEGADO ANTES DE TIEMPO?), se decían, sin poder sospechar que no había forma de que *tocasen* nada de lo que aquel santuario atesoraba, que no había forma de que regresasen a casa aquella noche con una de aquellas señoras Potter que acarreaban un saco de postales y miraban distraídamente hacia atrás. Había sido idea del propio Howie que Rosey Gloschmann impartiese una especie de *charla* sobre Louise Cassidy Feldman en alguna de las ridículas salas de aquel ridículo museo repleto de bufandas y diminutos esquís a la que se les invitaba a asistir. Buena parte de ellos lo hacían. Los que no, estaban, por supuesto, dando vueltas por la ciudad, siguiendo a la señora MacDougal, Claudette, la guía *local*, que trataba de tranquilizarles, mientras ellos se congelaban allí fuera, les decía (NO SE PREOCUPEN) y (EL SEÑOR PELTZER VOLVERÁ ENSEGUIDA) sólo (HA TENIDO UN PEQUEÑO CONTRATIEMPO), y ellos fruncían el ceño, se preguntaban qué ocurriría si no lo hacía, qué ocurriría si tenían que volver a subirse a aquel autobús (SIN NADA), oh, no no no, se decían, (SI NO LO HACE) (SI NO REGRESA Y NO PODEMOS ENTRAR EN LA TIENDA), se decían, (SERÁ COMO SI NUNCA HUBIÉRAMOS ESTADO AQUÍ), y Claudette les aseguraba que era del todo (IMPROBABLE) que aquello ocurriese y que, de todos modos, iban a poder llevarse una servilleta *autografiada* por la *verdadera* Alice Potter, y una de aquellas postales diminutas, ¿habían oído hablar de las postales diminutas? Eran *pistas* que Louise Cassidy Feldman *dejaba* a su paso por la ciudad porque ¿sabían ellos que no era cierto que la escritora no hubiese vuelto a pisar Kimberly Clark Weymouth? Oh, lo sabían, pero no sabían si creérselo, aunque en realidad querían creérselo, y sonreían, pero seguían frunciendo el ceño, y Claudette no sabía qué pensar.

—No sé qué pensar, Howard —le había dicho al señor Howling.

El señor Howling la había llamado a su pequeña oficina. Le había preguntado si creía que había algo que ellos pudieran hacer. Y cuando se refería a *ellos* se refería a toda Kimberly Clark Weymouth, por supuesto. Ella había dicho que no sabía qué pensar.

Y luego había dicho:

—Debiste verlo venir, Howard, ¿por qué no lo viste venir?

Oh, aquel maldito pueblo. ¿Acaso creía que tenía una (VARITA MÁGICA)? Aquello era lo que ocurría cuando dabas un paso al frente, y fingías que lo tenías (TODO) bajo control, pero ¿acaso lo tenías todo bajo control?

—No tengo una varita mágica, Claudette.

—He oído decir que el otro día *cerró* la tienda y dijo algo de un cuadro. ¿A qué clase de cuadro se refería, Howard? ¿Lo sabes?

Howie Howling no quería hablar de aquel cuadro que Bill había pretendido ir a buscar creyendo que, por una vez, podía no ser un cuadro sino una carta de su madre porque, oh, bueno, aquel chico tenía sus (PROBLEMAS), y él tenía sus razones para no querer oír hablar de aquellos (PROBLEMAS) pero no quería hablarle de ellos a Claudette MacDougal, así que dijo que había cometido un error pero que podía repararlo, pero ¿cómo iba a hacerlo?

Howie Howling carraspeó, se ajustó su diminuta corbata, y expuso, ante aquella, su pequeña audiencia de orquestadores de *asesinatos*, la situación. Se puso en pie. Empezó a rodear su sillón de cuero marrón mientras pedía disculpas por no haberse anticipado a ella (COMO ERA DEBIDO), y por obligarles a revertirla en tan imposibles circunstancias. Porque las circunstancias eran del todo imposibles. Bill había vendido la casa de Mildred Bonk, dijo, y, con toda probabilidad, las puertas de *la tienda* jamás volverían a abrirse. ¿Y qué ocurriría si las puertas de aquella tienda jamás volvían a abrirse?

Oh, todos lo sabían.

El mundo se acabaría.

Doris Peterson puso los ojos en blanco, abandonó su hierática y del todo incómoda silla, y se dejó caer en el sillón que Howie Howling acababa de dejar libre.

—Aquí no va a acabarse *nada*, Hows —dijo.

—¿Doris?

—Dime, Hows.

—Ese es mi sillón.

—No he visto tu nombre en ninguna parte.

A Howie Howling no le gustaba Doris Peterson.

Desde que había llegado, y su llegada había sido del todo, como aquella situación, imprevista, no había hecho otra cosa que dirigir miradas aquí y allá, y, a buen seguro, anotar *mentalmente* lo que tenía y no tenía en aquel almacén, además de, claro, evaluar sus *posibilidades* con aquel abogado, aquel tal Phyllis Claude, e ignorar a su marido, el alcalde Jules. También había ojeado a cada rato el manoseado ejemplar de la novela que había traído consigo, y se había reído sola. Había increpado al no demasiado *despierto* ex jefe de la policía de aquella fría ciudad,

John-John Cincinnati, y había mascado palomitas. Las había mascado como si fuesen *chicle*.

No, a Howie Howling no le gustaba Doris Peterson.

Pero allí estaba.

Y todo porque, según su marido, sabía cosas que ellos no sabían.

—¿Qué clase de cosas, Jules? —había querido saber el señor Howling.

—¿Recuerdas, Howie, cómo dimos con Polly Chalmers? —había dicho Abe.

—No —había admitido el señor Howling.

—Fue cosa suya —había dicho el alcalde.

—No es verdad.

—Me temo que sí, Howie. Los padres también fueron cosa suya. Los conoció en una de esas estaciones de servicio a las que a veces va. Dice que están llenas de actores. Que a los actores se les acaba el trabajo y de algo tienen que vivir. Se hace fotos con ellos, Howie. Tiene un álbum en casa. Dice que puede conseguirnos lo que queramos.

Pero ¿acaso podía aquella situación solucionarse contratando a un montón de actores? ¿Qué iban a hacer los actores? ¿Devolverles la casa de Mildred Bonk?

—Este es mi almacén, Doris —prosiguió Howie Howling.

—¡Oh, no me digas, Hows! Creí que estaba *soñando* ese montón de esquís —repuso la mujer del alcalde, sin dejar de mascar aquellas palomitas—. No sé qué cosa tiene todo el mundo con los esquís, déjame decirte, Hows, ¿no tienen *cuchillas*?

—Doris, ¿por qué no dejas en paz a Howie?

—Es él quien no me deja en paz a mí, Abe.

Phyllis Claude Sherman se puso en pie y abrió su maletín. Empezó a repartir lo que parecían formularios. Dijo (ANTES DE DAR COMIENZO A LA REUNIÓN, DEBERÍAMOS FIRMAR UN ACUERDO DE CONFIDENCIALIDAD).

—¿*Otro*? —John-John Cincinnati no entendía que hacían exactamente allí—. Quiero decir, ¿no lo firmamos ya en su momento? ¿Cuando *matamos* a Polly Chalmers?

—Polly Chalmers no es ahora la cuestión, Cincinnati —zanjó Howie.

—Yo creo que sí es la cuestión, Howard. ¿No deberíamos ocuparnos de ella antes de ocuparnos de la *otra* cuestión? —dijo el alcalde Jules.

—No hay nada de que ocuparse, Abe.

—Claudette MacDougal cree que sí.

Howie Howling frunció el ceño.

—Dime que no se lo has contado. Y que tú tampoco, *Doris*.

—Oh, yo soy una *tumba*, Hows. ¿No huelo como una tumba? Oh, no, creo que es este sitio, ¿cuánto hace que no limpias tus *cuchillas*, Hows?

—Howard —inquirió el alcalde—. Claudette no sabe nada. Pero ha leído el artículo de la señorita McKenney, como todo el mundo. Y se está preguntando cosas.

—Todo el mundo se preguntó cosas después de que aquel ridículo cronista publicase aquel otro artículo. —Howie se refería a Stacey Breis-Cumwitt, el cronista de la *Terrence Cattimore Gazette* que había dudado de que hubiese habido un verdadero *asesinato*—. ¿Y acaso cambió algo? ¿Cambian los artículos *algo*, Abe?

—No lo sé, Howard, pero ¿y si Claudette MacDougal tuviera razón? A lo mejor ha llegado el momento de contar la verdad. Claudette dice que las posibilidades *turísticas* de un *falso* asesinato son *infinitas*. ¿No podríamos decir que era una forma de *homenajear* a las hermanas Forest? Podríamos *fingir* que lo hicimos *por ellas*. Podríamos *llamarlas*.

—¿Insinúas que Jodie y Connie van a *dignarse* a visitarnos porque *nadie* mató a Polly Chalmers? ¿Qué quieres contarle al mundo, Abe? ¿Que estamos *tan* obsesionados con *ellas* que hemos convertido nuestra ciudad en una *falsa* ciudad en la que muere gente *de mentira*? ¿Que no estamos, en realidad, *vivos*, sino que *actuamos* en una serie de televisión que *nadie* está viendo, *Abe*? —atajó, severo, Howling.

Doris Peterson se rio (¡JA!). Nadie supo si de lo que había leído en aquel ejemplar de *Paraíso 23* que había traído consigo o de lo que acababa de decir Howie.

—No sé, Howie. Quiero decir, ¿y si el alcalde Jules tiene razón? —dijo John-John—. Después de todo, no matamos a nadie. ¿Y no aspira esta ciudad a ser considerada la mayor *fan* del mundo de *Las hermanas Forest investigan*? ¿No es ya la *única* fan que les queda? ¿Y cuántos de nosotros hemos leído la novela de esos esquiadores?

—Nadie esquía en *La señora Potter*, John-John —aclaró Doris, sin despegar la vista de la página que estaba leyendo—. Pero sigue, por favor. Suena interesante.

—No matamos a nadie, Howie —pareció suplicar John-John—. No pueden hacernos *nada*. Esa chica podría volver y ponerse flores a sí misma si le apeteciese.

—No, no matamos a nadie, Cincinnati. Tampoco *amenazamos* a nadie con que acabaría en la cárcel por un crimen que no pudo cometer porque no existió. Sinceramente, decidme, tengo curiosidad, ¿de qué manera puede ser *beneficioso* confesar que no hubo *ningún* delito y que, por lo tanto, el delito lo cometimos nosotros? ¿*Phyll*?

Phyllis Claude carraspeó.

—Eeeh, sí, señor Howling.

—¿Cometimos el delito nosotros?

—Eeeh, sí, señor Howling.

—Oh, vamos. —El alcalde Jules se puso en pie. Enroscó uno de sus índices en aquel endiablado bigote suyo. Empezó a merodear por aquella estancia repleta de esquís—. Todo el mundo sabe que la historia puede reescribirse. ¿No sabe todo el mundo que la historia puede reescribirse? La historia se reescribe todo el tiempo, Howard.

—¿Y qué hacemos mientras tanto? —inquirió Howard.

—¿Mientras tanto? —preguntó John-John.

—¡La gente está llegando, Cincinatti! ¡Quieren llevarse uno de esos *muñecos* que venden en la tienda de los Peltzer! ¡Nadie va a querer volver si no pueden hacerlo! ¿*No* podríamos hacer algo? ¿*Phyll*?

—Oh, es una de las, bueno, *posibilidades*. No está, eh, contemplada en el acuerdo de confidencialidad pero la *intención* del acuerdo es que se decida lo que se decida, se guarde silencio al respecto, como se ha guardado con, ehm, el asunto de la chica Chalmers.

—Eso quiere decir que podríamos *fingir* que Peltzer nos ha dado *permiso* para *abrir* la tienda mientras *tanto* —resolvió Howling—.

Aunque deberíamos deshacernos *antes* de la chica Breevort —añadió.

—¿*Deshacernos*? —Cincinatti parecía asustado.

—Bueno, no exactamente. Digamos que podríamos, eh, dejarla fuera de combate.

—Oh, no no, Howard. —Abe Jules sacudió la cabeza—. Ni pensarlo.

—¿Qué mal podría hacerle pasar unos días *fuera*? Tal vez podríamos *envenenar* una tarta para *perros* y hacer que pasara unos días en ese otro sitio en el que hay un hospital para perros. Sólo sería una pequeña *maniobra* de *distracción* para que *nada* cambiase.

—Ajá, Hows, ¿y *luego*? —Ésa era Doris Peterson.

—Luego, Dors, podrías intentar ponerte en contacto con ese par de actores horribles que hacían de padres de Polly Chalmers y pedirles que viniesen a visitar la tumba de su hija y de paso contar que no son más que actores horribles.

—No sé, Hows, a lo mejor están *muertos*.

—No están muertos, Dors.

—No he vuelto a verles, Hows, así que podrían estar muertos. O podrían tener un buen trabajo. Podrían estar trabajando en el circo, Hows.

Howie Howling suspiró. Se sujetó la frente como si en vez de una frente fuese algo que quisiese *machacar* y miró a Phyllis Claude.

—¿Quieres ayudarme con esto, Phyll?

—Oh, eh, *sí* —Phyll estornudó. Pidió perdón. Dijo—: La cuestión ahora no es la chica Chalmers. La cuestión ahora es la casa de Mildred Bonk.

—Exacto. Todo apunta a que la casa no va a poder *desvenderse* pero eso no significa que no podamos intentar que lo haga, por más que esté ya repleta de operarios.

—¿Qué clase de operarios son?

—¿Phyll? —Howling miró al abogado.

Phyllis se sorbió (¡*SSSRLUP!*) la nariz. Dijo:

—Los operarios son operarios corrientes. Trabajan en la propiedad desde primera hora de la mañana. Las últimas informaciones aseguran que se está construyendo un *(ah)* un *(ah)* un (¡*a-chús!*) *telesilla*.

–¿Un *telesilla*? –John-John frunció su, en otra época, autoritario ceño de jefe de la policía–. ¿No dice McKenney que son *escritores*? ¿Para qué iban a querer un telesilla?

–No lo sé, Cincinnnati –dijo Howie Howling–. Lo único que sé es que no va a ser sencillo *desvender* la casa, ¿verdad, *Phyll*? Todos miraron a Phyllis Claude.

–Cierto –dijo Phyllis Claude–. Pero que no vaya a ser sencillo no quiere decir que vaya a ser imposible. Tal vez encontremos una irregularidad en el contrato.

–¿Contrato? ¿Qué contrato? ¡Están construyendo un telesilla porque creen que van a ir con él a alguna parte! –Cincinnati no daba crédito–. ¿Cómo crees que vas a echarles de ahí? ¿Asegurándoles que hay menos nieve de la *prometida*?

–No es nieve lo que les han prometido –dijo Doris Peterson–. He estado hablando con Hannah Beckerman –dijo, distraídamente, Doris. Miró la bolsa de palomitas que había traído consigo. Sacó aún de ella un par de *ejemplares*. Se los metió en la boca. Los (CHAS) (CHAS) mascó–. Dice que les están dando *clase*. Clase de *futuros* vecinos.

Doris hizo a un lado la novela y la bolsa vacía de palomitas, les miró uno a uno y dijo (ESCUCHADME BIEN), dijo, (ESA GENTE, LOS BENSON, SON PECES GORDOS).

–¿Y por qué dice McKenney que son escritores? –inquirió John-John.

–Porque *son* escritores. Pero no son escritores *corrientes*. Son escritores peces gordos. Y adivinad qué hacen los escritores peces gordos. –Doris volvió a mirarles uno a uno. Todos enarcaban las cejas. ¿Qué podía hacer un escritor pez gordo?–. ¿No? ¿*Nadie*? Es bastante sencillo. ¿Qué no les gusta a los escritores? O, mejor dicho, ¿qué no les parece *suficiente*? –¿*Los libros que se escriben?*, se animó Cincinnati–. No, querido John, mira a tu alrededor –dijo Doris. Todos los hicieron. El señor Howling frunció el ceño, dijo: ¿*Los esquís?*–. Oh, no puedo creérmelo –dijo la mujer del alcalde–. ¡LA REALIDAD! –bramó. ¿*La realidad? ¿Por qué no iba a gustarles? Quiero decir, ¿es que puede no gustarte? La realidad es lo que hay, ¿verdad? ¿Y puede no gustarte?*, Cincinnati estaba perplejo. A su lado, Phyllis Claude se rascaba una oreja y se sorbía la nariz–. ¿Es que ninguno de vosotros, interminables montones de ridículas cosas, ha leído jamás un libro? ¡Por todos los dioses galácticos! ¿Es que no os habéis dado cuenta de que toda esa gente inventa *sitios* para escapar de *aquí*? Y a todos les funciona, pero a los peces gordos no. Los peces gordos, *queridos*, necesitan *más*.

Cincinnati había preguntado entonces si con aquello de que necesitaban *más* quería referirse Doris al telesilla, (¿POR ESO ESTÁN CONSTRUYENDO UN TELESILLA?), había preguntado John-John, y Doris había dicho que sí, porque lo que ocurría con los Benson era que no se estaban mudando a Kimberly Clark Weymouth, se están mudando a su propia versión de Kimberly Clark Weymouth.

En su propia versión de esta ciudad, hay gente *esquiando* en alguna parte, y para eso *necesitan* un telesilla —indicó Doris, y aún añadió—: Hannah dice que todo tiene que ser *perfecto*.

—¿Hannah? ¿Hannah Beckerman? —Ése era Howie Howling. Phyll Claude no entendía nada.

—¿Es, la señora Beckerman, *vecina* de esos escritores, señora Peterson? —preguntó.

Doris Peterson le miró como si en vez de un tipo larguirucho fuese un apetecible pastelito de jengibre, y dijo (EFECTIVAMENTE, SEÑOR *PASTELITO*).

—Lo siento, pero no entiendo nada —dijo John-John—. Si Hannah Beckerman vive al lado de esos escritores, ¿es a ella a quien están dando clase de *futuros* vecinos?

—No sólo a ella, John-John. Están adoctrinando a todo aquel que vive cerca para que todo sea exactamente como ellos esperan que sea.

—¿Y cómo esperan que sea? —inquirió John-John.

—Oh, aquí es cuando la cosa se pone interesante, John-John. Porque, ¿recordáis que os he dicho que les han prometido algo? Lo que les han prometido es un *fantasma*.

—¡JA! ¿Un fantasma? ¿*Qué* fantasma, Dor? —quiso saber John-John.

—El fantasma de Randal Peltzer —reveló Doris Dane Peterson.

—No existe ningún fantasma de Randal Peltzer, Dor.

—Por supuesto que no, John.

—¡Vaya! Así que, ¿Phyll?, ¿va a poder *desvenderse* la casa? —inquirió Howie.

El alcalde Jules estaba pensando en McKisco. McKisco podía ser una solución. Pero ¿acaso se atrevía a admitir que podía llegar a serlo? ¿Por qué era todo tan complicado? ¿Y de qué demonios hablaban? ¿*Fantasmas*?

—No tan rápido, *vaquero* —se plantó Doris—. El fantasma *existe*. Eso es lo que dicen todos sus vecinos. Que se atragantó con un montón de cereales de colores y se murió y que, desde entonces, vaga por la casa, haciendo crujir la madera y silbar las ventanas.

—Un momento, ¿Hannah Beckerman dice *eso*?

—¿De qué te crees que hablo cuando hablo de *adoctrinar* vecinos, Hows?

—Pero eso es ridículo, ¿no, Phyll? Los fantasmas no existen. Es, bueno, ¿crees que podría *alegarse* algo? ¿Algo que les hiciese plantearse *desvender*?

—Siempre que en el contrato haya una cláusula al respecto, sí, señor Howling.

—¿Una cláusula al respecto? —Howie Howling se dirigió a Doris Peterson— ¿La hay? ¿Doris? Si existe, estamos *salvados*. ¿*Existe*? ¡JA!, ¿de veras son tan estúpidos? ¿O es que hay alguien *invisible* abriendo y cerrando puertas en Mildred Bonk?

—Oh, Hows, hay algo más que eso —dijo Doris.

—No puede haber algo más que eso, Dor. Quiero decir, los fantasmas no existen. Por más que esa gente sean peces gordos hay cosas que no pueden comprarse, ¿no?

—Cuando eres un pez gordo, John, todo es posible.

—Nah, Dor, uno no puede comprarse un fantasma.

—El fantasma *existe*, chicos. Hannah Beckerman ha estado con él. Es un tipo que se hace pasar por Randal. Un fantasma *profesional*.

—¿Un fantasma *profesional*? ¿Qué demonios es eso?

—Oh, John-John, siempre tan *preguntón*. ¿Es que no os enseñaban a otra cosa que a preguntar en la academia de policía?

—No, Dor, quiero decir, ¿cómo puede ser alguien un fantasma profesional? ¿Acaso está *muerto* y sigue *trabajando*? ¿A qué clase de otro mundo vamos cuando acaba este?

Doris Peterson estalló en carcajadas: (OH) (JOU JOU JOU).

—¿Por qué no me casé contigo, John-John?

—Supongo que porque no soy un buen partido, Dor.

–¡EXACTO! –Doris Peterson lanzó el brazo que sostenía la novela como lo lanzaría en un brindis entusiasta–. ¿Hows? ¿Por qué no nos sirves una copa? Me apetece una copa. ¿Es que son siempre así de *aburridas* estas reuniones?

–¿Cariño? –El alcalde Jules parecía acabar de advertir que la persona que estaba dirigiendo la reunión era su mujer. Se puso en pie. Le tendió la mano. Dijo–: Vamos.

–Oh, Abe, ¿sigues aquí? Creí que te habías *largado* a casa de *Violet*. ¿Sabéis lo que hace mi marido, *chicos*? Se *folla* al escritor de *whodunnits*.

–Yo no, eh. –El alcalde Jules carraspeó, oh, era, él también, tan larguirucho, tan absolutamente *poco* membrudo, tan ilusamente golpeable–, me *follo* a *nadie*, Dor. Lo que quizá quieras decir es que Francis McKisco y yo somos buenos amigos y –bueno, iba a decirlo, McKisco podía ser una solución– he estado pensando que, tal vez, bueno, ¿y si ha llegado el momento de que nos olvidemos de la señora Potter?

–Oh, no puedo creérmelo, Abe, ¿vas a intentar *colocarnos* a tu *amorcito*?

–El señor McKisco no es mi amorcito, Doris. Es un buen escritor y tiene éxito y he pensado que, oh, no sé, ¿alguno de nosotros ha leído siquiera *La señora Potter*?

–Oh, no no, Abe, *no*. Ninguno de nosotros *necesita* leer *nada*, Abe. ¿Has visto esos autobuses? Esos autobuses son lo único que necesitas *leer*. –De repente, como si acabara de recordar algo de vital importancia, Howie dijo–: Insisto en que deberíamos intentar *colarnos* en la tienda de los Peltzer mientras arreglamos lo del fantasma. Ya sé que es, oh, bueno, pero ¿qué le decimos a toda esa gente?

–No sé, Hows, ¿y si les pedimos a esos *profesores* de vecinos que les den clase? ¿Os he dicho ya que tienen *cuadernos*? ¿Cuadernos con *ejercicios*? ¡Tienen clase de Historia de Kimberly Clark Weymouth! ¡Y no es *nuestra* Historia, es *su* Historia!

–¿Quieres decir que no están mencionando a la señora Potter?

–No, Hows, nadie le está hablando de la señora Potter a esos peces gordos. Para esa gente, esta ciudad fue, en otro tiempo, una ciudad cercana a la importantísima estación de esquí de Snow Mountains Highlands, que, al parecer, hoy ya no existe.

—¿Una estación de esquí *aquí*? ¿Es que han perdido la cabeza?

—No, al parecer, eso es lo que necesitan para ponerse a escribir.

—¿Quiere eso decir que van a *reescribir* nuestra historia, Doris, cariño?

—No lo sé, ¿quiere eso decir que van a reescribirla, Abe?

Howie Howling pensó en tirar la toalla. ¿No era aquello demasiado? Si no sacaba de allí a aquella pareja de escritores, Kimberly Clark Weymouth no sólo corría el riesgo de no volver a ser visitada *jamás* por los *únicos* turistas que la visitaban, sino que iba a convertirse en otra cosa, en una cosa que *nada* tenía que ver con ella, aunque, a decir verdad, ¿no vendes *tú* esquís, *Hows*? ¿Y si, oh, bueno, y si esa gente está escribiendo una novela que puede convertirte a *ti*, Hows, en la nueva señora Potter? Porque esa gente está escribiendo una novela, ¿verdad?

—¿Phyll? ¿Está esa gente escribiendo una novela?

—Oh, eh, no lo sé. —Phyllis Claude sólo podía pensar en tomar un baño caliente y en meter aquel par de pies como bloques de hielo bajo el agua. De todas formas, respondió lo que le parecía más lógico—: Pero, eh, supongo que lo está, si, eh, no he entendido mal y, oh, bueno, la señora Peterson acaba de decir que necesitan esa estación de esquí para escribir, así que supongo que sí.

—Pero, quiero decir, ¿no *inventan* los escritores *las cosas*? ¿Por qué iban a necesitar que existiese una estación de esquí para escribir sobre una estación de esquí?

—John, *querido*, he estado hablando un buen rato, ¿verdad? Bien, a lo mejor no he dicho que esos escritores son escritores de *terror* y que, por lo tanto, escriben *novelas*. Lo que seguro que he dicho es que son peces gordos, ¿verdad? ¿Y sabes por qué lo son, John? Porque venden un montón de libros. No es que vendan miles, es que venden millones, John. Son ricos, John. Creo que de algo de eso se habla en el periodicucho de McKenney hoy. —Doris pasaba páginas de aquella novela mientras decía todo aquello, y lo hacía con cierta violencia, como si estuviera harta de estar allí—. No sé, *chicos*, yo tiraría la toalla y me dejaría devorar por esa gente y su condenada estación de esquí *fantasma*. Aceptad de una vez que el mundo puede cambiar y que no tenéis por qué evitar que lo haga porque *nada* va a acabar con *él*.

Howie Howling se imaginó vendiendo pequeñas réplicas de la casa de Mildred Bonk en su *nueva* versión, es decir, la casa de Mildred Bonk con telesilla, a los lectores de aquella pareja de *famosos* escritores. Imaginó un pequeño rincón en su tienda, un pequeño rincón en Trineos y Raquetas Howling, dedicado a todo tipo de aquellas pequeñas réplicas relacionadas con la novela que la pareja iba a escribir allí, en su ciudad, y también, cómo no, pequeñas réplicas de ellos mismos, los escritores, ¡oh, los Benson! ¿Qué sabía él de ellos? Debía conocerles *cuanto antes* y fotografiarles y enviar la fotografía a donde fuese que había enviado Randal Peltzer la fotografía de aquella escritora para que se la *fabricasen* en ¿qué? ¿Plástico? ¿Algún tipo de *yeso*? ¿Y si no *desvender* la casa de los Peltzer no sólo era una buena idea sino que era la *mejor* idea?

Cuando todo aquello terminase, cuando las sillas se recogiesen y los *invitados* se marchasen, sin haber rellenado los formularios pero habiendo empinado ligeramente el codo, pues, ante la alegría de aquella toma de decisión, (¿DORIS?) (PUEDE QUE TENGAS RAZÓN) (QUIZÁ HA LLEGADO EL MOMENTO) (VAMOS A REESCRIBIR LA HISTORIA), se habían servido copas, Abe Jules había seguido pensando que el único que podía sustituir a la señora Potter era McKisco, porque la única cosa que caracterizaba a Kimberly Clark Weymouth era su *pasión* por *Las hermanas Forest*, y ¿acaso no era McKisco la mejor prueba de aquel furor *detectivesco* de sus habitantes? ¡Era escritor de *whodunnits*! ¡Su propio escritor de *whodunnits*, por todos los dioses *uniformados*!

—¿Violet McKisco, Abe?

—¿No, *Mild*?

—No, Abe.

—¿Por qué no, Mild?

—Porque ya tenemos a la señora Potter, Abe.

—¿Y no podemos tener otra cosa, Mild?

—No, Abe —dijo la bibliotecaria.

Abe hacía aquello a menudo. Llamaba en mitad de la noche a Mildway Reading, la foribunda e insomne bibliotecaria de Kimberly Clark Weymouth. Mildway sabía que era él cuando descolgaba. No es que nadie más que él la llamase a aquellas horas, es que nadie la llamaba nunca. Abe y Mildway habían salido juntos en otro tiempo, un tiempo anterior a Doris Dane, un tiempo *mejor*, y se echaban de menos como lo harían dos personas que tal vez nunca habían llegado a quererse como era debido, pero ¿acaso sabían en qué consistía quererse como era debido? ¿No era quererse como era debido pensar sin más en el otro cuando no se podía pegar ojo por la noche?

—¿No puedes pegar ojo, Abe?

—No puedo pegar ojo, Mild.

—Oh, por una vez, dime que son los ronquidos de esa mujer, Abe —le había dicho la bibliotecaria aquella noche. Estaba fumando. Abe notaba cómo se estrellaba el humo del cigarrillo contra el auricular. (NO), le había dicho Abe, y luego, el teléfono de disco sobre las sábanas, la televisión y las risas de Doris atronando de fondo, quién sabía lo que demonios hacía, leía, leía todo el tiempo, leía viendo la televisión, le gritaba cosas a la televisión, también le gritaba cosas a los libros, y luego, cuando amanecía, salía de casa, se metía en el coche y conducía hasta aquellas estaciones de servicio en las que conocía a actores sin trabajo, y qué clase de vida era aquella, se decía a menudo Abe Peterson, y qué clase de vida era la suya al lado de aquella mujer incomprensible, qué clase de vida, la vida de un extraño que despierta un día en una cama que no es la suya, al lado de alguien que no conoce, pero que, supone, es su mujer, por más que no recuerde de qué forma la eligió, qué clase de cosas tuvieron, alguna vez, en común, por qué sonríe a veces cuando le mira, como si supiera algo que él jamás sabrá, esa clase de vida, (SÁCAME DE AQUÍ, MILD), había pensado, como lo hacía siempre, (SÁCAME DE AQUÍ).

—¿Por qué no podemos tener otra cosa, Mild?

—Porque sería un suicidio, Abe.

—¿Por qué iba a ser un suicidio, Mild?

—Déjame decirte una cosa sobre los libros y los escritores, Abe. —Mildway escupió algo de humo (FFFFF) al auricular del teléfono antes de continuar. Abe oía música de fondo. Sonaba triste, pero también tranquila, relajada. ¿Y qué hacía él allí, con aquella mujer desagradablemente vociferante, cuando podía estar sentado al lado de aquella otra mujer, envuelto de humo, escuchando música y dejándose *ilustrar* respecto a los escritores y los libros? ¿En qué momento *todo* se había *torcido*?–. Por un lado –(FFFFF) prosiguió– están los libros, Abe, y, por otro, los escritores. Puede que te parezcan la misma cosa pero no lo son. –Mildway solía hablar como una maestra de primaria, cosa que a Abe le encantaba–. ¿Y por qué no lo son, Abe? Porque la fama de unos no es equiparable a la de los otros. Existen, por un lado, los autores famosos, y por otro, los libros famosos. ¿Y son mejores unos que otros? Déjame decirte que, para el caso, *sí*, Abe. No ocurre a menudo pero a veces ocurre que ciertos libros se *comen* a sus escritores. Es decir, adquieren esa vida propia que les permite *aniquilarlos*. Se convierten entonces en pequeños *dioses*, Abe. El tiempo deja de existir para ellos. Están ahí, sin más, para siempre. Dispuestos a verter eternamente sus enseñanzas sobre sus *discípulos –(FFFFF) Oh, no estaré poniéndome muy bíblica, ¿verdad, Abe? (FFFFF) No querría estar poniéndome demasiado bíblica. Es tarde, deberíamos meternos en la cama (FFFFF), Abe–, ¿y qué* ocurre con los escritores en esos casos? Que desaparecen. A menudo apenas se les recuerda como los azarosos responsables de que el milagro se produjera. Porque la obra maestra parece haber sido concebida por alguna especie de misteriosa fuerza superior. *–Oh, lo siento, ¿mística ahora, Mild? (FFFFF) ¿Te he dicho ya que creo que es demasiado tarde para esto, Abe?–*. El caso es, Abe, que *La señora Potter* es uno de esos libros. ¿Han escrito los Benson un libro parecido? No. Los Benson son famosos en tanto que escritores únicos, Abe. Y eso quiere decir que su fama no va a poder trasladarse a Kimberly Clark Weymouth, no vamos a poder *robarla*. Viajará con ellos mientras estén *vivos*, y, cuando mueran, se quedará donde sea que se encontrasen entonces, o en el lugar del que provinieron. En su caso, con toda probabilidad, se quedará en el inofensivo Darmouth Stones. Nada va a cambiar porque Howie Howling quiera que cambie, Abe. No es así como funciona el mundo.

–No, eh, *claro*, Mild, pero ¿qué me dices de McKisco?

–McKisco podría funcionar si no existiera *La señora Potter*, Abe.

–Entonces, si el chico Peltzer desaparece, ¿podría *funcionar*, Mild?

—No, Abe. Nunca podría funcionar porque *La señora Potter* no va a dejar de existir. A *La señora Potter* le trae sin cuidado que el chico Peltzer desaparezca. *La señora Potter* ya eligió, Abe. Y eligió a Kimberly Clark Weymouth. Nada va separarla de ella *jamás*. Recuerda que es un pequeño *dios*.

—¿Y eso que quiere decir, Mild?

—Que es ella la que manda.

—¿Y nada va a cambiar entonces?

Midlway Reading hizo un pequeño alto, paró la música, suspiró ante el auricular, y Abe Jules cerró los ojos, imaginando que no estaba en su desordenado cuarto, el teléfono de disco sobre las sábanas arrugadas, las risas de Doris de fondo, sino en el salón atestado de libros de la bibliotecaria, dejándose mecer por el silencio en el que se sumió la estancia cuando la música se detuvo, y escuchó:

—Nada puede cambiar nunca, Abe.

29

En el que se descubre qué les ocurre a los Benson en las casas encantadas, y en el que Becky Ann conoce a la encantadora Penacho, y, oh, se pasa miedo cuando el falso fantasma de Randal Peltzer está a punto de (¡MMMMMM!) matar a Frankie Scott, que sólo piensa en encontrar un, eh, *vestido*

Aquello, aquella cosa horrible que había pasado con los hermanos Clem, con Duane y Janiella, aquel par de ridículamente estúpidos *bills*, el aparatoso accidente que su *terror* a la nieve había provocado, había impedido que los Benson entrasen no ya con buen pie sino con ningún tipo de pie, a menos que sus pies helados y *cansados*, hartos de arrastrar *maletas* por las *inmundas* calles de aquel condenado sitio contasen, en aquella casa que, oh, sí, tenía aspecto de *modesta* cabaña y contaba, ostentosamente, con su propio *telesilla*, pero de poco, de *nada*, iba a servirles, se dijo Becky Ann, si no podían *enamorarse*. ¿Y cómo iban a *enamorarse* si lo primero que había hecho Scottie era *asaltar* sus *tres* maletas en busca de un vestido y no con el fin de curiosear entre los libros que ella había decidido *llevarse* para que la acompañasen aquella primera noche, libros que siempre tenían que ver, pensaba Becky Ann, con una parte de sí misma que su marido no conocía todavía y a la que iba a animar a *asomarse* aquella noche, después de que tomasen su primera copa, dejándose *atemorizar* por los crujidos de la casa, sintiéndose otra vez *niños*, niños a merced de aquel Más Allá terrorífico en el que nadie hablaba de sus novelas, aquel Más Allá en el que podían volver a *temer* incluso *enamorarse*? ¿Cómo podía aquello que siempre ocurría, aquello que desencadenaba la escritura de cada nueva novela, es decir, su *indispensable* enamoramiento, *ocurrir*, cuando en lo único en lo que pensaba Scottie no era en la copa que debían *compartir* justo antes de que el fantasma apareciese, la copa a la que llamaban, *cariñosamente*, Doorman, porque de alguna forma era una *puerta*, una puerta que abrían a un pasado *alternativo*, o a un futuro *reescrito*, en el que dejaban de ser por un momento los *famosos* Benson, para fingirse un par de ilusos desconocidos atrapados en una casa encantada, sino en aquel *hombre*? Becky Ann, dolorida y rabiosa, después de *acarrear* lo que le habían parecido miles de *millas* con aquellas tres maletas, sus tres maletas y la *jaula* de Susan Laird Jonathan Reynolds, oh, había tenido que dejar el carrito de bebé en la *diligencia*, aquella diligencia que había partido, *rauda*, hacia el hospital, con aquel par de estúpidos criados que creían que la nieve podía *comérselos*, y que habían dejado que, de alguna forma, lo hiciera, pues no habían puesto los pies donde debían, habían resbalado, se habían caído, y se habían roto lo que parecían *demasiados* huesos como para *continuar*. Así que la *famosa* pareja de quisquillosos escritores se había quedado *sola* en mitad de una calle nevada, con su cada vez más nevado equipaje, discutiendo, *gritando*, porque, oh, Becky Ann, no podía perder el tiempo de aquella manera, (¡NO PUEDO PERDER EL TIEMPO DE ESTA MANERA, *SCOTTIE*!), gritaba Becky Ann, porque ella tenía, *ellos* tenían, decía, que *cazar* ideas, ¿y cómo iban a cazar ideas si tenían que *arrastrar* aquellas condenadas maletas?

En realidad, la única que *gritaba* y discutía y *pataleaba* era Becky Ann, y, por lo tanto, era ella la única que se convertía, aquí y allá, en objetivo de la pequeña nube de fotógrafos que (FLASH) (FLASH) (FLASH) les seguía y *disparaba*, a una distancia prudencial, porque, oh, todo el mundo sabía lo que le había pasado a aquella *torpe* periodista, la imprudente Celeste Philip Coombs, que se había, sin duda, *extralimitado*, que había ido, en realidad, demasiado lejos, afirmando que Becky Ann parecía estar limpiándose «restos de niño humano de la comisura de los labios», y había *muerto*, y nadie, en aquella pequeña nube de fotógrafos quería *morir*, así que guardaban las distancias, y disparaban, y Becky Ann *pataleaba* y dejaba caer las maletas al suelo, y decía (NO QUIERO ESTO, SCOTT), y exultantemente divertido, Frankie Scott se daba media vuelta, *silboteando*, porque, desde que había salido de la oficina postal no había hecho otra cosa que *silbotear*, parecía, oh, sin más, indestructiblemente *feliz*, y le decía (AGUANTA, *BECKS*) y (¿RECUERDAS CÓMO ERA EL MUNDO

CUANDO NO EXISTÍAN TODOS ESOS *BILLS*?), a lo que Becky Ann, *rabiosa*, mientras tironeaba de una de aquellas pesadísimas maletas suyas (¡*AUMPF!*), incapaz de creerse que estuviese siquiera sugiriendo *otro mundo*, replicaba (¡OH, SCOTT!) (¿QUIERES CERRAR EL MALDITO PICO?) (¡LOS *BILLS* SIEMPRE HAN *EXISTIDO*!), y Frankie, tan a gusto consigo mismo en aquel momento, gritaba, una maleta en cada mano, el busto de Henry Ford Crimp meciéndose en la jaula, tomaba aire, aquel aire *limpio* y *helado*, tan semejante al aire limpio y helado que había tomado cuando aún no era el *señor* Benson, cuando aún vagaba por la ciudad y tenía un árbol favorito, un viejo roble bajo el que se sentaba a leer, y también a escribir, y gritaba (¡EL AIRE, BECKS!) (¡EL AIRE!), y la nube de fotógrafos intentaba lograr (FLASH) (FLASH) un primer plano del escritor, porque les había parecido que podía estar perdiendo la cabeza, y, oh, entonces los titulares serían distintos, los titulares dirían cosas como (FRANK SCOTT BENSON PIERDE LA CABEZA) (EL AIRE HELADO DESTRUYE EL MATRIMONIO MÁS TERRORÍFICO DE TODOS LOS TIEMPOS) y debían estar preparados, pero se habían acercado más de la cuenta y Becky Ann había soltado las maletas y había empezado a lanzarles bien formadas, durísimas, bolas de nieve, y ellos no habían tenido otro remedio que dispersarse, aunque algunos habían conseguido alguna de aquellas valiosas instantáneas, instantáneas en las que Becky Ann Benson parecía, ciertamente, existir «desde que el mundo era mundo, o desde mucho antes», tan desfigurada por la *ira* estaba. (¿EL AIRE? ¿QUÉ AIRE, SCOTT?) (¡LO QUE HAY AQUÍ NO ES AIRE, ES UN MALDITO BLOQUE DE *HIELO*, ESTÚPIDO!), gritaba y echaba de menos el mullido interior de la diligencia de Mary Paul, y además, ni siquiera habían leído el informe, y siempre leían el informe antes de llegar para saber *qué* podían *esperar* de aquel *nuevo* fantasma, para, como aquel par de desconocidos ardorosamente dispuestos a enamorarse en que iban a convertirse, *charlar* mientras compartían aquella primera copa ante la chimenea de aquel, su nuevo y pasajero hogar, sobre el pasado del *muerto* al que iban a invitar a *cenar*, y la posibilidad de que éste resultase *peligroso*, como siempre advertía el pormenorizado relato que les hacía llegar su agente, Dobson Lee, y que había sido escrito, cada vez, por una *médium* distinta, alguien de prosa enrevesada y *atemorizante*. Para que la cosa *funcionase*, debía, siempre, existir la posibilidad de que el fantasma fuese un fantasma *malvado*, de hecho, era habitual que, aquella primera noche, el invitado se rebelase, y aquello no hacía sino incrementar el *deseo* de la pareja, pero ¿qué clase de deseo podía incrementarse aquella ridículamente desastrosa noche?

(¡OH, MALDITA SEA!), acababa de gritar Becky Ann cuando, desde la puerta abierta de lo que parecía un acogedor comercio, en una de aquellas calles de asfalto *esculpido* en nieve *sucia*, una encantadora jovencita había llamado su atención, había dicho (¿SEÑORA?), y luego, como en un sueño, se había acercado a ella, portando lo que parecía un penacho indio, un francamente horrendo *cubrecabezas* emplumado, y se lo había tendido, y Becky Ann lo había *aceptado*, Becky Ann había dicho (OH, VAYA), y lo había aceptado, y ella había dicho (¿LE GUSTAN LOS SOMBREROS, SEÑORA?) y Becky Ann había dicho que (SÍ) que (POR SUPUESTO), y había dejado caer las maletas y había dejado caer también a Susan Laird Reynolds, y había tomado aquel espantoso penacho y había sonreído, sus *heladas* y magulladas manos agradeciendo el contacto con aquel montón de cálidas plumas, y la chica había dicho (TAL VEZ QUIERA USTED PASAR Y ECHARLES UN VISTAZO). Pero Becky Ann no quería echar ningún vistazo. Becky Ann quería llevarse aquel (PENACHO) y *ordenar* a Harriet Michelle Glickman, la única hija de los dueños de aquel negocio, Utensilios Glickman, que le echara una mano con las maletas. Y eso fue lo que hizo, dijo (GRACIAS), y (ES USTED MUY AMABLE) y a continuación le *ordenó* que se ocupara de las maletas. (YO ME ENCARGARÉ DE SUSAN LAIRD), dijo Becky Ann, y (DE, OH, ESTE ESTUPENDO PENACHO), y también de (ESA MALETA), la (MÁS PEQUEÑA), y luego, admirando aún el penacho, que encontraba francamente abominable, insistió, mientras emprendían la marcha, (ES UN PENACHO ESTUPENDO) y añadió (CREO QUE VOY A PONÉRMELO ESTA NOCHE), y la chica quiso saber qué ocurría aquella noche, y Becky Ann le dijo que iban a celebrar un pequeño *banquete* en su nueva casa, y la chica dijo (VAYA) y (¿ACABAN USTEDES DE MUDARSE A KIMBERLY CLARK WEYMOUTH?), y, mientras caminaban, la ventisca golpeándolas, los cristales de las enormes gafas de aquella mujer, aquellas gafas como caballos de carey, cubriéndose de copos de nieve decididos a no derretirse, contempló Utensilios Glickman, la puerta abierta, la luz encendida, y le dijo (NO PASA NADA) y (SÓLO SERÁ UN MOMENTO), (NO TE ESTOY DEJANDO), (ENSEGUIDA VUELVO).

—Te extenderé un cheque —dijo Becky Ann Benson.

—¿Disculpe?

—Cuando lleguemos, te extenderé un cheque. Ha sido un —(¡AMPF!)— milagro dar contigo, muchacha. ¿Ves esa nube de gente? —(¡OH, MALDITA, ESTÚPIDA MALETA!)—. Mañana seremos el hazmerreír de Darmouth Stones y del condenado mundo entero, Penacho ¿y crees que a mi ridículo marido le importa? —Becky Ann se detuvo, tomó a la chica de la solapa de su abrigo de paño rojo, susurró—: En lo único en lo que piensa es en ese, en ese, hombre.

—¿Un hombre?

—Un hombre, Penacho.

—Oh, no me llamo Penacho.

—¿No? Bueno, yo te llamaré Penacho.

—Mi nombre es Harriett, señora.

—Yo no recuerdo nombres, Penacho.

Harriett sonrió. Le pareció lo más excéntrico que había oído jamás. Y le gustó. Pensó que había hecho bien en abandonar Utensilios Glickman. Pensó, Utensilios, espera a que te cuente lo que me pasó cuando le ofrecí el penacho a la señora del coche de caballos.

—¿No recuerda nombres, señora?

—No. No le veo ningún sentido. Mi casa está llena de gente, Penacho. Y es siempre la misma gente. Quiero decir, tienen caras distintas, supongo, pero no tengo tiempo para eso. No tengo tiempo para las caras distintas, Penacho. Soy escritora.

—¿Es usted escritora?

—Sí, y mi marido también. Y el hombre con el que piensa salir mi marido también lo es. A veces pienso que el mundo está lleno de escritores. ¿No hay demasiados?

—No lo sé, señora, ¿los hay?

Siguieron caminando, doblaron una esquina. A lo lejos, Frankie Scott parecía una pequeña mosca rodeada de una infinidad de maletas y una jaula para lechuzas.

—El muy estúpido —dijo Becky Ann.

Estaba agitando los brazos y aspirando hondo y golpeándose el pecho y no era más que una mosca. Becky Ann podía extender un dedo y *aplastarlo* si le venía en gana.

—¿Es su marido?

—No sé lo que es, Penacho.

—Creo que la está llamando.

—Me trae sin cuidado lo que esté haciendo, Penacho.

Siguieron caminando. Harriett Michelle trataba de no pensar demasiado en la manera en que había abandonado Utensilios Glickman. Becky Ann sólo podía pensar en que *nadie* estaba leyendo *ningún* informe y que nada iba a salir como debía por primera vez y que quién sabía qué clase de consecuencias podía llegar a tener aquello.

—¿Es eso de ahí?

—Parece una cabaña.

—¿Por qué hay sillas en el aire?

—¡BECKY ANN!

—Oh, no.

Scott había abandonado la jaula para lechuzas y las maletas en la puerta de aquella *cosa* de madera y corría en su dirección, con una ridícula sonrisa en la boca. Para ajustarse más a los hechos, podría decirse que Frankie Scott se *desplazaba* en su dirección, tan deprisa como le era posible, teniendo en cuenta que sus piernas estaban ocultas hasta la rodilla en un montón de nieve. En cualquier caso, no tardó en alcanzarlas.

—Scottie, esta es Penacho.

—Harriett, *señor*.

—Oh, eh, *hola.* —Frankie tomó aire. Parecía exhausto—. Es, uuuf, un *placer.* —Le tendió la mano. Harriett la estrechó—. Bonitos guantes.

—¿Qué son esas sillas, Scott?

—Oh, eh, uuuuf. —Frankie resollaba—. Creo que es nuestro telesilla, Becks.

—¿Tiene su casa pista de esquí? —preguntó Harriett, los ojos como platos.

No tenía una idea muy clara de lo que era una pista de esquí, pero nunca había oído hablar de nadie que tuviese una *en casa*, así que sólo por eso ya había merecido la pena dejar a Utensilios sola de la manera en que la había dejado. Pensó, Utensilios, no vas a creerte lo que me ha pasado cuando he llegado a casa de la señora del coche de caballos, escucha.

Frankie asintió repetidamente, como si en vez de un escritor fuese algún tipo de muñeco de goma. A Becky Ann le pareció francamente aborrecible.

—Deja de hacer eso, Scott. Pareces un muñeco de goma.

—¡Soy *feliz*, Becks! ¡Mira *esto*! ¡Nuestra propia cabaña *en la nieve*!

Frankie Scott había abierto los brazos. Miraba alrededor. Estaba sonriendo. A Becky Ann le costó reconocerlo. ¿Quién demonios era? Parecía un, un, *cualquiera*.

—Camina, Penacho, aún no hemos llegado.

—¿Qué demonios te pasa, Becks?

—No sé por dónde empezar, Scottie, así que mejor espera a que alguien me sirva una copa. —Becky Ann reemprendió la marcha. Harriett la siguió—. Susan, querida, ya estamos llegando —le dijo la escritora a aquel busto de melena empapada.

El equipo de reformas de Dobson Lee había hecho un buen trabajo. Billy Peltzer no habría reconocido su casa ni en un millón de años. Se había convertido en una puntiaguda cabaña de madera con acceso a telesilla. El jardín trasero era ahora una pequeña montaña de nieve siempre *fresca*. En la cima, habían instalado un pequeño *bufé*. Los Benson debían desplazarse a él para disfrutar de su cena *con invitado* aquella noche.

—Señora.

—Oh, un *bill*, al fin.

Las entrenadas manos de uno de aquellos *bills* le retiraron el abrigo, el penacho, la jaula y la pequeña maleta que Becky Ann aún arrastraba.

—Hogar, dulce hogar —dijo la escritora.

Había una chimenea ardiendo frente a una biblioteca, y ante ella, un par de butacas, y *bills* colocando mesitas y lámparas de pie, y otros yendo de un lado a otro con bandejas de lo que parecían apetitosos canapés y aún más apetitosas *copas*.

—Sírvete, Penacho.

—¿Qué quiere que haga con las maletas, señora?

Becky Ann Benson levantó un dedo, señaló a un tipo, dijo:

—Oh, tú mismo, *bill*, ocúpate de esas maletas, ¿quieres?

Y uno de aquellos criados que vestía invariablemente de blanco retiró las maletas de las maltrechas manos de la empleada de la sombrerería.

—Huele estupendamente, señora, eeeh, *Becks*.

—Es Benson, Penacho. Becky Ann *Benson*.

—Oh, lo siento.

—No sientas nada, tómate algo, Penacho. Aún tengo que extenderte el cheque.

Becky Ann Benson colocó el busto de su adorada Susan Laird Reynolds en una mesa baja, junto a la chimenea. Frankie Scott había dado con sus maletas y había empezado a *hurgar* entre sus *vestidos* con la intención de elegir uno para su *cita*.

—Estoy triste, Scott.

—¿Triste, Becks?

Frankie Scott lanzaba vestidos al aire. A cada rato, dejaba de lanzarlos y se detenía a contemplar uno. (ESTE PODRÍA SERVIR), se decía entonces, y lo apartaba.

—Deberíamos estar tomándonos ya sabes qué, Scott.

—Oh, *claro*, Becks, lo tomaremos *enseguida*.

—Estás *violentando* mis vestidos, *Scottie*.

—Oh, ¿yo? ¡JOU JOU! ¡*Beeecks*! ¿Cómo iba yo a estar violentando *nada*? —Frankie Scott seguía arrodillado junto a sus tres maletas—. Sólo es que, oh, bueno, he pensado que podría, en fin, *lo siento*, Becks.

—Oh, no sientes *nada*, Scott. —*Eh, tú, Bill, sírveme una copa que contenga al menos veintisiete copas*—. Y la razón por la que no sientes nada es ese hombre ridículo.

—Violet no es ridículo.

—Scott, ¿te recuerdo que hemos *comprado* una casa *nueva*?

—Vas a asustar a la señorita, Becks.

—Oh, no se preocupe.

—Deja en paz a Penacho, Scott. —*Gracias, Bill. Uhm. Vaya, una copa de veintisiete copas estupenda*—. El único que debería estar *asustado* aquí eres tú, Scott. ¿Acaso sabemos siquiera el *aspecto* que podría tener nuestro *invitado*? ¿Sabemos si podría resultar *peligroso*? No lo sabemos, Scott. Están a punto de servir la cena,

Scott, y no lo sabemos. Yo estoy bebiéndome una copa hecha de veintisiete copas que no es una copa *doorman* y tú estás arrodillado en el condenado suelo decidiendo qué vestido vas a ponerte para salir con ese hombre, ¿y no estás aterrado, Scott? Porque yo estoy aterrada, Scottie, ¡oh, esos malditos Clem! Podría *matarlos* con estas *manos*, Scott. –Le mostró las manos. Parecía mareada. Lo estaba, en realidad. La copa hecha de veintisiete copas estaba realmente hecha de veintisiete copas–. A lo mejor debería sentarme.

–¿Quiere que le eche una mano?

–Sí, por favor, Penacho.

Harriett Michelle la acompañó a una de las butacas que había junto a la chimenea. Frankie Scott se puso en pie. Las siguió. Pidió él también una copa. Dijo que no tenía por qué preocuparse. Becky Ann, dijo, (NO TIENES POR QUÉ PREOCUPARTE).

–A veces, Becks, las cosas cambian y está bien que cambien. –*Gracias, sírvale una a la señorita, ¿señorita? ¿Le apetece una copa?*–. Por ejemplo, podríamos dejar que, oh, *Penacho* nos leyese la historia del *fantasma*, ¿y no sería estupendo, Becks? No contarnos por una vez la historia el uno al otro sino dejar que nos la contasen. ¿No sería maravilloso oír una historia de fantasmas junto a la chimenea, Becks?

Harriett Michelle les miraba divertida. ¿Una historia de fantasmas? ¿De dónde iba ella a sacar una historia de fantasmas? Uno de aquellos criados le tendió una copa. Ella le dio las gracias. Pensó, Utensilios, espera a que te cuente lo que ocurrió cuando se les metió en la cabeza que yo podía contarles una historia de terror.

–Nada sale bien cuando las cosas cambian, Scott.

Frankie Scott se aproximó a su mujer. Enrolló un mechón de pelo entre sus dedos. A Becky Ann le pareció que había rejuvenecido. ¿Había rejuvenecido?

–Van a servir la cena, Scott.

–No van a servir nada, Becks, sin que Penacho nos lea el *cuento*.

–No es un cuento, Scott.

–Lo que sea, Becks. –¿*Puede traer el informe de la señorita Lee, Alf? Ajá. Gracias*–. Ya está en camino –dijo Frankie Scott, y dirigiéndose a Harriett, añadió–. ¿Señorita? No sé en condición de qué está usted aquí pero ¿sería tan amable de leernos lo que Alf va a traerme? No le llevará más que unos minutos. –*Oh, aquí está. Gracias, Alf.*

–No tienes por qué hacerlo, Penacho.

–Oh, vamos, Becks, será divertido.

Harriett sonrió. Dijo (DE ACUERDO), y tomó el pedazo de papel que Frankie le tendía. *Por la presente*, decía aquel pedazo de papel, *les advierto que corren un grave peligro por el mero hecho de acceder a pasar una noche en la cabaña de Randal Peltzer.*

–Oh, querida, ese tipo es un mal tipo –dijo Frankie Scott, apresurándose a ocupar su butaca, no sin antes tratar de *besar* una de las manos heladas de su mujer, que la retiró al instante–. Continúe, por favor, señorita *Penacho.*

–Oh, mi nombre es Harriett, señor Benson. Harriett Glickman.

–Vaya, tiene usted un bonito nombre, Harriett Glickman.

–¿Vas a pedirle vestidos a ella también, Scottie?

–¿Cómo iba a pedirle nada a la señorita Glickman? ¡Apenas la conozco!

–Scott tiene una cita con un hombre, Penacho.

–No soy yo quien tiene una cita con un hombre, Becks. Es Myrlene Beavers.

–Oh, bueno, quise decir, Penacho, que la mujer en la que va a convertirse mi marido tiene una cita con un hombre.

–¡No voy a convertirme en nada, Becks! ¡Es sólo un juego! ¡Un juego! Llevo *meses* escribiéndome con ese escritor, Harriett, ¿puedo llamarte Harriett? –*Claro*–. En realidad, llevo meses haciéndole creer que soy una lectora extremadamente *exigente* a la que nada le interesa más que su obra. Y he pensado que podría estar bien invitarle a una copa.

–Y también has pensado que por qué ibas a invitarle a una copa y contarle que te has estado *riendo* de él todo este tiempo, ¿verdad, Scott? ¿Por qué ibas a invitarle a una copa y *confesarle* que nunca ha existido la tal Myrlene Beavers cuando puedes tratar de meterte en uno de mis vestidos y salir con él como si la tal Myrlene Beavers existiera?

–Vaya, forman ustedes un matrimonio muy *moderno.*

—¿Acaso crees que ese hombre es estúpido, Scott? ¿Crees que no va a darse cuenta de que no eres más que otro hombre estúpido? ¿Un hombre aún más estúpido que él?

Frankie Benson sonrió. Miró a su mujer. Se alisó la pernera de su pantalón mojado. ¿Por qué tenía siempre que resultar tan rematadamente *impertinente*?

—No lo sé, Becks, pero a lo mejor deberíamos dejar que Harriett siguiese leyendo —dijo, visiblemente malhumorado—. No van a tardar en servir la cena, y ni siquiera hemos tomado esa *maldita* copa *nuestra*.

—No voy a permitir que salgas con ese hombre, Scott.

—Saldré con quien me venga en gana, Becks.

Harriett Glickman se aclaró la garganta, dispuesta a leer. Pensó, Utensilios, no vas a creerte lo que pasó entre la mujer del coche de caballos y su marido cuando al marido se le ocurrió contarme que pensaba salir con un escritor al que llevaba meses *engañando*.

—*El fantasma de Randal Peltzer* —leyó Harriett— *es un fantasma atormentado. Su pasado es un pasado aciago. Poseedor de una insulsa y raramente concurrida tiendecita de recuerdos relacionados con una conocida novela infantil, Randal Peltzer fracasó en toda empresa que decidió llevar a cabo. No fue un buen marido, no fue un buen padre, ni siquiera fue un buen tendero.* —Los Benson se miraron, ¿qué demonios era aquello? ¿Un fantasma fracasado?—. *No consiguió que la población de Kimberly Clark Weymouth se interesase jamás por la novela, ni la escritora, a las que dedicó su vida* —prosiguió Harriett, cuya dicción era perfecta. La luz se atenuó—. *La única amiga, y puede que amante, que hizo en todo el tiempo en que logró mantenerse con vida, murió asesinada. Aunque existe cierta confusión respecto a si realmente lo hizo, es decir, a si realmente murió asesinada, y nada se sabe del supuesto asesino aún, aunque hubo quien, en su momento, se preguntó si no podía haber sido el propio Randal Peltzer. —(¡chas!)* el fuego barrió una astilla complicada en la chimenea, provocando aquel *(¡chas!)* chasquido. ¡Maldita sea!, rezongó Frankie Benson. Harriett no se amilanó—. *De haberlo sido, y de ni siquiera confirmarse el asesinato, se diría que Randal Peltzer fracasó también como asesino. ¿Y qué decir de su fracaso como víctima? En el momento de su muerte, Randal Peltzer se encontraba desayunando. No, nadie entró en casa y le descerrajó un disparo por la espalda mientras lo hacía* —Harriett bajó la voz. Le parecía haber oído algo. Toda aquella gente de blanco había dejado de revolotear a su alrededor—. *Lo que ocurrió fue que se atragantó.* —Se oyó un (*¡PAM!*) golpe. Le siguió el rechinar de una silla en el piso de arriba. Un (*¡BLAM!*) portazo. Pasos—. *Tan simple como eso* —leyó Harriett. Becky Ann cerró los ojos. Oyó pasos bajando las escaleras. Aspiró aquel aire que era aire, se dijo, *encantado*. Se llenó el pecho con él. Nada importaba en aquel momento. Ni los vestidos, ni aquel otro hombre. Por un momento, se sintió como se sentía cada vez que hacían aquello. Alargó el brazo, buscando la mano de Frankie Scott. Lo único que encontró fue un montón de plumas. ¿Había ella colocado aquel penacho en el suelo, junto a la butaca?—. *Se atragantó con un puñado de* —más golpes, esta vez, mucho más cerca. ¿Tal vez en la cocina? La cocina había sido lo único que el equipo de reformas no había tocado— *cereales* —dijo la empleada de la sombrerería. El estruendo de alguien preparando, sí, un bol de cereales en la cocina era, para entonces, ya, atronador—. *Los cereales eran copos de avena de colores. Dixie Voom Flakes* —informó Harriett. Por un momento se hizo el silencio. Frankie Benson estaba allí pero a la vez no lo estaba. No podía dejar de pensar en Violet. ¿Habría recibido ya su telegrama?—. *Por eso* —prosiguió la señorita Glickman— *se dice que pasa la mayor parte del tiempo en la* —una cuchara golpeó un plato, o puede que fuese un bol, y luego alguien masticó (CRUNCH) (CRANCH) (CRUNCH) con *fiereza* —*co, eh, cocina, engullendo ce, ce, cereales.* —Lo que había en aquella cocina no parecía un ser humano, parecía un *león* haciendo trizas copos de una avena no fantasma— *que luego* —oh, no, se dijo Harriett— *deglute para evitar acabar, otra vez.* —Harriett no tuvo otro remedio que detener el relato momentáneamente pues el masticar fue interrumpido por un estertor (OGH-OGH-OGH), y un nuevo y estruendoso golpe, el de algo estrellándose con fuerza sobre una superficie, o siendo estrellado, como podía ser estrellado un bol sobre una mesa cuando alguien (OGH-OGH-OGH) se estaba *ahogando*, y puede que eso fuese lo que estaba ocurriendo, otra vez, como decía el relato, pues la palabra que Harriett leyó a continuación fue precisamente esa—: *muerto.* —Y prosiguió, pese a que algo acababa de caer al suelo, un peso

muerto, un *fantasma* muerto—. *El peligro estriba, señores* —leyó Harriett— *en la posibilidad de que, por una vez, no tenga que hacerlo
solo. Es decir que, dada la clase de fantasma en que se ha convertido
Randal Zane Peltzer, de no encontrarse solo en el momento en el que
reviva, por enésima vez, su muerte, querrá llevarse a alguien con él
para tener a alguien con quien compartir ese nuevo fracaso.*

Oh, llegado aquel momento, en otro lugar, en otro tiempo,
los Benson se estarían *devorando* con la mirada, y también con las
manos, se habría abierto en el mundo aquel agujero que se abría
cada vez que abandonaban su *fea* mansión en Darmouth Stones
y ocupaban un nuevo hogar pasajero y encantado y volvían a ser
lo que habían sido cuando no todo lo que hacían les sacaba de
quicio a uno y otro, cuando ni siquiera sabían que lo que más
amaban en el mundo, uno y otro, era aquel miedo, el miedo a
los fantasmas, el miedo a los monstruos, el miedo, en realidad,
a que ni los unos ni los otros existiesen, y estarían *instalándose* en
él, instalándose en aquel agujero que les protegería del exterior
mientras escribían, mientras dejaban, por un tiempo, de ser los
Benson para no ser otra cosa que una historia en marcha, que
no existiría de no existir ellos.

—¿Becks? ¿Te has dormido, Becks? Creo que se ha dormido,
Harriett.

—No estoy dormida, Scottie. Pero no me apetece llevarme un
susto de muerte.

—Pero, oh, vamos, Becks, ¡es *nuestro* momento!

—No hay momento esta vez, Scottie.

—Por supuesto que sí, Becks —Frankie Benson tironeó de su
mujer. Sonreía, pero estaba ligeramente aterrado. Las luces par-
padearon. Algo se había puesto en pie en la cocina y parecía
estar *borboteando* en su dirección—. Vamos, Becks, levanta —*Olví-
dame, Scottie*—. No, Becks, escucha, está, eeeh, ¿qué ha sido eso?
—Frankie Scott se dio media vuelta. Alguien le había lanzado
algo—. ¿Harriett? ¿Estás ahí, Harriett? —Las luces se habían apagado—. Alguien está tirándome cosas. Son cosas pequeñas. —Algo,
una fuerza que, en el momento le pareció *sobrehumana*, le sentó
de golpe en la butaca, y la arrastró hacia quien sabía dónde—.
¡BEEEEEEEEEEEECKS!

—¿Señora Benson?

—¿Sí, Penacho?

La chimenea crepitaba a sus espaldas. Becky Ann abrió los ojos. Frankie Benson gritaba en algún lugar de aquel amplio salón. (¡NOOOOOO!) y (¡BEEEEEEEEECKS!) y (¡LA IDENTIFICACIÓN, BECKS!), gritaba, sólo que sonaba algo distinto porque parecía estar masticando algo, con toda probabilidad, cereales de colores.

—Creo que alguien se ha llevado al señor Benson.

—Oh, será ese fantasma.

—¿Los fantasmas existen?

—Para nosotros sí, Penacho.

Harriett Michelle a menudo parecía un lienzo en blanco. El caso era que jamás se había planteado la posibilidad de que los fantasmas pudiesen existir de verdad. Tampoco, que fuese algo malo que lo hiciesen. De ahí que lo único que pensase cuando oyó gritar al señor Benson fuese: Utensilios, espera a que te cuente lo que pasó cuando apareció el fantasma y el hombre que pensaba vestirse de mujer para salir con otro hombre que no era su mujer empezó a gritar y a pedir algo llamado (LA IDENTIFICACIÓN).

—¡GLOB! ¡BLAP! ¡BLUP!

El muerto estaba fingiendo atragantarse, y escupiendo cereales y borboteando algo blancuzco y horrible que debía ser, sin duda, leche *fantasma*, pensó Frankie Benson, que mantenía los labios cerrados (¡MMMMMM!) (¡MMMMMM!) porque tenía ante sí una cuchara repleta de aquellos cereales de colores. Una de las manos *transparentes* de aquel fantasma le sujetaba la cabeza, y la otra, le *clavaba* la cuchara en la boca. Pretendía que comiera. Pretendía que se atragantara. Y Frankie no quería atragantarse.

(¡MMMMMMMMMMM!) (¡MMMMMMMMM!)

—¿Qué es la identificación, señora Benson?

—Oh, a los fantasmas les gustan los escritores de novelas de terror. —Becky Ann se puso en pie, dejó la copa, tanteó el bolsillo interior de su vieja americana—. Si no fuera por *nosotros*, Penacho, no existirían. En realidad, existirían de todas formas, supongo, pero no serían tan famosos. No lo serían ni por asomo. Así que, bueno, nos respetan.

—¿Quiere decir que tienen ustedes algo que los identifica como escritores de novelas de terror? —*Exacto, Penacho*—. ¿Y qué ocurre cuando se lo muestran al fantasma?

—Que nos pide disculpas y nos da la bienvenida a su, esto, *casa*.

—Vaya. —Utensilios, escucha esto: Si crees que estaría bien conocer a un fantasma, vas a tener que escribir una novela de terror—. ¿Y se *quedan*?

—No me gustan las preguntas estúpidas, Penacho. La casa es nuestra. *Nosotros* le invitamos a *cenar*, y él nos hace un montón de ridículas preguntas y luego simplemente está por todas partes *todo el tiempo* como un maldito *gato*.

—Yo nunca he tenido un gato, señora Benson, ¿de veras están por todas partes?

(*¡MMMMMMMMMM!*) (*¡MMMMMMMMMM!*)

—Me temo que vas a tener que disculparme, Penacho. No sé por qué debería *salvar* a mi *ridículo* marido pero supongo que tengo que hacerlo si quiero seguir escribiendo.

El ruido al otro lado del salón en penumbra seguía siendo ensordecedor. Frankie parecía gritar amordazado, y aquella cosa, el fantasma, deglutir ruidosamente.

—¿SEÑOR *VIXIE*? —Becky Ann se dirigió a la oscuridad—. ¿ESTÁ INTENTANDO *AHOGAR* A MI MARIDO CON SUS ESTÚPIDOS CEREALES? —*Señora, el nombre del fantasma es Randal. Randal Peltzer*—. Randal Peltzer es un nombre ridículo, Penacho. —*Es su nombre*—. Me trae sin cuidado, ¿no se ahogó con cereales *Vixie*? —*Dixie, señora Benson, los cereales eran Dixie Voom Flakes*—. No tengo tiempo para eso, Penacho. —Becky Ann se aclaró la garganta, alzó la voz, volvió a dirigirse a la oscuridad, dijo—: ¿SEÑOR *CEREALES*? ¿POR QUÉ NO DEJA LO QUE ESTÁ HACIENDO ANTES DE QUE COMETA UN ERROR POR EL QUE NINGÚN FANTASMA LE PERDONARÁ *NUNCA*? —Becky Ann ya podía verlo. No tenía mal aspecto. Aunque era un aspecto *tenue*, el acostumbrado semitransparente. Estatura considerable, buenos hombros, brazos fuertes, una ridícula expresión en la cara, pero una cara ciertamente *inolvidable*, la cara de, oh, cualquiera de aquellos chicos que Becky Ann era incapaz de distinguir pero que parecían hechos para enamorar a la clase de chicas, y de chicos, que eran capaces de distinguir *caras*—. Permítame presentarme, señor *Cereales*. —Becky Ann le tendió una mano. Lo que pretendía aquella mano era que la mano del fantasma la sujetase. No que la estrechase, sino que la sujetase y se la llevase, de alguna manera, a los labios, aquellos labios de los que goteaba un asqueroso líquido blancuzco–. Soy Becky Ann Benson. Es probable que haya oído hablar de mí. Es probable, en realidad, que haya oído hablar de nosotros. –Frankie Scott la miraba suplicante. El fantasma aún le sujetaba la cabeza. Apretaba la cuchara contra sus labios cerrados (¡MMMMMMMMMMM!)–. Somos los Benson. –Becky Ann sacó de aquel bolsillo interior de su *legendaria* americana la identificación, sellada por la Máxima Autoridad del Terror Escrito, *sir* Wilma Leslie Sharpe, y se la mostró. El fantasma soltó a Frankie y toqueteó, con su mano *invisible*, la placa a la que acompañaba el escrito de Leslie Sharpe–. Su casa nos ha parecido un buen lugar para escribir. Pensamos escribir aquí nuestra próxima novela. Así que debería usted considerarse afortunado. Supongo que se lo considera. –El fantasma se dispuso a abrir la boca, Becky Ann (¡SHHH!) se lo impidió–. Aún no he terminado –dijo–. Dudo que tenga usted algún inconveniente pero, de tenerlo, así como de querer disponer de, como es costumbre en estos casos, algún tipo de prueba de nuestro paso por su casa, estoy pensando, por ejemplo, en una fotografía *firmada*, podrá usted comentarlo en la cena que se servirá a continuación. –Becky Ann se guardó la identificación, y volvió a tenderle la mano al fantasma, de aquella manera que decía (HE AQUÍ UNA MANO IMPORTANTE), (NO TE ATREVAS A ESTRECHARLA), y él obedeció, limitándose a sujetarla a la altura de sus *mojados* labios, y fingir darle un recatado beso. Su expresión había cambiado por completo. De aquella absurda *ira* fingida con la que *lanzaba* la cuchara contra Frankie Scott, había pasado a una especie de *flotante* ilusión infantil, que aderezó con un torpe (LO-LO-LO SIENTO, SEÑORES *BENSON*) y un, por más que ensayado, insuficiente (VAYA, ASÍ QUE LOS SEÑORES BENSON) (¿LOS *AUTÉNTICOS* SEÑORES BENSON?).

–Eso no ha estado nada bien, muchacho –le reprendió Frankie Scott, poniéndose en pie, y deshaciéndose del montón de cereales que tenía en el regazo, recolocándose el chaleco, la corbata, la vieja americana–. Por un momento he pensado que ibas a matarme, y no está nada bien matar a un escritor. Mucho menos si es la clase de escritor que puede hacerte famoso. Que lleva, en realidad, *años* haciéndote *famoso*.

—Lo sé, lo sé, señor *Benson*. —El fantasma sujetaba el tazón de cereales como si fuese un sombrero que pudiese ponerse en cualquier momento—. Le ruego me disculpe. Ha sido una imprudencia por mi parte, pero déjeme decirle que esto es muy confuso. Es decir, mientras estás vivo, tienes un maldito trabajo, y vas a trabajar. Si consigues que alguien te soporte, puedes intentar que la cosa funcione y a lo mejor ser feliz. No lo sé. Digamos que mi vida no ha sido ejemplo de nada *bueno* en ningún sentido. Pero cuando mueres, señor Benson, es peor. ¿Qué se supone que tiene que hacer un muerto? ¿Estar encerrado en casa? ¿Y qué hace alguien encerrado en casa todo el tiempo? No he visitado demasiados de esos *hoteles* para fantasmas porque no sé exactamente qué voy a encontrarme en ellos, pero supongo que debería hacerlo. No sé. Debería buscarme la vida, ¿no? He leído un montón de libros, ¿saben? Esos libros para fantasmas. *Guía del fantasma novato, Cosas que hacer cuando ya no estás vivo, Descubre tu casa, atraviesa otras puertas.* Pero sigo sin tener claro lo que debería estar haciendo con mi vida. Es decir, con mi *no* vida. Podría escribir cartas. Una vez recibí una carta. Era de una mujer. Decía que se sentía sola. Quería *quedar* conmigo en uno de esos hoteles para fantasmas. No me atreví a contestar. Pero supongo que debería haberlo hecho. ¿Debería haberlo hecho? —Los Benson se miraron. Tenían hambre. No les gustaba aquello. Querían que terminara. Que continuase no hacía más que recordarles que nada estaba saliendo como era debido—. No sé. Lo único que me quedó claro del pequeño curso de adaptación a la nueva vida *postmortem* es que un fantasma debe dar miedo. Por supuesto, uno puede elegir qué cantidad de *miedo* espera causar en los nuevos inquilinos de su casa, pero no puede escapar a *esto*. Quiero decir, de saber que ustedes iban a *visitarme*, me habría permitido abstenerme de tratar de asustarles, porque, créanme, aborrezco hacerlo, pero no puedo no hacerlo porque ¿y si hay alguien Ahí Arriba observándome? Recibo cada día cientos de folletos fantasma, y en algunos hay advertencias horrendas sobre lo que podría ocurrirme si no me comportara como un *buen* fantasma, si no cumpliera las *normas*. Hay teléfonos de abogados fantasma a los que puedo llamar si acabo un día en un calabozo por culpa de una inspección *sorpresa*. Ajá, anoten eso. Existen los calabozos *fantasma*. Y también las aseguradoras. Uno tiene que asegurar su casa contra todo tipo de desastres ectoplasmáticos.

La luz había vuelto, pero no brillaba, lucía aquel tono membranosamente tenue de casa encantada. Los criados también habían vuelto. Le alcanzaron, al fantasma, una copa fantasma de algo que rodeaba una especie de neblina intensa.

—Me trae sin cuidado, Cereales. Aunque es interesante. Tal vez podamos utilizarlo. Pero lo que ahora necesitamos es saber en qué consiste la vida en una estación de esquí, porque usted ha vivido en una estación de esquí, ¿verdad? Vendía usted esos *recuerdos* absurdos, ¿porque tenía usted una tienda de recuerdos, verdad?

—¡Claro! Una tienda de, eh, *recuerdos*, sí. Es, bueno, mi hijo la aborrecía.

—No nos interesan los hijos, Cereales.

—Becks.

—Oh, bueno, puede que a Scott *ahora* le interesen. Va a convertirse en una mujer, ¿sabe? ¿Ve eso de ahí? Son mis vestidos. Hace un minuto estaba arrodillado en el suelo, *violentándolos*. Quiere invitar a cenar a un hombre. Tal vez usted le conozca.

—Ho-hola. —Aquel fue el momento que eligió Harriett para presentarse—. Soy la señorita, eh, Glickman. —*Encantado*—. Siento la interrupción pero uno de esos, eh, *señores*, me ha dicho que deberíamos, oh, en realidad, *ustedes* deberían subirse a las *sillas* porque la cena se servirá en el bufé que hay en la cima de la pequeña montaña del jardín trasero.

—¿Quieres decir, Penacho, que hay una pequeña montaña *aquí*?

—Eso me han dicho esos señores, señora.

Frankie Benson había vuelto a su butaca y fumaba hurañamente concentrado. Observaba los vestidos. Becky Ann tenía razón. Aquella vez no se parecía en nada al resto. Para empezar, él estaba ilusionado. ¿Cuánto hacía que nada de lo que tenía que ver con los Benson le ilusionaba? Como lo haría un león, o un tiranosaurio, Becky Ann exigía al mundo que fuese como debía por el mero hecho de que ella no pensaba concebir que pudiese ser de otra manera. Estaba ocurriendo en aquel preciso instante. El fantasma parecía flirtear con Harriett mientras Becky

Ann parloteaba sin descanso. Se quejaba del aspecto de la casa, de las sillas *colgantes*, del bufé en la montaña, de que nada era exactamente como debería haber sido, ¿y había existido, allí, de veras, un *club* de esquí?

—Oh, sí, sí, sí —dijo el fantasma.

Frankie Benson le dio una calada a su pipa.

No le gustaba aquel tipo. No le había gustado lo que le había hecho. Nunca ningún fantasma les había hecho *nada*. Se fijó en sus pantalones. Le venían pequeños. La corbata era también una corbata ridícula. ¿Y por qué llevaba corbata? De vez en cuando se llevaba una cucharada de cereales a la boca y fingía *atragantarse*. ¿Por qué lo hacía? ¿Acaso no había entendido nada? Cuando te atragantas a veces te mueres. ¿Y qué intentaba probar, que podía uno morir más de una vez?

Frankie expulsó el humo de la pipa (FFFFFFF).

—Oh, ese maldito humo —dijo Becky Ann.

—Es mi maldito humo, Becks.

—No discutas, Scottie. Tenemos *invitados*.

—Harriett, señor *Peltzer*. —Frankie se puso en pie—. Ha sido un placer. —Les tendió la mano, la pipa sujeta con los dientes. Rozó la del fantasma, estrechó la de la chica.

—Ni se te ocurra, Scott.

—Voy a recoger ese pequeño embrollo, Becks, y luego voy a llevarme mi humo a otra parte. He perdido el apetito. Les deseo una agradable *cena*.

Los ojos de Becky Ann se convirtieron de repente en un par de diminutas fieras. Podrían haber rugido de haber tenido algún tipo de boca. Puesto que no había forma de que pudieran hacerlo, Becky Ann tuvo que acercarse a él y cogerlo por las solapas, como dispuesta a propinarle un puñetazo, y susurrarle:

—No vas a saltarte la cena, ridículo estúpido.

—¿Por qué no, Becks?

—Porque no.

—No he firmado ningún contrato, Becks.

—Tienes que escribir un libro, Frankie Benson.

—Oh, ¿*yo*? ¿De veras? ¿Alguna de mis ideas va a gustarte?

—No puedo escribir si no estás *tú*, ridículo montón de estupideces.

–¿Ridículo montón de estupideces?

Uno de los criados dijo que la cena estaba lista, que, si eran tan amables, podían empezar a *subir* a sus sillas, y que las sillas les llevarían al bufé que una vez había sido el bufé de las pistas de Snow Mountain Highlands.

–No pienso arrodillarme, Scott.

–¿Cómo es eso que dices siempre?

–No vas a fastidiarlo todo.

–Ah, sí –dijo Frankie Scott–. Escribir en una casa encantada es pan comido –dijo, y, dándose media vuelta, se alejó hacia las maletas, y los vestidos amontonados en el suelo.

Utensilios, deja que te cuente lo que pasó cuando subimos en aquellas sillas, le diría Harriett Michelle a su adorada tiendecita aquella noche, cuando estuviese de vuelta. Es un poco increíble. Verás. La mujer del coche de caballos estuvo a punto de caerse de su silla. Que ¿por qué? Porque no dejaba de patalear. Pataleaba con tanta fuerza que su silla estuvo en realidad a punto de descolgarse. Lo dijeron los señores de blanco cuando llegamos al bufé. Las sillas nos llevaban a un bufé. Antes de entrar en el bufé, Utensilios, la mujer del coche de caballos pataleó también en la nieve y se puso a comer montones enormes de ella. Cogía un montón tras otro y se lo metía en la boca y gritaba, gritaba muchísimo. James y yo no acertábamos a entender lo que decía. Oh, James, Utensilios. Espera a que te cuente lo que pasó con James. ¿Recuerdas que te había dicho que si querías conocer a un fantasma tenías que ponerte a escribir una novela de terror? Pues no hace falta en realidad porque existen los fantasmas *profesionales*. James me lo contó cuando le dije que nunca había oído hablar de que hubiera habido un espectáculo en las pistas de esquí con antorchas. De hecho, le dije, ni siquiera me sonaba que hubiera habido pistas de esquí en Kimberly Clark Weymouth. Tampoco que Randal Peltzer tuviese su cara. Quiero decir, Utensilios, Randal Peltzer era bien parecido, pero no tan bien parecido como James. Por suerte, me dijo, la mujer del coche de caballos no se enteró de nada. Durante la cena, no hizo otra cosa que dejarse alimentar y llorar. Aquellos señores de blanco le daban de comer, Utensilios, como si fuese un bebé, y ella maldecía a su marido, y también maldecía a los hermanos

Clem, que, al parecer, están en el hospital porque se llevaron un susto de muerte y las piernas se les rompieron. No sé de qué manera puede un susto de muerte romperte las piernas pero a lo mejor puede hacerlo. ¡Oh! ¡Y aún no te he contado lo mejor! Ni siquiera vas a tener que contratar a un fantasma profesional para ver a un fantasma porque James quiere que nos casemos y yo no sé si a papá y mamá les parecerá bien que me case con un fantasma pero apuesto a que les parece una profesión con futuro porque todas siempre se lo parecen, ¿verdad? Aún no le he dicho que sí, porque me pareció un poco precipitado, pero estoy pensándomelo, y a lo mejor no es buena idea porque me pidió disculpas después de hacerlo. Después de pedírmelo, me dijo, Utensilios, que no podía evitarlo, que no quería acabar solo, como todos aquellos fantasmas a los que, dijo, *interpretaba*, y que solía pedirle matrimonio a todas las chicas que no le parecían como el resto, pero supongo que dejará de hacerlo cuando una de ellas le diga que sí, ¿no? ¿Y por qué no puedo ser yo, Utensilios?

30

Oh, he aquí el capítulo en el que nada importa excepto WILLAMANTIC, porque en él se relata cómo Madeline Frances se fue de casa, después de pedirle un deseo a la señora Potter que la señora Potter concedió

Había empezado, Madeline Frances MacKenzie, a pintar aquellos cuadros que hacía llegar a su hijo y también a su marido cuando su marido aún existía, y que, más que *presumidas* postales de los supuestos lugares de todo el mundo en los que, para ellos, se encontraba, eran paisajes interiores, pedazos de aquella, su otra vida *detenida*, la vida que dio comienzo cuando conoció a Keith Joyce, el tipo Underhill, sus enormes manos también manchadas de pintura, aquel olor que era su mismo olor mezclado con el olor a cigarrillos, la mirada perdida, el diminuto pincel asomando siempre de algún bolsillo, nada más poner un pie en el estudio de la calle Ottercove de aquel lugar tan cercano al presidio de Willamantic que en su mente no podía llamarse de otra manera que Willamantic. Lo había hecho para decirse a sí misma que la escisión no era más que eso, una escisión, y ella seguía ahí, en alguna parte, lanzándoles mensajes desde un presente ausente, como lo haría un fantasma que un buen día no hubiese tenido otro remedio que elegir entre seguir siendo de carne y hueso o convertirse en algo parecido a una etérea inspiración, porque a eso, se decía, aspiraban sus cuadros, a decirle a su hijo, y también a Randal, que ella seguía ahí, con ellos, pero lejos, un lejos que impedía que se sentara malhumorada a la mesa por las noches, que apenas intercambiara palabra con nadie y que cuando lo hiciera, su ferocidad asustase, que disparase su frustración contra todo. Podría decirse que sus cuadros jugaban a sustituirla, conteniéndola a ella, y la posibilidad de otro mundo, uno en el que no existía aquella tienda, ni Kimberly Clark Weymouth, ni la forma que había tomado, con el tiempo, su familia, aquella familia que podía haber sido tantas otras cosas y había acabado siendo aquello, una casa en Mildred Bonk, una obsesión, un montón de lienzos esperándola, un niño que coleccionaba historias de ayudantes porque prefería ser la sombra de cualquiera a ser su propia sombra.

Los Peltzer tenían un pequeño coche. En la época que precedió a La Partida, Madeline se subía a él cada día y se alejaba tanto como podía de Kimberly Clark Weymouth. Llenaba el maletero de lienzos en blanco, y a veces ni siquiera se despedía. Salía de casa a primera hora de la mañana, y regresaba, a menudo, cuando Bill ya llevaba un buen rato durmiendo. Solía llamar cuando descubría que era demasiado tarde para llegar a tiempo de darle las buenas noches a Bill. Lo hacía siempre desde algún bar, con ruido de fondo. Bill imaginaba entonces que su madre estaba en algún tipo de guerra. Salía a luchar, de la forma en la que fuese que debía lucharse para regresar a casa con uno de aquellos cuadros pintados, y volvía y a veces se metía en su cama y le pedía perdón, le acariciaba el pelo, y se dormía, y ella creía que Bill no estaba despierto pero Bill estaba despierto y no importaba lo mucho que hubiese deseado quedarse en casa de su tía. Jamás hubiera dicho que lo que sentía era felicidad porque era un niño y aún no sabía en qué consistía la felicidad pero se decía que no había nada en el mundo por lo que quisiese cambiar aquel momento. Luego amanecía y ella había desaparecido, o estaba en la mesa de la cocina, desayunando y dibujando. Al verle, le guiñaba un ojo, y palmeaba la silla que tenía más cerca para que se sentase, y entonces se ponía en pie y le servía (UN CAFÉ), en realidad, un vaso enorme de leche. A veces su madre se comportaba como si estuviera dentro de una de aquellas películas que veían los sábados por la tarde y cuando lo hacía Bill sabía que las cosas iban bien, que el día anterior había vuelto de aquella guerra con uno de aquellos cuadros pintados, y Bill no sabía cómo imaginarla allí fuera, Bill sabía en qué consistía pintar un cuadro, pero ¿era distinto cuando no estaba en casa? A menudo Bill se imaginaba a alguien plantándose ante ella y pidiéndole que pintase algo mientras a su alrededor arreciaban las balas de, tal vez, *pintura*, o simplemente la imaginaba yendo a algún tipo de oficina en la que el trabajo de oficina consistía en pintar cuadros.

Había ocurrido en más de una ocasión. Que se había hecho demasiado tarde y ella seguía allí, en algún lugar, lejos, así que llamaba a casa y si era Bill quien descolgaba, decía

(MAMÁ ESTÁ EN CAMINO, DIENTECITOS), pero si era Randal quien lo hacía, se quedaba en silencio y esperaba que fuese él quien hablase.

Al principio, él había hablado.

Había dicho:

—Maddie, ¿eres tú?

Y ella no había dicho nada.

—¿Vas a volver, Mad?

Y ella había seguido sin decir nada. Y entonces, en ocasiones lo que seguía era un simple (HE PREPARADO LA CENA, MADD), pero en otras era un doloroso:

—¿Qué he hecho mal, Maddie?

En cualquier caso, la cosa siempre terminaba con una especie de súplica:

—Lo siento, Madeline. No sé qué he podido hacer mal, pero si he hecho algo mal, lo siento de verdad. Vuelve. La cena está lista. La meteré en el horno para que no se te enfríe. Me acostaré, acostaré a Bill. Es decir, quiero que sepas que no tenemos por qué hablar de nada de esto. No importa lo que sea que esté pasando. A lo mejor no está pasando nada. ¿Me he perdido algo, Madd? Espero no haberme perdido nada, pero si me lo he perdido, no importa. De veras, sea lo que sea lo que está pasando cuando sales, lo entiendo.

Y a veces, Madeline se limitaba a colgar, y otras veces decía:

—No, no lo entiendes, Randie.

Y luego colgaba.

Pero siempre volvía a casa.

Se subía en aquel pequeño coche, con el lienzo ya seco, y volvía a casa. Cuando llegaba, Randal se comportaba como si el día no hubiese existido. Más bien, como si ella volviese del trabajo, un trabajo de oficina en algún tipo de lejana ciudad, y le contaba cómo había ido en la tienda, y cómo le había ido a Bill en el colegio, y ella se sentaba en el sofá y veían juntos la televisión, y a veces ella le pasaba la mano por el pelo, y él sonreía, pero ella no decía nada, y luego él se iba a la cama, y ella se quedaba dormida en el sofá, o se tendía a su lado cuando él ya dormía. Las veces en que llegaba a casa y Randal se había acostado, se metía en la cama de Bill, y dormía abrazada a él, y entonces Bill se decía que tal vez la culpa no fuese suya, que su madre no se iba de casa cada día porque no le soportase, pero a la vez deseaba ser enormemente pequeño como para viajar al día siguiente en el bolsillo de su camisa, o en el estuche de sus pinceles, para ver lo que realmente ocurría allí fuera, porque ¿qué ocurría allí fuera?

Lo que ocurría era que instalaba su caballete en algún lugar y trataba de pintar, y a veces lo conseguía, y otras veces simplemente volvía a meterlo en el coche y se metía en un bar o se sentaba en un banco y se decía que aquello no podía continuar. ¿Dónde demonios estaba pisando? Se sentía, Madeline entonces, como una astronauta. Alguien lanzado al espacio exterior sin ningún fin. Alguien condenado a vagar por el vacío, pero un vacío con aparente aspecto terrenal. Ella miraba alrededor y veía árboles, una calle asfaltada, coches, oficinistas camino del trabajo, pero nada era *tangible*, todo parecía estar ahí sin estarlo en realidad. Era, la realidad de aquellos días, un espejismo, una invención en la que ella, como el elemento sobrante del cuadro, no era bienvenida. Se inició en ese momento una de sus etapas como artista, la que terminó en el instante en que se instaló en el estudio de la calle Ottercove. Su principal característica tenía que ver con aquel elemento sobrante. Madeline Frances pintaba algo fuera de lugar en cada uno de sus cuadros.

Aquel algo era ella misma.

Pasó el tiempo. Nada cambió. O sí. El humor de Randal. Porque puede que las primeras veces, tan distraído como solía estar, ni siquiera pareciese haber advertido su ausencia, o más bien, incapaz de saber qué hacer con ella, hubiese tratado de ignorarla, pero con el paso del tiempo, su carácter fue volviéndose esquivo y agrio, triste, porque no le gustaba lo que pasaba pero tampoco tenía forma de detenerlo, y ni siquiera sabía cómo entenderlo. ¿Estaba queriéndole decir que su vida con él no tenía sentido? ¿Que, tal vez, no lo había tenido nunca? ¿O estaba perdiendo la cabeza? Y si era así, ¿la perdía simplemente, o la perdía por alguien?

Cuando, tras La Partida, y transcurrida una semana en la que apenas se produjeron dos llamadas de teléfono en las que ella se limitó a decir que estaba bien, los Peltzer, padre e hijo, recibieron el primer cuadro, aquel cuadro llamado *Keith* en el que una triste y solitaria ardilla se detenía en la orilla de un río helado dispuesta, al parecer, a cruzarlo, pero no llegando a cruzarlo *nunca*, Randal se dijo que sin duda la había perdido por alguien y que ese alguien era un alguien llamado Keith.

Y en parte no se equivocaba.

Madeline había conocido a Keith Joyce Underhill en un bar de la pequeña Betty Hadler Winton. Se había detenido allí para, precisamente, tratar de pintar el río que la atravesaba. Que el río se llamase como el tipo Underhill era lo que Don Gately, de Frigoríficos Gately, consideraría (UNA MALDITA COINCIDENCIA).

Lo era, sin duda.

Aunque cuando Madeline empezó a pintar *Keith* no tenía ni la más remota idea de que el hombre por el que lo dejaría todo iba a llamarse también Keith. Cuando Madeline empezó a pintar *Keith* sólo se estaba diciendo a sí misma que aquel río era, como ella, algo que nadie más podía ver. Porque, no lo olvidemos, el río que cruzaba Betty Hadler Winton era un río altamente frecuentado, pues era en él donde operaba la flota de cruceros que dirigía, también casualmente, Lizzner Starkadder, la mujer del nuevo fichaje del *Doom Post*. Y como río altamente frecuentado, Keith era un río querido que, sin embargo, como ella, no tenía por qué sentirse debidamente querido. Madeline había optado por eliminar todo lo que veía, es decir, todos aquellos barcos, y quedarse con el río, reimaginarlo, de la misma manera en que se reimaginaba a sí misma entonces, *solo*. No creía que se sintiera mejor. Al fin y al cabo, no era más que un río y no podía sentirse de ninguna forma, pero sí que, se decía, era más *él*.

—No sé si soy más yo, Madd —le dijo el río.

—Por supuesto que sí.

—No lo sé, Madd, ¿qué es ser más yo?

—No necesitas esos barcos.

—No sé si los necesito, Madd, sólo sé que sin ellos estoy solo.

—Eso es. Estás solo y puedes hacer lo que te venga en gana.

El río pareció pensarlo un minuto. Luego dijo:

—Soy un río, Madd.

—¿Y, Keith?

—No hay mucho que un río pueda hacer a menos que ser un río cuente.

Ciertamente, Keith tenía razón, pero para Madeline, Keith no era sólo un río, era, como todo lo que pintaba, una extensión de sí misma. Es decir, Madeline pensaba en sí misma mientras pintaba a Keith. Se decía, Estarás sola, y una ardilla podrá cruzarte.

¿Y quién era aquella ardilla?

Aquella ardilla era todo lo que podía imaginarse haciendo.

Todas las posibilidades.

La noche del día en que empezó a pintar el río Keith, Madeline hizo lo que hacía siempre que no quería volver a casa. Se metió en un bar, pidió una cerveza, se la bebió, pidió otra, sacó su libreta, y empezó a dibujar. Al poco, una mujer quiso saber si aquello que asomaba del bolsillo de su camisa era un pincel.

—¿Eso de ahí es un pincel? —preguntó.

Y parecía una pregunta estúpida, puesto que no había ninguna duda de que lo que sobresalía del bolsillo de su camisa era un pincel, pero en realidad era el primer recuerdo de otra vida. Porque así fue cómo empezó todo.

Con una pregunta estúpida.

La mujer se llamaba Beth Ann. Trabajaba en el colmado de Willamantic. Había dejado a su marido por una de las presas. Sus amigas se habían negado a aceptarlo, y habían desaparecido. Bebía más de la cuenta, decía, pero era algo temporal, porque ellas (VOLVERÍAN). (VAN A TENER QUE ACEPTARLO), decía, (RUX HA SIDO UN MAL TIPO TODA SU VIDA, Y LO ACEPTARON, ¿POR QUÉ NO VAN A ACEPTAR A ABILENE?). Beth Ann no podía entender por qué sus amigas ya no eran sus amigas.

—Están de su parte —decía.

—¿Por qué demonios están de su parte? —decía.

Madeline se encogió de hombros, divertida.

—Oh, disculpa, ni siquiera sé cómo te llamas. A veces una pasa demasiado tiempo sola y olvida que el mundo tiene reglas.

—No te preocupes —dijo Madeline.

Fue entonces cuando dijo lo que dijo.

Fue entonces cuando dijo:

—¿Eso de ahí es un pincel?

Y Madeline respondió:

—Ajá, eso parece.

Madeline acababa de retocarse los labios. Se había anudado un pañuelo en el pelo y cuando sonreía lo hacía con la despreocupación con la que lo haría alguien que no tiene por qué volver a casa puesto que no hay nadie esperándola en ninguna parte.

—Entonces te llevarás bien con Joyce.

Madeline frunció el ceño.

El ceño de Madeline era francamente atractivo.

Rubio, ligeramente salvaje, encantador.

—¿*Joyce*?

—Ese tipo de ahí —dijo Beth Ann. Señaló la espalda ancha de uno de los tipos que había acodados en la barra. Sorbió de su copa—. También lleva un par de esos encima. Sé que no es asunto mío, pero ¿qué demonios hacéis con ellos?

—¿*Pintar*? —dijo Madeline.

La mujer entrecerró los ojos. El maquillaje le había deformado la cara. Era una cara vieja que pretendía ser algo más que una cara vieja, pero que sólo era un dibujo mal hecho de una cara vieja.

—Nah, sólo los mocosos pintan —consideró la mujer. Soltó una agreste carcajada y apuró su copa, e interrumpió a Madeline cuando ésta quiso reprender aquella absurda sentencia—. Da da da da, pequeña —dijo, para detenerla—. Lo sé. Oh, Beth Ann, no seas ridícula, ¿quieres? —Imitó a alguien de voz aflautada riéndose de ella—. ¿Qué eres, Beth Ann, una *cavernícola*? —prosiguió—. Yo sé de qué me hablo, *querida*. Joyce y tú, bueno, mira esos brazos. Es lo único que echo de menos de Rux. Sus malditos brazos. Los brazos de Abilene no son unos buenos brazos. Son como los míos. ¿Has visto mis brazos? Son como almohadillas. Almohadillas enormes. Incomodísimas.

Brazos como almohadillas, pensó Madeline.

Imaginó un brazo y le colocó una almohadilla encima, y trató de que funcionaran juntos. Iban bien vestidos, salían a cenar, acababan de conocerse. Se gustaban pero no sabían si aquello iba a funcionar. Uno y otro querían casarse pero no podían soportarse, y dudaban que alguien pudiese llegar a soportarles algún día.

—Está casado.

—¿Quién?

—Joyce.

—Oh, *Joyce*.

—Pero no se lleva nada bien con esa mujer preciosa que tiene. ¡Oh, *querida*! ¡Si esa mujer quisiera, yo podría llevarla al fin del mundo! Pero tengo que conformarme con Abilene. Abilene no es una buena chica, pero supongo que me quiere. Eso es lo que dice. Dice, Te quiero, Beth Ann. Pero yo me pregunto, Maddie. —*Mi nombre es Frances, Beth Ann*—. Oh, *Frances*, lo siento, Frances, pero yo me pregunto, ¿de qué manera quiere alguien a otro alguien que no conoce en absoluto?

Aquello ocurría todo el tiempo en todas partes, pensó Madeline. Tú tenías una vida corriente y creías que era sólo tuya, pero a tu alrededor la gente te utilizaba para todo tipo de cosas. Estabas expuesto, como lo estaría cualquier producto más o menos llamativo en un escaparate, y cualquiera podía fantasear con *poseerte*. O haberlo hecho. O hacerlo sin descanso. Madeline lo hacía. Lo hacía todo el tiempo. Pero su posesión no era física sino mental. Madeline poseía buena parte de lo que veía, porque así funciona la mente del condenado a crear. Todo lo almacena para, tarde o temprano, recurrir a ello, como quien recurre a una alacena en la que los tarros no están llenos de mermelada sino de otras vidas. Así, por ejemplo, la ardilla que se detenía ante Keith, el río, ladeaba la cabeza como lo habría hecho su madre, Barbara Elliot MacKenzie, y tenía la misma expresión bobalicona que había tenido el peluche favorito de Mary Margaret, su hermana, la prodigiosa Mack Mackenzie, que había sido también, por supuesto, una ardilla.

—Tiene una hija.

—¿Abilene?

—No, querida, *Joyce*.

Joyce, se dijo Madeline, y, como si la hubiera oído pronunciar mentalmente su nombre, el tipo Underhill, Keith, se dio media vuelta y la miró, y, por un momento, todo lo que poblaba la mente dolorosamente desesperada de Madeline Frances, *desapareció*. La sensación fue la de haber sido invadida por una diminuta y extraordinariamente ardiente civilización extraterrestre. ¿Qué demonios era aquello? Perdió el aliento, enrojeció, se sintió, de alguna extraña forma, magnetizada por cada gesto de aquel tal (JOYCE), atraída sin remedio hacia lo que parecía un campo gravitacional de irremediable absorción, es decir, un campo gravitacional que se quedaba con todo aquello que encontraba a su paso. Madeline podía, de repente, oírle respirar, y notaba su aliento, y el ardor de su piel, y hasta su olor, aquel olor que era su mismo olor mezclado con el olor a cigarrillos. Llevaba la camisa arremangada, y el pelo, rubio, ligeramente largo, sucio. A la atracción física se sumó, instantáneamente, en aquella mirada, un sentimiento de pertenencia también inexplicable. No era sólo que tuviera la sensación de conocerlo, sino que lo hacía de forma íntima. Sabía, Madeline, por ejemplo, que una vez había sido un niño al que nadie nunca se tomaba en serio, y que había encontrado su primera caja de lápices de colores en un armario. El armario era un armario del que solía hablarse en pasado, como si hiciera demasiado que había dejado de existir. Al niño Joyce aquello le intrigaba de tal manera que un día no pudo evitar abrir sus puertas y empezar, de alguna forma, a comunicarse con él. Fue cogiendo uno a uno todos los objetos que encontró en su interior, y se los llevó a su cuarto. Pasó un tiempo con ellos, preguntándose en qué momento empezarían a desaparecer. Ninguno lo hizo. Y, uno a uno, los fue devolviendo. Pero hubo uno del que fue incapaz de desprenderse. Más bien era que, cuando se metía en la cama por las noches, se preguntaba si estaba pasando tanto miedo como él o aún más allí dentro. Después de todo, no tenía, como él, un mullido colchón sobre el que reposar, ni podía cubrirse con ningún tipo de sábanas. Tampoco tenía una mesita de noche, y ninguna luz que encender para esperar, leyendo, a que el sueño viniese a buscarle. Tampoco habría sabido qué hacer con todo eso de tenerlo porque el objeto en cuestión no era más que una caja de lápices de colores. Aquello era, a todas luces, se dijo Madeline, un recuerdo, pero sabía que era un recuerdo cierto, y se enamoró perdidamente de él. La cuestión era, ¿cómo había viajado del cerebro del tipo Underhill al suyo? ¿Lo había hecho, en realidad? ¿Habían empezado a compartir partículas, partículas *esenciales*, al activarse aquel invasivo campo gravitacional que sólo parecía incluirlos a ellos dos? Madeline Frances no sabría decirlo, pero tenía la sensación de que aquella caja de lápices siempre había estado allí, escondida, en algún lugar de su cerebro, un lugar al que sólo podía accederse si se tomaban una serie de decisiones, si te apartabas del camino, pero ¿acaso había un *único* camino? ¿Vivíamos todas las veces la misma vida o cada vez que el universo se contraía y volvía a expandirse elegíamos una distinta? Tal vez no ocurría a menudo que una vida y otra se cruzaran y por eso Madeline Frances no había sentido nunca nada parecido a lo que sintió cuando el tipo Underhill la miró. La posibilidad de que hubiese existido también siempre aquella otra vida en la que ni Randal ni el pequeño Bill existían, o lo hacían pero no importaba porque ella tomaba *otro* camino, y era un camino que, a juzgar por lo que sentía por el tipo Underhill, cómo era capaz de reconocer incluso su *tacto* a distancia, ya había tomado en alguna otra ocasión, ¿recordaba lo que fuese que fuésemos? ¿Recordaba todas esas otras posibilidades? Oh, no, Madeline ni siquiera creía que esas posibilidades existiesen. Madeline sabía que estaba *inventando* aquel campo gravitacional. Madeline sabía que aquel tipo sólo era una salida. Madeline sabía que lo que sentía por el tipo Underhill, era, por un lado, atracción, oh, Madeline sabía que si se acercaba a él no iba a poder evitar besarle, puede que no lo hiciese directamente pero se sentaría a su lado y fingiría interés, y luego bebería más de la cuenta y al final, le besaría, le besaría y luego le suplicaría que salieran de allí, le diría (JOYCE), le diría, (SALGAMOS DE AQUÍ), y saldrían de allí, él la cogería de la mano y saldrían, y después de aquello, todo cambiaría, después de aquello, las posibilidades serían *distintas*, ¿pero acaso existían las posibilidades? Existían, y Madeline las temía. Porque, lo que sentía por el tipo Underhill, por otro lado, era *adecuación*. Es decir, Madeline Frances *jamás* había conocido a nadie que pudiese *reflejarla* a la manera en que parecía poder hacerlo él y consideraba, en ese sentido, que Beth Ann ni siquiera *existía*, que ella misma la estaba inventando, había inventado a una mujer que provenía del lugar al que acabaría dirigiéndose cuando llegase el día de La Partida, (WILLAMAN-TIC), y que lo había hecho con el fin de creer que el tipo Underhill era aún más adecuado de lo que jamás podría llegar a serlo nadie. Tenía una mujer y una hija, y estaba, como ella, lejos de casa, pese a que era de noche, y a buen seguro habría alguien en casa preparando la cena, y ese alguien no era ninguno de ellos dos.

–Yo también tengo un hijo, y un marido, Beth Ann –dijo, y Beth Ann dijo que lo sabía, dijo (LO SÉ, QUERIDA), y ella no quiso saber cómo era posible que lo supiera porque tenía miedo de que la respuesta fuese algo parecido a (PORQUE NO EXISTO, MADDIE), porque ¿no la había llamado *Maddie* antes? ¿Y cómo podía haberla llamado *Maddie* si en ningún momento ella le había dicho su nombre?–. Pero no los echo de menos, Beth Ann, ¿por qué no los echo de menos?

–Estás aquí.

–Ya sé que estoy aquí, Beth Ann, pero ¿por qué no los echo de menos?

–Porque no estás en ninguna otra parte.

–¿Tengo que estar en alguna otra parte para echarlos de menos?

–Sí.

–¿Dónde?

–Allí.

–¿Allí?

–Te llevas contigo a todas partes, ¿verdad?

–No lo sé, ¿puede alguien no llevarse consigo a todas partes?

–Por supuesto que puede. Y los que no se llevan consigo a todas partes no pueden evitar echarlo de menos todo. Pero cuando te llevas contigo a todas partes, ¿qué podrías echar de menos?

–Sigo sin entenderlo, Beth Ann.

–Piénsalo –dijo Beth Ann, aunque en realidad ya no era Beth Ann. Era una especie de alce con los labios tan suntuosamente pintados como lo habían estado los labios de Beth Ann–. Llevarse consigo a todas partes implica contener, a la vez, todos tus tiempos, y poder *viajar* entre ellos, ¿y no hubo un tiempo en el que tu marido y tu hijo no existían? –El alce hizo una pausa dramática durante el transcurso de la cual se apartó, con una pezuña del tamaño de una bombilla, el flequillo, que era rubio y marchito, como lo había sido el flequillo de Beth Ann–. Lo hubo, por supuesto, y dime, ¿qué podría ocurrir si ese tiempo se apoderase, una noche como esta, de ti? –El alce sonrió.

–No lo sé –dijo Madeline–. ¿Qué podría ocurrir?

–Oh, querida Madeline –dijo el alce, colocando sus dos pezuñas sobre la mesa, como si aguardara algo–. Si dejas que ese tiempo se *apodere* de *ti*, no habrá manera de que puedas echarles de menos porque esa Frances no sabe nada de ellos.

–¿Cómo puede no saber nada de ellos?

–Dime, Maddie, ¿quién eras esta mañana cuando saliste de casa?

–No te entiendo, Beth Ann.

–Oh, deja de llamarme Beth Ann.

–¿No eres Beth Ann?

–Por supuesto que no, soy un alce –dijo el alce, que a Madeline empezó a resultarle vagamente familiar–. Puedes llamarme Pennsy.

–¿No eres el alce de la señora Potter, *verdad*?

Pennsy alzó aquel par de pezuñas que había colocado juntas sobre la mesa. Su gesto decía algo parecido a (ME PILLASTE, QUERIDA). Lo corroboró diciendo:

–El mismo.

–No me gusta la señora Potter.

–Lo sé, pero dime, Maddie, ¿quién eras esta mañana cuando saliste de casa?

–No lo sé, ¿quién era esta mañana cuando salí de casa?

Pennsy encendió un cigarrillo. Lo sujetaba, mágicamente, entre el único pliegue de su pezuña izquierda. Durante los días que seguirían a aquel encuentro, Madeline trataría de explicarse de qué manera una mujer de mediana edad que decía trabajar en el colmado de la prisión para mujeres de Willamantic podía haberse convertido en el alce de la señora Potter. Llegaría a la conclusión de que la pregunta estúpida que había hecho que todo diera comienzo la había formulado ella, ella había preguntado aquel (¿ESO DE AHÍ ES UN PINCEL?) que había iniciado aquella suerte de *escisión*, aquel maldito *desdoblamiento*, oh, los días que siguieron a su encuentro con Keith Joyce en aquel bar, el Cussick Bar de la coqueta y, también, fría Betty Hadler Winton, fueron *horribles*, pues la sensación de Madeline era la de que estaba *desapareciendo*, allí, en la casa de Mildred Bonk, y, a su vez, *apareciendo* en alguna otra parte que, sospechaba, era aquella parte *imaginada* en el Cussick Bar, parte que, por otro lado, no dejaba de crecer, como si fuese un mural enorme al que, poco a poco, se le añadían detalles, detalles de una vida compartida en la que *nada* cabía, a excepción de la pintura, la pintura y aquel irreprimible, *fogoso*, amor, y el deseo, el hambre aún, por la vida, aquella vida que podía no acabarse nunca si se jugaban las cartas correctas, si se tomaban las mínimas decisiones, o sólo aquellas que no te desdibujaban, sólo aquellas que no hacían que un día, al despertar, hubieses dejado de reconocerte, y te preguntaras cuándo fuiste tú por última vez, (¿CUÁNDO FUI YO POR ÚLTIMA VEZ?), o si habías, en realidad, existido alguna vez, (¿LLEGUÉ A EXISTIR, EN REALIDAD, ALGUNA VEZ?), y la respuesta era siempre un nebuloso y triste y compasivo (QUIÉN SABE).

Quién sabe, te decías, y también, (¿ACASO IMPORTA?), porque, ciertamente, ¿acaso importaba? Aquel maldito alce le diría que sí, que (POR SUPUESTO) que importaba, porque así había sido como había terminado la extraña y, probablemente, del todo imaginaria conversación que habían mantenido en aquella solitaria mesa del Cussick Bar, había terminado con un (ERAS TÚ), en respuesta a aquel (NO LO SÉ, ¿QUIÉN ERA ESTA MAÑANA CUANDO SALÍ DE CASA?), (ERAS TÚ), le había dicho aquel maldito alce, y aquello había sido suficiente. Madeline había recogido sus cosas y, tambaleándose, había salido del local, se había metido en el coche, y había conducido hasta Kimberly Clark Weymouth, con el olor de aquel hombre, el tipo Underhill, (KEITH), *por todas partes*, sin que le hubiera apenas *rozado*, camino del baño, imaginando todo lo que podrían haber hecho en aquel baño, y *haciéndolo* al hacerlo, *desdoblándose* por primera vez, sintiendo que la posibilidad era *real*, y era aún más real si seguía siendo una posibilidad. Si seguía siendo una posibilidad, se decía Madeline, podía crecer y hacerlo en todas direcciones, porque aún todas las direcciones eran *posibles*.

Al llegar a casa, Madeline, aún sin poder pensar en otra cosa que aquel camino *no tomado*, sintiéndose, de alguna forma, acompañada por aquel *rastro* de olor que era su mismo olor mezclado con el olor a cigarrillos, se había metido en la cama de su hijo, Bill, y había seguido fantaseando, sin apenas aliento, con todo lo que *pasaría* a continuación, y ¿acaso podía siquiera imaginar, aquella Madeline Frances que era, sin duda, una Madeline Frances *anterior* a Randal Peltzer, anterior a Mildred Bonk, y sin duda, anterior al pequeño Bill, que el niño en cuya cama dormía, el niño que se abrazaba a ella como se abrazaría a su *madre*, era su *hijo*? No, no podía. Madeline Frances había retrocedido hacia algún lugar en el tiempo en el que aún no era otra cosa que ella misma. Sólo algo parecido podría explicar los días que siguieron a aquel primer encuentro con el tipo Underhill. En los días que siguieron a aquel primer encuentro, Madeline descuidó hasta la última de sus ocupaciones, y no sólo las descuidó sino que empezó a comportarse como si nada más que aquel otro mundo importase. Se despertaba tarde, erraba por la casa suspirando, y se extasiaba ante el lienzo en el jardín. Recogía sus cosas y salía y ni siquiera dejaba una nota, no decía cuándo iba a volver ni si lo haría, y el niño Bill volvía del colegio y la llamaba cuando entraba por la puerta, decía, (¿MAMÁ?), esperando que ella contestase, esperando que le dijese (¿QUÉ TAL EL DÍA, DIENTECITOS?), pero ella nunca estaba en casa y a veces el niño Bill caminaba hasta la tienda de su padre y otras veces no lo hacía, otras veces simplemente se quedaba mirando aquel montón de pinceles manchados de pintura y le pedía a la señora Potter que los eliminase y otra veces le pedía convertirse en uno de ellos para poder viajar en el bolsillo de la camisa de su madre.

En las semanas que precedieron a La Partida, Madeline Frances se convirtió en una suerte de nebulosa que a ratos canturreaba, y a ratos simplemente se mostraba inquisitivamente irascible. Y esto ocurría porque caía en la cuenta de que aquello que la rodeaba era, de algún modo, *cierto*, y ella no quería que lo fuera. Se diría que la Madeline Frances que no sabía de la existencia de su familia tiraba de ella hacia aquel otro mundo en el que sólo existían las posibilidades, y quizá fue eso lo que impidió que pasase nada de lo que esperablemente debía haber pasado cuando La Partida se hizo efectiva. Porque lo que ocurrió cuando, finalmente, Madeline se decidió a meter algunas cosas en una maleta y largarse fue que se quedó por completo petrificada. Se instaló en un pequeño estudio, el pequeño estudio de la calle Ottercove, y no movió un dedo. Regresó, noche tras noche, al Cussick Bar, se tomó una pinta de cerveza, y siguió fantaseando con una vida perfecta que, para ser perfecta, debía desarrollarse únicamente en el lugar en el que nada podía ir mal: su cabeza. Cuando acabó *Keith*, el cuadro, lo envió a casa como quien envía una carta de disculpa. (SÓLO PRETENDÍA VOLVER A SER YO), imaginó que decía el cuadro, aquel río al que había extirpado los cruceros ante el que se detenía una ardilla decidida a cruzarlo que, sin embargo, jamás llegaba a hacerlo. No volvió a casa, aunque podría haberlo hecho. Podría haber metido sus cosas en la maleta y haber vuelto a subir al autobús y ni siquiera tendría que haber olvidado a Keith Joyce. Podría haber seguido fantaseando con aquella vida perfecta. Podría haberse, ella también, extirpado de la realidad sin tener que abandonarla, pero ¿acaso era algo así posible? Para extirparse de la realidad debía, en primer lugar, desubicarse, y el tipo Underhill había sido sólo la excusa para hacerlo. Un camino en mitad del frondoso bosque de aquel, entonces, yo en necesaria expansión.

No había vuelto a casa y aunque hizo esfuerzos por convencerse de que era cosa de la culpa, que la paralizaba, y hasta de que era preferible aquella etérea presencia en la distancia, todos aquellos cuadros, a la desestabilizadora y cruel presencia real, lo cierto era que si se había instalado en aquella especie de limbo era porque le gustaba. Porque, por primera vez, se sentía *real*. No existía nada más que ella y sus pinturas. Nada amenazaba con evaporar su existencia. Curiosamente, en ese otro mundo deshabitado, era la realidad la evaporable. Si Madeline Frances tocaba todo lo que veía, y lo hacía, sobre todo al principio, con algo parecido a cierta satisfacción, era porque creía que si le resultaba vaporoso, intangible, era porque, realmente, podía serlo. Allí, al otro lado del espejo, días y noches eran indistinguibles, y todo lo que alguna vez había soñado, era aún posible. Quizá por eso tuviese aspecto de *sueño*. Una noche, perdida por completo en sus pensamientos, escribió en un pedazo de papel (PEDÍ UN

DESEO Y LA SEÑORA POTTER ME LO CONCEDIÓ PORQUE ME PORTÉ MAL, RAND) y, al día siguiente, lo metió en un sobre y se lo envió a su marido por correo. Se diría que el gesto era un gesto despiadado y feroz, pero a Madeline Frances, tan inmersa en aquel otro mundo en el que todo había dejado de existir a excepción de lo que se le pasaba por la cabeza, no se lo pareció. A Madeline le pareció un intento de comunicación entre su imaginario en formación y el otro mundo en el que, desde el principio, había vivido su marido, aquel hombre del futuro que se había quedado en el pasado. La misiva no fue recibida, sin embargo, de tan inocente forma. Randal la consideró una burla. ¿Se reía, acaso, de él? Randal la imaginó retozando con aquel tal (KEITH), y luego se la imaginó mirándole a los ojos, divertida, con un cigarrillo quizá en los labios, o puede que restos de lo que fuese porque, oh, en el cerebro de Randal, la vida de Madeline era una orgía de sexo salvaje, convencido como estaba de que aquel tal (KEITH) estaba follándosela como él nunca se había atrevido a follársela y como ya nunca se la follaría, ¿y qué hacía él? Él llevaba a su hijo al colegio y luego iba a buscarlo y a veces se olvidaba de ir a buscarlo porque estaba rompiendo platos, rompía platos y también rompía tazas, y lloraba, y compraba cigarrillos y luego los destrozaba, porque, desde que Madeline se había ido, no soportaba que las cosas no estuviesen *rotas*, así que destrozaba cada pequeña cosa que encontraba a su paso, se agujereaba pantalones y jerséis, tiraba de las costuras hasta que las costuras *cedían*, y luego se metía en el coche y conducía hasta (LA SEÑORA POTTER ESTUVO AQUÍ) y a veces encontraba al pequeño Bill en la puerta triste y con el ceño fruncido, y entonces, oh, entonces Rand deseaba que ella nunca hubiese existido, porque no podía evitar imaginarla diciéndole a aquel tal Keith (AHORA VERÁS, MUÑEQUITO), (VOY A ESCRIBIR ALGO EN ESTE PEDAZO DE PAPEL) (Y MAÑANA SE LO ENVIARÉ POR CORREO A RAND), (SERÁ DIVERTIDO, MUÑEQUITO), (LE DIRÉ QUE HA SIDO SU QUERIDA SEÑORA POTTER LA QUE ME HA OBLIGADO A HA-CERLO) (Y A LO MEJOR PIERDE LA CABEZA Y A LO MEJOR NO PERO QUIZÁ LA ODIE UN POCO) (¿CREES QUE PUEDE LLEGAR A ODIARLA UN POCO, MUÑEQUITO?). Pero antes de poder imagi-nar todo aquello, Randal tuvo que recibir la carta. Randal recibió la carta y, al comprobar el remite, (MADD), decidió que la pesadilla había acabado, que Madeline iba a regresar, que aquello era sólo el principio, (VA A PEDIRME PERDÓN), se dijo, (Y LUEGO VOLVERÁ), se dijo, (Y BILL VOLVERÁ A SER UN NIÑO Y YO VOLVE-RÉ A SER LO QUE FUESE QUE ERA ANTES DE TODO ESTO), se dijo, quizá por eso cuando la leyó, asaltó su propia tienda, hizo pedazos cientos de aquellos duendes veraneantes, y escribió, do-lido como sólo podía estarlo un niño que hubiese crecido para descubrir que la señora Potter existía y le odiaba como a ningún otro niño, también, en un pedazo de papel, (LA SEÑORA POTTER SÓLO ERA UNA NIÑA TRISTE, MADD) (UNA NIÑA TRISTE QUE NO QUERÍA QUE EXISTIERAN LOS NIÑOS TRISTES, MADD) (¿POR QUÉ NO VUELVES A CASA?), y se sorbió, y se restregó los ojos porque había empezado a llorar, lloraba estruendosamente, tan estruendosamente que el único cliente que había bajado del autobús aquella mañana con la intención de comprar algo en la tienda, al abrir la puerta y oír el llanto, volvió a cerrarla y esperó pacientemente junto a ella hasta que todo hubo terminado. Pero en realidad nada terminó porque Randal no podía, como había hecho Madeline, meter aquella *suplicante* misiva en un sobre y confiar en que ella la leyera al recibirla porque no tenía una dirección a la que enviarla.

Así que se la envió a la señora Potter.

En el remite escribió (SÓLO OTRO ESTÚPIDO NIÑO TRISTE Y ENFADADO Y RIDÍCULO, CASI TAN RIDÍCULO COMO EL NIÑO RUPERT).

Luego el tiempo pasó. Ocurrieron cosas horribles. Randal se atragantó y murió, su hermana se desmayó en un tanque de agua y murió. Los Benson se instalaron en Mildred Bonk. Ei-leen McKenney llamó a Johnno McDockey y le pidió que es-cribiese sobre ella. El artículo lo ilustró curiosamente *Keith*, el cuadro. Kirsten James se interesó por él al día siguiente, (AMOR-CITO, PÁSAME ESO QUE HAS ESCRITO), se rumorea que le susu-rró a Johnno, y también, que eso fue lo último que le dijo. Porque en cuanto Johnno le pasó el *Doom Post*, abierto por la página en la que se encontraba el artículo, perdió la cabeza. Se enamoró *locamente* de *Keith*, el cuadro, y *olvidó* a Johnno. Llamó a una de aquellas fábricas de marchantes y pidió que le enviasen

(CUANTO ANTES) a uno, (EL MEJOR). En aquella fábrica de marchantes estaban al corriente de lo *significativo* de aquella llamada, es decir, estaban al corriente de que hablaban con la mismísima Kirsten James, la ex (CHICA DEL TIEMPO), y ex mujer de (DANSEY DOROTHY SMITH), la ganadora de *cientos* de concursos de belleza, la, en aquel momento, excéntrica ermitaña que, a su vuelta a aquella fría ciudad cuyo nombre nadie acertaba a recordar, se había aficionado al tiro al pato de goma y a aquel holgazán poeta *nadador* por el que, inexplicablemente, había dejado a la secretaria del senador Lancelot Laird Gilligrass.

En cualquier caso, lo que ocurrió fue que la fábrica de marchantes envió a su mejor marchante, envió a la endiabladamente implacable Gayle Hunnicutt, y la endiabladamente implacable Gayle Hunnicutt tardó apenas una pequeña colección de minutos en *localizar* el cuadro. Gayle localizó el cuadro, se metió en un coche y condujo hasta Kimberly Clark Weymouth. Al llegar, y extrañamente atraída por algún tipo de fuerza *narrativa*, se detuvo a tomar un café en el (LOU'S CAFÉ) y leyó entonces el famoso artículo de Johnno. Al descubrir la historia de Madeline Frances, una bombilla, una de una incandescencia *insoportable*, se encendió en su cerebro *cazador*. Oh, todos aquellos marchantes no eran otra cosa que cazadores de animales *únicos*. La bombilla era una bombilla parlanchina, claro, la clase de bombilla impertinente que se cree lo suficientemente lista como para decirte lo que debes hacer a continuación:

—No te limites a quedarte con ese cuadro, Hunn, ve a por el *filete* entero.

—Querrás decir *el animal* entero. El cuadro es el *filete*, bombilla estúpida.

—Oh, estúpidos *humanos* y sus estúpidos *dichos*.

—Oh, estúpidas bombillas sabelotodo y sus aún más estúpidas *ideas*.

—Yo no diría que la idea sea estúpida, Hunn.

—Oh, no lo es, pero llega tarde.

—¿Cómo puede llegar tarde si la idea soy *yo*?

—¿Olvidas que hablas con la implacable Gayle Hunnicutt?

En el transcurso de aquel ridículo intercambio de opiniones mental, Hunnicutt se las había ingeniado para organizar una pe-

queña exposición que le permitiría *dibujar* la carrera de aquella
tal Madeline Frances Mackenzie, la artista más prolífica de Kimberly Clark Weymouth, en paradero desconocido desde hacía
quién sabía cuánto tiempo hasta entonces. Lo complicado había
sido que, al llegar, aquel *chico*, su *hijo*, no había querido saber *nada*
de ella. Pero ella había repartido un puñado de *tarjetas* aquí y allá,
sabiendo que era cuestión de tiempo que el *chico* entrase en razón. Pero no había sido el chico quien había entrado en razón.
Había sido una *chica*. Alguna especie de *agente*, una *sheriff* en
prácticas. No había sido ella quien la había llamado, sino Rosey
Gloschmann, la tímida estudiosa de la obra de Louise Cassidy
Feldman que, cuando no estaba *releyendo* cualquiera de las novelas de la autora de *La señora Potter no es exactamente Santa Claus*,
se ocupaba del museo de la ciudad. Oh, no había demasiado de
lo que ocuparse, pero aquella mañana, cuando la agente McKisco había llegado con los cuadros de Madeline Frances no había
podido evitar comentarle aquel asunto de la marchante. ¿Podía
llamarla y decirle que fuese lo que fuese lo que Bill no le había
dejado hacer con ellos podía hacerlo porque los cuadros ya no
eran *suyos*? Por supuesto. Así que Rosey había llamado a Gayle
y Gayle había tardado apenas una colección de minutos en *localizar* a Madeline Frances. ¿Cómo lo hacía? Quién sabía. En la
fábrica de marchantes, los marchantes aprendían a obrar aquel
tipo de *milagros*, porque de aquel tipo de milagros dependía su
trabajo, porque su trabajo, no lo olvidemos, consistía en cazar
animales *únicos*. Gayle localizó a Madeline, se metió en un coche
y condujo hasta Lurton Sands y, ataviada con su mejor arrullo de
seda, tocó el (DING DONG) timbre del estudio de la calle Ottercove y se dispuso a romper la membrana que había separado a
Madeline Mackenzie del mundo durante todos aquellos años.
Lo único que hizo para romperla fue pronunciar las palabras
mágicas en el exacto momento en el que Madeline Frances
abrió la puerta. Y las palabras mágicas no eran (ENCANTADA, SEÑORA MACKENZIE) ni (SOY GAYLE HUNNICUTT), las palabras
mágicas eran (MARCHANTE DE ARTE), las palabras mágicas eran
(QUIERO ORGANIZAR UNA PEQUEÑA EXPOSICIÓN) y (¿LE IMPORTARÍA?). Fue pronunciarlas y volver, Madeline Frances,
como si, realmente, algún tipo de hechizo se rompiera, a la vida.

De repente, su *consistente* yo *real*, el yo real que había crecido hasta ocupar hasta el último rincón de aquel estudio, se insertó, intacto, en aquella otra realidad, la realidad *real*, que tan vaporosamente *irreal* le había parecido hasta entonces.

Como si hubiera estado esperando, sabiendo que aquel momento llegaría algún día. Que sólo era cuestión de tiempo.

Quizá por eso, lo primero que dijo fue:

(GRACIAS).

31

En el que Stumpy se hace (TREMENDAMENTE) famoso y su madre quiere saber si aún existe alguna (POSIBILIDAD) de que deje de perder (COSAS), y, oh, regresa Bertie Smile para escribir una serie de misteriosas cartas

Embriagado por aquel *éxito* que no dejaba de *crecer* como crecían las barbas y los niños, pues al éxito de haber cerrado el *trato*, aquel trato *millonario*, con una *famosa* pareja de escritores, debía sumársele la adquisición, por fin, de su Harbor Motella, aquel pequeño edificio que iba a convertir en la cafetería en la que, cuando estuviese listo, quedaría con Ann Johnette para hablarle de su (CIUDAD SUMERGIDA), y *cientos*, puede que *miles*, de llamadas de la *prensa* de *todas partes*, por no hablar de los más que posibles *clientes* que se interesaban por aquel *apartado* y *gélido* lugar en el que podían comprarse casas *encantadas*, Stumpy Mac-Phail, en realidad, una todopoderosa versión de sí mismo, descolgó el teléfono de su oficina y, tras mantener una breve charla consigo mismo, de la que sólo dedujo que no había nada que temer, oh, (STUMPER), se dijo, pues así le había llamado en su artículo aquel periodista que era demasiado joven para tener toda aquella familia que decía tener, (STUMPER MACPHAIL), (NO TIENES NADA QUE TEMER), y no lo tienes porque tenías razón, (STUMPER), tenías razón y ella no, porque *nadie* aquí está (TIRANDO SU VIDA POR LA BORDA), llamó a su madre.

Antes de hacerlo, colocó su Harbor Motella en el *taller* de *modelaje*. Oh, a menudo ocurría que las piezas que compraba a Charlie Luke Campion, en tanto que piezas *estándar*, debían ser *retocadas* por sus más que hábiles manos de *profesional* aficionado al modelismo para que encajaran en aquella, su (CIUDAD SUMERGIDA). De hecho, para empezar, era complicado que ninguna de aquellas piezas encajara, pues todas estaban pensadas para ciudades no sumergidas, y eso era algo sobre lo que se moría de ganas de *discutir* con alguien. En más de una ocasión había intentado sacarle el tema a Charlie Luke pero Charlie Luke lo había esquivado. Charlie Luke estaba siempre muy atareado, o eso decía, pero ¿lo estaba, en realidad? Ninguna de las veces que había puesto un pie en la tienda se había cruzado con nadie. Lo que le había llevado a pensar que era su único cliente. Pero algo así no era posible, a menos que él también existiera en algún tipo de ciudad creada por algún tipo de aficionado al modelismo *superior*. ¿Y no sería eso maravilloso? Saberse al cuidado de alguien que no hacía otra cosa que pensar en ti, o que pensaba en ti lo suficiente como para *crearte* un hogar y una oficina en la que trabajar y hasta tu propia tienda de modelismo, era maravilloso. A Stumpy MacPhail le gustaba pensar en el mundo como en una inacabable colección de miniaturas. Algo que a su madre le parecía, por supuesto, una soberana (ESTUPIDEZ).

No se lo habría parecido, sin embargo, a la infatigable Bertie Smile. Oh, desde que había *intervenido* en aquella historia, la historia en marcha de la ciudad, no había vuelto a ser la misma, porque nada, a su alrededor, había vuelto a serlo. Es decir, si camino de Frigoríficos Gately no había *observado* nada que pudiese anotar en cualquiera de sus cuadernos era porque no había *nada* que observar. Sus personajes habían dejado, de repente, de producir historia *propia* para convertirse en meras *herramientas* del señor Howling, de la, en definitiva, Autoridad de aquella ciudad, que se resistía a aceptar que las cosas podían *cambiar* y que ya lo habían hecho, y pataleaban, sin saber muy bien por qué, porque las cosas habían cambiado. Todos tenían sus problemas, pero ninguno de aquellos problemas importaba entonces. Lo único que importaba era que aquellos autobuses podían empezar a dejar de llegar si la tienda de Bill permanecía cerrada durante el tiempo suficiente como para que se corriera la voz. Si nunca se habían planteado la posibilidad de que cualquiera de ellos podía sustituir a los Peltzer era porque nunca habían tenido que hacerlo. Tampoco era, después de todo, un *gran* negocio. A todos ellos les aportaba *nuevos* clientes pero *jamás* interesaría lo más mínimo a los habitantes de aquella ciudad, los verdaderos *clientes* de sus otros negocios, infinitamente más abundantes. A Bertie Smile también le gustaba pensar en el mundo como en una inacabable colección de miniaturas. Sólo que sus miniaturas tenían aspecto de historias encerradas en cuadernos. Y a lo mejor aquel FORASTERO STUMPY MACPHAIL no podía, como había creído en un primer momento, *ordenar* nada desde aquella otra diminuta Kimberly Clark Weymouth, porque, después de todo, no era un enviado del Modelista Superior. Pero ella sí. No era exactamente una enviada de *nadie* pero tenía en sus manos *cientos* de personajes que podía, fácilmente, *controlar*. Podía intentar, Bertie Smile, *dirigir* la *trama*. ¿O no era lo que ocurría, en parte, consecuencia de lo que le había contado a Bill? Dispuesta a no permitir que el señor Howling, y aquella Autoridad, se saliesen con la suya, empezó, Bertie, a escribir cartas como la que le había entregado, en mano, a Billy Peltzer, con el único fin de recordarles, a aquellos personajes suyos, que Kimberly Clark Weymouth era cientos de miles de cosas, y lo era porque cada uno de ellos también era cientos de miles de cosas, ¿y no podían, simplemente, dejarla en paz, dejándose, todos ellos, de una vez, *en paz*? Remitió una de aquellas cartas a, por supuesto, el *Doom Post*, recordándole que el mundo podía tener el aspecto que *ella*, Eileen McKenney, quisiese darle, y otra al alcalde Jules. (*Alcalde Jules*), decía la carta, (*Perdone mi osadía, pero creo que necesita usted abrir los ojos. ¿No debería un alcalde anticiparse, como se anticipa un padre, o una madre, a lo que sea que sus hijos necesitan? Tiene usted un hija con talento, alcalde Jules, ¿y qué está haciendo? Oh, está ocupándose de sus cosas, y ella simplemente está tratando de hacerle sentir orgulloso, y ¿se siente usted orgulloso de lo que todas esas libretas que los habitantes de esta ciudad llenan de chismes están haciendo? No han entendido nada, alcalde Jules, pero no lo han hecho porque usted cree que puede cuidar de una ciudad descuidándola, pero todo aquello de lo que estamos a cargo necesita una dirección y si no se lo da usted, puede dárselo cualquiera, ¿y no es eso lo que está ocurriendo? ¿No está dándoselo cualquiera, y no está ese cualquiera obligando a la ciudad a sentirse tan atrapada como se siente él? Pregúntele al señor Howling por los trofeos de sus hijos, alcalde Jules, y por qué son los trofeos lo único que recibe de ellos, ¿no es eso lo que ellos creen que él quiere de ellos? No deje que esta ciudad crea que es una única cosa, alcalde Jules, y usted tampoco. Nunca es tarde para nada, alcalde*).

Oh, podía no ocurrir nada.

Quién sabía, tal vez, aquello era lo que le pasaba al Modelista Superior.

Él hacía todo lo posible para que las cosas ocurrieran.

Y las cosas no ocurrían. El mundo, simplemente, le ignoraba. Seguía su curso como si tal cosa.

Pero había que intentarlo, ¿no?

Stumpy también lo estaba intentando. Intentaba llamar a su madre. Pero el teléfono no dejaba de sonar. Puede que aquel maldito Howard Yawkey no pudiese *verlo*, pero estaba *triunfando*, no sólo era un agente *audaz* sino que la fortuna le sonreía, y aquella estatuilla, que estaba allí, en alguna parte, en una de las mansiones de Brandon Pirbirght, probablemente sintiendo que no importaba nada, rodeada como estaba de cientos de cosas que brillaban más que ella, pensaba en él a todas horas, se decía, (COMETIERON UN ERROR), y (TENGO QUE SALIR DE AQUÍ), pero ¿acaso podía una estatuilla Howard Yawkey Graham escapar? Podía, si Howard caía en la cuenta del error cometido, y se prestaba a corregirlo. ¿Y era algo así posible? Claro, se dijo, contemplando su agenda abierta, aquella agenda que, oh, después de todo ya no quería ser la agenda de ningún otro pues era una agenda *ocupada*, por fin, y ¿no estaba recibiendo ya llamadas de hombres y mujeres que darían cualquier cosa, (CUALQUIER COSA) con tal de que él considerase, apenas (CONSIDERASE), la posibilidad de tratar de vender su casa *aburrida*? Ellos, decían, habían hecho *lo imposible* para deshacerse de ellas, ¿y acaso lo habían conseguido? Oh, estaban francamente *desesperados*, y sabían que él era un hombre ocupado, después de todo, era un vendedor de casas *milagro*, y podían hacerse una idea de lo que aquello significaba, aquello significaba *cientos* de casas esperando pacientemente en una larga lista pero ¿había alguna posibilidad de que esa lista incluyese, tarde o temprano, su casa? Ellos esperarían, decían, esperarían pacientemente, porque necesitaban un *milagro*.

Stump pensó que, cuando el teléfono dejase de sonar, primero llamaría a su madre, por supuesto, y luego saldría de compras. Se compraría una pequeña colección de pajaritas nuevas, y un abrigo, un abrigo de *gran* agente, y unas botas, unas botas elegantemente *peludas*, y por qué no un escritorio, y algunas lámparas, y una silla, una silla nueva, y tal vez una butaca, una butaca en la que sentarse a reflexionar sobre la mejor manera de abordar la venta de todas aquellas casas aburridas. Tenía que empezar a comunicarse debidamente con aquel cerebro suyo, como imaginaba que hacía Myrna Pickett Burnside, ¿y qué mejor forma de empezar a hacerlo que tomando buena nota de cualquier cosa parecida a un consejo al respecto que ella pudiese *brindarle*?

–Hola, Myrna –le diría cuando la viera, porque iba a verla, *muy pronto*, él mismo había llamado a aquel tal Jeanie Jack para concertar una *cita*, se la debía, y ya no la temía–. Te alegrará saber que he dejado de ser una mota de polvo cualquiera, ahora soy, al parecer, una mota de polvo ligeramente *famosa* con, supuestamente, un cerebro *milagroso* o puede que aún no del todo *milagroso*, puede que tan sólo camino de serlo a tiempo completo, pero decidido a *entrenarlo* para que así sea, porque es así como funciona, ¿verdad? Toda esa gente espera *milagros* y yo sólo tengo que hacerlos realidad. ¿Recuerdas cuando empezaste a *producir* esos milagros? A lo mejor debería llamar a Howard, Myrna, ¿no debería llamarle y decirle que la estatuilla de Brandon Pirbright estaría mucho mejor en *este* despacho? Sé que puede sonar atrevido por mi parte pero ¿acaso puede considerarse *audacia* el *éxito* de Brandon *Jamie*? Tengo claro como daría comienzo mi discurso de *aceptación* de la estatuilla, Myrn. –Oh, *Myrn*, ¿podía llamarla *Myrn*? ¿No sería *demasiado*?–. *Dedico este premio al portentoso cerebro de Myrna Pickett Burnside, que me mostró el camino.*

Pero para que todo eso ocurriera, el teléfono debía dejar de sonar.

Y no lo estaba haciendo.

Algunas de las llamadas, por cierto, eran *amenazas*, (CUIDE DE SUS PAJARITAS MIENTRAS PUEDA, MACPHAIL), decían aquellas llamadas. La jefe Cotton llevaba toda la mañana desarticulando *redes* que pretendían poner en marcha lo que parecían auténticas *operaciones* contra, no sólo aquel tipo, sino la casa Peltzer, y aquella pareja de nuevos inquilinos, y también, el chico, Billy Peltzer, en paradero desconocido desde la tarde del día anterior, quién sabía si no por obra de una de aquellas torpemente organizadas células que, sospechaba Cotton, sólo podían tener un cerebro, y era un cerebro que fingía dedicarse a la venta de raquetas y trineos. Lo hacía a través de lo que había dado en llamar la Patrulla Manx Dumming, en honor a su personaje favorito de las novelas de Francis McKisco. Oh, aquel tipo podía ser engreídamente insufrible, pero sus personajes le caían condenadamente bien, y por primera vez desde que había dejado de servir cafés en aquella comisaría del demonio, la jefe Cotton era *feliz*, porque estaba pudiendo ocuparse de los asuntos de aquella ciudad, la ciudad a cuyo cuidado había estado desde el principio, siendo debidamente apartada por aquel interminable montón de detectives aficionados que se habían convertido, de la noche a la mañana, en *amenazas*. ¿Y no era eso maravilloso? Oh, no lo era en tanto Kimberly Clark Weymouth tenía, aquella mañana, aspecto de pequeño *polvorín* nevado, pero ¿no estaba aquel polvorín poniendo las cosas en su sitio? ¿No estaba permitiéndole *trabajar*? ¡Oh, bienvenido fuese el cierre de aquella maldita tienda! ¿Sabes qué, Francis?, podría haberle dicho al escritor de tenerlo delante, (ESTUVO BIEN BRINDAR POR LA MARCHA DEL CHICO PELTZER, PERO NO PRECISAMENTE POR LO QUE PODÍA SUPONER PARA *TI*), porque, oh, nada apuntaba a que McKisco fuese a tener ningún protagonismo en aquel nuevo *orden*, al menos, por el momento, pero sin duda parecía que aquel nuevo orden iba a necesitar *orden*, ¿y quién había estado todo aquel tiempo esperando a ponerlo, diciéndose que probablemente no hiciese otra cosa que fantasear con estar sobreviviendo a algún tipo de fin del mundo *helado*, y charlar con una ridícula tortuga de tierra? ¡*Ella*! La Patrulla Manx Dumming la integraban ella y tres únicos agentes y se dedicaba a detectar y *sofocar* cualquier intento de extorsión a cualquiera relacionado con la venta de la casa de Mildred Bonk. No podía decirse que los intentos fuesen gran cosa, es decir, que al lanzamiento de bolas de nieve y ejemplares del *Doom Post* debían sumársele apenas algún que otro ridículamente infantil cartel (LA SEÑORA POTTER NO TE QUIERE AQUÍ, VENDECASAS) y aquellas llamadas que Stump no estaba *denunciando* pero que sí lo había hecho la nueva propietaria de la casa de Mildred Bonk, una airada mujer de voz áspera e imponente, que aseguraba que no tenía tiempo para aquello, (NI SIQUIERA TENGO TIEMPO PARA RECORDAR CARAS, ¿CÓMO

DEMONIOS VOY A TENERLO PARA ESTO?), ¿y acaso sabía toda aquella gente a la que parecía (MOLESTARLE) que nada menos que (LOS BENSON) estuviesen en su ciudad, que acababa de abrirse, eso dijo, (ABRIRSE), un *abismo*, a sus pies, que el suelo bajo sus pies, decía, ya no era suelo bajo sus pies sino una exasperante y horrible *nada*? No, le había dicho la jefe Cotton, toda aquella gente no sabía nada de todo eso, le había dicho, y, en cualquier caso, ¿a qué clase de abismo se refería? Entonces ella le había dicho que su marido había desaparecido, aunque no había desaparecido *exactamente*, porque debía estar con aquel otro escritor, aquel escritor *del montón* por el que iba a vestirse de *mujer*, así que no se le ocurriera buscarlo, (NO SE LE OCURRA BUSCARLO), le había dicho, porque no quería volver a verlo, le había dicho también, y ¿significaba eso que (LOS BENSON) eran (HISTORIA)? La mujer había *aullado* entonces, (AH) (AH) (AUUUUUUUU), como si en vez de una mujer con voz de *serpiente* fuese un enorme perro salvaje, y a continuación había *roto* a llorar, y la jefe Cotton le había dicho que lo tendría en cuenta y que se ocuparía, en cualquier caso, de las llamadas, (YO ME OCUPARÉ DE ESAS LLAMADAS), le había dicho, y entonces ella, Becky Ann Benson, le había dicho que no se preocupase por las llamadas, que cuando colgase, haría pedazos el teléfono, y le pediría a aquel fantasma que no hacía otra cosa que *escupir* cereales de colores, que se *comiese* el maldito *cable* para que ninguno de aquellos *bills* pudiese reconectar ningún otro aparato, porque lo único que quería era que la dejaran en paz y también quería que Frankie volviese, pero no de cualquier manera, quería que volviese siendo el que era cuando se instalaban en una de aquellas casas encantadas porque sólo así podrían escribir aquella novela de hermanas siamesas fantasma que descubrían asesinos fantasma, porque, oh, cazar ideas estaba bien, pero había llegado el momento de *golpear* las teclas de aquel par de viejas máquinas de escribir, porque según Duncan Walter no había suficientes novelas de terror ambientadas en lugares *nevados*, y ¿creía ella que no había suficientes novelas de terror ambientadas en lugares *nevados*? No, la jefe Cotton no creía *nada*, pero ¿había dicho que tenía un fantasma *en casa*? Sí, había dicho ella. Era el fantasma de aquel tipo. El tipo de la tienda de *souvenirs*.

¿Randal Peltzer? El mismo. ¿Cómo era posible? Becks se había encogido de hombros. ¿Cómo es cualquier cosa posible?, había preguntado.

—¿Y piensa reabrir la tienda?

—No sé, ¿quiere que se lo pregunte?

—¿Está ahí ahora mismo?

—¿Quiere que se lo pase?

—¿Puede *pasármelo*?

—Claro, ¿por qué no iba a poder pasárselo?

Así fue cómo la jefe Cotton habló con William Butler James. En realidad, con Eddie O'Kane. Aquel fantasma profesional. Lo que le dijo fue:

—¿Puede sujetar un teléfono?

—Claro, ¿por qué no iba a poder hacerlo?

—¿No es usted un fantasma?

—Tomé clases.

—¿Acaso toman los fantasmas *clases*?

—Ajá. Eso hacemos. Si queremos *comunicarnos* con los vivos, tomamos clases.

—¿Qué tipo de clases?

—Recuérdeme quién es usted.

—La jefe Cotton.

—Oh, la jefe Cotton, ¿y puede saberse qué la trae por aquí?

—No estoy ahí.

—¿Cree que no lo sé? Es una forma de hablar.

La jefe Cotton no recordaba con exactitud a Randal Peltzer. Sabía que era un tipo despistado. Le recordaba caminando bajo la nieve con un paraguas diminuto.

—¿Piensa reabrir la tienda?

—…

—¿Señor Peltzer?

—Voy a casarme.

—¿*Cómo*?

—Voy a casarme con la señorita Penacho.

—¡Pero está usted *muerto*!

—Oh, ¿y qué tiene eso de malo? Nos mudaremos con la señora Benson, ahora que su marido la ha, ya sabe, *dejado*. La señora Benson cree que Penacho podría sustituir al señor Benson.

No de la forma en que quizá esté usted pensando. Los escritores a veces necesitan *paredes* contra las que lanzar y ver *rebotar* sus *ideas*. Y la señora Benson cree que Penacho podría ser una de esas *paredes*. Yo me encargaría de hacer la clase de cosas que los fantasmas hacen en las casas. Abrir y cerrar puertas. *Ulular*. Romper algún vaso. Ya sabe.

—No parece usted esa clase de fantasma, señor Peltzer.

—Oh, me temo que no puedo evitar serlo, jefe Cotton. Es decir, puede que ahora esté hablando con usted pero en cuanto cuelgue el teléfono me pondré a hacer la clase de cosas que hacen los fantasmas.

—Entonces ¿no piensa reabrir la tienda?

—Estoy muerto, jefe Cotton.

—¡Pero va a casarse!

—Voy a iniciar una nueva vida.

—¿No está *muerto*?

—Una nueva vida como *muerto*, jefe Cotton.

Ajeno al desastre que aquello suponía, Stumpy MacPhail se disponía a llamar a su madre. Que Frankie Benson se hubiese bajado del barco podía hacer inviable su exitosa venta y, si su exitosa venta era, como los Benson, (HISTORIA), podía decirle adiós a todos aquellos titulares. Pero ¿acaso tenía su madre manera de saberlo? ¿Acaso tenía el propio MacPhail, entonces, manera de saberlo? Lo único que sabía MacPhail era que no dejaba de recibir llamadas. Había recibido Stump llamadas de semanarios literarios que no podían creerse que Becky Ann Benson estuviese *consintiendo* en *admitir*, de aquella escandalosa manera, que, de alguna forma, admiraba el trabajo de algún otro escritor, porque, mudándose a aquella casa que podría haber sido la casa de la señora Potter, estaba *permitiendo* que se les considerase *lectores* de Louise Cassidy Feldman y ¿lo eran, en realidad? ¿Les había oído hacer algún tipo de comentario mientras les enseñaba la *casa*?

—Oh, *yo* se lo hice, *señorita* —había mentido Stump, deseoso de hablar de su *devoción* por el clásico de Louise Cassidy Feldman—. ¿Sabe? Me mudé a esta ciudad *precisamente* por estar *cerca* de la señora Potter. Es mi novela favorita. Y créame, estar aquí es lo más parecido a estar en otro *planeta*. —*¿Y qué respondieron ellos?*—.

Oh, ¿ellos? ¿Quiénes? —*Los Benson*—. Oh, los Benson, eeeeh, los Benson respondieron que, bueno, ellos también. —*¿También?* *¿Quiere decir que para ellos estar ahí es también estar en otro planeta?*—. Sí, bueno, no sé. Si le digo la verdad, señorita, no recuerdo con exactitud qué dijeron pero puedo asegurarle que ellos estaban al *corriente* de *todo*.

¿Lo estaban? ¿Por qué no iban a estarlo? ¿Debían estarlo, *no*? ¿Qué escritor no conoce el trabajo de otro escritor cuando el otro escritor es *famoso* o tiene, en su defecto, una novela tan tremendamente *famosa* como aquella? Stump sólo creía estar *coqueteando* con aquel *inminente* titular, que en realidad eran una pequeña colección de inminentes titulares, pues todo *redactor* de revista literaria que descolgaba el teléfono en algún lugar para hablar con él quería saber exactamente *aquello*: si los Benson habían *admitido* que *amaban* a *La señora Potter*. Y, oh, Stump había llegado a pormenorizar el relato, había llegado a dar detalles de su visita a la casa de Mildred Bonk con la pareja, una visita que, por supuesto, no había existido, creyendo que no tenía la menor importancia fingir que las cosas habían sido como toda aquella gente esperaba que hubiesen sido, pero no tardaría en comprobar hasta qué punto *todo* importaba.

Especialmente cuando la llamada procedía de una cadena de televisión.

La cadena de televisión no era como los mensuales esotéricos, a los que sólo les interesaba el *ectoplasma*, y *suplicaban* poder visitar el lugar y, tal vez, *charlar* con la pareja y puede que, también, el *fantasma*, no, la cadena de televisión quería saberlo *todo* de aquel par de escritores *discutidores*, decían, y sus *cientos*, habían dicho *cientos*, de *sirvientes*. Stump había *reculado* hábilmente, asegurando que aquella era una información que de ninguna forma podía proporcionar pues tan sólo había visto a los Benson en una ocasión y en aquella única ocasión habían hablado de la casa, que les había parecido (ESTUPENDA), o, mejor, que les había parecido (EXACTAMENTE LO QUE ESTABAN BUSCANDO), y se había mencionado la *casualidad* de que pudiese tratarse de la casa de Mildred Bonk de la que se hablaba en el clásico infantil. Aquel metomentodo *televisivo* no había podido creerse que los Benson hubiesen pronunciado la palabra (ESTUPENDA) ni tampoco que hubiesen acudido a aquella visita sin uno solo de sus *bills*. El tipo, un despiadado lector de *tabloides* que trataba de *medrar* en aquella cadena que ni siquiera era una cadena importante, era *experto* en *chismes* y había leído *cientos* sobre los Benson, por lo que estaba al corriente de su *incapacidad* para hacer otra cosa que no fuese *cazar* ideas, es decir, sabía que eran sus *sirvientes* quienes les metían la comida en la boca como si fuesen un par de *quisquillosos* bebés que no hacían otra cosa que discutir, oh, durante demasiado tiempo aquel aprendiz de directivo *televisivo*, aquel tipo llamado Carl, Carlton Wynette Morton, había *coleccionado* algunas de aquellas discusiones, discusiones que regularmente publicaba su tabloide preferido, el horripilante *Monday Creepers*, en una columna ingeniosamente llamada (LOS BENSON SIGUEN SIN SOPORTARSE), y supuestamente escrita a partir de transcripciones de auténticas conversaciones que *realmente* mantenía el matrimonio más famoso del *género*, porque, por supuesto, *Monday Creepers* se ocupaba básicamente de los profesionales del terror.

Así que le dijo a Stump que aquello no era posible.

—Los Benson no visitan casas, señor MacPhail, ¿a quién pretende engañar?

—Oh, señor Morton, no sé qué clase de informaciones ha recibido ni cómo pero le aseguro que los Benson visitaron la casa de Mildred Bonk antes de comprarla.

—Miente.

—¿Por qué iba a mentir?

—No lo sé. Tal vez sea cosa de Louise Cassidy Feldman. ¿Es ella quien le ha pedido que diga que se han mudado a ese sitio horrible porque leyeron esa novela estúpida?

—*La señora Potter* no es estúpida.

—No puedo creérmelo, ¿sabe que Becky Ann puede *matarle* si se entera?

—Nadie va a matar a nadie, señor Carlton.

—¿Nos concedería una entrevista de todas formas?

—¿*Yo*?

—Voy a enviarle *ahora mismo* a Willa Frank.

Willa Frank era, dijo, su mejor reportera. Francamente diligente y, a la vez, despreocupadamente despistada, Willa Frank parecía olvidar lo que estaba haciendo cuando lo estaba haciendo para no tardar en recordarlo. Tenía algunas uñas pintadas, se había, únicamente, maquillado un ojo, el flequillo parecía pertenecer a dos personas distintas, sabiamente *domado* de un lado, poco más que un revuelto *arbusto* del otro, decía tener (UNA IDEA), y colocaba a Stump en un rincón de su oficina, se preparaba, a continuación, un café, se bebía una parte, y entonces, le parecía que aquello no iba a funcionar pero que (OH, YA LO TENÍA), y colocaba a Stump en la puerta de (SOLUCIONES INMOBILIARIAS MACPHAIL) y accionaba la cámara y le preguntaba cuándo había llegado allí y si le gustaba (LA NIEVE), y Stump decía que no le gustaba especialmente aunque tampoco podía decir que la (ABORRECIESE).

—La vida aquí no debe ser *sencilla*.

—Oh, no lo ha sido.

—¿Qué hacía con todo ese tiempo?

—¿Qué tiempo?

—El tiempo en el que *esperaba* a que llegasen *casas*.

—Se suponía que iba usted a preguntarme por los Benson.

—Oh, *claro*, pero ¿sabe? He tenido una idea.

—¿Sí?

—¿Por qué no me habla de usted *primero*?

Y así había sido. Arrogantemente, Stumpy le había hablado de él *primero*, y podría decirse que, imprudentemente, había hablado *demasiado*. Como fuese que aquella mujer no dejaba de tener (UNA IDEA) tras otra, habían acabado en casa del agente, bajando, un tanto temerariamente, al sótano, y dejando que la cámara de la señorita Frank *apuntase* a su (CIUDAD SUMERGIDA), y, oh, ¿de veras le interesa mi, ehm, humilde *pasatiempo*? Ella había dicho que *todo* le interesaba, y había estado teniendo aquellas ridículas (IDEAS), y colocándolo en todo tipo de sitios hasta que se había, por fin, *marchado*.

Cuando lo había hecho, Stump había seguido respondiendo llamadas. Llamadas de todo tipo de secciones de sucesos de periódicos y panfletos de todas partes (*¡HA VENDIDO UNA CASA CON FANTASMA!*), le espetaban, aquí y allá, en todas partes, oh, ¡el mismísimo Wilberfloss Windsor, editor y, nuevamente, único redactor de *Perfectas Historias Inmobiliarias* había llamado! Había llamado y había lamentado *ostensiblemente* no haber podido acudir a la cita, pero, oh, su gato, aquel gato con el que iba a todas partes, se había puesto *enfermo*, y había tenido que llamar a aquel maldito *bribón* de Starkadder, y él se la había *jugado*, y no sólo se la había jugado apresurándose a publicar aquella entrevista que había hecho en su nombre en otro lugar, sino también no volviendo a casa, porque su mujer, Lizzner, se había *plantado* allí, se había plantado en la minúscula redacción de *Perfectas Historias Inmobiliarias*, con sus hijos gramatólogos, y todos los demás, además del señor Sneller, y le había dicho que *nadie* iba a moverse de *allí*, es decir, que nadie iba a moverse de la redacción de *Perfectas Historias Inmobiliarias*, hasta que *Urkie* apareciera, ¿y cómo iba a aparecer? ¿Acaso creía aquella mujer que él, Wilberfloss Windsor, podía sacarse a su marido de algún tipo de *chistera*? ¿No tenía suficiente con *cuidar* del pequeño Macko? El pequeño Macko *lloraba*, por las noches, *lloraba*, y parecía *desesperado*, ¿y sabía él lo horrible que era *dormir* con un gato *desesperado*? No, no lo sabía, ¿y qué había dicho el veterinario? El veterinario había dicho que sólo era aburrimiento, pero ¿cómo podía aquel *minino* aburrirse? ¡Iba con él a todas partes!

—Tal vez lo que aborrece es *salir*, Wilb.

—¿Por qué iba a aborrecer salir, MacPhail?

—No lo sé, ¿suelen salir los gatos, Wilber?

—¡No! Los gatos no van nunca a ninguna parte. ¡Por eso es un gato afortunado! ¡El muy estúpido! ¿No debería considerarse *afortunado*, MacPhail?

(OH) (JO JO JO), MacPhail se había reído, y había dicho que (POR SUPUESTO), el tal Macko debía considerarse (MUY AFORTUNADO), ¡era nada menos que el *compañero* de *viajes* de Wilberfloss Windsor! Lamentaba, sin embargo, la tiranía de aquel *bribón* de Starkadder, ¿creía él que podía seguir en Kimberly Clark Weymouth? Podía, sin duda.

—Me envió un telegrama de disculpa. *Profundamente* confuso, MacPhail.

El telegrama, que parecía haber sido escrito a altas horas de la noche por un Urk Elfine presumiblemente ebrio, decía (LO SIENTO, WILB, PERO NO PIENSO VOLVER A LA MESITA DE NOCHE), ¿y qué *diablos* significaba *aquello*?

—No sé, Wilber, ¿hay alguna mesita de noche en *Perfectas Historias Inmobiliarias*?

No había ninguna mesita de noche en *Perfectas Historias Inmobiliarias*, lo único que había, en aquel momento, era un montón de niños, el montón de niños de aquel tipo, ¿y sabía Mac-Phail que aquel tipo tenía *criado*? ¡Ni siquiera tenía un trabajo, por todos los dioses *tecleantes*! ¿Cómo podía tener *criado*?

—¿Y se ocupa él de los niños?

—Oh, sí, y también de Macko. Lo cierto es, MacPhail, que no puedo quejarme. El pequeño Macko parece haber *mejorado* —le había confesado Wilberfloss, antes de dar comienzo a las preguntas de su *propia* entrevista. Las preguntas eran buenas preguntas, y Stumpy las respondió encantado, adivinando su reflejo endiabladamente perfecto en la pantalla apagada de su viejo ordenador. Se imaginaba, Stumpy, como una *famosa* figurita de su (CIUDAD SUMERGIDA), la clase de figurita que sabía en todo momento cómo debía comportarse porque al fin tenía un papel ¿y no era eso extrañamente *liberador*?

—Mamá —dijo, cuando al fin descolgó el teléfono, quién sabía cuánto tiempo después, embriagado aún por todo aquel éxito que no dejaba de crecer, como crecían las barbas y los niños y los dientes de león—, he concedido al menos *veinte* entrevistas hoy. He vendido una casa *encantada* que, en realidad, era una casa *aburrida*, y ahora soy el agente *milagro*, y hasta una *reportera* de televisión ha venido a *verme* esta mañana. No dejo de recibir llamadas de clientes que me *suplican* que incluya sus casas en mi lista de casas en venta, que no importa cuánto tengan que esperar porque saben que están en buenas manos, en las *mejores* manos, y esperarán pacientemente, y ¿recuerdas a Myrna Pickett Burnside? ¿La *mil* veces ganadora del Howard Yawkey Graham a Mejor Agente del Condado? Va a pasarse por aquí *mañana*. Oh, está francamente *impresionada*.

—¿Quiere eso decir que hay alguna posibilidad?

—¿Alguna *posibilidad*?

—Oh, ese Yawkey Graham.

—¿No has oído todo lo que he dicho?

—Lo he oído, Stump, pero ¿crees que hay alguna posibilidad de que *rectifiquen*?

—Bueno, supongo que *podrían*.

—Deberías llamarles y contarles todo lo que acabas de contarme a mí porque así a lo mejor rectificarían. Voy a subirme a un tren, Stump, y voy a ir a ese condenado sitio. Con un poco de suerte, si haces las cosas como es debido, para cuando llegue ya tendrás ese Yawkey Graham y yo podré fotografiarlo y volveré con la fotografía y toda esa maldita gente dejará de preguntarme si sigues perdiendo cosas porque estará claro que habrás dejado de perderlas. ¿Vas a llamarles, *Stoppie*?

La última vez que su madre le había llamado (STOPPIE), Stump debía tener once años. Acababa de tenderle su propio *periódico*, el periódico de aquella, su ciudad en miniatura, Stumpyville. Lo había elaborado él mismo. Todas las noticias tenían que ver con la compra venta de inmuebles. También había un buen puñado de entrevistas con los principales agentes inmobiliarios de la supuesta *región*. Incapaz de contener la emoción de verle tratar de seguir sus pasos, Milty Biskle había sonreído ampliamente, oh, Stump seguía atesorando aquella sonrisa como si en vez de una sonrisa fuese un trofeo, y puesto que era aún el único trofeo que poseía y el único que le importaba, dijo:

—Claro, mamá.

32

En el que se detalla de qué forma cree Bill estar sufriendo
el Cruel y Nauseabundo Destino del Personaje Secundario,
y, oh, aparece, por fin, Tracey Mahoney, la (ABOGADA) y se
descubre que Madeline Frances (NO SE PIERDA LA PRIMERA
Y ÚNICA RETROSPECTIVA DE LA ARTISTA MÁS PROLÍFICA DE
ESTA CIUDAD) está en camino

Tan resueltamente como se lo permitían aquel enorme par de
botas de pana *sonrosadas* que, de haber existido en aquel Sullivan Lupine Wonse que imaginaba, podrían haber ido *charlando*
con ella por el camino, Cats McKisco se dirigió a Rifles Breevort. Como miembro destacado de la Patrulla Manx Dumming,
Cats, debía *recabar* información sobre la presunta desaparición
del chico Peltzer, tarea que ella, y su nuevo atuendo, el uniforme
de su abuelo, el agente *echamanos* Francis Caroline, se había auto-
adjudicado para poder pasarse a echar un vistazo por allí, y cer-
tificar cómo, de ninguna forma, Sam Breevort necesitaba que la
cuidasen, en parte, porque nadie iba a intentar ir a por ella, porque el mundo, después de todo, no giraba alrededor de (BILLY
PELTZER).
    —¿Café?
    —Oh, eh, oh, *sí*.
    Cats había puesto un pie, y luego el otro, en aquel sitio, Ri-
fles Breevort, y había dejado que Jack Lalanne se acercara a ella
y olisqueara sus *estupendas* y viejas botas, y a Jack Lalanne le
habían traído sin cuidado. El caso es que las había olisqueado y
luego había regresado a su sitio junto al montón de libros y se
había dejado caer con un sonoro (CLA-CLANC). A continuación, había suspirado. Aquel suspiro parecía decir (OH, ESTÁ BIEN)
(QUE LO QUE SEA QUE ESTÉ A PUNTO DE PASAR, PASE) (PERO
APUESTO A QUE ES CONDENADAMENTE ABURRIDO).
    —Lo siento —dijo Cats, cuando se sentó.

Sam había puesto un par de viejas tazas sobre la mesa y estaba sirviendo el café. El café olía estupendamente. Todo aquel sitio, pensó Cats, olía estupendamente. A algún tipo de metal, mezclado con una olorosa madera, y quién sabía si pólvora.

—No quería llamarte *ciudadana* ni nada de eso.

—Al menos me has llamado de algún modo. —Sam sonrió, se dejó caer en una de las sillas, y colocó las botas sobre la mesa.

—¿Disculpa?

—No recibo muchas visitas. —Se retiró el pelo de la cara, bebió un sorbo de café—. No soy, supongo, demasiado *popular*. ¿Eres popular tú, Crocker?

—No lo sé —dijo Cats, y estaba frunciendo el ceño y a la vez no haciéndolo, como si no se atreviera a dudar siquiera—. ¿Lo soy? Supongo que mi padre me impide no serlo.

—Ya, claro. Estuvo aquí una vez, hace tiempo. Quería saber un montón de cosas. Me dijo que estaba escribiendo sobre rifles. ¿Escribe sobre rifles?

—No exactamente.

Sam bajó el par de botas de la mesa, se puso en pie, cogió lo que parecía una enorme libreta y volvió a sentarse. El perro alzó la cabeza, la miró, suspiró.

—¿Te gusta?

—¿Mi padre?

—Bill.

—Oh, *Bill*.

—Creo que te gusta.

—No, ya no.

—¿Ya no?

—No, y a ti tampoco debería gustarte si es lo que hace porque yo creo que lo hace. ¿Sabes qué creo? Creo que cree que el mundo gira a su alrededor, Sam, y no puede ver a nadie más. Cree que porque se ha ido alguien va a ir a por ti.

—Oh, ya lo han hecho —dijo Sam.

—¿Cómo?

—Alguien me ha dejado una tarta en la puerta. La he tirado a la basura. Nadie jamás en todo este tiempo me ha dejado una tarta en la puerta. Creo que quieren quitarme de en medio para poder abrir la tienda.

—¿Cómo piensan abrir la tienda?

—No lo sé, pero apuesto a que creen que soy la única que podría impedírselo.

—Entonces es cierto.

—¿El qué?

—Que nadie mató a Polly Chalmers.

—Es lo más probable.

—Estuve consultando el archivo del caso. No parece un archivo en absoluto. Parece un relato basado en un capítulo de *Las hermanas Forest*. Parece uno de esos artículos del alcalde Jules. Los que escribe para Eileen. ¿Crees que el alcalde Jules es el culpable?

—No sé, Crocker, la detective eres tú.

—Supongo que podría detenerle.

Sam se rio.

—Claro, ¿y qué escribirías en tu informe? *Detenido por no matar a Polly Chalmers. ¿Y quién sería el siguiente? ¿Don Gately? Detenido por no matar a nadie.*

—Nos ha tomado el pelo.

—Dime la verdad, Crocker.

—Te estoy diciendo la verdad.

—Lo que quieres es saber dónde está Bill.

—Ya sé dónde está Bill.

Sam frunció el ceño. El ceño de Sam podría haber sostenido un diminuto rifle. De hecho, era lo que más deseaba en el mundo. Pero nadie ha fabricado aún diminutos rifles para ceños, así que tenía que limitarse a seguir soñando.

—Pecknold —dijo Cats.

—No exactamente —dijo Sam.

—¿No?

No, Bill no se encontraba *aún* en Sean Robin Pecknold.

Bill se encontraba en aquel otro sitio, Lurton Sands Dixon.

Había seguido las instrucciones de aquel teléfono en el árbol y se había registrado en el Tom Gullickson. Pero ¿quién le había dado las instrucciones a aquel teléfono en el árbol?

Oh, había sido la propia Sam.

La tarde en la que Bill partió hacia Sean Robin Pecknold en aquella camioneta repleta de asientos Sam había llamado a todas las gasolineras que había entre Kimberly Clark Weymouth y aquel otro lugar soleado al que su amigo se dirigía en busca del pequeño Corvette. Quiso hablar con sus encargados, entre los que se contaba el joven sabio Means. Daba por hecho que Bill iba a tener que detenerse en algún momento a repostar. Les dijo a todos que le indicasen que debía llamar a aquella tal Marjorie. Y que aquella tal Marjorie le diría lo que debía hacer a continuación. Porque aquella abogada había llamado y había dicho que iba a detenerse en aquel sitio cercano a (WILLAMANTIC) porque debía consultar con la *otra* señora Mackenzie, Madeline Frances, la (FABULOSA) idea que Sean Robin Pecknold, la ciudad, había tenido en relación con el legado de la *legendaria* Mack Mackenzie, porque, oh, en lo que se refería a aquel legado, el señor Peltzer no era el *único* responsable. La señora Mackenzie y el señor Peltzer debían, por expreso deseo de la difunta, *verse* para llegar a un acuerdo sobre su *futuro*.

Pero Bill no tenía forma de saberlo aún. Bill, que no había hecho más que pensar en aquello que Meredith Bone Stetson, la joven ayudante de mayordomo que nunca sería otra cosa que ayudante de mayordomo, llamaba el Cruel y Nauseabundo Destino del Personaje Secundario, es decir, un destino que nunca sería el destino de un personaje principal, que nunca sería el destino de (NATHANAEL WEST), y todos los que, como él, no debían cargar con nada que no fueran ellos mismos, acababa de llegar a aquel sitio, el Tom Gullickson Inn. Había pedido una habitación y había pronunciado el nombre de aquella abogada, había dicho (TAL VEZ TENGA ALGO PARA MÍ), como si en vez del chico que aborrecía *dirigir* la única tienda en el mundo dedicada a aquel desconsiderado clásico infantil que había acabado con su familia, fuese una especie de espía, un agente secreto, un alguien con una *misión*. Ante la indiferencia de la recepcionista, una chica cuyas gafas parecían *flotar* ante sus ojos, la tez oscura y, en algún sentido, *brillante*, Bill había pronunciado el nombre de aquella abogada, había dicho (ALGO DE TRACY, EHM, SEEGER MAHONEY) (HA VENIDO CON UN ELEFANTE) (UN ELEFANTE ENANO) (¿SABE ALGO DE UN ELEFANTE?) (TIENE QUE SABER ALGO DE UN ELEFANTE) (NADIE PUEDE *DORMIR* EN UN HOTEL

CON UN ELEFANTE SIN QUE EL HOTEL SE *ENTERE*), había dicho Bill, y aquella chica primero había abierto mucho los ojos, y luego había fruncido el ceño, y había dicho:

—¿Es usted William *Bane*?

—Sí, eh, eh, soy, soy Billy Bane, Billy Bane Peltzer.

—De acuerdo —había dicho la chica, y había tecleado algo, y luego había mirado su identificación, y había seguido tecleando—. Un momento, por favor —había dicho, y luego—. Sí, la señorita Mahoney ha dejado algo para usted.

¿Y qué era aquel *algo* que la señorita Mahoney había dejado para él? Un folleto. Un folleto ridículo. En él aparecía su tía Mack rodeada de todo tipo de animales salvajes que nada tenían que ver con sus *auténticos* animales salvajes, de manera que quien fuese que hubiese elaborado aquel folleto se había limitado a colocar junto a ella tigres, panteras, leones, elefantes, ballenas, hipopótamos, serpientes, cualquier cosa de aspecto *fiero*, y había superpuesto un montón de letras ridículas que formaban un montón de frases igualmente ridículas, frases como (¡VISITE EL HOGAR DE LA LEGENDARIA MACK MACKENZIE!) (¡SIÉNTESE EN EL SALÓN DE LA MÁS FAMOSA DOMADORA DE TODOS LOS TIEMPOS!) (¡PASEE POR SU SELVÁTICO JARDÍN!) (¡ALIMENTE A SU ADORABLE ELEFANTE *BEBÉ*!) (¡SEA, POR UN DÍA, RESPONSABLE DEL REINO ANIMAL Y DECIDA ESPECTÁCULOS Y NUEVAS ADQUISICIONES!) y también, en un tamaño de letra ligeramente inferior (ABIERTO DE LUNES A DOMINGO) (RESERVE SUS ENTRADAS) (DESCUENTOS PARA NIÑOS). Tan abominable folleto iba acompañado de una pequeña nota. La pequeña nota decía, simplemente (¿NO ES ESTUPENDO?), y también, (REÚNASE CONMIGO MAÑANA EN EL SNODSBURY).

El Lori Krystal Snodsbury era un poco iluminado local que podría pasar por casi cualquier cosa, cafetería, bar de copas, minúsculo y poco esforzado restaurante, atestado montón de reservados, que solía llenarse de visitantes de Willamantic, resignados familiares, amigos y *amantes* de las internas. Aquel peculiar sitio debía su nombre a la criminal más conocida de Lurton Sands, una despiadada coleccionista de diarios *íntimos* que obligaba a sus víctimas a contarles a sus diarios lo *último* que iba a pasarles, esto es, que ella, la gran Lori Krystal, iba a *matarlas*, asegurándoles que si el relato era lo suficientemente *bueno* iban a librarse, pero nunca lo hacían.

Los abogados tenían, en aquel peculiar sitio, su propio rincón, un rincón *tranquilo* en el que reunirse con familiares y amigos y a veces amantes de aquellas, sus clientas, pero en el que sobre todo ponían orden a sus manidos discursos, porque en ocasiones, lo que ocurría era que recibían una llamada y alguien les asignaba un caso, y entonces se metían en el coche, o subían a un autobús y se dirigían a Willamantic, pero todo lo que tenían era un nombre y se decían que un nombre era como una puerta abierta pero no sabían a dónde iba a dirigirles y Trace echaba de menos no saber a dónde iba a dirigirle *nada* pero había aceptado aquel maldito empleo en Sean Robin Pecknold y se había comprado todo tipo de trajes, trajes de llamativos y estúpidos colores, y pamelas, pamelas ridículas, y ¿acaso iba a reconocerla Fay Duane así vestida? Como bien sospechaba Marjorie, Tracy Seeger había tenido una aventura con una presa de Willamantic. Lo que no sabía Marjorie era que la cosa no había acabado bien y que ahora ella estaba bien, ahora ella tenía *otra* relación, y, pese a ello, nada le apetecía *menos* que pasar una noche tan cerca de, oh, *Fay* Duane, sin que *nada* pasara entre ella y, oh, *Fay* Duane, pero tenía que hacerlo si no quería perder aquel empleo. Aunque en realidad lo que quería era perder aquel empleo y volver a mudarse a aquel sitio y dejar que su vida fuese su vieja vida de siempre, aquella vida de la que nada sabía en ningún momento, aquella vida repleta de puertas que eran nombres y que cambiaba de dirección constantemente, aquella vida en la que la única constante era Djuna Fay Duane, sus cartas, sus cigarrillos mecanografiados, aquel anochecer en el patio, su voz al teléfono, el inagotable combustible de la imaginación.

Aquella mañana, Trace había extendido sobre la mesa un puñado de aquellos folletos que, en un gesto de desesperación, la oficina *turística* de Sean Robin Pecknold había improvisado. Aquella oficina se temía lo peor ante la muerte de su *único* activo, aquella archifamosa ex domadora y ex trapecista, y pretendía *retenerla*, convenciendo a su *heredero* de la necesidad de crear aquella suerte de parque de atracciones *doméstico*, en el que los visitantes podrían fingir *ser*, por un día, la legendaria Mack

Mackenzie. Evidentemente, el folleto que la abogada había dejado en recepción para Bill era un pequeño *anticipo* del asunto. Creía, Trace Mahoney, que la cosa iba a ser pan comido, pues ¿quién no querría instalarse en una nueva ciudad y erigirse, de la noche a la mañana, en el *epicentro* de la misma? Oh, Trace no tenía ni idea. Empezó a tenerla cuando vio entrar a Bill en el Snodsbury, y dirigirse, huracanada y temiblemente a su mesa.

(¡USTED!), había dicho, llamando la atención de las pocas ex presas, y los pocos familiares y amantes y amigos de las aún presas que había en el local, había dicho, (¿QUÉ DEMONIOS ES ESTO?), y no tenía buen aspecto, Bill, el pelo, rizado, revuelto, y los ojos inyectados en sangre, y podía, pensaba, *gritar*, y nada deseaba más en el mundo que hacerlo, (GRITAR) y decirle que su tía Mack no era una atracción de feria, que puede que su trabajo lo hubiese sido, pero *nadie* iba a convertir su *muerte* en ningún tipo de negocio, y *nadie* iba a pretender *suplantarla*, a diario y sin descanso, en su propia casa, como si Mack Mackenzie hubiese existido sólo para que un puñado de *memos* pudiesen pasar un día fingiendo que sus vidas tenían algún sentido porque la vida de aquella mujer lo había tenido, y más o menos eso era lo que había hecho, sólo que no había gritado, en realidad, lo único que había gritado era (EN SERIO, DÍGAME, ¿QUÉ DEMONIOS ES ESTO?), y había apoyado las manos en la mesa del reservado que, apaciblemente, ocupaba Trace, y Trace había sonreído, y también había fruncido el ceño, aquel ceño que no echaba en absoluto de menos ser una abogada de oficio, por más que su dueña lo hiciese, y había dicho:

—El señor *Bane*, supongo.

—Es *Bill*, Bill *Peltzer*.

—Oh, el señor William *Peltzer*, por supuesto.

Aquella mujer, Tracy Mahoney, tenía sobre la mesa una carpeta, y la abrió para comprobar que Bill no mentía, o quién sabe para qué, el caso es que dijo (AJÁ), y luego (PUEDE SENTARSE), y que Bill, malhumorado, se sentó, y vio que la mesa estaba *cubierta* de aquellos folletos y dijo:

—Qué es esto.

—Eso, señor Peltzer, es una *idea*.

—Pues es una idea *horrible*.

—¿Usted *cree*? Debo decirle que su tía era una pequeña celebridad.

—¿Dónde está el pequeño Corvette?

—Está en el patio de, bueno, la *cárcel*.

—¿Ha metido al pequeño Corvette en la *cárcel*?

Bill se imaginó al pequeño Corvette en una caja dentro de una caja más grande, y rodeado de las personas que vivían en aquella otra caja más grande, repleta de barrotes, barrotes por aquí y por allá, y *extraños*, el pequeño Corvette no se llevaba nada bien con los extraños, ¿y qué era toda aquella gente? Extraños *peligrosos*.

—Oh, no se preocupe, me aseguraron que estaría *bien*.

—¿Quién?

Bill recordó al pequeño Corvette en el sillón, viendo la televisión, la televisión que su tía Mack había instalado en su pequeño cobertizo, aquel pequeño cobertizo en el que Bill se lo había imaginado preguntándose por la tía Mack cuando la tía Mack había muerto, (¿CUÁNDO PIENZAS VOLVED A CAZA?), oh, Bill, siempre imaginaba al pequeño Corvette demasiado pequeño como para hablar correctamente, por más que no hablase de ninguna forma, y luego pensó en él en el patio de aquella *cárcel*, y se dijo que debía estar triste, y *aterrado*, porque no sólo la tía Mack no había vuelto a casa sino que él estaba en algún otro lugar, y no entendía nada, y a lo mejor se reían, todas aquellas mujeres, las *presas*, se reían, y el pequeño Corvette pensaba que se reían de él, y oh, no, tenía que salir de allí, tenía que ir a buscarlo, tenía que ¿qué? ¿Volver a *casa*? ¿Qué casa, Bill?

—*Faye* —dijo Tracy.

—¿Su *amante*?

Trace frunció aquel ceño que estaba encantado con haber dejado de ser el ceño de una abogada de oficio, y dijo:

—Oh, no ¿*Marjorie*?

—Creí que era una *interna*, no la dueña de ese, uh, *sitio*.

—Oh, Faye es una *interna*, pero me dijo que cuidaría de él. La llamé, ¿sabe? Y, oh, bueno, hacía demasiado que no hablaba con ella pero ¿por qué ocurre que cierta *gente* es, bueno, como *estar en casa*? Quiero decir, desde que la vi por primera vez hubo un, no sé, *algo*, ¿sabe? Fue como si algo me dijera (ELLA ES EL CAMI-

NO), y bueno, ¿sabe lo que les pasa a los actores? Pienso mucho en los actores últimamente. Porque, míreme. Yo no tenía este aspecto. Yo era como, bueno, como usted. Ya sabe. Me traía sin cuidado mi aspecto, todo lo demás importaba *demasiado* como para que mi aspecto *importase*, pero luego ocurrió lo que ocurrió, es decir, *dejé* a Faye, me *aparté* del camino, y entonces no me quedó *nada*, nada en absoluto, ¿quién era yo? Yo era una actriz *sin papel*.

Bill podría haber dicho que a él le ocurría algo parecido, podría haber dicho (YO LO ÚNICO QUE SOY ES UN PERSONAJE SECUNDARIO), podría haber dicho (MI MADRE SE FUE Y SE LLEVÓ TODOS LOS CAMINOS), pero no dijo nada, y Trace prosiguió, Trace dijo (ASÍ QUE, BUENO, ME *OTORGUÉ* UN PAPEL), y:

—En el fondo, señor *Bane*, todos somos actores sin papel, quiero decir, somos *vasijas* vacías, lienzos en *blanco*, hasta que decidimos tomar un *camino*, y entonces, oh, ¿no sienta *bien* tener un *sentido*? Los actores, me digo, *maximizan* todo lo que cualquiera de nosotros podría llegar a ser porque alguien les ha dado antes un *sentido*. ¿Por qué cree que nos gusta tanto el *cine*? Todo lo que vemos son modelos de conducta, pero ¿qué son esos modelos de conducta? Letras, señor *Bane*, ¡*letras*! Ojalá pudiera despertarme cada mañana y tener un guión sobre mi mesita de noche. ¿No cree que la vida sería mucho más sencilla si hubiera alguien *escribiéndola* por *nosotros*? Quiero decir, piense en usted en este preciso instante, ¿cómo sabe que *negándose* a convertirse en el *nuevo* Mack Mackenzie está haciendo lo que es debido?

—¿El nuevo Mack Mackenzie?

—No sé exactamente de qué huye si está pensando en instalarse en Sean Robin Pecknold, pero le diré que tal vez no esté nada mal convertirse en el representante del *animal sagrado* de ese lugar.

—Mi tía no era ningún *animal*.

—No, disculpe, claro, ya me entiende. —Trace dio un sorbo a su café, y un mordisco a su *croissant*—. ¿No pide usted nada? El *croissant* es un pequeño *manjar*.

—No. Quiero sacar al pequeño Corvette cuanto antes de ese sitio —dijo, poniéndose en pie—. ¿Necesito algún tipo de *llave*?

—Siéntese.

—No quiero sentarme, quiero sacar al pequeño Corvette de la *cárcel*.

—¿No va a considerar ese asunto del *museo*?

—No. —*Piense en mí como su guionista*—. No es usted ninguna guionista. —*Ahora mismo, sí. Le estoy ofreciendo un papel. Podría ser usted ser una pequeña celebridad*—. No voy a ser nada, no quiero ser nada. —*¿Por qué no?*—. Porque no.

—Pues va a tener que sentarse de todas formas.

—¿Por qué?

—Le pediré un café.

—No quiero un café.

—¿*Mamú*? —La dueña del Snodsbury levantó la cabeza—. El señor quiere un café y uno de estos *croissants* mágicos —Dirigiéndose a Bill, añadió—. ¿Le gusta el chocolate?

Le sirvieron el café, y aquella cosa de chocolate.

Bill se sentó. Pensaba en el pequeño Corvette. Pensaba en Sam. A Sam le gustaba el chocolate. Al pequeño Corvette también. ¿Le gustaba a él el chocolate? ¿Cuánto hacía que no se hacía esa clase de preguntas? Dio un mordisco a aquella cosa.

—Estupendo —dijo la mujer. Le miró con interés, esperando una reacción a aquel *manjar*. Bill no se la dio, así que ella abrió la carpeta—. Déjeme ver —dijo, y extrajo un puñado de folios de aquella cosa azul—. Esto es, sí, usted tiene que, uhm, firmar aquí, y también, ehm, aquí. —Le tendió un folio blanco y uno amarillo. Uno parecía una especie de contrato, el otro, un formulario—. Bueno. Luego tenemos, ¿qué tenemos? Ah, sí. Luego tenemos sus *razones* para el rechazo del Hogar MacKenzie. Debe usted *argumentar* su no consentimiento, y puede hacerlo, uh, espere —cogió otro de aquellos folios, era un folio prácticamente en blanco, en él sólo podía leerse (EXPONGA AQUÍ SU QUEJA)—, *aquí*.

—¿Por qué debería hacerlo? —quiso saber Bill.

—Oh, porque no está de acuerdo, según me ha dicho, con la creación de ese sitio, ¿o ha cambiado de opinión?

—No debería tener que argumentar *nada*. Ese sitio es *mío* ahora. Es *mi* casa. ¿Por qué debería tener que *suplicar* que no se convierta en ese *otro* infierno?

—En primer lugar, señor *Bane*, el Hogar MacKenzie no sería

ningún *otro* infierno. Y en segundo lugar, ni ese sitio ni el pequeño Corvette son *aún* suyos.

—¿*Cómo*? ¿Me toma el pelo?

—No le tomo ningún pelo, señor Bane. Así que, si no quiere que el Hogar Mackenzie se convierta en *nada* que no sea su posible futura *casa*, debería darle una razón a la señora Mackenzie para que así sea.

—¡La señora Mackenzie está *muerta*!

—Oh, no estoy hablando de esa señora Mackenzie sino de la *otra* señora Mackenzie —dijo Tracy Seeger, y a continuación hizo algo que nadie hacía en presencia de Bill desde hacía mucho, demasiado, tiempo. Pronunció Su Nombre. Dijo—: Madeline Frances.

Y siguió hablando, pero Bill, oh, Bill ya no estaba en ninguna parte y estaba en todas a la vez, Bill tenía seis años y los pies le colgaban del banco, porque el banco era demasiado alto o él demasiado pequeño, y hacía calor, porque estaban en la piscina, y era una piscina cubierta, y su madre estaba nadando, pero él estaba aburrido, él quería volver a casa, y ella nadaba demasiado, y él se decía que a lo mejor su madre era una especie de *pez*, uno en extremo *inteligente*, uno que había aprendido a hablar *humano* y a comportarse como los *humanos*, uno que incluso tenía aspecto *humano* pero que cuando se metía en el agua se olvidaba de todo, olvidaba que tenía un hijo *humano* que quería volver a casa, ¿y por qué olvidaba que tenía un hijo *humano* que quería volver a casa? Bill balanceaba los pies en aquel mínimo vacío y se decía que a veces su madre parecía una madre intermitente, que estaba y, oh, dejaba de estar, ¿y acaso parecían el resto de madres madres intermitentes? Bill se decía que el resto de madres no parecían intermitentes, como no lo eran todos los demás, ni su padre ni Sam ni su tía Mack, *nadie*, en realidad, que se hubiese acercado a él lo suficiente había *olvidado* que existía estando con él, ¿por qué lo había hecho su madre? ¿Por qué lo hacía todo el tiempo?

—¿Madeline Frances? —susurró Bill, por primera vez, también, en mucho tiempo, y sintió que le faltaba el aire, porque no recordaba cuándo había sido la última vez que había pronunciado el nombre de su madre, ni si lo había hecho alguna vez en realidad, porque Bill nunca antes había salido de Kimberly Clark Weymouth, y no tenía por qué pronunciar su nombre en Kimberly Clark Weymouth. Ni siquiera, se dijo, los demás lo pronunciaban, porque temían que ella *apareciera*, y él tuviera que enfrentarse a ella, y, después de todo, pensó Bill, puede que no se equivocasen, porque ahora estaba *allí*, había *vuelto*, y no, Bill no estaba preparado, Bill no (¿PAPÁ?) (¿DÓNDE ESTÁS, PAPÁ?) (HA VUELTO) (ESTÁ AQUÍ) (EN ALGUNA PARTE) (¿POR QUÉ NO ESTÁS, PAPÁ?) (¿POR QUÉ TE FUISTE TÚ TAMBIÉN?)–. Es, ella. –Bill se ahogaba, en realidad no lo hacía, porque sólo parecía estar titubeando, pero en algún lugar, allí *dentro*, Bill era un submarinista que descendía, con una pesada bombona de oxígeno *desconectada*, hacia quién sabía qué otro mundo, y se ahogaba, se ahogaba–. ¿Ella va a, ella está *a-aquí*?

Bill estaba preparado, estaba listo para que ella dijera (SÍ), Bill estaba preparado, estaba listo para que ella dijera (CLARO), y (ENTRARÁ POR ESA PUERTA EN CUALQUIER MOMENTO), y lo estaba porque para entonces, para cuando ella *entrase* por *aquella* puerta, él, oh, aquel submarinista descuidado, habría *desaparecido*, ni siquiera sería ya un niño de seis años, sería aquella silla, o tal vez su taza de café, sería cualquier cosa que no estuviera allí porque ella no existía de manera que él no podía estar allí cuando ella apareciera porque entonces existiría y no podía, de ningún modo, existir.

Pero ella dijo que no.

Ella dijo:

–Oh, no, ¿y sabe qué? –*No, no lo sé*, Bill recuperó el aliento pero ya no era Bill, era un autómata, y ascendía, la bombona de oxígeno aún desconectada, ascendía y se decía que nadie iba a entrar por aquella puerta, aún no, se decía, aún no–. Voy a perder mi estúpido empleo en ese sitio, pero ¿sabe qué? –*No, no lo sé*, el autómata que era Bill visualizaba a Madeline Frances, la veía exactamente igual que la última vez que la había visto, estaba en el coche y le decía adiós, le decía (SÉ BUENO, CARIÑO) y Bill no entendía por qué tenía que ser bueno, en realidad, lo que no entendía era por qué creía ella que podía no serlo, cuando Bill era, como el niño Rupert, incapaz, ni siquiera por descuido, de hacer ningún tipo de mal, porque Bill era, por encima de todo, como el niño Rupert, un niño obediente y *feliz*, pero ella sabía lo que estaba por venir, y temía que, enfadado y triste, decidiese seguir los pasos de todos aquellos otros niños, los niños que le pedían cosas a la señora Potter a cambio de *fastidiar* a los demás, y Bill tenía derecho, todo el derecho del mundo, a estar enfadado y triste, pero si seguía los pasos de aquellos niños iba a quedarse allí para siempre, es decir, iba a *hundirse* en aquella *cosa*, su propia *pena*, y podía llegar a no desear otra cosa que lo peor para cualquiera, porque así, de aquella manera, podría no estar *solo*, ¿o no era eso lo que hacía la señora Potter? Por más que ella insistiese en que lo que pretendía era darles una lección a todos aquellos insensibles padres a los que los logros de sus hijos les traían sin cuidado, lo que ocurría, en realidad, era que les decía a los niños que podían no sentirse solos si los demás estaban tan tristes como ellos, y a lo mejor era aquello lo que todos aquellos niños descuidados que subían a un autobús y se bajaban ante (LA SEÑORA POTTER ESTUVO AQUÍ) compartían, la necesidad de que hubiera otros como ellos. No tenían a sus órdenes un ejército de duendes veraneantes, ni podían cumplir deseos, pero podían rodearse de su propia pena, reflejada en todos aquellos objetos, los objetos que se vendían en (LA SEÑORA POTTER ESTUVO AQUÍ), y que reflejaban a su vez el fantasma de los demás–... –¿*Disculpe? No estaba es, bueno, me he distraído y ¿qué ha dicho?*–. He dicho que no me importa lo más mínimo –dijo aquella mujer, Trace, y Bill recordó que su madre tenía los ojos rojos cuando se fue, y que se había dejado el maletero abierto, que el coche empezó a alejarse con el maletero abierto, y que a él le había parecido divertido, porque las maletas trotaban, y ¿a dónde se llevaba *sus* maletas? Al día siguiente, Bill había rescatado un pingüino de plástico de entre la nieve, y lo había guardado pensando que tal vez se había caído del maletero. Era un pingüino amarillo, tenía un pequeño botón y cuando lo apretabas decía (ME GUSTA LA NIEVE) y (SOY UN PINGÜINO) y (¿QUIERES SER MI AMIGO?) y Bill al principio no podía mirarlo porque cuando lo miraba se le hacía un nudo en la garganta y sólo quería llorar porque ¿qué tenía aquel pingüino que no tuviese él? Aquel pingüino estaba en el maletero y se cayó, así que había decidido llevárselo, ¿y por qué no había decidido llevárselo a él? A lo mejor no quería *obligarle*, se había dicho después. Tal vez por eso había dejado el maletero abierto. Él tenía que haber corrido y haber saltado dentro y se hubieran ido juntos, y ¿se pierden las cosas que se dejan atrás porque se dejan atrás o porque se pierden–. Esto es claramente un giro de guión. ¿Lo ve? Si alguien hubiese escrito el guión de este día, yo ahora mismo sabría exactamente lo que tengo que hacer, pero lo único que sé es que odio esta pamela del demonio y, sobre todo, odio estos condenados zapatos, y si me firma usted esos papeles, saldré de aquí descalza, y caminaré hasta Willamantic, y les diré que he vuelto, que me gustaba mi vieja vida, y que odié *cambiar* de *vida*, y luego llamaré a Marjorie y le diré que esperaré a que la otra señora Mackenzie regrese de su *retrospectiva* y liquidaré el maldito asunto, aunque, pase lo que pase, ya puedo adelantarles, con su permiso, que deberían olvidarse del Hogar Mackenzie, ¿qué le parece?

—¿Ha dicho *retrospectiva*?

—Oh, sí. Esa otra Mackenzie *pinta*. Y van a exponer todos sus cuadros en ese sitio del que usted viene. ¡Ja! ¿Puede creérselo? Organicé este encuentro para evitarme llegar hasta allí porque, ¿quién iba a pensar que esa mujer tendría que salir de aquí? Y ahora resulta que *todo* está en ese *sitio*.

—¿Disculpe? ¿Quiere usted decir que mi, ehm, esto, Madeline Frances —(MADELINE FRANCES)— vive, ha estado, uhm, viviendo —(QUE TODO ESTE TIEMPO HA ESTADO VIVIENDO)— *aquí*? Y que, diría que, bueno, ¿va camino de —(TENGO QUE LLAMAR A SAM)— Kimberly Clark Weymouth?

—No entiendo por qué habría de disculparle. Eso es exactamente lo que pasa. ¿Sabe? Antes de pisar Lurton Sands, no había besado a una psicópata. Ahora no dejo de pensar en que no sabía lo que me perdía. ¿Puede firmar esos papeles *cuanto antes*?

Lo que ocurrió a continuación fue que, efectivamente, Bill firmó aquellos papeles, y lo que ocurrió a continuación de aquel a continuación fue que Bill llamó a Sam. La imaginó descolgando dentro de aquella bola de nieve que puede que pareciese como el resto pero no lo era. (OH, SAM), le diría, (ADIVINA QUÉ) (QUÉ) (QUIEREN CONVERTIR LA CASA DE MI TÍA MACK EN EL HOGAR DE LA LEGENDARIA MACK MACKENZIE) *(OH, NO)*

(OTRA TIENDA DE *SOUVENIRS*) (¿HAN PERDIDO LA CABEZA?) (*NO SÉ, SAM*), le diría, (A LO MEJOR ES IGUAL EN TODAS PARTES), (*¿IGUAL EN TODAS PARTES?*), (NO SÉ, SAM, ¿QUÉ VOY A HACER EN ESE SITIO?) (*NO SÉ, BILL, ¿NO PASAR FRÍO?*), (CREÍ QUE PODRÍA SER EL NATHANAEL WEST DE ESE SITIO, SAM), (*OH, PUEDES SER NATHANAEL WEST EN CUALQUIER PARTE, BILL*), le diría ella, y, oh, bueno, Bill dejó de ahogarse, por un momento, dejó de pensar en (MADELINE FRANCES) llegando a Kimberly Clark Weymouth, (MADELINE FRANCES) tratando de encontrar su casa, (MADELINE FRANCES) descubriendo que su marido, (OH, RANDIE), había *muerto*, (MADELINE FRANCES) siendo *interrogada* por los habitantes de aquella *detectivesca* ciudad, (MADELINE FRANCES) preguntándose (BILL, CARIÑO, ¿DÓNDE ESTÁS?) y también (¿FUISTE BUENO, DIENTECITOS?), pero la cosa no fue así, porque cuando Bill descolgó el teléfono, Sam acababa de decirle a Cats que Bill no estaba exactamente *aún* en Sean Robin Pecknold sino en Lurton Sands, tal vez, sólo puede que tal vez, *topándose* con su *madre*. Y acababa de ocurrir algo que Sam no esperaba, algo que no esperaba en absoluto, y era que Cats se había sacado algo del bolsillo de aquella enorme y vieja camisa, la camisa del *canguro*, y tendiéndoselo a Sam, había dicho:

—Llevaban impresos un tiempo pero Bill no había querido oír hablar de ello.

Sam miró el pedazo de papel. Parecía haber estado colgado en alguna parte. Parecía un anuncio. (NO SE PIERDA LA PRIMERA Y ÚNICA RETROSPECTIVA SUBASTA DE LA ARTISTA MÁS PROLÍFICA DE ESTA CIUDAD), decía. (PASE, VEA Y PUJE), (NO TODOS LOS DÍAS SE TIENE LA OPORTUNIDAD DE DECIDIR HASTA DÓNDE PUEDE LLEGAR UN SIMPLE CUADRO), decía.

—¿De dónde lo has sacado?

—Están por todas partes.

—No pueden exponer *nada* sin él, *¿verdad?* Quiero decir, son sus cuadros.

—Ya no.

—¿Cómo?

—Me dijo que no le importaban lo más mínimo. Que podía quedármelos si quería. Y no era cierto que no le importasen, Sam. Los he visto. Los ha convertido en sus propios recuerdos.

En mensajes para su madre. Todo este tiempo, ha estado cambiándoles los títulos. Ha puesto todo tipo de cosas. Desde que era un niño, con su letra de niño. Había uno al que había llamado *Mamá, no estabas cuando se me cayó mi último diente, era pequeño y estaba triste, como yo.*

—Oh, no. —Sam se restregó un ojo, se puso en pie, dejó la libreta sobre la mesa, dijo—: Entonces, ¿ella no está *allí*? Esa mujer necesitaba que ella estuviera allí. Se suponía que iban a verse. Joder, Crocker, ¿en qué demonios estabas pensando?

—Sólo quería echarle una mano a esa mujer.

—¿Qué mujer, Crocker?

—La madre de Bill.

—No es la madre de Bill quien necesita que le echen una mano, Crocker, es Bill.

—No, Sam, Bill cree que el mundo gira a su alrededor, y a lo mejor no lo hace, ¿o lo hace, Sam? A veces tengo la sensación de que ninguno de vosotros puede verme. ¿Y sabes qué? Entiendo a Martin. —Martin era aquel tipo que había cometido delitos en Terrence Cattimore para que Cats le detuviera porque estaba obsesionado con ella—. A lo mejor lo único que quería era pedirme una cita pero creía que no iba a poder verle si se limitaba a hacerlo. Bill no quería oír hablar de ninguna exposición porque quería que el mundo siguiera girando a su alrededor. Pero nunca lo ha hecho en realidad. —Sam iba a decir algo, pero Cats la interrumpió—. Los operarios habían amontonado los cuadros delante de la casa. Se estaban empapando, Sam. Se fue sin pensar en ellos.

—Oh, Bill no dejaba de pensar en ellos, Cats.

—No sé, Sam, si hubiera pensado en ellos como era debido, su madre habría vuelto mucho antes. Porque está en camino. Creo que, en el fondo, sólo estaba esperando una señal, y esa era la señal, Sam.

Sam preguntó (¿CÓMO LA ENCONTRASTE?), y no dijo que ella también la había encontrado, no dijo que ella no le había hablado de los cuadros, no dijo que ella había tenido la sensación de que ni siquiera la había reconocido, de que parecía estar *ausente*, como en algún otro lugar, *lejos*, de que había llegado a decirle que a veces tenía la sensación de no ser más que una idea, algo que alguien estaba pensando en alguna parte, Sam se limitó a preguntar (¿CÓMO LA ENCONTRASTE?), y Cats dijo que no había sido ella, que ella no la había encontrado, que había sido Kirsten James, que había sido, en realidad, aquella marchante, aquella tal Gayle Hunnicutt, que primero había localizado los cuadros, y luego había intentado hablar con Bill, cuando Kirsten se había enamorado de *Keith*, aquel cuadro de la ardilla que cruzaba el río, pero que Bill no había querido oír hablar de ello, y de todas formas habían impreso aquellos carteles, porque esperaban el momento en que Bill *desapareciese*, como lo había hecho, o cambiase de opinión, para poder *exponerlos*, y quién sabía cómo, aquella marchante había descubierto que Bill había *desaparecido*, y había vuelto, y había dado con ella, y a ella le había parecido que había llegado el momento de que el mundo dejase de girar alrededor de (BILL), o que siguiese haciéndolo pero que, por una vez, girase también alrededor de *ella*.

Fue entonces cuando sonó el teléfono.

Y era Bill.

Y la conversación que mantuvieron Sam y Bill no se pareció en nada a la que Bill había imaginado. Él le dijo (ADIVINA QUÉ, SAM) y ella le dijo (ESTÁ AQUÍ, BILL) (VAN A EXPONER SUS CUADROS) (¿POR QUÉ NO DEJASTE QUE EXPUSIERAN SUS CUADROS?) (A LO MEJOR ERA LO ÚNICO QUE QUERÍA, BILL) (SABER QUE TE IMPORTABAN) (QUE A ALGUIEN LE IMPORTABAN) (QUE ELLA IMPORTABA) (¿Y SI ERA LO ÚNICO QUE QUERÍA, BILL?).

33

En el que Louise Cassidy Feldman descubre que Kimberly Clark Weymouth (EXISTE) y, también, que la señora Potter corre peligro, y, oh, se detiene en el (LOU'S CAFÉ) y se pregunta cómo es posible que la verdadera Alice (POTTER) no parezca haber envejecido lo más mínimo en todo este tiempo

Desde que se habían cruzado con el cartel, un *helado* montón de podrida madera verde que daba la bienvenida a aquel sitio nevado, (BIENVENIDOS A KIMBERLY CLARK WEYMOUTH), decía, (EL HOGAR DE LA SEÑORA POTTER) (JOU JOU JOU), Louise no había dejado de rezongar, oh, rezongaba, en una voz a menudo incomprensiblemente alta, lo suficientemente alta como para abrirse camino entre el borboteo incesante del radiador de aquel montón de chatarra. Decía (¿HAS VISTO ESO?) y era como si palmoteara a su alrededor mientras hablaba, decía, (QUIERO DECIR, ¿NICK?) (¿HAS VISTO ESO?), no veía nada, estaba a oscuras, *palmoteaba*, diciendo (NO ESTOY SOÑANDO, ¿VERDAD?) y (ESTAMOS AQUÍ, NICK), y también (ES ESE SITIO), (¡JA!), (EXISTE, NICK), (NO LO INVENTÉ, NICK), (*EXISTE*), decía, y pisaba el acelerador y luego pisaba deliberada y firmemente el freno de manera que (JAKE) se movía a trompicones, y ella se reía, y no podía evitarlo, y mientras Nicole decía (CLARO QUE EXISTE, LOU) (¿POR QUÉ NO IBA A EXISTIR?), se restregaba un ojo y luego el otro, porque estaba *llorando*, porque a lo mejor era cierto y no podía creerse que aquel sitio hubiera existido, y se decía Nicole entonces que en qué estaba pensando aquella mañana cuando se había presentado en su despacho pidiéndole que echase a los Benson de aquel lugar si ni siquiera estaba segura de que aquel lugar existiese, ¿en qué estaba pensando? A lo mejor no pensaba en nada, a lo mejor entonces también *palmoteaba* en algún tipo de oscuridad, porque ¿y si la vida de los escritores era eso? ¿Y si lo que hacían era lanzarse a sí mismos salvavidas con aspecto de *palabras* en mitad del frondoso *vacío* que constituía el mundo a su alrededor? ¿Y si no podían ver con claridad todo aquello que los demás veían con claridad y necesitaban *nombrarlo* para que existiese?

—¿Eso de ahí es lo que creo que es? —había preguntado la escritora.

Flattery Barkey había oído hablar del (LOU'S CAFÉ), por supuesto, pero en ningún momento se le había pasado por la cabeza que pudiese aparecérseles como lo hizo, como si hubiera estado esperándoles en mitad de aquel infierno de belicosos copos de nieve. El cartel luminoso que coronaba el alto poste parecía decirles: (OH, POR FIN) (AHÍ ESTÁIS) y (¿SABÉIS?) (HABÍA LLEGADO A CREER QUE NO EXISTÍAIS YO TAMBIÉN).

—Me temo que sí, Lou, pero, eh, tal vez, es, bueno, ¿y si buscamos un sitio en el que dormir y lo visitamos por la...? —Se dirigían al aparcamiento—. Oh, *entiendo*.

—Vamos a tomarnos UN CAFÉ, Nick, y luego dormiremos como BEBÉS en este sitio HORRIBLE que siempre ha existido, ¡JA!

Louise parecía haber perdido la cabeza.

Detuvo el coche, llevó a cabo la pequeña danza de manivelas que debía llevar a cabo para hacer casi cualquier cosa allí subida, se puso lo que a Nicole le parecieron *cientos* de *bufandas* y un pesado abrigo de lana con aspecto de gigantesco cachorro de algún tipo de ciervo, y salió. Nicole consideró la posibilidad de quedarse allí dentro, porque salir le daba miedo, quién sabía de qué sería capaz Louise Cassidy Feldman cuando perdía la cabeza, pero entonces ella empezó a lanzar bolas de nieve contra el cristal y, oh, fingiendo algún tipo de *diversión*, el editor sonrió y se abrigó, aunque no había forma de que pudiese abrigarse más de lo que ya lo había hecho, pues Keith Whitehead había olvidado *imaginar* accesorios que permitiesen a aquel editor suyo viajar a lugares tan fríos como aquel, de manera que Nicole no tenía ni a mano ni en ninguna parte nada con lo que abrigarse lo suficiente para la *batalla* de *ventiscas* con la que se topó al salir del coche. De un ridículo golpe, un golpe *helado*, una de ellas le voló el sombrero, nada más poner el editor un pie en la abultada alfombra de nieve que cubría el asfalto de aquel aparcamiento.

Pie, por otro lado, enfundado en un absurdo y *vulnerable* mocasín de ciudad, que quedó, al instante, *congelado*. A continuación, y mientras su inútil gabardina aleteaba a su alrededor, le aterrizó en la cara un pedazo de bola de nieve.

—¡OH, VAMOS, LOU! —vociferó Nicole, llevándose una de sus mullidas manos al lugar del impacto, su poco pronunciada barbilla. La rodeó con ella y trató de mantenerla a salvo de aquel frío insoportable, cosa imposible, puesto que, en cuestión de segundos, su mano también estuvo helada, y no lo quedó otro remedio que *correr* tras la estentórea y aterradora risa de la escritora hacia la cafetería, el único lugar iluminado en aquel aparente otro mundo en el que seguía siendo Navidad, puesto que, aquí y allá, en la poco distinguible lejanía, brillaban lo que parecían titilantes lucecitas de colores de aspecto navideño, e incluso, se dijo Nicole, se acertaba a oír el rumor de una pequeña colección de villancicos que se superponían como olas en el mar—. ¿Eso son *villancicos*?

—No sé, Nicole, no era así entonces. ¿Has visto ese árbol? —Era un árbol, sí, era un árbol enorme, un árbol pobremente decorado, con buena parte de las luces fundidas. Estaba en un extremo del aparcamiento y parecía abandonado. El viento lo mecía sin contemplaciones. A Nicole no le hubiera gustado ser aquel árbol—. Es un árbol de Navidad, Nicole, ¿y acaso es Navidad, Nicole? —Louise fingía estar hablando con él pero en realidad hablaba consigo misma mientras se anudaba al cuello aquel montón de bufandas—. Yo sólo *imaginé* que podía ser Navidad *siempre* porque hacía un frío de mil demonios, pero no hacía *tanto* frío, Nicole, ¿por qué hace tanto frío?

—Oh, *querida*.—Nicole tiritó, así que no sonó exactamente así, sino que sonó algo parecido a (UH-OH-OH-OH-QUE-QUE-QUE-RIDA)—. A lo mejor —(A-LO-LO-LO-ME-MEME-JOR)— está intentando ser como tú la viste, a lo mejor sólo intenta (GU-GU-GU-GU-GUS-TAR-TE).

Louise Cassidy Feldman había desechado aquella tiritante presunción al instante porque ¿de qué manera podía un lugar intentar *gustarte*? Los lugares sólo eran lugares, y a veces eran lugares horribles, y no podían escapar porque no tenían a dónde ir, ¿y no era eso ya de por sí suficiente condena?

—Pero tú le diste un sentido, *querida* —le había dicho Nicole, y entonces ella había empujado la puerta de aquel sitio y había visto a aquella mujer, y había dejado de pensar en ello, porque aquella mujer era la misma mujer, y tenía el mismo aspecto, ¿y cuánto tiempo había pasado? ¿No había pasado demasiado tiempo para que tuviera el mismo aspecto? Aquella mujer era, claro, Alice Potter, la camarera que había inspirado a la señora Potter, la camarera que le había servido, en aquel otro tiempo en el que aún no era la autora de *La señora Potter no es exactamente Santa Claus* y, por lo tanto, todo era aún posible, incluido el hecho de tener una admirablemente prestigiosa carrera como algún tipo de excéntrica y sin embargo famosa escritora que nunca sería *asesinada* por ninguna de sus obras—. Vaya, Lou, ¿has visto eso? —El editor señalaba, con uno de aquellos dedos como bizcochos suyos, el cartel que había tras el mostrador, aquel cartel que decía (PREGÚNTAME CÓMO CONSEGUIR TU SERVILLETA FIRMADA POR LA *VERDADERA* SEÑORA POTTER), pero Louise Cassidy Feldman seguía preguntándose de qué forma podía Alice Potter no haber envejecido en todo aquel tiempo, porque no parecía haberlo hecho, ¿y si aquel sitio no era exactamente aquel sitio? ¿Y si aquella mujer no era exactamente Alice Potter sino alguien que hacía de Alice Potter? ¿Y si, oh, no, Kimberly Clark Weymouth había muerto hacía mucho tiempo y su lugar lo había ocupado otra Kimberly Clark Weymouth, una que había adoptado el aspecto, los modales y hasta el *tiempo* abochornablemente glacial de aquella, su *gemela* de ficción?

—¿ALICE POTTER?

La camarera, que acababa de servir un vaso de leche y una hamburguesa al único cliente del local, el desafortunadamente diligente Wicksey Binfield, se dio media vuelta y contempló a los recién llegados con aquella mirada que había disparado la imaginación de Louise en su momento, y que, de alguna forma, tanto le había recordado a la mirada de su madre y también, a la mirada de su padre, tan ilusas y a la vez tan exigentemente aburridas siempre. Aún se preguntaba Louise en qué debía consistir el mundo para ellos. Nada les parecía nunca suficiente y, a la vez, todo lo era menos ella.

—Siéntense ahí, *caballeros* —había dicho la camarera, sin darle más importancia. Estaba acostumbrada a que llegasen todo tipo de chiflados a todo tipo de horas para pedirle un autógrafo y en muchos casos reaccionaban como lo había hecho la escritora, alzando demasiado la voz y pronunciando su nombre, como si al hacerlo estuvieran, de alguna manera, *creándola*—. Enseguida les atiendo.

A Nicole le encantó que les considerase (CABALLEROS). Ocupó gustoso uno de los reservados. Louise no. Louise empezó a deambular por el local mientras, una tras otra, se *desanudaba*, parsimoniosamente, las bufandas, y las iba abandonando, aquí y allá, en todas partes, *conquistando*, o simplemente *ocupando* aquella tierra *maldita* y helada que, después de todo, *existía*. No estaba únicamente en su cabeza, sino *allí*. Durante meses, y durante años, la escritora había abierto mapas y lo había descubierto allí, en mitad de ninguna parte, y se había dicho que a lo mejor no era más que un lugar corriente que ella había, como le ocurría todo el tiempo, *transformado* en otra cosa, un pequeño juguete que llevaba a todas partes y que a veces lanzaba contra la pared porque quería que *reventara* porque por su culpa no tenía nada parecido a una carrera, ¡no era *escritora*!, era, simplemente, la autora de esa cosa, la autora de *La señora Potter no es exactamente Santa Claus*, y nadie acertaba nunca a recordar su nombre porque lo único que recordaban era que esa mujer concedía deseos y tenía barba y una vez había sido una niña triste a la que sus padres nunca se tomaban en serio, una niña que siempre lo hizo todo bien sin que eso importara lo más mínimo, tan ensimismados estaban sus padres en sus propias e insulsas vidas que habían ignorado sin remedio cada logro de su hija, y que cuando creció decidió *castigar* a los que, como ellos, ignoraban su suerte, concediéndoles a sus hijos deseos a cambio de que se portaran *mal*, y siguieran, de alguna forma, sus pasos, pues ella todo lo *incorregía*, y no podía decirse que fuera feliz pero tampoco que no lo fuera, pero al menos podía decirse que estaba a salvo de aquella despiadada irregularidad, de aquella especie de inexistencia, de aquella inútil necesidad de reconocimiento que había sido, desde el principio, un amor apenas cruelmente correspondido, algo de lo que la señora Potter, finalmente, se había sobrepuesto, y ella no, porque eso era lo que ocurría cuando se escribía, se dijo Louise, que *ellos* se sobreponían, y tú no, pero imaginabas que podías hacerlo, y eso a veces era suficiente pero en realidad nunca lo era.

—¿No piensa *sentarse*?

Temiéndose lo peor, Nicole se puso precipitadamente en pie y *corrió* a interponerse entre la camarera y Louise, pues la camarera había alcanzado a la escritora y la miraba a la cara, la miraba fijamente, y Louise sonreía, y, oh, Nicole nunca la había visto sonreír, Nicole sólo la había visto gritar y mover airadamente los brazos como arpones cuando se enfadaba o cuando, simplemente, no sabía qué hacer y quería llamar la atención, porque en eso consistía ser Louise Cassidy Feldman, se decía Nicole, en ser un volcán listo para *erupcionar* ante el más ridículo de los movimientos tectónicos que se produjesen a su siempre inestable y borroso y temible alrededor.

—Claro que piensa, eeeeeh, *sentarse*, señorita, y vamos a, uhm, pedir un café, quiero decir, *dos* cafés, ¿verdad, *Lou*? Es, ya he ocupado aquella mesa, y es una mesa *estupenda*, podrías, Lou, no sé, ¿por qué no me esperas *allí*? Yo hablaré con la *señorita* Potter, porque es usted Alice Potter, ¿verdad? —*Dígale a su amigo que no puede repartir sus cosas por la cafetería*—. Oh, es, *verá*, señorita Potter, lo cierto es que mi amigo, bueno, no es mi amigo sino que (EJEM), bueno, yo soy editor, *su* editor, Nicole Flattery Barkey, apuesto a que ha oído hablar de mí. —La mujer le miró de arriba abajo. Le pareció lo que le parecía a todo el mundo, una especie de muñeco gigante con cara de chica—. ¿No? —*A lo mejor le parece que esto es una atracción de feria pero no es una atracción de feria y su amigo no puede comportarse de la manera en que se está comportando*—. Oh, creo que, JOU JOU, no lo ha entendido usted, mi amigo es Louise Cassidy Feldman, ¿Lou? ¿Por qué no me esperas en esa mesa? Es la primera vez que ella, que, bueno, Lou, pisa este sitio después de, ya sabe, *publicar* su novela y creo que está tratando de, bueno, supongo que sólo está tratando de *procesar* todo lo que ha pasado aquí desde entonces porque la última vez que estuvo aquí, ¿recuerda la última vez que estuvo aquí? La última vez que estuvo aquí, *nadie* firmaba servilletas en nombre de *nadie* porque ese nadie aún no existía y es, bueno, supongo que puede permitirle que *abandone* por ahí sus bufandas porque me temo que sólo está intentando hacerse a la idea de que este sitio, de que *usted misma*, existe.

La camarera miró a Louise. En el tiempo que Nicole había empleado en pronunciar su pequeño discurso, Louise había estado hurgando en una de sus botas en busca de algo. Aquellas botas no eran sólo botas. Eran pequeños almacenes de cosas. Quién sabía cómo conseguía caminar. Alguien se lo había preguntado una vez en una entrevista. Ella había dicho que aquellas botas eran tan grandes que tenía que *llenarlas* de cosas para poder *moverse* sin dejarlas atrás. El periodista había querido saber entonces por qué no se compraba unas de su tamaño y acababa con el problema. Ella había dicho (NO ME GUSTA ACABAR CON LOS PROBLEMAS) (¿CREES QUE LA GENTE SIN PROBLEMAS ESCRIBE?) (LA GENTE SIN PROBLEMAS NO ESCRIBE, LA GENTE SIN PROBLEMAS SE LIMITA A VIVIR) (Y, OH, YO NO QUIERO LIMITARME A VIVIR) (VIVIR ES DEMASIADO ABURRIDO) (¿NO CREES QUE VIVIR ES DEMASIADO ABURRIDO?) y a nadie le había extrañado porque, después de todo, sólo era una chiflada que había escrito un libro protagonizado por una mujer que creía que uno debía desviarse del camino y hacerlo tantas veces como fuera necesario porque sólo tomando los suficientes desvíos, podías llegar a ser tú mismo, o, cuando menos, trazar, forzosamente tus límites, *definirte* por algo que nada tenía que ver contigo, pero que estaba ahí, era un *tú* en *potencia* que, de otra forma, nunca se volvería *real*, ni se atrevería a considerarse una mera posibilidad, ¿y no era aquella la forma en que la propia Feldman parecía *conducirse*? Y entonces ¿por qué debía extrañarles que utilizase aquel par de horrendas botas para guardar todo tipo de cosas *además* de para dejarse llevar de un lado a otro?

—¿Es *ella*?

No era la primera vez que alguien que decía ser aquella escritora se presentaba en el Lou's Café con el fin de dejarse admirar durante el tiempo en que pudiese mantener a quien fuese engañado. La primera vez la cosa había llegado tan lejos que hasta el alcalde Jules había consentido en recibirla. Por fortuna, tenían a Rosey Gloschmann, y, por supuesto, habían tenido a Randal Peltzer, que habían confirmado, a su enorme pesar, ambos vestidos para la ocasión con *traje*, un traje prácticamente idéntico, incluida la corbata, que aquella mujer nada tenía que ver con Louise Cassidy Feldman. El incidente sólo había incrementado el *amor* que, en secreto, Rosey sentía por Randal Peltzer, el único hombre, el único *ser humano*, se decía, con el que podría hablar durante *horas* y *para siempre* de Louise Cassidy Feldman, tan absorto siempre en su desordenada existencia que apenas había sido consciente, aquella mañana, cuando habían coincidido en el despacho del alcalde Jules, de que parecían dos almas gemelas, vestidas para la ocasión, y la ocasión era la de hacerse, por fin, visibles ante la mujer que, ambos, *amaban*. La propia Kimberly Clark Weymouth parecía haber perdido un poco la cabeza aquel día. El sol había lucido tímidamente durante al menos una hora, algo que, si bien ocurría a menudo en la Kimberly Clark Weymouth que había precedido a la publicación de la novela, no había vuelto a ocurrir desde entonces. Y no podía decirse que los lugares hiciesen *nada* por agradar a sus *creadores* porque, después de todo, como se había dicho la propia Louise, eran lugares y no había forma de que un lugar pudiese intentar agradar a nadie, pero sí podía decirse que la Kimberly Clark Weymouth que había seguido a la publicación de *La señora Potter* se parecía más a la que la novela retrataba que a la que había sido en otro tiempo. Era sólo una forma de hablar, y una que tenía como objetivo el de hacer creer a aquel extravagante turismo *lector* que no estaba simplemente en un lugar llamado como el lugar que aparecía en la novela sino en el lugar del que la novela *hablaba*, pero lo cierto era que cuando la señora MacDougal afirmaba que Kimberly Clark Weymouth había tomado, como todos aquellos niños, un desvío *maléfico*, en aras de, seguramente, mantenerse siendo aquella otra, sintiendo que, *importaba*, lo que quería decir era que el tiempo se había recrudecido, que si antes de que el primer turista *lector* pisase Kimberly Clark Weymouth, en la ciudad aún podía disfrutarse de algo parecido a las estaciones, por más que estas fuesen *frías*, después, había sido del todo imposible. O lo había sido hasta entonces. Pues, la sensación, al saber que aquella mujer podía ser la *auténtica* Louise Cassidy Feldman, se diría después la camarera, dejando constancia de ello por escrito en la carta que iba a dirigir a una de sus últimas conquistas por correo, un tipo llamado Dawn Old Spumoni, era la de que cualquier cosa podía ser, otra vez, posible.

—Por supuesto que es ella, ¿quién iba a ser *si no*?

—No sería la primera vez que alguien entra aquí diciendo que es la señora Potter.

—Oh, no, Lou no es la señora Potter.

—Ya me entiende.

—Claro, pero ¿sabe usted que *La señora Potter* no la escribió la señora Potter, verdad? Quiero decir, apuesto a que este, uhm, *sitio* rinde algún tipo de *culto* a la señorita Cassidy Feldman aquí *presente*, ¿verdad? —Louise había dejado de hurgar en la bota. Había encontrado un arrugado paquete de cigarrillos y al menos tres cerillas. Se colgó uno de los labios, y dijo, por lo bajo (UN CAFÉ, Y UN EMPAREDADO DE CHOCOLATE, POR FAVOR), y sonrió, porque estaba en algún lugar de su cabeza, y era un lugar en el que aún no había ocurrido más que aquello, es decir, en el que ella aún no era más que la autora de *La señora Potter*, porque así se había sentido entonces, *querida*, allá donde fuese todo el mundo hablaba de *La señora Potter* y fingían que podía ser *siempre* Navidad, ¿y no era entonces aún todo posible?—. Ella, oh, bueno, durante todo este tiempo no ha dejado de pensar en este *sitio*, pero ha estado francamente *ocupada*, y no ha podido, esto, ¿Lou? —*Creo que ha dicho que quiere un café y un emparedado de chocolate*—. Claro, es, *je*, un café, por supuesto, yo tomaré otro, ¿por qué no? Tal vez le interese saber, señorita, que durante todo este tiempo, Louise ha estado recibiendo cartas, ¡*cientos* de cartas! Y casi todas procedían de este, eeeh, *sitio*, y a lo mejor le escribió usted una carta alguna vez, señorita Potter, ¿le escribió usted una carta? Tal vez le pidió permiso para eso que hace con las servilletas, ¿es usted quien las firma?

—Lo único que hay es una tienda —dijo la camarera. Había pasado al otro lado de la barra, y estaba sirviéndoles dos tazas de café recalentado.

—Oh, una tienda, claro, una tienda, estupendo. Apuesto a que es la tienda de ese tipo, ¿cómo se llamaba, Lou? —Lou seguía allí, en alguna parte, sintiéndose francamente bien. Estaba pensando en quedarse, se decía (HE VUELTO) y (SOY YO), (SOY YO OTRA VEZ) (¿NICOLE?)–. ¿LOU?

–Peltzer –dijo la camarera.

–Ajá. –Los párpados del editor estaban *hartos* de aquel día. Pesaban como demonios. Querían meterse en la cama. Pero ¿en qué clase de cama iban a poder meterse? Bebió un sorbo de café. Estaba frío. Oh, condenadamente frío–. Peltzer. Eso es. Uhm, y ¿qué me dice de esas servilletas?

–Lo siento –dijo la camarera–. No fueron idea mía.

–Oh, no, claro, supongo que fue idea de ese, ¿cómo ha dicho que se llamaba?

–Peltzer.

–Supongo que fueron idea de ese Peltzer, ¿las vende usted también en la tienda?

Alice Potter empezó a asustarse. ¿Qué podían hacerle? ¿Iban a obligarla a devolver el dinero? Se había gastado aquel dinero. Se había comprado algunos zapatos y algunos vestidos, zapatos y vestidos que pensaba ponerse cuando reuniese el suficiente dinero como para poder comprarse un coche para salir de allí, de vez en cuando, a visitar a los tipos con los que se escribía, que debían presumir de tener, no sólo una servilleta firmada por la *verdadera* señora Potter sino también una pequeña colección de *tórridas* misivas. Oh, Alice no veía el momento de no tener que esperar a que alguno de ellos se dejase caer por allí, Alice quería ser ella quien se dejase caer por todas partes cuando le apeteciese.

–No, sólo aquí.

–¿Has oído eso, Lou?

Louise seguía en alguna otra parte. Había ido hasta la estantería giratoria y había cogido un buen puñado de aquellas postales de esquiadores. Las había amontonado junto a su taza de café. Las estaba examinando una a una. Se reía.

–Sólo son unos centavos.

–Claro, sólo son unos centavos.

–Y no fueron idea de Randal.

–Oh, ¿no fueron idea de ese tipo?

–Fue Theodore.

–¿Theodore?

—Dio por hecho que yo hacía ese tipo de cosas.

—¿*Quién*?

—Theodore.

—¿Quién es Theodore?

—Un *cliente*.

—¿Un cliente de este sitio?

—Sí, bueno, uno de esos *ruperts*.

—¿Un *rupert*?

—Es así como los llamamos.

—¿A quién?

—A los lectores de la señora Potter que llegan hasta aquí.

—Vaya, ¿y llegan muchos?

Alice Potter dijo que sí, que no dejaban de llegar, que llegaban todo el tiempo y que querían saber todo tipo de cosas y tomarse un café Potter, y un emparedado Potter, y ella a veces no tenía un buen día y les decía que Alice Potter se había tomado el día libre pero que ella les serviría el café y el emparedado y les contaría historias que había oído contar a la señorita Potter y de alguna manera aquellos días eran los mejores días porque podía ser cualquiera y admirar, desde fuera, aquello en que se había convertido para una parte del mundo, y por más que aquello no tuviera nada que ver con lo que era en realidad, cuando aquellas noches llegaba a casa lo hacía por completo *enamorada de sí misma*, y a veces le pedía prestado el coche a alguien y salía de la ciudad y se metía en un bar y conocía a un tipo y le consideraba un tipo afortunado porque iba a poder acostarse con la verdadera señora Potter, y ella también se consideraba afortunada por ser aquella otra señora Potter, su *propia* señora Potter, y quería darle las gracias, dijo, quería darle las gracias si era *ella*, si lo era *de verdad*, porque tenía una vida y luego tenía otra vida y a lo mejor estaba mal lo que hacía con las servilletas y no volvería a hacerlo si ella no quería pero, oh, jamás hubiera imaginado que podía llegar a hacer lo que estaba haciendo porque no solía hablar mucho, no hablaba demasiado y parecía que no le gustaba su trabajo y que la mayor parte del tiempo aborrecía a todos aquellos *ruperts* pero iba a echarlo de menos, lo echaría de menos si se terminaba, ¿y creía ella que podía terminarse?

–Oh, no, señorita Potter. –Nicole trató de aparentar despreocupación, aliviando el peso de sus párpados al dejarlos caer, también despreocupadamente–, nada va a terminarse porque los Benson se compren una casa en este sitio, ¡ni siquiera si es una casa encantada! –Nicole sonrió a la camarera, buscando algún tipo de *forzada* complicidad que, evidentemente, no encontró–. No se preocupe lo más mínimo por ellos –dijo–. Sé que es probable que hayan atraído a la prensa estos días porque, francamente, ese asunto suyo del coche de caballos es singularmente ostentoso, y dígame, ¿qué clase de periodista dejaría pasar la mudanza de una pareja de escritores de novelas de terror en coche de caballos a una casa encantada? ¡Oh, yo se lo diré! ¡Ninguno! –Nicole trataba de mantener los ojos abiertos, pero, oh, aquellos párpados, ¿qué hacemos aquí?, se decían, perdidos, y también, ¿no deberíamos estar ya en la cama? Oh, sí, un momento, *chicos*, sólo será un momento, ¿de acuerdo? Dejadme terminar–. Y sí, es probable también –prosiguió el editor– que algún reportero se quede en el pueblo y trate de documentar hasta la última discusión de la pareja –*Porque, oh, ¿sabe? Los Benson discuten, ¡discuten muchísimo!*–, incluso puede que se publiquen artículos sobre el fantasma, hasta puede que alguien logre entrevistarle, ¿se imagina, una entrevista a un fantasma? Oh, ese Gallantier, su *agente*, es capaz de cualquier cosa, ¡cualquier cosa! *Ji ji ji jo.*

–¿QUÉ CLASE DE RISA ES ESA, FLATT? –Oh, Louise había vuelto. Le miraba fijamente, con aquel ridículo cigarrillo en la boca. ¿Dónde demonios había estado? ¿Por qué ella podía *irse* de aquella manera en que lo había hecho y él tenía que *quedarse*?

–Oh, Louise, no es ninguna *risa*.

–A MÍ ME HA PARECIDO UNA RISA, FLATT.

–Pues no, eh, no lo *era*, Louise.

A partir de entonces la cosa se había *complicado*. Louise se había puesto en pie y había empezado a recoger sus bufandas y había dicho que Alice Potter tenía razón y que era cierto que podías tener una vida y luego tener otra vida y que por eso iba a dejar de ser ella mientras estuviera allí, (OH, LOU, ¿CÓMO?), había dicho Nicole, y Louise le había dicho que cerrase el pico, (CIERRA EL PICO, FLATT), lo que quería decir era que, mientras estuviera allí sería aquella *otra* Louise Cassidy Feldman, la Louise Cassidy Feldman que todo el mundo creía que era, la Louise Cassidy Feldman que sólo había escrito aquella novela, oh, aquella *endiablada* novela, y luego había desaparecido, porque eso debía ser para toda aquella gente, incluidos todos aquellos *ruperts*, alguien que sólo había existido *antes* y que había desaparecido *después*, y ¿acaso no podía su fantasma *encantar* la ciudad? Por supuesto que podía, lo haría y *acabaría* con los Benson, porque aquella, decía, era la única manera de acabar con los Benson, iría a ver a ese tipo, el tipo *Peltzer*, y le diría que podía firmarle sus *propias* servilletas, que podía firmarle *todo* lo que hubiese en aquella *tienda*, ¿y no era maravilloso el solo hecho de que aquella tienda existiese? ¿Acaso tenía algún otro escritor una tienda repleta de, bueno, qué exactamente? ¿Qué demonios había en aquella tienda? Oh, *muñecos*, dijo Alice, *figuritas*, dijo también, cosas *navideñas*. (CLARO), dijo Louise, (COSAS NAVIDEÑAS), dijo, y estalló en (*JA JA JA JA*) carcajadas, y Nicole trató de apaciguarla, Nicole dijo que no tenía por qué *acabar* con nadie, que lo que ocurría con los Benson era que vivían en una especie de realidad *paralela*, que, cada vez, allá donde iban ocupaban su propio *espacio*, y nadie, a excepción de sus vecinos, que habían sido siempre antes debidamente adiestrados, y, por supuesto, la prensa, era consciente de su presencia, de manera que, cuando desaparecían, todo *desaparecía* con ellos, incluido su paso por la ciudad, de manera que la señora Potter no tenía nada que temer porque lo que los Benson harían en Kimberly Clark Weymouth sería escribir una novela y, cuando la acabasen, se irían y se llevarían su *fama* con ellos y nada habría terminado para nadie allí.

Fue entonces cuando la camarera dijo que no estaba hablando de aquella otra pareja de escritores, dijo (NO HABLO DE ESA OTRA PAREJA DE ESCRITORES).

¿No?

No, ella hablaba de la tienda.

¿La tienda? ¿Qué demonios le pasaba a la tienda?

Iba a cerrar, y si cerraba, aquellos *ruperts* iban a dejar de llegar, y si dejaban de llegar, ella dejaría de poder contar historias de la señora Potter, y todo se acabaría. Se acabarían aquellos días que eran los mejores días porque ella no era exactamente Alice Potter y entonces ya nada tendría sentido, y, mientras servía un poco más de aquel café recalentado en el par de tazas, distraída y fríamente, se preguntó si no podía ella, ahora que había *vuelto*, evitar, de alguna manera, que el chico Peltzer se *fuese*.

Louise había querido saber por qué aquel tipo iba a querer irse.

—¿Ese TIPO, *Randal*, PIENSA *irse*? ¿Por QUÉ iba a querer IRSE? —había dicho.

—Oh, no, Randal no puede irse a ninguna parte porque está *muerto*.

—¿MUERTO? ¿Cómo puede estar *muerto*?

—Se atragantó con un puñado de cereales hace un tiempo. Pero tal vez pueda usted hablar con él y tratar de convencerle para que convenza a su hijo. Dicen que está ahí aún.

—¿Ahí DÓNDE? —había querido saber la escritora.

—En su casa.

Así había sido cómo habían descubierto que la casa encantada de los Benson estaba encantada por nada menos que Randal Peltzer y Louise había dicho que entonces no tenía de qué preocuparse, había dicho, que sería pan comido, *acabar* con los Benson sería (PAN COMIDO), había dicho, pero Nicole no quería que acabase con nadie, Nicole no podía permitirse que acabase con nadie, ¿qué iba a hacer si acababa con los Benson? Pero ¿de qué forma podía acabar con ellos? (HABLARÉ CON ESE TIPO), había dicho Louise, y luego, mirando a aquella camarera, había dicho (NADA VA A TERMINARSE PORQUE LA SEÑORA POTTER NO VA A TERMINARSE), y, antes de marcharse, se había prestado a firmarle servilletas, y todas aquellas postales de esquiadores y, mientras lo hacía, Wicksey Binfield, que había tomado buena nota de todo, y no veía el momento de, oh, contárselo al señor Howling, porque sabía que iba a estar orgulloso de él, *muy* orgulloso de él, había apurado su vaso de leche y sugiriendo el Dan Marshall como único posible destino de la pareja, pues era, sin duda, el mejor motel de la ciudad, había salido del (LOU'S CAFÉ) y había recorrido, ansioso, los escasos metros que le separaban de Trineos y Raquetas Howling, y había despertado a Howie, y luego Howie había despertado al alcalde Jules, y en realidad no lo había despertado porque el alcalde no podía dormir, no hacía más que pensar en Mildway Reading, y en lo sencillo que sería decirse que no había sido él quien había consentido en casarse con Doris, que alguien había decidido por él como decidían los escritores por sus personajes, porque a veces eso era todo, pero no podía hacerlo, lo único que podía hacer era decirle a Howie que le vería a primera hora en el Dan Marshall, que aquella era una excelente noticia, la (MEJOR) noticia, porque cuando llegase el autobús repleto de lectores de *La señora Potter* no iba a encontrar aquella tienda abierta, pero encontraría algo mejor, encontraría a aquella mujer, y a lo mejor aquello podía salvarles, porque nada más podría salvarles, y, a la mañana siguiente, mientras Nicole aún se preguntaba de qué forma podía ser ningún tipo de batalla (PAN COMIDO), el alcalde Jules llamó, equivocadamente, a la puerta de su cuarto, y cuando el editor abrió, dijo (¿SEÑORITA FELDMAN?) y alguien (FLASH) disparó una cámara y, oh, era aquel tipo que había pasado demasiado tiempo en la mesita de noche, Starkadder, porque (*Dawnie, cariño*), había escrito Alice Potter aquella noche, dejando constancia de lo que había hecho a la partida de Louise Cassidy Feldman, (*cuando se fue llamé a Eileen y le dije, Eileen, ha estado aquí esa mujer, la escritora, y me dijo, ¿Estás segura, Al?, Recuerda lo que pasó la última vez, me dijo, y yo le dije que sí porque, bueno, a lo mejor me lo imaginé, Dawnie, cariño, pero, durante un momento, me pareció que había dejado de nevar, miré fuera y no había un solo copo cayendo de ninguna parte, y supe que aquella vez iba en serio*).

34

¿No han oído hablar aún del (GRAN) Bryan Stepwise?
Urke Elfine visita la tienda de disfraces del señor Meldman
para convertirse en él y, de paso, convertir su vida
en noticias, ¿y lo consigue?

Incómodo por la *estrechez* de aquel abrigo, el abrigo *entallado* que le había prestado Eileen, pero sobre todo por la irritabilidad de sus fosas nasales, oh, aquel condenado *catarro* no pensaba dejarle en paz, por más que él fuese el *gran* U. E. Starkadder, el tipo que había puesto aquel sitio patas arriba con una, ¡sólo una!, entrevista, el autor de la columna *Casi Todos Mis Hijos Son Gramatólogos*, y camino de todas partes, pues, oh, el trabajo se *multiplicaba*, aquel lugar era una *fría* fábrica de *noticias*, no tenías más que abrir un ojo, estando aún metido en la cama, para *toparte* con una de ellas, ¿o no había ocurrido *exactamente* eso? ¿No estaba Urk Elfine aún en la cama cuando, oh, Eileen, acompañada de Janice Terry McKenney, aquella pelota de golf, había entrado en su cuarto y le había dicho que se vistiese, y saliese *cuanto antes* hacia el Dan Marshall, porque aquella escritora, la escritora de *La señora Potter no es exactamente Santa Claus*, había llegado, y el señor Howling y el alcalde Jules iban a *recibirla*, y a *suplicarle* que entretuviese a sus lectores a las puertas, *cerradas*, de la tienda de los Peltzer? Lo había estado, por supuesto, y luego simplemente había estado *dentro* de aquel abrigo, con, aún, su viejo y enorme y *manchado* traje debajo, y había logrado un *majestuoso* primer plano de aquella escritora, en el momento exacto en que el alcalde Jules, oh, aquel deprimido tipo del montón que parecía estar pensando en otra cosa, ¿en qué demonios pensaría? Tenía delante a aquel *marciano*, aquel ser de otro planeta que acababa de aterrizar en su ciudad y parecía por completo *ido*, estiraba el brazo y estrechaba manos pero no parecía estar *presente*, y toma buena nota, Urkie, esto es lo que luego escribirás en tu columna,

Un día con Urkie Elfine, ¿no podía cambiarle el nombre? *Un día con Urkie Elfine* le gustaba, el caso era, decíamos, que iba camino de todas (AH-ah-AH) (*¡CHÚS!*) *partes*, porque, por supuesto, debía hacer *seguimiento* de su *entrevistado*, y de aquella otra pareja de escritores que había llegado al pueblo, ¡y nada menos que en *diligencia!*, aquella pareja que había traído consigo a una pequeña colección de reporteros de todo el mundo, oh, Urk Elfine nunca había hablado en otros idiomas de su trabajo, Urk Elfine no conocía, en realidad, ningún otro idioma, así que lo que había hecho había sido sentarse en un taburete, en aquel pub que aquellos otros periodistas parecían haber traído consigo, y escuchar a toda aquella gente hablar de lo que se suponía era su trabajo en otros idiomas, y había fingido estar entendiéndolo todo mientras pensaba en el señor Sneller preparando el baño de sus hijos, en el señor Sneller dándoles la cena, en el señor Sneller maldiciéndole por haberle dejado solo con aquel batallón de impertinentes Starkadder, en el señor Sneller abandonando a su mujer, abandonando a sus hijos, harto, harto de tener que ocuparse *solo* de aquel montón de niños metomentodo, y entonces había empezado a beber, y había bebido más de la cuenta, y había olvidado llamar a casa, y se había metido en la cama de aquella nada silenciosa casa de huéspedes, y se había dormido, había dormido profundamente, y cuando había despertado, oh, tenía *tanto trabajo*, tenía, de hecho, *delante* mismo a aquella mujer, Eileen, la dueña del periódico, ¡el periódico para el que trabajaba!, pidiéndole que se vistiese, que lo hiciese *cuanto antes*, y que saliese hacia aquel sitio, el Dan Marshall, porque había llegado La Escritora, y, oh, ¿no era increíble? De repente, el *Doom Post*, había dicho, tenía redacción, y las noticias, había dicho también, simplemente *aparecían*, se multiplicaban, y ¿no era eso maravilloso? El caso era que Urk Elfine no había llamado a casa. Le había escrito un telegrama a Wilber la noche anterior, y no recordaba con exactitud qué le había dicho, pero estaba convencido de no haber dado ninguna pista de su paradero, porque si lo hubiera hecho, en aquel momento, prácticamente *mediodía*, con el estómago rugiendo, camino de la tienda de disfraces de Bernie Meldman, con la intención de encontrar en ella algún tipo de atuendo *periodístico*, Lizzner ya le hubiese *atrapado*, Lizzner hubiese dejado todo lo que fuese que estaba haciendo, todo lo que fuese que hacía *todos los días* con aquellos *barcos*, y se habría desplazado hasta allí, con toda probabilidad acompañada de sus cinco hijos y, por supuesto, el señor Sneller, y le habría metido en el coche, aquel deportivo *familiar*, y él no iría camino de ninguna tienda de disfraces sino de aquella maldita mesita de noche.

—Me temo que se equivoca usted, señor —había dicho aquella escritora, que había resultado no ser escritora, después de todo, tenía bigote, y era un bigote frondoso, un bigote como el que jamás luciría Urk Elfine—. Está hablando con Nicole Flattery Barkey, su *editor.* —Había dicho también, y Elfine lo había anotado, y a la vez que lo anotaba pensaba en su columna, la columna que debería llamarse *Un día con Urk Elfine*, y se decía que en aquel momento el punto de vista de su columna debía *cambiar*, el punto de vista debía *quedárselo* Josephine Matthews, su pelota de tenis, que hablaría desde su bolsillo, aquel bolsillo que estaba a punto de ser otro bolsillo, de ser el bolsillo de un *verdadero* periodista, se dijo un por entonces al fin en su lugar Starkadder, mientras empujaba la puerta de aquella tienda, Disfraces Meldman, y decía (BUENOS DÍAS, SEÑOR MELDMAN), (OH, ESTO, BUENOS DÍAS, SEÑOR), recibía como respuesta de aquel tal señor Meldman, que hizo ademán de pretender retirarle el abrigo, aquel abrigo entallado que era, claramente, un abrigo de chica, ligeramente peludo, negro, ridículo. (OH, YA VEO), dijo Urk, dejándose hacer, *gustoso*, porque, ¿cuándo, por todos los dioses *tecleantes*, había dejado que alguien le retirase un abrigo? (ES UN BONITO ABRIGO, SEÑOR), dijo aquel tipo menudo y astutamente sonriente, tan parecido a un castor, a juzgar por sus afilados y diminutos dientes, que podría haber pasado por el primero que había logrado regentar una tienda de disfraces.

—Oh, sé lo que está pensando. Es *prestado*. —Urk Elfine sonrió. A continuación, (ah-AH-ah) (¡CHÚS!) estornudó—. Vaya, lo siento —dijo. Se llevó la mano a uno de los bolsillos de aquel traje *inmundo*. Sacó un pañuelo. Se (BRRRR) sonó. El hombre, Bernie, sonrió, y colgó el abrigo del perchero que había junto a la puerta. Además del perchero, junto a la puerta había un árbol de Navidad iluminado y un orondo maniquí disfrazado de Santa Claus. A su alrededor había menudos *muñecos* disfrazados de lo que parecían *carteros* de orejas *extragrandes*. Llevaban *zurrones* repletos de *postales*, y sonreían de una forma un tanto *siniestra*. Sin saber qué otra cosa hacer, Urk Elfine se metió las manos en los bolsillos, y empezó a deambular por la tienda, convencido de que había cometido un error, un error *terrible*, que debía salir de allí cuanto antes porque, oh, lo que buscaba no era un disfraz de *reno* sino uno del *gran* Bryan Tuppy Stepwise, ¿y de qué forma podía el gran Bryan Stepwise *encajar* en aquel ambiente *navideño*?

—Estoy buscando algo, pero no sé si va a poder *ayudarme*. —Urk metió la mano en un cajón repleto de orejas extragrandes. Eran, efectivamente, (OREJAS EXTRAGRANDES) de (DUENDE VERANEANTE), según indicaba el cartel. Sacó una, la observó—. Lo cierto es que, bueno, no necesito exactamente nada *navideño*, sino más bien algo ligeramente *intelectual*, ¿ha oído hablar de Bryan Stepwise?

—Oh, ¿ese *reportero*?

—No es exactamente un reportero. Lo que Stepwise consigue es convertir su vida en *noticias* —se aprestó a indicar Urk Elfine. No dijo que lo más probable es que aquel tipo no existiese. Que tal vez hubiese existido en algún momento, pues alguien se había disfrazado de *él* por primera vez en alguna parte, pero lo que había ocurrido a continuación era que aquel tipo había parecido estar en todas partes, y la leyenda decía que en realidad aquel tipo eran un montón de otros tipos que jamás llegarían a ser nadie, o que creían no poder llegar a serlo nunca, y fingían ser el *gran* Bryan Tuppy Stepwise *mientras tanto*. Urk Elfine era uno de ellos. Había despertado aquella noche empapado en sudor *cientos* de *veces* y se había dicho que si estuviera allí el *gran* Bryan Tupps todo aquello le parecería más sencillo. Oh, aquel disfraz iba a ser una especie de *trampolín*. Se lo pondría, saltaría, y luego, luego ¿*qué*?—. Quién sabe cómo, está en todas partes y en todas a la vez.

—¿Es el tipo que va con un micrófono a todas partes, *verdad*?

Aquel tipo, Bryan Stepwise, el Bryan Stepwise *original* iba, efectivamente, a todas partes con un micrófono de reportero. Retransmitía cada minuto de su vida. En realidad, jugaba a hacerlo, y mientras lo hacía, le ocurrían todo tipo de cosas *apasionantes*, cosas que luego contaba en aquellas columnas suyas que estaban por todas partes, o eso se decía de ellas, y que eran lo más parecido a un diario que Urk Elfine había leído jamás.

–Exacto. El caso es que salí de casa, como le decía, inapropiadamente, es decir, inapropiadamente *vestido*, en realidad, y no veo la manera de, bueno, seguir los pasos del *gran* Bryan Stepwise así, ¿diría usted que tiene algo que pueda convertirme en *él*?

Oh, ¿así que era un disfraz de Bryan *Tuppy* Stepwise lo que buscaba? (¡VAYA! ¡ME HA LEÍDO USTED LA *MENTE*!), espetó, estúpidamente Urk, pues ¿no era aquello lo que acababa de *decirle*? (OH, JI JO, ACOMPÁÑEME), remató el menudamente *peludo* Meldman, guiándole hasta un mostrador y poniendo ante él un gorro que era una réplica exacta del gorro que lucía el *reportero* y que, después de todo, sólo era un gorro *horrible*. (¡VAYA!) (¿CÓMO HA HECHO ESO?) (¿ACASO TIENE A UN FABRICANTE DE STEPWISES AHÍ DENTRO?), había bromeado Elfine, al comprobar que, milagrosamente, el tal Meldman, *sacaba* sin demora, de debajo del mostrador, una versión *acolchada*, y por lo tanto *apta* para el frío de Kimberly Clark Weymouth, de los *acostumbrados* pantalones grises de Stepwise, y por supuesto, otra de su jersey de nudos calabaza, y de la camisa azul de cuello *vuelto* que llevaba el día en que le hicieron la fotografía que acompañaba a su columna. (UN MOMENTO) (¿ESO DE AHÍ SON *SUS* GAFAS?), (¿*LAS QUERRÁ*?), (CLARO, ¿NO?) (QUIERO DECIR, ¿QUÉ CLASE DE BRYAN STEPWISE SERÍA SIN SUS GAFAS?). Sumido en una especie de trance, Urk se probó las gafas. Eran extrañamente *idénticas* a las del *gran* Stepwise, y ¿no parecía todo más sencillo con *ellas*?

–¿Querrá peluca?

–¿*Peluca*?

–Ya sabe, el pelo *rizado* del señor Stepwise.

Urk Elfine no recordaba haber visto a Stepwise sin aquel gorro con orejeras, por lo que no recordaba qué aspecto tenía su pelo, pero ¿acaso iba a decirle que no a convertirse *plenamente* en Bryan Stepwise? Oh, no, por supuesto que no. Así que dijo:

–Claro, el pelo *rizado* de, ehm, (AH-ah-AH-¡CHÚS!).

–Vaya, veo que ha pillado usted un buen catarro, señor Starkadder. ¿Le pongo también un pañuelo con sus iniciales? Porque lo tengo, ehm, justo *aquí*.

—¿Lo tiene justo *ahí*?

—Sí.

—¿Está diciéndome que tiene un pañuelo con las iniciales de Bryan Stepwise?

—Sí.

—¿Por qué?

—¿No lo quiere?

—No, ehm, *claro* que. —¿Lo quieres, Urk? ¿Para qué demonios quieres un pañuelo con las iniciales de ese otro tipo? ¿Acaso eres ese otro tipo? ¿No está todo esto, Urkie, volviéndose un tanto, cómo decirlo, *siniestro*? ¿Qué será lo siguiente, su anillo de *casado* con las *iniciales* también *grabadas*? ¿Su *cartera*? ¿Y dónde quedarás tú, Urkie, cuando *seas* ese *tipo*? ¿No era esto un juego? ¿No iba a ser *divertido*? ¿Por qué ya no parece *divertido*?—. Es, bueno, *verá,* lo cierto es que, ¡vaya!, todo esto es (AH-ah-AH-¡*CHÚS!*), es *demasiado*, quiero decir, no creo que vaya a necesitar *nada* con iniciales para, eh, je, ya sabe, después de todo, se trata de, bueno, vestir un poco más *apropiadamente*, no de, ya me entiende, *ser* ese otro tipo, así que supongo que será suficiente con —Urk Elfine *apartó* los pantalones, el jersey, la camisa, el gorro, aquellas *gafas*, y los cogió en volandas, los abrazó— esto, señor Meldman. Aunque cree que, cree, bueno, si no es molestia, ¿cree que podría llevármelo *puesto*? —Oh, no, (STARKIE), oyó que decía la voz de Eileen McKenney en su cabeza, ¿acaso vas a pasar un minuto más *ahí dentro*?—. Lo cierto es que, ¿sabe qué? Mejor lo mete todo en una *bolsa* y saldré de aquí *cuanto antes* porque, bueno, ya sabe, hay demasiado *trabajo* ahí fuera hoy como para, eeeh, llevarme *nada* puesto. —Urk devolvió aquel montón de cosas al mostrador, y esperó, y Bernie Meldman sacó de allí debajo un par de bolsas de lo que parecía un papel nada resistente, y fue colocando, con una calma desesperante, aquella suerte de despedazado Bryan Stepwise dentro, mientras Urk Elfine pasaba el peso de un pie al otro y luego al otro y luego al otro, *nervioso*, *histérico*, y decía (ESTUPENDO) y (ASÍ ESTÁ BIEN) y (¿CUÁNTO LE DEBO?) y también, cuando le hubo tendido el puñado de *billetes*, un puñado *cualquiera*, (QUÉDESE CON EL CAMBIO), y después, las bolsas *crepitándole* en las manos, trataba de ponerse el abrigo, aquel peludo abrigo entallado, incomodísimo, y caía en la cuenta de que no iba a poder ponérselo cuando llevase encima el jersey de nudos Stepwise, y, de todas formas ¿qué clase de Bryan *Tupps* iba a parecer con aquel abrigo *de chica?*–. No tendría usted un, esto, ¿*abrigo*?

Más tarde, cuando hubiese, con aquel par de bolsas *mojadas*, alcanzado el refugio de una cabina de teléfono, el teléfono en una *tiritante* mano, y el abrigo, aquel abrigo de un blanco *escandalosamente* anaranjado, arrastrándole, limpiando el suelo de aquella en absoluto limpia cabina, le diría a Eileen que había cometido un error, y era un error *horrendo* porque era un error que podía haber evitado.

–¿Qué demonios hacías en la tienda de disfraces?

–No, es, supongo que –Urk se rascó la barbilla, se quitó las gafas, estaban tan condenadamente empañadas que apenas podía *completar* el aspecto de la calle– creí que, bueno, en realidad –¿*Qué, Urk?*–, ¿has oído hablar de Bryan Stepwise, *Leen*?

–¿Ese tipo que no existe?

–¡Claro que existe!

–¿No son una *horda* de reporteros que *jamás* tendrán un *nombre*?

–¡No! Eh, quiero decir, ¿lo son?

–Es lo más probable.

–Pero también podría ser alguien que está en todas partes y en todas a la vez, ¿no? Quiero decir, *Leen*, ¿y si pudiéramos contar con *él*?

–Oh, ¿no me digas que te has encontrado con uno de ellos en la tienda de disfraces? ¿Estaba *ya* disfrazado? ¿O le has pillado comprándose el disfraz?

–No, eh, yo, ¿*qué*?

–Lo que quiero decir en realidad es que cortes el rollo, Starkie.

–No es ningún, JE, *rollo*, Leen, es sólo que…

–Jingle ha estado aquí.

–¿*Jingle*? ¿Quién es *Jingle*?

–Oh, es cierto. A veces creo que te he inventado y que por eso no tengo por qué darte explicaciones. Pero ¿no estás en mi cabeza, verdad?

Urk miró el par de bolsas de papel de en extremo *horrible* calidad instaladas entre sus pies, aquel par de pies aún enfunda-

dos en unos zapatos de ante marrón *congelado*, y dijo que no, dijo
que (OJALÁ LO ESTUVIERA), porque si lo estuviera no tendría
por qué sentirse estúpido por llevar aquellas gafas, no sería más
que alguien en la cabeza de otro alguien y no importaría lo que
hiciese porque la cabeza de cualquier alguien era la clase de
lugar en el que todo era posible.

—Jingle dice que el matrimonio no está solo.

—¿El matrimonio?

—Esos Benson.

—¿No están solos?

—No, una tal Myrlene Beavers ha venido con ellos.

—¿Otra escritora?

—*Peor*. La, con casi toda seguridad, *única* lectora de Francis
McKisco. ¿Sabes? Este sitio aborrece a los escritores porque
aborrece a Louise Cassidy Feldman.

—Oh, eh, yo, *claro*.

—¿Puedes *encargarte*?

—¿*Yo*?

—No sabes lo que es esto, Stark.

—Oh, no, cla-claro, pero yo, eh, yo creí que tenía que en-
cargarme de (AH-ah-AH-¡CHÚS!) Feldman, y los (AH-ah-AH-
¡CHÚS!), oh, Dios, esos, esos Benson, y el pub de, bueno, mi *columna*, Leen, no sé si, bueno, ¿no son de-de-de-demasiados
escritores?

—¿Qué demonios te pasa?

—*Nnnaddda*.

Urk estaba congelándose, Urk iba a congelarse, se congelaría
sin saber qué sería de aquel agente inmobiliario, se congelaría sin
saber por qué demonios eran tan famosos los Benson, se congelaría sin preguntarle a Louise Cassidy Feldman en qué pensaba
cuando escribió aquella novela que había convertido en *esclavos*
de su protagonista a, primero, aquel sitio helado, y luego, sus
habitantes, que la aborrecían hasta el punto de aborrecer a todos
los escritores que habían existido y existirían jamás.

—Bien, porque tienes que volver a Mildred Bonk.

—...

—Jingle dice que hubo una pelea anoche.

—¿Una pelea?

—Los Benson podrían haberse ido al infierno, Stark.

—¿Al *infierno*? —Urk Elfine imaginó a aquel fantasma siendo una especie de demonio, un tipo al que no le había sentado nada bien la muerte y que, además, como la gente de aquel sitio, aborrecía a los escritores por el mero hecho de serlo—. ¿Ha sido ese, ese, uh-uh, (AH-ah-AH-¡CHÚS!), *fantasma*?

—No, creo que ha sido Harriett Glickman. Habla con ella. Y encuentra a Beavers. Y trata de que el fantasma te *reciba*. ¿No pensaba recibir a esos tipos del pub?

Oh, no, la cosa era que ellos creían que podía recibirles, la cosa era que se jactaban de que iban a conseguir, por una vez, una entrevista con el fantasma de los Benson, como la había conseguido en el pasado un tal Steph, pero no tenían ni la más remota idea de si podrían hacerlo, y Urk trató de explicárselo a Eileen pero fue complicado porque no podía evitar tartamudear, todo aquel condenado frío, y aquel maldito *tiritar*, él intentaba hablar y lo hacía pero sólo emitía sonidos inconexos y traqueteantes y escuchaba a Eileen decir (CREO QUE TE PIERDO, STARK), y también (NO TE PREOCUPES, YO ME OCUPARÉ DE MADELINE), y Urk Elfine no sabía quién era Madeline ni tampoco quién era Johnno, porque ella también dijo que iba a ocuparse de (JOHNNO), dijo, (NO VAS A CREÉRTELO) y (KIRSTEN LE HA PLANTADO), (MADELINE ESTÁ EN CAMINO) y (¿RECUERDAS CUANDO PUBLICAMOS AQUEL ARTÍCULO SOBRE MADELINE? LO ILUSTRAMOS CON UNO DE SUS CUADROS, Y KIRSTEN PERDIÓ LA CABEZA) (OH, ¿CÓMO VAS A RECORDARLO?) (¡NI SIQUIERA ESTABAS AQUÍ!), dijo, y también (EL CASO ES QUE JOHNNO NO DEJA DE LLORAR PORQUE KIRSTEN LE HA PLANTADO POR ESE CUADRO, Y A LO MEJOR LE HA PLANTADO POR MADELINE, ¿CREES QUE PUEDE HABERLE PLANTADO POR MADELINE?), y Urk Elfine no dijo nada porque no sabía quién era aquel tipo y porque ¿qué podía decir? Oír que alguien había (PLANTADO) a otro alguien le devolvió a aquella mesita de noche. ¿Por qué le parecía que nunca había existido? ¿Acaso no era aún padre? ¿Por qué parecía haberlo olvidado? Él era, pensó, *peor* que aquella (KIRSTEN), porque él no sólo había plantado a (LIZZNER), también había plantado a sus hijos, y había plantado al señor Sneller, y ¿para qué? Oh, os planté para (CONGELARME), podría decirles, a su vuelta, si es que regresaba. Por si no lo hacía, escribiría una carta, la guardaría en el bolsillo, les diría (LIZZ, HIJOS, SEÑOR SNELLER, OS PLANTÉ PARA CONGELARME EN UN SITIO LLAMADO KIMBERLY CLARK WEYMOUTH. LO SIENTO. NO VOLVERÁ A OCURRIR. OS DESEO LO MEJOR EN EL FUTURO. DADLE RECUERDOS A ESA MESITA DE NOCHE).

—¿Stark?

—Eh, sí, eh, ¿*Leen*?

—Recuerda que el cierre de la edición es a las seis.

Urk Elfine consultó su reloj, la esfera estaba empañada, colgó el teléfono, miró las bolsas, sacó una por una las prendas de ellas, las colocó sobre el teléfono. Bien, allá vamos, se dijo, y se quitó el abrigo, y luego (AH-ah-AH-¡CHÚS!), se quitó la americana de aquel traje horrible, y la camisa, ¿por qué tenía que quitarse la camisa? Oh, no, iba a morirse, le faltaba el aire, (AAAH-FUUU-AAAH-FUUUU), oh, iba a morir, moriría desabotonando una camisa, el muy estúpido, ¿por qué no la habría desabotonado *antes*? Oh, ridículo *imitador* de Tupps Stepwise, prepárate para lo peor, (AAAH-FUUU-AAAH-FUUUU) (AH-ah-AH-¡CHÚS!), morirás y a nadie le importará, alguien te enterrará en este sitio, y dirán que fuiste, ¿qué? El tipo que entrevistó a ese otro tipo, el agente inmobiliario que había vendido la casa de Mildred Bonk y había *acabado* con la idea misma de Kimberly Clark Weymouth, oh, la gente te odiará, Urk Elfine, la gente escupirá sobre tu tumba y dirá (ADIVINA QUÉ) (QUÉ) (CUANDO LO ENCONTRARON ESTABA DESNUDO) (¿DESNUDO?) (AJÁ, DESNUDO EN UNA CABINA) (¿POR QUÉ IBA A ESTAR DESNUDO EN UNA CABINA?) (OH, QUIÉN SABE, LO MÁS PROBABLE ES QUE FUESE UNO DE ESOS PERVERTIDOS) (¿UN PERVERTIDO CON HIJOS GRAMATÓLOGOS?) (OH, ¿ERA EL DE LOS HIJOS GRAMÁTOLOGOS?) (¿NO TENÍA UNA COLUMNA QUE SE LLAMABA ASÍ?) (VAYA, EL MUNDO ES CADA DÍA MÁS EXTRAÑO, JEFF). Oh, no, iba a conseguirlo, lo conseguiría, no iba a morir, tenía que escribir otra columna, no podía pasar a la posteridad como el autor de aquella cosa llamada *Casi Todos Mis Hijos Son Gramatólogos* porque aquella cosa no tenía nada que ver con sus hijos, aquella cosa era sólo cosa suya, apretó los dientes, eso es, Urk (APRIETA LOS DIENTES), se dijo, y sorbió y estornudó, y sintió congelársele el sudor en la frente pero lo logró.

Vio parte de su vida pasar ante sus ojos mientras lo hacía. Su vida era un montón de escenas domésticas en las que miraba a sus hijos aburrido, ¿por qué se aburría tanto? Al fin, se puso la peluca, y luego aquel gorro con orejeras, y su par de ridículos mocasines, ¿por qué no le había pedido a aquel tipo un par de botas *de agua*? No recordaba con exactitud qué calzaba Bryan Stepwise, pero en aquel momento le traía sin cuidado. Se abotonó la camisa bajo el jersey, metió aquel ridículo traje manchado y el incómodo y peludo abrigo de Eileen en aquel par de montones de papel con cada vez menos aspecto de bolsas, y salió de allí.

¿Que a dónde se dirigió?

Por supuesto, a la casa de Mildred Bonk.

¿Y a quién se encontró en la puerta?

Oh, no era exactamente la puerta. Al menos, no era la puerta principal, porque la puerta principal estaba *repleta* de aquel montón de otros periodistas que habían traído consigo su propio pub. Era algún tipo de puerta. Estaba en uno de los extremos de la casa. En concreto, estaba en el extremo que conectaba con el telesilla. Urk Elfine se aproximó a ella. Estornudó. Se metió la mano bajo la peluca. Se rascó. Dijo:

—Disculpe, ¿eso de ahí es una puerta?

—Eso creo, sí —dijo el tipo al que se dirigía.

Urk Elfine dio por hecho que era uno de aquellos otros periodistas.

—¿Ha intentado *llamar*?

William Butler James, el fantasma profesional Eddie O'Kane, se llevó el cigarrillo a los labios, le dio una larga calada, y negó con la cabeza. Luego dijo:

—¿Quiere que le cuente algo divertido?

Urk Elfine trató de asomarse a un pequeño ventanuco que había junto a la puerta. Todo lo que vio a través de aquellas gafas de falsos cristales empañados fueron siluetas, y una luz amarillenta. Se bajó del estribo del telesilla.

—Voy a casarme —disparó O'Kane.

—Oh, eh, enhorabuena —dijo el columnista.

—Me gusta mi trabajo.

—Oh, *ya*, claro. —Urk Elfine tomó nota del color de los asientos del telesilla, y de la manera en que encajaba en aquella cabaña.

Había oído decir que acababan de instalarlo–. ¿Y va a tener que, esto, *dejarlo*?

–Eso me temo. Ella dice que podría *trabajar* en su tienda. Pero, no sé, ¿*encantar* una *tienda*? ¿Para *siempre*? –Urk Elfine tragó saliva con un sonoro (GLUM), se volvió, ¿había dicho *encantar*? ¿Acaso era *él*? ¿Desde cuándo los fantasmas *fumaban*? ¿Y por qué podía verlo? ¿Por qué lo veía como habría visto al señor Sneller? ¿Eran aquellas gafas? ¿Eran las gafas de Bryan Stepwise? ¿Había conseguido convertir al fin su vida en noticias? ¿Noticias *enormes*?–. He llamado a mi jefe –prosiguió el ¿qué? ¿*Fantasma*?–. Le he dicho, Señor Alvorson –FUUUUUF, expulsó un buen montón de humo. Era humo de fantasma. ¿Acaso era siquiera posible? ¿Tenían pulmones los fantasmas?–, creo que he metido la pata –dijo después–. Él se ha temido lo peor. Pero es que el señor Alvorson siempre se está temiendo lo peor. Parece mentira que dirija la clase de negocio que dirige. ¿Tengo que hacer las maletas, Ed?, me ha preguntado. El señor Alvorson cree que un día alguien nos descubrirá y no le bastará con que –FUUUUUUF– le mostremos ese montón de papeles que firma el cliente y que eximen a la empresa de, ya sabe, cualquier tipo de *culpa* respecto a lo que pueda pensar de nuestros *servicios*. –¿Había dicho *empresa*? ¿Tenía el fantasma una *empresa*? Oh, no, ¿quería eso decir que los fantasmas también trabajaban? ¿Que no iba a poder descansar ni estando *muerto*? Oh, apostaba a que a Lizz no le costaría nada montar otra de aquellas flotas de cruceros en el Otro Lado, ¿y qué haría él? ¿Iba a quedarse en casa con los niños? ¿Tenían otra vez *niños* los fantasmas?–. Le he dicho que –FUUUUF– no, por supuesto, porque la cosa no tiene nada que ver con esa chiflada, aunque no deja de lanzar cosas contra las paredes y *romperlas* y hay un –FUUUUUF– *ejército* de gente rodeándola todo el tiempo, recogiendo los pedazos de las cosas y a veces metiéndole en la boca una cucharada de caldo porque es lo que necesita, (OH, SEÑORA BENSON), dicen, (NECESITA USTED UN POCO DE ESTE MARAVILLOSO GUISO), y también, (CON UN POCO DE ESTE GUISO NADA LE PARECERÁ TAN HORRIBLE), y parecen, cada uno, distintas versiones de una madre atenta y a la vez desconsiderada, una madre que sólo quiere que dejes de *quejarte*, porque esa mujer no hace otra cosa que quejarse, ¡ni siquiera me presta la más mínima atención! Lo único que hace es *hablar* con una cabeza que tiene metida en una jaula, como si en vez de una cabeza fuese un pájaro. El marido se ha esfumado, ¿sabe? Se lo he dicho a Alvorson y el señor Alvorson se ha puesto —FUUUUUUF— frenético, me ha gritado que era una buena cuenta, (¡LA MEJOR!), y que ¿cómo podíamos haberlo fastidiado todo de tal manera? Yo le he dicho que la culpa no ha sido mía sino de su par de asistentes personales, al parecer un par de hermanos quionofóbicos, que han *desequilibrado* al matrimonio hasta tal punto que Penacho cree que no volverán a escribir —FUUUUUUF— *nunca*.

El fantasma apuró el cigarrillo y lanzó la colilla lejos. Observó por primera vez con detenimiento a Urk Elfine. Urk Elfine parecía un jovencísimo esquimal con pelo de muñeco y gafas de montura dorada. Si hubiera estado trabajando *de verdad*, no en un caso perdido como aquel, sino en un verdadero caso en marcha; si no tuviera demasiado en que pensar en aquel instante, oh, aquella boda del demonio, ¿por qué iba a casarse?, ¿de veras quería casarse?, ¿quién sería después de casarse?, ¿un fantasma de *tienda*? Ed O'Kane ofrecería a aquel *esquimal* sus servicios a cambio de su *silencio*, le haría firmar uno de aquellos contratos de confidencialidad que llevaba consigo a todas partes, doblados en cuatro en el bolsillo interior de su americana, y pagaría con más trabajo su pequeño desliz. Pero aquel asunto se había acabado, o estaba a punto de hacerlo, y después de todo, Urk Elfine no parecía más que un ridículo chaval, con toda probabilidad, *disfrazado* de esquimal, así que se limitó a decir:

—Supongo que no es tan divertido como pensaba.

—Oh, no, eh, *je*, lo es, por supu, por supuesto que lo es, claro, yo, eh, ¿quiere usted decir que, bueno, es usted un, ya sabe, es *el* fantasma?

—Me gusta mi trabajo, ¿y no podría ella *viajar* conmigo? A lo mejor ella podría viajar conmigo, ¿no cree? Oh, no sé, a lo mejor ustedes, los *esquimales*, no tienen tantos problemas, ¿no pasan todo el tiempo en el *iglú*? ¿Hay iglús por aquí? ¿Alguna vez ha pensado en, bueno, creen en los fantasmas? Voy a darle mi tarjeta, puede llamar al señor Alvorson si en alguna ocasión, ya sabe, nos necesita. Espero seguir por aquí.

Urk Elfine cogió la tarjeta. Leyó (WILLIAM BUTLER JAMES, FANTASMA PROFESIONAL), y olvidó lo que iba a decirle, iba a decirle algo relacionado con el matrimonio, por supuesto, y con la posibilidad de convertirse en un objeto de mesita de noche, y lo olvidó porque en su camino se cruzó aquello (WILLIAM BUTLER JAMES, FANTASMA PROFESIONAL), y era, pensó, un titular estupendo, el titular con el que toda aquella colección de pretenciosos otros periodistas llegados de todas partes, con sus estúpidos idiomas incomprensibles, *soñaba*, y lo tenía él, lo tenía, *físicamente*, en la mano, mano que se metió raudo al bolsillo de aquel horrendo abrigo que parecía más un batín que un abrigo. Luego, impostando ligeramente la voz para que no fuese su voz sino la voz de Bryan *Tupps*, dijo (LO SEGUIRÁ, NO LO DUDE) y también (ES MÁS SENCILLO DE LO QUE PARECE), porque uno sólo tenía que seguir su camino, pasase lo que pasase, seguir su camino, dijo y el fantasma fue a decir algo, pero entonces aquella puerta que no parecía una puerta se abrió y se asomó por ella una chica de gesto solemnemente divertido, y dijo (ED, HA LLEGADO UNA ESCRITORA Y QUIERE VERTE).

—¿*Otra* escritora?

—Es esa escritora famosa.

—¿Qué escritora famosa?

—Becky Ann le ha lanzado ya dos cuchillos.

—¡Vaya!

—Por suerte, no ha tardado en desmayarse. Al parecer, el guiso de esos *bills* no es un guiso *corriente*.

—¿Le has dicho que me espere en la biblioteca?

—No, le he dicho que te espere en la cocina.

—Oh, sí, *claro*.

—Evidentemente, no quiere hablar contigo, sino con Randal Peltzer.

—Por supuesto.

—Al parecer, le escribió un montón de cartas.

—¿Ese tipo?

—Está todo el mundo aquí, Ed.

Se oyó un bramido dentro, y luego un montón de pasos, y luego un arrastrar de lo que parecían *cientos* de sillas, y puede que *muebles*, y hasta *cortinas*, estruendos a los que acompañaban los deslizantes, los escurridizos, los hasta cierto punto irritantes (FLASH) (FLASH) (FLASH) de las cámaras de aquellos periodistas, y apagaron el rugido de las tripas del *gran* U. E. Starkadder, que, de repente, recordó que una vez había tenido un par de pies no congelados y cayendo en la cuenta que se había prometido dar con un par de botas de agua para ellos, preguntó:

—¿No tendrían ahí dentro un par de botas de agua que pudiesen *prestarme*?

35

En el que Hannah Beckermann hace uso del (MANUAL DEL BUEN VECINO BENSON), alguien teclea el titular (UNA MUJER MONSTRUO VISITA LA CIUDAD) y Francis McKisco (SALE) al fin con (MYRLENE BEAVERS)

El telegrama de, oh, la adorable y, por una vez, incontrolablemente *cercana* Myrlene Beavers, aquella, su lectora más despiadadamente fiel, había llegado en mitad de una trepidante mañana en la que Francis McKisco tecleaba, la bufanda aleteando torpemente a su alrededor, como si en vez de una bufanda fuese algún tipo de extraño pájaro con aspecto de minúscula alfombra mágica. Estaba en aquel vagón de tren, con Lanier Thomas y Stanley Rose, camino de su oficina. Aquella admiradora detective que había dejado de admirar a Lanier se había mudado a su misma ciudad, así que Lanier había vuelto a recuperar la cabeza perdida, pero Stan la había perdido por completo porque ¿qué iba a pasar con su mujer, los niños y el maldito *perro*? Es decir, (LAN), (¿ACASO VAS A *INTENTAR* ALGO CON *ELLA*?), le había espetado aquella mañana, en aquel maloliente y atestado vagón de tren, con el termo de café en una mano y un cigarrillo apagado en la otra, el sombrero calado, una mancha de pintalabios junto a la boca, a su *socio*, camino de aquel despacho que compartían en aquella otra ciudad que no era exactamente Kimberly Clark Weymouth porque en ella no nevaba todo el tiempo pero que, sin duda, de alguna forma era también *despiadada* con sus habitantes y especialmente, con la pareja de detectives, interponiendo a su paso todo tipo de *obstáculos*, como si quisiese ponerlos a prueba, como si les dijese, en realidad, (NUNCA SERÉIS SUFICIENTE), o más bien, (NUNCA SERÉIS LO SUFICIENTEMENTE BUENOS) y era sencillo interpretar lo que McKisco estaba queriendo decirse a sí mismo respecto a la propia Kimberly Clark Weymouth, pero nadie, a excepción de la astuta Myrlene

Beavers, había caído en la cuenta, ni siquiera el propio McKisco. (¿POR QUÉ NO TE METES EN TUS CONDENADOS ASUNTOS, *ROSIE*?), le había contestado, iracundo, un profundamente inquieto Thomas. Inquieto, se dijo McKisco mientras tecleaba, el frío, aquel frío interminable, y el humo de tres cigarrillos, rodeándole, porque esperaba, como él, una señal para, quién sabía, tal vez, dejarlo todo, porque ¿y si ella aparecía, finalmente, y le pedía que lo dejase todo? Oh, (HARÉ LAS MALETAS), se dijo Francis, un segundo antes de que el timbre de la puerta (¡*DING DIDI DONG*!) atronase y el mundo dejase de girar porque él, Francis McKisco, tenía (UN TELEGRAMA).

El telegrama era el telegrama que había escrito Frankie Scott la noche anterior, antes de descubrir que los hermanos Clem eran *historia* y que nada, por su culpa, sería como había sido hasta entonces y que no lo fuese no era necesariamente abominable, sólo era *distinto*, y hasta cierto punto, *liberador*. De ahí que, cuando hizo la maleta, en realidad, cuando simplemente escogió una al azar, y salió por la puerta, sintiese que cualquier cosa era posible. Ciertamente, lo era. Golpeado por el viento helado, Frankie Benson se dirigió, por una vez alegre y despreocupadamente, a la primera casa que encontró. Llamó al timbre, y, mientras esperaba a que la puerta se abriera, sonrió en dirección a una de las cámaras que (¡FLASH!) le apuntaban en aquella poderosa oscuridad nevada.

—¿Ha ocurrido algo, señor Benson? —quiso saber una voz a sus espaldas. Era una voz aflautada y ridícula. Formaba parte de aquel coro de voces que les seguían a todas partes. Frankie Benson se había preguntado a menudo qué clase de vida tenían aquellas voces. Si volvían a casa por las noches, debían hacerlo siempre a algún tipo de casa distinta. Tal vez tuviesen *cientos* de familias. Tal vez simplemente *alquilasen* una familia cada vez. ¿Existirían esa clase de familias? Oh, él estaba, de alguna forma, a punto de comprobarlo—. ¿Señor Benson? ¿Ha ocurrido algo con ese fantasma? ¿No han sido recibidos como esperaban? ¿Se encuentra *bien* la señora *Benson*?

—Me temo que nada de eso es asunto suyo, señor.

—Señorita.

—Oh, disculpe, *señorita*.

La puerta seguía cerrada. Frankie la golpeó. ¿Acaso no había nadie? ¿Cómo era posible que no hubiese *nadie*? ¡Todas las luces estaban encendidas!

—¿Se ha *marchado* usted de *casa*, señor Benson?

Frankie esbozó una sonrisa. Contó hasta tres. Le suplicó a Henry Crimp que le sacase de allí. Evidentemente, Frankie no había dejado a Henry Ford Crimp en aquella casa. Quién sabía de lo que era capaz Becks. Lo llevaba consigo. Llevaba a Henry en una mano, y aquella maleta escogida al azar en la otra. (OH, HEN), suplicó, (HAZ QUE LA MALDITA PUERTA SE ABRA). Y la maldita puerta se abrió.

—Oh, bu-bu-buenas *noches*.

—Buenas noches, señorita, eh…

—Beckerman, señor, Hannah Beckerman.

—Oh, encantado —dijo Frankie Benson—. Frankie Benson.

—Sí, eh, oh, vaya, lo, bueno, yo lo-lo *lo sé*.

—Estupendo, ¿puedo, eh, *pasar*? Me gustaría comentarle un asunto y este no es el —Frankie lanzó una mirada a aquella oscuridad invadida de flashes— sitio más adecuado.

—Oh, eh, no, quiero decir, *sí*, por su, por supuesto, señor, eh, *Benson*.

Los *flashes* seguían relampagueando, ¿por qué lo hacían? Relampagueaban todo el tiempo. Hen los aborrecía, y Frankie también pues sabía que no estarían allí de no ser por Becks. El escritor les echó un último vistazo. Se despidió, de alguna forma, de ellos. Les mostró la jaula en la que cargaba a Henry Crimp. (SALUDA A ESOS CHICOS, HEN), dijo, en voz alta, y luego (HASTA AHORA, CHICOS).

Lo siguiente que supo fue que estaba sentado en un mullido y olorosamente limpio sofá verde. Tenía delante a un hombre que, al parecer, era el señor Beckerman. A su lado había un niño. El niño acariciaba un pequeño conejo negro. Frankie Benson sonreía. Había dejado la jaula de Hen sobre la mesa baja. Frankie se había quitado el abrigo y se había limpiado las gafas. El hombre y el chico no le quitaban ojo de encima.

—Siento, eh, presentarme de esta forma pero, déjenme decirles, no he tenido otra opción. —Frankie Benson estaba cansado, pero a la vez se sentía como nuevo—. Confío en que serán *discre-*

tos –dijo, a lo que aquella familia que parecía no saber *pestañear*, respondió con un (POR SU, POR SUPUESTO) (SEÑOR BENSON)–. Estupendo –dijo Frankie Benson, arrellanándose en aquel sofá que era un sofá *familiar* no intervenido por ningún tipo de ejército de *bills*–. ¿Conocen ustedes a mi mujer?

Hannah Beckerman trató de recordar el manual, aquel (MANUAL DEL BUEN VECINO BENSON) que le habían entregado aquella misma mañana y que apenas había aún ojeado. Las indicaciones no eran demasiadas, pues se limitaban a considerar la posibilidad de que quisiesen saber si habían convivido con aquel fantasma durante todo aquel tiempo, y la respuesta siempre debía ser (SÍ), y también, en su caso, la de que les preguntasen por aquella estación de esquí, la estación de esquí de Snow Mountains Highlands, que, en realidad, nunca había existido. En el caso de que quisiesen saber algo sobre ella, debían darles todo tipo de detalles, los detalles que se listaban en aquel manual, y fue en ellos en lo primero en que pensó Hannah cuando abrió la puerta y se topó con Frankie Benson. Pensó (TRES PISTAS) y (UN RESTAURANTE) y también (COMPETICIONES) y (ESQUIADORES), sí, todo tipo de (FAMOSOS ESQUIADORES), esquiadores como (DARIUS PETHEL) y (GUS ANDERTON), como (MYRA SANDS) y (BELLE CARPENTER), y las (DISCIPLINAS), el (SALTO), el (SLALOM), el (ESQUÍ DE FONDO), todo aquello, y alguna otra historia, la historia del esquiador abandonado por otra esquiadora del que Hannah se había enamorado extraña y perdidamente.

–Su, eh, sí, *mujer* –contestó Hannah. Se había ruborizado ligeramente pensando en Louis. No era exactamente el nombre que aquel manual decía que tenía pero era el nombre que a ella le gustaba–. La señora *Benson*.

–Me ha dejado –disparó Scott.

El señor Beckerman, Rustan Claire, pestañeó. Luego miró a su mujer. Ni siquiera había abierto el manual aún. ¿Desde cuándo tenía uno que *estudiar* para ser vecino de alguien? Había discutido amargamente con Hannah al respecto. Había sido entonces cuando Hannah había llamado a Doris y le había contado que iban a darles *clases* para que aquella gente no tuviese que creer que vivía en un mundo que no tenía nada que ver con el que imaginaban. Necesitaba descargarse con alguien.

—¿Hannah, cariño? —suplicó Rustan.

—Yo, eh, ¿qué, Russ?

Hannah tampoco sabía cómo se suponía que debía reaccionar a aquello. No había ninguna situación semejante en el (MANUAL DEL BUEN VECINO BENSON). Nada que dijese algo parecido a: *Uno de los Benson llega a tu casa y te dice que ha dejado al otro Benson o, peor, que ese otro Benson lo ha dejado a él, ¿cómo reaccionas?*

a) Le consuelas.

b) Le das la enhorabuena.

c) Huyes, buscas refugio, se acaba el mundo.

Evidentemente, la respuesta, aunque Hannah no tenía forma de saberlo, habría sido la *c*. El pequeño (TEST) podría haberte advertido, elocuentemente, de que, pese a que, por supuesto, eras libre de consolar o dar la enhorabuena a (UN BENSON), lo que debías hacer en cualquier caso era alejarte cuanto pudieses del lugar del *impacto*, esto es, el lugar en el que la cosa hubiese pasado, porque podía ocurrir que la abandonada fuese Becky Ann, y *nadie* podía estar a salvo *cerca* de una iracunda Becky Ann Benson. Pero no tendría por qué haberlo hecho, después de todo no era más que un pequeño (TEST), no alguien que pudiese lamentar la muerte de alguien.

—Tal vez el señor Benson necesite una copa —respondió Russ.

—Oh, eh, sí, *claro*. —Hannah se apresuró a servirle una copa. Estaba convencida de que los Benson bebían. Había leído algo al respecto. Solían beber cuando caía la tarde. Y la tarde ya había caído. Así que no estaba haciendo nada malo. ¿Habría alguien controlando lo que hacían? Debía haber alguien controlando lo que hacían. Hannah Beckerman sintió que el suelo podía abrirse en cualquier momento bajo sus pies camino del mueble bar, pero no lo hizo. Hannah llegó y sirvió la copa. La sirvió en un vaso largo. Fue a la cocina en busca de un cubito de hielo. Regresó y dijo—: ¿Qué tal el, bueno, *viaje*?

Frankie Benson no podía evitar pensar en lo que habría dentro de aquella maleta que había traído consigo, ¿y si no había ni un solo vestido? Podría pedirle prestado un vestido a aquella mujer. Pero ¿de veras estaba pensando en hacer algo más que *charlar* con aquel tipo? (HEN, NO LO SÉ), se dijo, (¿Y SI ES DIVER-

TIDO?) (QUIERO DECIR, AHORA MISMO ME PARECE DIVERTIDO)
(ME PARECE DIVERTIDO SUBIRME A UN COCHE CON ESE TIPO
CHIFLADO Y DEJAR QUE ME LLEVE A ALGUNA PARTE) (¿NO TE
PARECE DIVERTIDO, HEN?). Henry no contestó, evidentemente,
pero siguió mirándole con aquel par de ojos pintados sobre algún tipo de yeso o ¿qué era aquello? Frankie era incapaz de
recordarlo. Bebió de aquel vaso largo. Dijo (ESTUPENDAMENTE),
pero no era cierto, ¿acaso estaría allí si hubiera ido estupendamente?

–¿Ha podido, eh, *visitar* la ciudad?

–No, lamentablemente no, señora Betterman.

–Es Beckerman.

–Oh, disculpe.

–No importa, es, ¿sabe usted que antes fue una estación de
esquí, verdad?

–Por supuesto, ésa es la razón de que, bueno, ¿sabe que mi
mujer y yo escribimos, verdad? ¿Tienen ustedes nuestros libros?
¿Puedo firmarles alguno?

Frankie Benson apuró el vaso, se lo tendió a Hannah, Hannah lo rellenó. Iba a necesitar valor para pedirle un vestido. También iba a necesitar valor para pedirle una cama. Iba a necesitar
una cama aquella noche. ¿Y qué pasaría con la noche siguiente?
Frankie nunca había estado lejos de casa antes. Tampoco había
estado lejos de uno de aquellos *bills* desde hacía demasiado. Tenía hambre. No sabía cómo pedir un bocado. ¿Cómo hacía la
gente sin *bills* para comer?

–No, es, bueno, los tenemos, claro, pero es, ¿Russ? ¿Por qué
no vas a buscar uno de los libros de los señores Benson?

Su marido no supo qué hacer. Se puso en pie. Le dijo al niño
que se pusiera en pie. Era tarde. (LO LLEVARÉ A LA CAMA), dijo,
y también dijo (LE TRAERÉ SUS LIBROS), y se fue, y Hannah
tembló ligeramente, porque estaba ante un escritor *famoso* y
Hannah no sabía exactamente en qué consistía la vida de ningún escritor y mucho menos en qué consistía la vida de un escritor famoso, así que lo que dijo fue:

–¿Cómo lo hace?

–¿Disculpe?

–Quiero decir, ¿escribe todo el tiempo?

–Oh, no.

Frank se sirvió otro de aquellos vasos. Empezaba a marearse. ¿Es que aquella gente no comía *nunca*? Echó de menos a aquellos *bills*. Quería uno para él. ¿No podía tener uno para él? Llamaría a Becks. Si no iba a volver, quería al menos un *bill*. Un único *bill*. No era pedir demasiado, ¿era pedir demasiado?

–¿Y cuándo decide que debe escribir?

–Oh, no sé, depende del día.

–Claro, ¿y es *complicado*?

–No, más bien es *divertido*. ¿Lo ha probado alguna vez? Es como poder dibujar el mundo. Como volverlo a dibujar, quiero decir. Usted se cuenta a sí misma una historia al despertar. Es la historia de Hannah Betterman. Imagine que un día pudiese contarse otra distinta. ¿No le parecería *divertido*?

–Oh, no sé si divertido, ¿qué clase de historia podría contarme *yo*?

–La que quisiera.

Frankie estaba coqueteando. No quería coquetear. Quería *cenar*. Quería que uno de aquellos *bills* le sirviera la cena y se la llevara, bocado a bocado, a la boca.

–¿La que *quisiera*?

Hannah se estaba aproximando. Sus labios se estaban rozando. ¿Por qué? Frankie sólo quería que ella le prestara un vestido. También quería que le diera de cenar.

–¿Puede darme de cenar?

–Oh.

–Lo siento.

Ella se retiró. Él dijo:

–Siento si, bueno, pero mi mujer, ya sabe.

–Claro.

Hannah Beckerman se puso en pie. ¿Qué demonios había hecho? ¿No estaban vigilándola? Si estaban vigilándola iban a venir a buscarla. Vendrían a buscarla y se la llevarían a alguna parte, ¿a dónde se llevaban a los *malos* vecinos de (LOS BENSON)? Debía haber un sitio para ellos. Y no debía ser un sitio *agradable*.

–¿Puede prestarme un *vestido*?

–¿Cómo? –Hannah Beckerman estaba triste. Había estado a punto de besar a un escritor, y no a un escritor cualquiera, a un escritor *famoso*, y el escritor la había rechazado, porque ella no era Kirsten James, oh, no, ella tenía que conformarse con Rustan, pero Rustan ni siquiera escribía las listas de la compra, de hecho, ella jamás había visto su letra, ¿qué clase de letra tendría su marido? ¿Tendría algún tipo de letra?

—Necesito un vestido.

—¿Qué clase de vestido?

—Creo que sólo hay una clase de vestido.

Frankie había bebido más de la cuenta. Bebía directamente de la botella. Se moría de hambre. Pero lo único que tenía era aquella botella y ¿a dónde había ido aquel tipo? ¿Acaso era aquella casa *tan* grande que seguía en alguna parte, regresando de la habitación de su hijo? A lo mejor había cogido, como él, una maleta al azar y se había ido a alguna otra parte. Frankie era incapaz de pensar con claridad. Se puso en pie. Abrió la maleta. Estaba llena de pijamas.

—No lo entiendo —dijo Hannah.

—Tengo una cita —dijo Frankie.

—¿Es una cita con un *hombre*?

A Hannah se le daban bien esas cosas. Admiraba a Connie Forest porque creía que, como a ella, se le daba en exceso bien la deducción, así que no necesitó que Frank Benson le especificase lo que pensaba hacer con aquel vestido, se adelantó.

—Sí.

Metida en la cama, más tarde, después de haber hecho el amor con su marido, tan fogosamente como la ocasión lo permitía, después de todo, había un escritor *famoso* en casa, ojearía aquel manual en busca de *algo* de lo que había ocurrido en casa aquella noche y no encontraría absolutamente *nada*. ¿Quién demonios lo había escrito? ¿Y por qué en lo único en lo que pensaba era en (PISTAS DE ESQUÍ)? ¿Cómo podía uno llegar a ser buen vecino de alguien hablándole de pistas de esquí que ni siquiera habían existido?

—No lo entiendo —le diría a su marido.

—¿Eh, *qué*?

—Ese estúpido manual.

—Oh, ese *tipo*.

—Va a ponerse uno de mis vestidos mañana, Russ.

–¿Un, *cómo*? –Rustan se incorporaría en la cama. Habría sábanas verdes por todas partes. Hannah le daría un beso. Le diría (ME GUSTAS, RUSS)–. ¿Por qué?

–Porque eres mi marido, Russ.

–No me refiero a, Han, ¿por qué va a ponerse ese hombre uno de tus vestidos?

–Oh, porque tiene una cita con un *hombre*. ¿Y sabes? Nadie en ese estúpido manual ha pensado que ese tipo pueda tener una cita con un hombre. Tampoco que su mujer pueda dejarle. ¿Por qué nadie ha pensado en *ellos*? –Hannah también había bebido más de la cuenta. Se había abierto una botella de lo que fuese que tomaba el escritor *famoso* mientras se probaba vestidos y *botas*, porque iba a necesitar unas botas, ¿o acaso podía *lucir* sus ridículos zapatos de *escritor* con uno de aquellos maravillosos vestidos *emplumados* suyos?–. Yo no sé por qué, Russ.

–¿No sabes por qué?

–No, y por eso voy a llamarles.

–¡Han!

–¿Qué?

–Es tarde, no habrá nadie.

–Es un teléfono de emergencias, Russ.

Hannah salió de la cama. Descolgó el teléfono. El teléfono estaba sobre una cómoda. Marcó el número de emergencias del manual del (BUEN VECINO BENSON). Russ se llevó una mano a la cabeza, y dijo (¡SHH! ¡HAN! ¡VUELVE AQUÍ! ¡VAN A DETENERNOS! ¿NO OÍSTE A ESA MUJER? ¿LA MUJER DE LOS MANUALES?).

–Buenas noches –dijo Hannah, cuando alguien descolgó.

–¿Quién es usted? –dijo una voz. Era una voz de mujer. Hannah no tenía forma de saberlo pero era la voz de Dobson Lee.

–Hannah Beckerman.

–Me temo que se equivoca –dijo Dobbs.

Dobbs estaba en la cama. Y no estaba sola. Estaba con aquel engreído de Ron Gallantier. El agente *literario* de los Benson. Estaban en mitad de (AH-UH-AH) *algo*.

–¿No hablo con emergencias?

–No –(UH-*uh*-AH).

–Su teléfono es el teléfono que he encontrado en emergencias del Manual del Buen Vecino Benson, ¿cree que pueden haberse *equivocado*?

Dobbs hizo a un lado a Gallantier, y Hannah escuchó un (Sísísísísí-AH-*no-no-NO*) (¡DooooooBbS!), (OH, DEMONIOS) (ES IMPORTANTE, ¿VALE?) (TÓCATE, MALDITA *COSA* INACABABLE) (DAME UN MINUTO) (SON *ELLOS*).

—No —dijo Dobbs.

—¿No?

—No se han equivocado, *disculpe*.

—Oh, siento haber, bueno.

—No importa, dígame, ¿qué pasa? ¿Cuál es la *emergencia*? —Era la primera vez que Dobbs, arrodillada junto a la cama, completamente desnuda sobre la alfombra, respondía a una llamada semejante, ¿y era aquello lo que debía decirse?–. Quiero decir, es, bueno, ¿no están *muertos*, verdad?

—No, no lo están.

Dobbs pensó que aquello le quitaría un peso de encima. Pero no lo hizo. Al contrario, el peso seguía ahí. De todas formas, dijo:

—Bien.

—¿Saben que su manual no está en absoluto preparado para *nada*?

Hannah seguía algo más que ligeramente achispada.

—¿Cómo?

—¿Creen que lo único que puede pasar es que pregunten por el número de pistas de esquí que había aquí o la clase de esquiadores que las *visitaban*?

—Creo que no, eh, la, bueno —Ron estaba tratando de volver a *montar* a Dobbs, y Dobbs estaba propinándole puñetazos y diciéndole que aquello era (IMPORTANTE) que (PARASE DE UNA MALDITA VEZ)—, *entiendo*.

—¿Qué pasa si un Benson deja a otro Benson, eh? ¿Qué pasa si un Benson quiere un vestido de mujer cuando es el Benson *no* mujer? ¿Por qué el manual del buen vecino no ha pensado en nada de eso? Mi sensación, señorita, es que el manual no piensa en los Benson, quiero decir, cree que los Benson están *muertos*, en el sentido de que cree que *nada* puede ocurrirles a *ellos*, ¡y puede ocurrirles *de todo*!

—¿Ha dejado un Benson a otro Benson?

—Sí, pero esa no es la cuestión. La cuestión es que yo no sabía qué hacer cuando abrí la puerta, ¿sabe? Me dejó usted en la *estacada*.

—¿Yo?

—Su maldito manual.

Pero ¿podía algo así *ocurrir*? ¿Podía acaso un Benson dejar a otro Benson? ¿Por qué había dado por hecho que no podía ocurrir? (¡RON!), gritó, (¡LLAMA A BECKS!).

—¿Qué Benson ha dejado a qué Benson?

—Ella le ha dejado a él, pero esa no es la cuestión. La cuestión es que me ha pedido un vestido, y yo se lo he dejado. También le he dejado un par de botas. Son pequeñas pero insiste en llevarlas. Va a destrozarse los pies, pero ha quedado con ese otro hombre y no quiere presentarse allí con zapatos de *escritor*, ¿y por qué no han pensado ustedes en *nada*? Está durmiendo en el sofá, traía una maleta repleta de pijamas.

—¿Frankie?

—El señor Benson.

—Oh, no.

—¿Y qué se supone qué debíamos hacer? Quiero decir, ese hombre ha estado a punto de —Hannah bajó la voz— *besarme*, señorita, ¿y debería haber dejado que lo hiciera? ¿He hecho bien en prestarle el vestido? ¿No hará el ridículo con esas botas? Debería partirse los pies en *dos* para poder *ponérselas*, ¿y si hay alguien vigilando? ¿Tienen a alguien vigilando? Apuesto a que hemos perdido todos esos puntos que nos dan derecho a algún tipo de remuneración pero ¿qué podía hacer? ¡Han olvidado ustedes que esa gente está *viva*! ¡Han olvidado que pueden hacer algo más que preguntar por el número de pistas de esquí que había en ese sitio que se han inventado! ¿Por qué?

Lo cierto era que Dobbs no tenía una respuesta, así que lo que dijo fue que no se preocupara, que de todas formas tendría aquella remuneración, porque había hecho lo correcto, es decir, había llamado al teléfono de (EMERGENCIAS), y le había prestado el vestido, y, bueno, ¿no era aquello ser una buena vecina? (NO PUEDEN HACER ESO), espetó de todas formas Hannah, tironeando de su minúsculo camisón, pensando a la vez en aquel esquiador abandonado y en Frankie Scott, (NO SOMOS MUÑECOS), dijo, y Dobbs estuvo de acuerdo, Dobbs dijo (POR SUPUESTO), y también (LAMENTO LAS MOLESTIAS, SEÑORA BECKERMAN), pero a Hannah aquello le traía sin cuidado, Hannah no podía dejar de pensar en aquel esquiador abandonado que ni siquiera existía, ¿por qué hacían aquello con esquiadores que ni siquiera existían? No estaba bien, no estaba *nada* bien, Hannah habría podido cuidar de él, ¿por qué no habían inventado algo así? Aquella mujer no entendía nada. Aquella mujer decía (¿A QUÉ ESQUIADOR SE REFIERE?), y ella seguía algo más que ligeramente achispada, así que dejaba caer el teléfono, y se restregaba los ojos, y luego se tocaba los labios, y dejaba caer los tirantes de aquel minúsculo camisón, y descendía las escaleras y cuando llegaba al salón se tumbaba en el suelo, a los pies del sofá, y decía (YO CUIDARÉ DE TI) y también (AQUÍ ESTÁS), y estiraba el brazo y tocaba la mano del escritor, y se quedaba irremediablemente dormida y soñaba, claro, que se fugaba con aquel esquiador abandonado, y lo hacían, salvajemente, en todos los cuartos de baño de los restaurantes que visitaban y también ante la chimenea de su acogedora cabaña, y ella a veces llamaba a casa para decir que no la esperasen despierta pero otras simplemente olvidaba que tenía una casa y la casa desaparecía.

Nada de lo que aquella noche ocurriría llegaría a oídos de Francis Violet hasta mucho después. Cuando Francis Violet, elegantemente dispuesto para la ocasión, vio aparecer a Frankie Scott, abrumado ante la certeza de que debía ser, sin duda, (ELLA), convino, en primer lugar, en que no caminaba adecuadamente. Algo debía ocurrirle en los pies. Tal vez estrenase zapatos. No era inconcebible, aunque sí sorprendente, que una mujer tan absoluta, tan brillantemente segura de sí misma, se arriesgase a acudir a una primera cita con un par de incómodos zapatos nuevos. Mucho menos tratándose como se trataba de una primera cita con un escritor al que admiraba lo suficiente como para diseccionar, tan exigentemente como lo había hecho, sus libros. Pero ¿acaso no podía haberse puesto *nerviosa*? ¿No se había puesto él nervioso? ¿Acaso había podido hacer otra cosa desde que había leído aquel ardoroso telegrama que probarse un traje tras otro, un par de zapatos tras otro, y firmar, sin descanso, ejemplares de todas sus novelas, ejemplares con los que cargaba en aquel momento, repleto su maletín de (A MI ADMIRADA ADMIRADORA) y (CON AMOR) y (CON MUCHO AMOR) (CON TODO EL AMOR DEL MUNDO) además de (PARA MI DAMA DEL RIFLE) y (MI QUERIDA Y ATREVIDA LECTORA)? No, no había podido hacer otra cosa, pero ¿qué era aquello? ¿*Plumas*? Oh, ¿y no era en exceso *alta*? ¿Por qué era *tan* alta? Francis levantó el brazo, hizo aletear la mano, sonrió, aunque el labio superior le tembló violentamente cuando lo hizo, ¿y no era aquello un abrigo de *hombre*?

Lo era.

Frankie Benson había creído que le bastaría un vestido de mujer para convertirse en Myrlene Beavers, ¿en qué clase de mundo había *vivido*? Oh, en la clase de mundo, se había dicho, en la que los *bills* te *alimentaban* como si fueras un ridículo bebé. Es decir, en la clase de mundo en la que todo ocurría sin más. Pero allí fuera, en el mundo *sin bills*, podía pasarse hambre. Oh, hambre había pasado aquella noche en el sofá de los Beckerman. Incapaz de *demandar* algún tipo de abundante *cena*, apenas había pegado ojo, temeroso de caer sobre aquella mujer *desnuda* que se había *instalado* a los pies de su *cama*, aquel estrechísimo sofá en el que era imposible *moverse* sin tener la sensación de que se asomaba, fatalmente, a algún tipo de abismo. Aquella *incomodidad* le había llevado a hacer la maleta, aquella maleta repleta de pijamas, a primera hora de la mañana y salir. Había, ya *travestido*, Frankie Benson, recorrido aquella *fría* ciudad, los pies *despedazados* en el interior de aquellas diminutas botas, su abrigo de hombre cubriendo el montón de plumas de su vestido, una peluca rizada tratando de aportarle algún tipo de feminidad a su desgarbada y miope figura, y había buscado, torpemente, un lugar en el que *instalarse* a esperar que el tiempo pasase y también un lugar en el que dejarse *alimentar* y había dado con el Scottie Doom Doom. Se había sentado a una mesa, y había abierto las piernas, y había pedido un filete poco hecho, y un montón de bebida, y Nathanael West había marcado el teléfono de la casa de huéspedes de la señora Raddle y le había dicho a Eileen que había una mujer monstruo en el Scottie.

—¿Me tomas el pelo?

Nathanael contempló a aquella mujer comer. La mujer no utilizaba los cubiertos. Cogió el filete con las dos manos y empezó a morderlo.

–Las mujeres monstruo no existen –dijo Eileen.

–No es exactamente una mujer monstruo, Eilie.

–No tengo tiempo para tus acertijos, Nath.

–No es ningún acertijo, Eilie. Creí haberte oído decir que tenía que ser tus *ojos* aquí ahora que no estás. Que ni se me ocurriera no contarte cualquier cosa que no hubiese visto nunca antes por aquí. Y créeme, nunca había visto a esa mujer por aquí, Eilie.

Eileen resopló, resopló y dijo (ESTÁ BIEN), dijo (ESTÁ BIEN) y se preparó para dar la bienvenida a aquella otra idea, (UNA MUJER MONSTRUO VISITA LA CIUDAD), a su abarrotado cerebro, y la colocó, convencida de que no tendría tiempo de hacer nada más que *especular* al respecto, junto a lo que fuese que (STARKIE) consiguiese, a menos que Nath pudiera *ocuparse*.

Evidentemente, el texto que Nathanael le haría llegar aquella tarde incluiría una desastrosa cita entre la mujer monstruo y el forense ficticio Simon Raymonde. Eileen lo leería al menos seis veces sin entender absolutamente *nada*, es decir, contemplaría las frases y la posibilidad de que juntas estuviesen tratando de comunicarle *algo*, pero no acertaría a descubrir el qué. De todas formas, abrumada aún por aquel montón de *cosas* que, poco a poco, iban encontrando su lugar en aquel *milagroso* montón de otras páginas que iban a constituir la edición del día siguiente del *Doom Post*, acabaría colocándola en una de ellas, y se diría (OH, QUÉ MÁS DA) y también (QUIZÁ ALGUIEN LO ENTIENDA) porque era probable que su cabeza tuviese demasiado en que pensar en aquel momento. Acababa de *acostarse* con Johnno McDockey, y de repente le parecía que todo, cualquier cosa, era posible, no porque se hubiese acostado con él, después de todo, ya lo había hecho en una ocasión, y no estaba especialmente orgullosa de ello, sino porque su vida estaba en aquel momento tan lejos de cualquier cosa que hubiese sido su vida el día anterior que era incapaz de reconocerse, ¿y era así como vivía Kirsten James? ¿*Aplastando* cualquier tipo de relato que se hubiese estado *construyendo* a su alrededor? Ese había sido el enfoque

que había dado a su artículo, su *único* pero minucioso artículo sobre la *vuelta* de Madeline Frances, y aquella exposición (¡GRAN EXPOSICIÓN!) (¡POSTALES DEL MUNDO!) (¡PASE, VEA Y PUJE!) (¡NO TODOS LOS DÍAS SE TIENE LA OPORTUNIDAD DE DECIDIR HASTA DÓNDE PUEDE LLEGAR UN SIMPLE CUADRO!), y, por supuesto, su *impulsora*, la siempre lista para *borrarse* y volverse a *dibujar* Kirsten James. Lo había escrito desnuda de cintura para arriba, aquella pelota de golf sobre la mesa, Johnno McDockey dormitando en su pequeño catre, los copos de nieve estrellándose contra la ventana, algo de música sonando, una tenue luz convirtiendo aquella habitación de paredes forradas de posibles páginas de inacabables ediciones del *Doom Post* en una cabaña aislada en algún tipo de otro mundo en el que nada había sido como era antes.

—¿SEÑORITA BEAVERS? —gritó, entusiasmado, McKisco, incapaz de creerse lo que veían sus ojos, (¡OH, AQUELLA MUJER!) (¡AQUELLA MUJER MARAVILLOSA!) (¡ERA UNA MUJER ENORME, CAMINABA *EXTRAÑAMENTE* PERO ERA IGUALMENTE MARAVILLOSA!)—. ¿*MYRLENE*? ¿*ES USTED*?

Tratando de sonreír, los labios ligeramente *mal* pintados, pues había dudado tanto sobre qué cuarto de baño utilizar en aquel sitio del camarero *patinador* que había acabado encerrado en una cabina, junto al retrete, pintándose a ciegas los labios, temeroso de que a la salida se topase con un hombre o una mujer, ni siquiera sabía qué había elegido, y el hombre o la mujer le mirasen como si estuviese *robándoles* algo por ser aquella *desordenada* civilización *andante*, Frankie Benson se aproximó, una mano enguantada tendida en dirección a aquel hombre, aquel *perfumado* y enternecedoramente inofensivo escritor sin lectores, aquel otro *insalvablemente* encantador Henry Ford Crimp, tan absolutamente perdido en la idea de ser él mismo que había, sin saberlo, suprimido toda comunicación con el mundo exterior, y no se atrevió a abrir el pico, no abrió el pico por miedo a ser *descubierto*, allí mismo. Después de todo, Myrlene no era en absoluto una mujer *encantadora*, era, por el contrario, alguien que se limitaría a observarle, le miraría, prejuiciosamente, de arriba abajo, y consentiría en estrechar, claro, aquella mano, como lo estaba haciendo, como lo *hizo*, irreprimiblemente conmovida por su calidez.

—ESTE MALDITO TIEMPO, ¿VERDAD? —gritó McKisco, su voz alzándose por entre la inclemente ventisca, su mano despidiéndose de aquella *aterciopelada* mano enguantada, su mirada deteniéndose más de la cuenta en los *falsos* pechos de Frankie Scott, apenas un par de nada adecuadas, por su pequeñez, *manzanas*, sujetas a la altura debida por un incómodo sujetador, y *envueltas* en calcetines y quién sabía qué más, oh, aquella mujer de veras se había empleado a fondo—. ¿LE APETECE UN CAFÉ? HE PENSADO QUE PODRÍAMOS TOMAR UN CAFÉ —gritó el escritor, a lo que Myrlene respondió con un poco entrenado (sí), y era un (sí) ligeramente aflautado pero de todas formas *basto*, era un (sí) *impositivo*, se dijo McKisco, la clase de (sí) que había esperado oír de la boca de aquella mujer que, después de todo, parecía más peluda de lo que había esperado, ¿o no tenía su cutis cierto aspecto *barbudo*?—. NO TENEMOS MÁS QUE CRUZAR LA CALLE —gritó el escritor—. DÉJEME AYUDARLA —gritó, pero Myrlene, aquella pequeña maleta repleta de pijamas en una mano, se dirigió, tan resueltamente como pudo, al otro lado de la calle, y entró en la cafetería, y *odió* con todas sus fuerzas aquel par de medias que habían *descendido* lo suficiente como para complicarle aún más el trastabillante caminar, y lo cierto era que, pensó, debía tener un aspecto horrible, con aquel vestido emplumado y luego, su chaleco de tweed, y el cuello *alto*, porque, oh, la cantidad de *pelo* que dejaba al descubierto aquel escote era *inconcebible*, y después de todo, ¿en qué había estado pensando con aquel asunto del vestido? ¿No podía Myrlene Beavers *vestir* como un *hombre* y parecer un *hombre*?—. ¡ESPÉREME! —gritó McKisco, corriendo tras el tambaleante Frankie Benson, que no se detuvo hasta que no estuvo debidamente instalado en el reservado más parcamente iluminado de la cafetería que no era exactamente una cafetería sino aquel sitio en el que Sam y Bill se reunían por las noches, el adusto y poco aconsejable, y a salvo de todas las miradas, Stower Grange.

—Oh, déjeme decirle lo *afortunado* que me siento de que esté, eeeeh, *aquí.* —McKisco tomó asiento—. Esto es nuevo para *mí*, y bueno —abrió su maletín y colocó sobre la mesa aquel montón de viejas ediciones de sus libros— me he permitido *dedicarle* algunas de mis *novelas.* —Frankie Benson trató de contemplarlas. No había mucho que pudiera ver. Tenía las gafas en la maleta. No podía presentarse ante aquel tipo con aquel par de gafas. Aquel par de gafas no eran las gafas que habría llevado Myrlene Beavers. Pero ¿acaso no era él Myrlene Beavers? ¿Por qué no podía llevar aquel par de gafas?–. Espero que no le importe. ¿Quiere un café? Haré que nos sirvan un café, ¿o quiere una copa?

Frankie Benson quería un *bill*. También quería no estar sentado de la manera en que estaba sentado. Era consciente de estar abriendo en exceso las piernas. Por fortuna, aquel tipo era incapaz de ver otra cosa que lo que fuese que estuviese imaginando. Le miraba extasiado. ¿Qué demonios veía? Se ensimismaba indisimuladamente con aquel par de pequeños pechos, y cuando no se ensimismaba con sus pechos lo hacía con sus labios, y a lo mejor no había hecho tan mal trabajo en aquel cuarto de baño, a lo mejor se los había pintado como era debido. Frankie Benson se imaginaba a sí mismo diciéndole a Becks que no iba a poder creérselo pero que, después de todo, era un estupendo *pintalabios*, y ella le diría algo horrible, pero a él le traería sin cuidado porque no tendría que volver al sofá de los Beckerman, pero ¿acaso iba a volver? ¿No había *dejado* a *Becks*? Oh, Becks, se lamentó, echándola terriblemente de menos, diciéndose (¿QUÉ DEMONIOS HAGO AQUÍ, BECKS?) pero negándose a darse por vencido, diciéndose también a continuación, (NO DEJES QUE TE ARRUINE TAMBIÉN ESTO, ESTÚPIDO).

–Una, eh, *copa*, sí, de cualquier cosa pero una *copa*, señor, eh, McKisco.

Feliz, el escritor llamó al camarero y pidió dos copas de algo, dijo, *dulce*, lo que el camarero interpretó como lo que pareció algún tipo de *repugnante* anís del que, sin embargo, Frankie Scott dio buena cuenta en cuanto le fue servido, pidiendo sucesivos vasos llenos hasta los topes, lo que le provocó una velocísima borrachera que le nubló por completo el entendimiento, y, allí donde McKisco esperaba encontrar a una *cirujana* de su *obra*, encontró a una *enorme* alma en pena, la enorme alma en pena que quizá había, todo el tiempo, escondido aquella singular y ridículamente vestida mujer, que, no siendo, aparentemente, un hombre, hablaba de sí misma como tal. Decía, por ejemplo, y sorbía al hacerlo, *gimoteaba*, como un gatito pintarrajeado y desamparado, que no era *nada* sencillo ser un escritor *de éxito*. Al menos, no aquella clase de escritor de éxito. La clase de escritor de éxito a quien el éxito *detestaba*. (LA FAMA ME ABORRECE), decía, y echaba mano de la manga de lo que parecía una camisa de *pijama* que había sacado de la maleta, y se (¡BRRRRRRR!) *sonaba*. (LA FAMA NO QUIERE TENER NADA QUE VER CONMIGO), decía también, y, asombrado, McKisco le palmeaba la espalda, aquella espalda que parecía *acolchada* por aquel montón de *plumas* que sobresalían del chaleco de tweed y cubrían, desacompasadamente, el jersey de cuello alto con el que Myrlene mantenía *a salvo* de su mirada su escote y aquella piel que de ninguna manera McKisco podía imaginar cubierta de pelo. Trataba de consolarla, sí, pero a la vez trataba de que no olvidase lo que la había traído a Kimberly Clark Weymouth, es decir, su *admirable* obra, y quería saber qué le había parecido que Lan estuviese distanciándose de la propia idea de sí mismo luciendo todo tipo de sombreros a juego con sus calcetines y que Stan Rose hubiese empezado a desear abandonar aquellos *batallantes* viajes en tren y desplazarse en su propio coche, solo, ¿y los muertos? ¿Le parecía que debían poder contarles cosas de vez en cuando? ¿Debía rescatar a Dorothea Atcheson, la *médium*? ¿Debía no sólo rescatarla, sino convertirla en una especie de *protagonista*? ¿Y si dejaba descansar por un tiempo a cualquiera de los dos y lo sustituía por ella? Myrlene le miraba a los ojos, y decía que le picaba la cabeza, y se rascaba, y McKisco entonces contemplaba los vaivenes de aquel montón de rizos que no parecían rizos *de verdad* sino apenas un montón de algo *sintético*, y le repetía que le disculpase pero que debía aclararle una vez más que *La dama del rifle* no tenía nada que ver con «aquel abominable chicle teledramático» de *Las hermanas Forest investigan* a menos que (OH, NO) el alcalde Jules tuviese la culpa porque ¿quién le decía a él que las ideas con las que se topaba en mitad de la noche no habían sido depositadas en aquel suntuoso recodo del bosque en el que él las había encontrado por aquel *seguidor* de las hermanas Forest?

–¿Qué? –dijo aquella mujer, que (¡POR FIN!) le prestaba atención, que le estaba (¡MIRANDO!), que había dejado de lamentarse, que se había servido otra copa de aquella cosa horrible, y le había servido una a él, (¡A ÉL!), y parecía estar esperando algo, y él pensó que debía dar un paso al frente, un definitivo y temerario paso al frente, así que tomó una de aquellas manos *velludas* entre las suyas, y dijo (ES PROBABLE QUE TUVIESE USTED RAZÓN) pero (NADA DE ESO IMPORTA AHORA) porque (A LO MEJOR PODRÍAMOS FUGARNOS), (USTED Y YO), a lo que Frankie Benson, la mirada nublada por el alcohol, respondió con una (¡JA!) sonora, estentórea carcajada.

Y si bien McKisco se mostró divertido al principio, y hasta la *acompañó* con una propia, cuando lo que siguió a aquella primera carcajada fue una *cortina* inacabable de ellas, empezó a *encogerse* en su rincón del reservado, y a no obviar que aquello que cubría la mandíbula de su *amada* Myrlene no sólo parecía sino que era *barba*, una barba de puede que *días* que Frankie Scott no se había molestado en *rasurar* por falta de tiempo, oh, y por haber creído que con el vestido era *suficiente*, que le bastaría un *bonito* vestido para ser Myrlene Beavers, y cuando estaba a punto de levantar la voz y decir que no le parecía divertido, que nada de aquello era en absoluto (GRACIOSO), aquella escritora de esplendorosos telegramas, se quitó *parte de la cabeza*, o así lo percibió en un primer momento McKisco cuando la vio llevarse la mano a la cabeza y *arrancarse* aquel montón de *rizos*, y dijo (CLARO, ¿POR QUÉ NO?) y (PERO ANTES DÉJEME DECIRLE ALGO) (LA VERDADERA MYRLENE NO TIENE ESTE ASPECTO) (NO TIENE, EN REALIDAD, NINGÚN ASPECTO) (PODRÍA FUGARSE USTED CON ELLA) (YO NO SE LO DIRÍA A NADIE) (YO ESCRIBIRÍA TELEGRAMAS EN SU NOMBRE) (Y A LO MEJOR SE VOLVÍA USTED FAMOSO) (TAN FAMOSO COMO UNO DE ESOS RIDÍCULOS BENSON) (¿HA OÍDO HABLAR DE ELLOS?) (NO HACEN MÁS QUE DISCUTIR) (COMO SUS PERSONAJES) (DISCUTEN TODO EL TIEMPO) (Y A VECES SON FELICES) (Y A VECES CREEN QUE YA NO LO SON) (Y ENTONCES HACEN COSAS ESTÚPIDAS COMO SALIR DE CASA CON MALETAS REPLETAS DE PIJAMAS Y DORMIR EN INCÓMODOS SOFÁS TEMIENDO CAER SOBRE MUJERES DESNUDAS) (CUANDO LO ÚNICO QUE DESEAN ES VOLVER A CASA) (OH, DISCÚLPEME), se puso en pie, dio un paso hacia algún lugar, estuvo a punto de caer, se apoyó en una silla, se quitó las botas, suspiró, dijo (ES USTED UN GRAN ESCRITOR) y (NO DEJE DE SER UN GRAN ESCRITOR NUNCA), y también (OLVIDE ESE ASUNTO DE LAS CHICAS FOREST) (SÓLO ESTABA TRATANDO DE TOMARLE EL PELO), dijo, y a McKisco dejó de importarle su aspecto, el montón de rizos sobre la mesa, el que le estuviese *abandonando*, porque no iba a irse a ninguna parte, a lo mejor hasta podía quedarse con él para siempre, a lo mejor hasta podían pasar, cada vez, las vacaciones juntos, en algún soleado y apasionante lugar, porque puede que no existiese pero para él iba a existir de todas formas, y nunca se iría a ninguna parte, como se había ido su mujer, como se había ido Mina Kish Mastiansky, como se había ido Cheryl Carrabino, como se iría, sin duda, aquella condenada jefe Cotton, porque únicamente iba a existir en forma de *misiva*, porque podía volver a casa y escribirle un telegrama, ella le contestaría, porque lo haría, ¿verdad? (OH, SÍ), contestó Frankie Scott, antes de tirar de la puerta y salir, tambaleándose, los pies envueltos únicamente en aquellas, por fortuna, *gruesas* medias, (ESCRÍBAME), dijo, (NO DEJE DE ESCRIBIRME), y, (SÍ) (RESCATE A DOROTHEA ATCHESON) (ADORO A DOROTHEA ATCHESON) (¿Y SABE QUÉ?) (JODIE FOREST *TAMBIÉN*).

36

En el que Madeline regresa a (¡WEYMOUTH!) y descubre que 1) su marido está muerto 2) su casa parece un parque de atracciones y 3) Louise Cassidy Feldman no ha sido nunca tan (VALIENTE)

Aquella mujer, su *marchante*, algo llamado *Guy*, *Guy* Hunnicutt, había querido saber la hora exacta de su llegada a Kimberly Clark Weymouth y también si disponía de ropa de abrigo suficiente para lidiar con el frío de aquel lugar. Madeline Frances, el billete de autobús recién comprado en una mano, el teléfono en la otra, le había confirmado una hora de llegada, una hora que iba a obligarla a viajar durante buena parte de la noche, y le había recordado que no estaba dirigiéndose a un lugar que no conociese sino a *su* ciudad. Aquella mujer, su marchante, le había dicho que por supuesto, pero que hacía demasiado que no pisaba *su* ciudad, y puede que las cosas hubiesen *empeorado* desde que ella se había *marchado*, y que de todas formas, sólo pretendía ser amable y *prevenirla*. Madeline la había tranquilizado asegurando que las cosas no podían haber empeorado *tanto*, porque tampoco hacía *tanto* que no pisaba su ciudad, ¿y acaso las ciudades *cambiaban*? ¿Se volvían, *qué*? ¿Más inclementes?

—Luego está ese otro asunto —había dicho aquella mujer, su marchante.

—¿Qué otro asunto?

—El asunto de su familia.

—Oh, ¿es un *asunto*?

—¿Cuándo va a solucionarlo?

Madeline Frances era incapaz de recordar en qué había consistido exactamente su vida en Kimberly Clark Weymouth, pero de todas formas había dicho que lo solucionaría. Luego había subido a un autobús en mitad de la noche, y llevaba consigo una maleta. Era una maleta pequeña. La había mirado, sentada en su asiento. La maleta ocupaba el asiento contiguo. No parecía la maleta de alguien que tuviese una familia. Pero ella tenía una familia. ¿Tenía una familia? El cerebro de Madeline parecía huir en todas direcciones, y en todas a la vez. ¿A dónde iba? Un día había estado pintando en aquel estudio, y la *nada* la rodeaba como un *confortable* manto, y la mecía, y los días, recordaba, eran siempre el mismo día, y si en algún momento algo le había resultado del todo dolorosamente insoportable, se había ovillado en el suelo enmoquetado y había cerrado los ojos y se había dicho que nada de aquello era cierto. No era cierto el recuerdo de las manitas del pequeño Bill y aquella descuidadamente noble, profunda devoción suya, ni era cierto *Rand* y su encantadoramente ingenuo entusiasmo, ni su sonrisa, tan curiosamente mágica, ni su incapacidad para hacer otra cosa que el *bien*, un distraído *bien* que se negaba a creer en la existencia de ningún tipo de *mal. Proyecciones*, se decía, cuando acudía a la oficina postal de aquel otro sitio, (WILLAMANTIC), en realidad, Lurton Sands, y escribía la dirección de su casa (MILDRED BONK, 39), en las cajas repletas de cuadros que enviaba, sabiendo perfectamente quién iba a recibirlas, pero pretendiendo que no lo hacía, pretendiendo que Randie y Billy habían existido, lo estaban haciendo o lo harían, en alguna otra dimensión en la que ella podía, a la vez, pintar y llevar la clase de vida que llevaba en Kimberly Clark Weymouth, es decir, la clase de vida que lleva una madre que no acaba de creerse que sea madre. Se había escrito a sí misma al menos dos cartas. También había imaginado lo que diría si un día llamaba por teléfono a casa. (SOY YO), diría, (ESTOY EN ALGUNA PARTE), diría también, (ESPERANDO). A lo mejor, había pensado, la que descolgaba era ella misma. ¿Podía ella misma descolgar en alguna otra parte si estaba allí? Por supuesto, pensaba. ¿Acaso iban a estar Bill y Rand *solos*? No podía haberlos dejado solos. No los había dejado solos, ¿verdad? No, no lo había hecho. Aquello estaba ocurriendo en alguna otra parte. Era un *desvío*. Y ella era una versión de sí misma, ¿no era una versión de sí misma? Entonces ¿qué ocurriría cuando regresase a Kimberly Clark Weymouth? ¿Se toparía con aquella otra Madeline Frances que no había ido a ninguna parte? Pero aquella Madeline Frances era también *ella*, así que no iba a toparse con *nadie*, volvería a casa y *nada* habría pasado, porque puede que hubiese pasado demasiado tiempo, oh, eso estaba dispuesta a admitirlo, pero aquella otra *yo* que no había ido a ninguna parte se había estado ocupando de su familia mientras ella *pintaba*, y los cuadros estarían por todas partes, y (KEITH) nunca habría existido, o lo habría hecho como aquel montón de intactas posibilidades en las que aún pensaba cuando pensaba en (KEITH).

Dormitaba Madeline, su peludo abrigo colgando del compartimento superior, ningún pincel aquella vez en el bolsillo de la camisa, un nudoso cárdigan marrón encima, cuando el autobús pasó junto al Lou's Café y se adentró en Kimberly Clark Weymouth. Fue hacerlo, y como si alguien le hubiera susurrado un (DESPIERTA), Madeline abrió, descuidadamente, los ojos, vio algo parecido al sol brillar ligeramente por entre aquel montón de copos de nieve, lo vio brillar sobre la fachada de Frigoríficos Gately, y por un momento era otra vez aquel otro día, y estaba alejándose de allí, y aún no era una idea, aún era Madeline Frances. (¡WEYMOUTH!), vociferó el conductor, y no estaba yéndose, estaba llegando, había *llegado*, el autobús iba a detenerse en la estación, y ella iba a encontrarse con *su* marchante, porque tenía una marchante y era una marchante que quería vender sus cuadros, que había, incluso, conseguido un lugar en el que poder hacerlo y obvió, aquella idea de sí misma, que todos aquellos cuadros que iban a formar parte de (¡LA PRIMERA Y ÚNICA RETROSPECTIVA SUBASTA DE LA ARTISTA MÁS PROLÍFICA DE KIMBERLY CLARK WEYMOUTH!) (¡POSTALES DEL MUNDO!) (¡GRAN EXPOSICIÓN!) (¡PASE, VEA Y PUJE!) (¡NO TODOS LOS DÍAS SE TIENE LA OPORTUNIDAD DE DECIDIR HASTA DÓNDE PUEDE LLEGAR UN SIMPLE CUADRO!) debían haber sido sacados por ella misma del número 39 de Mildred Bonk, y ¿acaso podía existir alguna otra ella misma que hubiese *cerrado* el trato? (¡WEYMOUTH!), repitió el conductor, y el autobús se detuvo al fin, y Madeline se apresuró a recoger sus cosas, y observó, antes de poner un pie en aquel gélido lugar, a dos mujeres en el andén. Una de ellas llevaba un rifle, la otra era aquella mujer, su marchante. Detrás de ellas, a escasos metros, lo que parecía un pequeño ejército de otras mujeres, ataviadas en su mayoría con lo que parecían *trapos*, en realidad, un montón de jerséis y abrigos *viejos*, de colores nauseabundamente *pardos*, y también, *rifles*, no perdía detalle de la pareja. Madeline se puso su gorro rojo, y decidida a reencontrarse con lo que fuese que había quedado de ella allí, bajó del autobús, y fue ampulosamente recibida por *Guy*, mientras se preguntaba si no podía ocurrir que aquella idea que había sido ella misma hasta entonces, la idea que había *vivido* en aquel pequeño estudio de la calle Ottercove, estuviese ocupando en aquel preciso instante su lugar, *superponiéndose* a aquella otra Madeline Frances que no había ido a ninguna parte, y a nadie, ni siquiera al pequeño Bill, le extrañase volver a verla.

Evidentemente, la respuesta era no.

Algo así no podía ocurrir.

Pero el cerebro de Madeline estaba demasiado solo allí dentro, y era un cerebro terco y en cierto sentido estúpido, ilusamente ridículo, y siguió diciéndose que nada de aquello estaba pasando como lo hacía en realidad, y por eso saludó, ella también, tan efusiva y ampulosamente como le fue posible a aquella mujer, su marchante, y a aquella otra mujer, la mujer del rifle, las abrazó, estrechó luego sus manos enguantadas con sus manoplas, sonrió, y dijo (ENCANTADA) y (ES UN PLACER) y cuando preguntó por aquella pequeña *troupe* de mujeres que parecían estar siguiéndolas, que, de hecho, en aquel momento, habían empezado a fotografiarlas y agitaban en sus manos lo que parecían *pañuelos*, en realidad, hojas en blanco que esperaban ser autografiadas, Kirsten James, embutida en un velludo mono de cuero, sólo quiso saber si seguían ahí.

—Oh, sí, ahí siguen, *querida* y van *armadas* –dijo Gayle Hunnicutt, a quien no le había gustado en absoluto el asunto del rifle, ¿por qué demonios tenía que salir armada? (OH, NO VOY ARMADA), le había dicho ella, (SÓLO ES UN *COMPLEMENTO*) (¿NO HAS OÍDO HABLAR DE LOS COMPLEMENTOS?) (*POR SUPUESTO QUE HE OÍDO HABLAR DE LOS COMPLEMENTOS, PERO SIEMPRE QUE PIENSO EN UN COMPLEMENTO, PIENSO EN UN PAR DE PENDIENTES*) (OH, NO ME GUSTAN LOS PENDIENTES, O NO ME GUSTAN TODO EL TIEMPO) (PERO CON ESTO ME SIENTO COMO CUANDO ERA NIÑA) (CUANDO ERA NIÑA TENÍA UNA ESCOPETA DE JUGUETE Y ME CREÍA INVENCIBLE CUANDO LA

LLEVABA ENCIMA Y LO HABÍA OLVIDADO HASTA QUE EMPECÉ A CAZAR PATOS) (¿*CAZAS PATOS?*) (PATOS DE GOMA)–. Como *tú*.

–Oh, ya te he dicho que yo no voy armada, Hunnicutt.

–Claro, tú sólo estás siendo *niña*.

Gayle Hunnicutt había tratado con todo tipo de artistas engreídos, y también, con todo tipo de compradores engreídos, pero jamás se había topado con algo parecido a aquello porque jamás se había topado con alguien que fuese tan admirablemente enorme sin tener la más remota idea de estar siéndolo. Para aquella, en todos los sentidos, descuidada y tosca *estrella*, aquel montón de mujeres que la seguían a todas partes no eran más que un montón de mujeres que la seguían a todas partes. En ningún momento se había preguntado por qué ni había tenido la sensación de ser ni lo más remotamente *importante* para ellas. Es decir, ella las miraba, veía todos aquellos rifles *idénticos* al suyo, veía aquel montón de ropa con aspecto de *trapos* que era lo que aquellas mujeres entendían por ropa de *caza*, y no entendía que lo único que pretendían aquellas mujeres era *gustarle*, ser *aceptadas* por aquel, oh, Gayle Hunnicutt tenía que decirlo o *ardería*, (ENGENDRO) de mujer, porque ¿no llevaba ella misma un buen rato pensando en que debería dar la vuelta e irse por donde había venido si no quería acabar siendo el hazmerreír de aquella fábrica de marchantes de la que procedía? Porque a Gayle Hunnicutt le gustaba su trabajo en la medida en que no sólo le permitía *cazar* todo tipo de *suculentas* piezas que, allá en la ciudad de la que venía, eran sumamente *apreciadas*, sino que también la colocaban, durante los días en que la obra de aquel tal artista engreído estaba siendo *despedazada*, en el mundo, astronómicamente opulento, de sus futuros *clientes*, los verdaderos *cazadores* de aquellas piezas, los que presumirían de ellas en adelante, y las exhibirían en las paredes de sus ostentosas mansiones, pero ¿acaso había algo de que disfrutar en el universo, minúsculo y *bruto*, de aquella *supuesta* celebridad? ¿Era posible que ni siquiera tuviese agua corriente?

–Oh, ¿no? *Vaya* –diría Mavis Mottram, si se enterase. Lo siguiente que haría, por supuesto, sería dejar de tener agua corriente en casa–. Supongo que eso quiere decir que van a volver a *llevarse* los depósitos, ¿sabe usted si van a volver a llevarse los depósitos?

–¿Qué *depósitos*? –diría una perpleja Gayle Hunnicutt cuando Mavis Mottram se enterase. Sería la propia Gayle quien se lo contase. Iría hasta allí y se lo diría. Le diría que aquella mujer ni siquiera tenía agua corriente y ella empezaría a hablarle de *depósitos*.

–¿No se almacena el agua en depósitos cuando no se tiene agua corriente?

–¿De veras piensa almacenar agua en depósitos para no tener agua corriente?

–Por supuesto.

–¿Por qué? Quiero decir, *¿qué les pasa?* ¿Por qué la *siguen*? ¿Por qué harían algo tan *horrible* como dejar de tener agua corriente para acercarse más a *ella*? ¿Con qué fin? ¿Qué demonios les pasa? ¿Es algún tipo de *encantamiento*?

–Oh, JO JO JOU, ¿encantamiento, dice?

La admiraban, decía, porque no era como ninguna de ellas. Decían, (OH, ELLA NO ES COMO NINGUNA DE NOSOTRAS) (LE TRAE TODO SIN CUIDADO), decían, así que compraban *rifles* y vestían aquella ropa que era un montón de *trapos* y fingían cazar patos de goma para dejar de ser lo que eran, para *liberarse*.

–¿No teniendo agua corriente?

(NO TIENES MÁS QUE DECIR QUE HAS OLVIDADO HACER UNA LLAMADA) (CUANDO HAGAS LA LLAMADA, ALGO IMPORTANTE HABRÁ OCURRIDO EN ALGUNA OTRA PARTE Y TENDRÁS QUE IRTE) (TE IRÁS Y NO VOLVERÁS) (PUEDES LLAMAR A ESA TAL GLOSCHMANN) (LA ENCARGADA DEL MUSEO) (Y PEDIRLE QUE TE SUSTITUYA), exacto, eso haría, pensó Gayle, le pediría a aquella tal Gloschmann que la sustituyera en la subasta, le daría alguna que otra indicación, y volvería a casa, volvería a casa y aquello nunca habría pasado, cuando alguien le hablase alguna vez de Kirsten James, ella diría (¿KIRSTEN QUÉ?), porque, después de todo, ¿acaso eran aquellos cuadros algo del otro mundo? ¿Cómo podían serlo si la única persona que parecía haberse enamorado de ellos vivía en una cabaña inmunda sin agua corriente?

–He olvidado hacer una llamada –dijo Gayle.

–Yo también –dijo Kirsten.

–No, tú no.

—¿Por qué yo *no*?

—Porque tú tienes algo que decirle a Madeline, *Kirsten*.

Aquello podía haber tenido algo de excéntrico y, sin duda, en un primer momento, cuando aún no había puesto un pie en aquella casa sin agua corriente, llegó a creer que no haría sino aumentar el valor de aquellos cuadros, porque, después de todo, se trataba de Kirsten James, y, bueno, puede que no estuviese dejando en aquel momento a un senador por su secretaria, como había hecho en el pasado, provocando un revuelo de proporciones *bíblicas*, pero estaba dejando a un francamente atractivo poeta nadador por una *pintora* maldita y chiflada que bien podría haber sido su madre. Es decir, estaba dejándose llevar por uno de aquellos *arrebatos* James que volvían *majara* a la prensa. ¿Y podía aquello *ayudar* a que el precio de sus cuadros fuese aún más elevado de lo esperado? Sin duda, se había dicho entonces. Pero luego había entrado en aquella cabaña y Kirsten estaba entusiasmada, Kirsten gritaba y daba vueltas por la casa feliz porque aquella chica había desbloqueado la subasta, y por fin conseguiría a *Keith*, y Johnno podía irse al infierno porque a lo mejor ella era como aquella ardilla y debía atreverse a cruzar el maldito *río*, ¿no era ella como aquella condenada ardilla? Ella cruzaba el río, había dicho, lo cruzaba todo el tiempo, pero parecía que lo único que importaba era aquel estúpido río, es decir, parecía que lo único que importaba era lo que hacía, sus, oh, *chifladuras*, ¿y no la había *comprendido* aquel cuadro *mejor* de lo que *nadie* la había comprendido *jamás*? ¿No estaba, Maddie Mackenzie, oh, *Frances* Mackenzie, describiendo, con aquel cuadro, la *tragedia* de su vida? ¿Y cuál era ésta, si podía saberse? ¡La tragedia de su vida era que ella no existía! ¡Lo único que existía era ese maldito río! Kirsten James consideraba que eran sus *brutales* y nada meditadas, sus salvajes decisiones, lo único que el mundo sabía de ella. Es decir, el mundo conocía a *Keith*, el río que ella, esa ardilla estúpida que ni siquiera *importaba* en el cuadro que, sin duda, *protagonizaba*, pensaba *cruzar*, pero ¿acaso sabía algo de ella? ¿Qué sabía de ella? Oh, todas esas cosas que hago, se había dicho, ni siquiera sé por qué las hago, se había dicho también, y luego ¿lo sabrá esa mujer? ¿Lo sabrá *Frances* Mackenzie? Gayle no había sabido qué responder a aquello así que le había preguntado por el cuarto de baño, quería lavarse las manos, había dicho, porque le había parecido que había tocado algo que no debería haber tocado y Kirsten le había señalado un cubo en el suelo y había dicho (AHÍ), y Gayle había metido una mano y luego la otra y había echado de menos la ciudad, y el nido de arpías de la fábrica de marchantes y su vida, ¡su vida!, y se había dicho (LARGO DE AQUÍ, HUNN).

—Lo he pensado mejor —dijo Kirsten. Parecía nerviosa. Se tocaba el labio inferior. Se ceñía la escopeta a la espalda. Irradiaba algún tipo de extraña fuerza y a la vez parecía estar a punto de evaporarse—. He pensado que no voy a volver a cruzar *nada*, Hunnicutt.

—¿Cómo?

—¿Va todo *bien*? —Ésa era Madeline. Sonreía y miraba a aquella mujer, su marchante, y luego miraba a Kirsten James, y no podía evitar escuchar el murmullo de aquel batallón a sus espaldas, (OH, MIRA, ¿NO ES MADELINE?) (¿MADELINE FRANCES?) (¿HA VUELTO?) (NO PUEDE SER ELLA) (¿QUÉ DEMONIOS HACE AQUÍ?) (¿CÓMO SE ATREVE?) (¿CÓMO QUE CÓMO SE ATREVE, NO HABÍA *MUERTO*?) (¡SE FUE DE CASA!) (¿A DÓNDE?) (CONOCIÓ A UN TIPO) (¿LA MUJER DE RANDAL PELTZER?) (OH, ESE POBRE TIPO) (¿CUÁNTO HACE QUE MURIÓ?)—. No —dijo, y pareció que ella misma se respondía, pero en realidad respondía a lo que había oído, y ¿de veras habían dicho lo que habían dicho? Randal no había muerto, ¿cómo podían ser tan condenadamente *crueles*?—. Disculpad —dijo, apartando a las dos mujeres, abriéndose camino entre ellas, ni un solo copo de nieve cayendo del cielo hasta cierto punto de un blanco azulado aquella mañana, las caras de Mavis Mottram, Glenda Russell, y todas las demás, incluida una desorientada Bertie Rickles, desfigurándose a medida que se acercaba, empalideciendo como si, en vez de una mujer que acabase de bajar de un autobús con una pequeña maleta y manoplas fuese un fantasma, y uno airado y terrible, uno monstruoso, y empezaron, los rifles a la espalda, a retroceder, pero Madeline apretó el paso, apretó el paso, y dijo, gritó (¡UN MOMENTO!) (¡QUIETAS!)—. ¿*Mavis*?

—Oh, ¿*Madeline*?

Mavis Mottram podía haber fingido no saber de qué le hablaba. (¿QUIÉN ES USTED?), podría haber dicho, y (ME TEMO QUE

NO NOS HAN PRESENTADO), después de todo, había pasado demasiado tiempo, y Madeline Frances no era exactamente Madeline Frances, oh, bueno, puede que mantuviese intacto su atractivo *bohemio*, aquel desencaje que la había mantenido *al margen* de todas sus reuniones, aquellos improvisados encuentros en los que no hacía otra cosa que hablar de Kirsten James, pero sin duda había perdido parte de su *encanto* lo que, para Mavis Mottram, equivalía a decir que había *envejecido*. Pero ¿acaso quería perder la oportunidad de, no sólo apropiarse de aquel suculento *bocado*, nada menos que el regreso de la ingrata Madeline *Peltzer*, sino, en algún sentido, *acercarse* a Kirsten? Pues ¿no acababa de recibirla? ¿No parecía que había estado esperándola? ¿Y por qué, por todos los dioses *congelados*, aquella *espantosa* mujer tenía a Kirsten comiendo de su mano? ¿Estaba Kirsten *comiendo de su mano*? Si quería descubrirlo no podía fingir que no sabía con quién hablaba.

—He oído lo que has dicho.

—Oh, ¿*qué*? —Mavis miró a su pequeño batallón. Se colocó una mano enguantada bajo el mentón. Volvió a mirar a Madeline—. Me temo que no sé a qué te refieres. Quiero decir, las chicas y yo estábamos preguntándonos si eras *tú*. ¿Cuánto tiempo hacía que no *pasabas* por *aquí*? Por un momento nos ha parecido *imposible*.

Mavis Mottram estaba acostumbrada a gustar. Parpadeaba coquetamente sin descanso, parpadeaba coquetamente hasta en un momento como aquel, que nada tenía de *coqueto*. Su sonrisa era, de alguna forma, exclusiva. Te excluía. Te decía (OH, LARGO DE AQUÍ, ¿QUIERES) (NUNCA VAS A BRILLAR TANTO COMO YO).

—No me ha parecido que fuese eso lo que discutíais.

—¿No? —Mavis parecía estar, hasta cierto punto, mofándose de la mirada airada de Madeline—. ¿Y qué te ha parecido que discutíamos?

—Dejad a Randal en paz.

—¿*Randal*? Chicas, ¿acaso hemos *discutido* sobre Randal?

Las *chicas* sacudieron la cabeza.

—A lo mejor se nos ha escapado que le hubiese encantado estar aquí hoy. No levantó cabeza cuando te fuiste, Madeline. Casi tuvo un lío pero acabó en *asesinato*.

—¿Qué *asesinato*?

—Esa chica, Polly Chalmers.

—¿Cómo?

—A todas nos extrañó no verte en el entierro, Madeline.

—¿Os extrañó no verme en el entierro de una chica que no conocía?

—No, nos extrañó no verte en el entierro de Randal, Madeline.

Una mano enorme, gigantesca, cogió a Madeline y se la llevó a alguna otra parte. No se limitó a sujetarla, *apretaba*, y ella no podía respirar. Seguía allí pero estaba a la vez lejos y todo era calor. De repente, las mejillas le ardían, le ardía el estómago, perdió el aliento.

—Randal no está muerto.

Mavis miró a las *chicas*, las *chicas* fruncieron el ceño.

—No es posible que no lo sepa, ¿verdad?

—Randal no está muerto —repitió Madeline.

—Oh, Maddie, *querida*.—Mavis hizo amago de *abrazarla*, Mavis hizo amago de pasarle un brazo por la espalda y *abrazarla*, pero Madeline se zafó del intento—. ¿No lo sabías? —Los ojos de Mavis parecían *encantados*, acababan de toparse con un *tesoro*—. Creí que lo sabías, ¿cómo puedes no saberlo?

—Randal no está muerto.

—Randal murió, Maddie.

—No.

—¿Dónde estabas?

—Randal no —dijo Madeline, y se dio la vuelta. Se dio la vuelta y empezó a alejarse. Oyó a Mavis decir (¿DÓNDE TE METISTE?) y (¿ES VERDAD QUE TE ESCAPASTE CON UN TIPO, MADDIE?) (¿MADDIE?) y pensó (NO PUEDO RESPIRAR) y (NO PUEDE ESTAR MUERTO) (RAND, NO PUEDES ESTAR MUERTO) (¿QUÉ HA SIDO DE BILL, RAND?) (¿CÓMO PUEDES ESTAR MUERTO?) (NO HA PASADO TANTO TIEMPO) pero ¿y si había pasado *tanto* tiempo? (NUNCA HA HABIDO OTRA MADELINE, ESTÚPIDA) (NO PUEDES CONVERTIRTE EN UNA IDEA) (¡MALDITA SEA, FRANCES!) (¡NUNCA HAS SIDO UNA IDEA!), oh, no, no no—. ¿RAND? —gritó—. Tengo que ir a ver a Rand —dijo, cuando pasó junto a Gayle y Kirsten—. Tengo que ir a ver a mi marido —dijo, y no se atrevió a mencionar a Bill, el pequeño Bill, ¿qué habría sido de él?–. Lo siento –dijo, y siguió caminando, y notó que le costaba caminar, no tenía sus raquetas pero igualmente le costaba caminar mucho más de lo que le había costado caminar *antes*, y a lo mejor era porque había pasado demasiado tiempo y sus piernas no eran tan *fuertes*, ella había corrido por aquellas calles *inundadas* de nieve, las botas hundidas en aquella frondosidad blanca, y, pese a todo, *corría*, pero ¿acaso podía correr *ahora*? Tal vez fuese aquella cosa, aquella mano enorme que seguía, parecía, sujetándola, y que apretaba, y apretaba, (¿MADELINE?), un brazo le salió al paso, la sujetó, era un brazo corriente, era el brazo de aquella mujer, la mujer del rifle, decía algo de (KEITH) y de cómo (KEITH) le había cambiado la vida, y le daba las gracias, decía (GRACIAS), y (HA SIDO USTED LA ÚNICA QUE ME HA ENTENDIDO) y (LO HA ENTENDIDO TODO), y Madeline no sabía a qué podía referirse, Madeline sólo podía pensar en el pequeño Bill, y en Randal, (KEITH), decía aquella mujer, *Kirsten*, Madeline la recordaba, había ganado demasiados concursos de belleza y luego se había escondido allí, se había escondido en un lugar desapacible como aquel porque tal vez era así como se sentía, *desapacible*, y a lo mejor pensó que la ciudad podía protegerla, porque la ciudad era como ella y sabía cómo cuidar de sí misma, pero en realidad era ella la que se protegía, se protegía todo el tiempo, y lo hacía siendo todo lo que nadie esperaba, cogiendo sin dudar hasta el más desaconsejable de los desaconsejables desvíos, sin poder evitar al hacerlo que todas aquellas mujeres que jamás se hubiesen atrevido a ser otra cosa que lo que se esperaba que fuesen se liberasen *adorándola*, porque lo único que veían, había dicho, era aquel condenado *río*, ¿y acaso podían siquiera sospechar que había una *ardilla*, una ardilla asustada, tirándose una y otra vez al caudal nada amigable de aquel río? (OH, SI PUDIERAS VERLO, EN REALIDAD), le había dicho entonces Madeline, contemplando un salpicadero, el salpicadero de lo que parecía una acogedora camioneta, ¿y qué hacía en aquella camioneta? Su cerebro parecía estar expandiéndose allí dentro, en realidad, lo que parecía era estar golpeándose contra (¡AH!) (¡UH!) (¡NO!) (¡MALDITA SEA!) todo tipo de cosas allí dentro, había estado *dormido*, había estado *ovillado*, y despertaba y decía cosas como (LLÉ-

VAME A MILDRED BONK, POR FAVOR), y luego no recordaba haberlas dicho porque estaba reencontrándose con lo que había más allá de aquel salpicadero, estaba diciéndole a aquella mujer (OH, SI PUDIERAS VERLO, EN REALIDAD), refiriéndose a todos aquellos barcos que ni siquiera dejaban a (KEITH) respirar, la flota de cruceros que dirigía la mujer de Urk Elfine Starkadder, el jovencito cuya mano enguantada golpearía (TAM) (TAM) (TAM) la empañada ventanilla del asiento del copiloto en cuanto la camioneta se detuviese ante el número 39 de Mildred Bonk.

—¿Qué demonios es eso? —se preguntaría Kirsten.

—Parece un parque de atracciones —diría Madeline.

Y luego aquel tipo (TAM) (TAM) (TAM) golpearía la empañada ventanilla y Madeline no se limitaría a bajarla, Madeline saldría de la camioneta y le daría las gracias a Kirsten James, y le diría que cuidase de *Keith,* y antes de cerrar la puerta, Madeline añadiría (DEJE DE CRUZAR TODOS ESOS RÍOS SÓLO PORQUE SE SUPONE QUE DEBE HACERLO) (OLVIDE LO QUE SE SUPONE QUE DEBE HACER) (NO ES USTED DISTINTA A ELLAS SI NO LO OLVIDA), (OH), y (UNA COSA MÁS), dijo Madeline, de repente por completo *despierta* en aquel otro mundo, (ES EL RÍO EL QUE SE LLAMA *KEITH* PERO ES LA ARDILLA LA QUE IMPORTA EN ESE CUADRO), y cerró la portezuela. (¿QUÉ ARDILLA?), quiso saber aquel tipo, aquel sucedáneo de Bryan Tuppy Stepwise, y ella dijo (NINGUNA ARDILLA), y el quiso saber quién era ella, él dijo (EH, UH, DÍGAME, ¿QUIÉN ES USTED?) (QUIERO DECIR, ¿TIENE ALGO QUE VER CON LO QUE ESTÁ PASANDO AHÍ DENTRO?), pero ella no dijo nada, ella echó a andar, decidida, hacia la pequeña multitud que se arremolinaba a las puertas de *su* casa, diciéndose que Randal iba a estar allí dentro porque no podía estar en ningún otro lugar, porque Randal no estaba (MUERTO), y Bill (TAMPOCO), Bill estaba allí dentro, y ella iba a ¿qué? Ella iba a pedirles disculpas, ella les pediría disculpas y querría abrazarles, les abrazaría, si dejaban que lo hiciese, y a lo mejor después se iría, a lo mejor tendría que irse porque ninguno de los dos querría saber nada de ella, porque no había habido ninguna otra ella allí durante todo aquel tiempo, porque les había abandonado y no había sido sencillo al principio pero luego sí fingir que no era más que una idea en su propio cerebro ¿y cómo había sido posible? Madeline había estado, sin saberlo, en su propia diminuta cabaña, la diminuta cabaña que aparecía en aquella postal que había cambiado el destino de aquella ciudad, la postal en la que tres diminutos esquiadores descendían por la blanquísima ladera de una montaña. Sólo que su diminuta cabaña había existido de verdad. Ella no se había limitado a hacer viajar a una idea de sí misma al sillón afelpado que imaginaba allí dentro, junto a la chimenea, sino que había necesitado que el sillón, y todo lo demás, existiese. Por eso, cuando al fin tuvo delante a Louise Cassidy Feldman, lo primero que quiso saber fue cómo lo había hecho.

—¿Cómo lo hizo? —le preguntó.

Pero antes tuvo que abrirse camino por entre aquella multitud de tipos con cámaras y libretas y micrófonos, *periodistas*, decían, llegados de *todas partes*, para (DISCULPE) (¿ES USTED FAMILIA DE BECKY ANN BENSON?) (¿PODRÍA CONFIRMARNOS SI ES CIERTO QUE FRANKIE SCOTT LA HA DEJADO?) (¿SABE SI HA SIDO ELLA QUIEN LE HA PEDIDO QUE SE MARCHE?) (¿CREE QUE ESTE ES EL FIN DE LOS BENSON?) (DISCULPE, SEÑORA) (¿SEÑORA?) (¿QUÉ SABE DE LA BODA DE ESE FANTASMA CON ALGUIEN LLAMADA, UN MOMENTO, PENACHO?), averiguar quién sabía qué relacionado no sólo con aquella tal (BECKY ANN) y aquel tal (FRANKIE SCOTT) sino también con (LOUISE FELDMAN), oh, ¿con *Louise*? ¿Cómo era posible?

—¿A qué Louise Feldman se refieren? ¿Se refieren a Louise Cassidy Feldman? —había preguntado Madeline, cuando logró poner un pie en el felpudo de *su* casa, encarándose con los periodistas que aguardaban en primera línea, y observando que aquello que parecía surgir de uno de sus extremos no era en realidad una montaña rusa sino una especie de *telesilla*—. ¿La *escritora*?

—¿Piensa *llamar*? —Fue toda la respuesta que recibió. Había al menos una docena de temerosos ojos mirándola. ¿Qué demonios *temían*? ¿Y qué era todo aquello? ¿Cómo podía haberse convertido *su* casa en el epicentro de quién sabía qué cosa relacionada con nada menos que Louise Cassidy Feldman?—. No creo que sea una buena idea.

—Por supuesto que es una buena idea. Es *mi* casa. Necesito hablar con mi marido, y quiero ver a mi hijo. ¿Qué demonios hacen ustedes aquí? ¿Acaso ella está ahí dentro? ¿Qué hace ahí dentro? ¿Ha venido a ver a *Randal*?

Aquel montón de ojos se miró sin comprender. Pertenecían a todo tipo de abrigados hombres y mujeres con sombreros, gorros y libretas, que parecían haber construido un pub para ellos solos a su llegada a aquel escandalosamente hostil lugar. Es decir, eran ojos de hombres y mujeres que habían hecho frente a todo tipo de cosas hasta el momento, pero que no entendían exactamente a qué se estaban enfrentando en aquel preciso instante.

—¿Se refiere al fantasma? —dijeron un par de aquellos ojos.

—¿Qué fantasma? —preguntó Madeline.

—El fantasma de Randal Peltzer.

—¿*Cómo*?

—¿Es su marido?

—¿Quiere decir que está *muerto*?

—¿No sabía que su marido está muerto? —preguntaron unos de aquellos ojos.

—¿Estaba usted casada con Randal Peltzer? —preguntaron otros.

—Oh, ¿y no sabe que va a volver a casarse? —Oh, aquellos ojos eran todo preguntas.

—¿*Quién*? —atajó Madeline.

—¡Randal Peltzer! —respondieron al unísono cuatro de ellos.

Madeline estuvo a punto de lanzarles su pequeña maleta. ¿Qué era todo aquello? ¿A qué clase de mundo había *vuelto*? ¿Dónde se había metido Randal? ¿Y Bill? Si Randal era un fantasma, ¿cuidaba Bill de él? ¿Cómo podía Randal ser un fantasma? ¿Acaso los muertos no se iban a ninguna parte? ¿Y por qué había muerto? ¿Y qué hacía toda aquella gente allí? ¿Estaban allí por ella? ¿Era ella con quien Randal iba a casarse?

Oh, si era ella no iba a permitirlo. Le había ignorado durante demasiado tiempo. ¿Quién demonios se había creído durante todo aquel tiempo? Madeline llamó al timbre. Aquel montón de hombres y mujeres guardaron silencio, y se hicieron a un lado. Parecieron afilar sus lápices. Extendieron sus micrófonos. Esperaron. Contaron hasta tres (UNDOSTRES) y la puerta se abrió. Pero no apareció Randal, ni tampoco Bill. Apareció un tipo vestido de blanco. Madeline quiso saber quién era. Dijo:

—¿Quién es usted?

—¿*Yo*? —dijo el tipo. Parecía haber olvidado por completo quién era. Parecía haber olvidado el hecho mismo de que pudiera ser alguien—. Yo no. —Sonrió—. Quiero decir que yo, eeeh, yo, bueno, yo sólo soy un, *je*, *bill*.

—¿Un *bill*? ¿A qué se refiere con que es un *bill*?

—Un, bueno, yo me dedico a, es, ¿conoce a los Benson?

Madeline puso una mano en la puerta, la empujó, y gritó (¿BILL?), miró al tipo, y dijo (¿QUÉ CLASE DE BROMA ES ESTA?), a su alrededor los lápices corrían por un puñado de libretas, (ABRA LA MALDITA PUERTA, ¿QUIERE?), (*NO, EH, UN MOMENTO, ¿SEÑORA?*), Madeline se zafó de aquel *bill* y entró en lo que *nada* tenía que ver con *su* casa, ¿qué era aquella enorme biblioteca? ¿Y la chimenea? ¿Y toda aquella *madera* en las paredes? Llamó a Randal, llamó a Bill, aquellos *bills* la rodearon, decían (NO PUEDE ESTAR AQUÍ, SEÑORA) y ella decía que por supuesto que podía estar allí porque aquella era *su* casa, ¿y dónde estaba su marido?

—¿Quiere un marido? —preguntó la mismísima Becky Ann Benson, aquel par de gafas enormes, su americana de pana, el cuello alto, el rictus de *despedazaniños* intacto, cerrando la puerta a sus espaldas—. ¡JA! —prosiguió—. Le regalaría el mío si supiese dónde está, aunque podría estar aquí ahora mismo y tampoco sabría dónde está. ¿Le ocurrió alguna vez? Supongo que a mí me ocurrió todo el tiempo pero ¿acaso podía sospecharlo? Yo no hacía más que cazar ideas ridículas mientras él escribía todas esas cartas estúpidas. ¡Telegramas! ¿Puede creérselo? No hubo otra mujer porque la otra mujer era *él*. Oh, maridos, ¿quién sabe qué hacen todo el tiempo en esa cabeza suya, verdad? Fingen estar aquí, pero quién sabe dónde están. Quién sabe dónde están.

—No sé de qué me habla.

—Oh, no importa, ¿quiere una copa?

—No, quiero saber quién es usted y qué hace en mi casa. En realidad, quiero saber dónde está Randal Peltzer.

—Oh, ¿el fantasma? Está arriba, con Penacho y esa arpía. —Becky Ann parecía relajada porque lo estaba. Con el único fin de que dejase de destrozar cosas, aquellos *bills* le habían suministrado una pequeña cantidad de tranquilizantes que la habían sumido en un prodigioso ensueño. Becky Ann había empezado a verse desde fuera, se veía, Becky Ann, como una especie de personaje secundario en algún tipo de estúpida película sin importancia, y era, de alguna forma, extrañamente feliz–. ¿Ha dicho *su* casa? ¿Quiere usted decir que ese fantasma ha vendido la casa sin *contárselo*? ¿Me está usted diciendo que hasta después de muertos siguen haciendo quién sabe qué tipo de cosas?

–Randal no estaba muerto cuando me fui y, si está muerto ahora, no puede estar ahí arriba porque los fantasmas no existen –aseveró Madeline, y se dispuso, aún con su pequeña maleta en la mano, a subir al piso de arriba, el piso en el que había estado la habitación del pequeño Bill, el piso en el que estaba también su habitación, la habitación que había compartido con Randal, y que ahora era un irreconocible despacho repleto de cosas tras otro, y (¿MADELINE?), ¿qué hacía allí el alcalde Jules? (¿MADELINE FRANCES?) y ¿qué hacía allí el señor Howling? (¿CUÁNDO HAS VUELTO?), quisieron saber, y no he vuelto, estuvo a punto de responderles Madeline, tan sólo soy una idea, soy la idea de Madeline Frances volviendo a casa, paseándose por un lugar que no conoce y abriendo una puerta tras otra hasta toparse con lo que busca, y lo que busca ya no es a Bill ni es a Randal, es a un tipo *evanescente* que dice ser Randal y que es en realidad un tal Eddie O'Kane, o un tal William Butler James, que finge, ante la grabadora de Eileen McKenney, (¿MADELINE, ERES TÚ?), haber escrito todas aquellas cartas que Randal había escrito, porque tiene delante nada menos que a Louise Cassidy Feldman, la mujer por la que su marido había perdido la cabeza–. Pierde el tiempo –dijo entonces–. Ése de ahí no es Randal Peltzer –dijo también, y a continuación quiso saber cómo lo había hecho, dijo (¿CÓMO LO HIZO?), y fue el revueltamente encantador y feroz ceño de la escritora, aquel ceño que había sido una vez el ceño de una niña descuidadamente feliz, el que contestó. Dijo (NO LO SÉ), y también (A LO MEJOR NO FUI TAN VALIENTE), dijo, porque (NUNCA HE SIDO TAN VALIENTE) y (EN ESO CONSISTE SER ESCRITOR, ¿SABE?) (EN NO SER VALIENTE EN ABSOLUTO).

37

En el que las hermanas Forest visitan Kimberly Potterland,
lugar en el que piensan (RODAR) su especial de (NAVIDAD)
y, vaya, se dan de bruces con la mismísima *madre*
de la señora Potter

Dado que Polly Chalmers no había *muerto*, y vivía, apaciblemente, en aquella, también apacible Terrence Cattimore, Stacey
Breis-Cumwitt, el cronista de sucesos de la *Terrence Cattimore
Gazette*, el único periodista del condado que se había interesado
por su caso, se había cruzado en más de una ocasión con ella sin
advertirlo, de ahí que no hubiese tenido la impresión de asistir a
ningún tipo de milagro. Lo hizo, sin embargo, cuando la vio en
televisión. Estaba, Stacey, cenando ante, precisamente, el televisor,
incómodamente instalado en el sofá de su pequeño apartamento,
un ligero plato de sopa instantánea sobre la minúscula y deprimente mesa para uno que igual servía para teclear que para cenar,
cuando alguien que se parecía en exceso a aquella mujer muerta,
irrumpió en el despacho de las hermanas Forest y les dijo que
temía por su vida. Oh, sí. Como buen cronista de sucesos, Stacey
Breis-Cumwitt era seguidor de *Las hermanas Forest investigan*.
Pero también, como buen cronista de sucesos, fingía abominar
de la serie, por lo que se veía obligado a compartir sus impresio-
nes con su profusamente confuso diario. Aquello fue lo que hizo
aquella noche, diciéndose que (SIN DUDA) aquella mujer era
aquella otra mujer (MUERTA), la mujer cuyo cadáver había llegado
en un ataúd sellado en *otra* funeraria a la única funeraria de la
ciudad en la que había muerto, ¿y no había olido aquello a «pestilente gato encerrado»? Por supuesto. ¿Y no olía aún *peor* que
aquella mujer que acababa de irrumpir en el despacho de las
hermanas Forest se le pareciese como se parecía una gota de agua
a otra gota de agua? El caso era que Harper, así se llamaba el
personaje que interpretaba, acababa de llegar a Little Bassett Falls

y había conseguido un empleo en el Museo de Historia Natural. No era gran cosa, les dijo a las hermanas, apenas cargar arriba y abajo con un montón de útiles de limpieza para asegurarse de que ninguno de los huesos de dinosaurio acumulaba más polvo de la cuenta. Jodie Forest anotó algo en su libreta. La chica dijo que una noche, antes del cierre, había visto a alguien meterse en el bolsillo una de aquellas *reliquias*. La sensación, cuando dijo la palabra *reliquia*, fue la de que estaba sosteniendo la palabra como si fuera un bebé, lo que le hizo pensar a Stace en algo delicado que podía romperse, pero ¿el qué? Stace aguzó el oído. Por un momento, olvidó que aquella mujer era aquella otra mujer (MUERTA). Oh, demonios, se dijo. ¿Qué se suponía que hacía aquella serie con los cerebros de la gente? Stace se puso en pie. Subió el volumen del televisor. Arrastró su pesado batín hasta su tumultuoso despacho mientras escuchaba a Harper decir que si temía por su vida era porque desde que había ocurrido había recibido tres disparos. Ninguno de ellos había dado en el blanco. Ni siquiera se le habían ni remotamente acercado.

—¿Y qué le hace pensar que era usted la destinataria de esos disparos? —preguntó, juiciosamente, Jodie Forest.

Bien dicho, Jodie, se dijo Stace. Mientras buscaba la carpeta en la que había archivado el (EXTRAÑO CASO DE LA MUERTA SIN CADÁVER CHALMERS), redactó mentalmente sin esfuerzo una pequeña crónica del encuentro entre Harper y las Forest. En realidad, apenas un destacado sobre la posibilidad de que hubiese alguien disparando a otro alguien sin acertar ni remotamente. (JOVEN ACOSADA POR TORPES DISPAROS), lo tituló. Luego regresó al sofá y, mientras en la pantalla Jodie Forest se decía que puesto que el *disparador* no era un buen *disparador* debía de ser, cómo no, alguien llegado de alguna otra parte. Evidentemente, Connie ya sabía quién era. Sabía incluso la reliquia que se había metido en el bolsillo. Oh, *Las hermanas Forest investigan,* se dijo Stace, era como el mundo ahí fuera. Había quien tenía todos los ases en la manga y a quien jamás le repartirían ni uno solo.

Podía pensarse que Polly Chalmers era de aquellas a las que jamás le repartirían ni uno solo, pero lo cierto era que, si antes de muerta esa había sido la impresión, después de muerta, sucedió todo lo contrario. ¿Cómo si no podía explicarse que, desde que alguien había puesto su nombre a una tumba, no le hubiese faltado trabajo ni una sola semana? Pese a sus limitadas dotes interpretativas, había conseguido enlazar un minúsculo papel secundario tras otro, de manera que había podido permitirse un espacioso apartamento en la costosa Terrence Cattimore, y la clase de ropa que debía lucirse en las numerosas fiestas de fin de rodaje a las que acudía asiduamente. En una de ellas conoció a Wilson. Wilson era Vera Dorrie Wilson, es decir, la actriz que interpretaba a Jodie Forest. Deslumbrada por la naturalidad con la que Chalmers encajaba su clara inadecuación, Wilson invitó aquella noche a casa a Polly Chalmers. Puesto que Chalmers, que hasta entonces no había interpretado más que a *muertas*, en algunos casos limitándose a yacer en camas deshechas y ensangrentadas, no hacía otra cosa que hablar de lo que se le pasaba por la cabeza, como si su interlocutor hubiese estado allí *dentro* todo el tiempo, escuchándola *pensar*, no eran muchos, pese a su vulgar aunque extrañamente magnética belleza, los que la soportaban. Para Wilson, sin embargo, su hallazgo fue una bendición. No sólo le resultaba divertida la manera en que parecía incluso discutir consigo misma sino que, mientras la escuchaba conseguía no pensar en nada más, y aunque tampoco prestaba atención a lo que decía, podía volver a fantasear con todo tipo de cosas. Mientras la escuchaba, como quien sintoniza alguna extraña frecuencia capaz de emitir un ruido blanco, Wilson podía ser todo lo que era además de Jodie Forest, lo que había sido y lo que podía llegar a ser, porque nada estaba ocurriendo en el mundo, ni siquiera ella estaba en el mundo, aquella voz que no hacía más que hablar de sí misma se la estaba llevando a alguna otra parte en la que nada había sucedido aún y en la que nunca nada sucedería. Por eso Wilson no se limitó a invitarla a casa aquella noche. La invitó también la noche siguiente, y la siguiente, y cuando quiso darse cuenta, Polly se había instalado en la habitación de invitados, y ella había recuperado parte de su antigua vida. Por supuesto, Polly quiso saber si por casualidad necesitaban a actrices de reparto en *Las hermanas Forest investigan* y Wilson le dijo que no importaba si las necesitaban o no, ¿quería ella un papel? Lo tendría. Así había sido como había acabado interpretando a Harper.

—No vas a creerte lo que acaba de pasarme —dijo Polly, la mañana siguiente de que se emitiera el capítulo en el que interpretaba a aquella tal Harper—. He ido a esa estación de servicio y adivina qué. Esa mujer, Doris, estaba allí —(AJÁ), dijo Wilson, sin prestar la más mínima atención—. Y me ha dicho que se ha armado una buena en ese sitio en el que estoy enterrada. ¿Recuerdas ese sitio en el que estoy enterrada? Se llama Kimberly Clark Weymouth —(CLARO), dijo Wilson, pero al decirlo pensó (UN MOMENTO), y luego, como tratando de detener algún tipo de tren en marcha, apostilló (¿KIMBERLY QUÉ?)—. Kimberly Clark Weymouth, ese sitio helado en el que un tipo supuestamente me mató. No es una serie ni nada por el estilo. Me mató de verdad. Bueno, ya me entiendes. Al parecer el tipo quería largarse pero no podía hacerlo porque tenía no sé qué negocio y le hicieron creer que era el único sospechoso de mi asesinato para que no se fuera.

—¿Has dicho Kimberly Clark Weymouth?

—Eso he dicho, sí. ¿Te gusta ese sitio? Es un sitio horrible, Wills. Hace un frío del demonio, y, oh, bueno, ¿cómo he podido *no* contártelo, Wills? ¡La gente está chiflada por vosotras! Van de un lado a otro con libretas, anotando todo lo que hace todo el mundo para luego contárselo por teléfono. ¡Hasta tienen un ridículo periódico! ¡Un periódico con nombre de *bar*! ¿Puedes creértelo? El pueblo entero no hace otra cosa que ver *Las hermanas Forest* y creer que vive en una especie de *teleserie* de detectives, Wills, aunque nunca pasa nada de verdad. Mi asesinato fue el primer asesinato de ese sitio, y tampoco fue de verdad, pero ellos creyeron que lo era ¿y acaso alguien lo investigó? ¡Nadie! ¿Qué clase de detectives son esos, Wills? Creo que todo el pueblo estaba en el ajo.

—Chalms.

—Qué, Wills.

—¿Estaba Violet McKisco en el ajo?

—¿Quién es Violet McKisco, Wills?

—Mi escritor favorito.

—¿Tienes un escritor favorito?

Dorrie Wilson estaba leyendo en aquel preciso instante, y estaba leyendo un libro de Francis Violet McKisco titulado *El asunto del tiburón*. Se lo mostró, luego dijo:

—No hay un solo libro en esta casa que no sea suyo.

—¿De veras? Pero hay demasiados libros, ¿no hay demasiados libros? ¿Seguro que son todos suyos? ¿Cómo pueden ser todos suyos, Jodd?

—Estaba en el ajo o no, Chalms.

—Supongo.

—Oh, no puedo creérmelo.

—¿Qué?

—¿Me estás diciendo que conoces a Violet McKisco?

Hubo un tiempo en el que Wilson y Jams, Jams Collopy O'Donnell, la otra hermana Forest, la hermana *lista*, se llevaban bien. En realidad, lo seguían haciendo. Pero entonces estaban en la cresta de algún tipo de ola y tenían la sensación de que lo *teleseriado* se extendía a sus vidas, sólo que en ellas no había nadie gritando (CORTEN) y todo era posible y a la vez todo debía ser siempre apasionante porque había un montón de gente *sintonizándolas*, oh, no es que creyesen, verdaderamente, que había cámaras siguiéndolas por todas partes, es que habían olvidado hasta que las cámaras existían. Eran no las hermanas Forest sino las actrices que las interpretaban y su vida era el espectáculo, porque ellas no existían en realidad, no eran más que personajes de una ficción en la que dos actrices interpretaban a dos hermanas detectives en una famosísima serie de televisión. Convencidas de estar siguiendo algún tipo de guión no escrito, hacían todo tipo de cosas juntas. Salían a cenar, escuchaban discos hasta quedarse dormidas, bebían más de la cuenta. Organizaban citas dobles con chicos o chicas, y a veces se los llevaban también a casa, a casa de una o de la otra, y no dejaban de hablar entre ellas mientras hacían lo que fuese que hiciesen con ellos. En realidad era como si fueran una única persona que, por algún motivo, poseía dos cuerpos. Luego las cosas habían empezado a no salir del todo bien, o a lo mejor era simplemente que ellas habían dejado de divertirse, o que el mundo exterior, aquello que tanto les había traído sin cuidado, había empezado a ocupar cada vez más espacio, oh, le dejaron entrar, y no sólo no quiso irse, sino que lo cambió todo, se deshizo de su viejo y adorable sofá, del tarro de las galletas con aspecto de muñeco de nieve, de sus discos, de las novelas de Francis Violet McKisco que se leían la una a la otra, en voz alta, interpretando una al decidido y soñador Lanier Thomas y la otra al bueno y ridículo Stanley Rose, discutiendo porque lo hacían ellos, y dando forma, sin quererlo, a las discusiones de las hermanas Forest con aquellas otras discusiones, y también a su poderosa complicidad, oh, ¿y qué había sido de todo aquello? Todo aquello era historia. El Mundo de Ahí Fuera las había ido apartando. En realidad, las había ido *aburriendo*. Aquella otra serie que creían estar protagonizando, la que incluía su propia vida, había dejado de *apasionarlas*. Todo se había vuelto tan predecible que no sólo parecía haber sido escrito de antemano sino que también parecía haberse vivido ya. En realidad, eso era lo que ocurría. Cada día se había vuelto el mismo día repetido. *Las hermanas Forest investigan* dejaron de importar lo que habían importado, y se instalaron, en tanto que fenómeno televisivo del pasado, en una especie de limbo. Los números no ascendían, caían ligeramente, pero de todos modos no importaba porque alguien, en alguna parte, seguía viéndolas, y no, esa parte no era únicamente Kimberly Clark Weymouth, porque ella sola no habría bastado para nada, ella sola era una audiencia entusiasta pero exigua, mínima, apenas perceptible, como un pequeño planeta que, de tan pequeño, ni siquiera ha sido aún detectado, está cerca, podrías llegar a verlo si te situaras en el lugar correcto a determinada hora de la noche, porque, quién sabe, podría brillar como una pequeña estrella, aunque fuese de desesperación, pero no se había inventado aún ningún artilugio capaz de detectarlo. El caso era que, atrapadas en aquella otra teleserie que no existía, la que incluía su propia vida, las hermanas Forest, Wills y Jams, en realidad, se habían resignado a no ser otra cosa que Jodie y Connie porque ¿no había sido aquello lo mejor que les había pasado? ¿No se echaban de menos? ¿No había habido un tiempo en el que todo lo que deseaban eran lo que tenían y el Mundo Ahí Fuera había sido un mero escenario? ¿Por qué ahora parecía que el escenario eran *ellas*, y el Mundo Ahí Fuera lo único que importaba?

—Echo de menos lo que teníamos, Jams.

—Lo que teníamos no va a volver, Wills.

—Podríamos ir a ese sitio, Jams.

—¿Qué sitio?

—El sitio McKisco, Jams.

Aquella noche, después de su charla con Chalms, Wilson había llamado a Jams y le había contado que el sitio en el que vivía Francis Violet McKisco (¡LAN Y STAN, JAMS! ¿TE ACUERDAS DE LAN Y STAN, JAMS? ¿CUÁNTO HACE QUE NO INTERPRETAMOS A LAN Y A STAN? ¿POR QUÉ YA NUNCA NOS VEMOS FUERA DEL ESTUDIO, JAMS?) (*YA SABES POR QUÉ, WILLS*) (NO, NO LO SÉ, JAMS) no sólo debía ser el único sitio en el que seguían viéndose *Las hermanas Forest* sino que Polly era allí una pequeña celebridad *muerta* y a lo mejor podía ser una buena idea proponerle a Shirley Bob *rodar* allí, ¿no podía ser una buena idea? Podían abandonar para siempre Little Bassett Falls. O tal vez no tenía por qué abandonarla del todo. Podían simplemente ser *trasladadas*. O fingir estar de vacaciones. ¿No se merecían unas vacaciones? Podían fingir que perdían la cabeza y se instalaban en ese sitio nevado, se compraban un rifle, leían a Violet McKisco, y llevaban la clase de vida que habían llevado cuando el Mundo Ahí Fuera aún era el Mundo Ahí Fuera y ellas eran Wills y Jams e interpretaban a las hermanas Forest sin que las hermanas Forest importasen tanto como lo hacían ellas, ¿y no sería eso maravilloso?

—Podríamos fingir que ha vuelto.

—¿El qué, Wills?

—Lo que teníamos, Jams.

—No es tan sencillo, Wills.

—Oh, ¿por qué no?

Wilson creía que podían proponerle a Shirley Bob un especial de Navidad.

—Ya sabes en qué consisten los especiales de Navidad, Wills.

—Éste sería distinto.

—Nada puede ser nunca distinto, Wills.

—Oh, eso era antes, Jams, ¿has visto los datos de audiencia? Son del tamaño de un diminuto cangrejo ahí fuera. La única razón por la que no nos cancelan es, me temo, una razón supersticiosa, Jams. Les da miedo vivir en un mundo en el que las hermanas Forest no investigan. ¿Podría siquiera llegar a existir un mundo así? *Lo dudan*, Jams.

Jams se rio. A Wills le gustó que lo hiciera. Por un momento se la imaginó en uno de aquellos días en los que todo tenía aún sentido.

—Sería divertido, Jams. Y a lo mejor luego podríamos dejarlo. No sé, ¿no crees que si lo hacemos sería más fácil dejarlo?

—No lo sé, Wills.

—Hablaré con Shirl.

(JO JU JI), rio Jams.

Wills sonrió.

Luego llamó a Shirley Bob. Le dijo que había tenido una idea y era una idea estupenda, una idea que podía hacer que alguien volviese a escribir sobre ellas, y ¿no quería Shirl que alguien volviese a escribir sobre ellas?

—NO SÉ DE QUÉ HABLAS, WILLS, PERO NO TENGO TIEMPO PARA NADA, WILLS, TENGO QUE ESCRIBIR, WILLS, SIEMPRE TENGO QUE ESCRIBIR, WILLS, ¿SABES QUE TENGO QUE ESCRIBIR, VERDAD, WILLS?

—Shirl, escucha, ¿y si Connie y Jodd se fuesen de vacaciones?

—YA LO HICIMOS, WILLS. EPISODIOS 23, 54, 92, 131, 206, Y, VEAMOS, WILLS, EL FATÍDICO 589. DE TODAS FORMAS, ESTOY TAN ABURRIDA QUE TE ESCUCHO, WILLS. NO QUIERO PENSAR EN ESE TIPO QUE HABLA CON LOS MUERTOS.

—¿Va a volver Judson Crandall, Shirl?

—ESO ME TEMO, WILLS.

A Wills le caía bien Judson Crandall. Era lo más parecido a Dorothea Atcheson que Little Bassett Falls iba a tener jamás. Un tipo que hablaba con los muertos. Puesto que sus supuestos poderes no eran siempre del todo *efectivos*, los capítulos en los que participaba eran francamente divertidos, y, de hecho, eran los únicos que Wills soportaba.

—Me encanta Judson, Shirl.

—LO SÉ, WILLS, ¿Y BIEN? HABLA, TE ESCUCHO.

—Estoy pensando en un especial de Navidad, Shirl —OH, NO—. No, escucha, Shirl. —NO ME GUSTAN LOS ESPECIALES DE NAVIDAD, WILLS—. Lo sé, pero no es la clase de especial de Navidad que crees que es, Shirl. Para empezar, no lo protagonizan Jodie y Connie. —¿NO?—. No, Shirl. Vamos a *escapar* de *Las hermanas Forest*, Shirl. Tú, Jams y yo. Y también va a hacerlo el espectador. —¿ESCAPAR? ¿A DÓNDE?—. A ese sitio, Shirl. Kimberly Clark

Weymouth. −¿KIMBERLY QUÉ?−. Imagina que no las hermanas Forest sino las actrices que interpretan a las hermanas Forest cuando las hermanas Forest han dejado de importar, cuando, por qué no, han recibido la *fatal* noticia de que van a tener que despedirse de Little Bassett Falls para *siempre*, viajan a ese lugar, Kimberly Clark Weymouth, a visitar la tumba de su mejor amiga, que ni siquiera está muerta pero tiene una tumba en ese sitio, y no creen, como les dice su mejor amiga, que en ese sitio se investiguen unos a otros porque adoren su serie, porque esas cosas simplemente no pasan, ¿verdad? Pero se dicen que irán de todas formas porque están tristes, y porque da la casualidad de que en ese sitio vive Francis Violet McKisco y Francis Violet McKisco es su escritor favorito. −¿QUIÉN HA DICHO QUE FRANCIS VIOLET MCKISCO ES SU ESCRITOR FAVORITO? ¿HE ESCRITO YO ESO? ¿DE DÓNDE LO HAS SACADO, WILLS?−. Oh, no has escrito nada de eso, Shirl, porque no estamos hablando de Jodie y Connie sino de Jams y Wills, ¡de *nosotras*! Hubo un tiempo, Shirl −consintió en relatar Wilson− en el que Jams y yo lo pasábamos en grande leyendo en voz alta las novelas de McKisco e interpretando a sus dos detectives, Lan y Stan, y a lo mejor fueron esos dos detectives los que nos convirtieron en las hermanas Forest, no lo sabemos. −¿NO LO SABÉIS? ¿NO SABÉIS QUIÉN OS CONVIRTIÓ EN LAS HERMANAS FOREST? ¿QUIERES UNA PISTA, WILLS? ¡NO FUE NINGÚN DETECTIVE!−. Oh, ya me entiendes, Shirl. El caso es que van a ese sitio y, ¡vaya!, descubren que su mejor amiga tenía razón. Resulta que toda esa gente está chiflada por las hermanas Forest, aunque, agárrate, Shirl, ese sitio es el sitio de la señora Potter, ¿recuerdas a la señora Potter? −¿ESE SITIO ES EL SITIO DE LA SEÑORA POTTER?−. Sí, y está siempre helado y hace un frío de mil demonios, ¿y no es perfecto para un especial de Navidad? *Las hermanas Forest visitan Potterland*, ¿no sería maravilloso, Shirl?

Shirley Bob dejó de teclear un segundo.

Lo pensó.

No tenía mal aspecto.

Volvió a teclear. Dijo: (NO SÉ, WILLS).

−¿Por qué no sabes, Shirl?

−¿Trasladar a todo el equipo? Ya sabes lo acostumbrados que

están a ese condenado estudio. –Shirley Bob había dejado de gritar. Seguía tecleando pero había dejado de gritar, y eso quería decir que la idea le gustaba. Le gustaba de verdad. Wilson sonrió. Shirl estaba diciendo que no había visto a nadie del equipo fuera de ese sitio antes, decía–. Creo que no he visto a ninguno de ellos fuera de ese sitio nunca. Lo aprobarán, pero esa gente no querrá mover un dedo, Wills. Así que no sé.

–Oh, olvida a esa gente, Shirl. Nosotras nos ocuparemos de todo esta vez.

–¿Nosotras? ¿Vas a sujetar tú la cámara, Wills?

–No sé, Shirl, podemos reunir a un pequeño equipo, nada de aparatos ni de toda esa maldita gente aburrida del estudio. Nosotras y todo el que quiera largarse de ese sitio.

Shirley Bob guardó silencio. Al cabo, dijo (ESTÁ BIEN).

–OooH, Shirl, ¿de veras?

–Claro, ¿por qué no? Ya sabes que hace tiempo que a todo el mundo le trae sin cuidado lo que hagamos mientras hagamos algo, así que no veo por qué no podemos hacer eso, a lo mejor hasta alguien vuelve a vernos sólo porque la cosa tiene que ver con vosotras y no con ellas, quiero decir, ¿no crees que la gente también está harta?

–No sé, Shirl, ¿qué haces mañana?

–Oh, adivina.

–¿Escribir?

–Ajá.

–¿Y no puedes escribir en otro sitio? Quiero decir, Jams, Chalmers y yo vamos a ir a ese sitio y creo que deberías venir con nosotras.

–¿A dónde, Wills? ¿A Kimberly *Potterland*?

–¡OH, KIMBERLY POTTERLAND! ¡Me encanta, Shirl! ¿No podría llamarse así el episodio? ¡Las hermanas Forest en Kimberly Potterland! Tengo que llamar a Jams, tengo que hacer una pequeña maleta, te recogeremos mañana a primera hora, Shirl.

Lo que ocurrió a continuación, ocurrió inevitablemente.

Porque así es como ocurren las cosas.

Inevitablemente.

Inevitablemente, a primera hora de la mañana siguiente, Stacey Breis-Cumwitt, aquel cronista de sucesos, desayunaba torpemente junto a la ventana de su pequeño apartamento cuando volvió a ver a Polly Chalmers. No habría sido capaz de reconocerla de no haberla visto aquella otra noche en televisión y haber estado, desde entonces, *alerta*. Había reunido lo que había escrito y publicado sobre el asunto, había observado durante horas las fotografías en las que aparecía y había hecho un buen puñado de llamadas a la cadena de televisión que emitía *Las hermanas Forest investigan* para tratar de conseguir el nombre de la actriz que había interpretado a la tal Harper. Aquella cadena de televisión era una cadena de televisión francamente impaciente. No esperaba a que los títulos de crédito se acabaran. Le bastaba con que la pantalla se fundiera a negro y apareciesen un par de nombres para (¡BLAM!) desconectar. Así que Stace no tenía ni la más remota idea de cómo se llamaba aquella actriz. Los de la cadena de televisión tampoco. Le habían dicho, de todas formas, que si quería podía pasarse aquel mismo día a echarle un vistazo él mismo. Stace había batallado por aquello. Había tenido que enviarles copias de todos sus artículos y asegurarles una y otra vez que no estaba chiflado. El director de la *Terrence Cattimore Gazette* había tenido que llamarles. Antes había querido saber si no había perdido la cabeza. Stace le había dicho que no. Al director el asunto no acababa de gustarle. ¿Perder el tiempo *otra vez* con aquello? ¿A qué demonios venía? ¿No estaba ese sitio demasiado lejos? ¿Qué mosca le había picado? ¿No tenía suficiente con lo que ocurría en Terrence Cattimore?

—Oh, Blobs.

—¿No te gusta este sitio?

—Nunca ocurre nada tan condenadamente *narrativo* en este sitio.

—¿*Narrativo*? ¿De veras sigue esa cabeza tuya en su sitio, Stace?

—Por supuesto, Blobs.

—No estás en la maldita sección de *libros*, Stace.

—No, no lo estoy, Blobs, pero ¿y si esa chica no está muerta?

—No sé, Stace, ¿no vive demasiado lejos? ¿Por qué no dejas que la gente de ese sitio haga su trabajo? ¿No tienen ahí redactores de sucesos?

—Me temo que no, Blobs, pero de todas formas, no va a costarte nada. Sólo será una llamada. Diles que es un caso importante. Diles que el periódico lleva tiempo detrás del asunto. Diles que no les molestaré lo más mínimo. Sólo necesito esos títulos de crédito.

El caso es que Blobson Carson hizo la llamada. Y Stace se preparó para ir a la cadena de televisión. De hecho, lo estaba haciendo cuando vio a Polly Chalmers por segunda vez. No se habría fijado en ella si no se hubiera fijado en el coche. Había un descapotable en la calle. Al volante iba una mujer de abundante melena rubia. ¿No le resultaba vagamente familiar? Polly Chalmers salió del edificio de enfrente. Llevaba una pequeña maleta en una mano. ¿No era aquella Shirley Bob Fairlane? Consciente de que no tenía un minuto que perder, Stace se puso un par de pantalones, una camisa, se lanzó la corbata al cuello, sin anudarla, se calzó un par de zapatos, y se colgó el abrigo de un hombro antes de la salir por la puerta, con una libreta en una mano y las llaves de su pequeño Pascow en la otra. De alguna forma, mientras saltaba escaleras en dirección a la puerta de la calle, sintió que el tiempo se detenía, como le ocurría siempre que daba con la pista que debía seguir si quería resolver el caso. Oh, Stace sabía que él no resolvía en realidad ningún caso. Los casos ya estaban resueltos cuando él daba con ellos. Pero ¿era así en este caso? ¿Acaso sabía alguien que existía un caso? Stace tropezó con sus cordones desatados en un escalón. Se dio de bruces contra el suelo. Se levantó, sin perder un segundo, una brecha abierta en mitad de la frente, y salió a la calle, caminó torpemente hasta su descolorido Pascow, y se metió dentro, tapándose aquel ridículo montón de sangre que manaba de repente sin descanso, (¡MALDITA SEA!), se dijo. El descapotable partió. Él hizo girar la llave en el contacto y el pequeño Pascow (BUBUBRUM) arrancó.

E inevitablemente, siguió a las chicas hasta Kimberly Clark Weymouth.

Mientras lo hacía, empezó a escribir mentalmente la crónica de aquel suceso que aún no había *sucedido*. (ENCUENTRAN A CHICA MUERTA VIVA JUNTO A LA LÁPIDA QUE LLEVA SU NOMBRE), pensó que podía titularla. Era un buen titular. ¿Quién, en su sano juicio, no leería una noticia que llevase un titular como aquel? Aunque al director Carson podía no gustarle. Al director Carson no le gustaban aquel tipo de titulares. Decía que podían despistar al lector. ¿Acaso las chicas muertas *vivían*?, le diría el director Carson. Objetivamente, le diría, aquel era un titular pernicioso. Y hablaba mal del periódico. Pero Stace sabía que eran aquellos titulares los que hacían que el mundo se detuviera un instante para contemplarse a sí mismo, así que siguió escribiendo mentalmente y tratando de que el descapotable no le detectase.

No fue sencillo.

Creyó que las había perdido en al menos tres ocasiones. Estuvo a punto de detenerse y dar la vuelta. Por fortuna no lo hizo. En realidad, sabía a dónde se dirigían. No en vano había elegido el titular que había elegido para su crónica de aquel suceso en marcha. ¿Se lo había olido, como se olían los sabuesos bien entrenados, cualquier cosa que no hubiese pasado aún? No había caído en la cuenta mientras lo escribía porque su mente en exceso narrativa había tomado el control de la situación. Cuando las chicas se detuvieron en la cafetería que había a los pies de (LA ROCOSA JACK JACK), temió que eso fuese todo. Si eso era todo, ¿de qué demonios iba a escribir? No tenía sentido escribir que alguien había vuelto a la vida para visitar (LA ROCOSA JACK JACK). (LA ROCOSA JACK JACK) no era tan importante. ¿Y de qué manera encajaba (LA ROCOSA JACK JACK) en aquel asunto de Kimberly Clark Weymouth? Stace se deprimió. Ni siquiera salió del coche. La realidad siempre lo estropeaba todo, se dijo. ¿Por qué las cosas no tenían nunca sentido? Abrió la guantera, sacó un libro, empezó a leer. El protagonista del libro era un cronista de sucesos que vivía en un lugar en el que nunca pasaba nada. No había muerto nunca nadie en ese sitio. Pero ¿acaso eso impedía que el cronista de sucesos escribiese? El cronista de sucesos escribía sobre lo que podía haber ocurrido y, de alguna forma, al hacerlo, mantenía aquel lugar a salvo. La ficción cubría a la realidad para que la realidad no tuviese que hacer su trabajo, y la realidad simplemente obviaba tan desagradable asunto.

—¿Es Navidad, Wills?

—NO ES NAVIDAD, JAMS.

—¿Y por qué hay un árbol de Navidad ahí, Shirl?

Las chicas no se quedaron en (LA ROCOSA JACK JACK), por supuesto. Siguieron su camino hasta Kimberly Clark Weymouth, deteniéndose aquí y allá a tomar café y algún tipo de tentempié, seguidas por el minúsculo Pascow de Stace. Tuvieron problemas para elevar la capota cuando empezó a nevar. Empezó a nevar cuando empezaron a aproximarse a Kimberly Clark Weymouth, y lo primero que divisaron de la ciudad fue, evidentemente, el Lou's Café, y su estrambóticamente gigantesco árbol de Navidad.

–Ese es ese sitio del que os he hablado –dijo Polly.

–¿Qué sitio, Chalms?

–¿Cómo que qué sitio, Wills?

–No sé, ¿qué sitio, Chalms?

–Oh, vamos, ¿es que no me habéis escuchado? ¿Para quién demonios hablo cuando hablo? ¿Qué pasa en esos cerebros *famosos* vuestros? (TOC) (TOC) (CEREBROS FAMOSOS) (NO ESTÁIS SOLOS AHÍ DENTRO).

–En realidad, sí –dijo Shirley Bob–. Quiero decir, ahí dentro están solos, ¿no? No sé bien a qué te refieres, Harper. Pero supongo que tiene que ver con toda la importancia que se dan. Bien, es cierto. Se dan importancia. ¿Sabes la de veces que tengo que repetir algo para que alguien me escuche en la sala de guionistas?

–¿En la sala de guionistas también hay cerebros famosos?

–¿Qué pasa en ese sitio, Chalms?

–Oh, es el sitio en el que la señora Potter se detuvo a tomar un café cuando llegó a Kimberly Clark Weymouth.

–¿La señora Potter?

–La señora Potter no existe, Chalms.

–¿No es una escritora?

–Oh, ¿te refieres a Louise?

–¿Cómo? ¿Louise Cassidy Feldman?

Connie Forest, es decir, Jams Collopy O'Donnell tenía un sueño recurrente. Y en ese sueño recurrente vivía felizmente en una casa enorme hecha de piedra con Louise Cassidy Feldman. Cocinaban, de vez en cuando invitaban a amigos a los que en realidad no soportaban, leían en la cama antes de dormir. Ella llamaba todo el tiempo por teléfono a todo tipo de gente, y la gente le pedía que hiciese cosas que ella no quería hacer pero ella las hacía de todas formas. Jams la amaba. No sabía por qué, pero la amaba. Estaba tremendamente orgullosa de ella. No por las cosas que escribía, sino por todas aquellas cosas que hacía por todo el mundo que no quería hacer pero hacía de todas formas.

—Supongo —dijo Polly—. No sé exactamente cómo se llama. Lo único que sé es que ese tipo chiflado estaba *loco* por ella. Tenía una tienda repleta de figuritas que no eran sólo figuritas de la señora Potter, quiero decir, esa mujer, sino también de los personajes de ese libro que había escrito y siempre había gente en la tienda, venían de todas partes, y yo no entendía nada, lo único que yo tenía que hacer era fingir que me gustaba la señora Potter tanto como a él y luego me matarían y ese tipo sería el único sospechoso.

—¿Qué clase de cosa retorcida es ésa, Harper?

Jams redujo la velocidad y puso el intermitente.

—¿Se puede saber qué demonios haces?

—Necesito un café.

—¿No íbamos a visitar *mi* tumba?

—Tu tumba no va a irse a ninguna parte, Chalms.

—Un café es una buena idea —dijo Shirley Bob.

—¿Por qué iba a ser una buena idea?

—No sé bien qué hacemos aquí, Harper. Y a lo mejor si me tomo un café en ese sitio decido que hacemos algo más que perder el tiempo.

—No perdemos el tiempo, Shirl, vamos a escribir un especial de Navidad —dijo Wilson—. ¿Has traído tu máquina de escribir, Shirl?

—Nunca salgo de casa sin ella, Wills.

—Estupendo. Yo tomaré notas. ¿Qué os parece esto como primera nota? Quiero decir, Jams y yo conducimos hasta este sitio con Chalmers porque Chalmers nos ha dicho que en ese sitio adoran a las hermanas Forest y las hermanas Forest no están pasando por un buen momento y de todas formas Jams y yo necesitamos unas vacaciones y nos pareció una buena idea ese sitio porque es el sitio en el que vive Violet McKisco…

—No sé si es buena idea meter a ese tipo en esto, Wills —Shirley Bob mordisqueó una galletita salada que había sacado de quién sabía dónde—. ¿Sabemos siquiera si sigue vivo? A veces los escritores están muertos.

—Nah —dijo Jams.

—¿Nah qué, Collops? —Shirley Bob solía llamar Collops a Jams—. ¿Qué me dices de ese tipo de la cárcel que pidió un autógrafo de su escritora favorita a la editorial sin saber que su escritora favorita llevaba muerta un siglo? ¡Un siglo! ¿Dónde estaba esa condenada cárcel? ¿Bajo el agua? ¿Cómo podía ese tipo no enterarse de nada?

—A esos tipos no suele importarles nada que no tenga que ver con ellos, Shirl.

—¿Y qué pasó con el tipo? —preguntó Chalmers.

—Creo que alguien en la editorial falsificó la firma.

—¿CÓMO? —se indignó Wilson.

—Supongo que les pareció divertido.

—¿DIVERTIDO? ¿Y si ese tipo había *matado* a alguien?

—Oh, vamos, Wills, ¡ese pobre tipo les dio pena!

—¡No puedo creérmelo, Chalms!

—¿Qué?

—¡Ese tipo se cargó a alguien!

—No sabemos si se cargó a alguien, Wills.

—¡Pero pudo cargárselo! ¡Estaba en la cárcel! ¡No era buena persona! ¿Por qué habría merecido el autógrafo de esa escritora? Oh, ¡así es cómo lo hacen!

—¿El qué exactamente, Wills?

—¡NO TENER QUE DEJAR DE PENSAR EN SÍ MISMOS! ¿Acaso no les va bien pensando en nadie más que en sí mismos?

—Yo no diría que a alguien que está en la cárcel le pueda ir bien, Wills.

—¡JA! Pues yo diría que le va mejor que al muerto.

—¿QUÉ MUERTO?

—¡El tipo al que se cargó!

—¡No sabemos si se cargó a alguien, Wills!

—Oh, no sé de qué va todo esto —dijo Jams, que acababa de detener el descapotable en el aparcamiento del (LOU'S CAFÉ)— pero, Shirl, McKisco no está muerto.

—¿De veras vamos a tomar un café? —Polly parecía preocupada.

—¿Recordáis a Cheryl John? —preguntó Jams.

—¿La inspectora Carrabino?

—Durante un tiempo fuimos buenas amigas.

—Oh, no, Collops.

—¿Qué?

—No, chicas, creo que no entendéis lo que está pasando aquí. No puedo entrar ahí dentro. Si entro ahí dentro, Alice me reconocerá y llamará a Howard Howling y entonces no sé lo que haremos. ¿Qué hacemos aquí? Creo que no deberíamos haber venido.

—Un momento, Chalms. ¿Qué tiene que ver lo que fuera que hicieses con Cheryl con Violet McKisco? Quiero decir, ¿estaban liados o algo por el estilo? ¿También él la utilizaba para *documentarse*? ¿Cómo sabe Cheryl que McKisco no está muerto?

—Has acertado sólo a medias, Wills. Porque McKisco la invitó a cenar dos veces, y por supuesto, intentó sonsacarle información sobre su trabajo. Aunque se pasó la mayor parte del tiempo hablando de sus personajes. La primera cita la concertó la hija. McKisco tiene una hija *policía*. Fue por ella que se fueron de Terrence Cattimore.

—¿Cómo? ¿McKisco vivía en la ciudad?

—¿De veras hemos conducido hasta aquí para estar todo el día metidas en el coche hablando de ese tipo? Está vivo, me ha quedado claro, pero sigo sin tener claro que quiera que tenga nada que ver con nuestro especial de Navidad. Y ahora, vamos a por ese café.

—¿No habéis oído lo que he dicho?

—Oh, vamos, Chalms, puedes ponerte mi bigote, ¿quieres mi bigote?

Shirley Bob llevaba siempre encima un bigote postizo. Le gustaba bromear con los productores. Decía (ESTÁ BIEN, CHICOS) (¿VOY A NECESITAR A BOB CONMIGO?). A veces necesitaba a Bob consigo. Y no sólo en las reuniones con productores.

—No quiero tu bigote.

—¿Por qué no, Chalms? —preguntó Wilson.

—Me reconocerá de todas formas.

—¿Y si te dejo a Bob al completo?

—¿Bob al completo?

—Peluca, cejas, lunar desagradable.

—¿Tienes un lunar desagradable?

—Tengo de todo, Harper.

Inevitablemente, pues, las chicas entraron en el Lou's Café, y Stace, que había pasado de largo para no llamar en exceso la atención, regresó al cabo y aparcó junto a lo que le pareció un muñeco afelpado de gran tamaño.

—¿*Tupps*?

El muñeco afelpado había resultado no ser un muñeco afelpado sino Bryan Tuppy Stepwise. En realidad, un desquiciado y congelado Urk Elfine Starkadder.

—No, eh, bueno, supongo que, eh, sí.

Stace salió del coche, contempló al legendario periodista, dijo:

—Vaya.

—Vaya, sí, un frío del demonio.

—Entonces es cierto.

—Yo, eh, no, *verá*.

—Estás en todas partes, Tupps.

—Oh, no no, jou jou, *no*.

—¿Sabías que vendría?

—¿*Yo*?

—La chica del ataúd sellado.

—¿La chica del (AJA-JA-JA) *cómo*?

Stace se metió las manos en los bolsillos del abrigo. Contempló la cafetería, se dijo que a lo mejor aquello era lo que parecía: un episodio maldito de *Las hermanas Forest*.

Esa fue la razón de que no le sorprendiese en absoluto ver salir del (LOU'S CAFÉ) a la mismísima Louise Cassidy Feldman mientras esperaba a que el maldito Tupps hiciese algo más que escurrir el bulto. Pero ¿qué hacía exactamente Urk Elfine allí? Oh, seguir a Louise Cassidy Feldman, por supuesto, como le había pedido Eileen, sólo que no lo hacía en su nombre, sino en el del *gran* e inexistente Bryan Tuppy Stepwise.

—¡OH, NO, NI HABLAR, FLATT! ¡ME LARGO DE ESTE CONDENADO SITIO! ¡ME LARGO! ¿HAS OÍDO? VOY A HACER CASO A ESA CHIFLADA, FLATT, ¡NADA DE ESTO EXISTE AÚN! OH, NO NO NO NO, APÁRTALAS DE MÍ, ¿QUIERES?

La escritora se refería a Jams, y a Wills, y a Shirley Bob, que, al descubrirla sentada en uno de los reservados se habían abalanzado, sin dudarlo y apasionadamente, sobre ella, oh, por una vez había alguien tan famoso como ellas en alguna parte, y era un alguien con quien Jams soñaba *vivir* y a quien amaría por todo lo que no le gustaba hacer y de todas formas haría. Ya había conseguido librarse del alcalde Jules, y aquel tal Howard, oh, el tipo que le había tendido un par de *raquetas* como si ella supiese qué hacer con ellas, e incluso aquella encantadoramente triste sabelotodo, aquella tal Rosey que, oh, recordaba mejor que ella misma cuándo había escrito cada maldita frase que había escrito ¿y cómo era aquello posible? Le preguntó (¿CÓMO ES ESO POSIBLE?) y (¿ACASO NO TIENES UNA VIDA?) (¿Y SE PUEDE SABER QUÉ HACES CON ELLA?) (¿POR QUÉ NO SÉ YO LO QUE HACES CON ELLA Y TÚ SABES LO QUE HE HECHO YO CON LA MÍA?) (¿QUÉ CLASE DE SITIO ES ESTE, FLATT?), y aquella otra mujer, la mujer del fantasma que no era un fantasma porque no era el fantasma de su marido, la chiflada que había querido saber cómo lo había hecho, le había preguntado (¿CÓMO LO HIZO?), y en realidad se refería a cómo había creado aquel sitio, porque este sitio no existe, había dicho, (ESTE SITIO NO ES EL MISMO DESDE ENTONCES), había dicho también, y (CREÓ USTED UN MUNDO LEJOS DEL MUNDO QUE PUEDE VISITARSE) (UN MUNDO LEJOS DEL MUNDO EN EL QUE PUEDE VIVIRSE), y aquella sabelotodo asentía y ¿qué demonios hacía? ¿Estaba *llorando*? (¡LO ÚNICO QUE HICE FUE PARAR A TOMAR UN CAFÉ, Y DESAPARECÍ!) (¡MI FUTURA CARRERA ENTERA SE ESFUMÓ!), bramó la escritora, y Flatt dijo que nada se había esfumado, dijo (OH, VAMOS, LOU, ¿QUIERES DEJARLO DE UNA VEZ?), y entonces aquella mujer, la mujer chiflada, le dijo que ella había creado aquel refugio en el que ella misma se había *refugiado* mientras escribía, para el resto, no para ella, y (LO QUE DEBERÍA HACER), le había dicho aquella chiflada, (ES VOLVER A ESCRIBIR COMO LO HIZO AQUEL DÍA) (DEBERÍA VOLVER A DEJARSE LLEVAR) (OLVIDAR QUE TODO ESTO HA PASADO) (VUELVA A SER LA MUJER QUE DETUVO SU COCHE EN EL APARCAMIENTO DEL LOU'S CAFÉ Y NO SE BAJE DEL COCHE, NO ENCUENTRE LA POSTAL DE LOS ESQUIADORES, ARRANQUE Y SIGA BUSCANDO), le había dicho, y ella no había dicho nada, ella se había puesto en pie y tenía ganas de llorar, pero no había llorado, había bajado las escaleras y le había dicho a Becky Ann que (AQUEL SITIO ERA SU SITIO) y que por ella podía irse al infierno porque era en el infierno donde debería estar, y luego era más tarde y salía, huracanadamente del (LOU'S CAFÉ) y Nicole la seguía hasta el coche, pero ella no le dejaba subirse, ella se subía, un ejército de cámaras desechables apuntándola, y arrancaba, y entonces rompía a llorar, y golpeaba el volante y decía (MALDITA SEA, JAKE) y pensaba por primera vez en su novela como lo que era en realidad: ella misma reflejándose en una infinidad de espejos, espejos en los que a su vez se reflejaba la novela ahora, convirtiéndola en la hija que lo ha hecho todo inconcebiblemente bien y que, pese a ello, como la señora Potter, no ha recibido aún lo único que quería, el amor, por más tormentoso que este pudiese resultar, de su madre. ¿Y quería eso decir que ella era la madre? ¿Y cómo podía eso haber ocurrido? ¿No la quería todo el mundo? ¿Por qué ella no la quería? ¿Acaso se parecía más de lo que creía a aquella otra *ella*?

—¡OH, VAMOS, LOU! ¡SON LAS HERMANAS FOREST! —gritó Nicole Barkey—. ¿QUÉ BICHO TE HA...? —El orondo editor había corrido, inútilmente, resbalando aquí y allá, hasta el coche, con tan mala fortuna que, cuando lo había alcanzado, éste había arrancado y le había cubierto de nieve helada—. ¡OoOooH! ¡MALDITA SEA, *JAKE*!

Confortablemente instalado en la ya no mera posibilidad sino certeza de haberse transformado en un personaje secundario de un episodio aún por rodar, o tal vez inrodable, de *Las hermanas Forest investigan*, Stacey Breis-Cumwitt, le preguntó, divertido, *feliz*, a aquella suerte de Bryan Tuppy Stepwise:

—¿Dónde está tu micrófono, Tupps?

Acababa de descubrir una etiqueta de la tienda de disfraces Meldman colgándole de lo que parecía, y sin duda era, una horrenda peluca rizada.

38

En el que una mariposa aletea en algún lugar y 1) Stump
recibe una llamada del fin del mundo 2) Frankie Benson
vuelve a casa con un par de bloques de hielo por (PIES)
y 3) Ann Johnette MacDale, uhm, descuelga un teléfono

Decidido a impresionar por igual a aquel cerebro portentoso, el
cerebro de la mil veces ganadora de cuantos Howard Yawkey
Graham existían, Myrna Pickett Burnside, y a su madre, la fa-
bulosamente engreída *Lady Metroland*, Stumpy MacPhail había
gastado una pequeña fortuna en el *remodelado* de su diminuta
oficina. Había sido colgarle el teléfono a Milt, y ponerse a buscar a un interiorista para que, *urgentemente*, transformase aquel
polvoriento pequeño despacho en un salón alfombrado con
ningún espacio para los anuarios de ventas de inmuebles del
condado que habían atestado hasta aquella misma mañana las
ahora desaparecidas estanterías. El único superviviente, por
deseo expreso del propio MacPhail era, obviamente, su raído
ejemplar de *La señora Potter no es exactamente Santa Claus*, que
ocupaba un preeminente lugar en tan acondicionadamente *moderno* espacio. En él, además de la frondosa alfombra, apenas
había una mesa, tan francamente *estrecha* que parecía algún tipo
de delicado *mostrador*. Junto a la mesa, una cómoda y enorme
silla giratoria de lo que parecía *ante*, y algunas butacas, butacas
aquí y allá, de, como todo, desde las paredes hasta la frondosa
alfombra, distintos tonos de verde, de manera que, admirándolo,
se pensaba inevitablemente en un confortable fondo marino,
débil y encantadoramente iluminado por lo que parecían bombillas desnudas también aquí y allá, bombillas que sujetaban
troncos de árbol primorosamente tallados que recordaban a los
troncos de árbol que adornaban a menudo los acuarios. De
hecho, la sensación, al contemplar aquellas otras (SOLUCIONES
INMOBILIARIAS MACPHAIL) desde la calle era parecida a con-

templar el interior de un enorme acuario en el que hubiese un único pez, un pez que, nervioso, tamborileaba sus esqueléticos dedos de pianista sobre la superficie de la mesa, admirando la vitrina en la que aquel extremadamente *eficaz* interiorista había introducido el ejemplar de *La señora Potter no es exactamente Santa Claus*.

Como transportado, a aquella, su (CIUDAD SUMERGIDA), y bajo el manto, siempre seguro, de un mundo en miniatura que no existía en realidad, Stump se había atrevido a llamar al todopoderoso Howard Yawkey Graham y exponer, ante lo que le habían parecido *cientos* de vigilantes ante cientos de *puertas*, en realidad, cientos de distintas voces al teléfono, su *caso*. Temiendo la inminente llegada de su madre para *escribir* sobre aquel *milagro*, el milagro de que su hijo no hubiese perdido *nada*, de que hubiese habido un desafortunado *error*, Stump había marcado el número del todopoderoso Graham, y se había topado con sus todopoderosas *oficinas*, que primero, se habían carcajeado (JEJI JEJI JO) de él, y luego, ante la exasperante insistencia de un francamente enaltecido MacPhail (¿DE VERAS ESTÁ DICIÉNDOME QUE VA A *NEGARLE* AL SEÑOR GRAHAM UNA PROVECHOSA *CHARLA* CON EL CONSIDERADO POR INFINIDAD DE PUBLICACIONES COMO EL ÚLTIMO AGENTE *MILAGRO*?) (¿CREE QUE PUEDE PERMITÍRSELO?) (OH, YO DE USTED NO ME LA JUGARÍA, PORQUE, OH, ¿Y SI ESA ESTATUILLA NO ESTUVIERA DONDE DEBERÍA ESTAR?) (¿QUÉ CREE QUE DIRÍA QUE NO LO HICIERA DEL JUICIO DEL PROPIO SEÑOR GRAHAM?) (¿HA OÍDO HABLAR DE WILBERFLOSS WINDSOR?) (¿HA OÍDO HABLAR DE SUS *PERFECTAS HISTORIAS INMOBILIARIAS*?) (LAS *PERFECTAS HISTORIAS INMOBILIARIAS* DE WILB PODRÍAN *DESTRUIR* SI QUISIERAN LA REPUTACIÓN DE SUS CONDENADOS PREMIOS) (¿Y CREE QUE NO LO HARÁN SI SE ENTERAN DE QUE *USTED* HA IMPEDIDO QUE HOWARD SE ENTERE DE QUE EL AGENTE MILAGRO LE HA LLAMADO PARA *INDICARLE* QUE PODRÍA HABER HABIDO UN *ERROR* EN SU JUICIO?), habían *cedido*.

—Cierre el pico.

—¿Disculpe?

—¿Quiere hablar con Howard?

—Uh, eh, *sí*.

–De acuerdo. Le pasaré con Howard. Pero a lo mejor Howard le *parte* el *cuello*.

–Yo, eh, señorita, me temo que, bueno, ¿cómo iba a partirme *nada*? ¿No estamos hablando por teléfono? Quiero decir, nadie puede partir *nada* por *teléfono*.

–Oh, no sabe de lo que Howard es capaz.

Stump se sentía tan diminutamente poderoso que le traía sin cuidado lo que pudiera hacerle Howard Yawkey. Se lo imaginó en su despacho. Era un despacho luminoso. Mascaba algún tipo de goma de mascar. Estaba descalzo. Era pequeño y de plástico, como los muñecos que habitaban su (CIUDAD SUMERGIDA). Dijo:

–Pásemelo de todas formas.

Y se hizo el silencio.

Y cosas de todo tipo ocurrieron en aquel silencio.

No eran cosas de las que Stumpy MacPhail pudiese tener aún noticia. Pero no tardaría en tenerla. Porque una mariposa estaba agitando las alas en algún puede que nada exótico lugar, y lo hacía desconsideradamente, porque no era más que una mariposa y tenía un par de alas y ¿qué podía hacer con ellas sino agitarlas?, y su ridículo *golpeteo* estaba *cargándose* todo lo que Stump había conseguido, estaba *aniquilándolo* todo como lo aniquilaban todo ciertos huracanes, y Stump ni siquiera estaba viéndolo venir. Pero, puesto que, mientras esperaba a que Howard descolgase, no podía siquiera sospecharlo, Stump era ambiciosamente *feliz*, y contenía, a su manera, el planeta que una vez le había contenido a él, y que no iba a tardar en, oh, devolverle al lugar del que había venido, es decir, *expulsarle*, tirarle por la *borda*.

La cosa que iba a acabar con todo se llamaba Frankie Scott Benson, y no era exactamente una cosa, por más que en aquel momento lo pareciese. Aún cubierto por aquel montón de *plumas*, su abrigo de hombre danzando a cada paso, se había detenido ante la puerta de la casa de los Beckerman y había, la maleta repleta de pijamas en una mano, y tres de aquellas novelas *firmadas* por Francis Violet McKisco en la otra, los pies congelados, tocado el timbre y (¡*DING DONG*!) había esperado durante lo que le habían parecido (OH, EL MUNDO SE ACABA, HEN) *años*, aquellos pies como bloques de hielo a punto de *partirse* allí abajo, oh, aquellos estúpidos pies que habían torpemente *abominado* de aquel par de minúsculas botas y habían preferido hundirse en la nieve prácticamente *desnudos* durante, oh, puede que *decenas* de años, ¿o no había pasado Frankie Benson *decenas* de años *caminando*? (OH, HEN, ESCUCHA), Frankie *deliraba*, aquellos pies le estaban *matando*, (¿HEN?) (¿SIGUES AHÍ, HEN?), había dicho, y la puerta se había abierto, y Rustan Claire, el señor Beckerman, había entrecerrado los ojos diciéndose que por más que aquello pareciese una *cosa* enorme, un insidioso montón de nieve de aspecto extrañamente antropomórfico, debía ser *alguien*, y supo, al instante, por el *flash* que relampagueó en la distancia, que sólo podía tratarse de aquel escritor.

—¿Señor, eh, *Denson*?

—(TO-TO-TO-TO) (TA-TA-TA-TA) (TU-TU-TU-TU) —Frankie Benson estaba diciendo (HOLA, QUÉ TAL, OH, ENCANTADO DE VOLVER A SALUDARLE) y (¿PUEDO PASAR?) (HACE UN FRÍO DE MIL DEMONIOS AQUÍ FUERA) (NO ME VENDRÍA NADA MAL UN CHOCOLATE CALIENTE) (¿SABE QUÉ?) (CREO QUE HE PERDIDO LOS PIES) (PERO NO SE PREOCUPE POR ELLOS) (¿SIGUE AQUÍ HEN?) (HE VENIDO A BUSCAR A HEN) (YA SABE, EL TIPO DE LA JAULA) pero todo lo que podía oírse era un castañetear de dientes, aquel—. (TO-TO-TO-TO) (TA-TA-TA-TA) (TU-TU-TU-TU) —Así que Rustan Claire se hizo a un lado y el tipo intentó moverse pero no pudo. Se miró los pies. Les dijo—: (¡TA-TA-TA-TA!) (¡TO-TO-TO-TO!)

Pero los pies no se movieron. Rustan Claire le preguntó si necesitaba ayuda. El tipo siguió rezongando en aquel extraño idioma de castañeteos, así que Rustan decidió llevárselo dentro. A buen seguro aquel (MANUAL DEL BUEN VECINO BENSON) decía que aquello era lo que debía hacerse. *Si encuentra usted a un Benson en la calle y parece desorientado y congelado, no dude en dejarle entrar a su casa, y si no quiere o parece no poder entrar, fuércele o ayúdele a hacerlo, evite cualquier tipo de desgracia, sea un buen vecino Benson.* ¡Vaya! ¡Rustan nunca había creído que pudiese dársele bien redactar manuales del buen vecino!

—¿Es la señora Potter? —preguntó el pequeño Rustie cuando le vio entrar con aquel montón de plumas y *nieve*—. No tiene barba, ¿verdad? —El pequeño Rustie creía que la señora Potter no podía tener barba. Después de todo, era una señora. ¿Y desde cuándo las señoras tenían barba?

—(TO-TO-TO-TO) (TA-TA-TA-TA) (TU-TU-TU-TU) —seguía *ametrallando* Frankie Benson, dejándose arrastrar por Rustan Claire, que si no resollaba era porque había sido un buen luchador en el instituto, y aún, de vez en cuando, seguía levantando pesos muertos, y manteniéndose discretamente en forma—. (¡TA-TA-TA-TA!) (¡TU-TU-TU-TU!) —*No es la señora Potter, hijo, es ese escritor,* le dijo al pequeño Rustie, y luego le pidió que se hiciese (¡AUMPF) a un lado para poder dejarlo caer sobre el mullido sofá—. (¡TA-TU-TO!)

—¿Qué idioma habla, papá? —preguntó el niño.

—Ninguno —dijo el padre—. Creo que está congelado.

—¿Eso quiere decir que está *muerto* pero sigue *vivo*?

—No, eso quiere decir que necesita un baño caliente, ¿verdad, señor *Denson*?

El tipo negó con la cabeza. La sacudió de lado a lado y dijo (TA-TA-TA-TA-TO-TO). Creo que no quiere, papá, dijo el niño. Oh, por supuesto que quiere, hijo, dijo el padre. Lo que no quiere, dijo a continuación, es morirse de frío, ¿verdad, señor *Denson*?

Lo cierto era que Frankie Benson no sabía lo que quería. En realidad, lo sabía muy bien pero no acababa de decidir en qué orden lo quería. Es decir, sabía que quería volver a casa y que quería un *bill* y que quería unos pies como los que había tenido hasta entonces, unos pies que le obedecieran y que no fuesen un par de estúpidos bloques de hielo. También quería que Becks le perdonara y ponerse las gafas para dejar de ver el mundo como lo veía si estuviera dentro de un vaso cristalinamente opaco. Y quería recuperar a Henry Ford Crimp y sus zapatos, y su jersey, y sus pantalones. Quería estar en casa, pero no en aquella casa encantada que estaba tan lejos de casa sino en la mansión Benson, sentado ante su escritorio, tecleando, un relámpago estallando en alguna parte, aquel par de siamesas investiga muertos topándose con su primer muerto *muerto* en una de las cabañas repletas de esquiadores de aquellas *famosas* pistas de esquí *fantasma*. También quería un osito de peluche, y un plato de cortezas, y un buen guiso, y meterse en la cama, y dejar de pasar frío, pero lo que no sabía era en qué orden lo quería.

Por eso sacudía la cabeza.

Sí, está bien, no quiero morirme de frío, se decía Frankie Benson, pero no sé si eso es lo que quiero en realidad *ahora mismo*, porque ¿no preferiría que llamase a la puerta un pequeño ejército de *bills* y me sacase de aquí? Lo preferiría, sin duda, pero ¿y qué había de aquellos pies? ¿No quería que aquellos pies suyos *volvieran*? Si aquellos pies volvían, a lo mejor podía ir él mismo en busca del ejército de *bills*, o simplemente regresar a casa. Aunque nada de aquello iba a pasar en ningún tipo de orden si no podía *comunicarse*. Y lo que ocurría en aquel instante era que no podía *comunicarse*. Todo lo que decía era incomprensiblemente malinterpretado por aquellos Bettermans.

Primero el padre le arrastró hasta el sofá. Lo dejó caer y Frankie recordó el horror de la noche anterior, el miedo a acabar *encima* de aquella mujer desnuda, pero no abrió el pico porque la mujer, la señora Betterman, estaba allí y le miraba con los ojos muy abiertos y una mano en la boca. Parecía *aterrada*. Frankie Scott intentó sonreír, intentó decirle que no se preocupara, que todo había ido bien, dijo (TODO HA IDO BIEN) y (VOY A VOLVER A CASA), pero sonó de aquella castañeteante manera (TA-TA-TA) (TO-TO-TO) (TU-TU) (TA-TO-TU) (TA-TA-TA-TA), y la mujer tironeó del brazo de su marido, el señor Betterman, y el señor Betterman se puso en pie, asintió y le arrastró escaleras arriba. No se atrevieron a desnudarle. Le quitaron el abrigo y lo metieron en la bañera. El agua estaba *ardiendo*. El cuerpo de Frankie Benson *chisporroteó* (FIIIIIFUUUUU) al caer en el agua y el cuarto de baño se llenó de una extraña *neblina*, y Frankie Scott *aulló* (OH-OH-AH-UUUUH), porque la piel le picaba, le picaba *horrores*, y a lo mejor era cosa de toda aquella ropa, se la quitó, se quitó una a una aquellas condenadas *plumas*, y todo lo demás, y se miró los pies, los tocó pero seguía sin sentir nada, nada en absoluto, ¿eran aquellos sus pies? Cuando salió de la bañera pudo articular palabra, dijo (GRACIAS) y (¿PODRÍA AYUDARME A SALIR, SI ES USTED TAN AMABLE, SEÑOR BETTERMAN?) porque no podía tenerse en pie, y aquel hombre que, por fortuna, seguía levantando pesos muertos en su tiempo libre, le ayudó a salir, aquel hombre le tendió una toalla y le envolvió en ella, y luego lo llevó hasta una habitación, y le dio un montón de ropa de abrigo, y dejó que Frankie Scott se vistiera, y aquel hombre no era un *bill*, se dijo Frankie Scott, pero lo parecía, y, oh, qué bien, se dijo, aquello era como estar otra vez en casa, porque no había nada como dejar que te cuidasen, ¿y no era eso lo que siempre había deseado? ¿Y por qué había sido entonces tan estúpido? Oh, ¿acaso no sabía lo que era dejar que los demás *escribiesen* por ti lo que podías haber escrito *tú*? ¿De veras aquel peso que creía haberse quitado de encima al salir de casa *pesaba*? ¿No era un privilegio? Feliz porque aquello no podía ser sino un nuevo principio, Frankie Scott *silbeteó* una ridícula melodía mientras aquel tipo le tendía un par de *espumosos* calcetines, que le sentaron bien a aquellos pies que no eran suyos pero que llevaba encima de todas formas.

—Le llevaré al sofá, luego podrá llamar a su mujer. Aún tiene que recuperar la sensibilidad en esos pies. Le calentaré agua y la pondré en la bolsa de agua caliente. Tienen mal aspecto pero no el suficiente. Quiero decir que no tendrán que *quitárselos* ni nada por el estilo, ¿pero cómo se le ocurre caminar *descalzo* por la nieve, señor *Denson*?

—Si quiere que le diga la verdad, señor Betterman, no tengo ni la más remota idea. Pero supongo que me dolían los pies en esos zapatos de su mujer. No sé qué hacía con ellos puestos. Le seré sincero: creo que perdí la cabeza y luego la recuperé. Y cuando la recuperé, sólo quería volver a casa y me dolían los pies y me quité los zapatos porque pensé que no sería para tanto, pero ha sido bastante para tanto, ¿verdad?

Debidamente instalado en el sofá más tarde, Frankie Benson descolgó un teléfono y llamó a su mujer. El niño y el conejo miraban la televisión. Rustan Claire acariciaba la rodilla de la señora Betterman. La señora Betterman parecía *admirarle* como se admiran ciertas obras de arte. ¿Le había admirado Becks así alguna vez? Frankie Scott se preguntaba a menudo qué había visto Becks en él y si había visto algo más que una *pared* contra la que hacer *rebotar* sus historias, porque eso le había dicho en alguna ocasión que era lo único que necesitaba, alguien que le devolviese el golpe, o que se limitase a estar allí para que fuese ella quien se devolviese a sí misma el golpe.

—Residencia de los Benson, ¿en qué puedo ayudarle?

—¡BILL! —gritó Frankie Benson—. ¿ERES TÚ? ¿ERES UN BILL? OH, OS ECHO DE MENOS, AMIGOS, ¿CÓMO ESTÁIS? —*Es un bill,* informó a los Beckerman—. ¿YO? OH, NO DEMASIADO BIEN, AMIGO, NO DEMASIADO BIEN. —*Sabe que soy el señor Benson, es un buen chico, les dijo a los Beckerman*—. A LO MEJOR PIERDO UN PIE O LOS DOS PERO NO ME IMPORTARÁ LO MÁS MÍNIMO SI PUEDO VOLVER A CASA, ¿CREES QUE PODRÉ VOLVER A CASA? —*Oh, dice que la señora está empaquetando las cosas*—. ¿VAMOS A IR-NOS A CASA, BILL? —*Tendré que llamar a Mary Paul*—. OH, CLARO, NO SÉ, ¿PODRÍAS PASARME CON BECKS, BILL? QUIERO DECIR, ¿PODRÍAS SOSTENER EL TELÉFONO JUNTO A SU OREJA? —*La señora Benson y yo no acostumbramos a hacer demasiadas cosas, a veces ni siquiera sujetamos los teléfonos*—. NO PUEDO CREERME QUE ESTÁ EMPAQUETANDO ELLA MISMA LAS COSAS. —*Oh, dice que Dobbs está en casa, y que Becks está gritando*—. CLARO, BILL, ESPE-RO. —*Ahora me pide que espere, va a buscar a Becks, aunque no me promete nada, creo que tiene miedo.*

De repente, Frankie Benson *deseó* estar en casa. Y no porque desease que le cuidasen aquellos *bills* sino porque no quería perderse la furia de Becks. Adoraba aquella furia desatada. Adoraba ver estrellarse libros y platos y hasta *armarios* contra las paredes. De alguna forma, verla batallar hacía que se le hinchase el pecho de *orgullo.* Becky Ann era una fiera, y le había elegido a él, ¿y cómo era eso posible? La imaginó tirando abajo la puerta de los Beckerman al descubrir que era allí donde se escondía. La imaginó topándose con aquella escena de sofá y abominando de ella. (¿QUÉ ERES AHORA, *SCOTTIE*?), le diría, (¿UNA MUÑECA *AFELPADA*?) (¿QUÉ ES ESTE SITIO, MALDITO ESTÚPIDO?) (¿TU CASA DE MUÑECAS?), y él se apresuraría a intentar ponerse en pie, y no sonreiría como lo estaba haciendo en aquel momento sino que le respondería de alguna manera, diría (¡JA! ¿ES ENVIDIA ESO, BECKS? ¡ES ENVIDIA, BECKS!), y caería al suelo, porque aquellos pies no le harían ni caso, aquellos pies querrían seguir cubiertos con aquella manta, y entonces ella la emprendería con ellos, les diría (¡MALDITOS PIES RIDÍCULOS!) (¿QUERÉIS HACER VUESTRO CONDENADO *TRABAJO*?) (¿DESDE CUÁNDO UNOS PIES CREEN QUE PUEDEN *LARGARSE* SIN MÁS?), y entonces Frankie Scott le diría que no se habían ido a ningún sitio, que seguían allí, pero que no eran ellos exactamente, y ella querría saber lo que había ocurrido con aquel tipo, y con el vestido, y con su maleta repleta de pijamas y con Henry Ford Crimp, le diría (¿TE HAS DESHECHO DE HEN?) (NO LO VEO POR NINGÚN SITIO, SCOTTIE) (¿TE HAS DESHECHO POR FIN DE ESA COSA?), y, oh, Frankie la adoraba, y haría lo que ella le pidiese, quería volver a formar parte de aquel espectáculo, ¿no era un espectáculo? Su vida era un espectáculo, y aún podía responderle las cartas a aquel tipo, no tenía por qué dejar de ser Myrlene Beavers, ¿y no era *todo* absurdamente *divertido*? ¿En qué demonios estaba pensando?

—No sé en qué demonios estaba pensando, Becks —le diría, cuando ella acercara su oreja al teléfono que sostendría aquel *bill*—. ¿Puedo volver *ya* a casa? —Porque, le diría, él nunca había querido irse a ninguna parte, pero no imaginó que ella reaccionaría tan *mal* a su pequeño *asunto* con Violet McKisco, jamás pensó que le daría la más mínima importancia porque no la tenía, lo único que Frankie había querido era *divertirse*, le había parecido que podía ser *divertido* salir con aquel tipo y luego *contárselo*, ¿no podría haber sido divertido? Tal vez si aquel par de hermanos quionofóbicos no lo hubiesen fastidiado todo, nada de aquello habría pasado, y a Becks, la Becks aún apasionadamente ilusa que reaparecía en aquellas casas encantadas en las que escribían, le habría parecido una buena idea, tal vez incluso le habría acompañado, oh, sí, ¿por qué no? Podría haberle llevado del brazo, como una concubina que no se fiase de aquel escritor del demonio que había conquistado a ¿quién? ¿Su *hermana*? ¿Su querida *hija*? ¿Su *madre*?

—No deberías haber pensado *nada* en absoluto, *Scottie*. ¿Desde cuándo pensar se te ha dado *bien*, Scotts? —le diría ella, y luego le perdonaría, porque no podía no perdonarle, ¿qué haría ella sin él? ¿Contra quién haría *rebotar* todas aquellas ideas?

—No tengo pies, *querida*, pero deja que esos *bills* recojan nuestras cosas y volvamos a casa, Becks. Llamaré a Mary Paul. Mary Paul nos recogerá. Uno de esos *bills* puede subirme a la diligencia. Nos iremos de aquí, Becks. Y a lo mejor, he pensado que, bueno, ¿no podríamos escribir, por una vez, la historia de las siamesas esquiadoras en casa? Tal vez podamos *pedir* a Dobbs que *encante* nuestra casa, ¿y no sería estupendo, Becks? A lo mejor podríamos fingir que es cualquier otro lugar, o a lo mejor podríamos, por una vez, fingir que nosotros somos *otros*, ¿y si fuéramos otros, Becks?

—¿Y por qué iba a querer ser *otra*, Scott? ¿Qué clase de cosa le ha hecho a tu cerebro ese estúpido vestido, Scotts? ¿Han sido todas esas *plumas*?

Puesto que no había forma de que Becky Ann supiera que el vestido de Frankie Benson era un vestido *emplumado*, Frankie le preguntaría cómo lo había sabido, le diría (¿CÓMO DEMONIOS LO HAS SABIDO, BECKS?), y entonces ella se pondría hablar de Dobson Lee. Le diría que Dobson Lee les había estado tomando el pelo, porque aquellos fantasmas no existían, no habían existido (NUNCA), que aquel tipo, oh, aquel tipo engreído que no hacía más que *regurgitar* cereales, ni siquiera era (RANDAL PELTZER), sino un tipo cualquiera con un mecanismo accionable que le convertía en *fantasma*, en realidad, lo atenuaba ligeramente, porque uno podía atenuarse si quería, o al parecer, eso había ocurrido todo el tiempo, ¿y las puertas y las ventanas, y todos aquellos golpes, los movimientos de las sillas y la cubertería, la caída de los libros de las estanterías? Más *mecanismos*, Scotts. (OH, ¿DE VERAS, BECKS?), repondría Frankie Scott, y luego querría saber cómo lo había descubierto y entonces le hablaría del miedo, el *horror*, que había visto en los ojos de aquella mujer de nombre estúpido, *Dob-son*, cuando había abierto la puerta, en realidad, cuando uno de aquellos *bills* la había abierto, y le había dicho que (LO SENTÍA), que (LO SENTÍA MUCHÍSIMO), pero que ella iba a arreglarlo, que hubiese pasado lo que hubiese pasado entre ellos, ella lo arreglaría, pero le temblaba la voz, (¡ESTABA MUERTA DE MIEDO, SCOTTIE!), y Becks había querido saber cómo pensaba hacerlo, cómo pensaba arreglarlo porque ¿acaso podía hacer que el tiempo fuese al revés, que empezase a correr hacia atrás para que nada de aquello hubiese *pasado*?

No, no podía, claro.

Pero lo arreglaría de todas formas, había dicho.

—Oh, me temo que no hace *falta*, querida nombre estúpido Lee No Sé Cuántos porque estás maldita y condenadamente DESPEDIDA —había dicho Becks, y lo había dicho *disparando* su dedo índice en dirección a Dobbs—. Pero antes vas a tener que deshacerte de este sitio. —El dedo había dibujado un pequeño círculo, abarcando la estancia en la que se encontraban—. Vas a tener que DESVENDERLO, querida No Sé Cuántos, porque has estado tomándonos el pelo durante el tiempo suficiente como para que lo hagas, si es que te queda, o has tenido alguna vez, algo de *decencia*.

Y entonces había sido cuando Dobbs se había arrodillado, se había arrodillado y había suplicado clemencia, como si fuese su *cabeza* y no su contrato lo que estuviese en juego, había (BUAA-AAAAA) llorado, y había dicho que no había sido su intención la de tomarles ningún tipo de (PELO), que simplemente no era (SENCILLO) encontrar casas (ENCANTADAS) y que en cualquier caso la del fantasma profesional era una práctica del todo (LÍCI-TA) porque los fantasmas (NO EXISTÍAN), así que no había forma de encontrarlos de ningún modo, y ¿no habían escrito de todas formas ellos todas aquellas novelas? ¿Por qué tenía aquel ridícu-lo fantasma de la claramente *torpe* Un Fantasma Para Cada Oca-sión que fastidiarlo *todo*? ¿No era injusto? ¡Era *condenadamente* injusto!

—LARGO DE AQUÍ —había dicho Becks, y entonces Dobson Lee se había *abrazado* a sus piernas y había dicho (NO) y Becks había gritado (¡BIIIIIIIIIIIIILL!) y un puñado de mayordomos habían rodeado a las dos mujeres y habían *arrancado* a la agente de allí, y luego habían querido saber qué debían hacer con ella y Becks había dicho que quería que la devolvieran a su ofici-na, y se asegurasen de que (JAMÁS) volvía a acercarse a ella ni a su, había dicho, *marido*. (¡OH, BECKS!) (¿QUIERE ESO DECIR QUE PUEDO VOLVER A CASA YA?), no lo sé, (SCOTTIE), respondió Becky Ann, creí que preferías a ese tipo.

—Oh, Becks, yo no podría preferir a *nadie* antes que a ti.

—Estabas obsesionado con ese condenado vestido, Scotts.

—¡Sólo creí que sería divertido! ¡Pero los hermanos Clem lo fastidiaron todo, Becks!

—Ese par de estúpidos, ¿cómo dices que se llaman?

—Clem.

—¿*Clem*? ¿Qué clase de nombre es ése?

—No sé, Becks, ¿me perdonas?

—No.

–¿No?

–No. Pero puedes llamar a Mary Paul.

–¿Volvemos a casa?

–No sé si tú vuelves a casa, Scotts.

–¿Por qué no, *bizcochito*?

–No me llames *bizcochito*, Scotts.

–Oh, Becks, ¿por qué no?

–Porque no me gusta.

–Quiero decir, ¿por qué no puedo volver a casa *contigo*?

–Porque no sé si puedo perdonarte, ridículo montón de ideas, ¿has visto todos esos *periodicuchos*? ¿Qué vamos a hacer con ellos?

–Oh, ¡podemos invitarles a *casa*!

–¿Invitar a casa a ese montón de, qué, *flashes*, Scottie?

–¿Por qué no, *Becky*? Podemos invitarles a casa y servirles esa tarta que hace esa cosa con la comisura de tus labios y dejar que escriban *terroríficas* historias sobre lo que sea que se les ocurra, porque seguro que se les ocurre algo, y ¿no olvidarán todo lo que ha pasado aquí si lo hacemos? Yo creo que lo olvidarán todo, Becks.

Y no se equivocaba.

Lo olvidarían.

Pero para que aquello sucediese aún debían suceder un montón de otras cosas. La primera de las cuales tenía que ver con Stumpy MacPhail, claro. Stumpy y aquella llamada en espera a las oficinas del todopoderoso Howard Yawkey Graham.

–(*FZZZZZZZZZZZZ*)...

–¿Se-se-se-ñor Graham?

–(*FZZZZZZZZZZZZ*)...

–¿Está usted *ahí*?

–(*FZZZZZZZZZZZZ*)...

–¿Es usted *eso* que oigo, se-se-señor?

–Oh, eh, (*FZZZ*) (*BOP*) sí, disculpe, estaba, uhm, contemplando mi cepillo de dientes. Es uno de esos cepillos que funcionan *solos*, ¿sabe? Es portentosamente ridículo. Lo que hace lleva puede que miles de años haciéndose sin él pero a él le trae sin cuidado. ¿No es un poco como *nosotros*? Usted y yo, ya me entiende, enseñamos casas, pero ¿acaso necesitan las casas que alguien como usted y yo las enseñe? No lo necesitan en absoluto. A veces me imagino a esas casas contemplándonos como yo contemplo ese estúpido cepillo. Ahí está ese tipo, se dice la casa. No sabe lo inútil que es en realidad.

Stumpy frunció el ceño. ¿Estaba Howard Graham chiflado? ¿Qué sabía en realidad de él? Nadie hablaba nunca de él. ¿Por qué nadie hablaba nunca de él? A lo mejor estaba chiflado y todo el mundo le decía que sí a todo para que no dejase de organizar aquellos premios porque ¿no eran aquellos premios lo único que les mantenía a flote? Es decir, podían venderse casas pero ¿acaso tenía alguna importancia hacerlo si nadie se la daba?

—Claro, señor Graham, somos, eh, *intercambiables* —dijo Stump, pensando en aquella estatuilla, en lo bien que quedaría en su nuevo despacho, aquella oficina con aspecto de algún tipo de fondo marino—. Y hablando de *intercambios*, tal vez no me, eh, recuerde, pero soy (UH-JUM) uno de *sus* agentes audaces de este *año*...

—El mundo funcionaba estupendamente sin nosotros.

—Claro, señor Graham, pero ¿no funciona también estupendamente *con* nosotros? Quiero decir, lo único que hacemos es *ayudar* a la gente.

—Enseñamos casas.

—Exacto, ¿y tiene eso algo de malo?

—No es gran cosa.

—Oh, yo creo que lo es, señor.

—Rachel no cree que lo sea y a lo mejor yo tampoco. ¿Ha pensado usted alguna vez en dejarlo? Yo estoy pensando en dejarlo. Rachel quiere que cojamos un avión y salgamos de aquí. Quiere ir a un lugar en el que no haya enseñado jamás una casa.

—¿*Rach*-qué? —Stump estuvo a punto de atragantarse con su propio *aliento*—. No no no, señor Graham, usted no puede ir a ninguna parte.

—¿Por qué no?

—Porque es el señor Graham.

—¿No diría que puedo hacerlo precisamente porque soy el señor Graham?

—Claro, pero ¿qué iba a ser de nosotros?

—Me trae sin cuidado.

—No es cierto.

—No soy más que un cepillo *a pilas*.

—Le entiendo —dijo Stump—. Yo también he pensado en tirar la toalla más de una vez, pero ¿a quién trataba de engañar? No creo que exista otro Stumpy MacPhail.

—¿A qué se refiere?

—A que no podría hacer nada más, en realidad.

—Oh, eso no es cierto. Piense en los teléfonos. Puede usted afinar una guitarra con ese molesto (TUT-TUT-TUT) que escucha al descolgar, ¿y cree que el teléfono sabe que podría *cobrar* por ofrecer ese *servicio*?

Stump no creía que el teléfono supiera nada, pero se hacía tarde y aquello que veía fuera parecía una sombra, y a lo mejor era la sombra de su madre, que se aproximaba, y ¿qué iba a decirle? Oh, mamá, ¿recuerdas el asunto del *premio*? Al final hubo un malentendido y *nadie* lo ganó, porque ¿sabes? Howard Yawkey está *chiflado*. Cree que es un cepillo a pilas. Ajá. Está pensando en irse a alguna otra parte y dedicarse a cualquier otra cosa porque dice que todo le trae sin cuidado.

—No, no lo sabe.

—Exacto.

—Pero yo no le llamaba por eso.

—Claro que no ¿por qué lo ha hecho? A lo mejor no sabía que iba a hablar con un teléfono a pilas, quiero decir, un cepillo a, ya sabe.

—Mi madre está a punto de llegar —confesó MacPhail—. Mi madre quiere que yo sea un buen cepillo a pilas. El mejor cepillo a pilas. Y ¿sabe? Alguien ha dicho hoy que yo soy un cepillo a pilas *milagro*, y he pensado que a lo mejor podría usted reconsiderar lo que pasó con Pirbright. Quiero decir, a mí nunca me importó lo más mínimo la forma en que funciona el mundo. Simplemente cogí un *avión* y me fui a un lugar en el que no había enseñado jamás una casa. Corrí el riesgo, ¿sabe a que me refiero? —(FZZZZZZZZ) *Sí, eh, sí*—. El caso es que me nominó usted al Howard Yawkey Graham a Agente Audaz por hacerlo. De repente me pareció que todo había merecido la pena. ¡Loado sea Neptuno! ¡Todos aquellos años oyendo a mi madre decir que había tirado mi vida por la borda iban a esfumarse! Pero en el último momento, señor, alguien confundió *audacia* con *suerte* y le entregó *mi* estatuilla a Brandon Pirbirght.

—Bonita historia.

—No es una historia.

—Me ha parecido una historia.

—He vendido una casa aburrida en un sitio helado en el que nadie en su sano juicio compraría una casa y mucho menos una casa aburrida. He tenido que *encantarla* para venderla. Me han hecho *cientos de miles* de entrevistas *hoy*. En algunas de ellas he dicho que usted cometió una equivocación al no concederme el Yawkey Graham porque cuando me mudé a aquí estaba siendo *audaz*, y a lo mejor, he pensado, podría usted *rectificar*, por una vez, y concederme esa estatuilla para que mi madre deje de *atormentarme*.

—(FZZZZZZZZZ)...

—¿Señor Graham?

—Rachel está a punto de llegar.

—¿Ha oído lo que he dicho?

—No me parece una idea descabellada.

—Oh, ¡loado sea Neptuno!

—¿Cepillo *milagro*, ha dicho?

—¿Cómo?

—Le diré a Wilkes que lo anote. Puede ser una buena idea. Quiero decir, si el año próximo sigo aquí, ya sabe. Porque Rachel quiere que, oh, bueno, ya lo sabe.

—¿El año próximo? No, eh, *je*, yo me refería a *este* año. ¿No podría usted *rectificar* y decirle a Pirbright que cometió un *lamentable* error?

—Me gusta —dijo Howard Graham, claramente pensando en cualquier otra cosa.

—Oh, loado sea Neptuno *otra vez*, ¿quiere eso decir que lo hará?

—Por supuesto, acabo de decírselo. El año próximo, si sigo aquí, habrá una categoría para *usted*. Quiero decir, una categoría en la que puede *competir*.

—¿Una categoría en la que puedo *competir*?

—Claro, muchacho, ¡el Yawkey Graham a Agente Milagro!

Oh, no no no, aquello no podía estar pasando, Stumpy cerró los ojos, los cerró con fuerza y dijo (NO PUEDE HACERME ESTO), se masajeó una sien y luego la otra, y aquel tipo decía (¿A QUÉ SE REFIERE?) (¿NO LE GUSTA?) y él decía que no, que no podía gustarle porque él lo que quería era aquella estatuilla, se la había *ganado* y no era justo, oh, no era *nada* justo, y entonces Howard Graham repuso (SI LA VIDA FUERA JUSTA, MUCHACHO, LOS CE-PILLOS A PILAS NO EXISTIRÍAMOS), y Stumpy estrelló el teléfono contra la horquilla. Se puso en pie y dio una vuelta por aquella esponjosa alfombra, y apenas había dado un par de pasos en una dirección y otro par de pasos en otra, cuando los nudillos en-guantados de alguien (*mop-mop-mop*) golpearon el cristal de su verdosamente *submarina* oficina.

—¿RALPH? —articuló, aún en mitad de la ventisca, Myrna Pic-kett Burnside, agitando una de aquellas manos enguantadas y sujetando una agenda abierta con la otra. Alguien que no era Stump le abrió la puerta. Era un alguien atareado, con demasia-dos teléfonos sonando a la vez—. Oh, Ralph, ¿es esta tu oficina? ¿No parece un *acuario*? Desde fuera parece un *acuario*, Ralph, ¿no tienes miedo de *helarte* aquí dentro? —Myrna caminaba re-sueltamente por la estancia, con aquella agenda abierta ante sí. Iba diciéndole cosas a aquel alguien que había entrado con ella. Aquel alguien seguía atareado con todos aquellos teléfonos que parecían sonar a la vez. Eran teléfonos diminutos, que se sacaba de los bolsillos—. Yo tendría miedo de helarme aquí dentro.

—Oh, n-no, yo, eeeh, este sitio es un sitio *frío* pero no hace frío aquí dentro. —Stump sonrió. Se acarició la pajarita. Debía aproximarse a ella y ofrecerse a retirarle el abrigo. El abrigo era un abrigo de todo tipo de pieles. Tenía al menos tres bocas re-pletas de afilados dientes—. Déjame que te retire, eeeh, *eso*.

—Eres muy amable, Ralph, pero no te entretendré demasiado.

—¿No?

—Me temo que he vendido dieciséis casas cuando veníamos hacia aquí. —¡*Diecisiete*!—. Oh, ya son diecisiete. Estupendo. ¿No es estupendo, Ralph?

—Claro, pero ¿no pueden *esperar*?

Myrna sacudió la cabeza, (NAH, LAS CASAS NO ESPERAN, RALPH), dijo, y dejó sobre el escritorio de Stumpy su agenda abierta y curioseó entre sus cosas hasta que dio con el pequeño mueble bar. Se sirvió una copa. Se la bebió de un trago (¡AH!), se sirvió otra. Dijo (¿QUIERES, RALPH?). Y antes de que él pudiera responder le dijo al alguien de los teléfonos que se fuera. Le dijo (ENSEGUIDA ESTOY CONTIGO). Y el alguien asintió, sumiso, y se dirigió a la puerta. Antes de salir, gritó (¡DIECIOCHO!).

—¿No es horrible, Ralph?

—¿Vender, eeeeh, *casas*?

—Vender *tantas* casas, Ralph. Es horrible. A veces me parece que ni siquiera existo. Mírame. Estoy aquí pero no lo estoy en realidad. Yo no pedí tener a todo el mundo y todas esas casas en mi cabeza, Ralph. No pedí saber *emparejar* a esa gente con esos sitios. Pero no puedo evitar hacerlo. Todo el rato. ¿Y qué ha hecho eso conmigo, Ralph?

—No, eh, nono no lo sé, *Myrn*, eh, señorita Burnside. —¿Había llegado Stump a tutearla? En aquel momento no tenía forma de saberlo, así que prefirió no hacerlo. Le preguntó qué había hecho—. ¿Qué ha hecho?

—Creo que me ha borrado, Ralph.

—¿A qué se refiere?

—Me refiero a que a veces preferiría ser, no sé, *tú*, Ralph. Tener este despacho, y, bueno, salir ahí fuera y tocar puertas y no tener suerte y a veces tenerla pero no saberlo todo, Ralph. —Se bebió la tercera copa de un trago. Estaba mirando afuera. El alguien le estaba haciendo señas—. Tengo que irme.

Perplejo, Stumpy cogió el abrigo y se lo devolvió. ¿Aquella era la mujer que había *mordido* a Imogen Hermes Gowar? No era posible, ¿cómo era posible? Había dicho que tenía que irse pero se había arrodillado en el suelo con la copa en la mano. No hacía más que beber y acariciar la alfombra como acariciaría a un perro ridículamente *enorme* y murmuraba (NO QUIERO IRME, RALPH, ¿POR QUÉ TENGO QUE IRME?) (NI SIQUIERA SÉ SI EXISTO, RALPH), y Stumpy se contemplaba la manga derecha de la chaqueta de aquel esmoquin con el que, había decidido, impresionaría a Myrna Burnside, y pasase lo que pasase, se había dicho, el esmoquin hablaría por él, cuando Myrna le mirase no vería a aquella mota de polvo que había sido en otro tiempo sino a un *acaudalado* y exitoso agente del que apenas se había oído hablar aún pero del que no tardaría en oírse hablar. Aquel esmoquin estaba orgulloso de Stump, y haría que Myrna también lo estuviese, pero ¿acaso podía siquiera imaginarse que la *mil veces* ganadora del Howard Yawkey a Agente del Condado, tan poderosamente *totalitaria* como solía mostrarse rodeada de *gente*, no era *nadie* cuando estaba a solas con *alguien*? ¿Por qué parecían Stumpy y ella, de repente, dos motas de polvo, dos cepillos a pilas, de especies *distintas*?

—Vuelve a explicarme ese asunto del cepillo, Stump.

Milty Biskle dejaría caer su desgarbada figura sobre una de aquellas butacas verdosas poco después de la partida de Myrna. Le haría saber que aquel lugar le parecía aún más horrible de lo que había imaginado. ¿Cómo era siquiera posible que existieran *casas* en un sitio tan condenadamente *frío*? (SI NO FUERA POR ESE PREMIO, STUMP, DIRÍA QUE NO SÓLO ESTÁS TIRANDO TU VIDA POR LA BORDA, SINO QUE LO ESTÁS HACIENDO A ALGÚN TIPO DE SUPERFICIE *HELADA* QUE DEBIÓ ACABAR CON ELLA EN CUANTO TE MUDASTE, PORQUE, DIME, HIJO, ¿TIENES ALGÚN TIPO DE VIDA AQUÍ? ¿ES SIQUIERA POSIBLE TENERLO?), le diría, a lo que Stumpy respondería con evasivas, después de todo, la visita de Myrna le había *deprimido*, le había deprimido profundamente, porque ¿acaso había querido decir que el éxito podía ser, de alguna forma, un *fracaso*? ¿Que podía acabar contigo? ¿Devorarte? ¿Qué era, el éxito, una especie de *tiburón mental* del que nadie hablaba porque, oh, nadie quería admitir que había dejado de existir cuando había alcanzado la *cima*? Así que sin saber exactamente por qué, había empezado a hablarle a su madre del asunto de los cepillos a pilas y ella había sacado una libreta, y había empezado a escribir, y miraba alrededor y parecía gustarle lo que veía pero no iba a decírselo, hablaría del infierno que se había desatado en la redacción después de que él empezase a (PERDER) cosas, y le diría que por fortuna aquello había (ACABADO) y entonces sonaría el (¡RIIIIIIIIING!) teléfono y Stump diría (UN MOMENTO, MAMÁ), porque querría evitar volver a hablarle del asunto del cepillo porque hacerlo significaría confesarle que no había ganado el Yawkey Graham a Agente Audaz, que, en cualquier caso, podía ganar el Yawkey Graham a Agente Milagro, pero para eso tendrían que cruzar los dedos para que una tal Rachel no se llevase a Howard a donde fuese que no hubiese enseñado jamás una casa, y descolgaría aquel maldito auricular con la esperanza de que fuese el mismísimo Howard Graham, resuelto a *rectificar*.

Pero no era Howard Graham.

Era el fin del mundo.

—Ralph —dijo el fin del mundo—. Voy a tener que (¡SNIF!) devolverle la (¡SNIF!) casa. —*¿Qué casa? ¿Con quién hablo?*—. Me han (¡SNIF!) despedido, Ralph. La fastidiamos, Ralph, ese maldito fantasma era (¡SNIF!) —*¿Señorita Wishart?*— oh, *aborrecible*, ¡ha confesado! ¿Puede (¡SNIF!) creérselo? —*Oh, no, no no no, ¿está diciendo lo que creo que está diciendo?*—. ¿Por qué concedió usted esa (¡SNIF!) entrevista? ¿Cómo se le ocurrió decirles (¡SNIF!) que amaban algo que ellos no habían escrito? ¿Acaso no sabe cómo funcionan los escritores? —*¿Cómo funcionan? No entiendo, yo no, eh, ¿se refiere a la señorita Feldman? Yo, eh, je, ¡hablé de mí!*—. Se acabó, Ralph, y, oh, no, (¡SNIF!), parecía que no podía hacerlo, ¿verdad? ¿No éramos (¡SNIF!) afortunados? —*No, escuche, señorita Wishart, yo lo arreglaré, quiero decir, les pediré disculpas, llamaré a esa televisión, les diré que mentí, que sólo estaba tratando de darme importancia*—. La transacción está *anulada*, Ralph, la diligencia de Mary Paul está en camino, y yo, eh, (¡SNIF!), creo que voy a echarles de menos, Ralph, porque podían ser estúpidamente aborrecibles pero (¡SNIF!) también eran lo único que parecía tener sentido, lo único que *brillaba*, Ralph, ¿no *brillaban*, Ralph? ¿Dónde voy a encontrar a otros Benson, Ralph? —*No va a tener que encontrar nada, vamos a recuperarlos, señorita Wishart, ¿por qué no me da su número de teléfono?*—. ¡MALDITA SEA, RALPH! (¡SNIF!) ¿Es que no me escuchas? ¡La casa va camino de tu oficina *ahora mismo*! ¡Nadie va a hablar con *nadie*, estúpido! ¡Se acabó! (¡SNIF!) ¡Tú también estás despedido! ¡Es el fin del mundo, *joder*!

—Oh, no no no. No es el fin de *nada*, señorita. —*Clic*—. ¿Wishart? —(TUT-TUT-TUT)—. Oh, no no no no. —Stumpy miró el auricular del teléfono. Tocó la horquilla (TAP-TAP)—. No estoy, eh, *despedido*. No puedo estar *despedido*. No. *Ja ja* —rio. Seguía con auricular en la oreja. Milty Biskle frunció el ceño. El ceño de Milt era un ceño famoso y en extremo celoso de su vida privada.

No le gustaba estar allí, sólo estaba haciéndole un favor a Milt–. Voy a ser el próximo Agente *Milagro*, Wishart, me lo ha dicho el mismísimo Howard Graham, así que ¿cómo voy a estar *despedido*? –Milt se puso en pie–. Y, por si no lo sabías, Wishart, la casa no puede estar viniendo hacia aquí *ahora mismo* porque es una casa y las casas no caminan. –Stump alzó la vista, Milty acababa de quitarle el auricular, dijo–: ¿Verdad, *mamá*? –*Maldita sea, Stump*, dijo Milt, ayudándole a levantarse–. Lo arreglaré, mamá, voy a arreglarlo, no estoy tirando mi vida por la borda. –*Lo sé, hijo*–. ¿Lo sabes, mamá? –*Mira este sitio*–. ¿Qué pasa con este sitio? –*Me gusta, Stoppie*–. Es el sitio de la señora Potter, mamá, ¿recuerdas cuando me compraste la señora Potter, mamá? –*Lo recuerdo todo, Stopps*, dijo Milt, y se puso el abrigo y le tendió el abrigo a su hijo–. ¿Hasta los libros para colorear?

–Esto no es un libro para colorear, Stump.

–¿No?

La acorazada Milty Biskle parecía, como Myrna Pickett Burnside, haberse rendido al encanto esponjosamente acuático de aquella oficina *sumergida* como si, en vez de en el pérfido y abominable mundo real, estuviese en algún otro mundo, el mundo de, por qué no, su (CIUDAD SUMERGIDA). Como si, por una vez, él fuese a la vez el *minorista* superior y el muñeco que decidía *recolocar* en una *flamante* nueva oficina en la que las cosas podían fastidiarse pero nunca iban a hacerlo del todo, porque a veces tenerlo todo era, como decía Myrna, haberlo perdido, de alguna forma, todo, y ¿no quería eso decir también que al perderlo todo, podías, de alguna otra forma, tenerlo *todo*? ¿Cómo podía explicarse si no lo que ocurrió a continuación?

Fascinada por lo que había *entrevisto* en televisión, oh, nada le gustaba más a la reconocida periodista de miniaturas que los chismes de aquel metomentodo televisivo, Carlton Wynette Morton, una parte de la majestuosa (CIUDAD SUMERGIDA), Ann Johnette MacDale había estado tratando de *localizarle*, llamando a todas las atracciones turísticas del lugar en el que había dicho vivir. En el Lago Helado Dan Ice Lennard había dado con el mismísimo Dan Ice Lennard que no había tenido ningún problema en proporcionarle el teléfono de (SOLUCIONES INMOBILIARIAS MACPHAIL). Dan Ice había recibido una de aquellas cartas que había enviado Bertie Smile, y se había dicho que había llegado el momento de dejar en paz a aquella condenada ciudad. Ann Johnette, los dedos cruzados sobre la mesa, había marcado el número, y aunque habían tardado en descolgar, al fin lo habían hecho, y lo primero que había dicho ella había sido:

—Gracias a Neptuno, ¿es *usted*?

—¿Disculpe? —Era la voz de un hombre, así que podía ser él.

—¿Señor MacPhail? —se aventuró Ann Johnette, el par de trenzas cayéndole junto a uno y otro hombro—. Soy Ann Johnette MacDale, siento molest...

—¿Ann *Johnette*? ¿Es una... *broma*?

—No, señor MacPhail. Le llamo de *Mundo Modelo*, la revista. Vi por televisión lo que parece una impresionante (CIUDAD SUMERGIDA) en miniatura y, no sé si conoce *Mundo Modelo*, pero nos dedicamos a hablar de ese tipo de *sitios*, y me preguntaba si podría *visitarla* y escribir sobre ella, ¿cree que podría, señor MacPhail?

Oh, aquella condenada mariposa.

¿No podría haber aleteado *antes*?

39

En el que Bill y el pequeño Corvette, oh, (¿A DÓNDE VAMOZ, BILD?), regresan a Kimberly Clark Weymouth y, (NO), por fin, (OCURRE), porque (ELLA), el gran Vanini que nunca será nadie sin Bill Bill, ha (VUELTO)

A Bill le hubiera gustado subir al pequeño Corvette al asiento del copiloto, y escucharle decir todo tipo de cosas (¿EZTÁ BIEN TU TÍA MACK?) (IBA A VOLVED Y NO VOLVIÓ) (¿POR QUÉ NO VOLVIÓ, BILD?), en realidad, imaginar que lo hacía y que lo hacía a su lado, para poder responderle. Pero el pequeño Corvette era demasiado *grande*. Así que tuvo que instalar un *gancho* en aquella camioneta repleta de asientos, para poder arrastrar el remolque con aspecto de jaula de *circo* en el que el pequeño Corvette parecía pastar. (OH, EN REALIDAD ES UNA JAULA DE CIRCO, ALGUIEN DEL AYUNTAMIENTO LA COMPRÓ EN UNA DE ESAS SUBASTAS DE COSAS INCREÍBLES, ¿HA OÍDO HABLAR DE ELLAS?), le había confesado aquella abogada, Trace, antes de tenderle las llaves de la jaula y decirle que le llamaría cuando la señora Mackenzie hubiese firmado los papeles, y que sólo le citaría si la señora Mackenzie quería *luchar*, dijo (LUCHAR), por el Hogar MacKenzie, y que lo haría para que él *justificase* su *oposición*, y diese comienzo la *contienda*. Y, puesto que cada vez que aquella mujer mencionaba a (LA SEÑORA MACKENZIE), de alguna forma, Bill desaparecía, se hacía diminuto, se perdía en las profundidades, Bill no decía nada, o decía la clase de cosas que podría decir un autómata controlado por un niño repelentemente obediente, decía (POR SUPUESTO) y (LO SÉ, SEÑORITA MAHONEY) y también (¿PUEDO IRME YA, SEÑORITA MAHONEY?), y oía al pequeño Corvette susurrarle que todo aquello era muy extraño, ¿y qué eran todos aquellos barrotes? El pequeño Corvette nunca había estado encerrado antes, y se sentía como, decía, (UN PÁJADO), pero no un pájaro corriente, sino uno de aquellos (PÁJA-

DOS) que vivían con los humanos porque no sabían que podían vivir (ZIN ELLOZ), y ¿acaso era él un pájaro? ¿Y por qué, si lo era, no podía *cantar*? Oh, pensó Billy Peltzer, a lo mejor es porque tú tampoco (PEQUEÑO CORVETTE) eres un personaje principal, no eres (NATHANAEL WEST), sólo eres *otro* Billy Peltzer, le dijo. Pero se lo dijo a sí mismo porque el pequeño Corvette no estaba diciendo nada, sólo estaba esperando, y luego estaba contemplando cómo aquel sitio, Lurton Sands, se alejaba y él, quién sabe si feliz o asustado, *barritaba*, y Bill cambiaba de emisora a cada rato, no hacía más que apretar el acelerador y cambiar de emisora *constantemente* porque le parecía que al hacerlo se *transportaba* a otro mundo distinto, que oír a un u otro locutor era pertencer a lugares que no estaban allí, que flotaban por encima de aquella carretera y de aquel mundo en el que Madeline Frances había vuelto a casa, aquel mundo que iba a dedicarle una *retrospectiva*, y todo porque él se había marchado, todo porque él había dejado de custodiar aquellos cuadros, los había *abandonado*, y al hacerlo, había abandonado la posibilidad de un mundo en el que Madeline Frances había dejado de existir, al desaparecer él, había desaparecido, se decía, la idea de su *partida*, como en un macabro rompecabezas que nunca le había tenido en cuenta. (¿A DÓNDE VAMOZ, BILD?), imaginó que le gritaba Corvette desde el remolque, y él no supo qué contestar, porque podría haber dicho (A CASA), pero aquella no era su casa, porque la casa de Corvette era la casa de tía Mack, la casa de Sean Robin Pecknold, aquel otro lugar horrible en el que Bill no iba a dejar de ser un personaje secundario, el (CHICO MACKENZIE), y a lo mejor, se decía, era una maldición, y no tenía sentido irse a ninguna parte, pero tampoco podía decir que estaba regresando a *su* casa porque ya no tenía una casa a la que regresar, había vendido la casa de Mildred Bonk, y por primera vez sintió que había perdido algo, y era algo enorme, algo sin lo que él no era exactamente él, y ese algo era *su* casa, todo lo que ella *contenía*, todo lo que, en realidad, había contenido, a su madre, a su padre, al pequeño Bill, no lo que pudo haber sido sino lo que había sido, y se maldijo, oh, golpeó el volante, lo golpeó con todas sus fuerzas, porque el vacío que había empezado a extendérsele por dentro era *insoportable*, ¿qué demonios había hecho? ¿Acaso había, de veras, creído que podía no ser igual en todas partes? ¿Qué podía borrar lo que había sido *borrando* aquella casa? Tuvo que detener la camioneta, la detuvo en el arcén porque no podía respirar, se estaba quedando sin (UUUUUUH-AH) (UUUUUUH-AH) *aire*, y en realidad lo que le pasaba era que iba a romper a llorar, y no había llorado desde niño, no había llorado desde el día en que supo que su madre no iba a volver, y casi había olvidado lo *convulsivamente* aparatoso del asunto, la *batalla* que, de alguna forma, constituía, porque había algo intentando salir, había algo queriendo tomar forma ahí fuera, pero era algo que nunca la tendría porque estaba roto, y era doloroso expulsarlo aunque también era, claro, liberador, porque, después de todo, se estaba deshaciendo de un algo sin forma que no había encajado en aquel basto espacio interior llamado William Bane Peltzer, y era un algo antiguo, porque todos los llantos contenían parte de todos los llantos anteriores, todos los llantos te contenían, de alguna forma, *a ti*.

Lo curioso era que Bill, en aquel instante, lloraba por algo que, en realidad, aún era suyo. No tenía forma de saberlo, pero la casa de Mildred Bonk había vuelto *a casa*. Stumpy MacPhail había recibido las llaves. Esa era la forma en la que la casa estaba *viniendo* a su despacho, porque las casas no caminaban pero los que llevaban las llaves de un lado a otro sí lo hacían. Sumido aún en aquel sueño, aquel otro lado del espejo en el que acababa de internarse, aquel otro lugar en el que Ann Johnette existía y se interesaba por su (CIUDAD SUMERGIDA), y en el que su madre aseguraba recordarlo (TODO), y no parecía hacerlo para mal, en el que iba a perder todos y cada una de los muebles de aquella *sumergible* nueva (SOLUCIONES INMOBILIARIAS MACPHAIL) porque iba a tener que empeñarlos para poder salir adelante, y luego iba a tener que convertirse en un auténtico agente *milagro* para hacer con todas aquellas casas aburridas lo que no había hecho con la casa de Mildred Bonk, pero tal vez lo conseguiría y tal vez no importaba que no lo consiguiera porque, después de todo, los cepillos a pilas podían servir para mucho más de lo que imaginaban que servían, y puede que no sólo hubiese otro Stumpy MacPhail, sino *cientos* de ellos esperando a que alguien los activase, y no importaba que aquello, su *éxito*, hubiese sido un espejismo, porque a veces el éxito no es más que eso, un espejismo y ¿no era estupendo *aterrizar* de nuevo en el *nevado* mundo real cuando el *nevado* mundo real era aquel otro planeta que él había elegido, el sitio en el que había vivido la señora Potter? Presuroso y *feliz*, se había, Stumpy MacPhail, dirigido a la boutique del rifle a *entregar* las llaves del 39 de Mildred Bonk, porque era allí donde debía dirigirse si ocurría (ALGO), cualquier tipo de (CONTRATIEMPO), tal y como había acordado con su cliente, William Peltzer, y había lamentado a su llegada, fingiendo una pesadumbre que, en parte, existía, pues, por más que Ann Johnette estuviese milagrosamente *en camino*, su *obra*, todo aquello de lo que hablaban todos aquellos (TITULARES), era historia, aquel *inexplicable* cambio de opinión de la pareja de escritores, y Sam había sacudido la cabeza y había dicho que no era posible, ¿cómo podía ser posible?

—Las casas no se *desvenden* —había dicho.

—Oh, lo, eh, lamento, señorita, pero me temo que esa *gente* puede hacer lo que le apetezca. Tienen su propio *mundo*.

—¿Su propio *mundo*?

Bill también querría tener su propio mundo, y era un mundo que le cabía en el bolsillo, era un mundo en una bola de nieve, y en él estaría solo con Sam, en aquella sala de estar, encendería el fuego y calentaría la cafetera, y Sam fumaría y dibujaría, y el enorme Jack Lalanne dormitaría sobre aquel montón de libros, ¿y existiría en ese mundo Madeline Frances? Oh, no, nada más existiría en ese mundo. Porque habría un exterior pero el exterior sería, de alguna forma, aquello que quisiesen imaginar que era, como había ocurrido con el niño Rupert cuando el niño Rupert había fantaseado con pedirle a la señora Potter lo que quería, porque lo que quería era exactamente eso, un mundo propio en el que sólo existiese aquello que le gustaba imaginar que existía, por ejemplo, clases sobre helados de vainilla y trineos, y clubs de lectura con sus peluches, peluches que no se limitarían a mirarle sin más sino que intervendrían porque habrían leído todos los libros que él había leído y tendrían sus propias opiniones y a veces serían opiniones airadas y otras opiniones divertidas. Padres que sonreían y madres que sonreían aún más. Alegres compañeros de clase tan entusiasmados como él por aprender. Profesores para los que enseñar era, literalmente, una aventura, y llegaban a clase cargados con todo tipo de utensilios, porque, pasase lo que pasase, iban a tener que enfrentarse a todo tipo de curiosísimos monstruos, aquí, allá, en todas partes. Una casa en el árbol. Un despacho de detective intergaláctico en esa casa en el árbol. Cientos de *miles* de cosas. Bill no necesitaba *ya* todas aquellas cosas, a Bill le bastaba con que fuera de aquella bola de nieve hubiese una Kimberly Clark Weymouth no *despiadada*, hubiese una ciudad no intratablemente *indómita*, poblada por no aspirantes a desesperadamente ridículos investigadores sino por, por qué no, amantes del hielo y la nieve, y el misterio del frío que a todo permitía permanecer pero que no les permitiría permanecer a ellos, porque ellos no podían congelarse, y a lo mejor, se decía Bill, podía llegar a imaginar que había quien se dejaba congelar para vivir en el futuro y no dejar sola a Kimberly Clark Weymouth, porque *nadie*, ni siquiera él, quería dejar sola a esa Kimberly Clark Weymouth, la Kimberly Clark Weymouth que, oh, sobrevivía a la tristeza de aquel frío, haciendo con él lo que podía cuando Bill era niño. En nada se parecía aquella Kimberly Clark Weymouth al neuróticamente explotado lugar que había abandonado, aquel sitio que parecía estar odiándose a sí mismo con todas sus fuerzas, y a la vez, protegiéndose de aquel montón de metomentodos que habían convertido a los demás en desalmado entretenimiento, obligándoles a no dejar jamás de ocupar un mismo lugar porque no hacerlo habría significado darles una razón para poder *cazarlos*, ¿y querían ellos ser *cazados*? ¿No temía, o debía hacerlo, cualquiera, ser *cazado*? ¿Y no hacía de ellos, ese temor, *figurantes*?

—No —diría Sam—. No estás aquí —diría a continuación.

Y él acariciaría a Jack Lalanne, y no sabría qué decir. Habría aparcado la camioneta en la puerta, y le habría dicho al pequeño Corvette que enseguida volvía, y habría entrado en la boutique del rifle, después de conducir el tiempo suficiente como para que nada de aquello le pareciese *real*, como para que el anuncio de la inminente retrospectiva de, sí, Madeline Frances, una Madeline Frances *real* (NO SE PIERDA LA PRIMERA Y ÚNICA RETROSPECTIVA SUBASTA DE LA ARTISTA MÁS PROLÍFICA DE ESTA CIUDAD) con la que podía toparse en cualquier momento, le pareciese algún tipo de extravagante *souvenir* de otra dimensión, una dimensión en la que su madre no sólo existía sino en la que era (LA ARTISTA MÁS PROLÍFICA) de aquella ciudad.

—Estoy aquí, Sam —diría Bill, y tomaría asiento y pensaría en aquella abogada, la abogada de Sean Robin Pecknold, y se diría que tenía razón cuando decía que la vida sería mucho más sencilla si pudieras despertarte cada mañana y tener un guión sobre la mesita de noche—. Y el pequeño Corvette *también*. Está ahí fuera.

Sam le miraría. Daría una vuelta alrededor de la mesa, taciturna, las manos a la espalda, aquella pequeña constelación de pecas *apagada*, las mejillas *ruborosas*. Iría diciéndose (CATS ESTUVO AQUÍ, BILL) (IBA VESTIDA DE QUIÉN SABE QUÉ, BILL) (¿CÓMO SE TE OCURRE PEDIRLE QUE CUIDE DE MÍ, BILL?) (¿QUÉ CREES QUE SOY?) (¿UNA *TACITA* DE TÉ?) (¿CREES QUE PUEDO *ROMPERME*, BILL?), y Bill diría que no, Bill murmuraría, avergonzado (LO, EH, LO SIENTO, SAM) y carraspearía (UJUM), y diría (¿SAM?), pero ella no contestaría, ella seguiría rezongando, diría (NO SÉ CÓMO DECIRTE ESTO, BILL), (LA VERDAD ES QUE NO LO SÉ), (PORQUE NO ES ALGO QUE ESPERASE QUE OCURRIERA) (NO ES ALGO QUE PUDIESE *OCURRIR*), diría, y Bill se metería la mano en el bolsillo y tantearía aquella bola de nieve en la que Louise Cassidy Feldman escribía en una libreta, y diría (PERO HA OCURRIDO), y ella asentiría, diría (SÍ), y Bill querría ponerse en pie y ¿qué? ¿*Besarla*? Cogería aire, y (UH) estaría a punto de hacerlo, pero entonces ella lanzaría sobre la mesa algo (¡CLANC!), metálico, un puñado de *llaves*, y diría (TU CASA HA VUELTO, BILL), y entonces él se pondría en pie, alarmado, porque ¿qué demonios era aquello? ¿No había estado, un segundo antes, diciéndose que no podía estar volviendo a casa porque no había ninguna casa a la que volver? ¿No había vendido aquel tipo de la pajarita (MILDRED BONK)? Entonces ¿cómo podía haber vuelto? (OH, AL PARECER, BILL, ALGUIEN APRETÓ UN BOTÓN Y DEVOLVIÓ ESTE SITIO A ALGÚN OTRO MOMENTO), o, aún mejor, (LO TRASLADÓ) a alguna otra (DIMENSIÓN), diría Sam, y él querría saber a qué se refería, a qué se refería *exactamente*, porque no existían aquel tipo de *botones*.

No existían aquel tipo de botones pero, a veces, podía parecer que lo hacían. Porque nada más que la existencia de aquel tipo de botones podía explicar la forma en la que Madeline Frances parecía haber vuelto. Cuando su hijo, un hijo en el que durante demasiado tiempo no había creído, como si una existencia pudiera borrarse con otra, aparcó frente a la boutique del rifle, Madeline Frances, furibundamente desorientada, pensaba en *ver arder* todo aquello, *ver arder* los cuadros que colgaban *tiránicamente* de las paredes de aquel sitio, *ver arder* sus pinceles en el bolsillo, *ver arder* a la ridícula empleada de aquel ridículo *museo* que ni siquiera era un *museo, ver arder* a Mavis Mottram y a todas aquellas condenadas *estúpidas* que nunca harían nada que nadie hubiese hecho antes, *ver arder* a la señora Potter, y aquella maldita tienda, y el parque de atracciones en el que se había convertido la casa de Mildred Bonk, *verse arder* a sí misma, y acabar con lo que había sido y lo que podría haber sido, y lo que nunca había sido. Temblaba, Madeline Frances, de pie en un rincón, mientras Rosey Gloschmann hacía lo que aquella, su marchante, le había pedido que hiciera, hacer *circular* a todo el mundo por todas partes, y tomar nota de cualquier tipo de interés de *compra*. Lo hacía tratando de sonreír y no resultar tan funcionalmente decorativa como resultaba *siempre* porque estaba allí en calidad de improvisada responsable de lo que demonios fuese aquello, pero en realidad no podía pensar en otra cosa que en Louise Cassidy Feldman. La escritora, ferozmente incómoda en todo momento, le había parecido exactamente tan airadamente desagradable como la había imaginado siempre, lo que corroboró su teoría, aquella teoría que decía que uno podía, si leía con la suficiente atención, saberlo *todo* sobre el escritor, o, en su caso, la escritora a la que *amaba*, que incluso podía llegar a conocerla mejor de lo que ella misma se conocería *jamás*. Cuando descubriera, al día siguiente, leyendo el voluminoso *Doom Post*, que aquella mujer, la *pintora*, había protagonizado un pequeño altercado con ella, no habría, como el resto de los vecinos, creído que el fin estaba (CADA VEZ MÁS CERCA), porque (¿QUIÉN DEMONIOS SE HABÍA CREÍDO MACKENZIE?) (¿ACASO HABÍA VUELTO PARA *ECHAR* A LOUISE CASSIDY FELDMAN DE LA CIUDAD?), sino que habría vuelto entusiasmada a sus libros, diciéndose que aquella pieza, la pieza que Madeline Frances le había lanzado, aquel desprecio por el desagradecido monstruo creado, estaba allí, por todas partes, y se habría puesto a escribir su más, curiosamente, *exitoso* ensayo, el único exitoso en realidad, cuyo título no podía ser otro que *El día en que Louise Cassidy Feldman regresó a Kimberly Clark Weymouth*. Pero antes de que todo aquello ocurriese, le señalaría a Eileen McKenney el rincón en el que Madeline Frances, aquella mujer que había abandonado al hombre del que una vez había creído estar enamorada, se había apostado, y le diría (AHÍ).

—¿Señora, eh, *Mackenzie*?

Madeline miraría a la, oh, ahora flamante *directora* de aquel *floreciente* periódico con desbordada *redacción*, y se diría que le parecía algún tipo de agente, porque llevaba una libreta en la mano, y ¿sería usted tan amable de decirme qué hace aquí?, imaginó que le diría. Porque, sabe, no debería estar aquí. No es usted más que un (FANTASMA).

—Deténgame —diría Madeline.

—Oh, yo no detengo *gente*, señora Mackenzie. Yo hago *preguntas*. Dirijo un, ehm, *periódico*. Mi nombre es Eileen. Eileen McKenney. ¿Podría hacerle unas preguntas?

Eileen sonreiría.

De repente, no estaba en la aburrida y pérfida y horrible Kimberly Clark Weymouth sino en la elegantemente intelectual Terrence Cattimore y vestía algún tipo de atuendo del todo *intelectual* y se había alborotado también *intelectualmente* el pelo, y estaba ante la famosamente desaparecida *artista* del momento. Se atenuaron las luces, aquella horrenda y fría casa de invitados sin luz ni cuarto de baño, con aspecto de oxidado cobertizo, se convirtió en una discretamente distinguida galería de arte.

—¿Unas *preguntas*?

—Oh, sí, nada *preocupante*. Hablaremos *únicamente* de su *obra*. De sus *postales*. —Eileen volvería a sonreír, anotaría (POSTALES)—. ¿Las llamaría usted así?

—¿A qué se refiere?

—Bueno, a que, veamos —Eileen se imaginaría sosteniendo un cigarrillo y no de pie ante aquella *esquiva* y sin duda *complicada* artista, sino sentada en algún tipo de *humeante* reservado, en un rincón de aquella *mundialmente* admirada galería, manteniendo la clase de íntima conversación que había hecho de sus entrevistas brillantes ejercicios de esgrima narrativa reconocidos, también, *mundialmente*–, parecen haber sido pintadas, ehm, en partes del mundo muy *distintas*. –Ajá, (FUUUUUUF)–. ¿Quiere eso decir que ha pasado todo este tiempo de veras ahí fuera, *viajando*?

Madeline Frances fruncía el ceño.

El ceño de Madeline Frances prefería pintar a hacer cualquier otro tipo de cosa, pero como no era más que un ceño tenía que contentarse con imaginar que pintaba.

–En realidad, no.

–Claro, *no*. Estuvo usted en alguna parte que siempre fue la misma parte. ¿En qué clase de lugar del mundo puede alguien crear *todos* los lugares del mundo *a la vez*?

Madeline volvería a fruncir el ceño.

–No he estado en ningún lugar.

–¿Diría entonces que esas *postales* han sido, de alguna forma, *anclas*? Quiero decir, ¿que ha sido usted, señora Mackenzie, un barco, puede que incluso un barco a la deriva, y que esas postales la han *devuelto* a tierra *firme*?

–No, esas postales no me han devuelto a ninguna parte.

–Pero está usted hoy aquí.

–Sí.

–¿Por qué ha tardado tanto en volver?

Madeline Frances se encogería de hombros.

Se le empañarían los ojos.

Rodaría una lágrima, luego otra, y Eileen no se apresuraría a consolarla, porque Eileen estaría pensando en su relato de aquel encuentro, en de qué manera aquel montón de lágrimas dirían *más* que cualquier cosa que Eileen pudiese haber dicho sobre la partida y no regreso de Madeline Frances. Sería el momento perfecto, cuando se pusiese a escribir, en aquella, su *envidiada* redacción de *Terrence Cattimore* y no aquel cuartucho repleto de *estornudos* de la casa de huéspedes de la señora Raddle, para *recordar* su historia, así, que, oh, bueno, (FUUUUUUF), ¿por qué *detenerla*?

–Lo siento –diría Madeline Frances.

–¿Qué siente exactamente?

Madeline se restregaría los ojos como una niña pequeña, sonreiría, sacudiría la cabeza, y diría que no lo sabía. (NO LO SÉ), diría.

—¿Quiere decir que no supieron dónde estaba? ¿Durante todo este tiempo?

Madeline sacudiría la cabeza y diría que no, que ella creía que seguía aquí, que, de alguna forma, no se había ido a ninguna parte, pero sólo estaba tratando de *disculparse*, y ahora Rand había muerto, y ella no podría disculparse *nunca*, y tampoco podría *volver*.

—¿Y qué me dice de los cuadros?

—Los cuadros no son más que cuadros.

—Pero ¿no se fue por ellos?

—¿Por los cuadros? —Madeline se enjugó otra lágrima, sorbió—. No, es, bueno, sólo me subí a aquel autobús y de repente era una idea camino de alguna otra parte.

—¿Una idea, señora Mackenzie?

—No trate de entenderlo.

—¿Por qué no?

—No tiene ningún sentido.

Oh, no, por supuesto que lo tiene, se diría Eileen. Está usted *dentro* de mi historia, está usted *dentro* de una de mis *famosas* entrevistas, porque yo estoy escribiendo para algún tipo de envidiado suplemento *artístico* de Terrence Cattimore, ¿lo recuerda? Así que *necesito* un sentido, ¿de acuerdo? Necesito un *maldito* sentido, se diría.

Así que

dígame

—¿Por qué se fue, señora Mackenzie?

—No fui exactamente yo la que se fue.

—¿No?

—No.

—¿Cómo, eh, *je*, pudo *no* ser *usted*, señora Mackenzie?

—Ninguno de nosotros es exactamente el mismo todo el tiempo, ¿es usted la misma todo el tiempo? Diría que no. Diría que ni siquiera es la que era hace un momento.

—Oh, eso es, bueno, quiero decir, ¿cree que eso la *disculpa*?

—No estoy intentando disculparme, pero ¿no echa de menos *nada*?

¿Echaba Eileen McKenney de menos *algo*?

Oh, por supuesto que lo hacía.

Eileen echaba de menos a sus padres.

Pero no echaba de menos a sus padres tal y como habían sido *siempre*.

Echaba de menos a sus padres tal y como habían sido en la época en la que iban a aquel campo de minigolf con aquella otra pareja con la que bebían y se reían sin parar.

Porque no eran exactamente sus padres.

Quién sabía lo que eran.

Estaban ahí y no estaban en realidad.

Eran sus padres y a la vez eran algo poderosamente inalcanzable.

—Sí —diría Eileen McKenney, y desaparecería Terrence Cattimore, y aquel reservado, el cigarrillo que no había encendido, y la redacción de la envidiada revista que jamás la contrataría porque jamás oiría hablar de ella. Reapareció la habitación en la casa de huéspedes de la señora Raddle, aquel extrañamente desaliñado *redactor* acatarrado salido de *ninguna parte*, la vieja pelota de golf, *Janice*. Nathanael, la pegajosa mesa del Scottie Doom Doom en la que había empezado *todo*, y las tardes en la acogedora oficina postal sintiéndose parte de *algo* que le recordaba ligeramente a aquel viejo campo de minigolf abandonado en la época en la que no estaba abandonado, sintiéndose a la vez *dentro* de lo que demonios fuese Eileen McKenney, y *fuera*, en algún lugar, también, inalcanzable, y diría—: Creo que entiendo a qué se refiere —y Madeline asentiría, y luego se dirigiría a uno de aquellos cuadros y lo miraría y se sacaría un pincel del bolsillo y susurraría (LLAMAS), y nada estaría pasando en realidad a su alrededor, aquellas mujeres estarían yendo de un lado a otro apenas contemplando los cuadros, preguntándose dónde estaría Kirsten James, y diciéndose que alguien debería llamar a Howie Howling, y no advirtiendo de qué forma todo iba a empezar a arder aquí y allá en aquellos cuadros por los que nadie estaba pujando porque Kirsten se había, convenientemente, retirado a sus aposentos, y estaba tendida junto a John no parloteando, diciéndole que iba a dejar de cruzar ríos, ridículos *ríos*, y Bill habría vuelto a sentarse y estaría mirando las llaves de (MILDRED BONK) y diciéndose que no podía ser posible, ¿cómo era posible?

—No sé, Bill, pero tampoco sé si importa demasiado, ¿importa demasiado?

—Supongo que no.

—Joder, Bill.

Sam se sentó. Dijo (VALE), pero no se lo dijo a nadie en particular, se lo dijo a sí misma. Luego miró a Bill, le miró directamente a los ojos, y Bill estuvo a punto de plantar aquella bola de nieve sobre la mesa y decirle que lo había estado pensando, (LO HE ESTADO PENSANDO, SAM), le diría, que no le importaba si ella no le quería, (NO ME IMPORTA SI NO ME QUIERES, SAM), le diría, pero él iba a quedarse, le traía sin cuidado no llegar a ser nunca el (NATHANAEL WEST) de aquel sitio porque a lo mejor no estaba tan bien ser (NATHANAEL WEST) porque (NATHANAEL WEST) no *salía* con ella, (NATHANAEL WEST) no podía llamarla en cualquier momento para hablar de cualquier cosa y oírla *despotricar* sobre aquel montón de ridículas seguidoras de Kirsten James, ni sobre la mismísima Jodie Forest, (NATHANAEL WEST) no *brindaba* cada noche con ella en el Stower Grange, ni podía contarle que aborrecía aquel sitio y que había aborrecido a su padre por haber perdido la cabeza por aquella escritora que jamás le había contestado una maldita carta y que odiaba a la señora Potter y que echaba de menos a su madre y a veces, como su padre, también olía sus cuadros *buscándola*, y que los miraba, por las noches, viéndose aquí y allá, y viéndola a ella también, y viendo a su padre, y nunca eran ellos en realidad, a veces eran un buzón, otras, una nube, o tres lápices de colores perdidos. No, no iba a irse a ninguna parte. Y menos ahora que ella también había vuelto.

—¿Sam?

—No, vale, lo siento, Bill. No sé por qué lo hice pero lo hice.

Bill frunció el ceño.

—No sé de qué me hablas, Sam.

—De ese otro sitio, Lurton Sands.

—¿Qué pasa con Lurton Sands?

—Estuve allí, Bill.

—¿En Lurton Sands?

Sam no podía mirarle. Desviaba la mirada, se retiraba el pelo de la cara, hundía las yemas de sus dedos entre aquel montón de pecas, y miraba al techo, y cogía aire, y (BUF), empequeñecía, se hacía diminuta, repitió:

–Lo siento, Bill.

Y luego dijo que simplemente había probado suerte, que puede que todo hubiera empezado como un juego, (YA SABES), le dijo, (LA MALDITA CONNIE FOREST), dijo. Que había seguido una pista, y había sido una pista ridícula, y aquella pista ridícula la había llevado hasta ella. (ME APUNTÉ A CLASES, BILL), (CLASES DE PINTURA POR CORREO, BILL), le dijo, y (CONOCÍ A UN CHAVAL, SACKS), y no, ese chaval no iba a clases con su *madre*, pero sabía de qué lugar procedían los lienzos que llegaban, (BILL), (ECHÉ UN VISTAZO A LOS LIENZOS, BILL), dijo Sam, (Y ENCONTRÉ UN LUGAR), dijo, y luego sólo tuvo que esperar. Esperó, y ella apareció.

–Pensé en decírtelo pero luego pensé que me odiarías por ser tan estúpida como los demás con ese asunto de los detectives y no quería que me odiaras, Bill. Tendría que habértelo dicho. No sé, Bill, a lo mejor no me perdonas nunca pero te juro que ahora mismo daría cualquier cosa por tener una máquina del tiempo y viajar al día en el que di con la maldita tienda y contártelo todo. Podríamos haber ido juntos. ¿Hubieras venido conmigo? Tenía miedo de que no quisieras saber nada. Tenía miedo de que no quisieras venir conmigo. Y de que me odiaras. Pero sobre todo tenía miedo de lo que podríamos encontrar. ¿Y si lo que encontrábamos era algo horrible? Supongo que quería encontrarlo yo primera por si era algo horrible. Y que cuando lo encontré no supe cómo decirte que había necesitado hacerlo sin ti porque yo también creo que alguien como Cats McKisco debería cuidar de ti porque no eres una tacita de té pero puedes romperte igualmente.

Bill sacudió la cabeza.

–Joder, Sam.

–Ya. Es, ¿quién iba a decirlo? Sam Breevort siguiendo los pasos de Jodie Forest. Porque, oh, bueno, a Connie le hubiera bastado con chasquear los dedos para tener claro que *únicamente* podía *esconderse* en ese sitio.

Bill no dijo nada. Sam alargó el brazo y posó con cuidado una de sus manos sobre una de las nudosas manos de Bill. Pensó que él la apartaría, pero no lo hizo.

—Estás helado —dijo.

Bill no dijo nada, se apartó ligeramente, retiró las manos de la mesa, susurró (NO SÉ, SAM) y luego la miró a los ojos, y dijo (¿CÓMO ERA?), dijo:

—Has dicho que tenías miedo de que fuera horrible, pero ¿era horrible?

—Ha llamado, Bill.

—¿*Aquí*?

—Ha estado en Mildred Bonk. No tenía ni idea de lo de tu padre. Estaba temblando. Quería saber si seguías aquí.

—¿Si seguía aquí?

—Creo que tenía miedo de que tú también estuvieras *muerto*.

—¿Por qué iba a estar muerto?

—¿Y por qué iba tu padre a estarlo?

—¿Qué aspecto tiene?

—El mismo de siempre.

—¿Quieres decir que no ha envejecido?

—Oh, claro que ha envejecido, pero sigue pareciendo, oh, bueno, Madeline Frances. Ya sabes, la chica de los pinceles en el bolsillo.

Bill no dijo nada, pero luego dijo aquello que le había pasado de pequeño, aquello en lo que había pensado más de una vez, porque, después de todo, era (SAM) y no importaba lo que hubiera hecho porque era (SAM) y a veces había hablado como debía con ella y no sabía por qué no lo había hecho. Parecía más sencillo no hacerlo. Parecía más sencillo decir que le traía todo sin cuidado. Que no le importaban aquellos cuadros, que no le importaba ella, que se había ido, que a lo mejor ni siquiera había existido. ¿Y no había tenido él la culpa de que (SAM) no le hubiera dicho nada? A lo mejor si no hubiera sido tan estúpido, si le hubiera dicho lo que estaba a punto de decirle, habrían ido juntos a verla, y ella le habría cogido de la mano, cuando él hubiera tocado el timbre, ella le habría cogido de la mano, y a lo mejor ya hubiesen estado en aquella bola de nieve *juntos*, y nada habría importado demasiado. Dijo (CUANDO SE FUE, SAM, HABRÍA DADO CUALQUIER COSA POR SER UNO DE ESOS PINCELES), y ella dijo que lo sabía, dijo (LO SÉ, BILL).

—No, no lo sabes, Sam. La habría dado de verdad. Quería ser

una cosa *muerta*. No quería estar vivo, Sam. Quería estar con ella, no importaba *cómo*.

—Bill.

—No sé por qué no te lo dije. No sé por qué nunca te dije nada. No sé por qué nunca le dije nada a nadie. Ni siquiera a mi padre. Ni siquiera cuando era un niño. No le dije que la echaba de menos. Que la he echado de menos. Cada día, Sam.

—Bill.

—Y ahora está *aquí* y yo no sé si *yo* estoy aquí, Sam, ¿estoy *aquí*?

—Bill, escucha. Me ha dicho que te diga que estará en la puerta de la tienda de tu padre, Bill. Que no va a moverse de allí. Ha dicho *papá*, Bill. Ha dicho, Dile que le espero en la puerta de la tienda de *papá*, como me esperaba él cuando era niño después del colegio. Que no le importa si nunca apareces. ¿La esperabas en la puerta, Bill?

—A veces sí.

—¿Y a dónde ibas con ella?

—A todas partes.

Iban, se decía Bill, a todas partes porque todo, de la mano de su madre, era posible, que la nieve amontonada les devolviese el saludo, que una merienda en el atestado (LOU'S CAFÉ) se volviese un viaje a quién sabía qué planeta en una en extremo frecuentada nave cafetería, que unas zapatillas le suplicasen desde el escaparate de la única zapatería de la calle principal que las sacase de una vez de allí porque ninguno de los otros zapatos podía soportarlas porque eran, decían, demasiado *divertidas*. La calle principal y las calles que les devolvían a casa eran, a veces, pequeños túneles del tiempo, y ella preguntaba a dónde quería él *mudarse*, y él no sabía demasiado de ningún *tiempo*, y entonces ella decía que podía elegir también un lugar, pero que tenía que ser un lugar nevado, o un lugar cubierto de harina o azúcar, y él inventaba todo tipo de nombres de sitios que no existían y ella señalaba los negocios y decía (OH, ALLÍ ES DONDE VENDEN EL FAMOSO TREN HELADO DE ESTE SITIO, ¿CÓMO HABÍAS DICHO QUE SE LLAMABA? ¡OH, SÍ! ¡MINNA LOOMIS LANSING!) y puede que en realidad aquello hubiese ocurrido sólo en una ocasión, o que el propio Bill hubiese imaginado que lo hacía, pero de todas formas iban a todas partes porque su mundo era pequeño, su mundo era apenas una cafetería y tiendas como territorios repetidamente *conquistados*, y él no era más que un niño de la mano de su madre, y su madre a veces hablaba sin parar, y otras veces se ensimismaba y era como si no estuviera, era como aquellos días en la piscina en los que parecía olvidar que él existía y murmuraba cosas y hasta caminaba deprisa, y le dejaba atrás porque le soltaba la mano y sacudía la cabeza y metía la mano en el bolso y sacaba una libreta y anotaba algo, o se detenía en mitad de la calle y pasaba un buen rato dibujando y no le miraba y él a veces se preguntaba si seguía existiendo, la miraba y decía (MAMÁ), y tironeaba de su mano, o tironeaba de su chaqueta, y ella, molesta, salía de su ensimismamiento y le miraba y fruncía el ceño como si no le reconociera y Bill pensaba cada vez que una de aquellas veces no le reconocería, que le diría (¿QUIÉN ERES TÚ?) y echaría a andar con el ceño aún fruncido, empezaría a alejarse cautamente, temerosa de lo que aquel niño podía significar, y miraría atrás, mientras se alejaba y aceleraría el paso porque él la estaría siguiendo, él seguiría y ella querría saber por qué la seguía, ella diría (¿POR QUÉ ME SIGUES?) (¿QUIÉN DEMONIOS ERES?) y él le diría (ME ESTÁS ASUSTANDO, MAMÁ) y ella sacudiría la cabeza y echaría, inevitablemente, a correr y correría más que él y desaparecería, desaparecería para siempre, y él volvería a casa y le diría a su padre que lo sentía, le diría (LO SIENTO, PAPÁ), le diría, (LA PERDÍ DE VISTA), como si ella fuese algo que no iban, de ninguna manera, a poder *conservar*, un animal salvaje no del todo consciente de estar siendo domesticado que, en cualquier momento, podía descubrir el engaño y huir, irse lejos. Pero ocurría que siempre le reconocía, le reconocía y decía (OH) (MALDITA SEA, BILL) (¿PUEDES *CALLARTE* UN MOMENTO?), o simplemente, (¿PUEDES *PARAR* UN MOMENTO?) aunque él no había estado hablando, ni había estado *moviéndose*, pero de todas formas obedecía, no abría el pico, no se movía, porque seguía temiendo que ella se fuera, porque pensaba que era (CUESTIÓN DE TIEMPO), porque nada había sido nunca suficiente para ella, porque siempre estaba y no estaba a la vez, de alguna forma, *parpadeaba*, como no lo hacía su padre, como no lo hacían las otras madres, y a veces Bill pensaba que con cada parpadeo, con cada *intermitencia*, era una madre distinta y puede que no fuese la señora Potter, se decía, pero a lo mejor era como ella, es decir, venía del mismo sitio, era la protagonista de un famoso libro, y un *error* en el sistema de *reparto* de, quién sabía, *habitantes* del mundo, la había extraviado en aquella ciudad, y durante mucho tiempo después de su partida, Bill se dijo que eso había sido lo que había pasado, y se había sentido igualmente afortunado por todo aquel tiempo que habían pasado juntos, el tiempo que había permanecido *fuera* de aquel libro famoso al que indudablemente debía haber *vuelto*. En parte había sido, se decía, como si aquel libro al que pertenecía se hubiese *instalado* a su alrededor, como si le hubiese dicho (ESTÁ BIEN, PASARÉ UN TIEMPO POR AQUÍ) y hubiese hecho de aquel pequeño y desapacible lugar algo *mejor*. ¿Podía, entonces, aquel libro haber vuelto también *con ella*? Porque si algo notó Bill cuando salió de la boutique del rifle, cuando decidió que tenía que irse pero que volvería, que volvería para decirle a Sam, oh, no podía mirarla sin sentir una presión insoportable en el pecho, algo ardía, ardía, y, se dijo, iba a arder siempre, pasase lo que pasase, porque no importaba que ella nunca le quisiese, él no pensaba irse a ninguna parte, fue que, aunque empezaba a anochecer, brillaba, moderadamente, el sol. Y Bill no recordaba un tiempo en el que en Kimberly Clark Weymouth hubiese brillado de ninguna forma el sol. A menos que se tratase de un tiempo en el que ella aún no había desaparecido. El frío era un frío *apacible*, un frío por primera vez no *revuelto* por ningún tipo de ventisca. Bill pensó en subir a la camioneta pero luego pensó que prefería caminar porque las calles estaban vacías, ¿y no era extraño que las calles estuviesen vacías? ¿No era extraño que nadie pareciese estar acechando a nadie en ninguna parte? Oh, Bill no tenía forma de saberlo pero en aquel momento Kimberly Clark Weymouth no era exactamente Kimberly Clark Weymouth, era, más bien, una pequeña colección de *ellas*, una imparable *fábrica* de *titulares* y, por lo tanto, proporcionaba el suficiente entretenimiento a sus atareados *inspectores*, es decir, a sus metomentodos vecinos, como para que no quisieran ninguno más. No se atrevían a *separarse* del teléfono porque el teléfono no dejaba de sonar, y separarse de él podía significar perderse algo, ¿y acaso quería alguno de ellos perderse algo? Hasta el mismísimo Howie Howling había vuelto a Trineos y Raquetas Howling para, de alguna forma, *centralizar* aquel alud de rumores, entre los que se contaba la del todo improbable pero ya ostensiblemente *documentado* paso de, oh, demonios, Vera Dorrie Wilson y Jams Collopy O'Donnell, es decir, Jodie y Connie Forest, por la ciudad, y de todas formas, todo aquello a Bill le traía sin cuidado, Bill estaba haciéndose pequeño, Bill empequeñecía camino de (LA SEÑORA POTTER ESTUVO AQUÍ), las mangas de la chaqueta *crecían*, las perneras del pantalón *también*, de manera que tenía que pisarlas, las pisaba y se detenía y miraba a su alrededor y todo parecía estar *engrandeciéndose*, y a lo mejor para cuando llegase a la tienda sería otra vez el pequeño Bill y todo lo que había pasado no habría pasado en realidad y él extendería la mano y ella se la cogería y echarían a andar sin mediar palabra porque tenían prisa, tenían mucha prisa, era tarde y tenían que llegar (A TODAS PARTES), y él llevaría, como siempre, su trotado ejemplar de *Vida de Bill Bill, el conejo payaso que nunca llegó a ser payaso* bajo el brazo, y tres muñecos en el bolsillo, y el tiempo no existiría porque no tenía por qué existir, ¿acaso no estaban allí, otra vez, los dos? ¿Por qué no podían hacer como si nada de aquello hubiera pasado *aún*? Oh, Bill, (BUM) (*bum-bum*) (BUM) (*bum-bum*), arrastraba al pequeño Corvette, lo llevaba consigo, y cuando dobló la esquina, las enormes y *batallantes* perneras de aquel viejo pantalón de pana dificultando cada paso, los ojos empañados y, pese a todo, (BUM) (*bum-bum*) (BUM) (*bum-bum*), una calma indefiniblemente extrema, una calma inexplicablemente *calma*, después de todo podía no ser más que un niño *aún*, un niño haciendo algo *acostumbrado* mientras tironeaba de un viejo pequeño elefante al que no le gustaba estar solo, la calle se estrechó y sólo pudo verla a ella, ella, como una enorme y desgarbada mota sobre la nieve, la luz aún imposible del sol, aquel sol que brillaba, apenas ligera, *sonrosadamente*, por primera vez desde hacía demasiado, un copo de nieve, otro, la ciudad, oh, aquel pérfido y desapacible lugar susurrando (VAMOS), y (ACABEMOS CON ESTO DE UNA VEZ), como si en vez de una ciudad fuese algún tipo de atareado *productor* en mitad de una escena, la escena más inimaginablemente esperada que se había rodado *jamás* ante él, y después de todo, ¿no era, (BUM) (*bum–bum*) (BUM) (*bum–bum*), algo así? Bill trató de apresurar el paso, la mano con la que sujetaba la correa del pequeño Corvette cubierta con la manga de su cazadora, aquella cazadora que parecía *cubrirle* por completo, las luces de colores encendiéndose aquí y allá, ella agitando un guante, disparando primero, (¿BILLY?) (¿ERES TÚ?), aquel jersey de cuello alto azul descuidadamente esponjoso bajo el abrigo, los, a buen seguro, pinceles en el bolsillo del pecho de aquella camisa de hombre, lo que parecía un lienzo bajo el brazo, (¿CARIÑO?), y Bill, aquel par de horrendos guantes verdes *veteados* por cientos de *miles* de copos de nieve, que inexplicablemente habían adoptado el tamaño de sus diminutas manos de niño, no dijo nada, Bill caminó hasta ella y se detuvo, y el pequeño elefante enano de su tía no lo hizo, el pequeño Corvette caminó un poco más, caminó lo suficiente como para dejarse saludar por su madre, la reconoce, pensó Bill, y ella dijo (OH, ¿LA ECHAS DE MENOS, VERDAD?), y Bill la contempló y tenía el mismo aspecto, y había envejecido pero tenía el mismo aspecto, y le brillaban los ojos, pero lo hacían como entonces, y parecía feliz, y en realidad se estaba ahogando, allí dentro, Madeline Frances se ahogaba, imaginó una calle, allí dentro, y una tienda en esa misma calle, imaginó, Madeline Frances, a una pequeña familia de tres observando esa tienda y diciéndose que nunca nada debería haber importado tanto, o todo debería haberlo hecho en realidad, porque la tienda no había fastidiado *nada*, la tienda se había limitado a *estar*, todo aquel tiempo, se había limitado a *quedarse*, y nunca en realidad había intentado *apartarla*, pero ella había preferido pensar que lo había hecho, que lo estaba haciendo, de la misma manera que Bill había preferido, todo aquel tiempo, creer que había sido ella, la señora Potter, la que lo había *fastidiado* todo, que había sido aquella ridícula obsesión de su padre, aquella estúpida *tienda*, la que se había *llevado* a su madre, pero en realidad se había acabado y Madeline no quería que se acabara y a lo mejor si hacía como si nada hubiera existido aún no se acabaría.

Sam le había dicho antes de salir que su madre no era horrible.

Él le había preguntado si era horrible y ella le había dicho que no.

–No era horrible, Bill. Ni siquiera recordaba por qué estaba allí, pero no creía que tuviese que volver a ninguna parte. Hablaba como si nada existiera aún.

Pero había existido.

Existía.

–Lo siento, *dientecitos* –dijo su madre.

Él no dijo nada, él sacudió la cabeza, se metió una mano en el bolsillo, se miró las botas y pensó en las botas fluorescentes que ella le había comprado una vez y en lo que le gustaría que pudiera volver a comprárselas.

–No sé por dónde empezar, *Bill*. No sé. Ojalá pudiera no haberme ido nunca. Todo este tiempo ni siquiera he tenido la sensación de existir, cariño. Pequeño. Billy.

Bill no dijo nada.

Aunque podría haber dicho (YO TAMPOCO, MAMÁ).

(YO TAMPOCO).

Lo único que existía, mamá, era la condenada tienda, podría haber dicho.

Esa maldita tienda, mamá.

Tú te habías ido pero ella no iba a irse a ninguna parte.

–¿Y no es eso bueno, cariño? –imaginó que podría haberle dicho ella–. Pequeño. Billy. ¿No cuidó de ti? Cuidó de tu padre, *Bill*.

–No, mamá, mi padre cuidó de mí. Perdió la cabeza, y ni siquiera sabía quién era pero cuidó de mí. Olía tus cuadros, mamá. Te estaba buscando. Yo también, mamá. Yo te busqué en esos estúpidos cuadros. Los envidiaba, mamá. Porque sabían dónde estabas. Estaban contigo, mamá. Y yo no –podría haberle dicho.

–Oh, Bill.

–Empecé a coleccionar esos libros, mamá. Libros escritos por ayudantes que nunca van a dejar de ser ayudantes porque por las noches me metía en la cama y me decía que si volvieras no volverías a irte sin mí porque podría ayudarte, sabría cómo hacerlo. Yo sería Bill Bill y tú serías el gran Vanini Von Hardini.

–¿El gran *Vanini*?

–No te irías sin mí porque el gran Vanini Von Hardini no era nadie sin Bill Bill.

–Oh, Bill.

—Iríamos a todas partes, mamá —podría haberle dicho.

(¿BILL?), dijo su madre.

(SOB) (SOB) (SOB), Bill había roto a llorar, y Bill era enorme y a la vez era pequeño, era un niño de siete años que nada en el mundo querría más que que su madre no le dejase de abrazar nunca.

(VEN AQUÍ, BILL).

(VEN AQUÍ, PEQUEÑO).

40

En el que (TODO) llega a su (FIN), incluido el (DELIRANTE)
único episodio en el que las hermanas Forest (NO)
investigan, y, oh, (EL DÍA EN QUE TODO OCURRIÓ),
el día en que (LA SEÑORA POTTER) descubrió que
(NUNCA ESTUVO, OH, NO, JAMÁS, SOLA)

Sonreía en exceso, como, pensó, habría sonreído Manx Dunning si Manx Dunning hubiera existido, si hubiera sido algo
más que un policía que escribía novelas de misterio que nunca
estaban protagonizadas por policías sino por escritores de novelas de misterio. El labio superior le temblaba ligeramente, y
no sabía qué hacer con aquel par de manos que, cuando no
escribían no sabían exactamente *qué* eran. Se decían a sí mismas (NO VEO A ROSE), oh, (TAMPOCO A LAN), (¿QUÉ DEMO-
NIOS HACEMOS AQUÍ?), se decían, (NO LO SÉ). El mundo parecía un lugar peligroso, porque ¿qué era el mundo exactamente?
(OH, ¿NO PARECE ESO DE AHÍ UN CABALLO?), debían haberse
dicho la una a la otra en aquella ocasión, porque Francis, Fran-
cis Violet McKisco, su *dueño*, llevaba puesto aquel cinturón
con la hebilla en forma de caballo. Era el cinturón del jefe
Maitland. (AJÁ, ESO PARECE), se debían haber dicho, y también
(SÍ), (PERO NO ES UN CABALLO DE VERDAD), y (CLARO QUE
NO ES UN CABALLO DE VERDAD), (¿POR QUÉ IBA UN CABALLO
DE VERDAD A TENER NUESTRO MISMO TAMAÑO?) (NO SÉ,
QUERIDA, PERO ¿ACASO IMPORTA?) (¿CREES QUE SE LO CON-
TARÁ A MYRLENE?) (NO VEO POR QUÉ TENDRÍA QUE CON-
TÁRSELO) (¿NO?) (¿QUÉ PUEDE IMPORTARLE A MYRLENE
NUESTRO ASUNTO CON EL CABALLO?) (OH, NO ME REFIERO A
NOSOTRAS, *DUMMIE*) (NO ME LLAMES *DUMMIE*) (¿QUÉ MÁS DA
CÓMO TE LLAME?), oh, sí, a las manos de Violet McKisco les
gustaba discutir. A Violet no le gustaba discutir. Tampoco le
gustaba que su labio superior temblase ligeramente. Pero era

lo que estaba haciendo. Se aclaró la voz. Carraspeó (UH-JU-JUM), y dijo:

—¿NO son USTEDES las FAMOSAS hermanas FOREST?

Las hermanas Forest se miraron. Judd y Connie se miraron. Las que se miraron en realidad fueron Wilson y Jams. Se miraron y se dijeron:

—¿Crees que está chiflado?

—A lo mejor no ha sido una buena idea.

Francis Violet seguía sonriendo. Tenía uno de sus libros en la mano. Lo mostraba. Lo sujetaba a la altura del pecho. Era ridículo.

—¿QUIEREN pasar?

Se había hecho a un lado.

—ESA de AHÍ es MI hija —dijo.

No parecía estar hablando. Parecía estar *recitando*. Lo que salía de su boca no eran palabras en realidad. Eran cosas que podían colocarse unas junto a otras.

—¡SHIRL! —gritó Jodie Forest—. ¡CREO QUE TENEMOS QUE CORTAR!

—¡CORTEN! —gritó Shirley Bob.

El pequeño enjambre de desconocidos que rodeaba a las (MISMÍSIMAS) hermanas Forest se dispersó. Jodie agitó una mano ante los ojos no parpadeantes de Violet.

—¿Está usted *bien*? —dijo.

—Oh, sí —dijo Violet, saliendo de su ensimismamiento, saliendo, en realidad, de aquella extraña pose de escaparate *humano*—. Oh, sí sí sí —dijo y aquel par de manos se dijeron (¿QUÉ PASA AHORA?) (CREO QUE ES COSA DE ESE LIBRO) (¿CÓMO?) (CREO QUE NO LES GUSTA QUE LO SUJETES ANTE LA CÁMARA) (¿POR QUÉ NO?) (SUPONGO QUE PORQUE ES RARO) (¿POR QUÉ IBA A SER RARO?) (PORQUE NADIE ABRE LA PUERTA DE SU CASA CON UN LIBRO *EN EL PECHO*, DUMMIE) (¡OH, DEJA DE LLAMARME DUMMIE!—. Es, bueno, yo, dirían que, ¿lo estoy haciendo *bien*?

—¿La verdad, señor McKisco? —Jodie Forest no parecía exactamente Jodie Forest. No llevaba uno de aquellos trajes chaqueta. Llevaba una deshilachada camiseta y unos vaqueros. También llevaba una especie de chaqueta de lana tremendamente *abultada*—. Lo está haciendo francamente *mal*.

–¿*Mal*? Oh, bueno, déjenme decirles, señoritas Forest –Mc-Kisco estaba dándose importancia, McKisco estaba *interpretándose* a sí mismo dándose importancia, y lo hacía porque quería que, oh, aquella mujer maravillosa que podía existir de la forma en que él quisiese, estuviese *orgullosa* de él, pese a que aún no podía dar crédito, no daba crédito a aquella *absurdidad*, ¿acaso era posible, era *realmente* posible, que las hermanas Forest hubiesen estado *leyéndole*? ¿Era, como decían, *posible*, que le hubiesen estado *interpretando*? Oh, no tenían otro recuerdo *feliz*, decían, que el de *interpretar* las discusiones de Stan y Lan, en aquel apartamento, decían, que habían compartido cuando todo había empezado, pero ¿cuándo podía haber empezado todo? ¿Acaso era posible que fuesen otra cosa, aquel par de mujeres, que Jodie y Connie Forest, las protagonistas de aquel «abominable chicle teledramático»?– que, (UH-JUM), un escritor no es, digamos, *esencialmente*, buen actor, por más que no haga otra cosa que *actuar*.

–No sé, esto no es, ¿Shirl? –Jams le hizo un gesto a Shirley Bob, y Shirley Bob salió de entre aquel enjambre de desconocidos y *máquinas*, cargada de *papeles*, montones de lo que parecían páginas arrancadas de puede que cientos de novelas.

–Dime, Jams.

–¿No podríamos darle un guión?

–Dijimos que nada de guión, Jams.

–Nada de guión, Jams –la secundó Wilson, es decir, Jodie, es decir, Wills.

–Pero es, ¿no parece un *muñeco*?

–Acabo de decirles que los escritores actuamos *sobre todo* aquí *dentro* –rezongó, altivo, y orgulloso de aquella, del todo desordenada, atención. Se estaba refiriendo a los libros. En concreto, al libro que sujetaba sobre el pecho–. Y que, bueno, la realidad nos *espanta*, ¿y no es lo que están haciendo, hasta cierto punto, *espantoso*?

–Eso ha estado bien –dijo Wills.

–Sí, ha estado bien –dijo Shirl, y preguntó–. ¿Lo tenemos? Alguien dijo que lo tenían.

–Bien –dijo Shirl–. Señor McKisco –dijo–. No se preocupe usted por nada. Pero le recuerdo que no está hablando con las hermanas Forest.

—Oh, ¿no son las hermanas Forest?

—No.

—Si no son las hermanas Forest, ¿por qué está toda esa gente aquí? Quiero decir, el maldito pueblo al completo está *sentado* en mi *jardín*, señorita Bob.

Shirley levantó la vista.

Había cientos de sillas plegables amontonadas y, efectivamente, ocupadas por todo tipo de gente en el minúsculo jardín del escritor.

—Quiero decir que no son exactamente las hermanas Forest.

—No, son mis, ¿cómo ha dicho antes?

—Admiradoras.

—Eso es. JA. Son mis, (UH-JUM), *admiradoras*. Claro. ¿Sabe? Me cuesta de creer. De hecho, creo que es cosa de Myrlie. ¿Le he hablado ya de Myrlie? Myrlie es una *persona* importante. A lo mejor me está tomando el pelo. No puedo *llamarla* porque tampoco es exactamente una *persona*. Lo es, pero ¿cómo le diría? No le gusta *existir* como otra cosa que lo que es, y no es lo que parece. Usted es lo que parece, ¿por qué no son ellas lo que parecen? Creo que Myrlie me está tomando el pelo.

—No sé de qué me habla, señor McKisco. Pero le aseguro que nadie aquí le está tomando el pelo. —Shirley suspiró. (OH, BIEN). Se dirigió al par de actrices, dijo—: Wills, Jams, ¿cómo queréis hacer esto? Quiero decir, ellas, señor McKisco, le *adoran*, y, bueno, sólo pretendían *pasar* a saludarle. Están de *vacaciones*, ¿lo entiende?

—Oh, ¿en mitad de un *capítulo*?

—Exacto —disparó Shirl.

—No sé, Shirl —dijo Jams—. A lo mejor no ha sido una buena idea.

—Por supuesto que ha sido una buena idea, Jams —dijo Wills—. Señor McKisco, va usted a invitarnos a tomar el té. ¿Toma usted el té, señor McKisco?

—No sé, ¿tomo el té, Cats? —El escritor ladeó la cabeza y observó a su hija. No le parecía su hija desde que vestía como su padre. Le parecía, de alguna forma, su padre—. Oh, no les he presentado a mi hija. También es *inspectora*, como ustedes.

—No soy inspectora, papá.

—Ha *atrapado* a Polly Chalmers.

Wills se rio.

Jams sacudió la cabeza.

—Papá, *nadie* ha atrapado a Polly *Chalmers*.

—¿No está en la *cárcel*? Creí que estaba en la cárcel. He leído esta mañana el *Doom Post*, y me ha parecido entender, *hija*, que estaba en la cárcel, y que tú te habías encargado de, ¿cómo lo han llamado? Su *arresto*.

—Estaba visitando su *tumba* con las señoritas *Forest* cuando la, bueno, *vimos*.

—¡ACCIÓN! —gritó Shirley Bob. Había vuelto a su lugar, detrás de aquel montón de cables y cámaras y focos. Nada tenía demasiado sentido.

—¿SU tumba, CATS?

—Oh, no —musitó Jams.

—Señor McKisco, ¿podría invitarnos a una taza de *café*?

—CLARO, señoritas FOREST, pasen.

—¿Le hemos dicho ya quién es quién?

—¿QUIÉN es QUIÉN?

—Yo era Stan —dijo Wills—. Y Jams era Lanier.

—OH, ¿sabe QUÉ? Stan SIEMPRE ha SIDO mi FAVORITO —alcanzó a articular, con aquel montón de palabras que parecían *piezas* de algún tipo de algo en construcción, el escritor—. NADA le SALE del TODO bien.

—Es un pobre tipo —dijo Wills.

—¿Lo es? —dijo Jams—. Parece sólo un tipo *aburrido*.

Entonces ocurrió.

Entraron en la casa.

Y Francis McKisco dejó de *recitar*.

—Oh, no no no, Stan está muy solo —dijo.

Caminaban por la casa. Una cámara les seguía. Ellas le daban la espalda. Francis también. ¿Qué clase de *milagro* era *aquel*?

—Nosotras también lo estábamos —dijo Wills.

—¡JA! —atajó aquel resucitado Francis—. ¿Pretende hacerme creer que las hermanas Forest, las mismísimas hermanas Forest, estaban solas?

—¿Por qué no podíamos estar solas? —quiso saber Wills.

—¿Cómo puede estar alguien solo cuando todo el mundo le quiere?

—¿Nos quería todo el mundo?

—¡NADIE HA HECHO OTRA COSA QUE QUERERLAS!

Shirley Bob no podía dar crédito. ¿Estaba aquello de veras sucediendo? ¿Estaba aquel tipo escribiendo el guión que ella no se habría atrevido a escribir *nunca*?

—Oh, ¿usted cree?

—Eso es lo que creo, sí.

Seguían caminando por la casa. Francis decía (AQUÍ ESTÁ EL SALÓN) y (ESO DE AHÍ ES MI DESPACHO) y (¿SABEN?) (HE INVENTADO UN ASESINO QUE ACABA CON TODOS LOS PERSONAJES DE TODOS LOS LIBROS QUE LEO) (SE LLAMA CHARLEY) (CHARLEY STOPPLER) (A LO MEJOR PODRÍAN *DETENERLE*).

—¿Y qué me dice de Dorothea? —convino Wills.

—¿Qué quiere que le diga?

—Debería usted *rescatarla*.

—Oh, ¿sabe? A Myrlie también le parece que debería rescatarla pero no sé, ¿fantasmas? A Stan y Lan no se les dan bien los fantasmas. ¿Y no es hacer trampa? Quiero decir, ¿qué clase de detective es un detective que puede hablar con *fantasmas*?

—A mí me encantaría poder hablar con fantasmas —dijo Wills.

—¿Sabe que tenemos uno en la ciudad?

—¿Tienen un fantasma?

—Oh, no es exactamente un fantasma. Pero *da clases* a fantasmas. Los *forma*.

—¿Quiere decir que les enseña a *comunicarse* con *nosotros*?

—Algo parecido. Sin duda, les diré, creo que es un buen negocio. A los Glickman no se les habían dado bien los negocios antes. Esa tienda suya, Utensilios Glickman, ha sido todo tipo de cosas, y ninguna ha funcionado nunca. ¿Sabe qué vendían cuando esos otros escritores *famosos* llegaron a la ciudad en su ridícula *diligencia*? ¡*Penachos*!

—¿Qué es un penacho, Wills?

—Plumas, Jams.

—¿Vendían *plumas*, Wills?

—Sombreros *indios*, *penachos* —especificó el escritor.

—Oh.

–Ahora son la Academia Para Fantasmas Profesionales Utensilios Glickman. Pero siéntense, siéntense. Y díganme, ¿qué las trae *en realidad* por aquí?

(¡CORTEN!), gritó Shirley Bob.

–Oh, no, ¿han estado ustedes *grabando*?

Por supuesto que habían estado grabando, y seguían, de hecho, haciéndolo. Aquello no era más que una pequeña representación dentro de otra representación.

–Yo podría interpretarla –dijo Wills, decidida como estaba a que aquello, más que un final, fuese algún tipo de otro principio–. A Dorothea Atcheson.

–¿Interpretarla? ¿*Ahora*?

–No ahora, cuando esto se acabe –dijo Wills.

–¿Van a acabarse *Las hermanas Forest*?

Wills se aseguró de mirar a cámara. Jams se aseguró de mirarla a ella cuando lo hacía. Aquella era una escena importante. No había ningún guión que dijese que lo era pero ambas sabían que lo era. Con fortuna, aquel extraño desastre, aquel montón de tomas sin aparente sentido, aquella colección de momentos que se devoraban, de alguna forma, a sí mismos, acabaría con los misterios de Little Bassett Falls *para siempre*.

–Ajá –dijo Wills–. Jams y yo vamos a dejarlo.

Entonces se miraron y sonrieron, y por un momento, su vida volvió a ser el espectáculo, ellas dejaron de existir, se convirtieron en personajes de una ficción en la que dos actrices que durante años habían interpretado a dos hermanas detectives en una famosísima serie de televisión, decidían, de repente, dejar de interpretarlas y producir su propia serie de televisión, una serie de televisión protagonizada por la médium Dorothea Atcheson y su mejor amiga, Barbie Bill.

–¿Barbie Bill? –graznó, entre el público, el señor Howling.

A su lado, el alcalde Jules aplaudió. No pudo contener la emoción. Su pequeño y maltratado corazón también aplaudía allí dentro. Nadie podía oírle pero no le importaba, no le importaba lo más mínimo, porque ¿no era aquello una especie de *milagro*? ¿No se había el mundo dado cuenta de que lo que Kimberly Clark había unido no podía, de ninguna forma, existir *desunido*? ¿Lo sabía él? ¿Lo había sabido desde el principio? ¿Que sólo era cuestión de tiempo? ¿Por eso había escrito él todos aquellos esbozos de argumentos para Francis McKisco basados en episodios de *Las hermanas Forest*? ¿Había estado, de alguna forma, *teledirigida* la obsesión de aquella ciudad, la ciudad al completo, por las hermanas detectives? ¿Y si buscaba una salida? ¿Y si sólo estaba buscando una salida y al fin la hubiese *encontrado*? Oh, el alcalde Jules, *todos ellos*, tenían una hija con *talento*, y debían estar *orgullosos* de ella, como le había dicho aquella *cría* en aquella carta, ¿y era entonces *cierto* que *nadie* era una *única* cosa? ¿Ni siquiera él? ¿Y era también cierto que nunca era tarde para dejar de serlo?

–Oh, están aquí, Howard. Aún no puedo creérmelo –dijo el alcalde Jules, y una de aquellas cámaras que iban de un lado a otro por el jardín, el jardín en el que se estaba proyectando todo lo que ocurría *dentro*, como si en vez de un jardín fuese una atestada sala de cine al aire libre, se detuvo ante él, y él dejó de aplaudir, porque ¿qué demonios era aquello?–. Lo, eh, lo siento –dijo, y la cámara siguió su camino–. ¿Howard?

–No sé qué está pasando aquí, Jules, pero esto no fue lo que *acordamos* –dijo el señor Howling, y se puso en pie–. ¿Fue esto lo que acordamos? Nadie habló de *acabar* nada, y mucho menos de que *Violet* tuviese *nada* que ver con *nada*. –Howie Howling se había vestido para la ocasión. Llevaba un pantalón a rayas y una chaqueta a rayas y un abrigo aterciopelado, y una corbata con diminutos *trineos*. También llevaba una chapa de su tienda con su nombre. Después de todo, no era únicamente la televisión la que estaba allí, era Little Bassett Falls. Little Bassett Falls iba a superponerse a Kimberly Clark Weymouth durante lo que durase aquel rodaje, ¿y no había soñado Howie Howling con aquello durante demasiado tiempo? ¿No se había dicho a sí mismo que, de visitar aquel lugar, lo haría vestido con aquel exacto tipo de traje, y *distinguiéndose*, en todo momento, como propietario de la *exitosa* Trineos y Raquetas Howling–. ¿Qué clase de cosa ridícula es algo llamado Barbie *Bill*, Jules?

El alcalde Jules no dijo nada, pero pensó que Mildway tenía razón. Pensó que, por fortuna, nada iba a cambiar porque Howie Howling quisiese que cambiase. Porque ya no era así como funcionaba el mundo. En realidad, nunca debía haber sido así, pero durante mucho tiempo habían creído que podía serlo. El tiempo había pasado. Había pasado el tiempo. Después de aquel día, el día que en adelante se conocería como (EL DÍA EN QUE OCU-RRIÓ TODO), o (EL DÍA EN QUE TODO OCURRIÓ), el día en que la ciudad explotó en aquella *infinidad* de titulares *posibles* que iban haciéndose realidad aquí y allá y en todas partes, que *viajaban* a sitios en los que jamás nadie había oído hablar de aquel desapacible y desastrosamente perverso lugar, titulares que se apresuraban a *desmentir* la inevitable y escandalosa (¡FRANKIE BENSON ES AHORA UNA *MUJER*!) *ruptura* de los Benson (¡SE HACE LLAMAR MYRLENE BEAVERS Y TIENE UN AMANTE *ESCRI-TOR*!), asegurando que no había sido más que un (MALENTENDI-DO) porque un (MALENTENDIDO) lo consideraba la siempre *temible* Becky Ann Benson, la cabeza sobresaliendo de la pequeña ventana marco, la ventana guillotina de la aparentemente mortuoria diligencia de Mary Paul, oh, todas las fotografías la mostraban (INDISCUTIBLEMENTE) terrorífica, y a la vez, extraña-mente *risueña*, si algo así era posible tratándose como se trataba de alguien capaz de *masticar* niños, Becky Ann Benson, que había *dirigido* la adquisición de una pequeña colección de *fantasmas* a su regreso a Darmouth Stones y que, aunque no había descartado la posibilidad de *volver* a marcharse algún día, es decir, de volver a instalarse en algún otro lugar *encantado* para escribir, no consideraba, su marido reluctantemente satisfecho dejándose *alimentar* a su lado, mientras tomaba, distraído, lo que parecían algún tipo de notas, la libreta apoyada sobre la descuidada melena de un Henry Ford Crimp por fin no enjaulado, que fuese, como había sido en otra época, necesario ir a ninguna parte, teniendo, como tendrían a partir de entonces, la más resuelta y completa *gama* de fantasmas que habían podido llegar a imaginar, ¿y quién querría que su vida cambiase sólo un minúsculo montón de veces cuando podía hacerlo cada día? Oh, lo haría después de aquel día en el que los titulares no se contentaron con *únicamente* relatar la absurdamente aparatosa caída de la Reina, y, por extensión, el siempre aspirante a Rey, del Terror Absurdo de Darmouth Stones y su sin embargo instan-táneo (ASCENSO), sino que sobre todo, oh, aquello molestó ligeramente a los Benson, se *alimentaron*, como famélicas bestias *tintadas*, del paso, accidentado y hasta cierto punto *feroz*, de la siempre excéntrica y sin embargo famosa Louise Cassidy Feldman por aquella, la ciudad de la señora Potter. Dijeron, aquellos titulares, que Louise Cassidy Feldman se había (DIGNADO) (AL FIN) y de una vez por todas a pasar (POR ALLÍ), después de todo aquel tiempo, para, quién sabe, tal vez (HACER LAS PACES) con la abandonada y sin embargo siempre y pese a todo (FABULOSA) señora Potter, y parecía que todos aquellos titulares estaban, de alguna forma, de parte de la señora Potter cuando decían que, todo aquel tiempo, había estado (ESPERÁNDOLA), que no había hecho otra cosa que hacer todo aquello por ella, y luego (ESPERAR) a que ella apareciera, pero que Louise, por alguna razón, había fingido olvidar que existía, pero ¿cómo podía una madre olvidar a su hija? Pero ¿acaso era la señora Potter algún tipo de hija? Oh, los titulares hablaban de ella como si en vez de un algo únicamente visible *imaginariamente*, caminase por Kimberly Clark Weymouth, y *encantase* todo a su paso, como en cierto sentido, decían, lo había hecho, pues hasta aquel momento nada más había sido la propia Kimberly Clark que una suerte de iracundo *disfraz* que aquella *enorme* y expansiva señora Potter había decidido *ponerse* y no quitarse hasta que, oh, ella regresase. Y al fin lo había hecho, y de ahí todos aquellos titulares, aquel (LA SEÑORA POTTER CUMPLE SU ÚNICO DESEO), aquel, más sentimentalmente travieso, (SIEMPRE TE QUISO, PEQUEÑA), un nostálgicamente apasionado (LA SEÑORA POTTER NUNCA ESTUVO, OH, NO, JAMÁS, SOLA), o el frío pero inevitablemente cierto (SÓLO ERA CUESTIÓN DE TIEMPO). Y se decía, en las arborescentes crónicas que los acompañaban que Louise había (PARTIDO), pero que no tardaría en (VOLVER) porque había vuelto a ser (OTRA COSA), todo aquello que había sido antes de que se publicase (LA SEÑORA POTTER), y que por eso había enterrado el (HACHA) de (GUERRA) porque la guerra se había (ACABADO), porque una y otra no eran más que viejas amigas que habían pasado juntas un tiempo, y había sido un tiempo extraño y feliz y a la vez horrible, y luego una había pretendido que aquel tiempo no existía porque la otra había empezado a importar más de lo que ella importaría nunca, y no había entendido que si una importaba la otra también lo hacía, no había entendido que nadie era exactamente nadie y, en su caso, eran *el mismo nadie*, porque una no era más que el reflejo *imaginario* de la otra, pero lo importante, en cualquier caso, decían los titulares, era que aquello era (HISTORIA) y que habían bastado unas palabras mágicas, las palabras mágicas de aquella otra mujer para romper el hechizo. La mujer había dicho (¿CÓMO LO HIZO?) y Louise Cassidy Feldman se había, primero, sumido en algún tipo de abismo, con el que, al parecer, no había hecho otra cosa que discutir ante su cada vez más avergonzado editor, que no hacía más que susurrarle que lo dejase de una vez, porque todo aquello que veía a su alrededor eran *periodistas* con *manos* de periodista, manos *expertas* en *desmenuzar* a, por qué no, escritoras como ella, escritoras que hablaban con algún tipo de demonio interior y le decían cosas asombrosamente ridículas como (ME TEMO QUE ESO VA A COSTARTE UNA DE ESAS ALFOMBRADAS CEJAS), y luego, luego simplemente se había metido en el coche, se había metido en aquel destartalado todoterreno, (JAKE), y había, sin más, desaparecido, ¿y qué había hecho él, su editor? Oh, él, su editor se había quedado *en tierra*, y no había podido evitar *oler*, a su regreso a aquel motel, el Dan Marshall, a *escritor*. Había olido a *escritor* y había alzado la vista y había descubierto a lo que le había parecido una *niña* devorando una lata de judías al otro lado de la calle. Parecía estar escribiendo en un cuaderno y diciéndole algo a alguien que quedaba a sus espaldas, ¿acaso estaba hablando con aquel *motel*?

—Oh, no, hablo con Matson McKissick —le había dicho, cuando se había acercado, decidido a tenderle una de aquellas tarjetas y decirle lo que solía decir en aquellos casos, aquello de (SÉ QUE HAS ESTADO ESCRIBIENDO) y (SÉ QUE LO QUE HAS ESTADO ESCRIBIENDO ES BUENO), y luego ella había vuelto a casa, había vuelto a la mansión Smiling, y había escrito una carta que no iba a poder entregarle a nadie, y la carta decía lo siguiente: (*Querida Kimberly Clark*), (*No me conoces, aunque en realidad yo creo que sí. Si no te he dedicado antes una de mis libretas es porque hasta ahora no había creído que fueses algo más que una ciudad despiadadamente fría. Perdóname. A lo mejor has sido tú desde el principio la que ha hecho todo esto. Quiero decir, ¿le escribiste una postal a la señora Potter y le pediste que te librase de la sola cosa en la que te habíamos* convertido y por eso has estado fastidiándolo todo tanto tiempo? Yo creo que sí. Debió ser complicado ser tan fría durante tanto tiempo. ¿De dónde sacaste todas esas ventiscas? Oh, apuesto a que llegaste a creer que la señora Potter no iba a concederte ningún deseo. Después de todo, ¿concede la señora Potter deseos a ciudades? Yo creo que no. Tampoco creo que conceda deseos a nadie. Aunque a mí me ha concedido el mío. ¡Voy a conocer a Matson McKissick! Va a presentármelo ese editor. Me paró por la calle el otro día. Me dijo que olía a escritora. ¿Puedes creértelo? No sé, puede que la señora Potter no sea exactamente Santa Claus, pero ¿quién es exactamente alguien, Kimberly Clark?).

Pero el tiempo había pasado. Había pasado el tiempo. Y alguien había dado con Louise Cassidy Feldman en alguna parte, y le había hecho un montón de preguntas, y ella parecía otra, ella simplemente había vuelto a hacer lo que había hecho antes, se detenía en cualquier parte, sacaba aquella mesa plegable del maletero y escribía. Todo había vuelto a empezar, o nada había empezado aún. Y, sin embargo, estaba al tanto de lo que ocurría, o lo que iba a ocurrir en aquel sitio que no existiría de la manera en que lo hacía si ella nunca se hubiese detenido a tomar un café y un emparedado de chocolate y hubiera dado con aquella postal en la que tres esquiadores bajaban por la blanquísima ladera de una montaña, una pista, rodeada de árboles. Recibía noticias a menudo, decía. Alguien, allí, le escribía. Se hacía llamar (RANDAL PELTZER), pero ella sabía que no podía tratarse del auténtico (RANDAL PELTZER), a menos que fuese su fantasma. Y no le parecía en absoluto descabellado que pudiese serlo, y en realidad, le gustaba tanto la idea que solía hablar de él con todo aquel con el que se cruzaba y acababa mínimamente intimando. Siempre había un momento en el que decía (¿TE HE HABLADO YA DE RANDAL PELTZER?) y (ERA UN BUEN TIPO) y (AHORA ES EL FANTASMA DE UN BUEN TIPO) (ME ESCRIBIÓ DURANTE AÑOS) (YO NO CONTESTÉ NI UNA MALDITA CARTA) (LUEGO SE MURIÓ) (YO NO SABÍA QUE SE HABÍA MUERTO) (FUI A VERLE, PERO ESTABA MUERTO) (Y DE TODAS FORMAS CONTESTÉ UNA DE ESAS CARTAS) (Y LUEGO CONTESTÉ OTRA) (Y ENTONCES ÉL EMPEZÓ A ESCRIBIRME OTRA VEZ) (NUNCA ME HA DICHO QUE ESTÁ MUERTO PERO YO SÉ QUE ESTÁ MUERTO) (EL CASO ES

QUE ME ESCRIBE DE TODAS FORMAS) (COMO ME HABÍA ESCRITO SIEMPRE) (NO HA DEJADO DE ESTAR AHÍ TODO ESTE TIEMPO SÓLO QUE YO NO PODÍA VERLO) (YO NO VEÍA NADA EN REALIDAD) (NO HACÍA MÁS QUE GOLPEARME CONTRA TODO PORQUE NO VEÍA NADA EN REALIDAD), y el otro, quien fuese con el que estuviese hablando, asentía y pensaba que, después de todo, estaba hablando con la rara, la inclasificable, la siempre despreocupada y sin embargo famosa Louise Cassidy Feldman, y ¿era cierto que había un día, en aquel sitio helado, en el que la señora Potter paseaba por sus calles nevadas y recogía *postales* que luego empequeñecía para que sus duendes veraneantes las *clasificasen* y ella pudiese, cuando lo considerase oportuno y siempre que hubiese ocurrido lo que en cada caso debía ocurrir, conceder los deseos que aquellos niños hubiesen pedido?

Oh, no era exactamente así, contestaba, cada vez, la escritora.

Si de veras quería saber cómo funcionaba la cosa, decía, podía acercarse a la tienda de aquel, su único amigo, Rand, el fantasma, Peltzer.

No era exactamente una tienda.

Había una pequeña colección de postales en un rincón, junto a lo que parecía la diminuta oficina de correos de los duendes veraneantes, y, claro, una máquina empequeñecedora, pero también había un montón de otras cosas.

De hecho, en otro tiempo, le había contado aquel tal Randal, la tienda se había llamado simplemente (LA SEÑORA POTTER ESTUVO AQUÍ) y había atraído a lectores de todas partes, lectores de aquella novela que, para ellos, era una especie de bote salvavidas, algún tipo de otro planeta en el que se sentían *comprendidos*, porque, oh, bueno, no era que amasen a la señora Potter, era más bien que amaban al niño Rupert, amaban, en realidad, lo que uno le había hecho a la otra, de qué manera el Bien se había impuesto a aquel Mal que en realidad no era ningún Mal, era sólo una niña que había crecido para convertirse en alguien que iba a evitar estar sola para siempre compartiendo su odio por aquello que le habían hecho, aquello que ya no iba a repararse porque ella no podía escribirse una postal a sí misma y pedirse volver a aquellos días en los que a nadie parecía importarle que lo hiciese todo bien y tal vez darse cuenta de que a alguien le importaba sólo que ella no podía verlo y por eso, como la propia Louise, se daba golpes contra todo y se hacía daño porque no podía verlo, no veía nada en realidad.

La tienda había sido, en aquel otro tiempo, una especie de santuario.

Y, en cierto sentido, lo seguía siendo.

Pero en ella vivía una pintora. Se llamaba Madeline Frances, y puesto que aquellos titulares que habían hecho *estallar* Kimberly Clark Weymouth (EL DÍA EN QUE TODO OCURRIÓ), se habían ocupado también *copiosamente* de su rocambolesco infortunio, tal vez le sonase de algo. Había estado casada con aquel tal Rand cuando aquel tal Rand aún estaba vivo, y lo seguía estando entonces, por más que estuviese muerto, porque aquel tal Rand seguía, de alguna forma, vivo, y a buen seguro era ella la que escribía sus cartas, porque todo el mundo sabe que a los fantasmas no se les da bien escribir cartas porque no se les da bien teclear ni sujetar bolígrafos. El caso era que aquella pintora se había ido de casa y había dejado a aquel tal Rand solo con su hijo. Y de aquello hacía tanto tiempo que nadie esperaba que volviera, pero había vuelto porque un artículo ilustrado con uno de aquellos cuadros que no dejaban de llegar a casa de los Peltzer había acabado en manos de Kirsten James, la famosísima Kirsten James, y Kirsten había querido organizar una exposición, Kirsten había llamado a una marchante y la marchante había hecho *aparecer* a Madeline Frances, pero entonces algo se había torcido, y todos aquellos cuadros habían *ardido*, y no lo habían hecho en realidad pero parecían haberlo hecho, así que los titulares que se habían ocupado de Madeline Frances iban, en su mayoría, de aquel asunto de las llamas, decían cosas como (ARDEN MOTIVOS EN CUADROS DE ARTISTA REAPARECIDA) (PEQUEÑOS FUEGOS POR CASI TODAS PARTES) y (MADD MACKENZIE: EL ARTE DE LA HOGUERA), y algunos destacaban su parentesco con la legendaria Mack Mackenzie, y eran esos los que habían decidido llamarla (MADD), cuando el resto se había decantado por (FRANCES), que era el nombre que prefería (KIRSTEN JAMES), porque, obviamente, Kirsten James recibió su también considerable dosis de atención, en realidad, fue con la excusa de acercarse a ella, oh, aquella mujer capaz de *abandonar* a un senador por su *secretaria*, que se interesaron por la *obra* de Madeline Frances. Se dice que aquel día, (EL DÍA EN QUE TODO OCURRIÓ), fue el día en que Madeline Frances volvió a ver a su hijo Bill. Su hijo Bill había estado al frente de la tienda desde que Rand, el fantasma, Peltzer, había muerto. A Bill no le gustaba la tienda. En parte, porque creía que la tienda tenía la culpa de todo. Su padre había pasado demasiado tiempo en ella. En realidad, había pasado demasiado tiempo *con* ella. Y por eso, creía Bill, que su madre se había ido. Bill, el niño Bill, tan parecido al niño Rupert que no podía soportar leer *La señora Potter*, pero que, sin embargo, tenía que ocuparse de ella. ¿Se había ido su madre por eso? Eileen McKenney trató de contarlo al día siguiente en una extremadamente voluminosa edición del *Doom Post*, la primera de, aún no tenía forma de saberlo, una nueva era. Porque a partir de aquel día, a partir de (EL DÍA EN QUE TODO OCURRIÓ), Eileen McKenney, sería algo más que una aspirante a periodista que había logrado, atribuladamente, disponer de su propia *redacción*, por más que fuese una redacción integrada por la misma cantidad de pelotas con nombre de chica que de redactores, (DOS). Stacey Breis-Cumwitt, el cronista de sucesos de la *Terrence Cattimore Gazette*, había conseguido lo impensable.

—¿Blobs?

—¿Stace, eres tú?

—Lo tengo, Blobs.

—¿Qué tienes, Stace?

—Estoy en ese sitio, Blobs. Y adivina quién está conmigo, Blobs.

—No sé de qué me hablas, Stace.

—Tupps.

—¿Tuppy Stepwise?

—El mismo, Blobs.

—¿Es cierto entonces?

—Es cierto, Blobs.

—¿Cómo puede estar en todas partes?

—No lo sé, Blobs, pero creo que huele la noticia. O a lo mejor es que la noticia le sigue a él. Entre tú y yo, Blobs, no parece muy *avispado*.

–¿No?

–No.

–JA JA.

–¿No quieres saber cuál es la noticia?

–¿Le pediste el teléfono?

–No tenía tarjetas.

–¿Así que eso también es cierto?

–JA JA.

–JA JA JA.

–Parece un muñeco afelpado, Blobs.

–Oh, Stace, ¿vas a incluirlo en el artículo?

–Por supuesto. ¿Sabes? Yo tenía razón. La chica del ataúd sellado no estaba muerta, Blobs. Fue cosa de las hermanas Forest. Lo fue desde el principio. He estado dentro, Blobs.

–¿*Dentro* de las hermanas Forest?

–No, Blobs, dentro de un episodio *maldito* de la serie.

–¿Alguien ve esa condenada serie aún, Stace?

–No lo sé, Blobs, pero ¿no es alucinante? Quiero decir, el otro día estaba en casa y, bueno, ¿crees que aquello también formó parte del *episodio*?

–¿Tú en tu casa, Stace?

–Yo creo que formó parte del episodio, Blobs. Y la llamada que te hice. Tiene todo el sentido. ¿Crees que podremos verlo cuando lo emitan?

–Claro, Stace. –Blobson Carson había tenido suficiente–. Oye, ¿por qué no envías lo que sea que tengas? Porque ¿qué es lo que tienes exactamente?

–Oh, he entrevistado a Polly Chalmers. La he fotografiado junto a su propia tumba. Ella es quien me ha contado el asunto del episodio maldito, Blobs.

–Vaya, así que, bueno, una *muerta* de la que nadie ha oído hablar. De acuerdo. En ese sitio, imagino, no había nadie más.

–Acabo de decirte que estaba todo el mundo.

–¿Todo el mundo?

–Estaba incluso Tupps.

–Oh, sí, Tuppy Stepwise, ¡JA JA!

–Este sitio es un pequeño hervidero, Blobs.

–¿Un hervidero, Stace?

–Ajá. Este sitio es el sitio en el que se ambienta *La señora Potter*, Blobs. Y adivina quién ha estado aquí justo cuando Tupps pasaba *por aquí*. ¡La mismísima Louise Cassidy Feldman! Dicen que no había vuelto a pisar este sitio *jamás*. Louise es la autora de *La señora Potter*. Había *cientos* de periodistas en todas partes, pero no habían venido por ella. Estaban aquí por los Benson ¡porque los Benson acababan de mudarse! ¿Sabes esa cosa que hacen de escribir en casas encantadas? Pues habían encantado una cabaña con telesilla a las afueras y Louise regresó para *sacarlos de aquí*. Pero creo que no van a quedarse porque *Hank* ha tenido una pequeña aventura con otro *hombre*. Y ese hombre es Francis Violet McKisco, ¡el autor de *whodunnits*! ¿Puedes creértelo? Nadie entre los periodistas *bensonianos* da crédito, Blobs.

–Es Frank.

–¿Uh?

–Frank Benson.

–Oh, ¿y qué me dices de Kirsten James? ¿Recuerdas a Kirsten James?

En otro tiempo, Blobson Carson había perdido la cabeza, como casi todo el mundo en algún momento, por Kirsten James, pero dijo:

–No.

–Es famosísima, Blobs.

–¿Y?

–No sé, estoy pensando en, bueno, Shirley dice que, no sé, ¿y si me quedara, Blobs? Sólo sería un tiempo. Podría tratar de *montar* algo aquí, podría ser algo *temporal* pero no sé, Blobs, los sucesos en Terrence Cattimore *apestan*.

–¿Quién es Shirley, Stace?

–¿Puedo quedarme, Blobs?

Stace se quedó. Se instaló en la casa de huéspedes de la señora Raddle y se centró, aquellos primeros días, en dar contexto a su, sospechaba, inminente multipremiado artículo sobre aquel supuesto episodio maldito cuyo rodaje culminaría en breve. Encerrado en su habitación, el cronista de sucesos de la *Terrence Cattimore Gazette* oía, día tras día, teclear y maldecir y *estornudar* a través de aquellas paredes que no parecían más que pedazos de papel enormes. ¿Era posible que hubiese otro alguien *escribiendo* allí mismo? No era Stacey, pese a su condición de sabueso periodístico, tan observador como creía. Pero al cabo advirtió que aquella exorbitantemente profusa cosa llamada *Doom Post* se producía en aquel mismo edificio. ¿Y no eran aquellas, sobre la mesa de aquel jovencito del traje demasiado grande, las gafas del mismísimo Brian Stepwise?

—¿Ha pasado por aquí?

—Oh, eh, quién.

—El señor, uh, Stepwise.

—Oh, *él*. —Urk Elfine contempló el enorme cajón de aquel maltrecho escritorio en el que había *almacenado* a Tuppy Stepwise y dijo—. Sí. Él, bueno, podría decirse que, a veces, trabaja *con* nosotros.

—¿Pretende hacerme creer que Bryan Stepwise trabaja en este —el tipo miró alrededor. Alrededor no había más que una habitación pequeña y maloliente— *sitio*?

—No exactamente. Quiero decir, ya conoce a Tupps —atajó Urk Elfine.

Stace no tardó en cerrar un trato. Resultó que Blobson Carson siempre había querido *dirigir* una pequeña colección de *periódicos*, pero nunca había sabido por dónde empezar, ¿y por qué empezar por *aquel*? Después de todo, ahí estaba Tupps. ¿Y no había querido también *fichar* a Tupps? Pero ¿no era algo así imposible?

—¿Tendremos a Tuppy Stepwise, Stace?

—Casi todo el tiempo, Blobs.

Así fue como Eileen McKenney y su diminuta redacción, integrada únicamente por aquel tipo, Josephine, su pelota de tenis y Janice Terry McKenney, la pelota de golf, pasaron a formar parte del equipo, en la distancia, de la *Terrence Cattimore Gazette*. El *Doom Post* empezó a editarse *diariamente* y, por supuesto, a imprimirse en una verdadera *imprenta*, y a publicar auténticos *artículos*, es decir, artículos no únicamente basados en *cotilleos* o ridículas *investigaciones* de sus más o menos *torpes*, en tanto que escritores, vecinos. Como fundadora del curioso y francamente rentable *invento*, a Eileen McKenney le correspondió el honor de *presidirlo*. No fue su figura una figura decorativa, por supuesto. Sino una por completo combativa que, curiosamente, pareció *espolear* a la realidad para que ésta no dejase de *producir* titulares semejantes a los que había producido (EL DÍA EN QUE TODO OCURRIÓ), o simplemente tal vez fue que, por fin liberada de aquella innegable *omnipresencia*, oh, Eileen debía, a la vez, producir y escribir, esto es, debía, a la vez, recortar fotografías, *ensanchar* pequeñísimos hallazgos, *inventar* posibilidades, rellenar *cajitas* con aspecto de *columnas*, dibujar, en algún sentido, un mundo que no se creía en absoluto, *nada*, importante, y, por lo tanto, se negaba a existir, Eileen había empezado a *esculpir* el mundo, a *editarlo*, pues, todo aquello que decidía *destacar* era algo que, de todas formas, había sucedido, y nada podía hacerse por ello más que decidir mostrarlo de la manera en que se creía que había sucedido, o, de la manera en que, interesadamente, se pretendía que lo había hecho, porque, por una vez, existía un personaje, y ese personaje era la propia Kimberly Clark Weymouth.

—¿Y bien, *Bates*?

—Oh, eh, ¿sí, Eileen?

—¿Algo que *añadir* a la *formidable* eclosión *artística* de nuestra querida *Kimberly Clark*? Johnno McDockey ha acabado *por fin* su poemario sobre Feldman. Lo ha llamado *Louise*. Madeline Frances inaugura esta semana su serie *Dixie Voom Flakes*…

—¿Dibuja *cereales*?

—No exactamente. Lo que *pinta* son escenas cotidianas rarísimas en las que aparece, siempre, un cuenco de esos cereales de colores.

Jingle Bates frunció el ceño.

El ceño de Jingle Bates era un ceño *feliz*.

No lo había sido siempre, pero lo era en aquel momento.

Empezó a serlo cuando Eileen volvió. Nunca supo en realidad por qué había vuelto, pero le traía sin cuidado. Si aquel sillón que Frankie Benson creía que era su mejor amiga pudiese hablar, lo más probable fuese que en algún momento hubiese dicho:

—Por un momento creí que lo habías fastidiado todo.

Jingle Bates podría jurar que le había oído decirlo. En realidad, podría jurar que se lo había dicho a sí misma en más de una ocasión. Pero a lo mejor la señora Potter existía y había estado esperando a que lo fastidiara todo para *arreglarlo* todo.

Y con todo se refería a (TODO).

Pensemos en la pequeña Cats, por ejemplo.

La agente en prácticas Katie Crocker McKisco.

¿No había, tras aparecer en aquel, decían, episodio *maldito* de las hermanas Forest, aquel *Las hermanas Forest en Kimberly Potterland*, estado a punto de *firmar* un contrato para *protagonizar* su propia serie de *televisión*? Jams Collopy había perdido la cabeza por ella a la manera en que la había perdido en otro tiempo aquel Martin Wyse Cunningham y, se decía, le había ofrecido lo único que podía ofrecerle, *una serie de televisión*, porque, oh, a diferencia de Martin Wyse, Jams no tenía ninguna intención de acabar en la cárcel para tener una *excusa* para *charlar* con ella, después de todo, era una detective *famosa*, ¿y no quería ella convertirse en una detective famosa? Oh, no, *nada de eso*. Eileen y su cada vez más *abundante* redacción habían especulado sobre la posibilidad de que la pequeña Cats hubiese *huido* por la misma razón por la que lo había hecho entonces: porque no quería que nadie perdiese la cabeza por nadie en ninguna parte. En la misma línea, había apuntado McKenney, la posibilidad de que Katie Crocks quisiese, de alguna forma, *permanecer*, es decir, no dejar de ser lo que había sido, y sería, siempre, aquella encantadoramente ingenua agente en prácticas, pero ¿de qué manera encajaba lo que parecía haber sentido por (EL CHICO PELTZER) en aquel argumento? Por supuesto, había indicado, acertadamente, Bates, en aquella ocasión, el chico Peltzer hubiese significado no tener que *cambiar* en absoluto, el chico Peltzer era, podría decirse, un *igual*, la misma pieza de un rompecabezas distinto, o eso, al menos, podía haberle parecido a ella sin que en realidad se lo hubiese parecido en absoluto.

Pero ¿qué había sentido realmente Cats McKisco?

Oh, cierto *desasosiego*, por supuesto.

Se lo confesó más tarde a Urk Elfine Starkadder.

Oh, Urk Elfine Starkadder había vuelto a casa.

En realidad, había sido su casa la que había vuelto a él.

El día después de aquel día, el día después del día en que todo ocurrió, Urk Elfine había salido a la calle, distraídamente, aquel abrigo horrible que fingía ser el abrigo de Brian Tuppy Stepwise rozándole los tobillos, y empapándose de *montones* de nieve, y se había topado con el señor Sneller.

Había creído, claro, que se trataba de una visión. Así que había empezado a hablar con él como si no estuviera en realidad en ninguna parte. Como si estuviera en su cabeza. Le había dado un abrazo, y se había sorprendido al notar que había un cuerpo dentro de aquel algo que había creído imaginario. Había dicho:

—¡Cuánto le he echado de menos, Sneller! —Y también—. Dígame, ¿qué tal están esas pequeñas *fieras* nuestras? Oh, no sabe lo que le compadezco, Sneller, ¡cada noche, cuando me meto en la cama, pienso en usted! ¡Le dejé en la estacada!

El señor Sneller apretaba los dientes.

—¿No va a enfadarse, verdad? Quiero decir, ¡pienso *volver*! Sólo que —Urk Elfine se había encogido de hombros— aún no sé cuándo. Podría llamarle, ¿verdad? ¿Si le llamo me dirá cuándo cree que puedo volver? Verá, las cosas aquí se están poniendo *interesantes*, y no querría volver a casa antes de asegurarme que puedo abandonar para siempre la mesita de noche. Ya sabe de lo que hablo. En realidad, usted está conmigo en esa mesita de noche, Sneller. Pero no sé, ¿tiene usted en su casa una mesita de noche *parecida*?

No, el señor Sneller no tenía una mesita de noche parecida.

El señor Sneller tenía un pequeño *walkie talkie*.

Se lo llevó a la boca en aquel momento, lo accionó y dijo:

—¿Señora? —(FFFFFFFF)—. Lo he encontrado —(FFFFFFFF).

—Oh, ¿estás hablando con *Lizz*?

Urk Elfine seguía creyendo que aquel Sneller estaba únicamente en su cabeza. ¿De qué manera podía su *familia* haberle encontrado?

Oh, Urk Elfine había olvidado por completo a Wilberfloss Windsor.

Su vida había cambiado tanto desde que había puesto un pie en la helada Kimberly Clark Weymouth que el pasado había empequeñecido. Era, en aquel momento, del tamaño de una canica. Y en aquel pasado del tamaño de una canica, Wilberfloss Windsor y su paso por *Perfectas Historias Inmobiliarias* ni siquiera alcanzaba la condición de mota de polvo.

Pero eso no impedía que Wilber existiese.

Ni que éste se hubiese apresurado a confesar su más que probable ubicación cuando aquel montón de críos, el tipo larguirucho y desesperado y aquella atractiva y airada mujer habían *invadido* la pequeña redacción de *Perfectas Historias Inmobiliarias* pensando que podía sacar a Urke Elfine de una *chistera*. Los críos habían empezado a *fastidiar* a Macko y Wilberfloss había gritado (¡ESE SITIO!) (¡ESTÁ EN ESE SITIO!) (¡KIMBERLY CLARK WEYMOUTH!) (¡LO ÚNICO QUE TENGO ES UN RIDÍCULO TELEGRAMA!) (¡SE LO DARÉ!) (¡SE LO DARÉ SI SALEN DE AQUÍ!).

Por supuesto, se lo había dado.

Los niños no habían dejado de llamar señor Thorton a Macko.

Macko casi había perdido su cabeza de gato.

—Así que *respeto* —había dicho Urk Elfine tiempo después.

No estaba en Kimberly Clark Weymouth.

Tampoco estaba en aquella mesita de noche.

Estaba en Sullivan Lupine Wonse.

Estaba en Sullivan Lupine Wonse porque Eileen le había pedido que diese con Catherine McKisco, y él había dado con ella en aquel lugar que parecía atrapado en el tiempo. Catherine le había dicho que allí se sentía, de alguna forma, *respetada*. Había señalado un extraño par de botas de pana y había dicho:

—No lo habría conseguido sin ellas.

Urk Elfine había fruncido el ceño.

El ceño de Urk Elfine era ahora el ceño de alguien que se veía obligado a ir a todas partes con su par de hijos gramatólogos puesto que Urk Elfine había *esquivado* aquella mesita de noche con la condición de que su par de hijos gramatólogos le acompañasen, en adelante, a todas partes. ¿No quería escribir una columna que llevase por título *Casi Todos Mis Hijos Son Gramatólogos*? ¿Y cómo iba a hacerlo *sin ellos*? Era aquello o arriesgarse a que el señor Sneller les abandonase para siempre. Y los Starkadder no podían permitirse que el señor Sneller les abandonase para siempre. Lo más probable era que, si el señor Sneller les abandonaba para siempre, uno y otro desapareciesen. Se irían (¡PLOP!) a alguna otra parte en la que no sabrían qué hacer con nada de lo que eran porque habrían perdido toda capacidad de ser cualquier cosa.

—Eran de mi abuelo, el agente Francis Caroline McKisco —había dicho Cats.

Cats se diría a sí misma, con el paso del tiempo, que no podían haber sido aquellas botas las que la habían llevado hasta allí, pero lo cierto era que así había sido. Habían sido las botas las que la habían llevado a la estación de autobuses y las que habían comprado el billete, y a su llegada a aquel sitio en el que jamás había puesto un pie, la habían dirigido a la comisaría, el canguro bordado en aquel viejo uniforme no maldito sino simplemente a la espera de volver a ser útil, disparando el bordado en todas direcciones, incapaz de creerse que pudiese estar regresando al único sitio en el que parecía haber existido.

¿Y no era así también como se había sentido la propia Cats?

¿No había sentido al pisar aquella comisaría que era allí, de alguna forma, a donde pertenecía? ¿Que nada había tenido *tanto* sentido hasta entonces? Recordó la noche en la que se probó por primera vez aquel uniforme y recordó lo que había ocurrido a la mañana siguiente, recordó cómo le había preguntado a su padre si podía ser Mijéich Chíchikov y él había dicho (*¡CLARO!*) (*¡PUEDES SER QUIEN QUIERAS, PEQUEÑA!*), y se dijo que los uniformes no hacían daño a nadie, que era la gente que los vestía la que se hacía daño a sí misma, porque a veces la gente que los vestía sólo quería ayudar a los demás y se olvidaban de que, de vez en cuando, también tenían que ayudarse a sí mismos.

Pero ella no lo haría.

Ella no lo olvidaría.

Aquel par de botas parlanchinas no iban a dejar que lo hiciera.

Por más que se quedase sola con ellas.

Sí, Urk Elfine había incluido todo aquello en su columna.

A veces Urk Elfine era Urk Elfine y a veces era Tuppy Stepwise.

Y, en cualquier caso, volvía cada noche a casa, y sus pormenorizadas y a menudo *histéricas* crónicas le llegaban a Eileen por correo, y era Jingle Bates quien las corregía.

—¿Qué me dices del tipo del *pueblo* sumergido? —Jingle estaba respondiendo de aquella manera a la pregunta que acababa de hacerle Eileen. Eileen quería saber si creía que podía añadirse a aquel asunto de la eclosión artística de *Kimberly Clark*.

—¿Qué tripa se le ha roto *ahora*?

—Creo que ha ganado otro premio. Ayer le llegó una carta en algún tipo de idioma *extranjero*. La abrió aquí mismo, emocionado. ¿Cómo puede emocionarse aún? Quiero decir, ¿cuántos premios ha recibido ya? ¿Dos *millones*?

Después de que Ann Johnette, oh, Ann Johnette MacDale, escribiese aquel artículo en *Mundo Modelo*, aquella apasionada *oda* a lo fascinante de su (CIUDAD SUMERGIDA), Stumpy Mac-Phail se había convertido en una *enorme* celebridad. La admiración que había despertado, *mundialmente*, aquello en lo que llevaba trabajando tanto, tantísimo tiempo, aquello que era, en realidad, *toda su vida*, había sido unánime y arrebatadoramente soberbia, inmensa, y en absoluto inesperada pues, por más que el mundo y, sobre todo, su hasta entonces y pese a todo *decepcionada* madre, creyese existir en una dimensión distinta, una en la que aquella clase de cosas no tenían ningún sentido, lo cierto era que lo hacían en la misma en la que *reproducir* con semejante *perfección* algo que, después de todo, ya existía, esto es, el Mundo Ahí Fuera, como un dibujo coloreable *coloreado* al fin, era considerado un auténtico *milagro*.

Que todo fin es a la vez un principio MacPhail lo descubrió cuando las llamadas de clientes desesperados por deshacerse de casas aburridas fueron sustituidas por llamadas de prestigiosas instituciones internacionales dedicadas al modelismo y suscritas, como él mismo, y como todo el que presumiese de *disfrutar* de empequeñecer el mundo, a aquella revista, *Mundo Modelo*, que para los lectores de la exclusiva, elitista y dolorosamente intelectual *Lady Metroland* no era más que algún tipo de *juego* de *niños* pero que era, sin embargo, la más respetada publicación del sector. Aquellas prestigiosas instituciones querían saber cuándo podían *visitar* aquella, decían, *maravilla*, que calificaban de, probablemente, la obra «más compleja» que ningún modelista había completado «nunca», y le trataban de *maestro*, y querían que viajase, querían que fuese, Stumpy MacPhail, por todo el mundo, y explicase cómo se construía una ciudad *bajo el agua*, y que indicase a todas aquellas *marcas* de productos en miniatura cómo había conseguido que ciertas cosas funcionasen, y, por supuesto, que recogiese todos aquellos premios, los premios que iban a darle en todas partes, para que por fin pudiese hablar con su madre en el único idioma que su madre entendía. El idioma de los titulares.

¿Y qué pasó con Ann Johnette?

Oh, Ann Johnette había resultado ser tan descuidadamente hermosa como Stump la había imaginado. No parecía peinarse a menudo, y tampoco parecía prestarle en exceso atención a lo que vestía, pero tenía siempre las manos pegajosas, porque había estado construyendo algo, porque cuando no escribía, construía cosas, y no había leído *La señora Potter* pero le parecía que aquel sitio era, de alguna manera, algún otro tipo de planeta.

En parte, porque había alguien en él que, como ella, juraba por Neptuno.

Podía decirse que, a partir de aquel momento, Ann Johnette y Stumpy MacPhail, el también ganador del primer Howard Yawkey Graham a Agente Milagro, vivían en lo que Billy Peltzer consideraría su propia bola de nieve. Una en la que sólo existían sus maquetas, y lo que hacían con ellas. Oh, a Stump aún le gustaba *fingir* que vendía *casas* allí dentro, y que lo hacía como lo había hecho cuando era niño, con aquel puñado de agentes, sus pequeños muñecos de goma, gatos, elefantes, tortugas, todos ellos debidamente *trajeados*, aquellos miedosos agentes que una vez habían contratado a un espiritista para echar a un fantasma de aquella, su ciudad, Stumpyville.

Stumpyville fue, de hecho, el nombre que se dio a la (CIUDAD SUMERGIDA), que no tardó en convertirse en una de las principales atracciones de la, desde aquel día, el día en que todo ocurrió, no tan desapacible Kimberly Clark Weymouth. Había, en la puerta de la pequeña casa de las afueras del ex agente, un cartel que animaba a visitar el Hogar Mackenzie, el Hogar de la legendaria Mack Mackenzie. (¡VISITE EL HOGAR DE LA LEGENDARIA MACK MACKENZIE!), podía leerse, (¡SIÉNTESE EN EL SALÓN DE LA MÁS FAMOSA DOMADORA DE TODOS LOS TIEMPOS!) (¡PASEE POR SU SELVÁTICO JARDÍN!) (¡ALIMENTE A SU ADORABLE ELEFANTE *BEBÉ*!) (¡SEA, POR UN DÍA, RESPONSABLE DEL REINO ANIMAL Y DECIDA ESPECTÁCULOS Y NUEVAS ADQUISICIONES!) y también, en un tamaño de letra ligeramente inferior, (ABIERTO DE LUNES A DOMINGO) (RESERVE SUS ENTRADAS) (DESCUENTOS PARA NIÑOS).

Oh, sí.

Existía un Hogar Mackenzie.

Y existía en aquel otro sitio en el que siempre brillaba el sol.

Sean Robin Pecknold.

¿Quería eso decir que Bill se había mudado a aquella otra ciudad para convertirse en el *nuevo* Mack Mackenzie?

No exactamente.

Lo que Bill y Madeline Frances habían hecho era acceder a su apertura y lo habían puesto en manos de Marjorie Jennings. Les había parecido que Marjorie Jennings podría haber sido en algún sentido la mejor amiga de la tía Mack porque puede que la tía Mack fuese una legendaria domadora de casi cualquier cosa pero no solía reír a menudo, quién sabía si porque en realidad tampoco ella había conseguido lo que quería. ¿Y si se había sentido, ella también, siempre, fuera de lugar? A lo mejor la tía Mack habría preferido ser como el pequeño Corvette para poder *charlar* con él, y todo lo que podía hacer era mirarlo y fingir que aquello que tenían, que aquello que tenía con todos aquellos otros animales, era *real*, que ella los entendía y ellos la entendían a ella, pero no eran más que mundos paralelos funcionando *a la vez*, y aun así ellos la envidiaban, precisamente por eso.

—Yo también quería quedarme. Todas aquellas veces. Las veces en que te escondías en el armario de los juguetes del pequeño Corvette. Yo también me hubiese quedado, Bill —le había dicho su madre.

Y Bill no había dicho nada.

Bill estaba aprendiendo a patinar.

Bill iba todas las tardes al lago helado Dan Lennard, y alquilaba un par de patines, y trataba de dejarse llevar, porque eso era lo que decían que debía hacerse, dejarse llevar, sin miedo, lanzar el cuerpo hacia delante, hacer como si caminara confiando en que los pasos que daba eran auténticos pasos, en que las piernas que los daban no pensaban, en realidad, en nada más que darlos, y entonces, decían, funcionaría.

A veces, Sam y Jack Lalanne le acompañaban.

Las cosas con Sam seguían siendo las cosas con Sam. Aunque no eran exactamente las cosas con Sam. A veces él se quedaba a dormir en la boutique del rifle, y a veces era ella la que se quedaba a dormir en Mildred Bonk. Mildred Bonk ya no parecía Mildred Bonk, y era extraño pero a Bill le gustaba. Era como poseer otro mundo. Un mundo dentro del mundo que no podía decirse que no le recordara en extremo a aquel mundo dentro del mundo que había imaginado Louise Cassidy Feldman. A veces, al contemplar la ladera de la montaña desde aquella pequeña cabaña a la que sólo podía accederse a través de aquel telesilla tan extrañamente fuera de lugar como él mismo, podía ver descender a los tres esquiadores de aquella postal, la postal que había dado sentido a la vida de su padre, y también a la de su madre, aquella postal sin la que a lo mejor él no existiría, y podía oírles gritar (¡UUAAAAUUUU!) y (¡ESTO ES LA MOOOONDA, JAKE!), gritaban aquellos esquiadores que jamás sabrían de qué manera habían expandido el mundo, (¿NO VAMOS DEMASIADO RÁPIDO?) y (¿DÓNDE ESTÁ JANE?) (¡JAAAAAAANE!), y cuando eso ocurría, le embargaba, como a la escritora, la cabeza recostada en aquel imaginario sillón afelpado, una profunda sensación de paz, la clase de sensación de paz con la que sólo un viajero incansable puede llegar a toparse alguna vez, esto es, la de alguien que jamás se ha sentido en casa sintiéndose en casa por primera vez.

Esta novela empezó a escribirse el 31 de octubre de 2016 y se terminó el 11 de junio de cinco años después. Todo lo que contiene ocurrió, de una forma u otra, en alguna parte. Pero no lo hizo exactamente así.

AGRADECIMIENTOS

En algún momento de septiembre de 2010 pasé una fugaz y por momentos imaginaria tarde en un pequeño pueblo noruego en el que supuestamente veraneaba Santa Claus –el casi maquetado Drøbak– y en el que, por supuesto, había una tienda de souvenirs navideños y una oficina postal desde la que podías escribir al mismísimo Santa Claus y desde la que yo preferí escribir a casa.

La postal que envié a casa era una postal de ese mismo sitio nevado. No, no había esquiadores diminutos descendiendo por ningún tipo de montaña. Sólo una calle nevada. Cuando la recibimos, la colgamos en la nevera. Supongo que fue en ese momento en el que empecé, de alguna forma, a vivir también ahí dentro. En Kimberly Clark Weymouth.

Las novelas son, a veces, pequeños animales salvajes que el escritor alimenta durante años. Son como diminutos y no domesticados conejos de chistera –uno distinto pero familiar y encantadoramente reconocible cada vez– que acaban teniendo su propia chistera y llamando (¡TOC!) (¡TOC!) insistentemente (¡TOC!) (¡TOC!) a algún tipo de puerta hasta que no tienes otro remedio que abrirles y ¿qué? ¿Dejarles entrar?

Oh, no, el que entras eres tú. Porque las historias no llaman desde fuera, llaman desde dentro. Te llaman para que entres y desaparezcas.

A veces, durante mucho tiempo.

En este caso, durante demasiado tiempo.

Sí, una novela es, a veces, algo tan ilusoriamente irreal como un indomesticable conejo de chistera decidido a, por qué no, destruirte.

Gracias, Albert Puigdueta, por impedir que lo hiciera. Por esperarme en el rincón después de cada asalto para decirme (YA CASI LO TIENES).

Gracias también a mis primeros e ilustres lectores: Rodrigo Fresán, Lucía Lijtmaer y Sara Mesa. A veces pienso que simplemente os he imaginado. Gracias, de verdad.

Bernat Fiol, gracias por creer en mí desde el principio.

Y, puesto que, como cualquiera de los cuadros de Madeline Frances, esta novela podría llamarse *Mamá, no estabas cuando ocurrieron un montón de cosas*, (GRACIAS) Jordi Guinart porque sin ti no podría existir ningún otro mundo.

Y éste no tendría sentido.

ÍNDICE

La señora Potter no es exactamente Santa Claus de Laura Fernández
se terminó de imprimir en septiembre de 2022
en los talleres de
Impresora Tauro, S.A. de C.V.
Av. Año de Juárez 343, col. Granjas San Antonio,
Ciudad de México